Gjenferd

Книги Ю Несбё

Ю Несбё
Призрак

Издательство «Иностранка»

Москва

УДК 821.135.5-312Несбё
ББК 84(4Нор)-44
    Н55

    Jo Nesbø
    GJENFERD

    Перевод с норвежского Е. Лавринайтис

    Разработка серийного макета А. Касьяненко

    Оформление обложки С. Лях

Несбё Ю
Н55 Призрак : Роман / Пер. с норв. Е. Лавринайтис. — М. : Иностранка,
    Азбука-Аттикус, 2020. — 592 с.

    ISBN 978-5-389-13820-9

После трехлетнего отсутствия бывший полицейский Харри Холе
возвращается в Норвегию, чтобы расследовать еще одно убийство.
На этот раз им движут глубоко личные мотивы: обвиняемый — сын
его прежней возлюбленной Ракели. Харри знал Олега еще ребенком
и теперь готов разбиться в лепешку, чтобы доказать его невинов-
ность. Поскольку убитый был наркодилером, Харри начинает поиски
в этом направлении. В ходе своего неофициального расследования
он узнает о существовании таинственного человека, заправляющего
местной наркосетью. Его имени никто не знает. Он появляется из
ниоткуда, как призрак, дает указания, казнит и милует, а затем вновь
исчезает. Его помощники действуют жестко и убивают не задумываясь. Харри понимает, что, только подобравшись к этому зловещему
"призраку", он сумеет помочь Олегу...

                                                УДК 821.135.5-312 Несбё
                                                ББК 84(4Нор)-44

ISBN 978-5-389-13820-9

Часть I

Глава 1

До ее ушей доносились отчаянные вопли. Острыми стрелами они прорывались сквозь все остальные звуки вечернего Осло: размеренный гул автомобилей за окном, завывающую вдали сирену, начавшийся неподалеку перезвон церковных колоколов. Именно в это время по вечерам и изредка перед самым восходом солнца она выходила на охоту. Она водила носом по грязному линолеуму на кухне, молниеносно регистрировала запахи и делила их на три категории: запах еды, запах угрозы и запах того, что несущественно для выживания. Кислый запах серого табачного пепла. Сладкий сахарный вкус крови с ватного тампона. Горькая пивная вонь от пробки, когда-то закрывавшей бутылку «Рингнеса». Летучие молекулы серы, селитры и углекислого газа, поднимающиеся над металлической гильзой от патрона девять на восемнадцать миллиметров, часто называемого просто «малаков»[1] — по названию пистолета, для которого изначально изготовлялся этот калибр. Струйка дыма от сигаретного окурка с желтым фильтром из черной пачки, на которой выдавлен российский двуглавый орел. Табак можно есть. А вот тонкий запах алкоголя, кожи, жира и асфальта. Ботинок. Она обнюхала его и пришла к выводу, что съесть его будет

---

[1] Так у автора. (*Здесь и далее примеч. перев.*)

не так легко, как пиджак из шкафа, тот, что пахнет бензином и гниющим животным, из которого сшит. Теперь мозг грызуна был полностью поглощен проблемой форсирования возвышающегося перед ним препятствия. Крыса попробовала пролезть с обеих сторон, попыталась протиснуться своей двадцатипятисантиметровой полукилограммовой тушкой между препятствием и стеной, но у нее ничего не вышло. Препятствие лежало на боку спиной к стене и загораживало дыру, ведущую в нору, к ее восьми новорожденным, слепым, еще не покрывшимся шерстью малышам, которые кричали все громче и громче, требуя еды. Гора мяса пахла солью, потом и кровью. Это был человек. Все еще живой человек: ее чувствительные уши улавливали слабые удары его сердца, не заглушаемые даже воплями голодных крысят.

Она боялась, но выбора у нее не было. Никакие опасности, никакие усилия, никакие инстинкты не важны, когда надо покормить голодных малышей. И вот она застыла, поводя носом в разные стороны и ожидая, когда к ней придет решение проблемы.

Церковные колокола били в такт с человеческим сердцем. Один удар, два. Три, четыре...

Она оскалила зубы.

Июль. Черт. Разве можно умирать в июле. Я что, на самом деле слышу бой колоколов или в этих долбаных пулях был галлюциноген? Ну ладно, все закончится здесь. Да и какая, к черту, разница? Здесь или там, сейчас или потом. Но неужели я заслуживаю смерти в июле? Под звуки птичьего пения, звона бутылок и смеха, доносящегося от реки Акерсельва, посреди охренительного летнего счастья, заполнившего мир за окном? Неужели я достоин того,

6

чтобы лежать на полу в грязной наркоманской дыре с одной лишней дыркой в теле, из которой вытекают жизнь, секунды и вспышки воспоминаний о событиях, благодаря которым я оказался здесь? Все большое и малое, целая гора случайностей и несделанных выборов — это я? Это все? Это моя жизнь? У меня были планы, правда? А теперь остался только пыльный мешок, анекдот без кульминации, такой короткий, что я успел бы рассказать его до того, как этот проклятый колокол перестанет бить. Ох, пушки хреновы! Никто не говорил мне, что умирать так больно. Ты там, папа? Не уходи, только не сейчас. Слушай, анекдот звучит так. Меня зовут Густо. Мне исполнилось девятнадцать лет. Ты был плохим парнем, оттрахавшим плохую девчонку, а через девять месяцев на свет выскочил я и оказался в приемной семье еще до того, как научился выговаривать слово «папа». Я измывался над ними, как мог, а они только туже затягивали на мне одеяльце, полученное от социальной службы, и спрашивали, что им сделать, чтобы я успокоился. Может, дать мне мягкого мороженого? Они не понимали, что таких, как ты и я, надо расстреливать сразу, истреблять как вредителей, потому что мы несем заразу и упадок и, если нам только предоставляется шанс, плодимся как крысы. Они сами виноваты. Но они тоже хотят обладать. Все хотят чем-то обладать. Мне было тринадцать, когда во взгляде своей приемной матери я прочитал, чем хотела бы обладать она.

— Какой же ты красавчик, Густо, — сказала она, входя в ванную, дверь в которую я не запер.

Я не стал включать душ, чтобы звук ее не спугнул. Она простояла там ровно на одну секунду дольше, чем надо, и вышла. А я расхохотался, потому что теперь я знал наверняка. Вот в чем заключается мой талант, папа: я вижу, чем люди хотят обладать. Это у меня наследственное, да? Ты был таким же? После того как она ушла, я осмотрел себя в большом зеркале. Она не первая сказала, что я красивый. Я развивался быстрее других мальчишек. Высокий, стройный, широкоплечий и мускулистый. Волосы у меня были такими черными, что даже блестели, будто отталкивали от себя весь свет. Высокие скулы. Широкий ровный подбородок. Большой жадный рот с пухлыми, как у девчонки, губами. Смуглая гладкая кожа. Карие, почти черные глаза. Один одноклассник обозвал меня «коричневой крысой». Кажется, его звали Дидрик. Во всяком случае, он собирался стать концертирующим пианистом. Мне исполнилось пятнадцать, и он сказал это вслух прямо в классе. «Коричневая крыса даже читать нормально не научилась».

А я только рассмеялся, потому что, конечно же, знал, зачем он так сказал. Чем он хотел обладать. Камилла, в которую он был тайно влюблен, была так же тайно влюблена в меня. На одной из вечеринок одноклассников я немного познакомился с тем, что было у нее под свитером. Ничего особенного. Я рассказал об этом парочке парней, и, наверное, Дидрик случайно подслушал и решил оттеснить меня. Не то чтобы мне очень уж хотелось остаться на своем месте, но оттеснение есть оттеснение. И я пошел к Туту в байкерский клуб «МС». Я уже понемногу толкал для них наркоту в школе, и теперь я объяснил, что для того, чтобы я мог хорошо делать свою работу, меня должны уважать. Туту пообещал заняться Дидриком. Позже Дидрик *отказался объяснить, как он умудрился защемить сразу два пальца в верхней петле двери в мужском туалете, но с тех пор он больше не называл меня коричневой крысой. И — совершенно верно — он так и не стал концертирующим пианистом. Черт, как же больно! Нет, папа, мне нужно не утешение, а выстрел. Только один последний выстрел, и я покину этот мир тихо и спокойно, обещаю. Снова звонят колокола. Папа?*

Глава 2

В аэропорту Осло, Гардермуэне, была уже почти полночь, когда рейс SK-459 из Бангкока подрулил к предназначенному для него выходу номер 46. Первый пилот Турд Шульц затормозил до полной остановки «Аэробуса-340», после чего быстро отключил подачу топлива. Металлический лязг работающих реактивных двигателей превратился в добродушное ворчание, и двигатели отключились. Турд Шульц автоматически отметил время: три минуты сорок секунд после касания земли, на двенадцать минут раньше расписания. Вместе со вторым пилотом они приступили к заполнению карты контрольных данных, поскольку самолету предстояло ночевать в Осло. Причем с товаром. Турд Шульц перелистал бортовой журнал. Сентябрь 2011 года. В Бангкоке все еще шли дожди и стояла обычная удушливая жара, и он очень скучал по дому, по первым прохладным осенним вечерам. Осло в сентябре — лучшего места на земле не найти. Он заполнил графу со сведениями о неизрасходованном топливе. Топливные счета. Случалось, ему приходилось за это отвечать — после рейсов из Амстердама и Мадрида, когда он летел быстрее, чем предписывала экономическая рациональность, сжигая топливо на тысячи крон, чтобы успеть. В конце концов его вызвали на ковер к начальству.

— Успеть куда? — прорычал старший пилот. — У тебя на борту не было пассажиров, спешивших на стыковочные рейсы!

— Самая пунктуальная авиакомпания в мире, — пробормотал Турд Шульц рекламный слоган.

— Самая экономически хреновая авиакомпания в мире! Это все твои объяснения?

Турд Шульц пожал плечами. Ведь он не мог рассказать, что произошло на самом деле: он открыл топливные шлюзы, так как ему самому надо было успеть. Успеть на рейс в Берген, Тронхейм или Ставангер. Потому что было крайне необходимо, чтобы именно он, и никакой другой пилот, выполнил этот рейс.

Он был слишком стар, и единственное, что его начальники могли сделать, — это наорать и отругать. Он не допускал серьезных ошибок, профсоюз надежно его защищал, и ему оставалось всего два года до two fives[1], до пятидесяти пяти лет, когда он выйдет на пенсию. Турд Шульц вздохнул. Всего несколько лет, чтобы исправить ситуацию и не окончить свои дни самым экономически хреновым пилотом.

Он расписался в бортовом журнале, поднялся и вышел из кабины, чтобы продемонстрировать пассажирам ряд белоснежных пилотских зубов на смуглом пилотском лице. Улыбнуться им так, чтобы они поняли: он — это мистер Надежность. Пилот. Название профессии когда-то придавало ему значимости

---

[1] До двух пятерок (англ.).

в глазах других. Он видел, как люди, мужчины и женщины, молодые и старые, после произнесения магического слова «пилот» автоматически начинали смотреть на него другими глазами, замечали харизму, небрежный мальчишеский шарм, а вместе с этим — холодную расчетливость и решительность капитана воздушного судна, выдающийся интеллект и мужество человека, бросающего вызов физическим законам и врожденным страхам обычных людей. Но это было давно. Теперь на него смотрели как на водителя автобуса и спрашивали, сколько стоят самые дешевые билеты в Лас-Пальмас и почему в самолетах «Люфтганзы» больше места для ног.

Черт бы их побрал. Черт бы побрал их всех.

Турд Шульц встал у выхода рядом со стюардессами, выпрямился и улыбнулся, произнес «добро пожаловать, мисс» на певучем техасском американском, который выучил в летной школе в Шеппарде. Получил в ответ одобрительную улыбку. Бывали времена, когда с такой улыбкой он мог договориться о свидании в зале прибытия. И договаривался. От Кейптауна до Альты. Женщины. Вот в чем была проблема. И решение. Женщины. Больше женщин. Новых женщин. А теперь? Волосы под форменной фуражкой уже поредели, но сшитая на заказ форма подчеркивала его рост и широкие плечи. Именно свое тело он обвинил в том, что не попал в число курсантов летной школы, осваивавших истребители, а стал пилотом грузового «геркулеса», небесной ломовой лошадки. Он поведал всем, что рост его оказался слишком большим, а в кабины «старфайтера», «F-5» и «F-16» помещаются только карлики. Но правда заключалась в том, что он не выдержал конкуренции. С телом же все было в порядке. Всегда. Тело — это единственное, что ему удалось сохранить в приличном состоянии с тех времен, единственное, что не распалось, не рассыпалось. Как браки, семья, друзья. Как это случилось? Где он был, когда это произошло? Возможно, в гостиничном номере в Кейптауне или в Альте, с кокаином в носу для компенсации убийственного воздействия алкоголя на потенцию и с членом в позиции «не возвращайтесь, мисс» для компенсации того, чем он не был и никогда не станет.

Взгляд Турда Шульца остановился на мужчине, идущем по проходу между креслами. Несмотря на склоненную голову, он возвышался над остальными пассажирами. Высокий и широкоплечий, как и сам Турд Шульц. Короткая стрижка, волосы стоят так, словно по ним только что прошлись щеткой. Моложе Турда Шульца, по-видимому норвежец, но не похож на туриста, возвращающегося домой, скорее на экспата с блеклым, почти серым загаром, характерным для белых, много времени проведших в Юго-Восточной Азии. Коричневый льняной костюм, несомненно сшитый на заказ, производил впечатление качества и надежности. Возможно, бизнесмен, дела у которого идут не блестяще, ведь он путешествует экономическим классом. Но не костюм и не рост мужчины приковали взгляд Турда Шульца, а шрам. Он шел от левого уголка рта почти до самого уха, серповидный, похожий на улыбку. Гротескный и потрясающе драматичный.

— До встречи.

Турд Шульц вздрогнул, но не успел ответить на приветствие до того, как мужчина вышел из самолета. Голос у него был грубым и хриплым, а налитые кровью глаза свидетельствовали о том, что он недавно проснулся.

Самолет опустел. Микроавтобус с уборщиками, которые должны были привести в порядок салон, подъехал, когда экипаж дружно сходил по трапу. Турд Шульц отметил, что невысокий плотный русский в желтом жилете с логотипом компании «Соло» первым вышел из машины и быстро поднялся в салон.

«До встречи».

В мозгу Турда Шульца вновь и вновь звучали эти слова, пока он шел по коридору в комнату предполетной подготовки экипажей.

— У тебя разве не было еще и сумки? — спросила одна из стюардесс, указывая на чемодан «Самсонайт» Турда.

Он не помнил, как ее зовут. Миа? Майя? Во всяком случае, он переспал с ней во время одной из ночевок когда-то в прошлом веке. Или нет?

— Не было, — ответил Турд Шульц.

«До встречи». Это значит «еще встретимся»? Или «я знаю, что ты хочешь встретиться со мной еще раз»?

Они прошли мимо перегородки перед входом в комнату предполетной подготовки экипажей, где теоретически в засаде мог сидеть таможенник. Девяносто процентов времени стул за перегородкой был пуст, и Турда Шульца никогда — ни разу за те тридцать лет, что он проработал в авиакомпании, — не останавливали для досмотра.

«До встречи».

«Будто он знает, кто я. Будто он знает, чем я занимаюсь».

Турд Шульц поспешил в комнату предполетной подготовки экипажей.

———

Сергей Иванов, как обычно, позаботился о том, чтобы первым выйти из микроавтобуса, остановившегося рядом с аэробусом, и взбежать по трапу в пустой самолет. Он вошел с пылесосом в кабину пилота и закрыл за собой дверь, натянул латексные перчатки до места, откуда начинались татуировки, поднял переднюю панель пылесоса, открыл шкафчик капитана, достал из него маленькую сумку «Самсонайт», расстегнул на ней молнию, отодвинул на дне металлическую крышку и убедился, что под ней лежат все четыре килограммовых пакета, похожие на кирпичи. Потом он засунул сумку в пылесос, между насадками и пылесборником, который он только что опустошил, захлопнул переднюю панель пылесоса, открыл замок на двери кабины и включил пылесос. Все это было проделано за несколько секунд.

После того как уборщики вымыли и вычистили салон, они вышли из самолета, забросили голубые мусорные мешки в «дайхатсу» и поехали обратно в свою диспетчерскую. До закрытия аэропорта на ночь оставалось принять и отправить всего несколько рейсов. Иванов через плечо посмотрел на Йенни, начальницу смены. Он скользнул взглядом по монитору компьютера, отражавшему расписание рейсов. Никаких задержек.

— Я возьму Берген у двадцать восьмого выхода, — сказал Сергей со своим жестким русским акцентом.

Но он хотя бы выучил язык, а ведь многие его соотечественники, прожившие в Норвегии больше десяти лет, по-прежнему были вынуждены прибегать к помощи английского. Когда Сергея перевезли сюда почти два года назад, дядя ясно дал понять, что ему придется выучить норвежский, добавив в утешение, что, вполне вероятно, Сергей унаследовал его талант к языкам.

— У двадцать восьмого есть люди, — сказала Йенни. — Можешь подождать тронхеймский рейс у двадцать второго.

— Я возьму Берген, — повторил Сергей. — А Ник возьмет Тронхейм.

Йенни подняла на него глаза.

— Как хочешь. Только не перетрудись, Сергей.

Сергей подошел к одному из стульев, стоявших вдоль стенки, и сел, осторожно облокотившись на спинку. Кожа между лопаток, там, где трудился норвежский татуировщик, все еще была очень чувствительной. Норвежец работал по рисункам, которые Сергею прислал Имре, татуировщик из тагильской зоны, и произведение еще не было закончено. Сергей вспомнил наколки дядиных помощников, Андрея и Петра. Бледно-голубые линии на коже двух алтайских казаков рассказывали о перипетиях их непростых жизней. В прошлом Сергея тоже был один подвиг. Убийство. Маленькое дельце, но оно уже было обозначено иглой и чернилами и имело форму ангела. Возможно, ему предстоит еще одно убийство. Большое дело. Если *необходимое* станет необходимостью, как сказал дядя, попросив его подготовиться морально и поупражняться с ножом. Приедет человек, сказал он. Появится ли он, доподлинно было неизвестно, но вероятность его появления существовала.

Вероятность.

Сергей Иванов посмотрел на свои руки. Он по-прежнему был в латексных перчатках. Конечно, ему крупно повезло, что благодаря рабочей одежде он не оставляет отпечатков пальцев на пакетах. Если вдруг что-нибудь пойдет не так... Они занимались этим так долго, что время от времени ему приходилось напоминать себе о риске, чтобы оставаться в форме. Он надеялся, что руки его будут такими же спокойными, когда им придется сделать *необходимое*. Когда он заслужит наколку, рисунок для которой уже заказал. Он снова представил себе, как дома, в Тагиле, снимет рубашку перед друзьями-урками и продемонстрирует им свои наколки, не требующие ни объяснений, ни слов. Он покажет их молча. И прочитает в их глазах, что для них он больше не Кроха Серега. На протяжении нескольких недель в своих вечерних молитвах он умолял Господа скорее послать ему этого человека. И чтобы *необходимое* стало необходимостью.

Потрескивающая рация передала указание об уборке бергенского рейса.

Сергей, позевывая, поднялся.

На этот раз процедура в кабине пилота была еще проще: открыть пылесос, переложить сумку в капитанский шкафчик.

На выходе они столкнулись с экипажем, поднимавшимся на борт. Стараясь не встретиться взглядом со штурманом, Сергей Иванов опустил глаза вниз и отметил, что у него такой же чемодан, как и у Шульца. «Самсонайт Аспайр ГРТ». Такого же красного цвета. Без маленькой сумки, которую можно прикрепить сверху. Они ничего не знали ни друг о друге, ни о причинах, по которым оказались втянутыми во все это, ни о прошлом или о семьях друг друга. Единственным, что связывало Сергея, Шульца и молодого штурмана, были телефонные номера на их незарегистрированных мобильниках, купленных в Таиланде, чтобы обмениваться сообщениями в случае, если в расписании произойдут изменения. Сергей не был уверен, что Шульц и штурман знают о существовании друг друга. Андрей внимательно следил за тем, чтобы все знали только то, что необходимо. Поэтому Сергей был не в курсе того, что дальше происходит с пакетами. Но догадывался. Потому что когда пилот внутреннего рейса Осло — Берген совершает посадку в пункте назначения, ему не надо проходить таможню и контроль безопасности. Штурман везет сумку с собой в гостиницу в Бергене, где ночует экипаж. Тихий стук в дверь гостиничного номера посреди ночи — и четыре килограмма героина меняют хозяина. Несмотря на то что новая дурь, «скрипка», немного сбила цены на героин, розничная цена на дозу у уличных торговцев составляла не меньше двухсот пятидесяти крон. Тысяча за грамм. При условии, что товар, уже разбавленный, будет разбавлен еще раз, выйдет около восьми миллионов крон. Считать Сергей умел. И понимал, что ему недоплачивают. Но он знал, что заслужит кусок побольше, после того как сделает необходимое. А на такую зарплату он через пару лет сможет купить дом в Тагиле, найти красавицу-сибирячку и перевезти к себе родителей, когда они станут совсем старенькими.

Сергей Иванов чувствовал зуд между лопатками, там, где была татуировка.

Казалось, даже кожа радостно ждет продолжения.

Глава 3

Мужчина в льняном костюме сошел со скоростного поезда из аэропорта на Центральном вокзале Осло. Он удостоверился, что в его старом родном городе стоит теплая погода, а воздух до сих пор мягкий и нежный. В руках у него был почти до смешного маленький кожаный чемоданчик. Быстрой упругой походкой мужчина вышел из вокзала с южной стороны. Перед ним размеренно билось сердце Осло, которого, по мнению иных, у города не было. Ночной ритм. Несколько автомобилей, круживших по многоуровневой дорожной развязке, один за другим направлялись на восток, в сторону Стокгольма и Тронхейма, на север, к другим районам города, или на запад, по направлению к Драммену и Кристиансанну. Своими размерами и формой дорожная развязка напоминала бронтозавра, вымирающего гиганта, который скоро исчезнет, чтобы дать место жилым домам и бизнес-центрам в новом роскошном районе Осло, где уже возвышалось новое роскошное здание Оперного театра. Мужчина остановился и посмотрел на белый айсберг, расположившийся между развязкой и фьордом. Это здание уже получило множество архитектурных премий по всему миру, люди со всех концов света приезжали сюда, чтобы спуститься к морю по крыше из белого итальянского мрамора. Свет, лившийся из огромных окон Оперы, был таким же интенсивным, как лунный свет, падавший на здание.

«Да уж, черт возьми, украшение», — подумал мужчина.

Перед ним простиралось не будущее города, а его прошлое. Потому что здесь всегда находился так называемый тир — территория наркоманов, где они кололись и погружались в иллюзорный мир прямо за тонкой стеной барака, скрывавшей потерянных детей города от посторонних взглядов. Тонкая стена отделяла их от ничего не подозревающих благожелательных социал-демократических родителей. «Украшение, — подумал он. — Они уносятся в преисподнюю, окруженные красотой».

В последний раз он стоял здесь три года назад. Вокруг все было новым. И ничего не изменилось.

Они устроились на полоске травы между вокзалом и шоссе, практически на обочине. Такие же одурманенные, как тогда. Они лежат на спине с закрытыми глазами, как будто солнце светит слишком ярко, или сидят на корточках и ищут не до конца исколотую вену, или стоят, скрюченные и подкошенные ломкой, не понимая, на каком они свете. Такие же лица. Лица не тех же самых живых мертвецов, которых он видел, когда ходил здесь, — те, конечно, уже давным-давно стали самыми настоящими мертвецами. Но лица такие же.

По дороге на улицу Толлбугата он встретил и других. Поскольку это было напрямую связано с причиной, по которой он вернулся сюда, мужчина решил изучить ситуацию. Решить, больше их стало или меньше. Он отметил, что на Плате опять идет торговля. Небольшой квадратный кусочек асфальта на западной стороне Привокзальной площади, выкрашенный в белый цвет, назывался Ослоским Тайванем и являлся зоной свободного обращения наркотиков, созданной для того, чтобы власти могли иметь какой-никакой контроль за происходящим и, возможно, отлавливать впервые решившихся на покупку. Но постепенно объем торговли существенно возрос, и Плата показала истинное лицо Осло — лицо города с одним из самых высоких показателей потребления героина в Европе. И это место превратилось в настоящую туристическую достопримечательность. Уровень оборота героина и статистика передозировок давно стали позором столицы, но тем не менее они не так бросались в глаза, как Плата. Газеты и телеканалы на всю страну показывали одурманенную молодежь, зомби, собиравшихся в центре города средь бела дня. Во всем винили политиков. Когда у руля были правые, левые метали громы и молнии: «Слишком мало программ лечения», «Тюрьмы плодят наркоманов», «Новое классовое общество приводит к созданию банд и развитию наркотрафика в среде иммигрантов». Когда у руля были левые, правые метали громы и молнии: «Слишком мало полиции», «Беженцам чересчур просто получить вид на жительство», «Семеро из десяти заключенных — иностранцы».

Поэтому, пометавшись из одной крайности в другую, городские власти Осло приняли неизбежное решение — пощадить самих себя. Замести мусор под ковер. Закрыть Плату.

Мужчина в льняном костюме заметил на лестнице человека в красно-белой футболке футбольного клуба «Арсенал», перед которым с ноги на ногу переминались четверо других. Арсеналец резко, как курица, повернул голову направо, потом налево. Головы четверых остальных оставались неподвижными, они не сводили взгляда с парня в футболке «Арсенала». Стая. Дилер на лестнице подождет, пока она не станет большой, полноценной стаей из пяти-шести человек. После этого он соберет плату за заказы и отведет клиентов к наркоте. За угол или во двор, где его ждет напарник. Принцип прост: тот, у кого наркотики, никогда не вступает в контакт с деньгами, а тот, кто собирает деньги, не прикасается к наркотикам. Таким образом, полиции трудно получить надежные доказательства, чтобы предъявить напарникам обвинение в торговле наркотиками. Однако мужчина в льняном костюме был удивлен: то, что он видел, было старым методом, распространенным еще в восьмидесятые — девяностые годы. После того как полиция проиграла борьбу уличным дилерам, продавцы отказались от многих мер предосторожности, таких как сбор стаи, и начали продавать дозы каждому клиенту в отдельности: в одной руке деньги, в другой — пакетик дури. Неужели полиция снова стала отлавливать уличных дилеров?

Подъехал человек в костюме велогонщика: шлем, оранжевые очки, одежда ярких цветов с вентиляцией. Под облегающими шортами вздуваются мускулы, велосипед на вид дорогой. Поэтому он и взял его с собой, когда вместе со стаей проследовал за арсенальцем за угол, к другой стороне здания. Вокруг все было новым. И ничего не изменилось. Но их ведь стало меньше, или нет?

Путаны на углу улицы Шиппергата заговорили с ним на ломаном английском: «хей, бейби», «вейт а минит, хэндсом», но он в ответ лишь покачал головой. Казалось, слава о его целомудренности, а может, и о безденежье распространялась быстрее, чем он шел, потому что девочки, стоявшие в другом конце улицы, не проявили к нему никакого интереса. В его время проститутки в Осло одевались практично — в джинсы и ветровки. Их было мало, и на их рынке главным был продавец. Теперь конкуренция возросла, и появились короткие юбки, высокие каблуки и ажурные колготки. Похоже, африканские красотки уже мерзнут. «Подождите, то ли будет в декабре», — подумал мужчина.

Он углублялся в район Квадратура, где когда-то располагался первый центр города Осло, а теперь была лишь асфальтовая пустыня, окруженная административными зданиями и офисами, где работало двадцать пять тысяч рабочих муравьев, устремлявшихся домой в четыре или пять часов вечера, оставляя эту часть города ночным грызунам. В те времена, когда король Кристиан IV заложил район с квадратными кварталами, возведенными в соответствии с идеями возрождения о геометрическом порядке, количество населения города регулировалось пожарами. По слухам, каждую ночь високосного года здесь можно было увидеть призраки бегающих между домами людей, объятых пламенем, услышать их крики, проследить, как они сгорают дотла и испаряются, оставляя после себя лишь небольшие кучки пепла на асфальте, и если успеть подобрать этот пепел до того, как его унесет ветер, и съесть, то дом, в котором ты сам живешь, никогда не сгорит. Из-за опасности возникновения пожаров Кристиан IV заложил широкие по меркам бедного Осло улицы. Здания он выстроил из традиционного норвежского материала — камня. Мужчина шел вдоль одной из каменных стен и увидел вход в бар. Из него на стоящих на улице курильщиков лилась новая версия песни группы «Guns N' Roses» «Welcome To The Jungle»[1]. Песню просто изнасиловали, превратив в танцевальное регги, плюнув в лицо Марли и Роузу, Слэшу и Стрэдлину. Мужчина остановился перед вытянутой рукой.

— Огоньку не найдется?

Пышная грудастая дамочка далеко за тридцать смотрела на него снизу вверх, призывно сжимая сигарету накрашенными красными губами.

---

[1] «Добро пожаловать в джунгли» *(англ.).*

Он приподнял бровь и посмотрел на хохочущую подружку дамочки, стоявшую позади нее с дымящейся сигаретой. Грудастая тоже заметила подружку и рассмеялась, покачнувшись.

— Да не будь ты таким тугодумом, — сказала она на том же южном диалекте, на каком говорит крон-принцесса.

Мужчина слышал, что одна проститутка на внутреннем рынке сколотила себе целое состояние, одеваясь как крон-принцесса, разговаривая как она и стараясь во всем быть похожей на нее. И что в пять тысяч за час входил пластмассовый скипетр, которым клиент мог распоряжаться по своему усмотрению.

Заметив, что он собирается идти дальше, шлюха положила руку ему на плечо и наклонилась, дохнув ему в лицо красным вином.

— Ты на вид приличный парень. Не хочешь дать мне… огоньку?

Он повернулся к ней другой стороной лица. Плохой стороной. Стороной не слишком-то приличного парня. Почувствовал, как она вздрогнула и отпустила его, увидев след от конголезского гвоздя, похожий на запорошенную тропинку, тянущуюся ото рта до уха.

Он зашагал дальше и услышал, что заиграла музыка «Nirvana». «Come As You Are»[1]. Оригинальная версия.

— Хэш не нужен?

Голос доносился из подворотни, но мужчина не остановился и не оглянулся.

— Спид?

---

[1] «Приходи таким, какой ты есть» *(англ.)*.

Он был чистым уже три года и не собирался снова подсаживаться.

— «Скрипка»?

Только не сейчас.

Впереди на тротуаре возле двух дилеров, пристававших к нему, остановился молодой парень, которому те что-то показали. При приближении мужчины парень поднял серые глаза и уставился на него внимательным взглядом. Взгляд полицейского, подумал мужчина, опустил голову и перешел на другую сторону улицы. Возможно, у него паранойя, ведь маловероятно, чтобы такой молодой полицейский узнал его.

Вот и гостиница. Прибежище. «Леон».

В этой части улицы было практически безлюдно. Он увидел, как на противоположной стороне улицы, под фонарем, покупатель наркотиков слезает с велосипеда вместе с другим велосипедистом, также облаченным в спортивную форму. Один помог другому всадить шприц в шею.

Мужчина в льняном костюме покачал головой и посмотрел на фасад здания, возвышавшегося перед ним.

Под окнами последнего, четвертого этажа висел все тот же серый от грязи баннер «Четыреста крон в сутки!». Вокруг все было новым. И ничего не изменилось.

В гостинице «Леон» был новый портье. Молодой парень, встретивший мужчину в льняном костюме преувеличенно вежливой улыбкой и, что было необычным для «Леона», без тени недоверия. Он произнес «добро пожаловать» без всякой иронии в голосе и попросил предъявить паспорт. Мужчина подумал, что

24

из-за загара и льняного костюма его приняли за иностранца, и протянул портье свой красный норвежский паспорт, потрепанный и усеянный печатями. Слишком много печатей, чтобы жизнь его обладателя можно было назвать счастливой.

— А, вот как, — сказал портье, возвращая ему паспорт. Затем он положил на стойку бланк анкеты и ручку. — Достаточно заполнить графы, отмеченные крестиком.

Мужчина удивился: анкета для заселения в «Леон»? Видимо, кое-что все-таки изменилось. Он взял ручку и заметил, как портье уставился на его руку, на средний палец. На то, что когда-то было средним пальцем, пока его не отрезали в одном из домов в районе Хольменколлосен. Теперь на месте первой фаланги красовался серо-синий матовый титановый протез. От него было не слишком много пользы, но он помогал удерживать баланс между указательным и безымянным пальцами при хватательных движениях и не мешал в остальных случаях, поскольку был коротким. Единственным недостатком протеза была необходимость постоянно отвечать на вопросы во время прохождения досмотра в аэропортах.

Мужчина заполнил графы «Имя» и «Фамилия».

«Дата рождения».

Он вписал дату, отдавая себе отчет в том, что выглядит мужчиной лет сорока с небольшим, а не той старой развалиной, какой уехал отсюда три года назад. Он подчинил свою жизнь строгому режиму: тренировки, здоровое питание, сон и — естественно — стопроцентное воздержание от наркотиков. Он соблюдал свой режим не для того, чтобы выглядеть моложе, а для того, чтобы не сдохнуть. К тому же ему это нравилось. На самом деле он всегда любил четкое расписание, дисциплину, порядок. Так почему же жизнь его превратилась в хаос, деструкцию, самоуничтожение и разрыв отношений и проживалась отрезками между черными периодами наркотического опьянения? Незаполненные графы вопросительно взирали на него. Но они были слишком узки для его ответов.

«Адрес постоянного местожительства».

Хорошо. Квартира на Софиес-гате была продана сразу после его отъезда три года назад, как и родительский дом в районе Уппсал. При его нынешней профессии наличие постоянного официального адреса было фактором риска. Поэтому он написал то, что обычно писал при заселении в другие гостиницы: Чанг-Кинг-мэншн, Гонконг. Что было так же далеко от истины, как и любой другой адрес.

«Профессия».

Убийство. Этого он не написал. Графа не была отмечена крестиком.

«Номер телефона».

Он записал фиктивный номер. Мобильный телефон можно отследить — и разговоры, и твое местоположение.

«Номер телефона ближайших родственников».

Ближайших родственников? Какой муж добровольно впишет в эту графу номер своей жены при заселении в «Леон»? Это местечко вполне можно было назвать почти официальным борделем в Осло.

Портье прочитал его мысли:

— Только на тот случай, если вам станет плохо и нам надо будет кого-то вызвать.

Харри кивнул. В случае остановки сердца во время акта.

— Можете не оставлять телефон, если у вас нет...

— Нет, — сказал мужчина, продолжая стоять и смотреть на анкету.

Ближайшие родственники. У него была Сес. Сестра с «легким намеком на синдром Дауна», как она сама это называла. Однако она всегда справлялась с жизненными обстоятельствами намного лучше своего старшего брата. Кроме Сес, никого. Действительно никого. Во всяком случае, никаких ближайших родственников.

Он поставил крестик в графе «Наличные», отвечая на вопрос о способе оплаты, подписал и протянул анкету портье. Тот быстро пробежал ее глазами. И тогда Харри наконец-то заметил его. Недоверие.

— Вы... Вы — Харри Холе?

Харри Холе кивнул:

— Это что, проблема?

Парень покачал головой. Сглотнул.

— Прекрасно, — сказал Харри Холе. — Может, тогда дадите мне ключ?

— О, простите! Вот. Триста первый.

Харри взял ключ и отметил, что зрачки у парня расширились, а тон стал более серьезным.

— Это... это был мой дядя, — сказал парнишка. — Это его гостиница, он раньше сидел за стойкой. Он рассказывал о вас.

— Надеюсь, только хорошее, — сказал Харри, улыбнулся, поднял маленький кожаный чемодан и пошел вверх по лестнице.

— Лифт...

— Не люблю лифты, — ответил Харри, не оборачиваясь.

Комната была такой же, как прежде. Ободранная, маленькая, местами чистая. Нет, появились новые шторы. Зеленые, плотные. Наверняка такие, что не надо гладить. Кстати... Харри повесил костюм в ванной и включил душ, чтобы пар расправил складки на материале. Костюм из «Панджаб-хаус» на улице На-тан-роуд стоил ему восемьсот гонконгских долларов, но при его работе это была необходимая инвестиция: никто не будет уважительно относиться к человеку в лохмотьях. Он встал под душ. От горячей воды покалывало кожу. После душа он нагишом прошел через комнату к окну и открыл его. Третий этаж. Задний двор. Из другого открытого окна раздавались ненатуральные громкие стоны. Харри ухватился руками за карниз для штор и высунулся наружу. Взгляд его сразу упал на открытый мусорный бак, и он учуял поднимающийся оттуда сладкий запах мусора. Он плюнул и по звуку понял, что попал на что-то бумажное. Раздавшийся после этого звук издала явно не бумага. Что-то щелкнуло, и зеленые плотные шторы рухнули на пол по обе стороны от Харри. Черт! Он вытянул тонкий карниз из петель шторы. Карниз был старого типа и представлял собой деревянную палку, увенчанную с обоих концов луковицами. Его уже ломали раньше и пытались склеить скотчем.

Харри сел на кровать и открыл ящик тумбочки. Там лежали Библия в обложке из голубой искусственной кожи и швейный набор, состоящий из черной нитки, намотанной на белую бумажку, в которую воткнута иголка. Поразмыслив немного, Харри пришел к выводу, что эти вещи здесь вполне к месту. Гости могли пришить оторванную от штанов пуговицу и прочитать об отпущении грехов. Он лег и уставился в потолок. Вокруг все было новым, и ничего не... Харри закрыл глаза. Он не спал во время полета и теперь, несмотря на смену часовых поясов и на отсутствие штор, заснул. И увидел тот же сон, который видел каждую ночь на протяжении последних трех лет: он бежит по коридору от грохочущей снеж-

28

ной лавины, поглощающей весь кислород, так что ему становится нечем дышать.

Надо просто немного подождать и не открывать глаза.

Он не мог удержать ускользающие мысли.

Ближайшие родственники.

Род. Родные.

Родственник.

Именно родственником он и был. Поэтому он вернулся.

Сергей ехал по шоссе Е6 в Осло, мечтая о том, как уляжется в кровать в квартире в районе Фюрюсет. Он ехал со скоростью не более ста двадцати, хотя поздней ночью движения на шоссе почти не было. Зазвонил мобильный. Тот самый мобильный. Разговор с Андреем был коротким. Он поговорил с дядей, или, как Андрей его называл, атаманом. Когда разговор закончился, Сергей больше не мог сдерживаться. Он вдавил педаль газа в пол и заорал от радости. Тот человек прибыл. Сегодня вечером. Он здесь! Андрей сказал, что пока Сергею ничего не нужно предпринимать, что ситуация еще может разрешиться сама собой. Но ему надо быть полностью готовым — морально и физически. Потренироваться с ножом, выспаться, сосредоточиться. Если необходимое станет необходимостью.

Глава 4

Турд Шульц почти не заметил, как самолет с шумом пронесся над крышей дома, где он, тяжело дыша, сидел на диване. Обнаженный торс его был покрыт тонким слоем пота, а эхо лязгающего железа все еще летало между голыми стенами гостиной. Позади него находились стойки со штангой, под которой стояла скамейка с покрытием из искусственной кожи, блестящей от его пота. С телеэкрана на него смотрел Дональд Дрейпер[1], щуря глаза от сигаретного дыма и прихлебывая виски из стакана. Над ними пролетел еще один самолет. «Безумцы». Шестидесятые. США. Дамы в элегантных нарядах. Элегантные напитки в элегантных бокалах. Элегантные сигареты без вкуса ментола и фильтра. В те времена то, что не убивало тебя, делало тебя сильнее. Он купил только первый сезон сериала. И постоянно пересматривал его. Он не был уверен, что ему понравится продолжение.

Турд Шульц взглянул на белую полоску на стеклянной столешнице и вытер край удостоверения. Для того чтобы растолочь, он обычно использовал удостоверение личности. Удостоверение, которое он крепил к нагрудному карману капитанской формы, которое давало ему доступ к служебным помещениям, к кабине пилота, к небу, к зарплате. Удостоверение, которое делало его тем, кем он был. Удостоверение, которое вместе со всем остальным у него отберут, если кто-нибудь узнает. Поэтому пользоваться удостоверением для данной цели казалось ему правильным. Посреди всей окружающей лжи в этом было что-то честное.

Завтра рано утром им предстоит лететь обратно в Бангкок. Два дня отдыха в отеле «Сухумвит резиденс». Хорошо. Теперь все будет хорошо. Лучше, чем раньше. Ему не нравилось, как все было организова-

---

[1] Главный герой американского телесериала «Безумцы» (2007), действие которого происходит в 1960-е годы.

но, когда он возил товар из Амстердама. Слишком много риска. После того как стало известно, насколько активно южноамериканские экипажи участвовали в контрабанде наркотиков в Шипхол, досмотр ручной клади и личный досмотр стал обычным делом для всех экипажей всех авиакомпаний. Кроме того, прежняя процедура предполагала, что он сам должен был выносить пакеты из самолета и носить их с собой до тех пор, пока позже в тот же день не полетит в Берген, Тронхейм или Ставангер. Внутренними рейсами, на которые ему надо было успеть даже ценой сжигания лишнего топлива для наверстывания времени при задержках с вылетом из Амстердама. В Гардермуэне он, естественно, все время находился на служебной половине, поэтому никакой таможенный досмотр ему не угрожал, но иногда он был вынужден по шестнадцать часов хранить груз в своем багаже, прежде чем предоставлялась возможность передать его получателю. И процесс передачи тоже не всегда был совершенно безопасным: машины на парковках, гостиницы с бдительным персоналом.

Он свернул трубочкой тысячекроновую бумажку из конверта, полученного от них при прошлой встрече. Существуют пластмассовые трубочки, сделанные специально для этих целей, но он был не таким: он вовсе не был тяжелым наркоманом, как она охарактеризовала его своему адвокату по бракоразводным делам. Ловкая сучка заявила, что хочет развестись, чтобы дети не росли рядом с отцом-наркоманом, и что она не может сидеть и смотреть, как он пронюхивает дом и семью. И что все это никак не связано со стюардессами, на это ей ровным счетом плевать и на это она давным-давно закрыла глаза, потому что с возрастом это у него все равно пройдет. Они с адвокатом выдвинули ему ультиматум. Ей отойдет дом, дети и остатки отцовского наследства, которое он еще не профукал. В случае его отказа они заявят о том, что он хранит и использует кокаин. Она собрала массу доказательств, и даже его собственный адвокат сказал, что авиакомпания отстранит его и добьется осуждения.

Несложный выбор. Единственное, что она разрешила ему оставить себе, — это долги.

Турд Шульц поднялся, подошел к окну гостиной и выглянул наружу. Пора бы им уже появиться.

Это была относительно новая процедура. Ему надо было вывезти один пакет в Бангкок. Одному богу известно зачем. Все равно что везти рыбу на Лофотенские острова. Так или иначе, он проделывал это уже в шестой раз, и пока все шло без сучка, без задоринки.

В соседних домах горел свет, но они располагались на большом расстоянии друг от друга. Одинокие дома, подумалось ему. В те времена, когда Гардермуэн был военным аэродромом, здесь находилось жилье командного состава. Одноэтажные одинаковые коробки, разделенные большими голыми лужайками. Совсем невысокие, чтобы даже очень низко летящий самолет не мог в них врезаться. На большом расстоянии друг от друга, чтобы пожар после падения самолета не распространился на соседние строения. Они жили здесь, когда он проходил обязательную службу на «геркулесе». Дети бегали между домами к детям коллег. Суббота, лето. Мужчины колдуют вокруг грилей в передниках, с аперитивом в руках. Из открытых кухонных окон, где жены готовят салаты и пьют «Кампари», раздаются голоса. Как на кадрах из «Парней что надо»[1], его любимого фильма про первых астронавтов и пилота-испытателя Чака Йегера. Дьявольски красивые жены летчиков, несмотря на то что их мужья летали всего лишь на «геркулесах». В те времена они были счастливы, ведь так? Не поэтому ли он снова поселился здесь? Чтобы осуществить неосознанное желание что-то вновь обрести? Или чтобы понять, где все пошло не так, и починить свою жизнь?

Турд Шульц увидел приближающийся автомобиль и машинально взглянул на часы. Занес в бортовой журнал, что они опоздали на восемнадцать минут.

Он подошел к столу в гостиной. Глубоко вдохнул два раза. Потом приставил свернутую тысячекроновую купюру к концу дорожки, наклонился и втянул в себя порошок. Слизистую обожгло. Он лизнул кончик пальца, провел им по оставшейся дорожке и втер порошок в десны. Вкус был горьким. Раздался звонок в дверь.

Приехали те же два мормона, что и обычно. Один маленький, второй высокий, оба в костюмах для воскресной школы. Но на руках у обоих виднелись татуировки. Эта парочка выглядела почти комично. Они передали ему пакет. Полкило вещества в длинном пакете, который прекрасно помещался под металлическим креплением выдвижной ручки его чемодана. Турд Шульц должен достать пакет после приземления в Суваннапхуме и положить сго под не-

---

[1] Американский фильм 1983 года, снятый по одноименной книге Тома Вулфа.

закрепленный коврик в шкафчике пилота в кабине. В этот момент он увидит пакет в последний раз, дальше уже дело за наземными службами.

Когда Мистер Маленький и Мистер Большой предложили возить пакеты в Бангкок, это показалось ему полным идиотизмом. В мире не найти такого места, где уличные цены на дурь были бы выше, чем в Осло, так зачем же экспортировать? Он не стал спрашивать, зная, что не получит ответа, ну и ладно. Но он объяснил им, что за контрабанду героина в Таиланде полагается смертная казнь, поэтому он требует увеличения гонорара.

Они рассмеялись. Сначала маленький, потом высокий. И Турд подумал, что более короткое расстояние между нервными клетками, вполне возможно, вызывает более быструю реакцию. Наверное, и кабины истребителей такие низкие для того, чтобы в них не помещались длинные туповатые пилоты. Коротышка объяснил Турду на своем жестком английском с русским акцентом, что это не героин, а нечто совершенно новое, настолько новое, что против него даже нет законов. Но когда Турд Шульц поинтересовался, зачем они занимаются контрабандой незапрещенного вещества, они рассмеялись еще громче и попросили его заткнуться и ответить «да» или «нет».

Турд Шульц ответил «да». И одновременно к нему пришла другая мысль: какие последствия возымел бы его отказ?

Это случилось шесть рейсов назад.

Турд Шульц посмотрел на пакет. Пару раз ему приходила в голову мысль смазать жидким мылом презервативы и мешки для замораживания, которыми они пользовались для упаковки, но кто-то сказал ему, что собаки, натренированные на поиск наркотиков, умеют разделять запахи и таким простым трюком их не обманешь. Что все дело в плотности пластиковой упаковки.

Он ждал. Ничего не происходило. Он кашлянул.

— Oh, I almost forgot, — сказал Мистер Маленький — Yesterday's delivery...[1]

Злобно ухмыляясь, он полез во внутренний карман пиджака. А может, ухмылка его не была злобной, просто это такой юмор восточного блока? Турду захотелось ударить его, выдохнуть ему в лицо дым от сигареты без фильтра, выплюнуть ему в глаза виски двенадцатилетней выдержки. В общем, проявить юмор западного блока. Вместо всего этого он взял конверт и промямлил «спасибо». Конверт казался совсем тонким. В нем должны были лежать крупные купюры.

Потом Турд Шульц снова подошел к окну и проследил за тем, как автомобиль исчезает в темноте. Звук отъезжающего автомобиля был заглушен ревом «Боинга-737». Наверное, это 600-я модель. В любом случае машина нового поколения. С более низким звуком двигателей, способная подниматься выше, чем старые классические модели. Он увидел собственное отражение в оконном стекле.

Да, он взял. И будет продолжать брать. Брать все, что жизнь будет швырять ему в морду. Потому что он не был Дональдом Дрейпером. И не был ни Чаком Йегером, ни Нилом Армстронгом. Он был всего лишь Турд Шульц, долговязый шофер с долгами. И проблемой с кокаином. Ему надо бы...

Эти мысли заглушил следующий самолет.

---

[1] Ох, я чуть не забыл. Вчерашняя доставка... *(англ.)*

Адовы церковные колокола! Ты их видишь, папа, этих так называемых ближайших родственников, уже собравшихся у моего гроба? Они обливают меня крокодиловыми слезами, эти грустные хари говорят: «Густо, почему ты так и не смог научиться быть такими же, как мы?» Нет, гнусные самодовольные лицемеры, я не смог! Я не смог стать таким же, как моя приемная мать: пустоголовым, изнеженным, твердо уверенным, что все будет хорошо, стоит только прочитать правильную книжку, послушать правильного гуру и поесть долбаные правильные травки. И если кому-нибудь удавалось пробить брешь в той условной мудрости, которой она поднабралась, она всегда разыгрывала одну и ту же карту: «Но посмотри, каким мы сделали окружающий мир: кругом войны и несправедливость, а люди не могут жить в естественной гармонии с собой». Запомни три вещи, бейби. Первая: естественное — это война, несправедливость и дисгармония. Вторая: ты — это самое негармоничное существо в нашей маленькой мерзкой семейке. Ты хотела любить того, кто отверг тебя, и наплевала на тех, кто был рядом с тобой. Sorry[1], Рольф, Стейн и Ирена, но в ее жизни было место только для меня. Что делает пункт третий еще более забавным: я никогда не любил тебя, бейби, сколько бы ты ни считала, что достойна моей любви. Я называл тебя мамой, потому что тебе это нравилось, а мне облегчало жизнь. Я сделал то, что сделал, потому что ты мне позволила, потому что я не мог этого не сделать. Потому что я такой, какой есть.

---

[1] Простите (англ.).

Рольф. Ты хотя бы не просил называть тебя папой. Ты на самом деле пытался полюбить меня. Но природу не обманешь, и ты понимал, что свою плоть и кровь — Стейна и Ирену — любишь больше. Когда я рассказывал другим людям, что вы — мои «приемные родители», я видел выражение боли на мамином лице и ненависти — на твоем. Не потому, что звание «приемные родители» низводило вас до единственной функции, какую вы исполнили в моей жизни, но потому, что эти слова ранили женщину, которую ты, как ни странно, любил. Думаю, ты был достаточно честен для того, чтобы увидеть себя таким, каким тебя видел я: человеком, который в один прекрасный момент опьянел от собственного идеализма и решил выкормить подкидыша, но скоро понял, что бюджет ушел в минус. Что ежемесячное пособие, которое тебе платят за присмотр за мной, не покрывает фактических расходов. Что я — кукушонок. Что я сожрал все. Все, что ты любил. Всех, кого ты любил. Ты должен был понять это раньше и выкинуть меня из гнезда, Рольф! Ты первым обнаружил, что я ворую. Сначала это была всего лишь сотня. Я отнекивался. Сказал, что ее мне дала мама. «Правда ведь, мама? Это ты мне дала». А «мама» медленно кивала со слезами на глазах и говорила, что она, наверное, об этом забыла. В следующий раз я украл тысячу крон из ящика твоего письменного стола. Деньги, отложенные на наш отпуск, как ты сказал. «Отпуск мне нужен только от вас», — ответил я. И тогда ты впервые ударил меня. Казалось, в тебе что-то оборвалось, потому что ты бил и бил и не мог остановиться. Я был уже выше тебя и шире в плечах, но я никогда не умел драться. *Драться как ты, кулаками и мускулами. Я дрался другим способом, более выигрышным. А ты бил и бил кулаками. И я понял почему. Ты хотел изуродовать мое лицо. Отнять у меня мою власть. Но женщина, которую я называл мамой, пришла и встала между нами. И тогда ты произнес слово «вор». Это было правдой. Но это означало, что я должен сломать тебя, малыш.*

Стейн. Молчаливый старший брат. Первый, кто потрогал перья кукушонка, но у кого хватило ума держаться от него подальше. Умный, способный, одаренный одиночка, он при первой возможности уехал учиться подальше от дома. И пытался уговорить Ирену, свою дражайшую младшую сестричку, уехать вместе с ним. Он считал, что она вполне сможет доучиться в этом чертовом Тронхейме, что ей будет лучше, если она уедет из Осло. Но мама отказалась отпустить Ирену. Она ведь ничего не знала. Не хотела знать.

Ирена. Красивая, очаровательная, веснушчатая, нежная Ирена. Ты была слишком хороша для этого мира. Ты была всем тем, чем не был я. И все же ты меня любила. Любила бы ты меня, если бы знала? Любила бы ты меня, если бы знала, что я с пятнадцати лет трахал твою мать? Трахал твою бухую стонущую мать, трахал ее сзади, прислонив к двери сортира, или двери подвала, или двери кухни, шепча ей в ухо «мама», потому что это возбуждало и ее, и меня? Она давала мне деньги, она прикрывала меня, когда было надо, она говорила, что просто одалживает мне до тех пор, пока не станет старой и страшной, а я не встречу милую девушку. А когда я ответил: «Но, мама, ты уже и так

38

старая и страшная», — она только рассмеялась, умоляя меня взять ее еще раз.

В тот день, когда я позвонил приемному отцу на работу и попросил прийти домой в три часа, потому что мне надо рассказать ему кое-что очень важное, у меня на лице еще не прошли синяки от его ударов. Я оставил входную дверь приоткрытой, чтобы она не услышала, как он придет. И я шептал что-то ей в ухо, чтобы заглушить звук его шагов, шептал то, что ей нравилось слушать.

Я увидел его отражение в окне кухни. Он стоял у двери.

Он съехал из дома на следующий день. Ирене и Стейну сообщили, что у мамы с папой в последнее время были проблемы и поэтому они решили какое-то время пожить раздельно. Ирена была совершенно разбита. Стейн жил в своем студенческом городке и не отвечал на звонки, но прислал эсэмэску: *«Грустно. Куда мне приехать на Рождество?»*

А Ирена плакала и плакала. Она любила меня. Естественно, она начала меня искать. Искать Вора.

Церковные колокола бьют в пятый раз. Плач и всхлипывания на церковных скамьях. Кокаин, огромный аванс. Сними квартиру в одном из центральных западных районов, зарегистрируй ее на какого-нибудь торчка, который за дозу позволит тебе воспользоваться своим именем, и продавай малыми дозами на лестнице или во дворе, поднимай потихоньку цены по мере того, как они станут чувствовать себя в безопасности, любители коки за безопасность отвалят сколько скажешь. Поднимайся, выдвигайся, сокращай потребление, стань кем-то. Не подыхай в притоне, как долба-

ный неудачник. Священник покашливает: «Мы собрались здесь, чтобы вспомнить Густо Ханссена».

Голос из задних рядов: «В-в-вора».

Это говорит заика Туту, сидящий там в своей байкерской куртке и бандане. А позади него слышен собачий скулеж. Руфус. Добрый преданный Руфус. Вы вернулись? Или это я прибыл к месту назначения?

Турд Шульц положил свой «Самсонайт» на крутящуюся ленту, и тот уехал на просвечивание в аппарат, рядом с которым стоял улыбающийся сотрудник службы безопасности.

— Не понимаю, как ты разрешаешь им гонять тебя по такому графику, — сказала стюардесса. — В Бангкок два раза в неделю!

— Я сам попросил, — возразил Турд, проходя через рамку.

Кто-то в профсоюзе предложил начать забастовку против того, что экипажи по нескольку раз в день подвергаются облучению, так как одно исследование, проведенное в США, показало, что процент умирающих от рака среди пилотов и членов экипажей воздушных судов выше, чем у остального населения. Но любители стачек не упомянули, что и продолжительность жизни у них больше. Летчики умирали от рака, потому что больше им, в общем-то, не от чего было умирать. Они проживали самую безопасную жизнь в мире. Самую скучную в мире жизнь.

— Хочешь так много летать?

— Я же летчик, мне нравится летать, — соврал Турд, снял с ленты чемодан, выдвинул ручку и пошел.

Стюардесса быстро оказалась рядом с ним, цоканье ее каблучков по выполненному под старину мраморному полу аэропорта Осло почти заглушал гул голосов, разносившийся под переплетением деревянных и стальных балок. Но к сожалению, он не заглушил произнесенного шепотом вопроса:

— Это потому, что она ушла от тебя, Турд? Потому, что у тебя слишком много времени, которое нечем заполнить? Потому, что у тебя нет сил сидеть дома и...

— Это потому, что я хочу заработать побольше сверхурочных, — прервал он ее.

По крайней мере, такой ответ был отчасти правдивым.

— Я ведь очень хорошо представляю, каково тебе. Я развелась зимой, ты же знаешь.

— Конечно, — откликнулся Турд, хотя понятия не имел, что она была замужем.

Он окинул ее беглым взглядом. Пятьдесят? Господи, как же она выглядит по утрам, без макияжа и автозагара. Увядающая стюардесса с увядающей мечтой. Он был совершенно уверен, что никогда не трахал ее. По крайней мере, лицом к лицу. Кто же любил так шутить? Кто-то из старых пилотов. «Виски со льдом, синее небо в глазах — это пилот истребителя...» Один из тех, кто успел выйти на пенсию до крушения пилотского статуса. Они свернули в коридор, ведущий к комнате предполетной подготовки экипажей, и Турд Шульц ускорил шаг. Она старалась не отставать от него, хотя уже начала задыхаться. Но если он не станет сбавлять скорость, то, возможно, ей не хватит дыхания на разговоры.

— Слушай, Турд, раз уж мы ночуем в Бангкоке, может, нам...

Он громко зевнул. И скорее почувствовал, чем увидел, что она обиделась. После вчерашнего вечера он испытывал легкое похмелье: после ухода мормонов была еще водка и еще порошок. Естественно, он выпил не так много, чтобы не пройти тест на алкоголь, но достаточно для того, чтобы начать страшиться борьбы со сном на протяжении одиннадцати часов полета.

— Смотри-ка! — воскликнула стюардесса тем идиотским сюсюкающим тоном, каким женщины обычно пользуются, когда видят что-то невероятно трогательное.

Турд Шульц посмотрел. Она шла по направлению к ним. Маленькая собака со светлой шерстью, длинными ушами, грустными глазами и виляющим хвостом. Спрингер-спаниель. Собаку вела такая же светловолосая женщина с большими сережками, отрешенной извиняющейся полуулыбкой на лице и мягкими карими глазами.

— Ну разве не прелесть? — проворковала стюардесса.

— Да, — ответил Турд со сталью в голосе.

Проходя мимо идущего впереди них пилота, собака подняла мордочку и обнюхала его пах. Он обернулся к Турду и стюардессе, поднял бровь и усмехнулся по-мальчишески, немного нагловато. Но Турд не понял ход его мыслей. Не в состоянии был понять ход ничьих мыслей, кроме собственных.

Собаке сшили маленькую желтую жилетку. Такую же жилетку, что была на женщине с большими сережками. На жилетках было написано: «ТАМОЖНЯ. CUSTOMS».

Собака приближалась, до нее оставалось всего метров пять. Проблем не должно было возникнуть.

Не могло возникнуть проблем. Дурь была упакована в презервативы и обернута двойным слоем пакетов для заморозки. Из пакета не могла вырваться ни одна молекула. Так что просто улыбайся. Расслабься и улыбайся. Не слишком много, но в меру. Турд повернулся к воркующей рядом с ним стюардессе, как будто ему требовалось хорошо сконцентрироваться, чтобы понять изрекаемые ею слова.

— Извините.

Они уже прошли мимо собаки, и Турд не остановился.

— Извините! — Голос прозвучал резче.

Турд смотрел прямо перед собой. До двери в комнату предполетной подготовки экипажей оставалось всего метров десять. Безопасность. Десять шагов. Home free[1].

— Excuse me, sir![2]

Семь шагов.

— Кажется, она обращается к тебе, Турд.

— Что?

Турд остановился. Ему пришлось остановиться. Он обернулся, надеясь, что удивление, написанное на его лице, не выглядит напускным. Женщина в желтом жилете подошла к ним.

— Собака выделила вас.

— Да?

Турд посмотрел на собаку и подумал: как? Собака глядела на него, бешено виляя хвостом, будто принимала Турда за своего нового товарища по играм.

Как? Двойной слой мешка для заморозки и презервативы. Как?

[1] Дома и в безопасности *(англ.).*
[2] Простите, сэр! *(англ.)*

43

— Это означает, что мне придется досмотреть вас. Пройдемте с нами.

В ее карих глазах по-прежнему присутствовала мягкость, но интонация была отнюдь не просительной. И в тот же миг Турд понял как. Он схватился за удостоверение на нагрудном кармане.

Кокаин.

Он забыл протереть удостоверение, после того как приготовил последнюю дорожку. Наверное, собака это учуяла.

Но тогда речь идет всего о нескольких крупинках, и он легко оправдается, сказав, что брал удостоверение с собой, когда ходил на праздник. Не это было сейчас главной его проблемой. Чемодан. Его будут досматривать. Как пилота, Турда Шульца тренировали выполнять необходимые процедуры так часто, что он способен был действовать почти автоматически. Чтобы, даже находясь во власти паники, он мог делать именно то, что нужно; чтобы именно это вспоминал мозг в отсутствие другой информации. Сколько раз он представлял себе подобную ситуацию: таможенник просит его пройти на досмотр. Сколько раз думал, что ему делать, прокручивал в мозгу свои действия. Он повернулся к стюардессе и огорченно улыбнулся, успев бросить быстрый взгляд на табличку с ее именем:

— Меня выделили, Кристин. Возьмешь с собой мой чемодан?

— Чемодан поедет с нами, — сказала таможенница.

Турд Шульц повернулся к ней:

— Кажется, вы сказали, что собака пометила меня, а не чемодан?

— Да, но…

44

— В чемодане находятся бумаги по предстоящему полету, и другие члены экипажа должны успеть их просмотреть. Разве только вы возьмете на себя ответственность за задержку забитого под завязку «Аэробуса-340», следующего в Бангкок. — Он почувствовал, как раздулся в самом прямом смысле слова. Легкие его наполнились воздухом, и грудная мускулатура проступила под форменным пиджаком. — Если мы пропустим свою очередь на взлет, это будет означать несколько часов задержки и огромные материальные потери для авиакомпании.

— Боюсь, что правила...

— Триста сорок два пассажира, — оборвал ее Шульц, — многие из которых — дети.

Он надеялся, что в его голосе она услышит серьезную озабоченность капитана, а не нарастающую панику наркокурьера. Таможенница погладила собаку по голове и посмотрела на него.

Она выглядит как домохозяйка, подумал он. Женщина, обремененная детьми и ответственностью. Женщина, которая должна войти в его положение.

— Чемодан мы возьмем с собой, — сказала она.

Позади нее показался еще один таможенник. Он стоял, широко расставив ноги и скрестив руки на груди.

— Ладно, давайте уже скорее, — вздохнул Турд.

Начальник отдела по расследованию убийств Полицейского управления Осло Гуннар Хаген откинулся на спинку кресла и внимательно посмотрел на мужчину в льняном костюме. Три года назад зашитая рана на его лице была темно-бордовой, а сам он казался совершенно сломленным. Но сейчас бывший подчиненный Хагена выглядел здоровым, он набрал пару крайне необходимых килограммов, а плечи его расправились и заполнили пиджак костюма. Костюм. Хаген помнил, что его подчиненный носил джинсы и ботинки, и ничего другого. Так же непривычно было видеть бедж с надписью «Харри Холе» на отвороте пиджака, свидетельствующий о том, что его гость — посетитель, а не сотрудник.

Но этот гость расположился на стуле в своей обычной позе: скорее лежа, чем сидя.

— Ты выглядишь лучше, — сказал Хаген.

— Твой город тоже, — ответил Харри, пожевывая незажженную сигарету.

— Думаешь?

— Красивый Оперный театр. Немного меньше торчков на улицах.

Хаген поднялся и подошел к окну. С шестого этажа здания Полицейского управления он видел новый городской район Осло — Бьёрвику, купающуюся в лучах солнца. Строительство шло полным ходом. Снос старого завершился.

— В последние годы значительно снизилось количество умерших от передоза. Цены взлетели, потребление упало. Городские власти получили то, о чем просили. Осло больше не самый героиновый город в Европе.

— «Happy days are here again»[1].

Харри сложил руки за головой и вытянулся так, что чуть не соскользнул со стула.

Хаген вздохнул:

---

[1] «Вновь вернулись счастливые дни» *(англ.)*, известная американская песня.

46

— Ты не сказал мне, что привело тебя в Осло, Харри.

— Разве не сказал?

— Нет. А если точнее, что привело тебя сюда, в убойный отдел.

— Разве не принято навещать бывших коллег?

— Да, у других, нормальных, социально адаптированных людей.

— Хорошо. — Харри прикусил фильтр «Кэмела». — Моя профессия — убийство.

— Ты хочешь сказать, твоей профессией *было* убийство?

— Давай я сформулирую по-другому: моя профессия, моя специальность — убийство. И это по-прежнему единственное, в чем я разбираюсь.

— И чего ты хочешь?

— Работать по специальности. Расследовать убийства.

Хаген поднял бровь:

— Ты снова хочешь работать у меня?

— Почему бы и нет? Если я правильно помню, я был одним из лучших.

— Неправильно, — возразил Хаген и снова отвернулся к окну. — Ты был лучшим. — И добавил более тихим голосом: — Худшим и лучшим.

— Я бы взялся за какое-нибудь убийство в наркосреде.

Хаген сухо усмехнулся:

— Какое из них? У нас их было четыре только за последние полгода. И ни по одному мы не продвинулись.

— Убийство Густо Ханссена.

Хаген не ответил, продолжая изучать людей, ползающих там, внизу, по газону. В голове у него автоматически возникали ассоциации. Мошенники со страховками. Воры. Террористы. Почему он видел именно их, а не честных тружеников, которым выпало счастье во время заслуженного отдыха понежиться пару часов на сентябрьском солнце? Полицейский взгляд. Полицейская слепота. Он рассеянно слушал голос Харри, звучавший у него за спиной:

— Густо Ханссен, девятнадцати лет. Знаком полиции как наркодилер и торчок. Двенадцатого июля найден мертвым в квартире на улице Хаусманна. Умер от кровопотери, получив пулю в грудь.

Хаген невесело рассмеялся:

— Почему ты хочешь взяться за единственное раскрытое дело?

— Думаю, тебе это известно.

— Да, известно, — вздохнул Хаген. — Но если бы я снова взял тебя на работу, я бы дал тебе другое дело. Дело полицейского агента.

— Я хочу то дело.

— Существует, если округлить, около ста причин, по которым ты никогда не получишь этого дела, Харри.

— Например?

Хаген повернулся к Харри:

— Достаточно упомянуть первую. Это дело раскрыто.

— И что дальше?

— Это дело ведем не мы, а Крипос[1]. У меня нет вакансий, у нас идут сокращения. На тебя нельзя положиться. Мне продолжать?

— Ммм. Где он?

---

[1] Главное управление криминальной полиции Норвегии.

Хаген молча указал на каменное здание на другой стороне лужайки, за пожелтевшими кленами.

— В Бутсене, — сказал Харри. — В следственном изоляторе.

— Пока там.

— Посещения запрещены?

— Кто выследил тебя в Гонконге и рассказал об этом деле? Уж не...

— Нет, — отрезал Харри.

— Ну так?

— Вот так.

— Кто?

— Может, в Интернете прочитал.

— Это вряд ли, — сказал Хаген с легкой улыбкой и непроницаемым взглядом. — Информация об этом деле появилась в газетах всего один раз, после чего оно было забыто. В статьях не упоминалось никаких имен. Там просто говорилось, что один торчок под кайфом пристрелил другого из-за дозы. Подобные случаи мало кому интересны. Это дело было совсем непримечательным.

— Примечательно только то, что речь шла о двух подростках, — сказал Харри. — Девятнадцати лет и восемнадцати.

Голос его изменился. Хаген пожал плечами:

— Достаточно взрослые, чтобы убивать, достаточно взрослые, чтобы умирать. В следующем году их бы призвали в армию.

— Можешь устроить мне свидание с ним?

— Кто твой информатор, Харри?

Харри почесал в затылке.

— Приятель из криминалистического.

Хаген улыбнулся. И на этот раз глаза его тоже улыбались.

— Ты просто миляга, Харри. Насколько я знаю, у тебя в полиции всего три друга. Бьёрн Хольм из криминалистического. И Беата Лённ из криминалистического. Кто из них?

— Беата. Ну что, устроишь свидание?

Хаген уселся на край письменного стола и посмотрел на Харри. Потом бросил взгляд на телефонный аппарат.

— При одном условии, Харри. Ты пообещаешь держаться на расстоянии многих десятков километров от этого дела. Между нами и Крипосом сейчас царит мир и согласие, и я не хочу никаких ссор с ними.

Харри кисло улыбнулся. Он так низко съехал со стула, что мог видеть пряжку своего ремня.

— Значит, вы теперь закадычные друзья с королем Крипоса?

— Микаэль Бельман больше не работает в Крипосе, — ответил Хаген. — И как следствие — мир и согласие.

— Крипос избавился от психопата? «Happy days...»

— Да нет, — глухо рассмеялся Хаген. — Бельман никогда не был так близко к нам. Он в этом здании.

— Вот черт! Он в убойном?

— Боже упаси. Он уже больше года руководит Оргкримом.

— У вас, я смотрю, появились новые сокращения.

— Организованная преступность. Объединили несколько старых отделов: грабежи, траффик, наркотики. Теперь всем этим занимается Оргкрим. Более двухсот сотрудников. Это самый большой отдел криминальной полиции.

— Мм. Теперь у него больше подчиненных, чем было в Крипосе.

— Тем не менее в зарплате он потерял. А ты ведь понимаешь, что значит, когда человек вроде него соглашается на хуже оплачиваемую работу.

— Хочет получить больше власти, — ответил Харри.

— Его наградили за вклад в борьбу с наркотиками, Харри. Отлично организованное наблюдение. Аресты и рейды. Банд стало меньше, внутренние войны кончились. Количество смертей от передоза, как я уже говорил, уменьшается... — Хаген поднял вверх указательный палец. — А Бельман возвеличивается. Парень метит на хорошие места, Харри.

— Я тоже, — сказал тот и поднялся. — На Бутсен. Надеюсь, разрешение на посещение к моему приходу уже будет у дежурного.

— Значит, мы договорились?

— Конечно, — кивнул Харри, дважды встряхнул протянутую руку бывшего шефа и направился к двери.

В Гонконге он прошел отличную школу вранья. Он услышал, как Хаген снял телефонную трубку, но, подойдя к выходу из кабинета, все же обернулся:

— И кто третий?

— Что? — Хаген, не отрывая взгляда от телефонного аппарата, нажимал клавиши толстым указательным пальцем.

— Кто мой третий друг здесь?

Начальник отдела Гуннар Хаген прижал телефонную трубку к уху, устало посмотрел на Харри и со вздохом произнес:

— А сам как думаешь? — И затем: — Алло? Это Хаген. Мне нужно разрешение на посещение подследственного. Да? — Хаген прикрыл трубку ладонью: — Все будет хорошо. У них сейчас обед, так что подходи к двенадцати.

Харри улыбнулся, пробормотал «спасибо» и тихо закрыл за собой дверь.

В досмотровой комнате Турд Шульц застегивал брюки и надевал пиджак. Все отверстия его тела было решено не изучать. Таможенница — та же самая, что остановила его, — ждала перед досмотровой. Вид у нее был как у экзаменатора, только что принявшего устный экзамен у последнего студента.

— Спасибо за сотрудничество, — сказала она, жестом указывая ему на дверь.

Турд предполагал, что они долго спорили, извиняться или нет каждый раз, когда наркособачка кого-нибудь выделит, а наркотиков не найдут. Остановленный, задержанный, попавший под подозрение, поставленный в затруднительное положение человек, без сомнения, не возражал бы против извинений. Но надо ли извиняться за то, что таможенники делают свою работу? Собаки постоянно выделяли людей, у которых не было наркотиков, и извинения, таким образом, стали бы в какой-то степени признанием несовершенства процедуры, сбоя в системе. С другой стороны, они должны были понять по лычкам, что он капитан. Что у него не три лычки, что он не относится к пятидесятилетним неудачникам, так и не выбравшимся по собственной вине из правого штурманского кресла. Нет, у него было четыре лычки, свидетельствовавшие о том, что у него все в порядке и под контролем, что он владеет ситуацией и отвечает за собственную жизнь. Они должны были знать, что он принадлежит к аэропортовой касте брахманов. Капитану воздушного судна таможенник с двумя полосками обязан был принести извинения, к месту это было или не к месту.

— Да что там, теперь мы знаем, что вы следите за этим, — сказал Турд и поискал взглядом чемодан.

Скорее всего, они просто порылись в нем, потому что собака его не выделила. И металлические крепления вокруг полости, где лежал пакет, в любом случае не просвечивались.

— Он скоро будет, — сказала таможенница.

Пару секунд они молча смотрели друг на друга.

Разведена, подумал Турд.

В этот миг вошел второй таможенник.

— Ваш чемодан... — начал он.

Турд взглянул на него и все прочитал в его взгляде. Он почувствовал, как в животе свернулся комок и начал подниматься по пищеводу. Как? Как?

— Мы вынули все, что у вас лежало в чемодане, и взвесили его, — объяснил таможенник. — Пустой двадцатишестидюймовый чемодан «Самсонайт Аспайр ГРТ» весит пять килограммов восемьсот граммов. Ваш весит шесть триста. Можете объяснить почему?

Таможенник был слишком большим профессионалом, чтобы открыто улыбаться, но Турд Шульц все же заметил триумф в его взгляде. Таможенник наклонился к нему и сказал, понизив голос:

— Или мы...

Харри вышел на улицу, перекусив в «Олимпе». В этом старом питейном заведении не самого высокого пошиба, каким он его помнил, сделали дорогой ремонт и превратили его в ресторан элитного западного Осло, стилизованный под заведение восточного рабочего района, с огромными картинами, на которых были изображены те самые старые районы. Не то чтобы место со всеми этими люстрами ему не понравилось. И макрель была очень даже неплохо приготовлена. Только вот... Это был не «Олимп».

Харри прикурил сигарету и направился в Бутспарк, отделяющий Полицейское управление от старых серых стен следственного изолятора. Он прошел мимо человека, прикреплявшего рваный красный плакат к столетним охраняемым липам при помощи степлера. Казалось, тот не осознавал, что совершает серьезное правонарушение прямо перед окнами здания, в котором располагалось крупнейшее подразделение полиции Норвегии. Харри на минутку остановился. Не для того, чтобы пресечь правонарушение, а для того, чтобы прочитать плакат. Это была реклама концерта группы «Russian Amcar Club» в клубе «Сардины». Харри вспомнил давно не существующую группу и давно закрытый клуб. «Олимп». Харри Холе. Да уж, нынешний год смело можно назвать годом воскрешения мертвых. Он уже собирался идти дальше, как вдруг услышал позади себя дрожащий голос:

— «Скрипочки» не найдется?

Харри обернулся. Мужчина был одет в новую чистую куртку «G-Star». Он клонился вперед, как будто в спину ему дул сильный ветер, и сгибал колени так, что не могло быть сомнений: он — героиновый наркоман. Харри уже собирался ответить, как вдруг понял, что мужчина обращается к человеку, вешающему плакат. Но тот, не проронив ни слова, просто ушел. Новые аббревиатуры, новая терминология в наркосреде. Старые группы, старые клубы.

Фасад следственного изолятора Осло, в народе известного как Бутсен, был построен в середине XIX века и состоял из входа, втиснутого между двумя крыльями, что всегда наводило Харри на мысль об арестанте, идущим между двумя конвоирами. Он позвонил у входа, взглянул на видеокамеру, услышал тихое жужжание и открыл дверь. Внутри его встретил надзиратель в форме, который провел его по лестницам и через двери, охранявшиеся двумя другими надзирателями, в продолговатую комнату без окон. Харри бывал здесь раньше. Тут заключенные встречались со своими близкими родственниками. Чувствовалось, что администрация изолятора предприняла попытку, хотя и не слишком удачную, создать в комнате атмосферу уюта. Хорошо зная, что здесь происходит, когда к подследственным приходят жены или подружки, Харри обошел диван подальше и уселся на стул,

Он ждал. Обнаружив, что к его пиджаку все еще приклеен бедж посетителя Полицейского управления, он отодрал его и убрал в карман. Сон об узком коридоре и снежной лавине был хуже, чем обычно, его завалило и забило рот снегом. Но сердце его колотилось не от этого. От предвкушения? Или от страха?

Он не успел понять, потому что дверь открылась.

— Двадцать минут, — произнес надзиратель и с шумом задвинул засов.

Парнишка, оставшийся стоять по эту сторону двери, очень изменился, и Харри чуть было не крикнул, что ему привели не того подследственного, что это не тот. На парнишке были джинсы фирмы «Дизель» и черная кенгурушка с надписью «Machine Head», что, как догадался Харри, было не названием старой пластинки «Deep Purple», а рекламой новой хеви-метал-группы. Хеви-метал был, конечно, уликой, но доказательством служили глаза и скулы. Почти страшно было видеть, как похожи они стали. Впрочем, парнишка не унаследовал красоту матери. Слишком выпуклый лоб придавал его лицу угрюмое, почти агрессивное выражение, что еще больше подчеркивалось гладкой челкой, по-видимому унаследованной от его московского отца. Отца-алкоголика, которого мальчишка толком и не знал, ведь он был совсем маленьким, когда Ракель привезла его в Осло, где немного позже встретила Харри.

Ракель.

Большая любовь его жизни. Вот так просто. И так сложно.

Олег. Умный, серьезный Олег. Олег, который всегда был таким замкнутым, который никому не открывал свою душу, кроме Харри. Харри никогда не рассказывал об этом Ракели, но он знал больше ее о том, что Олег думает, чувствует и хочет. Вот они с Олегом играют в «Тетрис» на его приставке, и каждый мечтает набрать больше очков, чем соперник. А вот они на конькобежной тренировке на стадионе «Валле Ховин» в те времена, когда Олег собирался стать стайером и, кстати, имел все задатки для этого. Олег, который улыбается терпеливой снисходительной улыбкой каждый раз, когда Харри обещает, что осенью или весной они поедут в Лондон и посмотрят матч «Тоттенхэма» на стадионе «Уайт Харт Лейн». Олег, который время от времени называет его папой, потому что уже поздно, ему хочется спать и он теряет контроль над ситуацией. В последний раз Харри видел его почти пять лет назад. Пять лет назад Ракель увезла его из Осло, подальше от страшных воспоминаний о Снеговике, подальше от мира насилия и убийств, в котором жил Харри.

А теперь Олег стоит здесь, у двери, ему восемнадцать, и он уже почти взрослый. И он смотрит на Харри без всякого выражения. Во всяком случае, Харри не понимает, что выражает его лицо.

— Привет, — произнес Харри.

Черт, он не прочистил горло, и у него получился только хриплый шепот. Парень может подумать, что он вот-вот расплачется или что-то в этом духе. Словно для того, чтобы отвлечь себя самого или Олега, Харри достал пачку «Кэмела» и взял в рот сигарету.

Он поднял глаза и увидел, что лицо Олега залила красная краска. И злоба. Та взрывная злоба, которая неожиданно завладевает человеком, из-за которой глаза застилает пеленой, а вены на шее и лбу вздуваются и напрягаются, как гитарные струны.

— Расслабься, я не буду прикуривать, — сказал Харри, кивнув на табличку, запрещающую курение в комнате для свиданий.

— Это мама, да?

Голос тоже возмужал. И в нем сквозила ярость.

— Что «мама»?

— Это мама тебя вызвала.

— Да нет, я...

— Конечно да.

— Нет, Олег, вообще-то она даже не знает, что я в Норвегии.

— Врешь! Как всегда, врешь!

Харри удивленно посмотрел на него:

— Как всегда?

— Как когда ты врал, что всегда будешь с нами и все такое. Но теперь уже слишком поздно. Так что иди-ка ты обратно... иди ты на хрен!

— Олег, послушай...

— Нет! Я не хочу тебя слушать. Тебе незачем было сюда приходить! Ты не можешь вот так просто прийти поиграть в моего папу, понимаешь?

Мальчишка с трудом сглотнул. Ярость во взгляде постепенно утихала, но вдруг накатила новая волна.

— Ты нам больше никто. Ты захаживал к нам несколько лет, а потом... — Олег попытался щелкнуть пальцами, но пальцы скользнули друг по другу, не издав ни звука. — Исчез.

— Это неправда, Олег. И ты это знаешь.

На этот раз голос Харри прозвучал твердо и уверенно, свидетельствуя о том, что он спокоен и надежен, как авианосец. Но ком в горле говорил о другом. Харри привык слушать, как его ругают на допросах, он просто не обращал на это внимания, а в лучшем случае становился только спокойнее и рассудительнее. Но с этим мальчишкой, с Олегом... против этого у него не было защиты.

Олег горько рассмеялся:

— Проверим, действует ли еще? — Он прижал средний палец к большому. — Исчезни... немедленно!

Харри поднял руки.

— Олег...

Олег покачал головой и постучал в дверь позади себя, не сводя с Харри черного, как ночь, взгляда.

— Надзиратель! Свидание окончено. Заберите меня отсюда!

После того как Олег ушел, Харри еще какое-то время сидел. Потом тяжело поднялся и побрел в солнечный свет, заливающий Бутс-парк.

Он остановился, глядя на Полицейское управление. Подумал. И пошел к той части здания, где принимали задержанных. Но на полпути остановился, привалился спиной к дереву и зажмурился так плотно, что почувствовал, как из глаз потекла жидкость. Чертов свет. Чертов другой часовой пояс.

Глава 5

— Я только посмотрю на них, я не буду ничего трогать, — побещал Харри.

Дежурный в приемнике задержанных с сомнением посмотрел на него.

— Да ладно, Туре, ты же меня знаешь.

Нильсен кашлянул:

— Знаю. А ты что, снова здесь работаешь, Харри?

Харри пожал плечами.

Нильсен склонил голову набок и прикрыл глаза, так что видны остались только половинки зрачков. Как будто он хотел просеять визуальные впечатления. Отсеять несущественное. Оставшееся, очевидно, было истолковано в пользу Харри.

Нильсен тяжело вздохнул, ушел и вернулся с ящиком. Как и рассчитывал Харри, вещи, найденные у Олега во время задержания, хранились там, где его приняли. Когда становилось понятным, что задержанный проведет в заключении более двух дней, его переводили в Бутсен, но его вещи не всегда пересылались в приемник корпуса Д.

Харри изучил содержимое. Монетки. Брелок с двумя ключами, черепом и эмблемой группы «Slayer». Швейцарский армейский нож с одним лезвием и множеством отверток и приспособлений. Одноразовая зажигалка. И еще одна вещь.

У Харри внутри все опустилось, хотя он уже это знал. Газеты называли случившееся «разборкой в наркосреде».

Одноразовый шприц, все еще в пластиковой упаковке.

— Это все? — спросил Харри и взял связку ключей.

Он внимательно изучил ее, держа внизу под стойкой. Нильсену, естественно, не понравилось, что ключи пропали из поля его зрения, и он наклонился вперед.

— Бумажника не было? — задал Харри вопрос. — Или банковской карты? Или удостоверения личности?

— Вроде бы нет.

— Можешь проверить список изъятого?

Нильсен достал листок, лежащий в свернутом виде на дне ящика, медленно надел очки и посмотрел на бумагу.

— Был изъят мобильный телефон, но его забрали. Наверное, чтобы проверить, звонил ли он жертве.

— Ммм, — ответил Харри. — Что еще?

— Чего тебе еще? — пробормотал Нильсен, скользя глазами по бланку. Просмотрев весь документ, он заключил: — Нет, точно.

— Спасибо, это все, что я хотел знать. Спасибо за помощь, Нильсен.

Нильсен задумчиво кивнул, не снимая очков.

— Ключи.

— Да, конечно.

Харри положил связку обратно в ящик. Увидел, что Нильсен проверил, по-прежнему ли на ней два ключа.

Харри вышел на воздух, пересек парковку и, оказавшись на улице Окебергвейен, двинулся по ней к району Тёйен и улице Уртегата. Маленький Карачи. Небольшие лавки колониальных товаров, хиджабы и старики, сидящие на пластмассовых стульях перед своими кафе. И «Маяк». Кафе Армии спасения для обездоленных обитателей этого города. Харри знал, что в такие дни, как сегодня, здесь тихо, но зимой, в холода, посетители будут сбиваться за столиками внутри кафе. Кофе с бутербродами. Смена одежды, вышедшей из моды, синие кроссовки из излишков Министерства обороны. В медицинском кабинете на втором этаже — обработка свежих ран, полученных в пьяных драках, или, если дело плохо, укол витамина В. Харри на минуту задумался, не зайти ли к Мартине. Может, она по-прежнему здесь работает. Какой-то писатель сказал, что после большой любви приходят маленькие. Она была одной из маленьких. Но Харри не поэтому хотел зайти к ней. Осло — город небольшой, и тяжелые наркоманы собираются либо здесь, либо в кафе церковной городской миссии на улице Шиппергата. Не исключено, что Мартина знала Густо Ханссена. И Олега.

Но, решив действовать по порядку, Харри пошел дальше. Он пересек реку Акерсельва и посмотрел на нее с моста. Коричневая вода, какой Харри помнил ее с детства, была теперь чистой, как горный ручеек. Говорили, что в ней можно разводить форель. На дорожках, бегущих по обоим берегам речки, стояли они — наркодилеры. Все было новым, и ничего не изменилось.

Он пошел по улице Хаусманна. Миновал церковь Святого Якоба. Глянул на номера домов. Вывеска «Театра жестокости». Изрисованная граффити дверь со смайликом. Открытый участок со следами пожара. А вот и то, что он ищет. Типичный для Осло доходный дом XIX века, блеклый, рациональный, четырехэтажный. Харри толкнул ворота, открывшиеся от его прикосновения. Незаперто. Ворота вели прямо на одну из лестниц. Пахло мочой и мусором.

Харри заметил закодированные сообщения на стенах подъезда. Сломанные перила. Двери со следами взлома, оснащенные большим количеством новых, более надежных замков. На третьем этаже он остановился: место преступления найдено. Белые и оранжевые полицейские ленты крест-накрест опечатывали дверь.

Он сунул руку в карман и достал два ключа, которые снял со связки Олега, пока Нильсен читал протокол. Харри не знал точно, какие два своих ключа повесил в спешке на ту связку, но в любом случае в Гонконге изготовить новые ключи не проблема.

Один ключ был фирмы «Абус», которая, как было известно Харри, производила навесные замки, он сам покупал такой. Другой ключ был фирмы «Винг». Его он и засунул в замок. Ключ наполовину вошел в скважину и застрял. Харри попробовал толкать, попробовал крутить.

— Черт.

Он достал мобильник. Она была записана в контактах как «Б». Поскольку в его списке числилось всего восемь номеров, одной буквы для обозначения каждого абонента было достаточно.

— Лённ.

Вот что больше всего нравилось ему в Беате Лённ, помимо того, что она была одним из талантливейших криминалистов, с какими ему доводилось работать: она всегда ограничивалась предоставлением необходимой информации, не тормозя, как и Харри, следствие лишними словами.

— Привет, Беата. Я на улице Хаусманна.

— На месте преступления? А что ты там...

— Я не могу попасть внутрь. У тебя есть ключ?

— Есть ли у меня ключ?

— Ну, ты же командуешь всем этим.

— Конечно, у меня есть ключ. Вот только я не собиралась давать его тебе.

— И не давай. Но тебе ведь надо кое-что перепроверить на месте преступления. Я помню одного гуру, который говорил, что в деле об убийстве криминалист не может быть чересчур основательным.

— Значит, это ты помнишь.

— Это было первым, что она говорила всем, кого обучала. Я мог бы войти с тобой внутрь и посмотреть, как ты работаешь.

— Харри...

— Я ни к чему не буду прикасаться.

Тишина. Харри знал, что использует ее. Она была больше чем коллега, она была другом, но что еще важнее, она сама была матерью.

Она вздохнула:

— Дай мне двадцать.

Слово «минут» было лишним для нее.

Для него лишним было слово «спасибо». Поэтому Харри просто повесил трубку.

Полицейский Трульс Бернтсен медленно шагал по коридору Оргкрима. Его опыт показывал, что чем медленнее он идет, тем быстрее пролетает время. А вот чего у него было в избытке, так это времени. В кабинете его ждал просиженный стул и маленький письменный стол, на котором лежала стопка рапортов, больше для вида. Компьютером он пользовался в основном для путешествий по Интернету, но и это занятие стало скучным, после того как в управлении ввели ограничения на доступ к определенным сайтам. А поскольку он работал с наркотиками, а не в отделе нравов, ему вскоре пришлось бы давать объяснения о своем интересе к избранным страницам в Сети. Полицейский Бернтсен перенес кофейную чашку через порог, удерживая ее в равновесии, и поставил на стол, стараясь не закапать буклет о новой «Ауди Ку-5». 211 лошадей. Внедорожник, но все равно машина для черных. Бандитское авто. От старых полицейских «Вольво В-70» улетает, как от столба. Автомобиль как свидетельство того, что ты что-то собой представляешь. Чтобы она, та, что живет в новом доме в Хёйенхалле, знала, что ты кто-то. А не никто.

Поддерживать статус-кво — вот в чем фокус. Закрепить достигнутые результаты, как Микаэль назвал это на общем собрании в понедельник. Что означает — не пустить на сцену новых действующих лиц. «Нам всегда будет хотеться, чтобы на улицах стало меньше наркотиков. Но когда достигаешь столь многого за столь короткое время, как это сделали мы, всегда есть опасность ремиссии. Вспомните про Гитлера и Москву. Надо откусывать ровно столько, сколько сможешь прожевать».

Полицейский Бернтсен представлял себе, о чем шла речь: долгие дни сидения на стуле с ногами на столе.

Случалось, он скучал по своей работе в Крипосе. Убийства не то что борьба с наркотиками, в Крипосе политика их не касалась, надо было просто найти убийцу, и точка. Но Микаэль Бельман лично настоял на том, чтобы Трульс вместе с ним переехал из Брюна в Полицейское управление, обосновав это тем, что ему потребуются союзники на вражеской территории Полицейского управления, люди, на которых он сможет положиться, которые прикроют с флангов, если он подвергнется нападению. Так же, как сам Микаэль прикрывал с флангов Трульса, — этого он вслух не произнес, но и так было понятно. В последний раз он прикрыл его в случае с задержанным мальчишкой, когда Трульс слегка распустил руки, в результате чего у парня очень некстати повредилось зрение. Микаэль, естественно, устроил Трульсу разнос, сказал, что он ненавидит насилие в полиции, что в его отделе этого никогда не будет, что, к сожалению, он, как начальник, обязан сообщить о проступке Трульса юристу Стратегического штаба, а уж она решит, надо ли направлять дело дальше, на рассмотрение в Особый отдел. Но зрение у мальчишки восстановилось почти полностью, Микаэль заключил сделку с его адвокатом — полиция сняла обвинения в хранении наркотиков, и на этом все закончилось.

Как будто ничего и не было.

Долгие дни сидения на стуле с ногами на столе.

Именно туда Трульс Бернтсен и собирался их водрузить, когда выглянул в окно на Бутс-парк, как делал по десять раз на дню, и увидел старую липу посреди аллеи, ведущей к следственному изолятору.

Он уже появился.

Этот красный плакат.

Трульс почувствовал, как по телу побежали мурашки, почувствовал, как участился пульс. И поднялось настроение.

Он вскочил, надел пиджак и оставил кофе нетронутым на столе.

———

От Полицейского управления до церкви района Гамлебюен идти восемь минут быстрым шагом. Трульс Бернтсен прошел по улице Осло-гате к Минне-парку, повернул налево на мост Дювекес и попал в сердце Осло, туда, откуда когда-то начался город. Сама церковь была скромно, почти бедно украшена, без всяких вычурных орнаментов, присущих церкви периода нового романтизма, расположенной рядом с Полицейским управлением. Но история церкви Гамлебюена была насыщеннее. Во всяком случае, если хотя бы половина баек, которые в детстве рассказывала ему бабушка, были правдивыми. Семья Бернтсенов переехала из старого дома в центре города в новостройки Манглеруда в конце пятидесятых, когда район был только-только построен. Но интересно, что именно Бернтсены, коренные жители Осло, рабочие в трех поколениях, чувствовали себя здесь чужаками. Потому что первыми жителями новостроек в пятидесятые годы были крестьяне и переселенцы из других мест, приехавшие в Осло в поисках новой жизни. И когда в семидесятые — восьмидесятые годы отец Трульса напивался в стельку, выходил на балкон их квартиры в многоэтажном доме и начинал поносить всех и вся, Трульс либо уходил к своему лучшему и единственному другу Микаэлю, либо к бабушке в Гамлебюен.

Она рассказывала, что церковь Гамлебюена была построена на том месте, где в XIII веке находился монастырь, в стенах которого монахи заперлись, чтобы переждать в молитвах разгул «черной смерти»[1], но люди посчитали, что они заперлись, чтобы не выполнять свой христианский долг по отношению

[1] Эпидемия чумы, разразившаяся в Европе в 1347–1351 гг.

к ближним и не ухаживать за зараженными. Когда же канцлер повелел взорвать монастырские ворота, потому что обитатели монастыря на протяжении нескольких месяцев не подавали признаков жизни, он узрел крысиный пир на гниющих телах монахов. Любимая бабушкина сказка на ночь была о том, как на этом же месте построили психиатрическую лечебницу, прозванную «кукольным домом», и как некоторые сумасшедшие жаловались, что по ночам в коридорах здания разгуливают мужчины в монашеских одеяниях. А когда один из пациентов сорвал у монаха с головы капюшон, его взору предстало бледное лицо с пустыми глазницами, изъеденное крысами.

Но больше всего Трульсу нравилась история об Аскиле Ушане. Он жил и умер более ста лет назад, в те времена, когда Кристиания[1] стала настоящим городом, а церковь Гамлебюен уже давным-давно была построена. Говорили, что его призрак бродил по кладбищу, по близлежащим улицам, по порту и Квадратуре. Но только по этим местам, потому что Аскиль Ушан был одноногим и не мог уходить далеко от своей могилы, ведь ему надо было успеть вернуться до наступления утра, говорила бабушка. Аскиль Ушан потерял ногу под колесами пожарной телеги, когда ему было три года, но, по словам бабушки, острые на язык жители восточных районов предпочли дать ему кличку, связанную с размером его ушей. Времена были тяжелые, и выбор профессии для одноногого ребенка был предопределен. Так что Аскиль Ушан занялся попрошайничеством и вскоре стал привычным зрелищем на улицах растущего города.

---

[1] Название Осло с 1877 по 1924 г.

Он всегда был в хорошем настроении и готов поболтать. Особенно с теми, кто средь бела дня сидел в пивнушках и не имел работы, но у кого внезапно на руках появлялись деньги. Тут и Аскилю Ушану кое-что перепадало. Но иногда Аскилю требовалось чуть больше денег, и тогда, случалось, он рассказывал полиции о тех, кто в последнее время был особенно щедрым. И кто, опрокинув четвертый стакан и не обращая внимания на безобидного попрошайку, пристроившегося сбоку, рассказывал, как его пригласили ограбить ювелира на улице Карла Йохана или торговца древесиной в Драммене. Поползли слухи о том, что у Аскиля Ушана действительно очень большие уши, и после раскрытия одного ограбления в Кампене Аскиль Ушан пропал. Тело его так и не было найдено, но однажды зимним утром на ступенях церкви Гамлебюена люди увидели костыль и два отрезанных уха. Аскиля похоронили где-то на церковном кладбище, но, поскольку ни один священник не прочел над его телом молитву, он не упокоился. Поэтому после наступления темноты в Квадратуре или поблизости от церкви можно было наткнуться на хромого мужчину в низко натянутой на голову шапке, просящего подать ему два эре, «два эре!». И не подать попрошайке считалось плохой приметой.

Вот что рассказывала бабушка. Тем не менее Трульс Бернтсен проигнорировал худого попрошайку с темной кожей в чужеземных одеждах, сидевшего у входа на кладбище, и зашагал по гравиевой дорожке между могилами, считая их. Дойдя до седьмой, свернул налево, затем, отсчитав третью, направо и остановился у четвертого могильного памятника.

Имя, высеченное на камне, ничего ему не говорило. А. К. Руд. Он умер в 1905 году, когда Норвегия обрела независимость; ему был всего двадцать один год, но, кроме дат рождения и смерти, на камне не было ничего, даже обычного пожелания почивать с миром или какого-либо другого в буквальном смысле крылатого выражения. Возможно, это потому, что памятник был слишком маленьким для длинного текста. Но пустая ровная поверхность памятника прекрасно подходила для написания мелом коротких сообщений, именно поэтому они его и выбрали.

ЦАЛЬШУДА УРИТЖГСО

Трульс расшифровал текст с помощью простого кода, которым они пользовались, чтобы случайные прохожие не смогли понять сообщение. Он начал с конца, прочитал две последние буквы, затем две перед ними, и так далее.

СОЖГИ ТУРДА ШУЛЬЦА

Трульс Бернтсен не стал записывать сообщение. Ему это не требовалось. У него была прекрасная память на имена, что постоянно приближало его к кожаным сиденьям «Ауди Ку-5 2.0» с шестиступенчатой коробкой. Он стер надпись рукавом куртки.

Попрошайка поднял глаза на Трульса, когда тот прошел обратно. Наверняка на него работает целая рота нищих, а где-то поблизости стоит его машина. «Мерседес», вроде бы такие им по вкусу? Начали бить церковные колокола. В прайс-листе было написано, что «Ку-5» стоит 666 тысяч. И если в этом был какой-то тайный смысл, то от Трульса Бернтсена он ускользнул.

———

— Ты хорошо выглядишь, — сказала Беата, вставляя ключ в замок. — И пальчик у тебя классный.

— Сделано в Гонконге, — ответил Харри, потерев короткую титановую фалангу.

Пока маленькая бледная женщина открывала двери, он разглядывал ее. Тонкие короткие светлые волосы, забранные резинкой. Кожа настолько прозрачная, что видна красивая сетка кровеносных сосудов на виске. Женщина напоминала ему голую крысу, на которой опробовали методы лечения рака.

— Поскольку ты написала, что Олег обитал на месте преступления, я подумал, что смогу попасть внутрь при помощи его ключей.

— Замок в этой двери давным-давно был сломан, — сказала Беата, распахивая дверь. — Проходи. Мы вставили новый замок, чтобы наркоманы не вернулись и не испачкали место преступления.

Харри кивнул. Это типично для наркоманских притонов, для квартир, в которых проживает несколько наркоманов. Нет смысла ставить замки, они будут немедленно сломаны. Во-первых, все торчки вламываются в те квартиры, где, по их сведениям, может быть дурь. Во-вторых, даже те, кто живет вместе, обязательно воруют друг у друга.

Беата отодвинула в сторону опечатывающие квартиру ленты, и Харри проник внутрь. На крючках в коридоре висели одежда и пластиковые пакеты. Харри заглянул в один из них. Сердцевина от рулона бумажных полотенец, пустые пивные банки, мокрая футболка со следами крови, кусочки фольги, пустая сигаретная пачка. У одной стены были составлены пустые коробки из-под пиццы «Грандиоза», и эта грандиозная башня скоро могла бы достать до потолка. Еще в квартире стояли четыре одинаковые белые вешалки. Харри удивился, но потом сообразил, что вешалки ворованные и их просто не удалось продать. Он вспомнил, что в наркоманских притонах постоянно обнаруживались вещи, за которые обитатели этих притонов очень надеялись выручить деньги. В одном месте полиция нашла сумку с шестьюдесятью устаревшими, давно вышедшими из употребления мобильными телефонами, в другом — частично разобранный мопед на кухне.

Харри вошел в гостиную. Здесь пахло смесью пота, пропитанного пивом дерева, мокрого пепла и чего-то сладкого, что Харри не сумел определить. В гостиной не было мебели в обычном понимании. На полу лежали четыре матраца, как в лагере вокруг костра. Из одного матраца под углом девяносто градусов торчал кусок проволоки в форме латинской буквы Y. Квадрат пола между матрацами был черным от следов огня вокруг пустой пепельницы. Харри предположил, что содержимое пепельницы забрали эксперты.

— Густо лежал здесь, у стены в кухне, — сказала Беата.

Она стояла в дверном проеме между гостиной и кухней и указывала на место, где был обнаружен труп.

Вместо того чтобы пройти на кухню, Харри остановился в дверях и огляделся. Это привычка. Не привычка криминалиста обследовать место преступления издалека, начинать прочесывание с периферии, постепенно приближаясь к трупу. И не привычка полицейского из дежурной части или патрульной машины, который, первым прибыв на место преступления, прекрасно осознает, что может испачкать его собственными следами или, в худшем случае, уничтожить имеющиеся следы преступников. Здесь люди Беаты уже давно сделали все, что нужно. Нет, это была привычка следователя-тактика. Того, кто знает, что у него есть только один шанс получить первые чувственные впечатления, позволить почти незаметным деталям рассказать свою историю, оставить свои отпечатки до того, как цемент застынет. Это должно случиться сейчас, прежде чем включится аналитическая часть мозга, та, которой нужны четко сформулированные факты. Харри обычно определял интуицию как простые логические заключения, основанные на обычной информации, полученной при помощи органов чувств, которые мозг не смог или не успел перевести на понятный язык.

Но это место не слишком много поведало Харри о произошедшем убийстве.

Он видел, слышал и обонял квартиру, где жили более или менее случайные люди, которые собирались вместе, ширялись, спали, изредка ели и через какое-то время исчезали. Уходили в другой притон, в палату хосписа, в парк, в мусорный бак, в спальный мешок под мостом или же под могильный камень в белом ящике.

— Нам, естественно, пришлось здесь немного прибрать, — сказала Беата, отвечая на его незаданный вопрос. — Везде был мусор.

— Наркота? — спросил Харри.

— Мешок несваренных ватных тампонов, — ответила Беата.

Харри кивнул. Наиболее истощенные и нищие наркоманы обычно собирали ватные тампоны, которыми пользовались для очистки наркотиков от шлаков во время забора жидкости в шприц. В черный день эти тампоны можно было сварить, а отвар вколоть.

— И презерватив с семенной жидкостью и героином.

— Да ну? — Харри поднял бровь. — Советуешь попробовать?

Беата залилась краской, как в те годы, когда она была скромной выпускницей полицейской школы, какой он ее еще помнил.

— С остатками героина, если точнее. Мы думаем, что презерватив использовался для хранения, а когда хранить стало нечего, его применили по прямому назначению.

— Ммм, — сказал Харри. — Торчки, которые заботятся о предохранении. Неплохо. Выяснили, кто...

— ДНК с внутренней и внешней стороны презерватива принадлежат двум знакомым нам людям. Одной шведской девочке и Ивару Торстейнсену, больше известному как Спидвар.

— Спидвар?

— Обычно он угрожает полицейским грязными шприцами. Утверждает, что заражен.

— Ммм, тогда понятно, почему он пользовался презервативом. В насилии замечен?

— Нет, всего несколько сотен взломов, хранение и торговля. И даже ввоз в страну.

— Но угрожал убить кончиком шприца?

Беата вздохнула и сделала шаг в гостиную, повернувшись к нему спиной.

— Прости, Харри, но в этом деле все концы сходятся с концами.

— Олег никогда не обидел и мухи, Беата. В нем этого просто-напросто нет. А вот этот Спидвар…

— Спидвар и шведская девочка уже… уже не актуальны.

Харри посмотрел на ее спину.

— Мертвы?

— Передозировка. За неделю до убийства. Низкокачественный героин, смешанный с фентанилом. У них не было денег на «скрипку».

Харри скользнул взглядом по стенам. У большинства тяжелых наркоманов без постоянного места жительства были нычки — одно или два тайных места, где они могли спрятать или запереть свой неприкосновенный наркотический запас. Или деньги. Или другие важные вещи. Носить их с собой не имело смысла, бездомному торчку приходилось ширяться в людных местах, а в тот момент, когда дурь попадала ему в вену, он становился беспомощным и представлял собой легкую добычу для грабителей. Поэтому нычки были святым делом. Совершенно, казалось бы, отупевший наркоман тратил столько сил и фантазии, чтобы спрятать свою нычку, что даже профессиональные сыщики и собаки, натренированные на поиск наркотиков, не могли ее найти. Тайное место, о котором торчок никогда никому не говорит, даже своему лучшему другу. Потому что знает, знает по собственному опыту, что никакой друг из плоти и крови не станет ему ближе, чем друзья кодеин, морфин, героин.

— А нычки вы здесь искали?

Беата покачала головой.

— Почему? — поинтересовался Харри, хотя и понимал, что это глупый вопрос.

— Потому что нам, скорее всего, пришлось бы разгромить всю квартиру, чтобы найти что-то, не представляющее интереса для расследования этого дела, — терпеливо пояснила Беата. — Потому что мы должны грамотно распоряжаться нашими ограниченными ресурсами. И потому что мы собрали достаточно доказательств.

Харри кивнул. Каков вопрос, таков ответ.

— А что там с доказательствами?

— Мы думаем, что убийца стрелял с того места, где я сейчас стою. — У криминалистов не принято употреблять имена. Она вытянула руку перед собой. — С близкого расстояния. Меньше метра. Следы пороха вокруг и во входных отверстиях.

— Их несколько?

— Было два выстрела.

Она посмотрела на него извиняющимся взглядом, словно говоря, что она знает, о чем он думает: этот факт отнимает у защиты возможность утверждать, что выстрел был произведен случайно.

— Оба выстрела прямо в грудь.

Беата развела указательный и средний пальцы и приложила слева к своей блузке, как будто говорила с ним на языке глухонемых.

— Если и жертва, и убийца стояли в полный рост и убийца держал оружие обычным способом, расположение входного отверстия от первого выстрела свидетельствует о том, что рост убийцы метр восемьдесят — метр восемьдесят пять. Рост подозреваемого — метр восемьдесят три.

О господи. Он подумал о мальчишке, стоявшем у двери в комнате для свиданий. А ему казалось, что еще вчера, когда они играли и боролись, Олег едва доставал Харри до груди.

Беата прошла в кухню и указала на стену у залитой жиром плиты.

— Пули попали сюда и сюда, как ты видишь. Это подтверждает, что второй выстрел был произведен вскоре после первого, когда жертва начала падать. Первая пуля прошла сквозь легкое, вторая — через верхнюю часть груди и задела лопатку. Жертва...

— Густо Ханссен, — произнес Харри.

Беата остановилась. Посмотрела на него. Кивнула:

— Густо Ханссен умер не сразу. В луже крови были отпечатки, а на одежде — следы крови, подтверждающие, что после падения он двигался. Но недолго.

— Понятно. А что... — Харри провел рукой по лицу. Ему нужно было бы поспать несколько часов. — Что связывает Олега с этим убийством?

— Два человека позвонили в оперативный центр полиции без трех минут девять вечера и сказали, что слышали звук, похожий на выстрел, в одном из домов. Один живет на улице Мёллергата на другой стороне перекрестка, а второй — в доме напротив этого.

Харри, прищурившись, выглянул в серое от грязи окно, выходящее на улицу Хаусманна:

— Хороший слух у того, кто здесь, в центре, слышит, что происходит в доме напротив.

— Не забывай, был июль. Теплый вечер. Все окна распахнуты, многие уехали в отпуск, движения почти нет. Соседи, кстати, пытались заставить полицию прикрыть этот притон, так что они сообщали о малейшем шуме, можно так сказать. Дежурный оперативного центра попросил их сохранять спокойствие и приглядывать за домом до приезда патрульных машин. Он немедленно проинформировал дежурную бригаду из уголовного отдела. Две патрульные машины прибыли в двадцать минут десятого и заняли позиции в ожидании подкрепления.

— «Дельта»?

— Этим парням не требуется много времени, чтобы облачиться в шлемы и доспехи. Патрульные машины получили из оперативного центра информацию о том, что соседи видели, как из подъезда вышел парень и двинулся по направлению к Акерсельве. И двое патрульных направились к реке, а там обнаружили...

Она замолчала. Харри еле заметным кивком побудил ее продолжать.

— Обнаружили Олега. Он не сопротивлялся, был под таким кайфом, что едва ли понимал, что происходит. Мы нашли следы пороха на его правой руке и предплечье.

— Орудие преступления?

— Поскольку это необычный калибр, под патроны «малаков» девять на восемнадцать миллиметров, альтернатив не так много.

— Ну, «малаков» — любимое оружие организованной преступности бывших советских республик. Как и «Форт-двенадцать», которым пользуется украинская полиция. И еще кое-кто.

— Точно. Мы нашли на полу пустые гильзы со следами пороха. Порох в патронах «малакова» имеет особое соотношение селитры и серы, а еще они добавляют спирт, как в бессерный порох. Химический состав пороха па пустой гильзе и вокруг входного отверстия идентичен составу пороха, обнаруженному на руках Олега.

— Ммм. А само оружие?

— Не найдено. Наши люди и водолазы искали на берегу и в реке, но безрезультатно. Это не значит, что пистолет не там. Мусор, ил... ну, ты знаешь.

— Я знаю.

— По словам двоих из проживающих здесь, Олег показывал им пистолет и хвастался, что именно таким оружием пользуется русская мафия. Никто из этих двоих не разбирается в оружии, но после того, как им показали фотографии сотни разных пистолетов, оба они выбрали «одессу». А в нем, как тебе, конечно, известно, используется...

Харри кивнул. Патрон «малаков» девять на восемнадцать миллиметров. Кроме того, этот пистолет почти невозможно с чем-то спутать. Когда он впервые увидел «одессу», ему вспомнился старый футуристический пистолет, изображенный на обложке группы «Foo Fighters», одного из его многочисленных дисков, оставшихся у Ракели и Олега.

— И я так понимаю, что это очень надежные свидетели, у которых маленькие проблемы с наркотиками?

Беата не ответила. Ей и не надо было отвечать, Харри знал, что она знает, что он делает: хватается за соломинку.

— И еще: анализы крови и мочи Олега, — сказал Харри, одергивая рукава пиджака, как будто ему именно здесь и сейчас было важно, чтобы они не закатывались. — Что они показали?

— Действующие вещества «скрипки». Наркотическое опьянение, конечно, можно рассматривать как смягчающее обстоятельство.

— Ммм. Значит, ты полагаешь, что он был под кайфом, перед тем как застрелил Густо Ханссена. А как насчет мотива?

Беата посмотрела на Харри непонимающим взглядом:

— Мотива?

Он знал, о чем она думает: можно ли представить себе, что один наркоман убивает другого за что-нибудь, кроме наркотиков?

— Если Олег уже был под кайфом, зачем ему кого-то убивать? — спросил Харри. — Убийства из-за наркотиков, подобные этому, обычно происходят спонтанно: убийца в отчаянии, ему требуется доза или у него начинается ломка.

— Мотивами занимается твой отдел, — ответила Беата. — Я криминалист.

Харри перевел дух.

— Хорошо. Еще что-нибудь?

— Думаю, ты должен взглянуть на фотографии, — сказала Беата, открывая тонкую кожаную папку.

Харри взял пачку фотографий. Первое, что его поразило, — это красота Густо. Другого слова он подобрать не мог. Симпатичный, смазливый — все не то. Даже мертвый, с закрытыми глазами, в пропитанной кровью рубашке, Густо Ханссен обладал трудноопределимой, но очевидной красотой молодого Элвиса Пресли, такой тип внешности привлекает и женщин, и мужчин, как андрогинная красота богов, присущая всем религиям. Харри перебрал снимки. После первых общих планов фотограф снял лицо и пулевые отверстия.

— А это что? — спросил Харри, показывая на правую руку Густо на одной из фотографий.

— У него под ногтями была кровь. Мы взяли образцы, но, к сожалению, они были утрачены.

— Утрачены?

— Такое бывает, Харри.

— Только не в твоем отделе.

— Образец крови повредился по дороге в Институт судебной медицины, где должны были провести анализ ДНК. На самом деле мы не очень огорчились из-за этого. Кровь была довольно свежая, но настолько свернувшаяся, что она едва ли имела отношение к моменту убийства. А принимая во внимание, что жертва кололась, вероятнее всего это была его собственная кровь. Но...

— Но если нет, то всегда интересно знать, с кем он дрался в тот день. Посмотри на ботинки... — Он протянул Беате фотографию, на которой Густо был изображен в полный рост. — Разве это не «Альберто Фасциани»?

— Я и не подозревала, что ты так хорошо разбираешься в обуви, Харри.

— Один из моих гонконгских клиентов их производит.

— Клиент, вот как? Насколько мне известно, настоящие «Фасциани» производятся только в Италии.

Харри пожал плечами:

— Разницу заметить невозможно. Но если это «Альберто Фасциани», то ботинки как-то не очень подходят к остальной одежде. Похоже, что ее он получил в Армии спасения.

— Ботинки могут быть крадеными, — сказала Беата. — У Густо Ханссена была кличка Вор. Он славился тем, что воровал все, что попадало под руку, в том числе наркотики. Говорят, Густо украл в Швеции старую собаку, натренированную на поиск наркотиков, и использовал ее для поиска нычек.

— Может, он нашел нычку Олега, — сказал Харри. — Олег рассказывал что-нибудь на допросах?

— Молчит как рыба. Единственное, что сказал Олег, — это что все черно, что он даже не помнит, был ли в этой квартире.

— А может, его тут и не было.

— Мы нашли его ДНК, Харри. Волос, пот.

— Все ж таки он жил здесь и спал.

— На трупе, Харри.

Харри застыл, молча глядя перед собой. Беата подняла руку, возможно для того, чтобы положить ему на плечо, но передумала и опустила ее.

— Ты поговорил с ним?

Харри покачал головой:

— Он вышвырнул меня за дверь.

— Ему стыдно.

— Ну конечно.

— Серьезно. Он всегда брал с тебя пример. И он чувствует себя униженным, представая перед тобой в таком виде.

— Униженным? Я утирал слезы и дул на царапины этого мальчишки. Прогонял троллей и разрешал спать со светом.

— Того мальчишки больше нет, Харри. Нынешний Олег не хочет, чтобы ты ему помогал, он хочет быть похожим на тебя.

Харри топ нул ногой, глядя в стену.

— С меня не стоит брать пример, Беата. Именно это он и понял.

— Харри...

— Пойдем сходим к реке?

Сергей стоял с опущенными руками перед зеркалом. Он отодвинул крепление и нажал на кнопку. Лезвие ножа вылетело наружу и заблестело на солнце. Это был красивый нож, сибирский пружинный нож, или просто железо, как называли его урки — представители сибирского криминального клана. Лучшее колющее оружие в мире. Длинная тонкая рукоятка с длинным тонким лезвием. По традиции человек получал такой нож в подарок от старшего преступника в семье, когда у него появлялись заслуги. Однако традиции отходили в прошлое, и теперь такие ножи покупали или крали либо же делали левые копии. Но этот нож он получил от дяди. По словам Андрея, пока Сергей не получил нож, тот лежал под матрацем у атамана. Сергей вспомнил легенду о том, что, если положить железо под матрац больному, оно впитает в себя боль и страдания, которые потом передаст тому, в кого вонзится. Это был один из мифов, так любимых урками, как и тот, что если кто-нибудь завладеет твоим железом, то на него повалятся несчастья вплоть до смерти. Старинные суеверия и романтика, время которых уходит. Но тем не менее Сергей принял подарок с большой, возможно даже, преувеличенной почтительностью. А почему бы и нет? Дяде он обязан всем. Это дядя вытащил его из неприятностей, в которые Сергей вляпался; это дядя выправил ему документы для переезда в Норвегию и даже приготовил для него место уборщика в аэропорту Осло. Работа хорошо оплачивалась, но получить ее было нетрудно: на такие работы норвежцев заманить непросто, они предпочитают жить на пособие. А те несколько маленьких сроков, которые Сергей получил в России, не стали проблемой: дядя позаботился о том, чтобы подчистить его биографию. Поэтому, принимая подарок, Сергей поцеловал синий перстень своего благодетеля. И он должен признать, что нож, который он держал в руке, был очень красивым, с темно-коричневой рукояткой из рога благородного оленя, инкрустированной православным крестом из слоновой кости.

Сергей сделал выпад бедром, как его учили, почувствовал равновесие, выбросил нож вперед и вверх. Выпустил и спрятал лезвие. Еще и еще раз. Быстро, но не до такой степени, чтобы длинное лезвие не успевало каждый раз спрятаться полностью.

Это следовало проделать с помощью ножа, потому что человек, которого предстояло убить Сергею, был полицейским. А когда убивают полицейского, убийцу ищут очень активно, поэтому надо было оставить как можно меньше следов. Пуля способна указать на места, оружие, людей. Порез от гладкого чистого ножа ничего не расскажет. Удар не обладает такой анонимностью, он может дать информацию о длине и форме лезвия, поэтому Андрей посоветовал не бить в сердце, а перерезать сонную артерию полицейского. Сергей никогда раньше никому не резал горло, как, впрочем, и не бил ножом в сердце, только однажды воткнул нож в бедро грузину, который не сделал им ничего плохого, а просто был грузином. Поэтому он решил потренироваться на чем-нибудь живом. У соседа-пакистанца было три кота, и каждое утро, когда Сергей входил в подъезд, в нос ему ударял запах кошачьей мочи.

Сергей опустил нож, склонил голову и посмотрел на свое отражение в зеркале. Он хорошо выглядел: тренированный, несущий угрозу, опасный, готовый. Как будто сошел с киноафиши. По его наколке будет понятно, что он убил полицейского.

Он остановится позади полицейского. Сделает шаг вперед. Левой рукой схватит его за волосы и откинет голову назад. Приставит острие ножа к его горлу с левой стороны, прорежет кожу и сделает разрез на горле в форме полумесяца. Вот так.

Сердце выбросит фонтан крови, три удара — и поток крови уменьшится. Мозг полицейского к тому времени уже умрет.

Сложить нож, опустить его в карман, уходить быстро, но не слишком, никому не глядя в глаза, в случае если там будут люди. Уйти и стать свободным.

Он шагнул назад. Снова выпрямился и сделал вдох. Визуализация. Выдох. Шаг вперед. Лезвие ножа блеснуло тускло и прекрасно, как дорогое украшение.

Глава 6

Беата и Харри вышли на улицу Хаусманна, повернули налево, обогнули дом и прошли через пожарище, где все еще валялись закопченные осколки стекла и обгоревшие кирпичи. За пожарищем находился заросший склон, ведущий к берегу реки. Харри отметил, что с задней стороны дома не было никаких дверей и, поскольку запасного выхода не имелось, с верхнего этажа вниз вела узкая пожарная лестница.

— Кто живет в соседней квартире на том же этаже? — спросил Харри.

— Никто, — ответила Беата. — Там пустые офисы. Помещения «Анархиста», маленького журнала...

— Знаю. Неплохой был журнальчик. Эти ребята теперь работают в отделах культуры крупных газет. А помещения были заперты?

— Взломаны. Наверняка долго простояли незапертыми.

Харри посмотрел на Беату, и она кивнула, подтверждая его невысказанное предположение: кто-то мог находиться в квартире Олега и незаметно выйти этим путем. Соломинка.

Они спустились к тропинке, идущей по берегу Акерсельвы. Харри убедился, что река не настолько широкая, чтобы мальчишка с хорошим замахом не сумел перебросить пистолет на другой берег.

— До тех пор, пока вы не найдете орудие убийства… — начал он.

— Обвинению не требуется пистолет, Харри.

Он кивнул. Следы пороха на руке. Свидетели, которым он показывал пистолет. ДНК на убитом.

Стоявшие у зеленой железной скамейки два белых парня в куртках на молниях посмотрели на них, разом кивнули и побрели прочь по тропинке, подволакивая ноги.

— Дилеры по-прежнему чуют в тебе полицейского, Харри.

— Ммм. Я думал, здесь только марокканцы толкают хэш.

— У них появились конкуренты. Косовские албанцы, сомалийцы, восточные европейцы. Беженцы, торгующие полным ассортиментом: спид, метамфетамин, экстези, морфин.

— Героин.

— Сомневаюсь. В Осло практически невозможно найти обычный героин. Здесь царит «скрипка», а ее можно достать только в районе Платы. Если, конечно, ты не захочешь съездить в Гётеборг или Копенгаген, где она тоже появилась в последнее время.

— Я то и дело слышу о «скрипке». А что это?

— Новый синтетический наркотик. От него не так захватывает дух, как от обычного героина, и поэтому от него реже случаются передозировки, хотя он и ломает жизни. Вызывает мгновенное привыкание: каждый, кто попробовал, хочет еще. Но он такой дорогой, что самые бедные не могут его себе позволить.

— И поэтому покупают другие наркотики?

— Это золотое дно.

— Куда ни ступи, что вперед, что назад[1].

Беата покачала головой:

— Все дело в борьбе против героина. И ее он выиграл.

— Бельман?

— Ты уже слышал?

— Хаген сказал, что он разгромил большинство героиновых банд.

— Пакистанских, да. И вьетнамских. Газета «Дагбладет» назвала его генералом Роммелем, после того как он разоблачил огромную североафриканскую сеть. И банду байкеров из Алнабру. Они все за решеткой.

— Байкеры? В мое время байкеры боялись героина, как чумы.

— «Лос Лобос». Подражатели «Ангелов ада». Мы думаем, они были одной из двух групп, торгующих «скрипкой». Но их взяли во время рейда в Алнабру. Видел бы ты ухмылку Бельмана в газетах. Он лично участвовал в этой операции.

— Пора делать добро?

Беата рассмеялась. Что ему еще в ней нравилось, так это то, что она достаточно хорошо разбиралась в кино и правильно реагировала, когда он цитировал не самые плохие реплики из не самых лучших фильмов. Харри предложил ей сигарету, но она отказалась. Он прикурил.

---

[1] Цитата из пьесы «Пер Гюнт» Г. Ибсена.

— Ммм. А как Бельману удалось то, чего и в малой доле не удавалось совершить наркоотделу за все те годы, что я провел в управлении?

— Я знаю, что ты его не любишь, но на самом деле он неплохой руководитель. В Крипосе его просто обожали, они до сих пор злятся на начальника полиции за то, что он перевел его к нам.

— Ммм... — Харри затянулся. Почувствовал, как кровь изголодалась по никотину. Никотин. Трехсложное слово, заканчивающееся на «-ин». — И кто же остался?

— В этом и заключается изьян. Истребляя вредителей, ты вмешиваешься в пищевую цепочку, и всегда существует вероятность того, что ты простонапросто расчистил место для кого-нибудь другого. Более страшного, чем тот, кого ты истребил.

— На это что-нибудь указывает?

Беата пожала плечами.

— Внезапно мы перестали получать информацию с улиц. Информаторы ничего не знают. Или помалкивают. Разговоры ходят только о некоем человеке из Дубая, которого никто не видел и имени которого никто не знает, об этаком невидимом кукловоде. Мы замечаем, что идет торговля «скрипкой», но не можем отследить поставки. Дилеры, которых мы арестовываем, говорят, что купили ее у других дилеров своего уровня. Не вполне обычно, когда кто-то так хорошо заметает следы. Очевидно, что действует простая и очень профессиональная сеть, осуществляющая ввоз и распространение.

— Человек из Дубая. Таинственный и гениальный. Разве мы уже не слышали эту историю? Обычно он оказывается простой сволочью.

— На этот раз все иначе, Харри. В этом году в наркосреде произошел ряд убийств. Появилась жестокость, какой мы раньше не наблюдали. И все молчат. Двух вьетнамских пушеров обнаружили подвешенными за ноги к балке в квартире, где они торговали. Утопленными. На голове у каждого был плотно завязанный пластиковый пакет, наполненный водой.

— Это не арабский метод, а русский.

— Прости?

— Жертва подвешивается за ноги вниз головой, на голову ей надевают мешок, в котором проделаны дырки для дыхания. Потом на ступни жертвы начинают лить воду. Вода стекает по телу в мешок, и тот постепенно наполняется. Метод называется «Человек на Луне».

— Откуда ты это знаешь?

Харри пожал плечами:

— Был такой богатый киргизский мафиози по фамилии Бираев. В восьмидесятые годы он добыл оригинальные скафандры астронавтов «Аполлона-одиннадцать». Заплатил два миллиона долларов на черном рынке. Тех, кто пытался обмануть Бираева или не хотел возвращать ему долги, помещали в скафандр. И снимали на видео лицо несчастного, заливая в скафандр воду. А после этого отправляли фильм остальным должникам.

Харри выпустил вверх струйку дыма.

Беата смотрела на него, медленно покачивая головой.

— Чем же ты занимался в Гонконге, Харри?

— Ты уже спрашивала меня об этом по телефону.

— Но ты не ответил.

— Ага. Хаген сказал, что может дать мне другое дело вместо этого. Он говорил что-то об убитом агенте.

— Да, — откликнулась Беата, явно обрадовавшись тому, что они больше не разговаривают о деле Густо и об Олеге.

— Что там случилось?

— Молодой агент, внедренный в наркосреду. Его прибило к берегу в том месте, где крыша Оперного театра опускается к воде. Туристы, дети, все такое. Был большой шум.

— Застрелен?

— Утонул.

— А откуда вы знаете, что это было убийство?

— Никаких внешних повреждений. Сначала вообще казалось, что он случайно свалился в море, он ведь ошивался вокруг Оперы. Но потом Бьёрн Хольм проверил воду из его легких. Это совершенно точно была пресная вода. А в Осло-фьорде, как известно, вода соленая. Так что, скорее всего, кто-то скинул его в море, чтобы казалось, что там он и утонул.

— Так, — сказал Харри. — Раз он агент, он должен был бывать здесь, у реки. А в реке вода пресная, и она впадает в море около Оперы.

Беата улыбнулась.

— Здорово, что ты вернулся Харри. Бьёрн подумал об этом и сравнил бактерии и флору, содержание микроорганизмов и все прочее. Вода из легких слишком чистая для воды из Акерсельвы. Она прошла через фильтры для питьевой воды. Могу предположить, что он утонул в ванной. Или в пруду у очистных сооружений. Или...

Харри швырнул окурок на тропинку перед собой:

— В пластиковом мешке.

— Вот-вот.

— Человек из Дубая. Что вам о нем известно?

— Только то, что я рассказала тебе, Харри.

— Ты мне ничего не рассказывала.

— Именно.

Они остановились у моста Анкербруа. Харри посмотрел на часы.

— Опаздываешь куда-то? — спросила Беата.

— Нет, — ответил Харри. — Я сделал это, чтобы ты могла сказать, что ты куда-то опаздываешь, не испытывая вины передо мной.

Беата улыбнулась. «На самом деле она симпатичная, когда улыбается, — подумал Харри. — Странно, что у нее сейчас никого нет. А может, и есть». Она была одним из восьми контактов в его записной книжке, а он даже этого не знал о ней.

«Б» значит «Беата».

Х значит Халворсен, бывший коллега Харри и отец ребенка Беаты. Убит при исполнении. Но еще не стерт из записной книжки.

— Ты связывался с Ракелью? — спросила Беата.

Р. Харри стало интересно, не всплыло ли ее имя как ассоциация со словом «вина». Он отрицательно покачал головой. Беата ждала. Но ему нечего было добавить.

Они начали говорить одновременно:

— Наверное, тебе...

— На самом деле мне...

Она улыбнулась:

— ...надо бежать.

— Конечно.

Харри посмотрел ей вслед.

Потом он уселся на скамейку и уставился на реку, на уток, неторопливо плавающих среди водоворотов.

Двое в куртках на молниях вернулись. Подошли к нему.

— Ты из «пять-ноль»?

На американском сленге так называют полицию, используя название популярного телесериала. Они почуяли Беату, а не его.

Харри покачал головой.

— Ищешь...

— Покоя, — ответил Харри. — Мира и покоя.

Он вынул из внутреннего кармана пиджака солнцезащитные очки «Прада». Они достались ему в подарок от владельца одного магазина на улице Кантон-роуд, который постоянно задерживал платежи, но считал, что с ним поступают по справедливости. Женская модель, но Харри было плевать, ему нравились эти очки.

— А кстати, — крикнул он им вслед, — у вас есть «скрипка»?

Один только фыркнул в ответ.

— В центре, — сказал второй, указывая назад.

— Где в центре?

— Спроси Ван Перси или Фабрегаса![1]

Их смех унесся в сторону джаз-клуба «Бло».

Харри откинулся назад, продолжая следить за удивительно эффективными движениями уток, благодаря которым они скользили по воде, как конькобежцы по черному льду.

Олег молчал. Обычно молчат виновные. Это их единственная привилегия и единственная разумная стратегия. Что дальше? Расследовать то, что уже раскрыто, отвечать на вопросы, на которые уже найдены адекватные ответы? Чего он достигнет? Обуз-

---

[1] Игроки футбольного клуба «Арсенал».

дает правду, отрицая ее? Будучи следователем по раскрытию убийств, он не раз слышал, как родственники исполняют патетический припев: «Мой сын? Никогда в жизни!» Он знал, почему ему хочется заняться расследованием. Потому что единственное, что он умеет, — это расследовать. Единственное, чем он способен помочь. Он подобен домохозяйке, которая усердно готовит еду на поминки собственного сына, подобен музыканту, который берет с собой инструмент на похороны друга. Человеку необходимо что-то делать, чтобы рассеяться или утешиться.

Одна из уток поплыла прямо к нему, наверное в надежде получить хлеб. Не потому, что она в это верила, но потому, что это было возможно. Рассчитанный расход энергии против реальности награды. Надежда. Черный лед.

Харри резко выпрямился и достал из кармана ключи. Он только что вспомнил, зачем в тот раз купил навесной замок с ключом. Не себе. А конькобежцу. Олегу.

Глава 7

Полицейский Трульс Бернтсен немного поспорил с инспектором полицейского отдела аэропорта Осло. Бернтсен сказал: да, он знает, что аэропорт находится в округе Румерике и что он не имеет никакого отношения к задержанию. Но, будучи тайным агентом спецгруппы полиции, он какое-то время приглядывал за задержанным, а совсем недавно от своих источников узнал, что Турда Шульца взяли с наркотиками. Трульс продемонстрировал удостоверение, в котором было написано, что он является сотрудником полиции третьего уровня допуска, членом группы специальных операций отдела по борьбе с организованной преступностью Полицейского управления Осло. Инспектор пожал плечами и, не произнеся больше ни слова, отвел его в одну из трех камер предварительного заключения.

После того как дверь камеры захлопнулась за Трульсом, он огляделся по сторонам, чтобы убедиться, что коридор и две другие камеры пусты. Потом он уселся на крышку унитаза и посмотрел на мужчину, который сидел на нарах, сжимая голову руками.

— Турд Шульц?

Человек поднял голову. На нем не было пиджака, и, если бы не знаки отличия на рубашке, Бернтсен никогда бы не принял его за командира экипажа. Командир экипажа не должен так выглядеть: напуганным до смерти, бледным, с черными, расширенными от ужаса зрачками. Впрочем, большинство попавшихся впервые выглядели именно так. Бернтсену пришлось потратить немало времени, прежде чем он установил, что Турд Шульц находится в аэропорту Осло. Дальше было легко. В полицейском регистре на Турда Шульца ничего не имелось, он никогда не вступал в контакт с полицией и — в соответствии с их собственными неофициальными разведданными — не был человеком, имеющим известные полиции связи в наркосреде.

— Кто вы?

— Я здесь по поручению тех, на кого ты работаешь, Шульц, и я сейчас говорю не об авиакомпании. А об остальном не думай. Договорились?

Шульц показал на удостоверение, висящее на шее у Бернтсена.

— Вы полицейский. Вы пытаетесь меня обмануть.

— Для тебя так было бы лучше, Шульц. Тогда можно было бы пожаловаться на нарушение процедуры и твой адвокат смог бы тебя освободить. Но мы разберемся без адвоката. Хорошо?

Летчик продолжал смотреть на него расширенными зрачками, поглощавшими весь свет и каждый проблеск надежды. Трульс Бернтсен вздохнул. Он мог только надеяться, что его слова дойдут до собеседника.

— Знаешь, кто такой сжигатель? — спросил Бернтсен и продолжил, не дожидаясь ответа: — Это человек, разваливающий полицейские дела. Он заботится о том, чтобы испортить или уничтожить доказательства, чтобы во время расследования совершались ошибки, благодаря которым дело невозможно довести до суда, или чтобы следствие совершало банальные просчеты, позволяющие задержанному выйти на свободу. Ты меня понимаешь?

Шульц дважды моргнул. И медленно кивнул.

— Прекрасно, — произнес Бернтсен. — Дело обстоит так, что сейчас мы — два падающих человека, у которых всего один парашют. Я только что выпрыгнул из самолета, чтобы спасти тебя, и пока не благодари меня за это, потому что сейчас тебе необходимо на все сто процентов положиться на меня, а иначе мы оба разобьемся. Capisce?[1]

Снова мигание. Нет, не понимает.

— Жил да был один немецкий полицейский, сжигатель. Он работал на банду косовских албанцев, ко-

[1] Понимаешь? (*ит.*)

торые импортировали героин балканским путем. Наркотики везли грузовиками с опийных полей Афганистана в Турцию, переправляли через бывшую Югославию в Амстердам, а оттуда албанцы доставляли их в Скандинавию. Им приходилось пересекать множество границ и платить большому количеству людей. Включая этого сжигателя. И в один прекрасный день молодого косовского албанца взяли с баком, полным опия-сырца, — пакеты были даже не упакованы, а просто брошены в бензин. Его арестовали, и в тот же день косовские албанцы связались со своим немецким сжигателем. Он пошел к молодому албанцу, объяснил, что будет его сжигателем и что надо успокоиться, потому что он решит все вопросы. Сжигатель пообещал вернуться на следующий день и рассказать, какие объяснения водитель должен дать полиции. Все, что ему надо было делать до этого, — помалкивать. Но парень был новичком, его никогда раньше не вязали. Наверное, он слышал слишком много историй о том, что значит нагнуться за мылом в тюремном душе. Во всяком случае, уже на первом допросе он раскололся, как яйцо в микроволновке, и рассказал про сжигателя в надежде получить за это награду от судьи. Вот. Чтобы получить доказательства против сжигателя, полиция установила в камере скрытый микрофон. Но сжигатель, коррумпированный полицейский, на встречу не явился. Его нашли спустя шесть месяцев. Кусочки его тела были разбросаны по тюльпанному полю. Я-то парень городской, но слышал, что это эффективное удобрение.

Бернтсен замолчал и посмотрел на командира экипажа в ожидании обычного вопроса.

Летчик выпрямился на нарах, лицо его немного порозовело, а голос стал более звонким:

— Почему, э-э, сжигатель? Не он ведь всех сдал.

— Потому что справедливости не существует, Шульц. Только необходимые решения практических проблем. Сжигатель, который должен был уничтожить доказательства, сам стал доказательством. Его разоблачили, и если бы он попал в руки полиции, то смог бы вывести следователей на косовских албанцев. Поскольку сжигатель был не албанским братом, а всего лишь платным мудаком, представлялось логичным устранить его. К тому же они знали, что расследованию этого убийства не будет уделяться слишком много внимания. С какой стати? Сжигатель уже наказан, а полиция не будет вести следствие, единственным результатом которого станет привлечение общественного внимания еще к одному случаю коррупции в рядах полиции. Согласен?

Шульц не ответил.

Бернтсен наклонился вперед. Голос его стал тише, но напряженнее:

— Я не хочу, чтобы меня нашли на тюльпанном поле, Шульц. И избежать этого мы сможем, только если будем доверять друг другу. Всего один парашют. Понятно?

Летчик покашлял:

— А как насчет косовского албанца? Ему скостили срок?

— Трудно сказать. Накануне суда он был найден висящим на стене в своей камере. Кто-то подвесил его на крючок за затылок, это точно.

Командир экипажа снова побледнел.

— Дыши, Шульц, — произнес Трульс Бернтсен.

96

Вот что ему больше всего нравилось в этой работе. Ощущение, что хотя бы сейчас ситуацию контролирует он.

Шульц откинулся назад, прислонил голову к стене и закрыл глаза.

— А если я сейчас откажусь от помощи и мы сделаем вид, что вас здесь не было?

— Не поможет. Твой и мой работодатель не хочет видеть тебя в суде на свидетельском месте.

— Другими словами, вы хотите сказать, что у меня нет выбора?

Бернтсен улыбнулся. И произнес свою любимую фразу:

— Выбор, Шульц, — это роскошь, которой у тебя давно нет.

Стадион «Валле Ховин». Маленький бетонный оазис в пустыне зеленых лужаек, берез, садов и увитых цветами веранд. В зимнее время года здесь тренировались конькобежцы, а летом стадион превращался в концертную арену, где в основном выступали динозавры вроде «Роллинг Стоунз», Принса, Брюса Спрингстина. Однажды Ракель даже уговорила Харри сходить на концерт «U2», хотя он предпочитал слушать концерты в клубах, а не на стадионах. А потом она дразнила Харри тем, что в глубине души он был музыкальным консерватором.

Большую же часть времени «Валле Ховин» оставался таким, как сейчас, — пустынным, запущенным, похожим на закрытую фабрику, производившую товар, необходимость в котором со временем отпала. Самые приятные воспоминания Харри об этом месте были связаны с тренировками Олега. Просто сидеть и смотреть, как он бегает. Борется. Проигрывает. Проигрывает. И наконец выигрывает. Не слишком много: лучшее время дня, второе место на клубных соревнованиях в разных возрастных категориях. Но более чем достаточно для того, чтобы глупое сердце Харри раздувалось до таких размеров, что ему приходилось изображать равнодушие на лице, чтобы не ставить их обоих в неудобное положение, «совсем неплохо, Олег».

Харри огляделся. Никого. Тогда он вставил ключик фирмы «Винг» в замок двери, ведущей в подтрибунную раздевалку. Внутри все было как раньше, только стало еще более обветшалым. Он прошел в мужское отделение. На полу валялся мусор, и все говорило о том, что люди бывают здесь нечасто. Место, где можно побыть одному. Харри шел вдоль шкафчиков. Большинство из них были не заперты. Но вот он заметил то, что искал: навесной замок «Абус».

Он приставил ключ к отверстию в замке. Не подходит. Черт!

Харри повернулся. Еще раз оглядел ряды помятых железных шкафчиков. Остановил взгляд и перевел его на предыдущий шкафчик. Там тоже висел навесной замок «Абус». И на зеленой краске был нацарапан круг. «О».

Первое, что увидел Харри, сняв замок, были коньки Олега. Лезвия длинных тонких полозьев, как сыпь, покрывала ржавчина.

На внутренней стороне дверцы между вентиляционными отверстиями висели две фотографии. Две семейные фотографии. На одной было изображено пять лиц. Двое детей и, вероятно, их родители были ему незнакомы. А вот третьего ребенка Харри узнал. Потому что только что видел его на других фотографиях. На фотографиях с места преступления.

Это был красавчик. Густо Ханссен.

У Харри почему-то возникло ощущение, что Густо лишний на этом снимке. Вернее, что он не принадлежит к заснятой семье. Не из-за красоты ли?

А вот высокий светловолосый мужчина, сидящий на второй фотографии позади брюнетки и ее сына, лишним, как это ни удивительно, не казался. Снимок был сделан осенним днем несколько лет назад. Они ходили гулять на Хольменколлен, бродили по опавшей рыжей листве, и Ракель, поставив свой маленький фотоаппарат в режим съемки с задержкой, водрузила его на камень.

Неужели это он? Харри не помнил, когда выражение его лица было таким мягким, как на этой фотографии.

Глаза Ракели сияли, и ему казалось, что он слышит ее смех, — смех, который он так любил, который никогда ему не надоедал, который он всегда старался вызвать. С другими она тоже смеялась, но, когда она была с ним и Олегом, смех ее имел немного иное звучание, принадлежавшее только им с Олегом.

Харри обшарил шкафчик.

Там лежал белый свитер с голубой окантовкой. Олег такие не носит, он ходит в коротких куртках и черных футболках с надписями «Slayer» и «Slipknot». Харри понюхал свитер. Легкий запах женских духов. На шляпной полке — пластиковый пакет. Он открыл его. Задержал дыхание. Рабочие инструменты наркомана: два шприца, ложка, резинка, зажигалка и вата. Единственное, чего не хватало, — дури. Харри уже собирался положить пакет на место, как вдруг заметил кое-что еще. В глубине шкафчика лежала футболка. Красно-белая. Он достал ее.

Это была часть футбольной формы с призывом, написанным на груди: «Летайте Эмиратскими авиалиниями». «Арсенал».

Харри посмотрел на фотографию с Олегом. На фотографии даже он улыбался. Улыбался, как будто верил, по крайней мере в том месте и в то время, что все хорошо, все будет отлично, мы хотим, чтобы и дальше все было так же. Почему же все улетело в тартарары? Почему тот, кто сидел за рулем, опрокинул машину в кювет?

«Как когда ты врал, что всегда будешь с нами».

Харри оторвал обе фотографии от дверцы шкафа и засунул их во внутренний карман.

Когда он вышел на улицу, солнце уже пряталось за горой Уллерносен.

Глава 8

Ты видишь, папа, что я истекаю кровью? Это твоя поганая кровь. И твоя кровь, Олег. Это по тебе должны были звонить церковные колокола. Я проклинаю тебя, проклинаю день, когда познакомился с тобой. Ты был на концерте группы «Judas Priest» в «Спектруме». Я ждал снаружи, чтобы влиться в выходящую из концертного зала толпу.

— Ух ты, клевая футболка, — сказал я. — Где взял?

Ты странно посмотрел на меня.

— В Амстердаме.

— Ты был на концерте «Judas Priest» в Амстердаме?

— А что?

Я ни хрена не знал про «Judas Priest», но успел выяснить, что это группа, а не один чувак и что вокалиста зовут Роб и как-то там дальше.

— Круто! «Priest» рулит!

Ты на мгновение застыл и поднял на меня глаза. Взгляд настороженный, как у зверя, почуявшего что-то. Опасность, добычу, спарринг-партнера. Или, как в твоем случае, задушевного друга. Потому что ты нес свое одиночество, как тяжелое мокрое пальто, Олег, согнув спину и шаркая ногами. Я выбрал тебя именно из-за этого одиночества. Я сказал, что просто сдохну от восторга, если ты расскажешь о своем амстердамском приключении.

И ты поведал мне о «Judas Priest», о концерте в зале «Хайнекен» два года назад, о двух твоих приятелях восемнадцати и девятнадцати лет, которые застрелились из дробовика, послушав пластинку «Priest», содержавшую тайное послание «сделай это». И только один из них выжил. Группа играла тяжелый металл, но пробовала себя и в спид-металле. И через двадцать минут ты рассказал так много о готах и смерти, что пора было завести речь о метамфетаминах.

— А не взмыть ли нам ввысь, Олег? Отметить встречу двух родственных душ. Ты как?

— Ты о чем?

— Знаю одну тусовку, которая собиралась сегодня покурить в парке.

— Да? — прозвучало скептически.

— Ничего серьезного, просто айс.

— Я этим не балуюсь, sorry.

— Черт, да я тоже этим не балуюсь. Просто сделаем по затяжке. Ты и я. Настоящий айс. Не какое-то порошковое говно. Будем как Роб.

Олег замер, не успев глотнуть колы из бутылки.

— Роб?

— Ну да.

— Роб Хэлфорд?

— Ну конечно. Его кореша берут у того же парня, у которого мы сейчас прикупим. Бабло есть?

Я произнес это легко, так легко и естественно, что даже тени подозрения не проскользнуло в его серьезном взгляде:

— Роб Хэлфорд курит айс?

Он вынул пятьсот крон, которые я попросил. Я велел ему подождать, встал и ушел. Перешел через дорогу и двинулся по направлению к мосту Ватерланд. Потом, когда он уже не мог меня видеть, я свернул направо, перешел через дорогу и прошел триста метров до Центрального вокзала Осло. И думал, что больше никогда не увижу этого долбаного Олега Фёуке.

И только когда я сидел в тоннеле под перронами и курил, я понял, что мы с Олегом еще не закончили. Далеко не закончили. Он молча остановился возле меня. Прислонился спиной к стене и соскользнул на пол рядом со мной. Протянул руку. Я дал ему сигарету. Он затянулся. Закашлялся. Протянул другую руку:

— Сдачу.

После этого появилась команда Густо и Олега. Каждый день после окончания смены в магазине «Клас Ульсон», где он подрабатывал летом складским рабочим, мы шли в центр Осло, на природу, купались в грязной воде в Средневековом парке и смотрели, как строят новый городской район вокруг Оперы.

Мы рассказывали друг другу обо всем: о том, что мы сделаем, и кем станем, и куда поедем, — и курили и нюхали все, что могли купить на его зарплату.

Я рассказал ему о своем приемном отце, который выкинул меня из дома, потому что приемная мать положила на меня глаз. А ты, Олег, рассказал о мужике, с которым встречалась твоя мать, о легавом по имени Харри. По твоему утверждению, он был клевым чуваком, на него можно было положиться. Но что-то пошло не так между ним и твоей матерью. А потом они оказались втянутыми в убийство, которое он расследовал. И тогда вы с матерью переехали в Амстердам. Я сказал, что мужик наверняка был клевым чуваком, но выраженьице это какое-то старомодное. А ты сказал, что «хренов» звучит еще старомоднее, и кто сказал мне, что слово «хренов» звучит не по-детски? И почему я говорю преувеличенно пролетарским языком, я ведь даже не из восточного Осло. Я ответил, что преувеличение — это мой принцип, и что в этом все дело, и что слово «хренов» такое неуместное, что оно явно на своем месте в моей речи. А Олег посмотрел на меня и сказал, что это я такой неуместный и что я явно на своем месте. Солнце светило, и мне казалось, что лучше обо мне никто никогда не говорил.

Мы попрошайничали на улице Карла Йохана просто для развлечения, я стырил скейтборд на Ратушной площади и через полчаса поменял на спид на Привокзальной. Мы сели на паром и поехали на остров Хуведёйя, купались и клянчили пиво. Некие дамочки пригласили меня на папину яхту, а ты сиганул с мачты, покинул, так сказать, палубу. Мы поехали на трамвае в Экеберг, чтобы посмотреть на закат, а там шел детский футбольный турнир «Кубок Норвегии», и грустный футболист из Трёнделага посмотрел на меня и сказал, что даст мне тысячу, если я у него отсосу. Он отсчитал бабки, а я подождал, пока он спустит штаны ниже колен, и убежал. Ты рассказывал потом, что он выглядел совершенно потерянным и повернулся к тебе, как будто хотел попросить тебя доделать дело. Блин, как же мы ржали!

То лето не хотело кончаться. Но все равно закончилось. Последнюю твою зарплату мы потратили на косячок и выкурили его, выдувая дым в бледное пустое ночное небо. Ты сказал, что снова начинаешь учиться, будешь зарабатывать отличные оценки и изучать право, как твоя мать. И что потом ты поступишь в хренову Полицейскую академию! Ржали до слез.

Но когда начались занятия, я стал видеть тебя реже. Потом еще реже. Ты жил в районе Хольменколлосен у матери, я же перебивался на матраце в репетиционном зале одной группы. Ребята сказали, что я могу оставаться там, если буду присматривать за оборудованием и убираться на время их репетиций. И я стал забывать о тебе, подумал, что ты вернулся к своей прежней нормальной жизни. И приблизительно тогда я начал приторговывать.

На самом деле это началось совершенно случайно. Я увел денежки у одной дамочки, у которой ночевал. Потом пошел на вокзал и спросил, есть ли у Туту айс. Туту слегка заикался, он был рабом Одина, предводителя банды «Лос Лобос» из Алнабру.

Он получил свою кличку в тот раз, когда Одину потребовалось отмыть чемодан наркобабла и он отправил Туту в официальную букмекерскую контору в Италии, чтобы поставить на конкретный футбольный матч. Один знал, что матч договорной и что принимающая команда должна была выиграть со счетом 2:0. Он долго учил Туту правильно произносить по-английски «ту-нилл», но Туту так нервничал и заикался, стоя у окна, что букмекер услышал «ту-ту» и так и записал в квитанции. За две минуты до конца матча принимающая команда вела со счетом 2:0, и все были спокойны. Кроме Туту, который внезапно прочитал на корешке квитанции, что поставил деньги на счет 2:2. Он знал, что за это Один прострелит ему колено. Один прекрасно умеет простреливать людям колени. Но в этой истории случился второй поворот. На скамейке запасных принимающей команды сидел недавно приобретенный польский нападающий, который так же плохо говорил по-итальянски, как Туту по-английски. Он не понял, что о результате матча договорились заранее. И когда менеджер отправил его на поле, он прекрасно сделал то, за что, по его мнению, ему платили, — забил. Два раза. Туту был спасен. Но когда тем же вечером Туту приземлился в Осло и отправился прямиком к Одину, чтобы рассказать о своем фантастическом везении, удача от него отвернулась. Ведь он начал с того, что преподнес плохие новости: что он облажался и поставил деньги не на тот результат. Он был так возбужден и так сильно заикался, что Один потерял терпение, достал из ящика револьвер и — третий поворот — прострелил Туту колено задолго до того, как он рассказал о польском нападающем.

Как бы то ни было, в тот день у вокзала Туту сказал, что айса теперь н-н-не достать и мне придется довольствоваться п-п-порошком: и дешевле, и тот же метамфетамин. Но вот этого я не выношу. Айс — это белые прекрасные хрусталики, от которых у меня сносит крышу, а желтое вонючее порошковое говно, которое продается в Осло, смешивают с мукой, манкой, аспирином, витаминами B_{12} и хрен знает с чем еще. Или для гурманов — с толчеными обезболивающими таблетками, по вкусу похожими на спид. Но я купил то, что было, с микроскопической скидкой, и у меня еще остались деньги на «перчик». А поскольку амфетамин по сравнению с метамфетамином — настоящее здоровое питание, только действует немного медленнее, я нюхнул спида, разбодяжил метамфетамин мукой и продал его на Плате за приличные бабки.

На следующий день я снова пошел к Туту и проделал ту же операцию, купив на этот раз чуть больше. Нюхнул, смешал, излишки продал. То же самое на следующий день. Я сказал, что мог бы взять немного больше, если бы он дал мне в долг до завтра, но он только заржал в ответ. Когда я пришел к нему на четвертый день, Туту заявил, что его шеф сказал, нам пора работать более о-о-организованно. Они видели, как я толкал, и увиденное им понравилось. Если я продам две дозы в день, в мой карман упадет пять тысяч. Так я стал одним из уличных дилеров Одина из «Лос Лобос». Я получал дурь от Туту утром, а в пять часов сдавал дневную выручку и остатки товара. Дневная смена. Остатков у меня не было.

Все шло хорошо недели три. Среда, пристань Виппетанген. Я толкнул две дозы, карманы были забиты бабками, а нос — спидом, и внезапно я не нашел ни одной причины встречаться с Туту у вокзала. Тогда я отправил эсэмэску о том, что ухожу в отпуск, и сел на паром, идущий в Данию. Это такая потеря концентрации, которая случается, если слишком долго ходить в тесных кроссовках.

Вернувшись, я услышал, что Один меня разыскивает. И это слегка меня насторожило, поскольку я уже знал, как Туту получил свою кличку. Так что я держался в тени, болтался в районе Грюнерлёкка. Ожидал судного дня. Но у Одина появились заботы гораздо более серьезные, чем один дилер, задолжавший ему несколько тысяч. В городе началась конкуренция. «Человек из Дубая». И не на рынке кроссовок, а на рынке героина, который был главной статьей дохода «Лос Лобос». Кто-то говорил, что это белорусы, другие — что литовцы, третьи — что это норвежский пакистанец. Единственное, что было известно всем, — это то, что операция по захвату рынка была произведена профессионально, что эти люди ничего не боялись и что чем меньше о них знаешь, тем лучше.

Говенная выдалась осень.

Я давно потратил все бабло, у меня больше не было работы, и мне приходилось скрываться. Я нашел покупателя на оборудование группы, в репетиционном зале которой на улице Биспегата я жил. Он пришел и все осмотрел, пребывая в полной уверенности, что оборудование принадлежит мне, я ведь там жил! Оставалось только договориться о вывозе. И тогда, как ангел-спаситель, появилась

Ирена. Веснушчатая добрая Ирена. Одним октябрьским утром я был занят с парнями в Софиенборг-парке и внезапно увидел перед собой ее, улыбающуюся от радости. Я спросил, есть ли у нее деньги, а она помахала у меня перед носом карточкой «VISA», принадлежавшей ее отцу, Рольфу. Мы дошли до ближайшего банкомата и сняли все деньги с его счета. Ирена сначала не хотела, но, когда я объяснил, что от этого зависит моя жизнь, она поняла, что надо. Тридцать одна тысяча. Мы пошли в «Олимпен», поели и выпили, купили несколько граммов спида и поехали домой в район Биспелокке. Она сказала, что поссорилась с мамой. Осталась на ночь. На следующий день я взял ее с собой на Привокзальную площадь. Туту в кожаной куртке с волчьей мордой, изображенной на спине, сидел на мотоцикле. Туту с длинной бородой, банданой на голове и татуировками, торчащими из выреза футболки, все равно выглядел хреновым мальчиком на побегушках. Он уже хотел было спрыгнуть с мотоцикла и побежать за мной, когда понял, что я направляюсь к нему. Я отдал ему двадцать тысяч долга и пять тысяч в качестве процентов. Поблагодарил за то, что он одолжил денег мне на отпуск. И выразил надежду, что мы сможем начать наше общение с чистого листа. Туту позвонил Одину, разглядывая Ирену. Я видел, чего он хочет. И тоже посмотрел на Ирену. Бедную, прекрасную, бледную Ирену.

— Один говорит, что хочет еще п-п-пять тысяч, — сказал Туту.— Если нет, то у меня приказ и-и-и-и-из-из... — Он сделал вдох.

— Избить тебя, — закончил я.

— *Здесь и сейчас*, — *сказал Туту*.

— *Хорошо, я продам сегодня две дозы*.

— *За них тебе придется за-за-заплатить*.

— *Да ладно тебе, я толкну их за пару часов*.

Туту посмотрел на меня. Кивнул в сторону Ирены, которая стояла и поджидала меня у лестницы, ведущей на Привокзальную площадь.

— *А как с н-н-ней?*

— *Она мне помогает.*

— *Из девчонок выходят хорошие д-д-дилеры. Она подсела?*

— *Еще нет*, — *ответил я.*

— *Во-вор*, — *сказал Туту, беззубо осклабившись.*

Я пересчитал деньги. Последние. Бабки всегда последние. Кровь, вытекающая из меня.

Неделей позже у «Эльм-Стрит-рок-кафе» перед нами с Иреной остановился один парень.

— *Познакомься с Олегом*, — *сказал я, спрыгивая со стены.* — *Познакомься с моей сестрой, Олег.*

И я обнял его. Я понял, что он не опустил голову, что он смотрит через мое плечо. На Ирену. И даже сквозь его джинсовую куртку я почувствовал, как быстро забилось его сердце.

Полицейский Бернтсен сидел, положив ноги на стол и прижимая к уху телефонную трубку. Он позвонил в полицейский участок Лиллестрём полицейского округа Румерике и представился Роем Лундером, лаборантом Крипоса. Дежурный, с которым он разговаривал, только что подтвердил, что они получили из Гардермуэна пакет с тем, что предположительно являлось героином. Согласно процедуре все конфискованные по всей стране наркотики посылались на анализ в лабораторию Крипоса, расположенную в районе Брюн в Осло. Раз в неделю автомобиль Крипоса объезжал полицейские участки Восточной Норвегии и собирал наркотики. Другие полицейские участки посылали конфискованное с собственным курьером.

— Хорошо, — сказал Бернтсен, поигрывая фальшивым удостоверением с его фотографией и написанным под ней именем «Рой Лундер». — Мне все равно надо в Лиллестрём, так что я возьму пакет с собой в Брюн. Эту большую партию мы хотим обработать как можно скорее. В таком случае до завтра.

Он положил трубку и посмотрел в окно, на новый городской район, растущий ввысь вокруг залива Бьёрвика. Он думал о мельчайших деталях: размер шурупов и гаек, качество строительного раствора, подвижность оконных стекол — обо всем, что должно сочетаться друг с другом, чтобы единое целое функционировало. И испытывал чувство глубокого удовлетворения. Потому что так все и было. Этот город функционировал.

Глава 9

Длинные лапы сосен, похожие на женские ножки, скрывала юбка из зелени, отбрасывающей слабую послеполуденную тень на засыпанную гравием открытую площадку перед домом. Харри стоял у начала подъездной дороги, вытирая пот после подъема по крутому берегу озера Хольмендаммен, и смотрел на темный дом. Покрытые черной морилкой тяжелые бревна производили впечатление надежности, солидной защиты от троллей и природы. Но они не выдержали. Соседние дома представляли собой огромные, не слишком элегантные виллы, постоянно расширяющиеся и достраивающиеся. Эйстейн, фигурирующий в записной книжке как «Э», сказал, что бревенчатый дом является олицетворением тоски зажиточной буржуазии по природе, простоте и естественности. Харри же видел только больное и извращенное — видел, как серийный убийца берет в осаду одну семью. И все-таки она решила сохранить дом.

Харри подошел к двери и позвонил.

Внутри раздались тяжелые шаги. И в этот момент Харри понял, что ему надо было сначала позвонить по телефону.

Дверь открылась.

Мужчина, стоявший перед ним, тряхнул светлой челкой, которая в юношестве была густой и наверняка давала своему обладателю определенные преимущества, за что он прихватил ее во взрослую жизнь, надеясь, что слегка увядший ее вариант будет действовать как и раньше. Мужчина был одет в выглаженную голубую рубашку, подобные которой, вероятно, носил в юности.

— Да? — сказал он.

Открытое дружелюбное лицо. Глаза, будто бы незнакомые ни с чем, кроме дружелюбия. На кармашке маленькая нашивка в виде гольфиста.

Харри почувствовал, как у него пересохло в горле. Он быстро скользнул взглядом по табличке под кнопкой звонка.

«Ракель Фёуке».

И тем не менее этот мужчина с красивым слабовольным лицом стоял, прижимая к себе дверь, будто она была его собственностью. Харри знал, что для завязки разговора вполне можно сказать какую-нибудь нормальную фразу, но выбрал эту:

— Вы кто?

Мужчине, стоявшему перед ним, удалось придать своему лицу выражение, какое никогда не получалось у Харри. Он одновременно нахмурился и улыбнулся. Проявил снисходительное превосходство по отношению к наглости более слабого.

— Раз уж вы стоите снаружи, а я внутри, то будет более логичным, если вы скажете, кто вы. И что вам нужно.

— Как пожелаете, — ответил Харри, громко зевнув. Это можно было, конечно, списать на смену часовых поясов. — Я пришел сюда, чтобы поговорить с той, чье имя написано на этой табличке.

— И откуда вы?

— От Свидетелей Иеговы, — сказал Харри, бросив взгляд на часы.

Его собеседник автоматически оторвал взгляд от Харри, чтобы поискать обязательного спутника Свидетеля Иеговы.

— Меня зовут Харри, и я прилетел из Гонконга. Где она?

Мужчина поднял бровь:

— Тот самый Харри?

— Поскольку это имя на протяжении последних пятидесяти лет принадлежит к наименее популярным в Норвегии, можем считать так.

Собеседник изучал Харри, кивая и не переставая улыбаться, как будто мозг его проигрывал полученную информацию о человеке, стоявшем перед ним. Но он не собирался отходить от входной двери или отвечать на вопросы Харри.

— Ну и? — спросил Харри, переминаясь с ноги на ногу.

— Я передам ей, что вы приходили.

Харри быстро просунул ногу между дверью и косяком. Он автоматически немного приподнял подошву, чтобы удар пришелся на подметку, а не на верхнюю часть кожаного ботинка. Таким вещам его научила новая профессия. Собеседник посмотрел на ногу Харри и поднял на него глаза. Снисходительное превосходство исчезло. Он хотел что-то сказать. Что-то резкое, чтобы поставить Харри на место. Но Харри знал, что он передумает. Когда прочитает на лице Харри то, что заставит его передумать.

— Вам надо... — сказал мужчина. Замолчал. Моргнул.

Харри ждал. Замешательства. Смятения. Отступления. Мужчина моргнул еще раз и прокашлялся:

— Ее нет дома.

Харри стоял, не открывая рта. В звенящей тишине. Две секунды. Три секунды.

— Я... э-э, не знаю, когда она вернется.

На лице Харри не дрогнул ни мускул, в то время как на лице другого мужчины одно выражение сменяло другое, словно в поисках того, за которое можно спрятаться. Поиск закончился там, где и начался, — на дружелюбном выражении.

— Меня зовут Ханс Кристиан. Я... я прошу прощения, что мне пришлось быть таким нелюбезным. Но по этому делу мы получаем так много разных обращений, что Ракели сейчас важно немного побыть в покое. Я ее адвокат.

— Ее?

— Их. Ее и Олега. Хотите зайти?

Харри кивнул.

На столике в гостиной лежали кипы бумаг. Харри подошел к ним. Документы по делу. Отчеты. Высота кипы свидетельствовала о том, что расследование было всеобъемлющим и долгим.

— Можно поинтересоваться причиной вашего визита? — спросил Ханс Кристиан.

Харри листал документы. Анализы ДНК. Свидетельские показания.

— Ну ладно, а ты?

— Что?

— А ты зачем здесь? Разве у тебя нет офиса, где бы ты мог готовиться к защите?

— Ракель захотела участвовать, она все-таки юрист. Послушайте, Холе. Я прекрасно знаю, кто вы такой и как вы были близки с Ракелью и Олегом, но...

— А насколько ты близок с ними?

— Я?

— Да. Я слушаю тебя, и мне кажется, что ты принял на себя заботы о многих сторонах их жизни.

Харри услышал в своем голосе нотки недовольства и понял, что выдал себя. Другой мужчина посмотрел на него с удивлением. И Харри осознал, что потерял преимущество.

— Мы с Ракелью — старые друзья, — сказал Ханс Кристиан. — Я вырос здесь неподалеку, мы вместе учились на юридическом, и... да. Когда люди проводят лучшие годы жизни бок о бок, между ними возникают прочные связи.

Харри кивнул. Знал, что ему надо помалкивать. Знал: что бы он ни сказал, будет только намного хуже.

114

— Ммм. Но немного странно, что я ничего не слышал об этих связях, когда мы с Ракелью были вместе.

Ханс Кристиан не успел ответить. Дверь открылась. На пороге стояла она.

Харри почувствовал, как в сердце ему вонзился коготь и начал рвать его. Она была такой же, как раньше: стройная, прямая. С таким же лицом, по форме напоминающим сердечко, с темно-карими глазами и большим ртом, который так охотно смеялся. Почти с такими же волосами, длинными, только не такими темными, немного поблекшими. А вот взгляд изменился. Он превратился во взгляд загнанного зверя, нервный, диковатый. Но когда она посмотрела на Харри, что-то в ее глазах стало прежним. Он увидел отблеск того, какой она была раньше. Какими они были раньше.

— Харри, — произнесла она.

И при звуках ее голоса все остальное стало таким же, как раньше.

Он сделал два широких шага и заключил ее в объятия. Запах ее волос. Ее пальцы на его позвоночнике. Она первой разомкнула руки. Он сделал шаг назад, не сводя с нее глаз.

— Ты хорошо выглядишь, — сказала она.

— Ты тоже.

— Врунишка.

По ее губам скользнула быстрая улыбка. А глаза уже наполнились слезами.

Так они и стояли. Харри позволил ей изучить себя, позволил разглядеть состарившееся на три года лицо с новым шрамом.

— Харри, — повторила она и, склонив голову набок, рассмеялась.

Первая слезинка зацепилась за ее ресницу и сорвалась вниз, прочертив полоску на мягкой коже.

Где-то в комнате кашлянул мужчина с гольфистом на рубашке и сказал, что опаздывает на какую-то встречу.

И они остались вдвоем.

Пока Ракель готовила кофе, Харри заметил, как она скользнула взглядом по его металлическому протезу, но никто из них не высказал комментариев на этот счет. По немому уговору они решили никогда не говорить о Снеговике. Поэтому Харри сидел за столом на кухне и рассказывал о своей новой жизни в Гонконге. Рассказывал то, что мог и что хотел. Что работа «советником Хермана Клюйта по взиманию задолженностей» заключалась в визитах к должникам, просрочившим платежи, с целью вежливо напомнить им об этом. Короче говоря, он советовал им заплатить как можно скорее. Харри рассказал, что его главным и единственным преимуществом были сто девяносто три сантиметра роста (и это без обуви), широкие плечи, налитые кровью глаза и свежий шрам на лице.

— Дружелюбно, профессионально. Костюм, галстук, мультинациональные компании в Гонконге, Шанхае и на Тайване. Отельные номера с обслуживанием. Красивые офисные здания. Все цивилизованно, банковская деятельность а-ля Швейцария с китайской спецификой. Западные рукопожатия и вежливые приветствия. И азиатские улыбки. В большинстве случаев они платят на следующий день. Херман Клюйт доволен. Мы понимаем друг друга.

Она разлила кофе по чашкам и села. Вздохнула.

— Я нашла работу в международном трибунале в Гааге, но офис располагался в Амстердаме. Я подумала, что если мы уедем из этого дома, из этого города, от всего того внимания, от...

«От меня», — подумал Харри.

— ...воспоминаний, то нам будет лучше. Поначалу так оно и было. А потом началось. Сначала беспричинные вспышки ярости. Когда Олег был маленьким, он никогда не повышал голоса. Ворчал, да, но чтобы так... Говорил, что я испортила ему жизнь, увезя из Осло. Он говорил так, потому что знал: мне нечего сказать в оправдание. А когда я начинала плакать, он тоже плакал. Спрашивал, почему я прогнала тебя, ведь это ты спас нас от... от...

Он кивнул, и ей не пришлось произносить имя вслух.

— Он начал поздно возвращаться домой. Встречался с приятелями, с которыми я не была знакома. Однажды признался, что был в кофейне на Лидсеплейн и курил хэш.

— Как и все туристы?

— Вот именно, это же часть обязательной программы при посещении Амстердама, подумала я. Но одновременно испугалась. Его отец... ну, ты знаешь.

Харри кивнул. Русская семья из высшего общества со стороны отца. Пьянство, ярость, депрессии. Прямо как у Достоевского.

— Он часто сидел один у себя в комнате и слушал музыку. Тяжелые, мрачные вещи. Да, ну ты знаешь эти группы...

Харри снова кивнул.

— Но и твои диски тоже. Фрэнка Заппу. Майлза Дэвиса. «Supergrass». Нила Янга. «Supersilent».

Ракель быстро сыпала именами, и Харри заподозрил, что она тоже слушала его диски.

— И вот в один прекрасный день я пылесосила в его комнате и нашла две таблетки со смайликами.

— Экстези?

Она кивнула.

— Через два месяца я подала заявку, получила место в госпрокуратуре и переехала обратно.

— В безопасный невинный Осло.

Ракель пожала плечами.

— Ему надо было сменить обстановку. Начать заново. И все получилось. Он не из тех людей, у кого много друзей, но он восстановил отношения с парой старых знакомых, хорошо учился, пока...

Внезапно голос ее задрожал и сломался.

Харри ждал. Она сделала глоток кофе. Собралась.

— Он мог исчезнуть на несколько дней. Я не знала, что мне делать. Он делал что хотел. Я звонила в полицию, психологам, социологам. Он был несовершеннолетним, и тем не менее никто ничего не мог предпринять, пока у меня не было доказательств того, что он принимает наркотики или совершает правонарушения. Я чувствовала себя совершенно беспомощной. Я! А ведь я всегда считала, что в таких случаях вина лежит на родителях, и всегда знала, как поступить, если оступились чужие дети. Не сидеть сложа руки, не медлить. Действовать!

Харри посмотрел на ее руку, лежащую на столе рядом с его. Изящные пальцы. Красивые вены на бледной коже, которая обычно в начале осени еще хранила следы загара. Но он не поддался импульсу накрыть ее руку своей. Что-то мешало ему. Олег мешал ему. Она вздохнула.

— И я поехала в центр и стала искать его. Вечер за вечером. Пока не нашла. Он стоял у перекрестка на улице Толлбугата и был рад меня видеть. Сказал, что он счастлив. Что нашел работу и снимает квартиру вместе с друзьями. Что ему необходима свобода, и я не должна задавать слишком много вопросов. Что он «путешествует», это его вариант свободного года, предназначенного для кругосветного путешествия, в которое пускаются другие молодые люди из Хольменколлосена. Кругосветное путешествие по центру Осло.

— Во что он был одет?

— Что ты имеешь в виду?

— Ничего. Продолжай.

— Он сказал, что скоро вернется домой. И доучится. И мы договорились, что он придет ко мне на обед в воскресенье.

— Пришел?

— Да. А когда ушел, я обнаружила, что он заходил ко мне в спальню и украл шкатулку с драгоценностями. — Она тяжело вздохнула и поежилась. — В той шкатулке лежало кольцо, которое ты купил мне на площади Весткантторге.

— Весткантторге?

— Ты не помнишь?

Память Харри на бешеной скорости перематывалась назад. В ней имелись черные полосы беспамятства, белые, которые он не хотел видеть, и большие пустые пространства, выеденные алкоголем. Но были и цветные фактурные участки. Например, тот день, когда они бродили по блошиному рынку на Весткантторге. Был ли Олег с ними? Да, был, конечно. Разумеется. Фотография. Автоспуск. Осенняя листва. Или это было в другой день? Они ходили от лавки к лавке. Старые игрушки, посуда, ржавые ящики для сигар, виниловые пластинки в обложках и без, зажигалки. И позолоченное кольцо.

Оно казалось таким одиноким на прилавке. И Харри купил его и надел ей на палец. Чтобы у кольца появился новый дом, сказал он тогда. Что-то в этом духе. Что-то бредовое, что она могла принять за смущение, за завуалированное признание в любви. Может, так оно и было, во всяком случае, оба они рассмеялись. Из-за его поступка, из-за кольца, из-за того, что каждый знал, что другой тоже знает. И из-за того, что им было так хорошо. Потому что все, чего они хотели и одновременно не хотели, заключалось в этом потертом дешевом колечке. Обещание любить друг друга крепко и долго и расстаться, когда любовь уйдет. Но когда она в итоге оставила его, это произошло совершенно по другим причинам. По лучшим причинам. Но, заключил Харри, она сохранила их колечко, спрятала его в шкатулку с драгоценностями, унаследованными от австрийской мамы.

— Прогуляемся, пока солнце еще не спряталось? — спросила Ракель.

— Да, — сказал Харри, улыбаясь ей в ответ. — Давай.

Они пошли по дороге, ведущей к вершине плоскогорья. Лиственные деревья с восточной стороны были такими красными, что казались объятыми пламенем. Свет играл на поверхности фьорда, похожей на расплавленный металл. Но больше всего в городе, раскинувшемся внизу, Харри, как обычно, очаровывало созданное человеческими руками. Аспект муравейника. Дома, парки, дороги, краны, корабли в порту, начавший загораться повсюду свет. Машины и поезда, которым надо бежать в разные стороны. Сумма действий, которые мы производим. И вопрос, который может задать себе только тот, у кого имеется в распоряжении так много свободного времени, что он может остановиться и посмотреть на снующих муравьев: «Почему?»

— Я мечтаю только о мире и покое, — сказала Ракель. — Только об этом. А ты о чем мечтаешь? Что тебе снится?

Харри пожал плечами.

— Что я нахожусь в узком коридоре, по которому летит снежная лавина и погребает меня.

— Уфф.

— Ладно. Ты же знаешь, у меня клаустрофобия.

— Нам часто снится то, чего мы боимся и одновременно желаем. Исчезнуть, быть погребенными. Тогда ведь мы будем в безопасности, да?

Харри засунул руки глубже в карманы.

— Три года назад я попал под лавину. Так что все просто.

— Значит, несмотря на то, что ты уехал в Гонконг, тебя преследуют призраки?

— Да нет, — ответил Харри. — Ряды призраков поредели.

— Правда?

— Да. Какие-то вещи можно оставить в прошлом, Ракель. Искусство обращения с призраками заключается в том, чтобы долго и пристально смотреть на них и понять, что они просто призраки. Мертвые и бессильные призраки.

— Вот как, — произнесла Ракель таким тоном, что он понял: тема ей неприятна. — В твоей жизни есть женщины?

Вопрос прозвучал очень легко. Так легко, что он даже не поверил.

— Как сказать.

— А ты скажи.

Она надела солнцезащитные очки. Определить, как много она хочет услышать, было непросто. Харри решил обменять свой рассказ на предоставление аналогичной информации с ее стороны. Если он захочет узнать.

— Она была китаянкой.

— Была? Она что, умерла? — Ракель игриво улыбнулась.

Харри подумал, что, кажется, для нее еще не слишком горячо. Но он предпочел бы, чтобы она вела себя немного поделикатнее.

— Деловая женщина из Шанхая. Она холит и лелеет свою гуанкси — сеть нужных связей. И богатого старого китайского мужа. И — когда представится случай — меня.

— То есть, другими словами, ты пользуешься ее геном заботы?

— Хорошо, если бы это было так.

— О?

— Она выдвигает крайне специфические требования относительно места и времени. И способа. Ей нравится...

— Достаточно! — произнесла Ракель.

Харри криво улыбнулся.

— Как тебе известно, я всегда питал слабость к женщинам, которые знают, чего хотят.

— Я сказала, достаточно.

— Понял.

Они шли молча. Пока Харри в конце концов не произнес вслух слова, написанные крупными буквами в воздухе перед ними:

122

— А как насчет этого Ханса Кристиана?

— Ханс Кристиан Симонсен? Это адвокат Олега.

— Я никогда не слышал имени Ханс Кристиан Симонсен в связи с делами об убийствах.

— Он из нашего района. Мы учились на одном курсе на юридическом. Он пришел и предложил свои услуги.

— Ммм. Понятно.

Ракель рассмеялась.

— Я помню, что во время учебы он пару раз приглашал меня в рестораны. И хотел, чтобы я пошла с ним на курсы свинга.

— Бог ты мой.

Она засмеялась еще громче. Господи, как же он скучал по этому смеху!

Ракель подтолкнула его в бок:

— Как ты знаешь, я всегда питала слабость к мужчинам, которые знают, чего хотят.

— Ну да, — сказал Харри. — И что же хорошего они тебе сделали?

Она не ответила. Ей и не надо было отвечать. Вместо этого она наморщила переносицу между черными широкими бровями. Эти морщинки он обычно разглаживал указательным пальцем, как только они появлялись.

— Иногда лучше иметь преданного адвоката, чем опытного, который наперед знает, чем закончится дело.

— Ммм. Ты хочешь сказать, того, кто знает, что это безнадежное дело.

— А ты хочешь сказать, что мне надо было нанять кого-нибудь из старых усталых лошадок?

— На самом деле лучше всех работают чрезвычайно преданные.

123

— Это всего лишь маленькое убийство в наркоманской среде, Харри. Лучшие заняты престижными делами.

— И что же Олег рассказал о случившемся своему преданному адвокату?

Ракель вздохнула.

— Что он ничего не помнит. И кроме этого, он не хочет говорить ни слова ни на какую тему.

— И на этом будет основываться ваша защита?

— Послушай, Ханс Кристиан — блестящий адвокат в своей области, он понимает суть дела. Он советуется с лучшими. И он на самом деле работает и днем и ночью.

— То есть, другими словами, ты пользуешься его геном заботы?

На этот раз Ракель не рассмеялась.

— Я мать. Это так просто. Я готова на все, что угодно.

Они остановились у опушки леса и уселись на толстый ствол поваленной сосны. Солнце, как полусдутый шарик на празднике 17 мая[1], опускалось за верхушки деревьев на западе.

— Я понимаю, почему ты приехал, — сказала Ракель. — Но что именно ты задумал?

— Выяснить, можно ли поставить под сомнение вину Олега.

— Потому что?

Харри пожал плечами:

— Потому что я следователь. Потому что так организован наш муравейник. Потому что никого нельзя обвинять, если мы не уверены.

[1] Главный норвежский праздник, День Конституции Норвегии.

— А ты не уверен.

— Нет, я не уверен.

— И только поэтому ты здесь?

Тени елей подбирались к ним все ближе. Харри поежился в своем льняном костюме, его внутренний термостат еще не перестроился на 59,9 градуса северной широты.

— Странно, — сказал он, — но я помню только какие-то отрывочные моменты из всего того времени, что мы были вместе. Когда я вижу фотографии, то вспоминаю. Я вспоминаю нас такими, какими мы изображены на них. Хотя знаю, что это неправда.

Он посмотрел на нее. Она сидела, подперев подбородок ладонью. Солнце блестело в ее прищуренных глазах.

— Но может быть, именно для этого мы и фотографируемся, — продолжал Харри. — Чтобы получить фальшивые доказательства для подтверждения фальшивого заявления, что мы были счастливы. Потому что мысль о том, что мы никогда не были счастливы, совершенно невыносима. Взрослые велят детям улыбнуться, заставляя их присоединиться ко лжи, и мы улыбаемся, утверждая, что мы счастливы. Но Олег никогда не мог улыбаться по приказу, если ему этого не хотелось, он не умел врать, не было у него такого дара.

Харри снова повернулся к солнцу и успел заметить, как последние солнечные лучи желтыми пальцами высунулись из-за верхушек елей на вершине плоскогорья.

— Я нашел фотографию нас троих на дверце его шкафчика в «Валле Ховин». И знаешь что, Ракель? На той фотографии он улыбается.

125

Харри уставился на ели. Из них как будто в одно мгновение высосали весь цвет, и теперь они стояли, развернувшись в боевой порядок, силуэтами гвардейцев в черных мундирах. Он почувствовал, как Ракель подошла, протиснула свою руку ему под локоть, положила голову ему на плечо, ощутил запах ее волос и прикосновение теплой щеки через льняную ткань.

— Мне не нужны фотографии, я и так помню, как мы были счастливы, Харри.

— Ммм.

— Может быть, он научился врать. Такое случается со всеми нами.

Харри кивнул. От дуновения ветерка он задрожал. Когда же он сам научился врать? Не в тот ли раз, когда Сес спросила, видит ли их мама с небес? Неужели он научился врать так рано, и не поэтому ли ему было так легко делать вид, что он не знает, чем занимается Олег? Потеря невинности Олега заключалась не в том, что он научился врать, и не в том, что он научился колоться героином и красть драгоценности матери. Она заключалась в том, что он научился без особого риска и весьма эффективно продавать вещества, съедающие душу, разрушающие тело и посылающие покупателей в холодный ад зависимости. Даже если Олег окажется невиновным в убийстве Густо, он все равно будет виновен. Он отправил их в полет. В Дубай.

«Летайте Эмиратскими авиалиниями».

Дубай находится в Объединенных Арабских Эмиратах.

Футболки клуба «Арсенал» носили не арабы, а дилеры, торгующие «скрипкой». Эту форму они полу-

126

чали вместе с инструкциями, как правильно продавать наркотики: у одного деньги, у второго наркота. Бросающийся в глаза и в то же время обычный костюм, показывающий, чем они торгуют и к какой организации принадлежат. Не к одной из обычных недолговечных банд, всегда попадающих в ловушку собственной жадности, глупости, лени и бесшабашности, но к организации, которая не идет на неоправданный риск, не распространяет информацию о членстве и тем не менее, судя по всему, имеет монополию на новую любимую дурь торчков. И Олег был одним из них. Харри не очень хорошо разбирался в футболе, но был почти уверен, что Перси и Фабрегас — игроки «Арсенала». И был совершенно уверен в том, что ни один из болельщиков клуба «Тоттенхэм» не наденет футболку «Арсенала», если у него нет на то особой причины. Вот этому Олег его научил.

У Олега были веские основания не хотеть разговаривать ни с ним, ни с полицией. Он работал на того или то, о чем никто не знал. На того или то, что могло заставить помалкивать. Вот с чего Харри следовало начать.

Ракель заплакала, уткнувшись лицом ему в шею. Слезы грели его кожу, стекая по телу под рубашкой, по груди, по сердцу.

Темнота наступила быстро.

Сергей лежал на кровати, уставившись в потолок.

Секунды бежали одна за другой.

Медленнее всего время идет, когда ждешь. К тому же он даже не знал наверняка, произойдет ли это. Станет ли необходимостью. Он плохо спал. Ему снились кошмары. Он должен знать. И он позвонил Андрею, попросил разрешения поговорить с дядей. Но Андрей сказал, что атаман ответить не может. И больше ничего.

С дядей всегда было так. То есть бо́льшую часть своей жизни Сергей даже не догадывался о его существовании. Только после того как он — вернее, его армянский подручный — появился и решил все вопросы, Сергей начал наводить справки. Его удивило, как мало остальные члены семьи знали о своем родственнике. Сергей выяснил, что дядя приехал откуда-то с запада и в пятидесятые годы женился на представительнице его семьи. Кто-то говорил, что он родом из Литвы, из семьи кулаков, зажиточных крестьян и землевладельцев, которых Сталин активно переселял, и что семью дяди депортировали в Сибирь. Другие утверждали, что он состоял в маленькой группе Свидетелей Иеговы, депортированных в Сибирь из Молдавии в 1951 году.

Старая тетушка Сергея рассказывала, что, хотя дядя был образованным человеком, владел несколькими языками и обладал хорошими манерами, он быстро перенял простой уклад жизни семьи и старые сибирские преступные традиции, как будто они всегда были частью его жизни. И вполне возможно, именно его умение приспосабливаться к любым обстоятельствам в сочетании с явным предпринимательским талантом привело к тому, что со временем другие преступники признали его за главного. Вскоре он стал руководить самой прибыльной контрабандной сетью во всей Южной Сибири. В восьмидесятые годы бизнес дяди стал настолько крупным, что власти, несмотря на взятки, уже не могли смотреть на него сквозь пальцы. Советская милиция вступила в дело, когда Союз находился уже на грани распада. Она провела жестокую и кровавую облаву, которая, по словам соседа, помнившего дядю, больше походила на блицкриг, а не на торжество закона. Сначала сообщили, что дядя убит. Говорили, что его застрелили в спину и что милиция, опасаясь репрессий, в полной тайне утопила его труп в Лене. Один из ментов украл его нож и постоянно им хвастался. Но год спустя дядя прислал о себе весточку. Оказалось, он живет во Франции. Он сообщил, что ушел в подполье, и единственное, что его интересовало, — это беременна его жена или нет. Она не была беременна, и поэтому еще несколько лет в Тагиле ничего о дяде не слышали. Пока не умерла его жена. Тогда, как рассказывал отец, он приехал на похороны. Он оплатил все расходы, а похороны по русской православной традиции стоят недешево. Он дал денег ее родственникам, нуждавшимся в помощи. Отец Сергея был не из их числа, однако именно к нему дядя пришел, чтобы разузнать о том, какие родственники остались у его жены в Тагиле. И тогда же его внимание обратили на племянника, маленького Сергея. На следующее утро дядя снова исчез, так же таинственно и необъяснимо, как появился. Годы шли, Сергей стал подростком, потом взрослым, и большинство родственников полагало, что дядя — а все помнили, что в последний раз он приезжал в Сибирь уже стариком, — давно умер и похоронен. Но когда Сергея взяли за контрабанду хэша, внезапно появился человек, армянин, представившийся подручным дяди, решил проблемы Сергея и передал ему приглашение дяди приехать в Норвегию.

Сергей посмотрел на часы. И пришел к бесспорному выводу, что с того момента, как он смотрел на них в последний раз, прошло ровно двенадцать минут. Он закрыл глаза и постарался представить его. Полицейского.

Кстати, во всей этой истории о мнимом убийстве дяди была одна интересная деталь. Мент, укравший его нож, был вскоре найден в тайге, точнее, было найдено то, что от него осталось. Остальное было съедено медведями.

Когда зазвонил телефон, за окном и в комнате было уже совершенно темно.

Это был Андрей.

Глава 10

Турд Шульц отпер дверь своего дома, заглянул во мрак и минуту постоял, прислушиваясь к тишине. Не включая света, он сел на диван и подождал, когда раздастся успокаивающий рев очередного самолета.

Его выпустили.

Человек, представившийся инспектором полиции, зашел в камеру, уселся на корточки и спросил, какого черта он прятал в своем чемодане картофельную муку.

— Картофельную муку?

— В криминалистической лаборатории Криноса утверждают, что мы прислали им именно муку.

Турд Шульц повторил то же самое, что говорил, когда его арестовали, — повторил необходимую процедуру: он не знает, как пакет оказался в его чемодане, и не знает, что в нем.

— Ты врешь, — сказал инспектор. — И мы будем приглядывать за тобой.

Потом он придержал дверь камеры и подал ему знак выходить.

Турда бросило в пот от пронзительного звука, внезапно заполнившего голую темную комнату. Он поднялся и стал ощупью пробираться к телефонному аппарату, стоящему на стуле у тренажера.

Звонил руководитель полетов. Он сказал, что Турд пока отстранен от международных рейсов и переведен на внутренние.

Турд поинтересовался почему.

Руководитель полетов объяснил, что руководство авиакомпании обсудило сложившуюся ситуацию на специальной встрече.

— Я надеюсь, вы понимаете, что мы не можем поставить вас на международные рейсы, пока над вами висит такое подозрение.

— Почему в таком случае вы не оставите меня на земле?

— Так решили.

— Так решили?

— Если мы временно отстраним вас, а информация об аресте просочится в прессу, то журналисты вскоре придут к выводу, что мы думаем, у вас в пакете была не просто мука. Э-э... это не шутки.

— А вы так не думаете?

На другом конце возникла пауза, после чего прозвучал ответ:

— Репутация авиакомпании сильно пострадает, если мы признаем, что подозреваем одного из наших пилотов в контрабанде наркотиков, вам так не кажется?

«Это не шутки».

Все остальное, сказанное руководителем полетов, утонуло в гуле «ТУ-154».

Турд положил трубку.

Он на ощупь вернулся к дивану и уселся. Провел кончиками пальцев по стеклянной поверхности стола. Ощутил пятнышки стертой слизи, слюны и остатки кокаина. Что дальше? Стакан или дорожка? Стакан *и* дорожка?

Он поднялся. «Туполев» летел низко. Свет, появившийся сверху, заполнил всю гостиную, и Турд внезапно увидел в оконном стекле свое зеркальное отражение.

А потом снова наступила темнота. Но он успел разглядеть. Успел разглядеть в собственном взгляде то, что увидит во взглядах коллег. Презрение, осуждение и — что хуже всего — жалость.

«Внутренние рейсы». «Мы будем приглядывать за тобой». «До встречи».

Если он не сможет летать за границу, он больше не будет представлять для них никакой ценности. Для них он будет отчаявшимся, погрязшим в долгах, кокаинозависимым фактором риска. Человек в поле зрения полиции, человек под давлением. Он знал не много, но более чем достаточно для того, чтобы разрушить выстроенную ими инфраструктуру. И они сделают то, что должны. Турд Шульц закинул руки за голову и застонал. Он не был рожден для полетов на истребителях. Он вышел из себя и был не в состоянии вернуть контроль над ситуацией, он просто сидел и смотрел на то, как, кружась, падает на землю. И знал, что единственный шанс выжить — это пожертвовать истребителем. Ему надо было нажать кнопку катапультирования. И вылететь на своем кресле. Немедленно.

Ему надо пойти в полицию, к кому-нибудь занимающему довольно высокое положение и возвышающемуся над коррупционными деньгами нарколиги. Он должен пойти к начальству.

Да, подумал Турд Шульц. Он выдохнул и почувствовал, как расслабились мышцы. А ведь он даже не заметил, как они напряглись. Надо пойти к начальству.

Но сначала выпить.

И нюхнуть.

Харри взял ключ от номера у того же молодого портье.

Поблагодарив его, он медленно пошел наверх. По дороге от станции метро на площади Эгерторге до гостиницы «Леон» он не заметил ни одного человека в футболке «Арсенала».

Приближаясь к номеру 301, Харри сбавил скорость. Две лампочки в коридоре перегорели, и здесь было так темно, что он отчетливо видел свет, идущий из-под его собственной двери. Цены на электричество в Гонконге отучили Харри от норвежской привычки не выключать свет, уходя из дома, но, возможно, свет забыла выключить горничная. В таком случае она забыла и запереть дверь.

Держа ключ в правой руке, Харри толкнул дверь. В свете единственной люстры он увидел человека. Тот стоял спиной к нему, склонившись над его кожаным чемоданом, лежащим на кровати. В тот миг, когда дверь с легким стуком коснулась стены, незнакомец спокойно повернулся, и Харри увидел удлиненное морщинистое лицо человека с мягкими глазами сенбернара. Высокий сутулый мужчина был одет в длинное пальто и шерстяной свитер с грязным воротом. Сквозь длинные грязные волосы торчали самые большие уши из всех, что Харри доводилось видеть. Человеку было лет семьдесят, не меньше. Они были абсолютно ничем не похожи, однако первое, что пришло Харри в голову: он видит свое зеркальное отражение.

— Какого черта ты здесь делаешь? — спросил Харри, стоя в коридоре.

Обычный вопрос.

— А на что это похоже?

Голос был моложе лица, в нем чувствовалась мощь, и говорил незнакомец с характерной шведской интонацией, которую так любят шведские поп-группы и миссионеры.

— Как видишь, я вломился сюда, чтобы проверить, нет ли у тебя чего-нибудь ценного. — Он поднял обе руки. В правой оказался универсальный адаптер, в левой — дешевое издание «Американской пасторали» Филипа Рота. — А больше у тебя ничего нет.

Он бросил вещи на кровать. Заглянул в маленький кожаный чемодан и перевел вопросительный взгляд на Харри:

— Даже электробритвы нет?

— Да какого хрена…— Харри плюнул на обычные процедуры, зашел в номер и захлопнул крышку чемодана.

— Спокойствие, сын мой, — сказал мужчина, держа поднятые руки перед собой. — Ничего личного. Ты новый постоялец в этом заведении. Вопрос только в том, кто первым тебя ограбит.

— Здесь? Ты хочешь сказать…

Старик протянул ему руку.

— Добро пожаловать. Я Като. Живу в триста десятом.

Харри посмотрел на большой грязный кулак, похожий на сковородку.

— Давай, — кивнул Като. — Руки — единственная часть меня, которую можно трогать.

Харри назвал свое имя и пожал его руку. Она оказалась на удивление мягкой.

— Руки священника, — сказал мужчина, словно отвечая на его мысли. — У тебя выпить есть, Харри?

Харри кивнул на чемодан и открытые дверцы шкафа:

— Это ты уже выяснил.

— Что у тебя ничего нет в номере, да. А вдруг есть с собой? Например, в кармане.

Харри достал игровую приставку «Геймбой» и кинул ее на кровать, к другим разбросанным вещам.

Като наклонил голову и посмотрел на Харри. Ухо его смялось о плечо.

— Глядя на такой костюмчик, я бы подумал, что ты из тех, кто снимает номер на час, а не из постоянных жильцов. А что ты тут делаешь?

— Мне кажется, этот вопрос задал я.

Като положил руку на плечо Харри и посмотрел ему в глаза.

— Сын мой, — произнес он мощным голосом и провел двумя пальцами по льняной ткани. — Это очень хороший костюм. Сколько ты за него отдал?

Харри должен был что-то сказать. Совместить вежливую фразу с отказом и угрозой. Но он понял, что от этого пользы будет мало. Он сдался. И улыбнулся.

Като улыбнулся ему в ответ.

Как зеркальное отражение.

— Не буду больше болтать, к тому же мне пора на работу.

— Какую?

— Вот видишь, ты тоже не интересуешься своими ближними. Я проповедую слово Божие несчастным.

— В это время?

— Мое призвание не связано с расписанием церковных служб. Прощай.

Галантно поклонившись, старик повернулся и ушел. Когда он переступал порог номера, Харри увидел, что из кармана пальто Като торчит одна из его нераспечатанных пачек «Кэмела». Харри закрыл за ним дверь. В номере висел запах старости и пепла. Харри подошел к окну и распахнул его. Помещение сразу наполнили звуки города: слабый ровный шум дорожного движения, ритмы джаза из открытого окна, далекое завывание полицейской сирены, крик несчастного, изливающего свою боль где-то между домами, а следом звук бьющегося стекла, ветер, шелестящий опавшей листвой, стук женских каблучков. Звуки Осло. Слабые признаки движения заставили его посмотреть вниз. Свет одинокой лампочки на стене заднего двора падал на мусорный бак, стоявший под окном Харри. В нем блеснул коричневый хвост. На краю бака сидела крыса, поднявшая кверху блестящий нос. Харри вспомнил слова своего рассудительного работодателя Хермана Клюйта, которые, возможно, относились, а возможно, и нет к его собственной деятельности: «Крыса — она ни плохая, ни хорошая. Она просто делает то, что должна делать крыса».

В Осло наступила худшая часть зимы. Время перед тем, как фьорд покрывается льдом, когда по центральным улицам носится ледяной соленый ве-

тер. Я, как обычно, стоял на улице Дроннингенс-гате и толкал спид, стесолид и рогипнол. Я пере-минался с ноги на ногу. Пальцы на ногах потеряли чувствительность, и я раздумывал над тем, не по-тратить ли дневную выручку на дорогущие бо-тинки фирмы «Фриланс», которые я видел в окне универмага «Стен & Стрём». Или на айс, который, по слухам, появился на Плате. А может, мне удаст-ся заныкать немного спида — Туту не заметит — и купить ботинки. Но, поразмыслив здраво, я ре-шил, что безопаснее плюнуть на ботинки и от-дать Одину все, что ему причитается. Во всяком случае, мое положение было лучше, чем у Олега, ко-торому приходилось начинать с низов, торгуя хэ-шем в ледяном аду у реки. Туту выделил ему место под мостом Нюбруа, где ему приходилось конкури-ровать с выходцами из говенных дыр со всего света, и наверняка от моста Анкербруа до самого фьорда Олег был единственным, кто хорошо говорил по-норвежски.

Я заметил парня в футболке «Арсенала», стоя-щего немного дальше по улице. Обычно там стоял Псина, прыщавый выходец из Южной Норвегии в собачьем ошейнике. Новый человек, а процедура та же самая: собирает стаю. Пока перед ним в ожида-нии стояли трое клиентов. Одному богу известно, чего они так боялись. Легавые уже давно махнули рукой на этот район, и если они вязали дилеров на этой улице, то только для виду, потому что кто-то из политиков снова что-то протявкал.

Мужик, одетый так, словно собирался на кон-фирмацию, прошел мимо стаи, и я увидел, как они с «Арсеналом» едва заметно кивнули друг другу.

Мужик остановился рядом со мной. Плащ от Фер-
нера Якобсена, костюм от Эрменеджильдо Зеньи и
косой пробор как у музыкантов группы «Серебря-
ные мальчики». Он был огромным.

— Somebody wants to meet you[1], — произнес он
по-английски с рычащим русским акцентом.

Я посчитал, что это обычное дело. Он видел мое
лицо, подумал, что я продаюсь, и захотел полу-
чить минет или мою молодую задницу. И надо при-
знаться, что в такие дни, как этот, я часто заду-
мывался о смене сферы деятельности: сиденья в
машине с подогревом и почасовая оплата в четыре
раза выше.

— No thanks[2], — ответил я.

— Right answer is 'yes, thanks'[3], — сказал мужик,
схватил меня за руку и скорее понес, чем поволок к
черному лимузину, в тот же миг беззвучно подъ-
ехавшему к краю тротуара прямо перед нами.

Задняя дверь открылась, и, поскольку сопротив-
ляться было бесполезно, я начал думать о том, как
бы не продешевить. Оплаченное изнасилование в лю-
бом случае лучше, чем бесплатное.

Меня бросили на заднее сиденье, и дверь закры-
лась с мягким дорогим щелчком. Через окна, снару-
жи казавшиеся черными и непрозрачными, я уви-
дел, как мы повернули на запад. За рулем сидел ма-
ленький человек с такой маленькой головой, что на
ней едва помещались большие вещи: брутальный
носяра, белая безгубая акулья челюсть, выпучен-
ные глазищи и брови, которые, казалось, были при-

---

[1] Кое-кто хочет с тобой встретиться *(англ.).*
[2] Нет, спасибо *(англ.).*
[3] Правильный ответ «да, спасибо» *(англ.).*

клеены некачественным клеем. На нем тоже был дорогой похоронный костюм и проборчик хориста. Он глянул на меня в зеркало заднего вида:

— *Sales good, eh?*[1]

— *What sales*[2], козел?

Коротышка дружелюбно улыбнулся и кивнул. В глубине души я решил, что не дам им скидку за обслуживание нескольких человек, если они об этом попросят, но затем по взгляду коротышки я понял, что они хотят не меня. Им нужно другое, а что именно, я пока не мог прочитать в его глазах. Появилась и исчезла ратуша. Американское посольство. Дворцовый парк. Дальше на запад. По улице Киркевейен. НРК[3]. А потом виллы, район богатеев.

Мы остановились на пригорке перед большой деревянной виллой, и похоронные агенты проводили меня к воротам. Пока мы скользили по гравию к дубовой двери, я огляделся по сторонам. Территория виллы была огромной, как футбольное поле, повсюду росли яблони и груши, тут же возвышалась цементная башня, похожая на бункер вроде тех, что в пустыне используют в качестве точек, торгующих водой; гараж на две машины с железными воротами, которые всегда наводят на мысли о скрывающихся за ними машинах «скорой помощи». Забор из металлической сетки высотой метра два-три огораживал это великолепие. У меня уже появились мысли насчет того, куда мы идем. Лимузин, ломаный английский, «*sales good?*», вилла, похожая на крепость.

---

[1] Хорошо идет торговля? *(англ.)*
[2] Какая торговля? *(англ.)*
[3] Норвежская государственная телерадиокомпания.

В маленькой гостиной здоровенный костюм обыскал меня, а потом вместе с коротышкой направился в угол, где стоял маленький столик, покрытый красной войлочной скатертью, а на стенах висело множество старых икон и распятий. Оба они достали свои пушки, положили на красный войлок, а сверху каждый положил свой крест. Затем коротышка открыл дверь в другую гостиную.

— Атаман, — сказал он, указывая мне на двери.

Старикану наверняка было как минимум столько же лет, сколько кожаному креслу, в котором он сидел. Я уставился на него. Крючковатые старческие пальцы держали черную сигарету.

В слишком большом камине весело потрескивал огонь, и я постарался встать так, чтобы тепло попадало мне на спину. Языки пламени бросали отсветы на белую шелковую рубашку и старческое лицо. Он отложил сигарету и поднял руку внешней стороной ладони вверх, как будто думал, что я поцелую синий камень на его безымянном пальце.

— Бирманский сапфир, — произнес он.— Шесть и шесть десятых карата, четыре с половиной тысячи долларов за карат.

Старик говорил с акцентом. Его было не очень легко расслышать, но он присутствовал. Польский? Русский? Во всяком случае, восточноевропейский.

— Сколько? — спросил он, опершись подбородком о перстень.

Я потратил несколько секунд на то, чтобы понять, о чем он спрашивает.

— Чуть меньше тридцати тысяч, — ответил я.

— Насколько меньше?

Я подумал.

— Двадцать девять тысяч семьсот, где-то так.

— Курс доллара пять восемьдесят три.

— Около ста семидесяти тысяч.

Старикан кивнул:

— Говорят, ты хорош.

Его старческие глаза сияли ярче хренова бирманского сапфира.

— Они это поняли, — сказал я.

— Я видел тебя в действии. Тебе надо многому научиться, но я вижу, что ты умнее других имбецилов. Глядя на клиента, ты можешь определить, сколько он готов заплатить.

Я пожал плечами. Мне было интересно, сколько он готов заплатить.

— А еще говорят, что ты воруешь.

— Только когда от этого есть выгода.

Старикан рассмеялся. То есть, поскольку я видел его в первый раз, я подумал, что у него случился приступ кашля а-ля рак легких. Где-то в глубине горла у него заклокотало, и звук этот страшно напоминал старое доброе рычание южнонорвежского лодочного мотора. Потом он уставился на меня своими холодными голубыми еврейскими глазами и произнес таким тоном, будто сообщал мне второй закон Ньютона:

— В таком случае ты должен решить и следующую задачку. Если ты украдешь у меня, я тебя убью.

По спине у меня потек пот. Я заставил себя посмотреть ему в глаза. Ощущение было такое, словно я вглядывался в хренову Антарктику. Пустота. Холод и хренова пустыня. Но я увидел по меньшей мере две вещи, которые он хотел получить. Номер один — деньги.

— Эти мотоциклисты позволяют тебе продавать десять граммов в свой карман с каждых пятидесяти граммов в их карман. Семнадцать процентов. Работая на меня, ты будешь продавать только мой товар и получать расчет наличными. Пятнадцать процентов. У тебя будет свое место на улице. Вас будет трое. Тот, у кого деньги, тот, у кого товар, и разведчик. Семь процентов тому, у кого товар, и три процента разведчику. Расчет каждый вечер в районе полуночи с Андреем. — Он кивнул в сторону маленького варианта «Серебряных мальчиков».

Место на улице. Разведчик. Прямо как в сериале «Прослушка».

— Договорились, — сказал я. — Давайте форму.

Старикан улыбнулся улыбкой рептилии, сообщающей тебе, какое место в иерархии ты занимаешь.

— Андрей об этом позаботится.

Мы поговорили еще немного. Он расспросил о моих родителях, друзьях, поинтересовался, есть ли у меня жилье. Я рассказал, что живу со своей неродной сестрой и потребляю не больше, чем мне необходимо, поскольку у меня было чувство, что он заранее знал ответы на все вопросы. Только один раз я немного замялся, когда он спросил, почему я разговариваю на таком архаичном диалекте восточного Осло, хотя вырос в образованной семье на севере города. Я ответил, что мой отец, мой настоящий отец, был из восточного района. Я, блин, испугался, но мне всегда не по себе, когда я представляю, папа, как ты ходил по восточным районам, бедный, безработный, живущий в тесной холодной квартирке, в которой не слишком хорошо растить ребенка. А может, я стал так говорить, чтобы побесить Рольфа и соседских детишек-снобов. А потом обнаружил, что это дает мне превосходство, прямо как татуировки на руках: люди начинали побаиваться меня, сторониться, оставлять мне больше пространства. Пока я распространялся о своей жизни, старикан все время следил за выражением моего лица и постукивал сапфиром по подлокотнику, ритмично и неумолимо, словно вел обратный отсчет. Когда в допросе наступила пауза и из звуков в комнате остался только его стук, мне показалось, что, если я не нарушу тишину, мы просто взорвемся.

— Клевая вилла, — сказал я.

Это прозвучало так глупо, что я чуть не покраснел.

— Здесь с тысяча девятьсот сорок второго по сорок пятый жил шеф гестапо в Норвегии, Хельмут Рейнхард.

— Соседи, наверное, вам не досаждают.

— Соседний дом тоже принадлежит мне. Там жил адъютант Рейнхарда. Или наоборот.

— Наоборот?

— Здесь не всегда можно с легкостью во всем разобраться, — произнес старикан.

И сверкнул улыбкой ящера. Варана с острова Комодо.

Я знал, что мне надо быть осторожным, но не удержался:

— Я не понимаю по крайней мере вот что. Один платит мне семнадцать процентов, как и все ос-

143

тальные. Вы же хотите, чтобы на вас работала команда из трех человек, и готовы отдать им за все про все двадцать пять процентов. Почему?

Взгляд старика был направлен на одну сторону моего лица.

— Потому что трое — это более безопасно, чем двое, Густо. Риск моих дилеров — это мой риск. Если потеряешь все свои пешки, то получишь шах и мат, и это только вопрос времени, Густо.

Казалось, он повторяет мое имя только для того, чтобы услышать его звучание.

— Но прибыль...

— Об этом тебе не стоит беспокоиться, — ответил он резко. Потом улыбнулся, и голос его снова смягчился: — Наш товар идет напрямую от поставщика, Густо. Степень его чистоты в шесть раз выше, чем у так называемого героина, который сначала бодяжат в Стамбуле, потом в Белграде, а потом в Амстердаме. И все равно мы платим за грамм меньше. Понимаешь?

Я кивнул:

— Вы можете разбодяжить товар в семь-восемь раз больше, чем остальные.

— Да, мы используем добавки, но меньше, чем другие. Мы продаем то, что действительно может считаться героином. Это ты уже знаешь, и именно поэтому ты так быстро согласился на меньший процент. — Отсветы пламени блестели на его белоснежных зубах. — Потому что ты знаешь, что будешь продавать лучший товар в этом городе, что твой оборот будет в три-четыре раза больше, чем сейчас, когда ты торгуешь пшеничной мукой Одина. Ты знаешь, потому что видишь это каждый день: покупатели, идущие мимо рядов дилеров героина к тому, на ком...

— ...футболка «Арсенала».

— Клиенты будут знать, что у тебя отличный товар, с самого первого дня, Густо.

После чего он проводил меня до дверей.

Поскольку он сидел, укутав ноги шерстяным пледом, я думал, что он калека или что-то в этом духе, но он оказался на удивление подвижным. У дверей он остановился, и стало ясно, что он не хочет показываться в соседней комнате. Старикан взял меня за руку чуть выше локтя. Легко сжал трицепс.

— Мы скоро снова встретимся, Густо.

Я кивнул. Как уже было сказано, я знал, чего еще он хочет. «Я видел тебя в действии». Он сидел и изучал меня из салона лимузина с тонированными стеклами, как картину какого-нибудь хренова Рембрандта. Поэтому я знал, что получу то, что хочу.

— Разведчиком будет моя сестра. А человеком с товаром будет парень по имени Олег.

— Хорошо. Еще что-нибудь?

— Я хочу футболку с номером двадцать три.

— Аршавин, — удовлетворенно пробормотал большой «Серебряный мальчик». — Russian[1].

Наверное, он никогда не слышал о Майкле Джордане.

— Посмотрим, — с усмешкой произнес старик. Он посмотрел на небо. — Сейчас Андрей тебе кое-что покажет, и можешь начинать.

---

[1] Русский (англ.).

Его рука продолжала похлопывать мою, и улыбка, блин, не сходила с губ. Я был напуган. И возбужден. Напуган и возбужден, как охотник на варанов
острова Комодо.

Серебряные мальчики поехали на пустынную
пристань для маломерных судов во Фрогнерском
заливе. У них был ключ от ворот, и мы продолжили
путь между поставленными на зимнюю стоянку
лодками. У одного из причалов мы остановились и
вышли из машины. Я стоял и смотрел на черную
спокойную воду, а Андрей в это время открывал
багажник.

— Come here, Arshavin[1].

Я подошел и заглянул в багажник.

На нем по-прежнему был собачий ошейник и
футболка «Арсенала». Псина всегда был страшным, но от его нынешнего вида меня чуть не вы-
рвало. На его прыщавой роже зияли огромные черные дыры с запекшейся кровью, одно ухо было разо-
рвано пополам, в одной глазнице вместо глаза было
нечто напоминающее рисовую кашу. Когда мне удалось отвести взгляд от каши, я заметил дырку на
футболке, чуть выше буквы «м» в слове «Эмиратскими». Как пулевое отверстие.

— What happened?[2] — выдавил я из себя.

— He talked to the cop in sixpence[3].

Я знал, о ком он говорит. По Квадратуре рыскал
один тайный агент. Все знали тайных полицейских агентов, но этот был как бы под прикрытием. Так, по крайней мере, считал он сам.

[1] Иди сюда, Аршавин (англ.).
[2] Что случилось? (англ.)
[3] Поболтал с легавым в кепке (англ.).

Андрей подождал, предоставив мне возможность хорошенько все разглядеть, а потом спросил:

— Got the message?[1]

Я кивнул. Мне никак не удавалось отвести взгляд от изуродованного глаза. Какого черта они с ним сделали?

— Петр, — позвал Андрей.

Вдвоем они вынули труп из багажника, сняли с него футболку «Арсенала» и перенесли на край причала. Черная вода приняла его, беззвучно заглотила и закрыла пасть. Вот и нет его.

Андрей швырнул мне футболку.

— This is yours now[2].

Я просунул палец в отверстие от пули. Перевернул футболку и посмотрел на спину.

52. Бендтнер.

Глава 11

На часах было 6.30, до восхода солнца, по утверждению утреннего выпуска «Афтенпостен», оставалось еще пятнадцать минут. Турд Шульц свернул газету и положил на стул рядом с собой. Посмотрел на пустой атриум перед входной дверью.

— Обычно он рано приходит на работу, — заверил его охранник из компании «Секуритас», сидевший за стойкой.

Турд Шульц выехал в Осло на раннем поезде. С вокзала он отправился на восток по Грёнланнслейрет, наблюдая, как просыпается город. Он прошел

---

[1] Понял послание? *(англ.)*
[2] Теперь это твое *(англ.)*.

мимо мусоровоза. Рабочие обращались с мусорными баками так жестко, что было похоже, они хотят произвести впечатление крутых парней, а не эффективно делать свое дело. Пилоты F-16. Пакистанский зеленщик вынес свой товар в ящиках на тротуар перед магазином, остановился, вытер руки о передник и приветственно улыбнулся ему. Пилот «геркулеса». Пройдя мимо церкви Грёнланна, Турд Шульц свернул налево. Перед ним вознесся ввысь огромный стеклянный фасад, спроектированный и построенный в семидесятые годы. Полицейское управление.

В 6.37 двери открылись. Охранник за стойкой кашлянул, и Турд поднял голову. Он увидел утвердительный кивок и поднялся. Человек, двигавшийся в его направлении, был ниже его ростом.

Он шел быстрыми пружинистыми шагами. Волосы у него были длиннее, чем, по мнению Турда, должны быть волосы начальника самого большого подразделения по борьбе с наркотиками в Норвегии. Когда он подошел ближе, Турд обратил внимание на белые и красные полосы на почти женственном загорелом лице. Он вспомнил одну стюардессу, у которой были проблемы с кожными пигментами. Белое поле шло по телу, загоревшему в солярии, от шеи, между грудями и вниз до выбритого лобка. Из-за этого остальное тело казалось одетым в плотно прилегающий нейлоновый костюм.

— Микаэль Бельман?

— Да, чем могу помочь? — ответил мужчина, улыбаясь, но не сбавляя скорости.

— Разговор с глазу на глаз.

— Боюсь, мне надо готовиться к утреннему совещанию, но если вы позвоните...

— Я должен поговорить с вами немедленно, — произнес Турд, удивляясь настойчивости, прозвучавшей в его собственном голосе.

— Вот как? — Начальник Оргкрима уже вставил свой электронный ключ в замок, но остановился и посмотрел на Турда.

Турд Шульц подошел ближе. Понизив голос, хотя в атриуме по-прежнему кроме них был только охранник, он сказал:

— Меня зовут Турд Шульц, я пилот крупнейшей авиакомпании Скандинавии, и у меня есть информация о контрабанде наркотиков в Норвегию через аэропорт Осло.

— Понимаю. Мы говорим о больших объемах?

— Восемь килограммов в неделю.

Турд почти физически ощутил, как другой мужчина ощупал его взглядом. Он знал, что сейчас мозг полицейского собирает и обрабатывает всю доступную информацию: язык тела, одежда, манера держаться, выражение лица, обручальное кольцо, которое он по какой-то неясной причине продолжал носить на пальце, отсутствие в ухе серьги, обувь, словарный запас, скорость реакции.

— Может, выпишем вам пропуск, — сказал Бельман, кивнув в сторону охранника.

Турд Шульц осторожно покачал головой.

— Я бы предпочел, чтобы наш разговор носил сугубо конфиденциальный характер.

— По правилам все должны регистрироваться, но заверяю вас, что информация не выйдет за стены Полицейского управления.

Бельман подал знак охраннику.

В лифте по пути наверх Шульц поглаживал пальцем бедж со своим именем, который охранник из

«Секуритас» распечатал и велел приклеить на лацкан пиджака.

— Что-то не так? — спросил Бельман.

— Да нет, — ответил Турд, продолжая водить пальцем по беджу, как будто хотел стереть свое имя.

Кабинет Бельмана оказался на удивление маленьким.

— Дело ведь не в размере, — сказал Бельман тоном, свидетельствующим о том, что Турд не первый, кто выказал такую реакцию. — Отсюда творились великие дела.

Он показал небольшую фотографию на стене.

— Ларс Аксельсен, начальник отдела, раньше называвшегося Отделом грабежей. Участвовал в разгроме Твейтской банды в девяностые.

Он подал Турду знак присаживаться. Достал блокнот, но отложил его, когда встретился взглядом с Турдом.

— Итак? — произнес он.

Турд сделал вдох. И рассказал. Он начал с развода. Должен был начать с этого. С объяснения, почему это произошло. Потом перешел к рассказу о том, когда и где. А затем о том, кто и как. И в самом конце он рассказал о сжигателе.

Во время всего рассказа Бельман сидел, наклонившись вперед, и внимательно слушал. И только когда Турд рассказал о сжигателе, с лица его сошло сосредоточенное профессиональное выражение. После первой волны удивления на белых пигментных пятнах стала проступать красная краска. Это было удивительное зрелище, как будто внутри полицейского зажгли огонь. Он потерял контакт с глазами Бельмана и со злобным выражением на лице уставился на стену позади Турда, возможно, на портрет Ларса Аксельсена.

Наконец Турд закончил. Бельман вздохнул и наклонил голову. Когда он снова ее поднял, Турд заметил, что во взгляде полицейского появилось что-то новое. Что-то жесткое и вызывающее.

— Прошу прощения, — произнес начальник отдела. — От себя лично, от моих коллег и от всего нашего учреждения приношу извинения за то, что нам так и не удалось избавиться от клопов.

Турд подумал, что, вероятно, Бельман сказал это самому себе, а не ему, пилоту, привозившему контрабандой восемь килограммов кокаина в неделю.

— Я понимаю, что вы боитесь, — сказал Бельман. — Хотел бы я иметь возможность заверить вас, что бояться нечего. Но мой богатый опыт говорит, что, когда раскрываешь подобный вид коррупции, это перестает быть делом одного человека.

— Я понимаю.

— Вы еще кому-нибудь об этом рассказывали?

— Нет.

— Кто-нибудь знает, что вы здесь и говорите со мной?

— Снова нет.

— Ни один человек?

Турд посмотрел на него. Криво улыбнулся, не озвучивая свои мысли: а кто бы это мог быть?

— Хорошо, — сказал Бельман. — Как вы, конечно, понимаете, вы пришли ко мне с большим, серьезным и крайне деликатным делом. Мне нужно необычайно осторожно провести внутреннее расследование, чтобы не проинформировать тех, кого не следует. Это означает, что с этим делом мне надо будет пойти к вышестоящему начальству. Строго говоря, после того, что вы рассказали, мне следовало бы арестовать вас, но ваше заключение в изолятор может раскрыть и вас, и нас. Поэтому, пока ситуация не прояснится, поезжайте домой и сидите там. Понятно? Никому не рассказывайте о нашем разговоре, не выходите на улицу, не открывайте двери незнакомым людям и не поднимайте трубку, если вам будут звонить с незнакомых номеров.

Турд задумчиво кивнул:

— Сколько времени это займет?

— Максимум три дня.

— Вас понял.

Бельман вроде бы хотел что-то добавить, но остановился, помедлил немного и все-таки решил продолжить.

— Есть вещи, с которыми мне так и не удалось смириться, — сказал он. — Что некоторые люди готовы сломать жизнь другим людям ради денег. То есть я могу кое-как понять нищего афганского крестьянина. Но норвежец с зарплатой командира экипажа...

Турд Шульц встретился с ним взглядом. Он был готов к этому, он почти испытывал облегчение оттого, что эти слова были наконец произнесены.

— Тем не менее вас можно уважать за то, что вы добровольно пришли к нам и выложили карты на стол. Я знаю, что вы понимаете, чем рискуете. В дальнейшем вам будет непросто оставаться собой, Шульц.

С этими словами начальник отдела поднялся и протянул ему руку. И Турд подумал то же самое, что думал, когда увидел его внизу: рост Микаэля Бельмана прекрасно подходит для того, чтобы пилотировать истребители.

В то самое время, когда Турд Шульц вышел из дверей Полицейского управления, Харри Холе позвонил в дверь Ракели. Она открыла. На ней был халат, глаза еще не открылись. Она зевнула.

— Я лучше выгляжу в середине дня, — произнесла Ракель.

— Хорошо, что один из нас прекрасно выглядит в середине дня, — сказал Харри и вошел.

— Удачи, — пожелала она, когда он приблизился к столу в гостиной, на который были навалены горы бумаг. — Здесь все. Доклады следователей. Фотографии. Вырезки из газет. Свидетельские показания. Он очень основательный. А мне пора на работу.

После того как дверь за ней захлопнулась, Харри сварил первую чашку кофе и приступил к изучению документов.

Проведя три часа за чтением, он вынужден был прерваться, чтобы побороть нарастающее уныние. Харри взял чашку и подошел к окну в кухне. Напомнил самому себе, что он здесь для того, чтобы найти повод усомниться в вине, а не доказательства невиновности. Сомнения были. И все же. Документы трудно было истолковать двояко. И весь его опыт долгих лет работы следователем по раскрытию убийств работал против него: на удивление часто вещи оказывались именно такими, какими казались.

После следующих трех часов чтения вывод оставался прежним. Ничто в этих материалах не оставляло шанса дать им другое объяснение. Это не значит, что другого объяснения не было, но его не было в этих материалах.

Харри ушел до возвращения Ракели, уверив себя, что во всем виновата смена часовых поясов и ему необходимо поспать. Но он знал, что причина в другом. Он был не в состоянии признаться ей, что все прочитанное не смогло укрепить его сомнений, которые были правдой, путем и жизнью и единственной возможностью спасения.

Поэтому он оделся и ушел. Он проделал пешком весь путь от Хольменколлена, мимо района Рис, через Согн, Уллевол и Болтелёкка к ресторану «Шрёдер». Решил было зайти, но передумал. Вместо этого двинулся дальше на восток, через реку, в Тёйен.

И когда он открывал двери «Маяка», дневной свет начал немного меркнуть. Все было так, как он помнил. Светлые стены, преобладающий в интерьере кофейный цвет, большие окна, чтобы в помещение попадало как можно больше света. И среди всего этого света за столами с кофе и бутербродами сидел дневной контингент. Кто-то из клиентов положил голову на стол, как будто только что пробежал пятьдесят километров, другие вели прерывистые разговоры на наркоманском языке, третьих по виду запросто можно было бы встретить за чашечкой кофе во вполне приличном буржуазном кафе «Юнайтед бейкериз», перед которым обычно выстраивается армада детских колясок.

Некоторым посетителям выдали поношенную одежду, они либо держали в руках мешки с ней, либо уже облачились в нее. Иные выглядели как страховые агенты или учительницы из маленького городка. Харри проложил себе путь к прилавку, и пухленькая улыбающаяся девушка в свитере Армии спасения предложила ему бесплатный кофе и бутерброд с коричневым сыром.

— Спасибо, не сегодня. Мартина на работе?

— Сегодня она работает в уличной поликлинике.

Девушка показала на потолок, имея в виду медицинский кабинет Армии спасения на втором этаже.

— Но она должна была закончить...

— Харри!

Он обернулся.

Мартина Экхофф была такой же маленькой, как раньше. На улыбчивом кошачьем лице все тот же непропорционально большой рот и носик, кажущийся крошечным выступом. А зрачки как будто стекли к краю радужной оболочки и сформировали замочные скважины, — однажды она объяснила, что это врожденное и называется колобомой радужки. Маленькая женщина вытянулась на носках и обняла его. А когда закончила обнимать, не захотела выпустить из рук обе его ладони и так и застыла, глядя на него снизу вверх. Он увидел, как по ее лицу промелькнула тень, когда взгляд ее упал на шрам у него на лице.

— Как ты... как ты похудел.

Харри засмеялся.

— Спасибо. Но это не я похудел, это...

— Знаю, — вскрикнула Мартина. — Это я потолстела. Но все растолстели, Харри. Все, кроме тебя. К тому же у меня есть веская причина.

Она похлопала себя по животу, на котором вздулся черный свитер из овечьей шерсти.

— Ммм. Это Рикард с тобой сделал?

Она громко рассмеялась и активно закивала. Лицо ее раскраснелось, от него тянуло теплом, как от плазменного экрана.

Они прошли к единственному свободному столу. Харри уселся и принялся разглядывать черный шар живота, который пытался пристроиться на стуле. На фоне разбитых жизней, апатии и безнадежности он выглядел крайне абсурдно.

— Густо, — сказал он. — Ты знаешь про это дело?

Мартина глубоко вздохнула.

— Конечно. Здесь все знают. Он был частью этого общества. Он не очень часто сюда заходил, но мы видели его время от времени. Все девчонки, что здесь работают, были влюблены в него. Он был таким красавчиком!

— А как насчет Олега, который, как говорят, убил его?

— Он тоже иногда здесь бывал. Вместе с одной девушкой. — Она наморщила лоб. — Говорят? А что, в этом есть сомнения?

— Именно это я и пытаюсь выяснить. С девушкой, говоришь?

— Милая, но бледная, невзрачная. Ингунн? Ириам? — Она повернулась к прилавку и прокричала: — Эй! Как зовут сестру Густо?

И прокричала сама, прежде чем другие успели ответить:

— Ирена!

— Рыжеволосая и веснушчатая? — спросил Харри.

— Она была такой бледной, что, если бы не эти волосы, ее просто не было бы видно. Я серьезно, в конце сквозь нее уже проходили солнечные лучи.

— В конце?

— Да, мы только что об этом говорили. Она уже давно здесь не бывала. Я спрашивала у нескольких здешних посетителей, не уехала ли она из города, но, судя по всему, никто не знает, куда она подевалась.

— Ты помнишь, что происходило перед убийством?

— Да ничего особенного, кроме того самого вечера. Я услышала полицейские сирены и поняла, что наверняка что-то приключилась с кем-то из нашей паствы. А потом один твой коллега схватил телефон и выбежал на улицу.

— Я думал, по неписаным правилам тайные агенты не работают в этом кафе.

— Сомневаюсь, что он работал, Харри. Он сидел вон там, у окна, в одиночестве, и делал вид, что читает газету «Классекампен». Может, это прозвучит немного самоуверенно, но я думаю, что он пришел сюда, чтобы посмотреть на меня. — Мартина кокетливо положила руку на грудь.

— Ну, значит, ты привлекаешь одиноких полицейских.

Она рассмеялась:

— Это я тебя подцепила, не забыл?

— Девушка вроде тебя, воспитанная в христианских традициях?

— На самом деле мне было немного неприятно, когда он пялился на меня, но он перестал приходить, когда беременность стала заметной. Как бы то ни было, в тот вечер он хлопнул дверью, и я увидела, что он побежал на улицу Хаусманна. Место преступления находится всего в нескольких сотнях метров отсюда. После этого начали ходить слухи, что Густо убили. И что Олега арестовали.

— А что ты знаешь о Густо, кроме того, что он пользовался успехом у женщин и рос в приемной семье?

157

— Его называли Вор. Он торговал «скрипкой».

— На кого он работал?

— Они с Олегом работали на мотоклуб из Алнабру, «Лос Лобос». Но потом, наверное, перешли к Дубаю. Все, кому было предложено, переходили. У них был чистейший героин, а когда появилась «скрипка», она была только у толкачей Дубая. Так оно и есть до сих пор.

— Что тебе известно о Дубае? Кто он?

Она покачала головой:

— Я даже не знаю, кто это или что это.

— Его дилеры очень заметны на улицах, а те, кто стоит за ними, абсолютно невидимы. Неужели о них действительно никто ничего не знает?

— Конечно знают. Но ничего не скажут.

Кто-то окликнул Мартину по имени.

— Посиди, — сказала она, начав процесс подъема со стула. — Я скоро вернусь.

— Не беспокойся, мне надо идти дальше, — сказал Харри.

— Куда?

На секунду между ними воцарилась тишина, прежде чем оба поняли, что у него не было разумного ответа на этот вопрос.

Турд Шульц сидел за столом у окна в кухне. Солнце стояло низко, однако дневного света еще хватало для того, чтобы разглядеть всех прохожих. Но он не смотрел на дорогу. Он взял кусок хлеба с сервелатом.

Над крышей летали самолеты. Взлетали и приземлялись. Взлетали и приземлялись.

Турд Шульц прислушивался к гудению разных двигателей. Это было похоже на линию времени: старые двигатели звучали правильно, они издавали то самое теплое гудение, которое вызывает хорошие воспоминания, наполненные смыслом, похожим на звуковую дорожку того времени, когда что-то значили такие вещи, как работа, пунктуальность, семья, ласки женщины, признание коллеги. Новое поколение двигателей выталкивало больше воздуха, но работало лихорадочно, самолеты пытались лететь быстрее, а топлива потреблять меньше, быть более эффективными, оставляя меньше времени на незначительное. Даже на значительные незначительности. Турд снова посмотрел на большие часы, стоявшие на кухонном шкафчике. Они тикали быстро и лихорадочно, как напуганное маленькое сердце. Семь. Осталось ждать двенадцать часов. Скоро стемнеет. Он услышал «Боинг-747». Классический вариант. Лучший. Гул нарастал и нарастал, пока не превратился в рев, от которого задрожали оконные стекла, а стакан ударился о полупустую бутылку, стоящую на столе. Турд Шульц закрыл глаза. Это был оптимистичный звук из будущего, огромная власть, вполне не обоснованное высокомерие. Звук непобедимости мужчины, находящегося в лучшем возрасте.

Когда звук растаял и в доме внезапно снова стало тихо, он обратил внимание на то, что тишина изменилась. Как будто плотность воздуха стала другой.

Как будто он был не один.

Он развернулся к гостиной. Через двери ему был виден тренажер и край стола. Он посмотрел на паркет, на тени, падавшие из не попадающей в его поле зрения части комнаты. Затаил дыхание и прислушался. Ничего. Только тиканье часов на кухонном шкафчике. И Турд откусил еще один кусок бутерброда, сделал глоток из стакана и откинулся на стуле. На подлете был большой самолет. Он слышал его приближение сзади. Самолет заглушил звук все еще бегущего времени. И Турд подумал, что, наверное, самолет пролетает между его домом и солнцем, потому что на него и на стол упала тень.

Харри прошел по улицам Уртегата и Платус-гате к Грёнланнслейрет. Он двигался к Полицейскому управлению словно на автопилоте. Остановился в Бутс-парке. Посмотрел на здание изолятора, на мощные серые каменные стены.

«Куда?» — спросила Мартина.

Сомневался ли он на самом деле в том, кто убил Густо Ханссена?

Из Осло в Бангкок каждый вечер около полуночи вылетает рейс авиакомпании «САС». Оттуда в Гонконг пять рейсов в день. Он мог бы прямо сейчас пойти в «Леон». Ему потребовалось бы ровно пять минут на то, чтобы упаковать чемодан и выписаться из гостиницы. Экспресс в Гардермуэн. Купить билет на стойке «САС». Обед и газеты в расслабленном безличном транзитном настроении в аэропорту.

Харри развернулся. Увидел, что красный плакат с рекламой концерта, висевший вчера на этом месте в парке, исчез.

Он пошел дальше, по улице Осло-гате, мимо Минне-парка, и у самого кладбища Гамлебюена внезапно услышал голос из тени у решетки:

— Пожертвуйте пару сотен!

Харри приостановился, и попрошайка вышел ему навстречу. На нем было длинное рваное пальто, а от света прожектора большие уши отбрасывали на лицо тени.

— Надеюсь, ты просишь в долг? — спросил Харри, вынимая бумажник.

— Собираю пожертвования, — сказал Като, протягивая руку. — Их ты никогда не получишь обратно. Я оставил свой бумажник в «Леоне».

От старика не пахло ни спиртом, ни пивом, только табаком и еще чем-то из детства, когда они играли в прятки у дедушки и Харри спрятался в платяном шкафу в спальне и вдохнул сладкий запах гнили, идущий от вещей, провисевших там годы, наверное с самой постройки дома.

Харри нашел только купюру в пятьсот крон и протянул ее Като.

— На.

Като уставился на деньги. Погладил купюру.

— Я тут всякое слышал, — сказал он. — Говорят, что ты из полиции.

— Да?

— И что ты супер. Как называется твой яд?

— «Джим Бим».

— А, «Джим». Знакомец моего «Джонни». И что ты знаешь этого мальчишку, Олега.

— А ты его знаешь?

— Тюрьма хуже смерти, Харри. Смерть проста, она освобождает душу. А тюрьма пожирает ее до тех пор, пока в тебе не исчезнут последние крохи человеческого. Пока ты не станешь призраком.

— Кто рассказал тебе об Олеге?

— Прихожанам моим несть числа, и паства моя велика, Харри. Я просто слушаю. Говорят, ты охотишься на этого человека, Дубая.

Харри посмотрел на часы. Обычно в это время года на рейсах было много свободных мест. Из Бангкока можно отправиться в Шанхай. Цзянь Ин написала в эсэмэске, что эту неделю она будет одна и они могут вместе поехать в поместье.

— Я надеюсь, что ты не найдешь его, Харри.

— Я не говорил, что собираюсь...

— Кто находит его, умирает.

— Като, сегодня вечером я...

— Ты слышал о «жуке»?

— Нет, но...

— Шесть ножек, вонзающихся в твое лицо.

— Мне надо идти, Като.

— Я сам это видел. — Като опустил подбородок на пасторский воротничок. — Под мостом Эльвсборгсбрун у порта в Гётеборге. Полицейский, выследивший героиновую лигу. Они разбили ему лицо кирпичом с гвоздями.

До Харри дошло, о чем он говорит. О «жуке».

Метод изначально был русским и использовался для наказания стукачей. Одно ухо стукача прибивали к полу прямо под потолочной балкой. Потом в обычный кирпич на половину длины вбивали шесть больших гвоздей, привязывали кирпич к веревке, которую обматывали вокруг балки, и давали конец веревки в зубы стукачу. Смысл — и символизм — наказания заключался в том, что, пока стукач держал рот на замке, он был жив. Харри видел результат наказания «жуком», произведенного Тайпейской триадой. Несчастного нашли на задней улице в Тяньшуе. Они использовали гвозди с широкими шляпками, которые, вонзаясь в лицо, проделывают небольшие отверстия. Когда врачи «скорой» приехали и стали вынимать кирпич из лица убитого, лицо последовало за кирпичом.

Като засунул купюру в пятьсот крон в карман брюк и положил руку на плечо Харри.

— Я понимаю, что ты хочешь защитить своего сына. Но подумай, а вдруг это он убил того парня? У того парня тоже есть отец, Харри. Когда родитель бьется за своего ребенка, это называют самопожертвованием, но на самом деле он хочет защитить самого себя, то есть своего клона. Здесь нет никакого морального мужества, в этом случае действует простой генный эгоизм. Когда я был маленьким и отец читал нам Библию, я думал, что Авраам был трусом, потому что послушался Бога, который попросил его принести в жертву собственного сына. Когда я стал взрослым, я понял, что по-настоящему бескорыстный отец готов пожертвовать собственным ребенком, если это послужит более высокой цели, чем родственные отношения. Потому что такие цели существуют.

Харри бросил сигарету на тротуар.

— Ты ошибаешься. Олег не мой сын.

— Не твой? Почему же ты тогда здесь?

— Я полицейский.

Като засмеялся:

— Шестая заповедь, Харри. Не врать.

— Разве это не восьмая? — Харри наступил на дымящийся окурок. — И насколько я помню, заповедь гласит, что ты не должен говорить неправду о своем ближнем, что означает, что ты можешь немного приврать о самом себе. Но ты, наверное, не успел завершить теологическое образование?

Като пожал плечами:

— У нас с Иисусом нет никаких формальных профессий. Мы — люди слова. Но как и все шаманы, га-

163

далки и шарлатаны, мы иногда можем подарить ложные надежды и подлинное утешение.

— Ты ведь даже не христианин.

— Позволь сказать, что вера никогда не приносила мне ничего хорошего, только сомнения. Это и стало моим заветом.

— Сомнение.

— Именно. — Като сверкнул в темноте желтыми зубами. — Я вопрошаю: разве сейчас мы можем быть уверены в том, что Бога нет, и в том, что у него нет лица?

Харри тихо засмеялся.

— Мы не такие уж разные, Харри. Я ношу пасторский воротничок, а ты — фальшивую звезду шерифа. Насколько непоколебима твоя вера в твое евангелие? Чтобы дать защиту нуждающимся и увидеть, как заблудшим воздастся в конце концов за грехи их? Разве ты тоже не сомневаешься?

Харри вытряхнул из пачки новую сигарету:

— К сожалению, в этом деле сомнений не осталось. Я уезжаю домой.

— В таком случае счастливого пути. Я должен успеть на свою церковную службу.

Раздался гудок автомобиля, и Харри машинально повернулся. Передние фары ослепили его и исчезли за поворотом. Тормозные фонари полицейской машины, снизившей скорость при въезде в гараж, в темноте были похожи на горячие угли. А когда Харри повернулся обратно к Като, того уже не было. Казалось, что старый пастор растворился во мраке, Харри слышал только звук шагов человека, идущего по направлению к кладбищу.

———

Как он и рассчитывал, сбор багажа и выписка из «Леона» заняли ровно пять минут.

— Гостям, которые платят наличными, мы делаем небольшую скидку, — сказал парень за стойкой.

Не все было новым.

Харри заглянул в бумажник. Гонконгские доллары, юани, американские доллары, евро. Зазвонил мобильный телефон. Харри ответил, веером раскладывая купюры перед парнем:

— Говорите.

— Это я. Что ты делаешь?

Черт. Он не собирался звонить ей до тех пор, пока не доберется до аэропорта. Хотел сделать все как можно проще и жестче. Порвать все одним движением.

— Выписываюсь из гостиницы. Я перезвоню через две, хорошо?

— Я просто хотела сказать, что Олег связался со своим адвокатом. Э-э... в общем, с Хансом Кристианом.

— Норвежские кроны, — сказал парень.

— Олег говорит, что хочет встретиться с тобой, Харри.

— Черт!

— Что, прости? Харри, ты здесь?

— Вы принимаете карты «Виза»?

— Для вас будет дешевле дойти до банкомата и снять наличные.

— Встретиться со мной?

— Он так сказал. И как можно скорее.

— Это невозможно, Ракель.

— Почему?

— Потому что...

— Банкомат всего в ста метрах отсюда по улице Толлбугата.

— Потому что?

— Просто прими карту, ладно?

— Харри?

— Во-первых, это невозможно, Ракель. Ему запрещено принимать посетителей, и я не смогу еще раз обойти этот запрет.

— А во-вторых?

— Во-вторых, я не вижу в этом смысла, Ракель. Я прочитал все документы. Я...

— Что ты?

— Я думаю, это он застрелил Густо Ханссена, Ракель.

— Мы не принимаем «Визу». У вас есть другие карты? «МастерКард», «Американ экспресс»?

— Нет! Ракель?

— В таком случае пусть будут доллары или евро. Обменный курс не очень выгодный, но все равно лучше, чем оплата картой.

— Ракель? Ракель? Черт!

— Что-то случилось, Холе?

— Она положила трубку. Этого достаточно?

Глава 12

Я стоял на улице Шиппергата и смотрел, как с неба льет дождь. Зима в общем-то так и не наступила, а вот дожди шли все чаще и чаще. Но спрос из-за этого не упал. Мы с Олегом и Иреной за день продавали больше, чем я продавал за целую неделю, когда работал на Одина и Туту. В среднем я зара-

166

батывал по шесть тысяч в день. Я пересчитал футболки «Арсенала» в центре. Оборот старикана должен был составлять больше двух миллионов в неделю, и это только осторожные предположения.

Каждый вечер, перед тем как произвести расчет с Андреем, мы с Олегом тщательно пересчитывали кроны и остаток товара. У нас не бывало ни кроны недостачи. Это было невыгодно.

И на Олега я мог положиться на все сто процентов — у него не хватило бы фантазии задумать что-нибудь, это означало бы, что он не понял концепцию относительно воровства. А может быть, его мозги и сердце были до краев переполнены Иреной. Ужасно смешно было наблюдать, как он вилял хвостом, когда она находилась поблизости. И насколько слепа она была к его поклонению. Потому что Ирена видела только одно.

Меня.

Меня это не мучило, но и не радовало, просто так было, и так было всегда.

Я хорошо ее знал, точно знал, как заставить ее маленькое, свободное от наркотиков сердце забиться, сладкий ротик — засмеяться, а ее голубые глаза — наполниться слезами (если бы я этого захотел). Я мог бы позволить ей уйти, открыть дверь и сказать «до свидания». Но я же все-таки вор, а воры не отдают просто так то, что надеются когда-нибудь продать. Ирена принадлежала мне, но два миллиона в неделю принадлежали старикану.

Удивительно, как шесть тысяч в день заставляют передвигаться твои ноги, если ты любишь добавлять кристаллический амфетамин в напитки вместо льда и носить одежду, купленную не в «Ку-бусе». Поэтому я по-прежнему жил в репетицион-ном зале вместе с Иреной, которая спала на мат-раце позади ударной установки. Но она справля-лась, не притрагивалась ни к чему крепче сигарет, ела только вегетарианское дерьмо и открыла хре-нов банковский счет. Олег жил дома у мамочки, так что он купался в деньгах. К тому же он подтянул-ся, стал учиться и даже возобновил тренировки на «Валле Ховин».

Стоя на Шиппергата, размышляя и подсчи-тывая, я увидел, как сквозь потоки дождя ко мне идет человек. Очки его запотели, редкие волосы при-клеились к голове, а одет он был во всепогодную куртку из тех, что твоя жирная страшная под-ружка покупает вам обоим на Рождество. То есть либо подружка у этого мужика была жирной и страшной, либо ее вообще не было. Такой вывод можно было сделать, глядя на его походку. Он при-прихрамывал. Наверняка уже придумано слово, камуф-лирующее его недостаток, а я называю это криво-ногостью, но ведь я не боюсь произносить вслух такие слова, как «маниакальная депрессия» и «негр».

Он остановился передо мной.

К этому моменту я уже перестал удивляться тому, какие люди покупают героин, но этот му-жик определенно не относился к категории обыч-ных покупателей наркоты.

— Сколько...

— Триста пятьдесят за четвертак.

— ...вы платите за грамм героина?

— Платим? Мы продаем, чучело!

— Я знаю. Просто провожу исследование.

Я посмотрел на него. Журналист? Социальный работник? А может, политик? Однажды, когда я работал на Одина и Туту, ко мне подошел похожий тип и сказал, что работает в городском совете и в каком-то комитете под названием РУНО, а потом очень вежливо спросил, не могу ли я прийти на заседание этого комитета, посвященное «молодежи и наркотикам». Они хотели услышать «голос с улицы». Я ради смеха приперся и послушал, как они болтают о движении ЕГПН[1] и о грандиозном международном плане по созданию Европы, свободной от наркотиков. Я пил колу с булочками и смеялся до слез. А вела заседание эдакая сексапильная мамаша с вульгарными белыми волосами, мужскими чертами лица, на высоких каблуках и с командным голосом. На какое-то мгновение я задумался, только ли грудь она прооперировала у пластического хирурга. После заседания она подошла ко мне, представилась секретарем члена городского совета, отвечающего за социальное обеспечение и профилактику различных зависимостей, и сказала, что с удовольствием побеседует со мной об этих вещах. Она спросила, можем ли мы встретиться у нее дома как-нибудь, когда у меня будет «возможность». Как выяснилось, она не была мамашей и жила на своей ферме совершенно одна. Она открыла мне дверь в узких брюках для верховой езды и потребовала, чтобы мы сделали это в конюшне. Меня не волновало, на самом ли деле ей отрезали член. Хирурги прекрасно убрали за собой и вставили доильный аппарат, который работал без устали. Но немного

[1] «Европейские города против наркотиков».

странно трахать женщину, воющую, как модель самолета, в двух метрах от здоровенных, жующих жвачку лошадей, которые стоят и не слишком заинтересованно наблюдают за вами. После того как все закончилось, я вытащил солому из задницы и спросил, не одолжит ли она мне тысчонку. Мы продолжали встречаться до тех самых пор, пока я не начал зашибать по шесть тысяч в неделю. В промежутках между трахачем она успела рассказать, что секретарь члена городского совета не сидит, строча письма для своего шефа, а занимается практической политикой. Что, несмотря на ее теперешнее рабское положение, именно она делает всю работу. И когда нужные люди это поймут, наступит ее очередь стать членом городского совета. Из ее рассказов о жизни в ратуше я понял, что все политики, и большие и маленькие, хотят иметь две вещи: власть и секс. Именно в таком порядке. Когда я шептал ей на ухо «министр» и одновременно засовывал в нее два пальца, я мог заставить ее кончить так, что струя долетала до самого загона для свиней. Я не шучу. И на лице у мужика, что стоял передо мной, я прочитал почти такое же болезненно сильное желание.

— Отвали.

— Кто твой шеф? Хочу поговорить с ним.

«Отведи меня к своему начальнику»? Мужик был или психом, или просто идиотом.

— Да пошел ты.

Мужик не шелохнулся, просто стоял, неестественно подогнув бедро, а потом достал что-то из кармана своей куртки. Полиэтиленовый пакет с белым порошком, навскидку примерно полграмма.

— Это на пробу. Отдай своему шефу. Цена восемьсот крон за грамм. И осторожно с дозировкой, разделите это на десять доз. Я вернусь сюда послезавтра в это же время.

Мужик протянул мне пакет, повернулся и поковылял прочь.

При обычных обстоятельствах я бы выбросил его пакет в ближайшую урну. Я даже не мог продать его дерьмо от своего имени, ведь мне надо было поддерживать репутацию. Но было что-то в сиянии глаз этого психа. Как будто он что-то знал. Поэтому по окончании рабочего дня, когда мы рассчитались с Андреем, я позвал Олега и Ирену в Героиновый парк. Мы поинтересовались у местных обитателей, не хочет ли кто из них побыть подопытным кроликом. Я уже однажды присутствовал на тестировании вместе с Туту. Когда в городе появляется новый товар, его везут туда, где собираются самые конченые торчки, готовые попробовать все, что угодно, если это бесплатно. Им плевать, расстанутся ли они с жизнью после этого тестирования, потому что смерть и так поджидает их за ближайшим углом.

Четверо выразили желание поучаствовать в эксперименте, но заявили, что согласны принять только неразбодяженный товар в соотношении ноль-десять. Я сказал, что это совершенно неактуально, и желающих осталось трое. Я раздал им дозы.

— Маловато! — прокричал один из торчков с дикцией как у инсультника

Я попросил его заткнуться, если он хочет получить десерт. Ирена, Олег и я сидели и смотрели, как они ищут вены между запекшимися кровавы-ми корками и на удивление уверенно делают инъ-екции.

— Ох, черт... — простонал один.

— Фу-у-у-у, — завыл другой.

Потом стало тихо. Совсем тихо. Будто мы по-слали в космос ракету и полностью утратили с ней контакт. Но я уже знал, успел увидеть в экста-тическом выражении их глаз, пока они не улетели: «Хьюстон, у нас нет проблем». Когда они верну-лись обратно на землю, было уже темно. Путеше-ствие их длилось больше пяти часов, в два раза дольше, чем обычное героиновое забытье. Мнение участников тестирования было единодушным. Они никогда не пробовали ничего, что бы так отклю-чало. Они хотели еще, хотели все, что осталось в пакете, немедленно, пожалуйста, и побрели к нам, как зомби в клипе «Триллер». Мы громко рассмея-лись и ушли.

Спустя полчаса мы сидели на моем матраце в репетиционном зале, и мне предстояло немного пораскинуть мозгами. Тренированный торчок за один укол обычно вводит себе четверть грамма уличного героина, а в нашем случае самые опытные нарки в городе улетели выше хреновой Богоматери с четвертой части этой дозы! Мужик дал мне чи-стый товар. Но что это? Порошок выглядел и пах как героин и имел консистенцию героина, но пяти-часовой кайф от такой маленькой дозы? В общем, я понял, что в руках у меня золотая жила. Восемь-сот крон за грамм, который можно разбодяжить три раза и продать за тысячу четыреста. Пять-десят граммов в день. Тридцать тысяч прямиком в карман. Мой карман. И карманы Олега и Ирены.

Я рассказал им о коммерческом предложении. Объяснил цифры.

Они переглянулись. Они не пришли в восторг, как я рассчитывал.

— Но Дубай... — начал Олег.

Я соврал и сказал, что, пока мы не обманываем старикана, мы вне опасности. Сначала мы пойдем и скажем ему, что больше не будем на него работать, что мы приняли Иисуса или что-нибудь в этом роде. А потом немного переждем и начнем понемногу работать на самих себя.

Они снова переглянулись. И я внезапно понял, что между ними что-то есть, что-то, что я упустил и заметил лишь сейчас.

— Но дело в том... — сказал Олег, пытаясь зацепиться взглядом за стену. — Ирена и я, мы...

— Что вы?

Он завертелся, как разрубленный червяк, и в конце концов посмотрел на Ирену, прося о помощи.

— Мы с Олегом решили съехаться, — сказала Ирена. — Мы копим на кооперативную квартиру в районе Бёлер. Мы собирались поработать до лета, а потом...

— А потом что?

— А потом мы хотели закончить школу, — сказал Олег. — И может быть, продолжить учиться.

— На юридическом, — подхватила Ирена. — У Олега ведь очень хорошие оценки.

Она засмеялась так, как обычно хохотала, когда ей казалось, что она сморозила какую-то глупость, но ее щеки, всегда бледные, сейчас разгорячились и раскраснелись от радости.

Они снюхались и стали любовниками за моей спиной! Как же я этого не заметил?

— На юридическом, — сказал я и открыл пакетик, в котором еще оставалось больше грамма. — Разве не там учатся те, кто потом становятся большими полицейскими начальниками?

Никто из них не ответил.

Я вытащил ложку, которой обычно ел хлопья, и вытер ее о брюки.

— Что ты делаешь? — спросил Олег.

— Это надо отметить, — ответил я, насыпая в ложку порошок. — Кроме того, должны же мы сами протестировать товар, прежде чем будем предлагать его старикану.

— Значит, все в порядке? — сказала Ирена с облегчением. — Все будет так же, как и раньше?

— Конечно, дорогуша. — Я зажег зажигалку и поднес ложку к огню. — Это для тебя, Ирена.

— Для меня? Но я не думаю...

— Ради меня, сестричка. — Я поднял на нее глаза и улыбнулся. Улыбнулся той улыбкой, от которой она знала, что я знаю, что у нее нет противоядия. — Скучно летать одному, знаешь ли. Вроде как в одиночестве.

Порошок в ложке растаял и забулькал. У меня не было ваты, и я подумал, не процедить ли жидкость через отломанный сигаретный фильтр. Но раствор казался таким чистым. Он был белым и однородным. Поэтому я просто остудил его за пару секунд, а потом загнал прямо в шприц.

— Густо...— подал голос Олег.

— Надо нам поосторожнее, чтобы не было передоза, потому что здесь хватит на троих. Ты в числе приглашенных, друг мой. Но может быть, ты хочешь просто посмотреть?

174

Мне не надо было поднимать на него глаза. Я слишком хорошо его знал. С чистым сердцем, ослепленный любовью и в доспехах мужества, которое однажды заставило его сигануть с пятнадцатиметровой мачты в Осло-фьорд.

— Ладно, — сказал он и начал закатывать рукав рубашки. — Я с вами.

В тех же доспехах, благодаря которым он утонет, захлебнется, как крыса.

Я очнулся от стука в дверь. Казалось, в моей голове работают шахтеры, и мне было страшно сделать усилие и открыть один глаз. Утренний свет бил в щель между деревянными досками, приколоченными к окну и подоконнику. Ирена лежала на своем матраце, и я увидел ногу Олега в кроссовке «Пума Спид Кэт», торчащую между двумя гитарными усилителями. По звукам ударов в дверь я понял, что стоящий с другой стороны начал колотить в нее ногами.

Я поднялся и поплелся открывать, пытаясь вспомнить, предупреждали ли меня о репетиции или о том, что кто-нибудь приедет за оборудованием. Я распахнул дверь и по привычке приставил ногу к ее внутренней стороне. Это не помогло. От удара я спиной вперед влетел в комнату и повалился на ударную установку. Ну и грохот. Когда мне удалось отпихнуть стойки для тарелок и малый барабан, прямо перед своим носом я увидел лицо моего дорогого неродного брата Стейна.

Вычеркните слово «дорогого».

Он стал крупнее, но короткий чубчик десантника и черный, полный ненависти жесткий взгляд остались прежними. Я видел, что он открывает рот и что-то говорит, но в ушах у меня еще стоял звон тарелок. Когда он подошел ко мне, я автоматически прикрыл лицо руками. Но он прошел мимо, перешагнул через барабаны и двинулся к лежащей на матраце Ирене. Она очнулась со слабым криком, когда он схватил ее за руку и поставил на ноги.

Он крепко держал ее одной рукой, а второй запихивал какие-то вещи в ее рюкзак. Когда он потащил ее к двери, она перестала сопротивляться.

— Стейн... — начал было я.

Он остановился в дверном проеме и вопросительно посмотрел на меня, но мне больше нечего было сказать ему.

— Ты уже достаточно горя причинил этой семье, — произнес он.

Когда он поднял ногу и захлопнул ею за собой железную дверь, он напомнил мне хренова Брюса Ли. Воздух звенел. Олег поднял голову над усилителем и что-то сказал, но я снова оглох.

Я стоял спиной к камину и чувствовал, как от тепла покалывает спину. Огонь и старинная огромная настольная лампа были единственными источниками света в комнате. Старикан сидел в кожаном кресле и разглядывал мужика, которого мы привезли с собой на лимузине с Шиппергата. Он был все так же одет во всесезонную куртку. Андрей стоял позади мужика и снимал повязку с его глаз.

— Итак, — произнес старикан. — Значит, это вы поставляете товар, о котором я так много слышал.

— Да, — ответил мужик, надел очки и, прищурившись, огляделся.

— Откуда товар?

— Я здесь для того, чтобы продать его, а не рассказывать о нем.

Старик провел двумя пальцами по подбородку.

— Тогда он меня не интересует. В таком бизнесе, как наш, перекупка краденого всегда ведет к трупам. А трупы — это проблемы для фирмы.

— Товар не краденый.

— Смею утверждать, что я довольно хорошо знаю каналы, а этого товара раньше никто никогда не видел. Поэтому повторюсь: я ничего не покупаю, пока не удостоверюсь в том, что товар не выйдет нам боком.

— Я позволил вам привезти меня сюда с завязанными глазами, потому что понимаю необходимость соблюдать секретность. Надеюсь, вы проявите такое же понимание по отношению ко мне.

От тепла стекла его очков запотели, но он не снял их. Андрей и Петр обыскали его в машине, а я наблюдал за языком его тела, за голосом, руками. Единственное, что я понял, — это что он одинок. Не было никакой жирной страшной подружки, только этот мужик и его потрясающий наркотик.

— Судя по тому, что мне известно, вы можете быть полицейским, — сказал старикан.

— С этим вот? — ответил мужик, указывая на свою ногу.

— Если вы занимаетесь ввозом, почему я о вас раньше не слышал?

— Потому что я новичок. У легавых на меня ничего нет, меня никто не знает, ни в полиции, ни в этом бизнесе. У меня есть так называемая респектабельная профессия, и до сих пор я вел совершенно нормальную жизнь. — Он осторожно изобразил на лице гримасу, которая, видимо, должна была означать улыбку. — Ненормально нормальную жизнь, как сказали бы многие.

— Хм...

Старикан продолжал почесывать свой подбородок. Потом он схватил меня за руку и притянул к креслу так, что я оказался рядом с ним. Я продолжал рассматривать мужика.

— Знаешь, что я думаю, Густо? Я думаю, он сам делает товар. А ты как считаешь?

Я подумал и ответил:

— Возможно.

— Ты же знаешь, Густо, для этого не нужно быть Эйнштейном в химии. В Сети можно отыскать детальные описания того, как превратить опиум в морфин, а затем в героин. Давайте предположим, что вы заполучили десять кило опия-сырца. Вы добыли оборудование для его варки, холодильник, немного метанола, вентилятор и венчик, и вот у вас уже восемь с половиной кило кристаллов героина. Смешайте его, и у вас кило двести уличного героина.

Мужик во всесезонной куртке прокашлялся:

— Для этого требуется немного больше.

— Вопрос, — сказал старик, — в том, где вы взяли опиум.

Мужик покачал головой.

— Ты слышал, что он говорит, Густо? — Старикан указал пальцем на изуродованную ногу. — Он делает полностью синтетический наркотик. Ему не нужна помощь природы или Афганистана, он пользуется простой химией и готовит на кухонном столе. Полный контроль и никакого риска при транспортировке. И как минимум такой же действенный, как героин. Среди нас объявился умник, Густо. Такая предпринимательская деятельность внушает уважение.

— Уважение, — пробормотал я.

— Сколько вы можете производить?

— Два кило в неделю, наверное. Зависит от ряда факторов.

— Беру все, — сказал старикан.

— Все? — спросил мужик, ровно, без сколько-нибудь заметного удивления в голосе.

— Да, все, что вы изготовите. Могу ли я сделать вам деловое предложение, господин...

— Ибсен.

— Ибсен?

— Если вы не возражаете.

— Ну что вы, он тоже был великим мастером. Я предлагаю вам вступить с нами в деловое партнерство, господин Ибсен. Вертикальная интеграция. Весь рынок будет принадлежать нам, и мы сможем устанавливать цену. Больше дохода нам обоим. Что скажете?

Ибсен покачал головой.

Старикан склонил голову, улыбаясь безгубым ртом.

— Почему нет, господин Ибсен?

Я увидел, как маленький мужик выпрямился и даже, мне показалось, раздулся в своей немного большой по размеру, унылой куртке.

— Хотите, чтобы я отдал вам монополию, господин...

179

Старикан сложил ладони:

— Называйте меня, как хотите, господин Ибсен.

— Я не хочу зависеть от одного-единственного покупателя, господин Дубай. Это слишком рискованно. И это означает, что вы можете снизить цену. С другой стороны, я не хочу иметь слишком много покупателей, тогда возрастает риск того, что меня выследит полиция. Я пришел к вам, потому что известно, что вы умеете быть невидимым, но я хочу иметь еще одного покупателя. Я уже связывался с «Лос Лобос». Надеюсь, вы меня понимаете.

Старикан рассмеялся своим странным смехом, напоминающим рев мотора южнонорвежской лодки:

— Слушай и учись, Густо. Он знаком не только с фармацевтикой, он еще и бизнесмен. Хорошо, господин Ибсен, на этом и порешим.

— Цена...

— Я заплачу, сколько вы просили. Вы скоро выясните, что в этом бизнесе не тратят время на торг, господин Ибсен. Жизнь слишком коротка, а смерть слишком близка. Договоримся о первой поставке в следующий вторник?

По дороге к двери старик прикидывался, что не может идти, не опираясь на меня. Ногти его царапали кожу на моей руке.

— А вы задумывались об экспорте, Ибсен? Контроля за вывозом наркотиков из Норвегии не существует, знаете ли.

Ибсен не ответил. Но теперь я увидел, что он хотел иметь. Увидел в том, как он стоит на своей

180

изуродованной ноге с вывернутым бедром. Увидел в отблесках на его потном чистом лбу под редкими волосами. Стекла очков отпотели, и глаза его сверкали так же, как на Шиппергата. Он хотел доплаты. Доплаты за все, что он недополучил: уважение, любовь, восхищение, принятие, за все те вещи, которые, как говорится, нельзя купить. Но на самом деле, конечно, можно. Только за деньги, а не за хреново сочувствие. Не так ли, папа? Жизнь должна тебе, и если она не возвращает свои долги, ты должен потребовать возврата, ты должен стать рэкетиром для себя самого. И если за это нам придется гореть в аду, то на небесах будет немноголюдно. Правда ведь, папа?

Харри сидел у выхода на посадку и смотрел в окно. Смотрел, как самолеты отъезжают и выруливают на взлетную полосу.

Через восемнадцать часов он будет в Шанхае.

Он любил Шанхай. Любил тамошнюю еду, любил идти по набережной Бунд вдоль реки Хуанхэ к отелю «Мир», любил заходить в «Бар старого джаза», чтобы послушать пожилых музыкантов, со скрипом продирающихся через свои стандартные произведения, любил думать о том, что они непрерывно сидели и играли здесь с самой революции сорок девятого года. Любил ее. Любил то, что между ними было и чего не было, но он оставил эти мысли.

Оставил. Замечательное качество, с которым ему не повезло родиться, но в котором он упражнялся последние три года. Не биться лбом об стену, когда в этом нет необходимости.

«Насколько непоколебима твоя вера в твое евангелие? Разве ты тоже не сомневаешься?»

Он должен был оказаться в Шанхае через восемнадцать часов.

Мог бы оказаться в Шанхае через восемнадцать часов.

Черт.

Она ответила после второго звонка.

— Что тебе надо?

— Не бросай трубку, хорошо?

— Я еще здесь.

— Слушай, насколько крепко ты держишь этого Нильса Кристиана?

— Ханса Кристиана.

— Он достаточно сильно в тебя влюблен, чтобы ты могла уговорить его поучаствовать в одной сомнительной подмене?

Глава 13

Дождь шел всю ночь, и Харри, стоя перед следственным изолятором города Осло, видел новый слой листвы, покрывший парк желтым мокрым брезентом. Прямо из аэропорта он поехал к Ракели и совсем немного поспал. Ханс Кристиан приехал, не выразил большого протеста и уехал. Затем Ракель и Харри пили чай и разговаривали об Олеге. О том, что было раньше. О том, что было. Но не о том, что могло бы быть. На рассвете Ракель сказала, что Харри может поспать в комнате Олега. Перед тем как лечь, Харри воспользовался компьютером Олега для поиска и обнаружил старые статьи о полицейском, которого нашли убитым под мостом Эльвсборгсбрун в Гётеборге. Написанное подтверждало слова Като, но еще Харри обнаружил просочившийся в вечно гнавшуюся за сенсациями газету «Гётеборгстиднинген» материал о том, что, по слухам, убитый был сжигателем. Далее в статье шло объяснение, что так называют человека, которого преступники используют для уничтожения доказательств против себя. Ракель разбудила его всего два часа назад шепотом и чашкой горячего кофе. Она всегда так делала — начинала день с того, что шептала на ухо и ему, и Олегу, словно для того, чтобы смягчить им переход ото сна к реальности.

Харри глянул на видеокамеру, услышал тихое жужжание и открыл дверь. И быстро зашел внутрь. Держа «дипломат» на виду перед собой, он положил удостоверение на стойку перед надзирательницей, повернувшись к ней красивой щекой.

— Ханс Кристиан Симонсен, — пробормотала та, не поднимая глаз, и стала искать имя в списке, лежащем перед ней. — Вот, да. К Олегу Фёуке.

— Точно так, — ответил Харри.

Другой надзиратель провел его по коридорам через открытую галерею в центральную часть изолятора. Он говорил о том, что, судя по всему, осень будет теплой, и бренчал большой связкой ключей всякий раз, когда отпирал новую дверь. Они пересекли общий зал, и Харри увидел стол для настольного тенниса с двумя ракетками, раскрытую книгу на столе и чайный уголок, где лежали закуски, хлеб и хлебный нож. Но заключенных не было. Они остановились перед белой дверью, и надзиратель отпер ее.

— Я думал, что в это время двери камер открыты, — сказал Харри.

— Другие открыты, но этот заключенный режима сто семьдесят один, — сказал надзиратель. — Всего час прогулки ежедневно.

— А где тогда все остальные?

— Да бог их знает. Должно быть, снова поймали канал «Хастлер» в телевизионной гостиной.

Когда надзиратель запер за ним, Харри остался стоять у двери, слушая, как шаги его замирают вдали. Камера обычного типа. Десять квадратных метров. Койка, шкаф, письменный стол со стулом, книжные полки, телевизор. Олег сидел у письменного стола и удивленно смотрел на него.

— Ты хотел встретиться со мной, — сказал Харри.

— Я думал, мне запрещены посещения, — произнес Олег.

— Это не посещение, а консультация с твоим адвокатом.

— Адвокатом?

Харри кивнул. И увидел, что Олег все понял. Умный мальчик.

— Как...

— Убийство, в котором тебя подозревают, не предусматривает заключения в изолятор строгого режима, поэтому было не так уж и сложно.

Харри открыл «дипломат», достал белую игровую приставку «Геймбой» и протянул Олегу.

— На, пожалуйста, это тебе.

Олег пробежал пальцами по дисплею.

— Где ты его взял?

Харри показалось, что на серьезном лице мальчишки промелькнул намек на улыбку.

— Винтажная модель на батарейках. Нашел в Гонконге. Я собирался победить тебя в «Тетрис» при нашей следующей встрече.

— Никогда! — рассмеялся Олег. — Ты не выиграешь у меня ни в «Тетрис», ни соревнование в подводном плавании.

— Ах тогда, в бассейне в Фрогнер-парке? Ммм. Я нырнул на метр глубже тебя...

— Ты отстал от меня на метр! Мама свидетель.

Харри сидел тихо, боясь все испортить, впитывая в себя радость на лице мальчишки.

— О чем ты хотел поговорить со мной, Олег?

Лицо юноши снова затянули тучи. Он теребил приставку, крутил ее и вертел, как будто искал кнопку включения.

— Не торопись, Олег, подумай, но часто проще всего бывает начать с самого начала.

Олег поднял голову и посмотрел на Харри:

— Я могу тебе доверять? Что бы я ни сказал?

Харри хотел ответить, но передумал и просто кивнул.

— Ты должен достать кое-что для меня...

В сердце Харри вонзили нож и повернули его в ране. Он уже знал, что последует за этим.

— Здесь у них есть только бой и спид, а мне нужна «скрипка». Можешь помочь мне, Харри?

— Ты поэтому просил меня прийти?

— Ты единственный, кому удалось обойти запрет на посещения.

Олег уставился на Харри черными серьезными глазами. Только маленькая морщинка на тонкой коже под глазом выдавала его отчаяние.

— Ты знаешь, что я не могу этого сделать, Олег.

— Конечно можешь! — Голос его жестким металлом отразился от стен камеры.

— А те, для кого ты продавал, они не могут тебе помочь?

— Продавал что?

— Черт, не ври мне! — Харри ударил ладонью по крышке «дипломата». — Я нашел футболку «Арсенала» в твоем шкафчике в «Валле Ховин».

185

— Ты взломал...

— А еще я нашел это... — Харри швырнул на стол фотографию семьи из пяти человек. — Девочка на снимке — ты знаешь, где она?

— Кто...

— Ирена Ханссен. Вы с ней были любовниками.

— Как...

— Вас видели вместе в «Маяке». В твоем шкафчике свитер, который пахнет цветочным лугом, и двойной набор наркомана. Разделить с кем-то место нычки — акт более интимный, чем разделить с кем-то постель, так ведь? Плюс твоя мама рассказала, что, когда она нашла тебя в городе, ты выглядел как счастливый идиот. Мой диагноз: недавно влюбился.

Адамово яблоко Олега заходило вверх-вниз.

— Ну? — сказал Харри.

— Я не знаю, где она! Ясно? Она просто исчезла. Может быть, ее старший брат снова явился и забрал ее. Может быть, ее заперли в какой-нибудь клинике для наркоманов. А может, она села на самолет и умчалась от всего этого дерьма.

— А может, все кончилось не так хорошо, — ответил Харри. — Когда ты видел ее в последний раз?

— Не помню.

— Помнишь даже час.

Олег закрыл глаза.

— Сто двадцать два дня назад. Задолго до того, что случилось с Густо, так какое отношение это имеет к делу?

— Это взаимосвязано, Олег. Убийство — это белый кит. Человек, который просто исчезает, — это белый кит. Если ты видел белого кита два раза, то это один и тот же кит. Что ты можешь рассказать мне о Дубае?

186

— Это самый большой город, но не столица Объединенных Арабских Эмиратов...

— Почему ты защищаешь их, Олег? Чего ты не можешь рассказать?

Олег нашел кнопку включения «Геймбоя» и стал нажимать ее. Затем он открыл крышку гнезда для батареек на задней панели, поднял металлическую крышку мусорного ведра, стоящего у письменного стола, выкинул в него батарейки и вернул игрушку Харри.

— Они сели.

Харри посмотрел на приставку и убрал ее в карман.

— Раз ты не хочешь достать мне «скрипку», мне придется колоться той говенной смесью, которую можно достать здесь. Слышал про фетанил и героин?

— Фетанил — это рецепт передоза, Олег.

— Точно. Так что потом сможешь рассказать маме, что это твоя вина.

Харри не ответил. Высокопарная попытка шантажа не разозлила его, наоборот, ему захотелось обнять мальчишку и прижать к себе. Харри даже не нужно было видеть слезы в глазах Олега, чтобы понять, какая борьба разворачивается в его теле и голове; он почти физически ощущал его наркотическую жажду. А в этом состоянии для наркомана не существует ничего другого — ни морали, ни любви, ни рассудка, только постоянно бьющаяся мысль о кайфе, экстазе, полете. Один раз в жизни Харри был очень близок к тому, чтобы согласиться на укол героина, но случайно наступивший миг просветления заставил его отказаться. Возможно, это произошло благодаря пониманию, что героин сделает то, чего алкоголю пока не удалось, — отнимет у него жизнь. А возможно, он вспомнил девочку, которая рассказывала ему, как подсела после первого укола, потому что ничто, ничто из пережитого ею или из того, на что хватало ее воображения, не могло сравниться с экстазом. А может, дело было в его приятеле из Уппсала, который лег в клинику для наркоманов только для того, чтобы выработать непереносимость, так как надеялся, что, сделав первый укол после лечения, переживет нечто похожее на впечатления от первого сладкого укола. И еще он рассказывал, что, увидев, как его трехмесячному сыну вводят в бедро иглу, делая первую в его жизни прививку, он заплакал, потому что у него возникла такая неуемная жажда ширнуться, что ему захотелось бросить все и прямо из поликлиники побежать на Плату.

— Давай заключим сделку, — произнес Харри, заметив, как невнятно прозвучали его слова. — Я достану то, о чем ты просишь, а ты расскажешь мне все, что знаешь.

— Хорошо! — сказал Олег.

Харри увидел, как расширились его зрачки. Он где-то читал, что у тяжелых героиновых наркоманов некоторые участки мозга могли активироваться еще до укола, что они чисто физически были на взводе, уже когда растапливали порошок и качали вену. И Харри знал, что именно эти части мозга Олега говорили сейчас с ним, что в них не существовало другого ответа, кроме «хорошо!», правдой это было или ложью.

— Но я не хочу покупать на улице, — сказал Харри. — В твоей нычке есть «скрипка»?

Олег на какое-то мгновение засомневался.

— Ты же рылся в моей нычке.

Харри опять вспомнил, что утверждение, будто для героинового наркомана нет ничего святого, совершенно неверно. Место нычки было святым.

— Давай, Олег. Ты не станешь хранить дурь там, куда имеет доступ другой наркоман. Где твоя другая нычка, резервный склад?

— У меня только одна.

— Я ничего у тебя не украду.

— У меня нет другой нычки, я же сказал!

Харри слышал, что он врет, но это было не важно. Возможно, это означало только то, что во второй нычке нет «скрипки».

— Я вернусь завтра, — сказал Харри, поднялся, постучал в двери и стал ждать.

Но никто не пришел. В конце концов он повернул ручку двери. Она открылась. Да уж, не похоже на изолятор строгого режима.

В коридоре было пусто, так же пусто было в общем зале, где, как автоматически отметил Харри, закуски и хлеб по-прежнему лежали на столе, а вот хлебный нож исчез. Он прошел дальше к двери, ведущей из этой части изолятора в галерею, и, к своему удивлению, обнаружил, что она тоже отперта.

Только при приближении к приемной он наткнулся на запертые двери. Он упомянул об открытых дверях надзирательнице за стеклянным окном, и она, подняв бровь, посмотрела на мониторы над собой.

— В любом случае дальше, чем до этого места, никто не дойдет.

— Кроме меня, надеюсь.

— А?

— Нет, ничего.

Харри прошел по парку метров сто в сторону Грёнланнслейрет, когда все встало на свои места. Пустые помещения, открытые двери, хлебный нож. Он резко остановился. Сердце его забилось с такой скоростью, что его начало мутить. Он услышал пение птицы. Почувствовал запах травы. А потом развернулся и побежал обратно в изолятор. Он ощущал, как во рту пересохло от страха и адреналина, который сердце выбрасывало в кровь.

Глава 14

«Скрипка» упала на Осло, как хренов астероид. Олег объяснил мне разницу между метеоритом и метеороидом и всякой другой хренью, которая в любой момент может свалиться нам на голову, и это был астероид, огромная штуковина, способная сравнять землю с... Блин, ну ты понимаешь, о чем я, папа, не смейся. Мы стояли и торговали дозами ноль-десять, целый грамм и еще пять граммов следом, с утра до вечера. Центр стоял на ушах. И тогда мы подняли цену. А очереди стали еще длиннее. И тогда мы подняли цену. А очереди были такими же длинными. И тогда мы подняли цену. И вот тогда начался ад.

Банда косовских албанцев ограбила нашу команду неподалеку от Биржи. В команде было два брата-эстонца, работавших без разведчика, а косовские албанцы пользовались битами и кастетами. Они забрали деньги и товар, переломав эстонцам ноги. Через два дня вечером на улице Принсенс-га-

те, ровно за десять минут до того, как за дневной выручкой должны были приехать Андрей с Петром, на наших напала банда въетнамцев. Они заманили человека с товаром на задний двор так, что ни человек с деньгами, ни разведчик этого не заметили. В общем, творилось всякое, и возникал вопрос «что дальше?».

Ответ на этот вопрос прозвучал через два дня.

Жители Осло, рано утром спешившие на работу, успели до приезда копов увидеть, как подвешенный за ноги косоглазый болтается под мостом Саннербруа. Он был одет как сумасшедший, в смирительную рубашку, во рту у него торчал кляп. Веревка, обвязанная вокруг лодыжек, была такой длины, чтобы он не мог держать голову над поверхностью воды. Во всяком случае, на протяжении длительного времени, ведь мышцы живота не могут долго выдерживать напряжение. В тот же вечер Андрей дал нам с Олегом пушку. Русскую, потому что Андрей доверял только всему русскому. Он курил черные русские сигареты, звонил по русскому мобильному телефону (я не шучу, папа; «Грессо», дорогой аппарат класса люкс, сделанный из африканского черного дерева, но водонепроницаемый; в отключенном состоянии он не подает сигнала, поэтому копы не могут его отследить) и верил только в русские пистолеты. Андрей объяснил, что пушка называется «одесса», это дешевая версия «стечкина», как будто кто-то из нас знал, что это такое. Так или иначе, особенностью «одессы» было то, что из нее можно было стрелять очередями. В магазине имелось двадцать патронов «малаков» девять на восемнадцать миллиметров.

Такими же патронами пользовались Андрей с Петром и некоторые другие дилеры. Нам выдали коробку патронов на всех, Андрей показал, как заряжать, ставить на предохранитель и производить выстрел из этого странного бесформенного пистолета, и сказал, что мы должны крепко держать его в руках и целиться немного ниже того места, куда хотим попасть. И что попасть мы хотим не в башку, а в любое место в верхней части туловища. Если повернуть маленький переключатель сбоку в положение С, пистолет будет стрелять очередями и слабого нажатия на курок будет достаточно, чтобы произвести три-четыре выстрела. Но Андрей заверил нас в том, что в девяти из десяти случаев можно добиться многого, всего лишь показав пистолет. После его ухода Олег сказал, что пушка похожа на обложку какого-то альбома группы «Foo Fighters», и что он, черт возьми, не собирается ни в кого стрелять, и что нам надо выбросить пистолет в мусорный бак. И я сказал, что могу взять пушку.

Газеты с ума посходили. Они орали о бандитской войне и крови на улицах, как будто мы живем в хреновом Лос-Анджелесе. Политики из партии, не представленной в городском совете, вопили о неправильной политике в отношении борьбы с преступностью, неправильной политике в отношении наркотиков, неправильном председателе городского совета, неправильных членах городского совета. Сам город неправильный, считал один псих из Партии центра, сказав, что Осло надо стереть с карты, потому что он позорит отечество. Больше всех досталось начальнику Полицейского управле-

192

ния, но говно, как известно, течет вниз, и после того, как один сомалиец среди бела дня на Плате застрелил в упор двух своих соотечественников и полиция никого не арестовала, начальник Оргкрима подал прошение об отставке. Член городского совета, отвечающая за социальную политику, которая также была председателем полицейского совета, заявила, что ответственность за преступность, наркотики и полицию лежит прежде всего на государстве, но она считает своим долгом позаботиться о том, чтобы жители Осло могли спокойно ходить по улицам. В газете была ее фотография. А позади нее стояла ее секретарь. Моя старая знакомая. Сексапильная мамаша, которая не была мамашей. На снимке она казалась серьезной и очень деловой. Я же видел только возбужденную женщину в брюках для верховой езды, спущенных до колен.

Однажды вечером Андрей приехал рано, сказал, что наш рабочий день окончен и что я поеду с ним в Блиндерн.

Когда он проехал мимо участка старикана, мне в голову стали лезть ужасно неприятные мысли. Но к счастью, Андрей свернул на соседний участок, к другому дому, который, как я знал со слов старикана, тоже принадлежал ему. Андрей проводил меня в дом. Внутри не было так пусто, как казалось снаружи. За стенами с облупившейся краской и потрескавшимися оконными стеклами было тепло, стояла мебель. Старикан сидел в комнате, где книжные полки занимали все пространство от пола до потолка, а из здоровенных напольных динамиков лилась музыка, похожая на классическую.

Я сел на единственный свободный стул, а Андрей ушел, закрыв за собой дверь.

— Я хотел попросить тебя, Густо, сделать кое-что для меня, — сказал старикан, положив ладонь мне на колено.

Я украдкой бросил взгляд на закрытую дверь.

— Мы ведем войну, — произнес он, поднялся, подошел к полкам и вынул толстую книгу в грязной коричневой обложке. — Этот текст был написан за шестьсот лет до рождения Христа. Я не знаю китайского, поэтому у меня есть только французский перевод, сделанный более двухсот лет назад иезуитом по имени Жан Жозеф Мари Амио. Я купил его на аукционе, он обошелся мне в сто девяносто тысяч крон. В нем рассказывается, как надо обманывать врага на войне, и это самое цитируемое произведение на данную тему. Этот текст был Библией для Сталина, Гитлера и Брюса Ли. И знаешь что? — Он засунул книгу обратно на полку и достал другую. — Мне больше нравится вот эта.

Он протянул книгу мне.

Тонкая книга в синей глянцевой обложке явно была издана недавно. Я прочитал надпись на обложке: «Шахматы для начинающих».

— Шестьдесят крон на распродаже, — поведал старикан. — Мы произведем рокировку.

— Рокировку?

— Такой ход, при котором рядом с королем появляется защитная ладья. Мы вступим в альянс.

— С ладьей?

— Подумай о ратуше.

Я подумал.

— Городской совет, — сказал старикан. — У члена городского совета, отвечающей за социальную политику, есть секретарь Исабелла Скёйен, и это она на практике осуществляет городскую политику в отношении наркотиков. Я поговорил с одним источником и выяснил, что она замечательная. Умная, эффективная и жутко амбициозная. Причина, по которой она не достигла большего, согласно источнику заключается в том, что ее образ жизни вот-вот вызовет скандальные заголовки в газетах. Она веселится, прямо говорит, чего хочет, и постоянно меняет любовников.

— Звучит совершенно ужасно, — сказал я.

Старикан предостерегающе взглянул на меня, а затем продолжил:

— Ее отец был спикером Партии центра, но, когда он захотел стать политиком национального масштаба, ему не дали этого сделать. И мои источники утверждают, что Исабелла переняла папину мечту, а поскольку лучше всего шансы были у Рабочей партии, она вышла из папиной маленькой крестьянской партии. Короче говоря, Исабелла Скёйен во всех отношениях очень гибкий политик, если дело касается ее амбиций. Кроме того, она одна выплачивает немалый долг за семейную ферму.

— Так что мы будем делать? — спросил я, словно сам был членом правительства «скрипки».

Старикан улыбнулся, будто мои слова показались ему милыми.

— Мы угрозами заставим ее сесть за стол переговоров, где и заманим ее в альянс. А ты, Густо, будешь отвечать за угрозы. Поэтому ты сейчас здесь.

— Я? Я буду угрожать женщине-политику?

— Точно. Женщине-политику, с которой ты совокуплялся, Густо. Сотруднице городского совета, которая воспользовалась своим служебным положением для принуждения к сексу подростка с большими социальными проблемами.

Сначала я не поверил собственным ушам, пока он не вынул из кармана пиджака фотографию и не положил ее на стол передо мной. Похоже, ее сделали из салона автомобиля с тонированными стеклами. На фотографии с улицы Толлбугата был изображен молодой парень, садящийся в «лендровер», номерные знаки которого были прекрасно видны. Парнем был я. Машина принадлежала Исабелле Скёйен.

По спине у меня пробежал холодок.

— Откуда вы узнали...

— Дорогой Густо, я же говорил, что присматривал за тобой. Я хочу, чтобы ты сделал следующее: позвонил на личный номер Исабеллы Скёйен — уверен, у тебя он имеется — и сообщил ей, какую версию этой истории мы приготовили для прессы. И попросил о совершенно конфиденциальной встрече для нас троих.

Он подошел к окну и посмотрел на унылую погоду.

— Вот увидишь, у нее в календаре найдется для нас время.

Глава 15

За три последних года в Гонконге Харри бегал больше, чем за всю свою предыдущую жизнь. И все же за те тринадцать секунд, что он потратил на преодоление ста метров, отделявших его от дверей изолятора, его мозг проиграл разнообразные сценарии, имеющие одно общее: он вернулся слишком поздно.

Он позвонил и поборол в себе искушение потрясти дверь в ожидании жужжания автоматического замка. В конце концов жужжание раздалось, и Харри взлетел по ступенькам в приемную.

— Что-то забыли? — спросила надзирательница.

— Да, — сказал Харри, ожидая, когда она пропустит его за запертую дверь. — Включите тревогу! — прокричал он, бросил «дипломат» и побежал дальше. — Камера Олега Фёуке!

Эхо его шагов разносилось по пустому атриуму, пустым коридорам и слишком пустому общему залу. Он не запыхался, но собственное дыхание казалось ему похожим на рычание.

Вбегая в последний коридор, он услышал крик Олега.

Дверь в камеру была приоткрыта, и секунды, пролетевшие, пока он добрался до нее, показались ему кошмаром, снежной лавиной, но ноги отказывались передвигаться быстрее.

Наконец он оказался внутри и взял ситуацию под контроль.

Стол был перевернут, бумаги и книги раскиданы по полу. В дальнем углу спиной к шкафу стоял Олег. Черная футболка пропитана кровью. Перед собой он держал крышку от мусорного ведра. Рот его был открыт, он кричал не переставая. Перед ним Харри увидел спину в спортивной майке, натянутой на широкую потную бычью шею, над ней — лысый череп, над ним — поднятую руку с ножом для резки хлеба. Когда нож сталкивался с крышкой от ведра, раздавался лязг железа. Должно быть, мужчина заметил, что освещение в камере изменилось, потому что в следующий миг он обернулся. Он стоял, наклонив голову, и держал нож низко перед собой, направив его на Харри.

— Вон! — прошипел он.

Харри не дал себя обмануть и не стал следить за ножом, а сфокусировал взгляд на ногах. Он заметил, что в дальнем углу Олег съежился и сполз на пол. По сравнению с людьми, занимающимися боевыми искусствами, в арсенале Харри было до обидного мало техник нападения. Он был знаком всего с двумя. И только с двумя правилами. Первое: никаких правил не существует. Второе: нападай первым. И когда Харри начал действовать, он производил автоматические движения человека, который учил, тренировал и повторял только два способа нападения. Харри двинулся прямо на нож, чтобы противник был вынужден отвести его в сторону для придания ускорения лезвию. И когда мужчина начал это движение, Харри поднял правую ногу и ударил от бедра. Еще до того, как нож начал движение вперед, нога Харри уже опустилась вниз. Она попала мужчине в колено, в переднюю часть коленной чашечки. И поскольку человеческая анатомия не слишком хорошо защищает тело от ударов именно под таким углом, четырехглавая мышца тут же порвалась, следом за ней связки коленного сустава, и, когда коленная чашечка поползла вниз к малой берцовой кости, сломался надколенник.

Мужчина с криком повалился вниз. Нож ударился о пол, он начал искать руками свое колено. Глаза его расширились, когда он обнаружил его совершенно в другом месте.

Харри отпихнул нож и поднял ногу, чтобы закончить нападение, как его учили: ударить по мышцам бедра сверху вниз, чтобы вызвать обильное внутреннее кровотечение, после чего противник уже не сможет подняться. Но он понял, что дело сделано, и опустил ногу.

В коридоре раздался топот бегущих ног и звон ключей.

— Сюда! — закричал Харри и, перешагнув через орущего мужчину, направился к Олегу.

Он услышал, как в дверях кто-то запыхтел.

— Уберите этого и вызовите врача, — приказал Харри, перекрикивая вопли пострадавшего.

— Черт возьми, что здесь...

— Сейчас это неважно, просто вызовите врача. — Харри разорвал футболку Олега, скользнул пальцами по крови и стал ощупывать окровавленное тело, пока не добрался до раны. — И чтобы врач сначала пришел сюда, у этого всего лишь разбито колено.

Обхватив лицо Олега руками, испачканными в крови, Харри услышал, как орущего мужчину выволакивают из камеры.

— Олег? Ты здесь? Олег?

Мальчик моргнул, и с его губ слетело слово, такое тихое, что Харри едва его расслышал. И почувствовал, как снова все сжимается в груди.

— Олег, все будет хорошо. Он не проделал дырку ни в чем, что тебе жизненно необходимо.

— Харри...

— И скоро наступит Рождество, потому что тебе дадут морфин.

— Заткнись, Харри.

Харри заткнулся. Олег открыл глаза. Они сияли лихорадочным, отчаянным блеском. Голос его был сиплым, но говорил он вполне внятно:

— Ты должен был позволить ему сделать свою работу, Харри.

— Что ты такое говоришь?

— Позволь мне это сделать.

— Сделать что?

Тишина.

— Сделать что, Олег?

Олег положил руку на затылок Харри, притянул его к себе и прошептал:

— Ты не сможешь остановить происходящее, Харри. Все уже произошло, просто предоставь событиям идти своей чередой. Если ты встанешь на пути, погибнет больше людей.

— Кто погибнет?

— Это слишком большое дело, Харри. Оно поглотит тебя, поглотит нас всех.

— Кто погибнет? Кого ты защищаешь, Олег? Ирену?

Олег закрыл глаза. Губы его слабо шевелились. Потом перестали. И Харри подумал, что сейчас он похож на себя одиннадцатилетнего, только что заснувшего после длинного дня. Но он продолжал говорить.

— Тебя, Харри. Они убьют тебя.

Когда Харри выходил из изолятора, «скорые» уже были на месте. Он думал о том, как все было раньше. Каким этот город был раньше. Какой раньше была его жизнь. Когда вчера вечером он пользовался компьютером Олега, он поискал заодно «Сардины» и «Russian Amcar Club». Он не нашел никаких подтверждений тому, что они воскресли. Возможно, на воскресение вообще не стоит надеяться. Возможно, жизнь учит человека не слишком многому, но одной вещи точно: назад дороги нет.

Харри прикурил сигарету, и перед тем, как сделать первую затяжку, в ту секунду, когда мозг уже предвкушает поступление никотина по кровеносным сосудам, он снова услышал этот звук, который, он уверен, ему предстоит слышать остаток вечера и всю ночь, — почти неслышно произнесенное слово, первым слетевшее с губ Олега в камере:

— Папа.

Часть II

Глава 16

Крыса-мама лизнула металл. На вкус он был соленым. Она вздрогнула, когда холодильник проснулся для свершений и задребезжал. Церковные колокола не умолкали. Существовал еще один не опробованный ею путь в нору. Она не решалась воспользоваться им, потому что человек, который преграждал ей путь домой, еще не умер. Но высокочастотный писк малышей приводил ее в отчаяние. И она решилась. Она устремилась вверх по рукаву человека. Он слабо пах дымом. Дымом не от сигареты или костра, а от чего-то другого. Чего-то газообразного, впитавшегося в одежду, которую потом выстирали так, что от первоначального запаха между внутренними нитями материи осталось всего несколько молекул. Она добралась до локтя, но там было слишком узко. Она остановилась и прислушалась. Вдали раздался звук полицейской сирены.

Все дело в маленьких мгновениях и в нашем выборе, папа. В мгновениях, которые казались нам неважными, типа сегодня они здесь, а завтра их нет. Но они накапливаются. И прежде чем ты это замечаешь, они превращаются в реку, уносящую тебя с собой. Она принесет тебя туда, куда тебе надо. А мне надо было сюда. Блин, в июле. Нет, мне сюда было совсем не надо! Мне надо было совершенно в другие места, папа. Когда мы развернулись перед главным зданием, Исабелла Скёйен уже ждала нас посреди своего двора, широко расставив ноги в узких брюках для верховой езды.

— Андрей, жди здесь, — сказал старикан. — Петр, проверь все вокруг.

Мы вышли из лимузина, и нас окружили запах хлева, жужжание мух, отдаленный звон коровьих колокольчиков. Она сухо пожала старикану руку, не обращая на меня внимания, и пригласила нас внутрь на чашечку кофе, сделав ударение на слове «чашечку». В коридоре висели фотографии лошадей с лучшими родословными, кубки с большинства известных скачек и хрен знает что еще. Старикан шел мимо фотографий лошадей и спрашивал, принадлежат ли они к чистокровным английским скакунам, восхищался их стройными ногами и мощными торсами, и я начал задумываться, о ком он говорит: о лошадях или о ней. Так или иначе, это подействовало. Взгляд Исабеллы немного смягчился, а ответы стали более развернутыми.

— Давайте присядем в гостиной и поговорим, — предложил он.

— Думаю, мы устроимся на кухне, — ответила она голосом, в котором снова звякнули льдинки.

Мы сели, и она поставила кофейник посреди стола.

— Налей нам, Густо, — сказал старикан, выглядывая в окно. — Какая у вас хорошая ферма, фру Скёйен.

— Здесь нет никаких «фру».

— Там, где я вырос, ко всем женщинам, способным управлять фермой, обращались «фру», невзи-

203

рая на то, были ли они вдовами, разведенными или незамужними. Это обращение считалось почетным титулом.

Он повернулся к ней и широко улыбнулся. Она встретилась с ним взглядом. И на пару секунд воцарилась такая тишина, что единственным звуком было жужжание мухи, бьющейся в окно в попытках вырваться на свободу.

— Спасибо, — произнесла Исабелла.

— Хорошо. Давайте на время забудем об этих фотографиях, фру Скёйен.

Она застыла. Во время нашего с Исабеллой телефонного разговора, когда я сказал, что у нас есть фотографии, которые мы можем послать в газеты, она сначала попыталась обратить все в шутку. Да, она незамужняя, но сексуально активная женщина, которая встречалась с мужчиной немного моложе себя, что в этом такого? Ну, во-первых, она секретарь прохвоста из городского совета, а во-вторых, это Норвегия, а двойная мораль — отличительная черта американской президентской кампании. Так что я коротко и ясно нарисовал ей яркую угрожающую картинку. Что она в действительности мне платила и я могу это доказать. Что она просто-напросто пользовалась услугами жиголо, а проституция и наркомания — это как раз те сферы, которые она представляет прессе от имени члена городского совета, не так ли?

Спустя две минуты мы договорились о времени и месте этой встречи.

— Пресса пишет о частной жизни политиков, какая она есть, — сказал старикан. — Давайте лучше поговорим о деловом предложении, фру Скёйен. Хорошее деловое предложение в отличие от шантажа должно быть выгодным для обеих сторон. Согласны?

Она насупилась. Старикан широко улыбнулся.

— Когда я говорю «деловое предложение», я, конечно, не подразумеваю, что речь пойдет о деньгах, несмотря на то что ферма наверняка себя не окупает. Но это было бы коррупцией. Я предлагаю чисто политическую сделку. Да, тайную, но эта практика ежедневно применяется в ратуше. И все на благо горожан, я прав?

Скёйен снова сосредоточенно кивнула.

— Условия этой сделки должны остаться между нами и вами, фру Скёйен. Она, как уже было сказано, прежде всего пойдет на пользу городу, а единственная выгода, какую она может принести лично вам, — это удовлетворение ваших политических амбиций, если они у вас есть. Исходя из того, что они есть, наша сделка, вне всяких сомнений, сделает путь к высокому креслу в ратуше намного короче. А может быть, и к месту в национальной политике.

Ее кофейная чашка замерла на полпути ко рту.

— У меня даже мысли не было просить вас о чем-то неэтичном, фру Скёйен. Я просто хочу обозначить наши общие интересы и предоставить вам право сделать то, что я считаю правильным.

— Я должна сделать то, что вы считаете правильным?

— Член городского совета подвергается прессингу. Еще до ужасных событий последних месяцев городской совет задался целью убрать Осло из списка худших героиновых городов Европы. Вы собирались снизить оборот наркотиков, снизить количество первичных наркоманов среди молодежи и, что тоже

205

немаловажно, количество смертей от передозировки. В настоящее время до этих результатов вам как до Луны, или не так, фру Скёйен?

Она не ответила.

— В данных обстоятельствах необходим герой или героиня, которая наведет порядок снизу доверху.

Она медленно кивнула.

— Ей надо было бы начать с того, чтобы разобраться с бандами и лигами.

Исабелла фыркнула.

— Спасибо, но этот метод уже был опробован ранее во всех больших городах Европы. Новые банды вырастают на месте старых, как сорная трава. Там, где есть спрос, обязательно появятся новые предложения.

— Точно, — сказал он. — Именно как сорная трава. Я вижу у вас за окном клубничное поле, фру Скёйен. Вы используете покровные культуры?

— Да, клевер.

— Могу предложить вам покровную культуру, — произнес старик. — Клевер в футболке «Арсенала».

Она посмотрела на него. Я видел, как ее жадный мозг работает на полную катушку. Старикан казался довольным.

— Покровная культура, мой дорогой Густо, — сказал он, отхлебывая кофе из чашки, — это такой сорняк, который выращивают и позволяют ему беспрепятственно расти, чтобы помешать распространению других сорняков. Просто потому, что клевер более безобидная трава, чем другие. Понимаешь?

— Думаю, да, — ответил я. — Там, где сорняки вырастут в любом случае, разумно вырастить траву, которая не погубит клубнику.

— Вот именно. И, проводя некоторую аналогию, чистый Осло в видении члена городского совета — это клубника, а все банды, торгующие опасным героином и разводящие анархию на улицах Осло, — это сорняки. А мы со «скрипкой» — это покровная культура.

— И это значит? — сказала Исабелла.

— И это значит, что сначала надо выполоть все сорняки, которые не являются клевером. А потом надо оставить клевер в покое.

— Но чем же клевер лучше всего остального?

— Мы никого не убиваем. Мы действуем деликатно. Мы продаем товар, который практически не приводит к передозу. Имея монополию на клубничное поле, мы можем взвинтить цены так высоко, что потребителей станет меньше и меньше молодежи будет пробовать наш товар. Впрочем, следует признать, что наш общий доход от этого не уменьшится. Меньше потребителей, меньше продавцов, наркоманы больше не будут собираться в парках и на центральных улицах города. Короче говоря, Осло станет радовать глаз туристов, политиков и избирателей.

— Я не член городского совета.

— Пока нет, фру. Но ведь сорняки выпалывают не члены совета. Для этой работы у них имеются секретари, которые принимают маленькие ежедневные решения, в совокупности составляющие то, что будет сделано в реальности. Естественно, вы будете следовать принципам члена совета. Но именно вы будете поддерживать постоянную связь с полицией, которая обсуждает, например, вашу деятельность и мероприятия в Квадратуре. Конечно, вам придется больше внимания уделять освещению вашей роли в этом деле, но к этому, кажется, у вас имеется талант. Небольшое интервью о профилактике наркомании в Осло здесь, высказывание о смертях от передозировки там. Так что, когда успех станет фактом, пресса и коллеги по партии будут знать, чей мозг и чья рука руководили... — на его лице появилась усмешка варана с острова Комодо, — гордым победителем конкурса нашей ярмарки на самую большую клубнику года.

Все сидели молча. Муха оставила попытки вырваться на свободу, обнаружив на столе сахарницу.

— Этого разговора, естественно, никогда не было, — сказала Исабелла.

— Конечно не было.

— Мы даже никогда не встречались.

— Жаль, но это так, фру Скёйен.

— И как, по-вашему, должна происходить... прополка?

— Мы, естественно, можем кое-чем помочь. В нашем бизнесе существуют давние традиции доносительства ради устранения конкурентов, и мы снабдим вас необходимой информацией. Вы, разумеется, предложите члену городского совета внести предложение в полицейский совет, но вдобавок вам потребуется доверенное лицо в полиции. Возможно, им станет человек, которому тоже пойдет на пользу участие в этом успешном мероприятии. Человек... как бы это сказать?

— Амбициозный человек, который может быть прагматичным до тех пор, пока это приносит *пользу городу? — Исабелла Скёйен подняла чашку кофе, как будто собираясь произнести тост. — Не перейти ли нам в гостиную?*

Сергей лежал в кресле на спине, пока татуировщик молча изучал рисунки.

Когда в назначенное время Сергей пришел в маленький салон, татуировщик работал над громадным драконом на спине парня, который лежал в кресле, стиснув зубы, в то время как женщина, наверняка его мама, утешала его и все время спрашивала мастера, действительно ли татуировка должна быть такой большой. Когда татуировщик закончил, она заплатила и на выходе из салона поинтересовалась у своего сына, доволен ли он теперь, когда у него появилась татуировка круче, чем у Пребена и Кристоффера.

— Это лучше подойдет для спины, — сказал татуировщик, показывая на один из рисунков.

— Тупой, — тихо сказал Сергей по-русски.

— А?

— Все должно быть как на рисунке. Мне еще долго это повторять?

— Да-да. Но я не могу сделать все сегодня.

— Нужно все сегодня. Плачу вдвойне.

— То есть это срочно?

Сергей коротко кивнул. Андрей звонил ему каждый день, держал его в курсе событий. Поэтому когда он позвонил сегодня, Сергей оказался не готов. Не готов к тому, что сказал ему Андрей.

Что необходимое стало необходимостью.

И первой мыслью, пришедшей Сергею в голову после окончания разговора, было то, что назад дороги нет.

Он немедленно осадил себя: нет дороги *назад*? А кто собирается назад?

Может быть, он подумал так, потому что Андрей предупредил его. Рассказал, что полицейскому удалось разоружить заключенного, которому они заплатили за убийство Олега Фёуке. Правда, этот заключенный был норвежцем и раньше никогда никого не убивал с помощью ножа, но тем не менее понятно, что дальше не будет так же легко, не будет так же просто, как застрелить их продавца, мальчишку, ведь этот случай был самой настоящей казнью. Этого полицейского надо было выследить, подождать, пока он не окажется в подходящем месте, и напасть на него, когда он будет совершенно к этому не готов.

— Не хочу тебя обидеть, но твои старые татуировки — не слишком качественная работа. Линии нечеткие, чернила плохие. Может, лучше мы обновим их?

Сергей не ответил. Что этот парень знает о качественной работе? Линии были нечеткими, потому что в качестве иголки тюремный мастер использовал заостренную гитарную струну, прикрепленную к электробритве, а чернила были сделаны из расплавленной обувной подошвы, смешанной с мочой.

— Рисунок, — сказал Сергей, указывая на бумагу. — Сейчас.

— А ты уверен, что хочешь пистолет? Тебе решать, но мой опыт показывает, что людей отталкивают символы насилия. Просто предупреждаю.

Было совершенно очевидно, что парню ничего не известно о русских тюремных татуировках. Он не знал, что кот означает приговор за кражу, а церковь с двумя куполами — что человек был осужден дважды. Не знал, что ожог на груди появился на месте татуировки, которую Сергей сводил, привязывая к коже порошок магния. На ней был изображен женский половой орган. Эту наколку ему нанесли на зоне, когда он отбывал свой второй срок, члены грузинской банды «Черные сеятели», считавшие, что он должен им деньги за проигрыш в карты.

Татуировщик понятия не имел, что пистолет, рисунок которого он держал в руках, — пистолет Макарова — был оружием русской полиции и его изображение на татуировке свидетельствовало бы о том, что он, Сергей Иванов, убил полицейского.

Ничего такого он не знал, но это и не страшно. Подобное знание все равно не принесло бы ему пользы, ведь обычно он изображал бабочек, китайские иероглифы или красочных драконов на сытых норвежских подростках, которые полагали, что дюжина их татуировок служат определенными знаками.

— Ну что, тогда приступим? — спросил мастер.

Сергей помедлил минуту. Татуировщик был прав, это срочно. Сергей спросил себя, почему это настолько срочно, почему он не может подождать и сделать татуировку после смерти полицейского. И он дал себе тот ответ, какой хотел услышать: если его возьмут сразу после убийства и посадят в норвежскую тюрьму, где среди заключенных нет татуировщиков, как в России, то у него, черт возьми, будет хотя бы наколка, по меньшей мере она.

Но Сергей знал, что на этот вопрос существует и другой ответ.

Неужели он решил сделать татуировку до убийства потому, что в глубине души испытывает страх? Такой страх, что он не уверен, сумеет ли совершить задуманное? Что именно поэтому он решил сделать наколку уже сейчас, чтобы сжечь за собой все мосты, уничтожить возможность отступления, чтобы убийство стало *необходимым*? Ни один сибирский урка не станет ходить с татуировкой, которая говорит неправду, это ведь ясно. И он радовался, знал, что радуется, да и что это за мысли, откуда они вообще?

Он знал откуда.

Дилер. Мальчишка в футболке «Арсенала».

Он начал являться ему во сне.

— Начинай, — сказал Сергей.

Глава 17

— Врач считает, что уже через несколько дней Олег будет на ногах, — сказала Ракель.

Она прислонилась к холодильнику с чашкой чая в руках.

— Тогда его надо перевести в такое место, где до него никто не сможет добраться, — ответил Харри.

Он стоял у окна в ее кухне и смотрел вниз, на город, по главным улицам которого светящимися змеями начинали расползаться послеобеденные дорожные пробки.

— У полиции есть места, предназначенные для содержания свидетелей, находящихся под защитой, — сказала она.

Ракель не впала в панику, она приняла известие о нападении на Олега с какой-то смиренной выдержкой. Как будто она была почти уверена, что подобное произойдет. И в то же время Харри видел, что лицо ее ожесточилось. В ней шла борьба.

— Он должен сидеть в тюрьме, но я поговорю с прокурором о переводе, — сказал Ханс Кристиан Симонсен.

Он приехал сразу после звонка Ракели и сейчас сидел за столом в рубашке с мокрыми подмышками.

— Попробуй обойти официальные каналы, — посоветовал Харри.

— Что ты имеешь в виду? — спросил адвокат.

— Двери были не заперты, так что в деле участвовал как минимум один надзиратель. До тех пор пока мы не знаем, кто в это втянут, мы должны исходить из того, что замешанными могут оказаться все.

— А не началась ли у тебя паранойя?

— Паранойя спасает жизни, — сказал Харри. — Можешь устроить это, Симонсен?

— Посмотрим, что мне удастся сделать. А что с тем местом, где он находится сейчас?

— Он лежит в больнице Уллевол, и я устроил так, что за ним присматривают двое полицейских, которым я доверяю. Еще одно: нападавший на Олега находится сейчас в больнице, но после этого будет переведен на строгий режим содержания.

— Запрет на письма и посещения? — поинтересовался Симонсен.

— Да. Ты позаботишься о том, чтобы мы узнали, какие объяснения он предоставит полиции или своему адвокату?

— Это сложнее... — Симонсен почесал голову.

— Естественно, они не вытянут из него ни слова, но в любом случае попытайся, — сказал Харри, застегивая пиджак.

— Куда ты идешь? — спросила Ракель, положив ладонь ему на руку.

— К источнику, — ответил Харри.

Было восемь часов вечера, и движение в столице страны, где установлен самый короткий рабочий день в мире, уже давно затихло. Мальчик, стоявший на лестнице на одном из перекрестков на улице Толлбугата, был одет в футболку с номером 23. Аршавин. Он натянул на голову капюшон куртки, а на ноги — преувеличенно большие белые кроссовки «Эйр Джордан». Джинсы «Жирбо» были отглаженными, но такими жесткими, что могли бы стоять сами по себе. Полный набор гангстера, все до мельчайших деталей было скопировано с последнего видео Рика Росса, и Харри полагал, что, если он спустит свои джинсы, под ними окажутся трусы совершенно пристойного вида, а на теле не будет шрамов от ударов ножом или пуль, но как минимум одна татуировка, прославляющая насилие.

Харри подошел прямо к нему, не оглядываясь ни направо, ни налево.

— Четверть «скрипки».

Мальчишка посмотрел на Харри сверху вниз, не вынимая рук из карманов куртки, и кивнул.

— Ну? — сказал Харри.

— Придется подождать, братан.

Мальчишка говорил с пакистанским акцентом, о котором наверняка забывал, когда наворачивал мамины котлетки в настоящем норвежском доме.

— У меня нет времени ждать, пока ты соберешь стаю.

— Расслабься, это недолго.

— Плачу сотню сверху.

Парень смерил Харри взглядом. И Харри представлял себе, что он думает: гадкий бизнесмен в странном костюме, контролируемое потребление, смертельно боится случайно наткнуться на кого-нибудь из коллег или родственников. Человек, который просит, чтобы его отключили.

— Шестьсот, — выпалил парень.

Харри со вздохом кивнул.

— Давай, — сказал парень, приглашая его пойти за собой.

Они повернули за угол и вошли во двор. Человек с наркотиками был черным, возможно из Северной Африки. Он стоял, прислонившись к деревянной скамейке, и раскачивался в такт музыке, звучавшей на его айподе. Один наушник не был вставлен в ухо и болтался сбоку.

— Четвертак, — сказал Рик Росс в футболке «Арсенала».

Человек с наркотиками достал что-то из глубокого кармана куртки и протянул Харри, держа руку ладонью вниз, чтобы не было видно, что в ней. Харри посмотрел на полученный пакетик. В нем был белый порошок с маленькими темными вкраплениями.

— У меня есть вопрос, — сказал Харри, опуская пакет в карман пиджака.

Двое продавцов застыли, и Харри увидел, как рука человека с наркотиками потянулась к пояснице. Наверное, у него за поясом пистолет небольшого калибра.

— Кто-нибудь из вас видел раньше эту девушку? Он достал фотографию семьи Ханссенов.

Они взглянули на нее и покачали головами.

— У меня есть пять тысяч крон для того, кто даст мне какую-нибудь ниточку, сплетню, что угодно.

Парни переглянулись. Харри ждал. Они развели руками и снова отвернулись от него. Может быть, они пропустили вопрос мимо ушей, потому что им его уже задавали, например отец, разыскивающий свою дочь среди наркоманов Осло. Тем не менее им не хватило цинизма или фантазии, чтобы сочинить что-нибудь и заработать награду.

— Нет так нет, — сказал Харри. — Но я хочу, чтобы вы передали привет Дубаю и сказали, что у меня есть информация, которая может быть ему интересна. Речь об Олеге. Скажите, что он может зайти в «Леон» и спросить Харри.

В следующий миг он достал его. И Харри был прав, он был похож на «беретту» модели «Чита». Девять миллиметров. Короткоствольная мерзкая штуковина.

— Ты что, бауш?

«Полиция» на кебабско-норвежском.

— Нет, — ответил Харри, пытаясь подавить тошноту, подступившую к горлу, когда он заглянул в дуло пистолета.

— Врешь. Ты не колешься «скрипкой», ты шпионишь.

— Я не вру.

Человек с наркотиками коротко кивнул Рику Россу, тот подошел к Харри и задрал рукав его пиджака. Харри попытался отвести взгляд от дула. Рик Росс тихо присвистнул и сказал:

— Похоже, чувак все-таки колется.

Харри использовал обычную швейную иглу, подержав ее над пламенем зажигалки. Он глубоко воткнул и покрутил иглу в четырех-пяти местах на руке, а после растер царапины нашатырным мылом, чтобы они еще больше покраснели. Напоследок он проткнул вену по обе стороны от локтя, чтобы кровь вылилась под кожу, и сформировал несколько эффектных синяков.

— Все равно думаю, что он врет, — сказал человек с наркотиками, переступая с ноги на ногу, и схватился за рукоятку пистолета обеими руками.

— Почему? Вот, у него в кармане шприц и фольга.

216

— Он не боится.

— О чем ты? Да посмотри на него!

— Он недостаточно боится. Эй, бауш, заряди-ка шприц. Сейчас.

— Ты сбрендил, Раге?

— Заткни пасть!

— Расслабься, а? Чего ты так взбеленился?

— Вряд ли Раге понравилось, что ты назвал его по имени, — сказал Харри.

— Ты тоже заткни пасть! И заряжай давай! Из своего пакета!

Харри никогда раньше не готовил наркотик и не кололся, во всяком случае будучи в сознании, но он употреблял опиум и знал, что надо делать: растворить вещество до жидкого состояния и втянуть в шприц. Не может же это быть слишком трудно! Он сел на корточки, высыпал порошок в фольгу, при этом несколько крупинок упали на землю, и он послюнявил палец, поднял их и положил на десну, стараясь при этом выглядеть деловитым. Порошок был горьким на вкус, как и другие наркотики, которые он пробовал в бытность полицейским. Но у этого был немного другой привкус. Едва заметный привкус аммиака. Нет, не аммиака. Теперь он сообразил: этот вкус напоминал о перезрелой папайе. Харри чиркнул зажигалкой в надежде, что они спишут его неловкость на то, что он работает под дулом пистолета.

Через две минуты у него в руках был заряженный шприц. К Рику Россу вернулось гангстерское самообладание. Он засучил рукава до локтей, широко расставил ноги, сложил руки на груди и откинул голову назад.

— Ширяйся, — скомандовал он. И предостерегающе вытянул руку: — Да не ты, Раге!

217

Харри посмотрел на эту парочку. На обнаженных руках Рика Росса не было следов от уколов, а Раге казался немного возбужденным. Харри два раза согнул в локте левую руку, пощелкал по руке у сгиба и ввел шприц под рекомендуемым углом в тридцать градусов. И понадеялся, что все это выглядит вполне профессионально в глазах человека, который сам не колется.

— У-у-у-ух, — простонал Харри.

Достаточно профессионально, чтобы они не задумались о том, действительно ли острие иголки вошло в вену, а не просто в мясо.

Он закатил глаза и согнул колени.

Достаточно профессионально, чтобы они поверили в его фальшивый оргазм.

— Не забудьте передать сообщение Дубаю, — прошептал Харри.

Потом он вывалился на улицу и поплелся на запад по направлению к Королевскому дворцу.

И только на улице Дроннингенс-гате он выпрямился.

На улице Принсенс-гате случился отсроченный приход. Подействовали частицы вещества, нашедшие дорогу в кровь и достигшие мозга окольными путями через капилляры. Эффект отдаленно напоминал опьянение, полученное от укола прямо в вену. И тем не менее Харри почувствовал, как глаза наполняются слезами. Как будто он слился с любовницей, которая казалась потерянной навеки. Уши наполнились не небесной музыкой, а небесным светом. И он тут же понял, почему этот наркотик назван «скрипкой».

Часы показывали десять вечера, свет во всех кабинетах Оргкрима был погашен, коридоры опустели. Но в офисе Трульса Бернтсена монитор компьютера отбрасывал голубой отблеск на полицейского, закинувшего ноги на стол. Он поставил полторы тысячи крон на «Манчестер-Сити» и должен был вот-вот проиграть. Но сейчас они будут бить штрафной. Тевес с восемнадцати метров.

Он услышал, как открылась дверь, и указательный палец правой руки автоматически потянулся к кнопке «Escape». Но слишком поздно.

— Надеюсь, за электричество платят не из моего бюджета.

Микаэль Бельман уселся на единственный свободный стул. Трульс заметил, что по мере продвижения вверх по служебной лестнице Бельман стал избегать употребления словечек, которые были в ходу в районе Манглеруд в их детстве. Только в разговорах с Трульсом он иногда снова становился манглерудским мальчишкой.

— Газетенки читал?

Трульс кивнул. Поскольку делать ему было все равно нечего, после изучения разделов о происшествиях и спорте он прочитывал все остальное. Например, он видел кучу фоток секретаря члена городского совета Исабеллы Скёйен. Ее стали снимать на всяких премьерах и социальных мероприятиях, после того как летом газета «ВГ» напечатала большое интервью с ней под названием «Уборщица улиц», в котором ей воздавалась честь и хвала за то, что она стала архитектором мероприятий по наведению порядка среди наркобанд и героинистов на улицах Осло. В этой же статье ее представляли как будущего члена Стортинга. Во всяком случае, ее работа в городском правительстве принесла видимые результаты. Трульс отметил, что вырез на ее одежде становится тем глубже, чем активнее ее поддерживает оппозиция, а улыбка скоро станет такой же широкой, как задница.

— У меня состоялся совершенно неофициальный разговор с директором Полицейского управления, — сказал Бельман. — Она сделает представление министру юстиции по поводу назначения меня начальником полиции.

— О черт! — воскликнул Трульс.

Тевес забил мяч в верхний угол ворот.

Бельман поднялся.

— Просто подумал, что ты захочешь узнать об этом. Кстати, мы с Уллой собираем гостей в следующую субботу.

Трульс почувствовал привычный укол, когда услышал, как он произносит имя Уллы.

— Новый дом, новая работа, ну, ты понимаешь. А ты ведь помогал заливать фундамент террасы.

«Помогал? — подумал Трульс. — Да я залил все это чертово дерьмо».

— Так что если ты не очень занят, — сказал Бельман, кивнув на монитор компьютера, — то ты приглашен.

Трульс с благодарностью принял приглашение. Принял приглашение стать пятым колесом в телеге, понаблюдать за безусловным счастьем Микаэля Бельмана и Уллы. Принял приглашение на праздник, где ему придется скрывать, чем он занимается и что чувствует.

— И еще одно, — сказал Бельман. — Помнишь, я просил тебя стереть одно имя из регистра посетителей внизу?

220

Трульс кивнул, и ни один мускул на его лице не дрогнул. Бельман позвонил ему и поведал, что у него только что был Турд Шульц, который рассказал о контрабанде наркотиков и о том, что в их собственных рядах завелся сжигатель. Что он опасается за безопасность этого человека и что его имя следует стереть из регистра посетителей на случай, если этот сжигатель работает в Управлении и имеет доступ к регистру.

— Я несколько раз пытался дозвониться до него, но он не отвечает. Я беспокоюсь. Ты уверен в том, что охрана удалила его имя и что никто не мог узнать о его визите?

— Совершенно уверен, господин начальник полиции, — ответил Трульс.

Манчестерцы ушли в оборону и отбивались.

— А тебе больше не звонил тот занудный инспектор из аэропорта?

— Нет, — сказал Бельман. — Вроде бы он удовлетворился тем, что порошок оказался картофельной мукой. А что?

— Просто интересно, господин начальник полиции. Привет твоему домашнему дракону.

— Не мог бы ты использовать другие выражения?

Трульс пожал плечами:

— Это ты ее так называешь.

— Я о «начальнике полиции». Официальное назначение произойдет не раньше чем через две недели.

Начальник полетов вздохнул. Ему только что позвонил дежурный и сообщил, что рейс на Берген задерживается, потому что командир не пришел и не позвонил и им пришлось срочно искать ему замену.

— У Шульца сейчас тяжелые времена, — сказал начальник полетов.

— Он не отвечает на телефонные звонки, — посетовал дежурный.

— Этого я и боялся. Случается, что в свободное время он отрывается по полной.

— Да, я слышал. Но сейчас не свободное время. Я звонил перед тем, как нам пришлось отменить рейс.

— Я уже сказал, у него сейчас турбулентный период. Я поговорю с ним.

— Мы все попадаем в турбуленцию, Георг. Мне придется подать подробный рапорт, ты ведь понимаешь?

Начальник полетов помедлил. Но сдался:

— Конечно.

Он положил трубку, и ему пришло в голову одно воспоминание. Летний день, праздник, гриль. «Кампари». «Будвайзер» и гигантские стейки прямо из Техаса, доставленные пилотом-практикантом. Они с Элсе в спальне, никто не видел, как они туда ускользнули. Она тихо стонет, так тихо, что ее не слышно из-за криков играющих детей, шума приземляющихся самолетов и беззаботного смеха людей, стоящих под открытым окном спальни. Самолеты садятся и садятся. И раскатистый хохот Турда в ответ на один из классических анекдотов про пилотов. И тихий стон Элсе, жены Турда.

Глава 18

— Ты купил «скрипку»?

Беата Лённ с недоверием смотрела на Харри, сидевшего в углу ее кабинета. Он отодвинулся в тень, подальше от яркого утреннего света, и обхватил руками кружку кофе, которую ему дала Беата. Его лицо было покрыто тонкой пленкой пота, пиджак он повесил на спинку стула.

— Ты ведь не...

— Ты что, сбрендила? — Харри залил в себя горяченный кофе. — Алкаши этим не занимаются.

— Хорошо, потому что иначе я бы подумала, что это был классический холостой выстрел, — сказала она, указывая на его руку.

Харри взглянул на локоть. Помимо костюма из одежды у него имелись трое трусов, смена носков и две рубашки с короткими рукавами. Он намеревался купить все необходимое в Осло, но до сих пор у него не было на это времени. А сегодня утром он проснулся в состоянии, невероятно походившем на похмелье, и он, скорее по старой привычке, проблевался в туалете. В результате укола в мясо на руке появилось пятно, формой и цветом напоминающее Соединенные Штаты времен перевыборов Рейгана.

— Хочу, чтобы ты провела для меня анализ этого, — сказал Харри.

— Зачем?

— Из-за одной фотографии с места преступления, на которой запечатлен пакетик, найденный у Олега.

— И?

— У вас появились замечательные друзья. На фотографии порошок совершенно белый. Посмотри сюда: в этом порошке имеются коричневые вкрапления. Я хочу знать, что это такое.

Беата достала из ящика лупу и склонилась над порошком, который Харри высыпал на обложку «Судебного вестника».

— Ты прав, — призналá она. — Материал, который мы получили для анализа, был совершенно белым, но в последние месяцы не было практически ни одной конфискации наркотиков, так что это становится интересным. Особенно после звонка инспектора полиции из аэропорта Осло, который рассказал нечто похожее.

— И что же?

— Они нашли пакет с порошком в ручной клади одного из пилотов. И инспектор интересовался, как мы поняли, что это чистая картофельная мука, ведь он собственными глазами видел в порошке коричневые частицы.

— Он хотел сказать, что пилот ввозил «скрипку»?

— На самом деле до сих пор на границе «скрипку» задерживали всего один раз, поэтому инспектор наверняка не видел раньше этого наркотика. Героин редко бывает белым, большинство поставок имеет коричневый цвет, поэтому инспектор сначала подумал, что наткнулся на смесь двух партий. К тому же пилот не въезжал в Норвегию, он собирался ее покинуть.

— Покинуть?

— Да.

— И куда он собирался?

— В Бангкок.

— Он вез с собой в Бангкок картофельную муку?

— Наверное, для норвежцев, которым не из чего было приготовить белый соус для своих рыбных котлеток. — Она улыбнулась, сделав попытку пошутить, и тут же покраснела.

— Ммм. Здесь что-то другое. Я только что читал о внедренном агенте, найденном убитым в порту Гётеборга. Ходили слухи, что он сжигатель. А не было ли таких слухов об агенте, убитом в Осло?

Беата уверенно покачала головой:

— Нет. Наоборот, он отличался чрезмерным рвением к поимке бандитов. Незадолго до убийства он говорил, что подцепил на крючок крупную рыбу и что сам выберет леску.

— Сам, значит.

— Он не хотел рассказывать дальше, утверждал, что никому, кроме себя, не доверяет. Тебе он, случайно, никого не напоминает, Харри?

Он натужно улыбнулся, встал и натянул пиджак.

— Ты куда?

— Навещу старого друга.

— Не знала, что у тебя есть друзья.

— Просто так выразился. Я звонил начальнику Крипоса.

— Хеймену?

— Да. Я спросил, может ли он дать мне список людей, с которыми Густо разговаривал по мобильному телефону незадолго до смерти. Он ответил, что, во-первых, дело было настолько очевидным, что они не составляли никакого списка. А во-вторых, если бы они это и сделали, то ни за что не отдали бы его... постой-ка... — Харри закрыл глаза и стал загибать пальцы, — «отставному легавому, алкашу и предателю вроде тебя».

— Как я уже говорила, я не знала, что у тебя есть старые друзья.

— Поэтому теперь мне придется попытать счастья в других местах.

— Хорошо. Я в любом случае проведу анализ этого порошка сегодня же.

225

В дверях Харри остановился:

— Ты говорила, что совсем недавно «скрипка» появилась в Гётеборге и Копенгагене. Значит, там она всплыла уже после того, как появилась в Осло?

— Да.

— А разве обычно бывает не наоборот? Новые наркотики появляются в Копенгагене, а потом распространяются на север.

— Возможно, в этом ты прав. А что?

— Точно пока не знаю. Как, ты сказала, зовут того пилота?

— Я не говорила. Шульц. Турд Шульц. Еще что-нибудь?

— Ты не задумывалась о том, что агент мог быть прав?

— Прав?

— Что молчал и никому не доверял. Вероятно, он догадался, что где-то рыскает сжигатель.

Харри осмотрел большую, полную воздуха, похожую на собор приемную компании «Теленор», расположившуюся в районе Форнебю. В десяти метрах от него стояли двое посетителей, ожидающих своей очереди. Он увидел, что им выдали беджи, а у турникетов их встретили люди, к которым они шли. «Теленор» определенно ужесточил правила, значит, его план неожиданно ворваться в кабинет Клауса Туркильсена оказался не слишком хорош.

Харри оценил ситуацию.

Туркильсен наверняка не обрадуется его визиту. По той простой причине, что давным-давно он был осужден за эксгибиционизм и держал это в тайне от работодателя, и Харри несколько лет заставлял его давать им доступ к информации, порой в гораздо больших масштабах, чем телефонная компания обязана была делать по закону. В любом случае без полномочий, предоставляемых полицейским удостоверением, Туркильсен наверняка даже разговаривать с ним не станет.

Справа от четырех турникетов, преграждающих путь к лифтам, был открыт широкий проход, через который двигалась большая группа посетителей. Харри принял мгновенное решение. Он быстрыми шагами подошел к группе, протиснулся в гущу людей, медленно идущих мимо сотрудника компании, державшего проход открытым. Харри обратился к идущему рядом маленькому человеку с китайскими чертами лица:

— Нинь хао.

— Простите?

Харри прочитал имя на бедже: Юки Наказава.

— Oh, Japanese[1], — засмеялся он и похлопал маленького человека по плечу, как будто они были старыми друзьями.

Юки Наказава нерешительно улыбнулся ему.

— Nice day[2], — сказал Харри, не убирая руку с плеча своего собеседника.

— Yes, — ответил Юки. — Which company are you?[3]

— «ТелиаСонера», — ответил Харри.

— Very, very good[4].

Они прошли мимо сотрудника «Теленора», и краешком глаза Харри заметил, что тот направляется

---

[1] А, японец (англ.).
[2] Хороший денек (англ.).
[3] Да, а вы из какой компании? (англ.)
[4] Очень, очень хорошо (англ.).

к ним. Он приблизительно представлял, что тот скажет. Все верно:

— Простите, сэр, я не могу пропустить вас без беджа.

Юки Наказава удивленно уставился на служащего.

Туркильсену выделили новый кабинет. Пройдя с километр по открытому офисному пространству, Харри увидел наконец большую, хорошо знакомую фигуру в одной из стеклянных будок.

Харри вошел прямо к нему.

Хозяин кабинета сидел спиной к входу, прижав к уху телефонную трубку. Харри видел, как фонтан слюны рисует узоры на оконном стекле.

— Да, черт возьми, заберите уже этот сервер SW-два и проваливайте!

Харри кашлянул.

Стул развернулся. Клаус Туркильсен стал еще жирнее. На удивление элегантный, сшитый на заказ костюм частично скрывал жировые складки, но ничто не могло скрыть выражения чистого животного страха на его примечательном лице. Примечательным было то, что, имея в своем распоряжении такую огромную площадь, глаза, нос и рот сгрудились на маленьком островке в океане его лица. Взгляд его скользнул на лацкан пиджака Харри.

— Юки... Наказава?

— Клаус. — Харри широко улыбнулся и развел руки в стороны, словно собираясь обнять собеседника.

— Какого черта ты здесь делаешь? — прошептал Клаус Туркильсен.

Харри опустил руки вниз.

— Я тоже рад видеть тебя.

Он присел на край письменного стола. На то самое место, где всегда сидел. Ворваться и занять более высокое место. Простой и эффективный метод руководства. Туркильсен сглотнул, и Харри увидел, как на его лбу выступили большие чистые капли пота.

— Мобильная сеть в Тронхейме, — проворчал Туркильсен, кивая на телефон. — Должны были починить сервер еще на прошлой неделе. На людей больше нельзя полагаться, черт возьми. У меня мало времени. Что тебе надо?

— Список входящих и исходящих звонков на телефон Густо Ханссена, начиная с мая.

Харри взял ручку и записал имя на желтой липучей бумажке.

— Я теперь на руководящей должности, я больше не занимаюсь эксплуатацией сетей.

— Нет, но ты по-прежнему можешь добыть для меня эти номера.

— А у тебя есть авторизация?

— Тогда я бы сразу пошел к ответственному за связь с полицией, а не к тебе.

— Почему же прокурор не дал тебе авторизацию?

Прежний Туркильсен не позволил бы себе задать подобный вопрос. Он стал круче. Увереннее в себе. И все благодаря новой должности? Или чему-то еще?

Харри увидел заднюю сторону рамочки, стоящей у него на столе. Для личной фотографии, которую помещают туда, чтобы не забыть, что у человека кто-то есть. Так что если на этой фотографии изображена не собака, то там наверняка женщина. Возможно, даже молодая. Кто бы мог подумать? Старый эксгибиционист завел себе бабу.

— Я больше не работаю в полиции, — признался Харри.

Туркильсен убрал улыбку с лица.

— И тем не менее хочешь получить информацию о телефонных разговорах?

— Мне много не надо. Только этот номер.

— Какая мне польза тебе помогать? Если вскроется, что я предоставил информацию подобного рода частному лицу, меня вышвырнут. А выяснить, что я заходил в систему и искал эту информацию, несложно.

Харри не ответил. Туркильсен засмеялся с горечью в голосе:

— Я понимаю. Это все старый добрый шантаж. Если я не дам тебе информацию в обход существующих правил, ты сделаешь так, что мои коллеги узнают о том приговоре.

— Нет, — сказал Харри. — Нет, я не буду трепаться. Я просто прошу тебя об услуге, Клаус. Это личное дело. Сынишка моей бывшей девушки рискует быть несправедливо осужденным на пожизненное.

Харри увидел, как двойной подбородок Туркильсена дернулся и по горлу побежала волна, превратившаяся в рябь и исчезнувшая в его огромных телесах. Харри никогда раньше не называл Клауса Туркильсена по имени. Он посмотрел на Харри. Моргнул. Сосредоточился. На лбу заблестели капли пота, и Харри увидел, как его мозговой калькулятор складывает, вычитает и в конце концов приходит к решению. Туркильсен всплеснул руками и откинулся на спинку стула, скрипнувшего под весом его тела:

— Прости, Харри. Я бы с удовольствием помог тебе. Но в настоящее время я не могу себе позволить проявлять такое сочувствие. Надеюсь, ты понимаешь.

— Конечно, — сказал Харри, почесывая подбородок. — Это очень даже понятно.

— Спасибо, — ответил Туркильсен с видимым облегчением и заерзал на стуле, пытаясь встать, наверняка для того, чтобы выпроводить Харри из стеклянной клетки и из своей жизни.

— Так что, — продолжал Харри, — если ты не достанешь мне номера, то о твоем эксгибиционизме узнают не только коллеги, но и твоя жена. Дети-то есть уже? Да? Один, двое?

Туркильсен снова осел на стуле, недоверчиво глядя на Харри.

Старый, дрожащий Клаус Туркильсен.

— Ты... ты сказал, что не станешь...

Харри пожал плечами.

— Прости. Но в настоящее время я не могу себе позволить проявлять такое сочувствие.

Вечером в десять минут десятого ресторан «Шрёдер» был полупуст.

— Я не хотела, чтобы ты приходил ко мне на работу, — проговорила Беата. — Хеймен звонил и сказал, что ты интересовался списками телефонов и что он слышал, ты заходил ко мне. Он предупредил, чтобы я не лезла в дело Густо.

— Ну что ж, — ответил Харри, — хорошо, что ты смогла прийти сюда.

Он поймал взгляд Нины, разливавшей пиво в пол-литровые кружки на другом конце зала, и поднял вверх два пальца. Она кивнула. Прошло три года с тех пор, как он в последний раз был здесь, но она по-

231

прежнему понимала язык жестов своего постоянного посетителя: пиво собеседнику, кофе алкоголику.

— Твой товарищ помог добыть список телефонов тех, с кем созванивался Густо?

— Еще как помог.

— И что ты выяснил?

— Что в конце жизни у Густо было плохо с деньгами, его номер несколько дней был отключен. Он звонил не часто, но у него было несколько коротких разговоров с Олегом. Он перезванивался со своей неродной сестрой Иреной, но эти разговоры внезапно прекратились за несколько недель до его смерти. Остальные звонки в основном в «Экспресс-пиццу». Я потом заеду к Ракели и поищу остальные имена в Интернете. Что скажешь про анализ?

— Купленное тобой вещество почти полностью идентично пробам «скрипки», которые мы анализировали раньше. Но имеется одно небольшое отличие в химическом составе. И еще эти коричневые фрагменты.

— Да?

— Это не какое-то активное фармацевтическое вещество. Это оболочка, которой покрывают таблетки. Ну, знаешь, чтобы их было легче глотать или чтобы улучшить их вкус.

— А можно отследить производителя этой оболочки?

— Теоретически да. Но я проверила. Оказывается, производители лекарственных средств обычно сами делают оболочку для своих таблеток, то есть в глобальном масштабе существует несколько тысяч производителей.

— Значит, этим путем мы далеко не уйдем?

— Одной оболочки недостаточно, — сказала Беата. — Но с внутренней стороны некоторых фрагментов оболочки остались частицы таблетки. Это метадон.

Нина принесла кофе и пиво. Харри поблагодарил, и она исчезла.

— Я думал, что метадон жидкий и продается в пузырьках.

— Метадон, используемый при так называемой медикаментозной реабилитации наркоманов, разливают по пузырькам. Я позвонила в больницу Святого Улава. Там занимаются исследованиями опиоидов и опиатов. Они сказали, что таблетки метадона используются как обезболивающее.

— А в «скрипке»?

— По их словам, вполне вероятно, что какой-то модифицированный вариант метадона может использоваться в ее производстве.

— Это означает только, что «скрипку» делают не с нуля, но как это нам поможет?

— Это может нам помочь, — сказала Беата, обхватив бокал с пивом. — Потому что существует мизерное количество компаний, производящих метадон в таблетках. И одна из них находится здесь, в Осло.

— «АВ»? «Никомед»?

— Онкологический центр. У них есть собственный исследовательский отдел, производивший метадон в таблетках, его применяли против очень сильных болей.

— Рак.

Беата кивнула. Одной рукой она поднесла ко рту бокал, а второй достала что-то и положила на стол перед Харри.

— Из Онкологического центра?

Беата снова кивнула.

Харри взял таблетку в руки. Она была круглая, маленькая, с выдавленной на коричневой оболочке буквой О.

— Знаешь, что я думаю, Беата?

— Нет.

— Я думаю, у Норвегии появилась новая экспортная статья.

— Ты хочешь сказать, что кто-то производит «скрипку» в Норвегии и экспортирует ее? — спросила Ракель.

Сложив на груди руки, она прислонилась к косяку двери в комнате Олега.

— На это указывают несколько факторов, — сказал Харри, набирая в поисковике очередное имя из списка Туркильсена. — Во-первых, Осло находится в эпицентре, из которого по миру расходятся круги. Никто в Интерполе не видел «скрипку» и не слышал о ней, пока она не появилась в Осло, и только теперь ее стало можно купить на улицах Швеции и Дании. Во-вторых, в наркотике содержатся измельченные таблетки метадона, которые, готов поспорить, производятся в Норвегии. — Харри нажал кнопку поиска. — В-третьих, недавно в аэропорту Осло задержали пилота с веществом, которое могло быть «скрипкой», но которое позже подменили.

— Подменили?

— Для таких случаев в системе есть сжигатель. Дело в том, что этот пилот собирался покинуть Норвегию, он должен был лететь в Бангкок.

Харри почувствовал запах ее духов и понял, что она переместилась от дверей к нему за спину и склонилась над его плечом. Монитор был единственным источником света в темной мальчишеской комнате.

234

— Какая сексуальная. Кто это? — Ее голос звучал прямо у его уха.

— Исабелла Скёйен. Секретарь члена городского совета. Одна из тех, кому звонил Густо.

— Футболочка донора ей ведь на размер маловата?

— В задачу политиков входит агитация за сдачу крови.

— А разве ты можешь считаться политиком, если работаешь всего-навсего секретарем у члена городского совета?

— Как бы то ни было, эта дамочка утверждает, что у нее четвертая группа крови и отрицательный резус-фактор, а с такой кровью ты просто обязан быть донором.

— Да, редкая кровь. Ты потому так долго разглядываешь эту фотографию?

Харри улыбнулся:

— На нее много ссылок. Разведение лошадей. «Уборщица улиц»?

— Говорят, что именно она отправила за решетку все наркобанды.

— Как видно, не все. Вот интересно, о чем она могла разговаривать с таким типом, как Густо?

— Н-да. Она руководила работой городского совета по противодействию наркотикам, может, использовала его для сбора информации общего характера?

— В полвторого ночи?

— Ух ты!

— Придется задать ей вопрос.

Ну да, заметно, что тебе этого очень хочется.

Он повернулся к ней. Лицо Ракели было так близко, что черты его расплывались у него перед глазами.

— Это то, о чём я думаю, дорогая?

Она тихо засмеялась:

— О нет. Уж слишком у неё дешёвый вид.

Харри сделал глубокий вдох. Она не отодвинулась.

— А что заставляет тебя думать, что мне не нравятся дешёвки? — спросил он.

— А почему ты разговариваешь шёпотом?

Её губы почти касались его, и он ощущал, как из них льются слова.

На протяжении двух долгих секунд в комнате был слышен только шум компьютерного вентилятора. Внезапно Ракель резко выпрямилась. Посмотрела на Харри отрешённым взглядом, как будто переместилась на тысячу метров от него, и схватилась за щёки, словно пытаясь остудить их. Потом развернулась и вышла из комнаты.

Харри откинул голову назад, закрыл глаза и тихо выругался. Услышал, как она возится на кухне. Два раза глубоко вдохнул. Решил для себя: того, что только что произошло, не было. Попытался собраться с мыслями. И продолжил.

Он прогулил остальные имена. Некоторые из них всплыли в списках победителей лыжных гонок десятилетней давности или в отчётах о семейных встречах, на другие вообще ничего не было. Эти люди больше не существовали, исключённые из почти вездесущего света прожекторов современного общества, не способного высветить тёмные углы, забившись в которые они ждали новой дозы, и все.

Харри сидел и смотрел на стену, на мужика с перьями на голове. На плакате было написано: «Йонси». У Харри появилось слабое предположение, что мужик имеет какое-то отношение к исландской группе

«Sigur Ros». «Неземное» звучание и пение фальцетом. Совсем не похоже на «Megadeath» или «Slayer». Но у Олега, конечно, мог измениться вкус. Возможно, под чьим-то влиянием. Харри заложил руки за голову.

Ирена Ханссен.

Он сообразил, что в списках телефонных номеров его кое-что удивило. Густо и Ирена разговаривали по телефону почти ежедневно, до самого последнего звонка. А после последней беседы он даже не пытался набрать ее номер. Как будто они рассорились. Или же Густо знал, что Ирену после этого дня нельзя будет застать по телефону. Но вот утром того дня, когда Густо застрелили, он позвонил на домашний телефон семьи Ирены. И ему ответили. Разговор длился минуту двенадцать секунд. Почему это показалось ему странным? Харри попытался собраться и вернуться в рассуждениях к тому моменту, когда у него появилась эта мысль. Но ничего не получилось. Он набрал этот номер. Ему никто не ответил. Он набрал номер мобильного телефона Ирены. Чужой голос ответил ему, что номер временно отключен. Неоплаченные счета.

Деньги.

Все началось и все кончилось ими. С наркотиками всегда так. Харри задумался. Попробовал вспомнить имя, названное Беатой. Имя летчика, которого взяли с порошком в ручной клади. Память полицейского ему не изменила. Он набрал имя «Турд Шульц» в абонентской базе.

На мониторе появился номер мобильного телефона.

Харри открыл ящик письменного стола Олега в поисках ручки. Он поднял номер журнала «Mастерфул мэгэзин», и взгляд его упал на вырезку из газеты, убранную в пластиковую папку. Харри сразу узнал свое собственное, хотя и более молодое лицо. Он достал папку и пролистал вырезки. Все они были о делах, с которыми работал Харри, во всех имелись либо упоминания о Харри, либо его фотографии. Он нашел старое интервью в журнале о психологии, в котором он отвечал — не без некоего раздражения, насколько он помнил, — на вопросы о серийных убийствах. Харри закрыл ящик. Огляделся. У него появилось желание что-нибудь сломать. Он выключил компьютер, собрал свой маленький чемодан, вышел в коридор и надел льняной пиджак. Появилась Ракель. Она смахнула невидимую пылинку с его рукава.

— Так странно, — произнесла она. — Я так давно тебя не видела, мои попытки забыть тебя только недавно стали приносить результаты, а ты снова здесь.

— Да, — сказал он. — Это хорошо?

По ее губам скользнула быстрая улыбка.

— Не знаю. Это и хорошо, и плохо. Понимаешь?

Харри кивнул и прижал ее к себе.

— Ты — это худшее из всего, что со мной случилось, — произнесла она. — И лучшее. Даже сейчас ты можешь заставить забыть меня обо всем одним своим присутствием. Нет, не знаю, хорошо ли это.

— Я знаю.

— Что это? — спросила она, заметив чемодан.

— Я снова поселюсь в «Леоне».

— Но...

— Поговорим завтра. Спокойной ночи, Ракель.

Харри поцеловал ее в лоб, открыл дверь и шагнул в теплый осенний вечер.

Парень за стойкой в «Леоне» сказал, что ему не надо снова заполнять анкету для заселения, и предложил Харри занять тот же номер, что и в прошлый раз, 301-й. Харри согласился при условии, что сломанный карниз будет отремонтирован.

— Опять сломался? — спросил парень — Это все прошлый постоялец. У него, бедняги, случались приступы ярости. — Парень протянул Харри ключ от номера. — Он тоже был полицейским.

— Постоялец?

— Да, один из постоянных клиентов. Агент. Под прикрытием, как вы говорите.

— Ммм. Ну, скорее, над прикрытием, раз ты знаешь, что он был агентом.

Парень улыбнулся.

— Пойду-ка я посмотрю, есть ли у меня в подсобке карниз.

Он исчез.

— Кепарик был очень на тебя похож, — произнес низкий голос.

Харри повернулся.

Като сидел на стуле в помещении, которое при очень большом желании можно было назвать вестибюлем. Он выглядел усталым и качал головой.

— Очень похож на тебя, Харри. Очень страстный. Очень терпеливый. Очень упрямый. К сожалению. Не такой высокий, как ты, конечно, и с серыми глазами. Но такой же полицейский взгляд и такое же одиночество. Надо было тебе уехать, Харри. Надо было тебе сесть на самолет.

Он делал какие-то непонятные жесты длинными пальцами. Взгляд его источал такую грусть, что Харри на секунду показалось, что старик вот-вот заплачет. Он начал подниматься на ноги, и Харри повернулся к парню за стойкой.

— Он говорит правду?

— Кто? — спросил парень.

— Он, — ответил Харри и повернулся, чтобы показать на Като.

Но того уже не было. Наверное, быстро скрылся в темноте у лестницы.

— Тот агент умер здесь, в моем номере?

Парень посмотрел на Харри долгим взглядом, а потом ответил:

— Нет, он исчез. Его прибило к берегу у здания Оперы. Послушайте, я не нашел карниза, но как насчет нейлоновой веревки? Ее можно продеть в штору и примотать к креплениям карниза.

Харри задумчиво кивнул.

Стрелка часов миновала два часа ночи, а Харри все еще не спал. Он прикурил свою последнюю сигарету. На полу лежали шторы и тонкая нейлоновая веревка. Он видел женщину в окне напротив, она танцевала беззвучный вальс без партнера. Харри прислушался к звукам города и посмотрел на дым, поднимавшийся к потолку. Проследил за его извилистым путем, за случайными фигурами, которые дым рисовал в воздухе, и попытался найти в них закономерность.

Глава 19

С момента встречи старикана с Исабеллой до начала зачистки прошло два месяца.

Первыми замели вьетнамцев. В газетах писали, что легавые нагрянули по девяти адресам одновременно, обнаружили пять складов героина и арестовали тридцать шесть вьетконговцев. Через неделю настала очередь косовских албанцев. Легавые воспользовались помощью группы «Дельта», чтобы взять штурмом квартиру в районе Хельсфюр, про которую, как думал цыганский барон, никто не знает. За ними последовали североафриканцы и литовцы. Мужик, ставший начальником Оргкрима, пижон модельной внешности с длинными ресницами, сообщил газете, что в полицию поступили анонимные сведения. На протяжении следующих недель все уличные дилеры, от угольно-черных сомалийцев до молочно-белых северян, были заметены и посажены за решетку. Но среди них не было ни одного из нас, носивших футболки «Арсенала». Мы уже стали замечать, что места на улицах стало больше, а очереди выросли. Старикан нанял нескольких безработных уличных торговцев, но выполнил свою часть сделки: торговля героином в центре Осло стала почти незаметной. Мы сократили импорт героина, потому что зарабатывали намного больше на «скрипке». «Скрипка» была дорогой, и часть торчков попыталась пересесть на морфин, но через некоторое время они возвращались.

Мы продавали быстрее, чем Ибсен изготавливал.

В один из вторников товар кончился у нас уже в половине первого, а поскольку пользоваться мобилами строго запрещалось — старикан думал, что Осло все равно что хренов Балтимор, — мы пошли к вокзалу и позвонили на русский «Грессо» из автомата. Андрей сказал, что занят, но подумает, что можно сделать. Олег, Ирена и я сели на лестницу на Шиппергата, отогнали покупателей и расслабились. Через час я увидел, как к нам хромающей походкой приближается какой-то тип. Это оказался Ибсен собственной персоной. Он был пьян. Орал и хлопал руками. До тех пор, пока не заметил Ирену. Тогда он как будто сдулся, и голос у него стал более мирным. Пошел с нами во двор, где передал полиэтиленовый пакет с сотней доз.

— Двадцать тысяч, — сказал он, протянув руку, это ведь наличный бизнес.

Я отвел его в сторонку и сказал, что, когда у нас в следующий раз кончится товар, мы сами зайдем к нему.

— Мне не нужны гости, — ответил он.

— Возможно, я заплачу чуть больше двух сотен за дозу, — сказал я.

Он с подозрением посмотрел на меня.

— Планируешь открыть собственную лавочку? А что на это скажет твой босс?

— Это останется между нами, — заверил я. — Мы говорим о маленьких партиях. Десять — двадцать доз для друзей и знакомых.

Он громко рассмеялся.

— Я буду приходить с девчонкой, — сказал я. — Кстати, ее зовут Ирена.

Он перестал смеяться. Посмотрел на меня. Попытался снова захохотать, но ничего у кривоногого не вышло. А в его глазах явственно читалось: одиночество, жадность, ненависть. И вожделение. Хреново вожделение.

— В пятницу, — сказал он. — В двадцать часов. Она пьет джин?

Я кивнул. С этого момента пьет.

Он дал мне адрес.

Через два дня старикан пригласил меня на обед. Я подумал было, что Ибсен меня сдал, но потом вспомнил его взгляд. Нас обслуживал Петр. Мы сидели за длинным столом в холодной гостиной, и старикан рассказывал, что он сократил импорт героина наземным путем из Амстердама и теперь поставки идут только из Бангкока с помощью нескольких летчиков. Он объяснил мне все цифры, удостоверился, что я его понял, и задал обычный вопрос, не употребляю ли я «скрипку». Он сидел в полумраке и разглядывал меня, но время было позднее, и он позвал Петра и попросил его отвезти меня домой. В машине я думал, не спросить ли Петра, считает ли он старикана импотентом.

Ибсен жил в типично холостяцкой квартире в большом доме в районе Экеберг.

Большой плазменный экран, маленький холодильник, голые стены. Он приготовил мерзкий джин-тоник с выдохшимся тоником без лимона, но с тремя кусками льда. Ирена следовала плану: улыбалась, была милой и предоставила мне право вести все разговоры. Ибсен сидел с идиотской ухмылкой и пялился на Ирену, но, к счастью, успевал закрыть рот всякий раз, когда из него готова была закапать слюна. У него играла, блин, классическая музыка. Я взял свои пакетики, и мы условились, что я зайду через четырнадцать дней. С Иреной.

Потом появился первый отчет о том, что количество смертей от передозировки пошло на убыль. А вот о чем в этих отчетах не писали, так это о том, что первичные потребители «скрипки» через пару недель после первого укола уже стояли в очереди, содрогаясь от приступов трясучки и тараща глаза от абстиненции. Они плакали, комкая в руках свои помятые сотни, когда им говорили, что цена снова выросла.

Во время третьего визита к Ибсену он отвел меня в сторону и сказал, что хочет, чтобы в следующий раз Ирена пришла одна. Я сказал, хорошо, но в таком случае он продаст мне пятьдесят пакетиков по сто крон за штуку. Он кивнул.

Ирену пришлось немного поуговаривать, потому что на этот раз старые трюки не помогали, и разговор вышел жестким. Я объяснил ей, что это мой шанс. Наш шанс. Спросил, действительно ли она хочет, чтобы я жил на матраце в репетиционном зале. Под конец она, заливаясь слезами, пробормотала, что этого она не хочет. Но не хочет она и... Я ответил, что этого и не нужно, ей придется всего лишь проявить немного доброты к несчастному одинокому мужчине, с такой-то ногой жизнь у него не слишком веселая. Она кивнула и взяла с меня слово, что я ничего не скажу Олегу. После ее ухода я почувствовал себя так плохо, что растворил один пакетик «скрипки» и выкурил остаток, забив в сигарету. Я проснулся оттого, что кто-то тряс меня за плечо. Она стояла над моим матрацем и рыдала так, что слезы падали мне на лицо и щипали глаза. Ибсен попытался, но она ускользнула.

— Пакетики взяла? — спросил я.

Понятно, что я задал неправильный вопрос. Она совершенно сломалась. И я сказал, что у меня есть кое-что, отчего ей снова станет хорошо. Я зарядил шприц, она огромными мокрыми глазами смотрела, как я ищу синюю вену на ее белой гладкой коже и всаживаю в нее иглу. Я чувствовал, как спазмы ее тела переходят в мое, когда жал на поршень шприца. Ее рот открылся в безмолвном оргазме. А потом наркотик опустил на ее глаза прозрачные шторы.

244

Может быть, Ибсен и был старой свиньей, но в своей химии он разбирался.

Но я знал, что потерял Ирену. Прочитал это в ее глазах, когда спросил про пакеты. Все уже не могло быть по-старому. В тот вечер я увидел, как Ирена ускользнула от меня в наркотическое забытье вместе с моими возможностями стать миллионером.

А вот старикан продолжал зарабатывать миллионы. И тем не менее требовал больше и быстрее. Казалось, он куда-то торопится, например заплатить долг, срок платежа по которому вот-вот выйдет. Потому что я не видел, чтобы он тратил деньги: он жил в том же старом доме, лимузин мыли, но не меняли, а его штаб состоял из двух сотрудников — Андрея и Петра. У нас был единственный конкурент — «Лос Лобос». Но они тоже расширяли сеть уличных торговцев, нанимая вьетнамцев и марокканцев, которых еще не упекли за решетку. Они продавали «скрипку» не только в центре Осло, но и в Конгсвингере, Тромсё, Тронхейме и, по слухам, в Хельсинки. Настоящий знающий бизнесмен был бы доволен таким статусом, блин, кво.

На синем-пресинем небе было всего два облака.

Первое — это тайный агент в тесной кепочке. Как мы знали, до сведения полицейских было доведено, что люди в футболках «Арсенала» больше не являются приоритетной целью, но парень в кепке продолжал вертеться вокруг нас. Второе — это то, что «Лос Лобос» стали продавать «скрипку» в Лиллестрёме и Драммене дешевле, чем в Осло, и это привело к тому, что некоторые наши клиенты садились на поезд и ехали туда.

Однажды меня вызвали к старикану и велели передать сообщение одному полицейскому. Звали его Трульс Бернтсен, и проделать все предстояло тайно. Я поинтересовался, почему этого не могут сделать Андрей или Петр, но старикан ответил, что с Бернтсеном решили не вступать в явный контакт, чтобы не вывести полицию на старикана. И что, хотя я тоже располагал информацией, способной раскрыть его, я был единственным, помимо Петра и Андрея, кому он доверял. Да, он в некоторых отношениях доверял мне даже больше. Наркобарон доверяет Вору, подумал я.

В сообщении говорилось, что старикан организовал встречу с Одином, чтобы поговорить о Драммене и Лиллестрёме. Они должны были встретиться в «Макдоналдсе» на улице Киркевейен в районе Майорстуа в четверг, в семь часов вечера. Они сняли весь второй этаж для детского праздника, и посторонних туда не должны были пускать. Я уже представлял это: воздушные шарики, серпантин, бумажные короны и, блин, клоун. И застывшее выражение лица этого клоуна, когда он увидит гостей: матерые байкеры с лицами убийц и заклепками на руках, два с половиной метра железобетонных казаков и Один со стариканом, пытающиеся прикончить друг друга взглядом, поедая картофель фри.

Трульс Бернтсен жил один в многоквартирном доме в Манглеруде, но, когда я рано утром в воскресенье позвонил в его дверь, дома никого не оказалось. Сосед, наверняка услышавший дребезжание звонка в его квартире, высунулся с балкона и прокричал, что Трульс помогает Микаэлю строить террасу. И пока я ехал по адресу, который он мне дал, я думал, что Манглеруд похож на хренову деревню. Все всех знали.

Я бывал раньше в Хёйенхалле. Это Беверли-Хиллз Манглеруда. Огромные виллы с видом на долину Квернердален, центр города и Хольменколлен. Я стоял на дороге и смотрел вниз, на недостроенный дом. Перед ним расположилась куча мужиков с голыми торсами, с банками пива в руках. Они разговаривали, смеялись и кивали в сторону опалубки того, что должно было стать террасой. Я сразу узнал одного из них. Модельной внешности, с длинными ресницами. Новый шеф Оргкрима. Мужчины резко прекратили разговоры, когда заметили меня. И я понял почему. Все они были полицейскими — полицейскими, почуявшими бандита. Ситуация была патовой. Я не спросил старикана, но сам догадался, что Трульс Бернтсен — тот самый союзник в полиции, которого старикан порекомендовал найти Исабелле Скёйен.

— Да? — сказал мужчина с длинными ресницами.

У него было прекрасно тренированное тело. Мышцы живота как кирпичи. Я все еще мог дать задний ход и навестить Бернтсена позже. В общем, не знаю, почему я сделал то, что сделал.

— У меня сообщение для Трульса Бернтсена, — произнес я громко и отчетливо.

Мужчины повернулись к своему товарищу, и тот поставил пивную банку и вразвалочку направился ко мне на своих кривых ногах. Он не остановился до тех пор, пока не подошел так близко, чтобы другие не могли нас слышать. У него были светлые волосы, мощная нижняя часть лица с челюстью, похожей на выдвинутый ящик. Маленькие поросячьи глазки горели ненавистью и подозрительностью. Если бы он был домашним животным, его бы усыпили из эстетических соображений.

— Понятия не имею, кто ты такой, — прошептал он, — но могу догадаться, и я, черт возьми, не желаю, чтобы ты являлся ко мне подобным образом. Это ясно?

— Ясно.

— Давай быстро, что там у тебя?

Я назвал место и время встречи. И что Один предупредил, что явится со всей своей бандой.

— Иначе не осмелится, — сказал Бернтсен, похрюкивая.

— У нас есть информация, что они только что получили большую партию перца, — сказал я.

Мужики у террасы снова принялись за пиво, но я заметил, что шеф Оргкрима постоянно на нас поглядывает. Я говорил тихо, пытаясь сказать все, что мне было поручено:

— Он лежит в клубе в Алнабру, но уйдет оттуда через пару дней.

— Пахнет парочкой арестов и последующей небольшой облавой.

Бернтсен снова хрюкнул, и только теперь я понял, что он так смеется.

— Это все, — сказал я, развернувшись, чтобы уйти.

Я успел прошагать всего несколько метров, как услышал окрик. Мне не надо было поворачиваться, чтобы понять, кто кричал. Я сразу увидел это в его глазах. Такова, как-никак, моя специальность. Он нагнал меня, и я остановился.

— Кто ты такой? — спросил он.

— Густо. — Я убрал волосы с глаз, чтобы он смог лучше рассмотреть меня. — А ты?

Секунду он удивленно смотрел на меня, как будто я задал сложный вопрос. А потом с улыбкой ответил:

— Микаэль.

— Очень приятно, Микаэль. А где ты тренируешься?

Он кашлянул:

— Что ты здесь делаешь?

— Я уже сказал. Сообщение для Трульса. Можно мне глоточек твоего пива?

Приметные белые пятна на его лице внезапно как будто засияли. Он снова заговорил дрожащим от злости голосом:

— Если ты уже выполнил свое поручение, то я предлагаю тебе убраться.

Я встретился с ним взглядом. Яростные зеленые глаза. Микаэль Бельман был так красив, что у меня появилось желание прикоснуться к его груди. Ощутить кончиками пальцев нагревшуюся на солнце потную кожу. Ощутить мышцы, которые автоматически напрягутся от неожиданности — какого черта я себе позволил? Ощутить, как набухает сосок, сжатый большим и указательным пальцами. И сладкую боль от его удара, который он нанесет, чтобы защитить свое доброе имя и репутацию. Микаэль Бельман. Я ощутил желание. Собственное хреново вожделение.

— Увидимся, — сказал я.

В тот же вечер до меня дошло. Дошло, как мне сделать то, что, готов поспорить, тебе так и не удалось. Потому что если бы тебе удалось, ты бы *меня не бросил, правда? Как мне обрести целостность. Как мне стать человеком. Как мне стать миллионером.*

Глава 20

Солнце отражалось от воды фьорда так сильно, что Харри сощурился в своих дамских очках.

Подтяжку лица городу Осло производили не только в Бьёрвике, у города также появилась одна силиконовая грудь, возвышавшаяся во фьорде на том месте, где раньше был плоскогрудый скучный пейзаж. Силиконовое чудо носило название Тьювхольмен и выглядело очень дорого. Дорогие квартиры с дорогим видом на фьорд, дорогие лодочные причалы, маленькие дорогие модные магазины, где каждой модели было только по одной штуке, галереи с паркетом из неведомых вам джунглей, бросающимся в глаза больше, чем произведения искусства на стенах. Сосок смотрел прямо на фьорд, носил название «Морской журнал» и был вовсе не печатным изданием о яхтах, а эксклюзивным рестораном с ценами того уровня, который помог Осло обойти Токио в рейтинге самых дорогих городов мира.

Харри вошел внутрь, и вежливый метрдотель поприветствовал его.

— Я ищу Исабеллу Скёйен, — сказал Харри, оглядывая помещение, похожее на перенаселенный барак.

— Вы знаете, на какое имя заказан столик? — спросил метрдотель с улыбочкой, по которой Харри понял, что все столики были заказаны заранее.

Женщина, ответившая на звонок Харри, когда он набрал номер приемной члена городского совета, поначалу не хотела сообщать ничего, кроме того, что Исабелла Скёйен ушла обедать. Но когда Харри ответил, что именно поэтому он и звонит, что он сидит в «Континентале» и ждет ее, секретарша с ужасом выболтала, что обед проходит в «Морском журнале».

— Нет, — ответил Харри. — Можно, я пройду посмотрю?

Метрдотель помедлил. Изучил его костюм.

— Все в порядке, — сказал Харри, — я вижу ее.

И он промчался мимо метрдотеля, не дожидаясь окончательного вердикта.

Он узнал лицо и позу по фотографиям в Интернете. Она стояла лицом к залу, облокотившись обеими руками о барную стойку. Возможно, она просто ждала человека, с которым договорилась пообедать, но со стороны казалось, что она выступает на сцене. А когда Харри оглядел мужчин, сидящих за столами, он понял, что она, скорее всего, делает и то и другое. Посередине ее грубого, почти мужиковатого лица торчало топорище носа. И все-таки Исабелла Скёйен обладала традиционной красотой того типа, которую другие женщины называют «эффектной». Холодные голубые глаза были подведены черным, и взгляд ее от этого становился похожим на хищный взгляд волка. Контраст между этими глазами и волосами был почти комичным: блондинистые волосы убраны в кукольную прическу, по обеим сторонам мужиковатого лица вьются милые локоны. Но взгляды притягивало прежде всего тело Исабеллы Скёйен.

Она была очень высокой, атлетически сложенной женщиной с широкими плечами. Облегающие черные брюки подчеркивали мускулистые бедра. Харри решил, что ее груди либо ненастоящие, приподнятые лифчиком необычайно хитрой конструкции, либо же просто-напросто внушительные. Результаты поиска в Google поведали ему, что она занималась разведением лошадей на ферме в Рюгге, дважды была разведена, последним ее мужем был финансист, разбогатевший три раза и разорившийся четыре, она участвовала в национальном стрелковом чемпионате, была донором, находилась в центре скандала с увольнением политического советника из-за того, что тот «был полной размазней», и что она с большой охотой позирует фотографам на театральных и кинопремьерах. Короче говоря, активная дамочка.

Он вошел в поле ее зрения и проделал полпути к ней, и все это время она не сводила с него взгляда. Как человек, уверенный в том, что смотреть — это его естественное право. Харри подошел к ней, прекрасно сознавая, что в спину ему сейчас смотрит минимум дюжина глаз.

— Вы Исабелла Скёйен, — произнес он.

Похоже, она хотела дать ему короткий ответ, но передумала, наклонила голову и сказала:

— Так всегда бывает с этими дорогущими ресторанами в Осло, правда? Каждый посетитель — известная личность. Так что... — Она тянула звук «о», скользя взглядом вверх и вниз по Харри. — Кто вы?

— Харри Холе.

— Что-то в вас есть знакомое. Вас показывали по телевидению?

— Много лет назад. До этого. — Он указал на шрам на лице.

— Ах да, вы — полицейский, изловивший серийного убийцу, верно?

Теперь перед Харри было две дороги. Он выбрал узкую.

— Бывший полицейский.

— А чем теперь занимаетесь? — спросила она равнодушно, переместив взгляд ему за плечо, на входную дверь. Сжала накрашенные красным губы и пару раз взмахнула ресницами. Предвкушение. Наверное, важный обед.

— Конфекцион и обувь, — ответил Харри.

— Вижу. Классный костюмчик.

— Классные ботиночки. От Рика Оуэнса?

Она взглянула на него, как будто заново знакомясь. Хотела что-то сказать, но уловила движение у него за спиной.

— Мой друг пришел. Может, еще увидимся, Харри.

— Ммм. Я надеялся, что мы сможем немного поговорить сейчас.

Она засмеялась и склонилась к нему:

— Мне нравится твоя прямолинейность, Харри. Но сейчас двенадцать часов дня, я совершенно трезва, и у меня уже есть собеседник для обеда. Хорошего дня.

Она пошла, постукивая каблуками ботинок.

— Густо Ханссен был твоим любовником?

Харри произнес это тихо, а Исабелла Скёйен отошла уже метра на три. Но тем не менее она остолбенела, как будто подключилась к частоте, которая перекрывала звуки шагов, голосов и пения Дайаны Кролл и входила ей прямо в висок.

Она развернулась.

— Ты позвонила ему четыре раза за один вечер, последний звонок был сделан в два тридцать четыре ночи. — Харри уселся на один из барных стульев.

Исабелла Скёйен вернулась на три метра назад. Она возвышалась над ним. Харри вспомнил сказку про Красную Шапочку и волка. И Красной Шапочкой была не она.

— Чего ты хочешь, малыш Харри? — спросила она.

— Я хочу знать все, что знаешь ты о Густо Хансене.

Ноздри на топорище раздувались, а великолепная грудь вздымалась. Харри разглядел большие черные поры на ее коже, как пиксели в мультике.

— Поскольку я являюсь одной из немногих в этом городе, кто заботится о здоровье наркоманов, я одна из немногих, кто помнит Густо Ханссена. Мы потеряли его, и это прискорбно. Я звонила ему, потому что его номер был сохранен в моем мобильнике с тех пор, как мы пригласили его на заседание комитета РУНО. Его имя похоже на имя одного моего доброго друга, и случается, я путаю номера. Такое бывает.

— Когда ты видела его в последний раз?

— Послушай, Харри Холе, — тихо прошипела она, сделав ударение на слове «Холе», и приблизила свое лицо к нему. — Если я правильно тебя поняла, ты не полицейский, а парень, торгующий конфекционом и обувью. И я не вижу ни одной причины разговаривать с тобой.

— Все дело в том, — сказал Харри, откидываясь на барную стойку, — что мне ужасно хочется с кем-нибудь поболтать. Если не с тобой, то с журналистом. А они просто обожают скандалы со знаменитостями и все такое прочее.

— Знаменитостями? — повторила она, включив ослепительную улыбку, предназначавшуюся не Харри, а мужчине в деловом костюме, стоявшему рядом с метрдотелем. Мужчина помахал ей в ответ. — Я всего-навсего секретарь члена городского совета, Харри. Одна или две фотографии в газете не превращают тебя в знаменитость. Подумай, как быстро забыли тебя самого.

— Мне кажется, газеты видят в тебе восходящую звезду.

— И ты в это веришь? Возможно, но даже самым жутким таблоидам нужны факты, а у тебя ничего нет. Набранный по ошибке номер...

— Такое случается. А вот чего не случается... — Харри вздохнул. Она права, у него ничего нет. Поэтому ему нечего делать на узкой дороге. — ...Так это того, что кровь четвертой группы с отрицательным резус-фактором случайно всплывает в двух местах, связанных с одним и тем же убийством. Такая кровь у одного из двухсот. Поэтому когда в отчете судебных медиков говорится, что под ногтем Густо была кровь этой группы, а в газетах пишут, что у тебя тоже эта группа крови, старый следователь не может не сложить два и два. Все, что мне надо сделать, — это попросить сделать анализ на ДНК, и тогда мы точно узнаем, в кого Густо вонзал когти прямо перед тем, как его убили. Ну как, немного больше, чем просто интересный заголовок в газете, Скёйен?

Секретарь члена городского совета яростно заморгала, как будто веки могли привести в движение челюсти.

— Скажи-ка, тот человек — это наследный принц Рабочей партии? — спросил Харри, прищуриваясь. — Как там его зовут?

— Мы можем поговорить, — сказала Исабелла Скёйен. — Позже. Но тогда обещай держать язык за зубами.

— Когда и где?

— Дай свой номер телефона, я позвоню после работы.

Фьорд все так же истерически сверкал в солнечных лучах. Харри надел солнцезащитные очки и закурил сигарету, чтобы отпраздновать удачный блеф. Он сидел на краю причала, наслаждаясь каждой затяжкой, и рассматривал бессмысленно дорогие игрушки самого богатого в мире рабочего класса, пришвартованные к пристани. Потом он затушил сигарету, плюнул во фьорд и приготовился нанести следующий по списку визит.

Харри подтвердил женщине в приемной Онкологического центра, что у него назначена встреча, и та выдала ему бланк. Харри вписал в него имя и номер телефона, но графу «компания» оставил пустой.

— Частный визит?

Харри покачал головой. Он знал, что хорошие секретари имеют привычку располагать достаточным количеством сведений, собирать информацию о тех, кто приходит и уходит, и о тех, кто работает в организации. Когда он работал следователем и ему требовалось получить какую-либо информацию частного характера с места работы, он в первую очередь беседовал с секретарями.

Она пригласила Харри пройти в кабинет в глубине коридора, махнув рукой в нужную сторону. Харри шел мимо закрытых дверей кабинетов и застекленных окон больших помещений, в которых находились люди в белых халатах, столы со стеклянными колбами и штативами и стальные шкафы с большими навесными замками — настоящее эльдорадо для любого наркомана.

В конце коридора Харри остановился перед закрытой дверью и, перед тем как постучать, на всякий случай прочитал имя на табличке: «Стиг Нюбакк». Он успел стукнуть всего один раз, а из кабинета уже раздался крик: «Войдите!»

Нюбакк стоял за письменным столом, прижимая к уху телефонную трубку. Он жестом пригласил Харри войти и присесть. Произнеся три раза «да», два раза «нет», один раз «черт возьми» и весело рассмеявшись, он положил трубку и уставился на Харри пытливыми глазами. Харри же по старой привычке сполз по стулу и вытянул вперед ноги.

— Харри Холе. Вы меня, конечно, не помните, но я вас помню.

— Я многих арестовывал, — сказал Харри.

Опять веселый смех.

— Мы вместе учились в школе в Уппсале, я был года на два младше вас.

— Младшие помнят старших.

— Да, это так. Но если честно, то я помню вас не по школе. Вас показывали по телевизору, и кто-то сказал мне, что вы учились в Уппсале и дружили с Треской.

— Ммм. — Харри посмотрел на носки ботинок, чтобы подать сигнал, что ему не очень хочется углубляться в сферу личной жизни.

— Значит, вы стали следователем и расследуете убийства? Каким убийством вы заняты сейчас?

— Я, — Харри начал предложение так, чтобы по возможности придерживаться правды, — расследую убийство в среде наркоманов. Вы посмотрели на вещество, которое я послал?

— Да. — Нюбакк снова поднял телефонную трубку, набрал номер и стал ждать, яростно почесывая

257

затылок. — Мартин, не зайдешь ко мне? Да, речь об этом образце.

Нюбакк повесил трубку, и на три секунды в кабинете воцарилась тишина. Нюбакк улыбался, но Харри знал, что мозг его лихорадочно работает в поисках темы для разговора во время ожидания. Харри ничего не говорил. Нюбакк покашлял.

— Вы ведь жили в том желтом доме с гравиевой дорожкой. Я вырос в красном доме на холме. Семья Нюбакк.

— Помню, конечно, — соврал Харри, лишний раз убедившись, как мало он помнит из своего детства.

— Дом все еще ваш?

Харри изменил положение ног. Он знал, что ему не удастся прекратить бой до прихода этого Мартина.

— Мой отец умер три года назад. Продажа немного затянулась, но...

— Призраки.

— Простите?

— Призраки должны покинуть дом до того, как он будет продан. Моя мама умерла в прошлом году, но дом все так и пустует. Женаты, дети?

Харри покачал головой. И перекинул мяч на другую половину стола:

— А вы, я вижу, женаты.

— Как?

— Кольцо. — Харри кивнул на руку собеседника. — У меня было точно такое же.

Нюбакк приподнял руку с кольцом и улыбнулся:

— Было? Разведены?

Харри выругался про себя. Почему людям так необходимо разговаривать? Разведен? Естественно, черт возьми, разведен. Разведен с той, которую любил. С теми, кого любил. Харри кашлянул.

— Ну да, конечно разведен, — сказал Нюбакк.

Харри повернулся. У дверей стоял сутулый человек в синем лабораторном халате и исподлобья смотрел на него. Длинная темная челка спадала на бледный, почти белый высокий лоб. Глаза посажены глубоко. Харри даже не слышал, как тот вошел.

— Это Мартин Пран, один из наших лучших исследователей, — представил его Нюбакк.

Человек больше всего был похож на звонаря из «Собора Парижской Богоматери».

— Итак, Мартин? — продолжил Нюбакк.

— То, что вы называете «скрипкой», не героин, а вещество, похожее на леворфанол.

Харри записал название.

— И это вещество...

— Опиоидная ядерная бомба, — вставил слово Нюбакк. — Сильнейший обезболивающий эффект. В шесть или восемь раз сильнее морфина. В три раза сильнее героина.

— Правда?

— Правда, — сказал Нюбакк. — И действие длится в два раза дольше, чем действие морфина. От восьми до четырнадцати часов. Если ты проглотишь три миллиграмма леворфанола, наступает состояние общего наркоза. Внутривенно достаточно половины этой дозы.

— Ммм. Опасная штука.

— Ну, не настолько опасная, как может показаться. Правильные дозы чистых опиоидов, таких как героин, не разрушают тело напрямую. Жизнь разрушает прежде всего зависимость.

— Да неужели? Героинисты этого города мрут, как мухи.

— Да, но прежде всего по двум причинам. Первая: они употребляют героин, смешанный с другими веществами, которые превращают его в настоящий яд. Если, к примеру, смешать героин и кокаин...

— Спибдол, — сказал Харри. — Джон Белуши.

— Да покоится он с миром. Вторая причина смертности от героина — это то, что он мешает дыханию. Если вколешь слишком большую дозу, то ты просто перестанешь дышать. А по мере того как растет твой порог восприятия наркотика, ты постоянно увеличиваешь дозу. Но вот что интересно в случае с леворфанолом: это вещество совершенно не мешает дыханию. Разве не так, Мартин?

Звонарь кивнул, не поднимая глаз.

— Ммм, — сказал Харри, глядя на Прана. — Сильнее героина, более длительный эффект, к тому же меньше шансов умереть от передозировки. Похоже на наркотик мечты?

— Зависимость, — пробормотал Звонарь. — И цена.

— Простите?

— Мы видим это по пациентам, — вздохнул Нюбакк. — Они впадают в зависимость на раз-два. — И он щелкнул пальцами. — Но для больных раком тема зависимости не важна. Мы используем разные медикаменты и наращиваем дозу согласно плану. Наша цель — профилактика боли, а не борьба с ней. А леворфанол дорого и производить, и импортировать. Может быть, именно поэтому мы не видим его на улицах.

— Это не леворфанол.

Харри и Нюбакк повернулись к Мартину Прану.

260

— Его модифицировали. — Пран поднял голову, и Харри показалось, что глаза его засверкали, как будто за ними только что зажглась свеча.

— Как? — спросил Нюбакк.

— Для того чтобы выяснить это, потребуется время, но на первый взгляд кажется, что молекулы хлора заменены молекулами фтора. И возможно, эта модификация не так уж и дорога в производстве.

— Боже, — недоверчиво произнес Нюбакк. — Мы говорим о Дрезере?

— Может быть, — сказал Пран с почти неуловимой улыбкой на губах.

— О небеса! — воскликнул Нюбакк, восторженно почесывая затылок обеими руками. — Значит, мы говорим о произведении гения. Или об огромном везении.

— Эй, ребята, я что-то не совсем понимаю, — сказал Харри.

— О, простите, — спохватился Нюбакк. — Хайнрих Дрезер изобрел аспирин в тысяча восемьсот девяносто седьмом году. А потом стал работать над модификацией своего изобретения. Для этого много не надо: заменил молекулу здесь, молекулу там, и — опа! — она приклеивается к другим рецепторам человеческого тела. Через одиннадцать дней Дрезер открыл новое вещество. Оно продавалось как лекарство от кашля вплоть до тысяча девятьсот тринадцатого года.

— И это вещество...

— Название его походило на слово «героиня».

— Героин, — догадался Харри.

— Правильно.

— Что насчет оболочки? — спросил Харри у Прана.

— Она называется защитной оболочкой для дражирования, — с кислой миной произнес Звонарь. — А что насчет нее?

Лицо его было повернуто к Харри, а глаза смотрели в другую сторону, в стену. Как зверь, загнанный в угол, подумал Харри. Или как стадное животное, не желающее принимать вызов зверя, глядящего ему прямо в глаза. Или просто как человек с немного более острыми, чем у остальных, социальными проблемами. Но и еще кое-что привлекло внимание Харри, что-то в его позе: он весь казался каким-то перекошенным.

— Дело вот в чем, — сказал Харри. — Криминалисты считают, что коричневые вкрапления в вещество — это кусочки толченой оболочки. И что такую же, э-э, защитную оболочку вы используете здесь, в Онкологическом центре, при производстве метадона в таблетках.

— И что? — быстро спросил Пран.

— Можно ли предположить, что «скрипка» производится в Норвегии теми, кто имеет доступ к вашим таблеткам метадона?

Стиг Нюбакк и Мартин Пран переглянулись.

— Мы поставляем таблетки метадона и в другие больницы, так что к ним имеет доступ довольно большой круг лиц, — сказал Нюбакк. — Но «скрипка» — это химия высокого уровня.

Он выдохнул через рот.

— Что скажешь ты, Пран? Есть ли среди норвежских ученых светлые головы, способные изобрести такое вещество?

Пран покачал головой.

— А как насчет везения?

Пран пожал плечами:

— Это все равно что сказать, что Брамсу повезло написать «Немецкий реквием».

В кабинете стало тихо. Казалось, даже Нюбакку нечего добавить.

— Ну что же, — произнес Харри, поднимаясь.

— Надеюсь, мы помогли вам, — сказал Нюбакк и протянул Харри руку над столом. — Передавай привет Треске. Он ведь по-прежнему работает по ночам в «Хафслюнд энерги» и охраняет рубильник всего города?

— Что-то в этом роде.

— Он что, не любит свет дня?

— Он не любит, когда его достают.

Нюбакк неуверенно улыбнулся.

По дороге назад Харри дважды останавливался. Один раз — чтобы заглянуть в пустую лабораторию, где уже погасили свет. Второй раз — перед дверью с табличкой «Мартин Пран». Из-под двери виднелся свет. Харри осторожно повернул ручку вниз. Дверь была заперта.

Усевшись во взятую напрокат машину, Харри первым делом проверил телефон. Он увидел неотвеченный звонок от Беаты Лённ, а вот эсэмэски от Исабеллы Скёйен пока не было. Уже у стадиона Уллевол Харри понял, как неверно он рассчитал время, необходимое для выезда из города. Люди, имеющие самый короткий рабочий день в мире, уже разъезжались по домам. Путь до района Карихауген занял у него пятьдесят минут.

Сергей сидел в машине и барабанил по рулю. Теоретически для того, чтобы попасть на его рабочее место, надо было двигаться в противоположном от пробок направлении, но когда он работал в вечернюю смену, то всегда попадал в пробку на выезде из города. Машины ползли к Карихаугену со скоростью остывающей лавы. Он поискал информацию об этом полицейском в Интернете. Нашел старые новостные статьи. Дела об убийствах. Он взял серийного убийцу в Австралии. Сергей обратил на это внимание, потому что в то утро он смотрел программу об Австралии на канале «Энимал плэнет». В ней рассказывалось о разумности крокодилов Северных Территорий, о том, как они изучают привычки своих жертв. Когда люди ходят в походы в буш, они ставят палатки, а проснувшись утром, кто-нибудь отправляется по тропинке вдоль реки за водой. На тропинке он находится в безопасности от крокодилов, которые следят за ним из воды. Если человек остается на ночлег на том же месте на вторую ночь, аналогичная процедура повторяется на следующее утро. Если же он остается на третью ночь, то утром он снова идет по своей тропинке, но на этот раз не видит крокодила. До тех пор, пока на тропинке со стороны буша не раздается шум и несущийся крокодил не сшибает его в воду.

На фотографиях, выложенных в Сети, полицейский явно чувствовал себя некомфортно. Как будто он не любил, когда его снимают. Или когда его разглядывают.

Зазвонил телефон.

Андрей. Он перешел прямо к делу:

— Он живет в гостинице «Леон».

Южносибирский говор Андрея должен был быть резким, отрывистым, но у него он звучал мягко и плавно. Андрей дважды повторил адрес, медленно и отчетливо, и Сергей его запомнил.

— Хорошо, — сказал Сергей, стараясь придать голосу оживленность. — Я спрошу, в каком номере он живет. Если не в последнем по коридору, то я буду ждать его там, в конце прохода. Когда он выйдет из номера и пойдет к лестнице или к лифту, ему придется повернуться ко мне спиной.

— Нет, Сергей.

— Нет?

— Не в гостинице. Он будет готов к нашему визиту в «Леон».

Сергей вздрогнул:

— Готов?

Он перестраивался в другой ряд в хвост прокатной машине, пока Андрей рассказывал, что полицейский связался с двумя их дилерами и пригласил атамана в «Леон». И что от этого за версту разит ловушкой. И что атаман дал четкое указание Сергею сделать свою работу в другом месте.

— Где? — спросил Сергей.

— Подожди его на улице перед гостиницей, — ответил Андрей.

— Но где мне все *сделать*?

— Сам выбирай, — сказал Андрей. — Лично у меня самое любимое место — это засада.

— Засада?

— Всегда в засаде, Сергей. И еще одно...

— Да?

— Он подобрался вплотную к вещам, к которым мы не хотим, чтобы он подбирался. Это означает, что дело не терпит отлагательств.

— И как, э-э, это понимать?

— Атаман говорит, что ты можешь потратить на все столько времени, сколько необходимо, но не больше. За сутки лучше, чем за двое суток. А это лучше, чем за трое суток. Понял?

265

— Понял, — сказал Сергей, надеясь, что Андрей не слышит, как он сглотнул.

Когда разговор закончился, Сергей все еще стоял в пробке. Никогда за всю свою жизнь он не чувствовал себя таким одиноким.

Время вечерних пробок было в самом разгаре, и движение стало свободнее только у перекрестка Скедсму в Бергере. К этому времени Харри провел в машине уже целый час. Он просканировал все радиоканалы, после чего исключительно в знак протеста стал слушать классическую музыку на НРК. Еще через двадцать минут он увидел указатель съезда на дорогу, ведущую в аэропорт Осло. В течение дня он раз двадцать набирал номер Турда Шульца, но так до него и не дозвонился. Коллега Шульца, ответивший ему по телефону авиакомпании, сообщил, что понятия не имеет, где может быть Турд, и что в свободное от работы время он обычно сидит дома. Он подтвердил, что домашний адрес Шульца, который Харри нашел в Сети, правильный.

Когда Харри увидел указатель и понял, что прибыл к цели своего назначения, начинало смеркаться. Он ехал мимо одинаковых, похожих на обувные коробки домов, расположенных по обе стороны недавно заасфальтированной дороги. Он вычислил жилище Шульца по соседним домам, которые были так хорошо освещены, что их номера можно было разглядеть. Потому что дом Турда Шульца был погружен в полную тьму.

Харри припарковался. Посмотрел вверх. Из мрака возникло серебро — самолет, беззвучный, как хищная птица. Огни его скользнули по крышам домов, и самолет скрылся из виду, и звук унесся за ним, как фата за невестой.

Харри подошел к входной двери, заглянул в окошко и позвонил. Подождал. Снова позвонил. Подождал минуту. А потом выбил стекло.

Он просунул руку вовнутрь, нащупал замок и отпер его.

Харри перешагнул через осколки стекла, прошел по коридору и оказался в гостиной.

Первое, что удивило его, — это темнота. Здесь было темнее, чем должно быть в гостиной, даже при выключенном освещении. Он понял, что в комнате задернуты шторы. Толстые светонепроницаемые шторы, какие висели у них в войсковой части в Финнмарке, чтобы полярный день не мешал солдатам спать.

Второе, что его поразило, — это ощущение того, что он не один. И поскольку опыт Харри подсказывал, что такие ощущения почти всегда являются результатом вполне конкретных чувственных впечатлений, он сосредоточился на том, чтобы разобраться в этих впечатлениях и подавить собственную совершенно естественную реакцию: учащенный пульс и острое желание начать пятиться и выйти отсюда тем же путем, что вошел. Он прислушался, но услышал только, что где-то тикают часы, наверное в соседней комнате. Он принюхался. В воздухе стоял тошнотворный затхлый запах, но было что-то еще, что-то далекое, но знакомое. Он закрыл глаза. Обычно он узнавал об их приходе заранее. На протяжении многих лет он научил себя мыслить стратегически, чтобы держать их на расстоянии. Но сейчас они накинулись на него прежде, чем он успел запереть дверь. Призраки. Здесь пахло местом преступления.

Он открыл глаза, и его тут же ослепило. Свет проникал в комнату через мансардные окна наверху. По полу пробежала полоса света. Потом раздался звук двигателей самолета, и через секунду гостиная снова погрузилась во мрак. Но он уже увидел. И унять учащенный пульс и подавить желание выбраться отсюда было уже невозможно.

Он увидел «жука». «Жук» раскачивался прямо перед ним.

Глава 21

Лицо было разворочено.

Харри включил свет в гостиной и посмотрел на распростертого на полу мертвого мужчину.

Его правое ухо было прибито гвоздем к паркетному полу, а на лице виднелось шесть черных кровавых кратеров. Искать орудие убийства не было нужды, оно болталось на уровне лица Харри. К веревке, переброшенной через потолочную балку, был привязан кирпич. Из кирпича торчали шесть окровавленных гвоздей.

Харри присел на корточки и поднял руку трупа. Мужчина уже остыл. Хотя в гостиной было тепло, трупное окоченение уже наступило. Появились и трупные пятна: сочетание действия силы тяжести и отсутствия кровяного давления привело к тому, что кровь собралась в нижних участках тела и придала нижней стороне руки красноватый оттенок. Мужчина мертв как минимум двенадцать часов, предположил Харри. Белая отглаженная рубашка была задрана так, что виднелась кожа на животе. Она еще не позеленела оттого, что бактерии начали пожирать тело; пиршество, как правило, начиналось через сорок восемь часов после смерти именно в области живота.

Кроме рубашки на нем были развязанный галстук, черные костюмные брюки и начищенные ботинки. Как будто он только что вернулся с похорон или из офиса, где принят дресс-код.

Харри поднял телефонную трубку и заколебался, куда звонить: в оперативный центр или прямо в убойный отдел. Он набрал номер оперативного центра, оглядываясь по сторонам. Следов взлома он не заметил, следов борьбы в гостиной тоже не было. Помимо кирпича и трупа, здесь не было ничего, и Харри знал, что, когда приедет оперативная группа, она ничего не найдет. Ни отпечатков пальцев, ни следов обуви, ни ДНК. И следователи-тактики не продвинутся в расследовании: никто из соседей ничего не видел, камера наблюдения на ближайшей бензоколонке не зафиксировала незнакомые лица, с телефона Шульца не производилось подозрительных звонков. Ничего. В ожидании ответа Харри вышел на кухню. По старой привычке он ступал очень осторожно и старался ни до чего не дотрагиваться. Взгляд его упал на кухонный стол и на блюдце, на котором лежал недоеденный бутерброд с сервелатом. На спинке стула висел пиджак, подходящий к брюкам трупа. Харри пошарил по карманам и нашел четыреста крон, билет на поезд и удостоверение сотрудника авиакомпании. Турд Шульц. Лицо с профессиональной улыбкой на фотографии походило на остатки лица, которые он видел в гостиной.

— Оперативный центр.

— У меня здесь труп. Адрес...

Взгляд Харри упал на бедж.

— Да?

В нем было что-то знакомое.

— Алло?

Харри взял его в руки. Сверху большими буквами было написано: «ПОЛИЦЕЙСКИЙ ОКРУГ ОСЛО». Ниже — «ТУРД ШУЛЬЦ» и дата. Он был в полицейском участке или полицейском управлении три дня назад. А теперь он, значит, мертв.

— Алло?

Харри повесил трубку.

Сел.

Подумал.

Он потратил полтора часа на обыск дома. После чего протер все поверхности, на которых мог оставить отпечатки, и снял полиэтиленовый пакет, который прикрепил резинкой к голове, чтобы случайно не обронить волосок. Существовало твердое правило: все следователи, расследующие убийства, и другие полицейские, работающие на месте преступления, должны зарегистрировать отпечатки своих пальцев и ДНК. Если он что-то оставит после себя, то полиция через пять минут будет знать, что здесь побывал Харри. В результате обыска были обнаружены три маленьких пакетика кокаина и четыре бутылки, судя по всему контрабандный алкоголь. А в остальном все было так, как он и предполагал: пусто.

Харри вышел на улицу, сел в машину и уехал.

Полицейский округ Осло.

Черт, черт.

Харри приехал в центр, припарковался, но остался сидеть в машине, уставившись невидящим взглядом в лобовое стекло. А потом набрал номер Беаты.

— Привет, Харри.

270

— Две вещи. Я хочу попросить тебя об услуге. И сделать анонимное сообщение о том, что в этом деле появился еще один труп.

— Я только что узнала.

— Значит, вы об этом знаете? — удивленно произнес Харри. — Способ убийства называется «жук». Это русское слово.

— Ты о чем?

— О кирпиче.

— Каком еще кирпиче?

Харри сделал глубокий вдох:

— А ты о чем говоришь?

— О Гойко Тошиче.

— Это еще кто?

— Мужик, который напал на Олега.

— И?

— Он найден мертвым в своей камере.

В глаза Харри ударил свет фар движущейся навстречу машины.

— Как...

— Сейчас выясняют. Выглядит так, будто он повесился.

— Зачеркни «-ся». Они и пилота убили.

— Что?

— Турд Шульц лежит в гостиной своего дома в Гардермуэне.

Прошло две секунды, прежде чем Беата ответила:

— Я сообщу в оперативный центр.

— Хорошо.

— А второе?

— Что?

— Ты сказал, что хочешь попросить об услуге.

— Ах да. — Харри вытащил из кармана бедж. — Я хотел спросить, не можешь ли ты проверить журнал посещений Полицейского управления. Узнай, к кому три дня назад приходил Турд Шульц.

Снова наступила тишина.

— Беата?

— Да. Ты уверен, что должен вмешивать меня во все это, Харри?

— Я уверен, что ты не будешь замешана во все это.

— Черт бы тебя побрал.

Харри положил трубку.

Харри оставил арендованную машину на многоэтажной парковке в Квадратуре и пошел по направлению к «Леону». Он прошел мимо бара, и музыка, донесшаяся из открытых дверей, напомнила ему о первом вечере после прибытия в Осло, зазывная песня «Come As You Are» — «Приходи таким, какой ты есть». Не отдавая себе отчета, он вошел в распахнутые двери и оказался у барной стойки в длинном узком помещении.

Три посетителя сидели, скрючившись, на стульях у стойки; казалось, они уже месяц справляют поминки и никак не могут закончить. В баре пахло мертвечиной и жареным мясом. Бармен смотрел на него взглядом «давай заказывай или проваливай отсюда к черту», медленно выкручивая штопор из пробки. Поперек широкого горла у него были вытатуированы три готические буквы EAT.

— Ну чего? — прокричал бармен, умудрившись переорать Курта Кобейна, который приглашал Харри заходить по-дружески, по-дружески. Как старый враг.

Харри облизал губы, мгновенно впитавшие влагу. Посмотрел, как двигаются руки бармена. Он держал штопор самой простой конструкции, для обращения с которым нужна твердая тренированная рука, но его можно вогнать в пробку парой движений и быстро открыть бутылку. Эта пробка была проткнута насквозь. Но ведь здесь не винный бар. Что еще у них есть? Он посмотрел на свое искаженное отражение в зеркале за спиной бармена. Изуродованное лицо. Но Харри видел не только свое лицо, он видел лица их всех, всех призраков. К которым только что присоединился Турд Шульц. Взгляд Харри скользил по бутылкам на стеклянных полках, пока не достиг цели, как ракета, реагирующая на тепловое излучение. Старый враг. «Джим Бим».

Курт Кобейн кричал, что у него нет пистолета.

Харри кашлянул. Только одну порцию.

Приходи таким, какой ты есть, и да, у меня нет пистолета.

Он сделал заказ.

— Чего? — прокричал бармен, наклоняясь к нему.

— «Джим Бим».

Нет пистолета.

— Джин с чем?

Харри сглотнул. Кобейн повторял слово «мемория». Харри слышал эту песню сто раз, но всегда думал, что Кобейн поет: «Мир моря и что-то еще».

Мемория. In memoriam[1]. Где он видел это? На надгробии?

Он заметил в зеркале какое-то движение. В тот же миг у него в кармане начал вибрировать телефон.

---

[1] В память (*лат.*).

— Джин с чем? — прокричал бармен, положив штопор на стойку.

Харри достал телефон. Посмотрел на экран. Р. Он ответил:

— Привет, Ракель.

— Харри?

Новое движение у него за спиной.

— Я слышу только шум, Харри. Ты где?

Харри встал и быстрыми шагами направился к выходу. Вдохнул полный выхлопных газов, но все же более свежий воздух улицы.

— Чем ты занимаешься? — спросила Ракель.

— Стою и думаю, куда пойти: направо или налево, — сказал Харри. — А ты?

— Собираюсь ложиться спать. Ты трезвый?

— Что?

— Ты слышал меня. И я слышу тебя. Я знаю, когда у тебя стресс. Но звуки, которые я слышала, были похожи на бар.

Харри вынул пачку «Кэмела». Достал сигарету. Отметил, что у него дрожат руки.

— Хорошо, что ты позвонила, Ракель.

— Харри?

Он прикурил.

— Да?

— Ханс Кристиан устроил так, что Олег будет сидеть в секретном месте. Где-то в Восточной Норвегии, но никто не будет знать, где именно.

— Неплохо.

— Он хороший человек, Харри.

— Не сомневаюсь.

— Харри?

— Я здесь.

— Если бы мы пошли на подлог доказательств, если бы я взяла на себя вину в убийстве, ты бы помог мне?

Харри затянулся.

— Нет.

— Почему?

Позади Харри открылась дверь. Но он не услышал звука удаляющихся шагов.

— Я позвоню тебе из гостиницы, хорошо?

— Хорошо.

Харри прервал связь и вышел на улицу, не оборачиваясь.

Сергей смотрел на человека, перебегающего улицу.

Увидел, как тот скрылся в «Леоне».

Он был так близко. Так близко. Сначала в баре, потом здесь, на улице.

Сергей по-прежнему сжимал в кармане рукоятку ножа, выточенную из оленьего рога. Лезвие вылезло и порвало ткань кармана. Он дважды собирался сделать шаг вперед, схватить его за волосы левой рукой, приставить нож и начертить полумесяц на горле. Полицейский оказался выше, чем он себе представлял, но это не проблема.

Проблем вообще не будет. Потому что по мере замедления пульса к нему возвращалось спокойствие. Спокойствие, которое он потерял, которое вытеснил страх. И он снова почувствовал, что радуется, радуется свершению, тому, что станет частью уже рассказанной истории.

Он находился на месте, в засаде, о которой говорил Андрей. Сергей только что увидел взгляд полицейского, когда тот разглядывал бутылки. Такой же взгляд был у его отца после возвращения из тюрь-

275

мы. Сергей был крокодилом в реке, крокодилом, знавшим, что человек пойдет той же самой тропинкой, чтобы утолить свою жажду, и надо только немного подождать.

Харри лежал на кровати в 301-м номере, пускал дым в потолок и слушал ее голос в телефонной трубке.

— Я знаю, что ты совершал более ужасные поступки, чем создание фальшивых доказательств, — говорила она. — Так почему нет? Почему не помочь человеку, которого ты любишь?

— Ты пьешь белое вино, — сказал он.

— Откуда ты знаешь, что не красное?

— Слышу.

— Объясни, почему ты не помог бы мне.

— А надо?

— Да, Харри.

Харри затушил сигарету в пустой кофейной чашке на прикроватной тумбочке.

— Я, нарушитель закона и отставной полицейский, считаю, что закон кое-что значит. Похоже на бред?

— Продолжай.

— Закон — это забор, который мы возвели по краю пропасти. Всякий раз, когда кто-то преступает закон, этот забор становится чуточку ниже. И нам приходится его чинить. Виновный должен сесть в тюрьму.

— Нет, *кто-то* должен сесть в тюрьму. Кто-то должен понести наказание, чтобы продемонстрировать обществу, что убийство неприемлемо. Любой козел отпущения может починить этот забор.

— Ты трактуешь закон так, чтобы подогнать его под себя. Ты юрист, тебе виднее.

— Я мать, и я работаю юристом. А как насчет тебя, Харри? Ты полицейский? Кем ты стал? Роботом, рабом муравейника и мыслей, придуманных другими? Этим ты стал?

— Ммм.

— У тебя есть ответ?

— Ну хорошо. Как ты думаешь, почему я приехал в Осло?

Тишина.

— Харри?

— Да?

— Прости.

— Не плачь.

— Я знаю. Прости.

— Не надо просить прощения.

— Спокойной ночи, Харри. Я...

— Спокойной ночи.

Харри проснулся. Он что-то слышал. Это «что-то» было громче его собственного топота по коридору и грохота снежной лавины. Он посмотрел на часы. 1.34. Поломанный карниз был прислонен к подоконнику, силуэт его по форме напоминал тюльпан. Харри встал, подошел к окну и выглянул во двор. На асфальте валялось мусорное ведро, оно еще немного дребезжало. Харри прислонился лбом к холодному стеклу.

Глава 22

Утренний транспортный поток тихо крался по направлению к Грёнланнслейрет, а Трульс уже подходил ко входу в Полицейское управление. Приблизившись к дверям с забавными иллюминаторами, он заметил на липе красный плакат. Поэтому он развернулся и спокойно пошел назад, мимо медленно двигающейся пробки на улице Осло-гате, по направлению к кладбищу.

Он вошел на территорию кладбища, на которой, как обычно в этот час, не было ни одного человека. По крайней мере, живого. Трульс остановился у надгробия А. К. Руда. На нем не было никаких сообщений, следовательно, сегодня день зарплаты.

Он уселся на корточки и разрыл землю у самого камня. Нащупал коричневый конверт и вытащил его. Поборол искушение распечатать его и пересчитать деньги прямо на месте, засунул конверт в карман пиджака. Он уже хотел подняться, но внезапное ощущение, что за ним кто-то наблюдает, заставило его посидеть еще пару минут, будто бы погрузившись в раздумья о бренности А. К. Руда и жизни вообще, ну или что-то в этом духе.

— Не поднимайся, Бернтсен.

На него упала тень. А вместе с ней наступил холод, словно солнце скрылось за тучей. Трульсу Бернтсену показалось, что он находится в свободном падении и живот его поднялся к груди. Значит, вот как оно произойдет. Разоблачение.

— На этот раз у нас для тебя другое задание.

Трульс снова ощутил твердую почву под ногами. Голос. Слабый акцент. Это он. Трульс украдкой посмотрел в сторону. Увидел человека, который стоял, склонив голову, через две могилы от него. Было понятно, что он молится.

— Ты должен выяснить, где прячут Олега Фёуке. Смотри прямо!

Трульс уставился на могильный камень перед собой.

— Я пытался, — сказал он. — Но перевод нигде не зарегистрирован. Во всяком случае, ни в одном из мест, куда я имею доступ. А те, с кем я разговаривал, ничего о парне не слышали, поэтому я думаю, что ему дали новое имя.

— Поговори с теми, кто знает. Поговори с его адвокатом Симонсеном.

— А почему не с матерью? Она же должна...

— Не надо женщин!

Слова его собеседника прозвучали как пушечный грохот, и если на кладбище были другие люди, они должны были их услышать. Уже спокойнее тот продолжил:

— Попробуй поговорить с адвокатом. А если ничего не выйдет...

Во время последовавшей паузы Бернтсен услышал, как шелестят кроны кладбищенских деревьев. Наверное, это ветер, это из-за ветра так резко похолодало.

— ...то есть парень, которого зовут Крис Редди, — говорил его собеседник. — На улице его называют Адидас. Он торгует...

— Спидом. Адидас значит амфет...

— Заткнись, Бернтсен. Просто слушай.

Трульс закрыл рот. И стал слушать. Как всякий раз, когда какой-нибудь обладатель подобного голоса велел ему заткнуться. Он слушал, как его просят покопаться в навозе. Просят его...

Голос назвал адрес.

— Ты знаешь, говорят, Адидас ходил и хвастался тем, что это он застрелил Густо Ханссена. Ты приведешь его на допрос. И внезапно он сделает чистосердечное признание. О деталях вы там сами договоритесь, главное, чтобы все было на сто процентов

279

достоверно. Но сначала ты все-таки попробуешь разговорить Симонсена. Понятно?

— Да, но почему Адидас...

— Почему — это не твоя проблема, Бернтсен. Единственный вопрос, который ты можешь задать, — это «сколько».

Трульс сглотнул. Глотал и глотал. Разгребать говно. Глотать говно.

— Сколько?

— Вот так. Шестьдесят тысяч.

— Сто тысяч.

Собеседник не ответил.

— Эй!

Слышны были только звуки дорожного движения.

Бернтсен посидел молча. Глянул в сторону. Там никого не было. Он почувствовал, что солнце снова начало пригревать. А шестьдесят тысяч — это не так уж и плохо.

Когда в десять часов утра Харри развернулся у главного дома фермы Скёйен, над землей все еще лежал туман. Исабелла Скёйен стояла на лестнице и улыбалась, похлопывая небольшим кнутом по бедру, обтянутому брюками для верховой езды. Выбираясь из арендованной машины, Харри услышал, как под каблуками ее сапог заскрипел гравий.

— Доброе утро, Харри. Что ты знаешь о лошадях? Харри захлопнул дверцу машины.

— Я потерял на них кучу денег. Это о чем-то говорит?

— Значит, ты к тому же игрок?

— К тому же?

— Я тоже провела небольшое расследование. Твои подвиги уравновешиваются грузом твоих грехов. По крайней мере, кажется, так считают твои коллеги. Ты в Гонконге проигрывал деньги?

— На ипподроме «Хэппи Вэлли». И это было всего один раз.

Она пошла в сторону низкого красного деревянного здания, и ему пришлось ускорить шаг, чтобы поспеть за ней.

— Ты когда-нибудь ездил верхом, Харри?

— У моего деда в Ондалснесе была лошадь.

— Значит, ты умелый наездник.

— Да нет, опять же всего один раз. Дедушка говорил, что лошадь не игрушка. Он говорил, что кататься верхом для собственного удовольствия — значит не уважать рабочее животное.

Исабелла остановилась у деревянной стойки, на которой висели два узких кожаных седла.

— Ни одна из моих лошадей не видела и не увидит ни телеги, ни плуга. Пока я седлаю, предлагаю тебе сходить вон туда... — Она указала на жилой дом. — Там в шкафу в коридоре ты найдешь одежду для верховой езды моего бывшего мужа. Надо поберечь твой красивый костюм, как считаешь?

В шкафу в коридоре Харри нашел свитер и джинсы подходящей длины. Но размер ноги ее бывшего мужа оказался меньше, чем у Харри, и на него не налезала ни одна пара обуви, пока он не докопался до стоявших в глубине шкафа хорошо поношенных армейских кроссовок.

Когда он вышел во двор, Исабелла стояла и держала двух оседланных лошадей. Харри открыл пассажирскую дверцу машины, уселся, переобулся, вынул стельки, положил их на пол машины и достал из бардачка солнцезащитные очки.

— Готов.

— Это Медуза, — сказала Исабелла, похлопывая большую рыжую лошадь по морде. — Она ольденбурженка из Дании, чудесная порода для конкура. Ей десять лет, она начальница над своими. А это Балдер, ему пять. Он мерин, и он пойдет за Медузой.

Она протянула ему поводья мерина, а сама вскочила на Медузу.

Харри повторил движения за ней: вставил левую ногу в левое стремя и закинул себя в седло. Не дожидаясь команды, его лошадь потрусила за Медузой.

Харри немного преувеличил, когда сказал, что ездил верхом только один раз, но нынешняя прогулка совершенно не походила на поездки на дедушкиной ломовой лошади, напоминавшей авианосец. Сейчас ему приходилось балансировать в седле, а прижимая колени к бокам мерина, он ощущал игру мускулов и даже чувствовал ребра стройного коня. А когда Медуза, выйдя на тропинку на равнине, немного прибавила скорость и Балдер ей ответил, то даже незначительное ускорение заставило Харри понять, что у него между ног находится зверь из «Формулы-1». За равниной они выбрали тропинку, ведущую на поросший лесом холм. В одном месте, где тропинка разделялась надвое, чтобы обогнуть большое дерево, Харри попытался заставить Балдера повернуть налево, но конь проигнорировал приказ Харри и последовал по следу Медузы справа от дерева.

— Я думал, что табун идет за жеребцом, — проговорил Харри.

— Как правило, так и бывает, — сказала Исабелла через плечо. — Но все дело в характере. Сильная, амбициозная и умная кобыла может обойти всех, если захочет.

— А ты хочешь?

Исабелла Скёйен рассмеялась:

— Конечно. Если хочешь чего-то достичь, нужно хотеть этого достичь. В политике речь идет о том, чтобы добыть себе власть, а будучи политиком, человек должен хотеть конкурировать с другими.

— И тебе нравится конкурировать?

Ехавшая впереди Исабелла пожала плечами:

— Здоровая конкуренция — это хорошо. Это означает, что сильнейший и достойнейший получит право принимать решения, а так будет лучше для всего табуна.

— И спариваться такая лошадь может с кем угодно?

Она не ответила. Харри посмотрел на нее — она прямо сидела в седле и как будто массировала спину лошади своими упругими ягодицами, делая мягкие движения бедрами из стороны в сторону. Они выехали на поляну. Солнце светило вовсю, а над раскинувшимися впереди полями еще виднелись пятнышки тумана.

— Дадим им передохнуть, — сказала Исабелла Скёйен, слезая с лошади.

После того как они привязали животных к дереву, Исабелла легла на траву и пригласила Харри последовать ее примеру. Он сел рядом с ней и надел солнцезащитные очки.

— Послушай, а разве это мужские очки? — спросила она, поддразнивая его.

— Они защищают от солнца, — ответил Харри, вынимая из кармана пачку сигарет.

— Мне нравится.

— Нравится что?

— Нравится, что мужчины не беспокоятся насчет своей мужественности.

Харри посмотрел на нее. Она лежала, опираясь на локти, а на ее блузке была расстегнута одна пуговица. Он надеялся, что стекла его очков достаточно темные. Она улыбалась.

— Итак, что ты можешь рассказать мне о Густо? — спросил Харри.

— Мне нравятся настоящие мужчины, — сказала она.

Улыбка ее стала шире.

Коричневая стрекоза, совершающая последний осенний полет, пронеслась мимо них. Харри не понравилось то, что он прочитал в ее глазах. То, что он видел с момента своего приезда на ферму. Ожидание триумфа. А не мучительное беспокойство человека, который рискует оказаться в центре разрушительного для карьеры скандала.

— Мне не нравится все ненастоящее, — сказала она. — Блеф, например.

Ее голубые накрашенные глаза излучали триумф.

— Понимаешь, я позвонила одному знакомому в полиции. И помимо короткого рассказа о легендарном следователе Харри Холе, он поведал мне, что в деле Густо Ханссена не проводились никакие экспертизы крови. Образец оказался испорченным. Нет никакого ногтя с моей кровью под ним. Ты блефовал, Харри.

Харри прикурил сигарету. Он не чувствовал прилива крови к щекам и ушам. Может быть, в его возрасте уже не краснеют.

— Ммм. Если все твои контакты с Густо сводились к невинным беседам, почему же ты так испугалась, что я направлю кровь на анализ ДНК?

Она тихо засмеялась:

— А кто сказал, что я испугалась? Может, мне просто хотелось, чтобы ты сюда приехал. На природу полюбовался, и все такое прочее.

Харри удостоверился, что в его возрасте еще краснеют, лег и выдохнул дым в удивительно голубое небо. Он закрыл глаза и попытался придумать вескую причину не трахать Исабеллу Скёйен. Их было несколько.

— Разве не так? — спросила она. — Я просто хочу сказать, что я взрослая одинокая женщина, у которой имеются естественные потребности. И это не означает, что я несерьезная. Я бы никогда не связалась с человеком, которого бы не воспринимала как равного, например с таким, как Густо. — Ее голос зазвучал ближе. — А вот взрослый, крупный мужчина, напротив...

Она положила теплую руку ему на живот.

— Вы с Густо лежали на этом же месте? — тихо спросил Харри.

— Что?

Он приподнялся на локтях и кивнул на синие кроссовки.

— В твоем шкафу было полно эксклюзивной обуви сорок второго размера. А эти боты — единственная пара сорок пятого.

— Ну и что? Не могу гарантировать, что ко мне не приезжали мужчины с сорок пятым размером ноги.

Ее рука скользила вверх и вниз.

— Такие кроссовки одно время производились для Министерства обороны, а когда в армии перешли на другую обувь, остатки отдали благотворительным организациям для раздачи неимущим. Мы в полиции называем эту обувь наркоманской, потому что Армия спасения раздает ее своим клиентам в «Маяке». Возникает вопрос: почему случайный посетитель с ногой сорок пятого размера оставляет здесь обувь? Разумное объяснение: он внезапно получает в подарок новую пару.

Рука Исабеллы Скёйен прекратила движение. А Харри продолжил:

— Коллега показывал мне фотографии с места преступления. Когда Густо умер, на нем были дешевые брюки и пара очень дорогих ботинок. Альберто Фасциани, если не ошибаюсь. Щедрый подарок. Сколько ты за них заплатила? Пять тысяч?

— Я понятия не имею, о чем ты говоришь. — Она убрала руку.

Харри неодобрительно посмотрел на собственный член, которому от эрекции уже стало тесно в одолженных джинсах. Покачал ступнями ног.

— Я оставил стельки в машине. Ты знала, что пот ног — прекрасный материал для анализа на ДНК? И мы, конечно, найдем микроскопические частички кожи. А в Осло вряд ли найдется много магазинов, торгующих обувью Альберто Фасциани. Один, два? В любом случае это несложно будет вычислить по твоей кредитке.

Исабелла Скёйен села. Взгляд ее был направлен в сторону.

— Видишь фермы? — спросила она. — Разве они не красивы? Я обожаю пейзажи с творениями рук человеческих. И ненавижу лес. Кроме специально разведенного. Я ненавижу хаос.

Харри изучал ее профиль. Топорный нос казался смертельно опасным.

— Расскажи мне о Густо Ханссене.

Исабелла пожала плечами:

— С чего бы это? Ты уже почти все понял сам, это очевидно.

— Ты можешь выбирать, на чьи вопросы отвечать. На мои или на вопросы журналистов из «ВГ».

Она хохотнула.

— Густо был молодым и красивым. Эдакий жеребец, на которого приятно смотреть, но у которого сомнительные гены. Его биологический отец был преступником, а мать — алкоголичкой, по словам приемного отца. Не та лошадь, от которой ты хочешь получить потомство, но та, на которой прекрасно скакать, если ты... — Она вздохнула. — Он приезжал сюда, и мы занимались сексом. Иногда я давала ему деньги. Он встречался и с другими тоже, и в этом не было ничего особенного.

— Ты ревновала его?

— Ревновала? — Исабелла покачала головой. — Секс никогда не вызывает у меня ревности. Я ведь тоже встречалась с другими. А с одним мужчиной — особенно часто. И я исключила Густо из круга своего общения. А может, он исключил меня. Мне показалось, что у него отпала нужда в карманных деньгах, которые я ему давала. Но в конце он снова связался со мной. И был назойливым. Думаю, у него появились проблемы с деньгами. И с наркотиками тоже.

— Ну и каким он был?

— Что ты имеешь в виду под «каким»? Он был эгоистичным, ненадежным, очаровательным. Самоуверенным мерзавцем.

— И что он хотел получить?

— Разве я похожа на психолога, Харри?

— Нет.

— Нет. Люди интересуют меня только постольку-поскольку.

— Правда?

287

Исабелла Скёйен кивнула. Посмотрела вдаль. Влага в ее глазах сверкала на солнце.

— Густо был одиноким.

— Откуда ты знаешь?

— Я знаю, что такое одиночество, понятно? Он презирал себя.

— Так он был уверен в себе или презирал себя?

— Одно другому не противоречит. Человек знает, что он может и на что способен, но не думает, что другие могут его любить.

— И из-за чего это могло произойти?

— Слушай, я же сказала: я не психолог.

— Да ладно.

Харри ждал.

Она кашлянула:

— Его родители отказались от него. Как думаешь, какое впечатление это могло произвести на мальчика? За всеми фактами и крутой личиной скрывался человек, который считал, что многого не стоит. Что он стоит так же мало, как те, кто от него отказался. Разве не простая логика, господин почти полицейский?

Харри посмотрел на нее. Кивнул. Заметил, что от его взгляда ей стало неуютно. Но Харри не стал задавать вопрос, который ему, конечно же, хотелось задать, — вопрос о ее собственной истории. Насколько одинокой она была, насколько презирала себя за благополучным фасадом?

— А Олег? С ним ты встречалась?

— Парень, которого взяли за убийство? Никогда. Но Густо пару раз упоминал о каком-то Олеге, говорил, что это его лучший друг. Думаю, он был его единственным другом.

— А Ирена?

— О ней он тоже говорил. Она была ему как сестра.

— Она была сестрой.

— Не по крови, Харри. А это не одно и то же.

— Вот как?

— Люди наивно полагают, что способны на бескорыстную любовь. Но на самом деле стремятся к тому, чтобы продолжить род, чтобы гены потомков были как можно более идентичны их собственным генам. Я вижу это каждый божий день, занимаясь разведением лошадей, поверь мне. И да, люди похожи на лошадей, мы стадные животные. Отец встает на защиту своего биологического сына, брат — на защиту своей биологической сестры. В конфликте мы инстинктивно становимся на сторону того, кто больше похож на нас. Представь, что ты в джунглях, идешь по тропинке и за поворотом видишь, как другой белый человек, одетый как ты, сражается с полуголым черным воином в боевой раскраске. У каждого из них в руке нож, и бьются они не на жизнь, а на смерть. У тебя есть пистолет. Какой будет твоя первая инстинктивная мысль? Убить белого, чтобы спасти черного? Или нет?

— Ммм. И что это доказывает?

— Это доказывает, что наша лояльность имеет биологическое происхождение, что она кругами расходится от центра, где находимся мы сами и наши гены.

— И ты бы застрелила одного из двоих, чтобы защитить свои гены?

— Без промедления.

— А может, убить обоих, чтобы уж наверняка?

Она посмотрела на него:

— Что ты хочешь сказать?

— Что ты делала в тот вечер, когда убили Густо?

— Что? — Она снова сощурила на солнце один глаз и посмотрела на него с широкой улыбкой: — Ты подозреваешь меня в убийстве Густо, Харри? И в том, что я преследую этого... Олега?

— Просто ответь на вопрос.

— Я помню, где была, потому что думала об этом, когда читала об убийстве в газетах. Я участвовала во встрече с представителями полицейского отдела по борьбе с наркотиками. Они должны быть надежными свидетелями. Имена назвать?

Харри покачал головой.

— Что-нибудь еще?

— Ну да. Этот Дубай. Что ты о нем знаешь?

— Ах, Дубай. Так же мало, как и все остальные. О нем говорят, но полиция к нему не приблизилась. Это так типично: профессиональным заправилам всегда удается оставаться в тени.

Харри следил за тем, как меняется размер ее зрачков и цвет щек. Если Исабелла Скёйен лгала, то лгала хорошо.

— Я спрашиваю, потому что ты очистила улицы от всех наркодилеров, за исключением тех, кто работает на Дубая, и еще пары небольших банд.

— Не я, Харри. Я всего лишь секретарь члена городского совета, исполняющий его предписания и проводящий в жизнь политику совета. А тем, что ты называешь уборкой улиц, занималась, строго говоря, полиция.

— Ммм. Норвегия — это маленькая сказочная страна. Но я провел последние годы в реальном мире, Скёйен. А реальным миром управляют два типа людей. Те, кто хочет власти, и те, кто хочет денег. Первому типу нужны памятники, второму типу —

удовольствия. А валюта, которой они пользуются, когда ведут переговоры о том, как получить то, что они хотят, называется коррупцией.

— У меня на сегодня еще запланированы дела, Холе. Куда ты клонишь?

— Туда, куда другим не хватило мужества или фантазии. Если достаточно долго живешь в каком-то городе, то видишь ситуацию как мозаику из хорошо известных тебе деталей. Но человек, вернувшийся в город и незнакомый с деталями, видит только общую картину. А картина эта такова, что ситуация в Осло благоприятна для двух сторон: для дилеров, имеющих монополию на рынке, и для политиков, получивших похвалу за очистку города.

— Ты утверждаешь, что я — коррупционер?

— А это так?

Он увидел, как глаза ее наполняются гневом. Без сомнения, неподдельным. Он задумался только над тем, праведным был этот гнев или же он попал в десятку. А потом она внезапно рассмеялась. Удивительно звонким девичьим смехом.

— Ты мне нравишься, Харри. — Она встала. — Я знаю мужчин: когда доходит до дела, они становятся размазнями. Но думаю, ты представляешь исключение.

— Ну что ж, — сказал Харри. — Тогда ты знаешь мою позицию.

— Реальность зовет, дорогой.

Харри обернулся и увидел, что объемистый зад Исабеллы Скёйен, покачиваясь, направляется к лошадям.

Он последовал за ней. Влез на Балдера. Засунул ноги в стремена. Поднял глаза и встретился взглядом с Исабеллой. На ее твердом, красиво вылепленном лице играла легкая вызывающая улыбка. Она сложила губы как для поцелуя. Смачно чмокнула губами и всадила пятки в бока Медузе. Исабелла мягко покачивала спиной, когда большое животное скакало вперед.

Балдер среагировал без предупреждения, но Харри сумел удержаться в седле.

У нее снова было преимущество, и из-под копыт Медузы в Харри полетели комья влажной земли. Потом взрослая скаковая лошадь снова прибавила темп, и прямо перед поворотом Харри увидел, как у нее вздыбился хвост. Он крепче вцепился в поводья, как учил дедушка, не натягивая их. Тропинка была такой узкой, что ветви хлестали Харри по лицу, но он сжался в седле, крепко прижав колени к бокам лошади. Он знал, что не сможет остановить мерина, поэтому сосредоточился на том, чтобы держать ноги в стременах, а голову как можно ниже. Где-то по краю его поля зрения мимо проносились желто-красные деревья. Он автоматически приподнялся в седле и перенес вес тела на колени и стремена. Под ним работали и напрягались мышцы. У него было чувство, что он сидит верхом на удаве. Но вот теперь, под аккомпанемент грохочущих по земле подков, они вошли в общий ритм. Чувство страха конкурировало с чувством упоения. Тропинка выпрямилась, и в пятидесяти метрах от себя Харри увидел Медузу и Исабеллу. На какой-то миг ему показалось, что картинка застыла, что они перестали скакать. Все казалось совершенно нереальным, как будто всадница воспарила над землей вместе с лошадью. А потом Медуза продолжила свой галоп. Прошла еще одна секунда, прежде чем Харри понял, что произошло.

И это была дорогая секунда.

Учась в Полицейской академии, Харри читал исследование о том, что в катастрофических ситуациях человеческий мозг пытается переработать огромные объемы информации за очень короткое время. Из-за этого некоторые полицейские теряют способность действовать, у других появляется ощущение, что время замедляет свой ход, что перед их мысленным взором проходит целая жизнь, и они успевают произвести на удивление много наблюдений и проанализировать ситуацию. Вроде того что Харри на Балдере на скорости почти семьдесят километров в час пролетел двадцать метров, и ему остается еще тридцать метров и полторы секунды до расселины, через которую только что перепрыгнула Медуза.

И что невозможно понять, насколько она широка.

И что Медуза — хорошо тренированная взрослая скаковая лошадь с опытным наездником, а Балдер моложе и меньше, и на спине у него сидит девяностокилограммовый новичок.

И что Балдер — стадное животное, а Исабелла Скёйен наверняка это знала.

И что останавливаться уже все равно поздно.

Харри перехватил руками поводья и всадил пятки в бока Балдера. Почувствовал, как тот разгоняется. И внезапно стало тихо. Топот прекратился. Они парили. Далеко внизу он увидел верхушку дерева и ручей. А потом его бросило вперед, и он ударился лбом о шею животного. Они упали.

Глава 23

Ты тоже был вором, папа? Потому что я все время знал, как стать миллионером. Мой девиз: воруй только тогда, когда это оправданно. Поэтому я

293

терпеливо ждал. И ждал. Ждал так долго, что, когда мне наконец-то выпал шанс, я подумал, что, черт возьми, заслуживаю этого.

План был столь же прост, сколь и гениален. Пока банда байкеров Одина будет встречаться со стариканом в «Макдоналдсе», мы с Олегом украдем часть героина со склада в Алнабру. Во-первых, в помещениях клуба никого не будет, потому что Один возьмет с собой все имеющиеся в его распоряжении мускулы. Во-вторых, Один никогда не узнает, что его ограбили, потому что в «Макдоналдсе» его заметут. Так что когда он будет сидеть на скамье подсудимых, ему придется благодарить нас с Олегом за то, что мы уменьшили количество килограммов, конфискованных легавыми во время рейда. Единственной проблемой были легавые и старикан. Если легавые почуют, что кто-то опередил их и украл кусок пирога, и если об этом прознает старикан, нам придется пуститься в бега. Проблему можно решить способом, которому меня научил старикан: рокировка, стратегический альянс. Я поехал прямо в Манглеруд, и на этот раз Трульс Бернтсен оказался дома.

Он скептически смотрел на меня, пока я объяснял ему ситуацию, но я не волновался. Потому что видел это в его глазах. Жадность. Еще один из тех, кто хочет получить доплату, кто думает, что деньги могут купить им лекарство от депрессии, одиночества и озлобленности. Что на свете не просто существует вещь под названием «справедливость», но что это еще и штучный товар. Я объяснил ему, что нам нужна его помощь, чтобы скрыть следы, которые будет искать полиция, и сжечь то, что все-таки будет найдено. Может быть, даже направить следствие по ложному следу, если понадобится. Глаза его сверкнули, когда я сказал, что мы хотим взять пять из двадцати килограммов той партии. По два мне и ему, один Олегу. Я сказал, что сосчитать он в состоянии сам: миллион двести умножить на два — два и четыре десятых на его долю.

— И кроме твоего Олега, ты больше никому об этом не рассказывал? — спросил он.

— Клянусь.

— У вас есть оружие?

— Одна «одесса» на двоих.

— Это что?

— Ширпотребная версия «стечкина».

— Ясно. Вполне возможно, что следователи не будут задумываться о количестве килограммов, если не найдут следов взлома, но ты, значит, опасаешься, что Один-то знает, сколько полиция должна конфисковать, и придет за тобой?

— Нет, — ответил я. — Мне наплевать на Одина. Я боюсь своего босса. Не знаю откуда, но он в курсе того, сколько героина в этой поставке, до грамма.

— Я хочу половину, — сказал он. — А вы с Борисом разделите остальное.

— С Олегом.

— Радуйся, что у меня такая плохая память. Но я могу и по-другому. Мне понадобится полдня, чтобы найти вас, и пять эре, чтобы убить. — Он растянул «р» в слове «эре».

Это Олег придумал, как нам закамуфлировать ограбление. План был настолько прост и очевиден, что удивляюсь, как я сам до него не додумался.

Мы заменим то, что возьмем, картофельной мукой. Полиция зафиксирует лишь количество килограммов конфискованного, а не чистоту наркотика, правильно?

Как я уже говорил, план был настолько же прост, насколько гениален.

В тот вечер, когда Один со стариканом праздновали день рождения в «Макдоналдсе» и обсуждали цену «скрипки» в Драммене и Лиллестрёме, Бернтсен, Олег и я стояли в темноте перед забором, окружающим байкерский клуб в Алнабру. Бернтсен принял руководство на себя. На нас были нейлоновые чулки вместо масок, черные куртки и перчатки. В рюкзаках у нас лежали пушки, дрель, отвертка, фомка и шесть упакованных килограммовых мешков с картофельной мукой. Мы с Олегом рассказали, где у «Лос Лобос» установлены камеры слежения; если перебраться через забор и пробежать к левой длинной стене здания, мы все время будем находиться вне поля зрения камер. Мы знали, что можем шуметь сколько влезет — плотное движение на трассе E6, проходящей прямо под нами, заглушит все, — поэтому Бернтсен всадил дрель в деревянную стену и начал работать. Олег стоял на стреме, а я напевал песенку «Been Caught Stealing»[1] с саундтрека к игре «GTA» Стейна, ее исполняла группа под названием «Зависимость Джейн», и я запомнил песенку, потому что мне понравилось название группы: на самом деле оно было круче песни. Мы с Олегом находились в знакомых местах и знали, что сориентироваться в помещении клуба несложно: оно состояло из одной большой гостиной. Но поскольку все окна предусмотрительно были наглухо закрыты деревянными ставнями, по плану

_____
[1] «Пойман на краже» (англ.).

мы должны были просверлить глазок, чтобы сначала удостовериться, что внутри пусто. На этом настаивал Бернтсен, он отказывался поверить в то, что Один оставил двадцать килограммов героина стоимостью в двадцать пять лимонов без охраны. Мы лучше знали Одина, но были вынуждены сдаться. Безопасность превыше всего.

— Вот так, — сказал Бернтсен, вынимая затихшую дрель.

Я приложил глаз к отверстию. Не увидел ни хрена. Либо кто-то погасил свет, либо же мы не просверлили стену насквозь. Я повернулся к Бернтсену — тот протирал дрель.

— Что это за изоляция такая? — спросил он, подняв палец вверх.

Эта фигня была похожа на яичный желток с какими-то волосками. Мы отошли на пару метров и просверлили новую дырку. Я заглянул в нее. И увидел старый добрый байкерский клуб. С той же самой старой кожаной мебелью, той же барной стойкой и той же фотографией Карен Макдугал, девушкой года, намывающей какой-то навороченный мотоцикл. Я так и не выяснил, что их возбуждало больше: девушка или машина.

— Путь чист, — сказал я.

Задняя дверь была разукрашена петлями и замками.

— Мне показалось, ты говорил, что на ней только один замок! — заметил Бернтсен.

— Так было раньше, — ответил я. — У Одина, как видно, развилась слабая форма паранойи.

По плану мы должны были высверлить и осторожно снять замок и привинтить его обратно, когда будем выходить, чтобы скрыть следы взлома. Это все еще было реально, но не за то время, на которое мы рассчитывали. Мы приступили.

Через двадцать минут Олег взглянул на часы и сказал, что нам стоит поторопиться. Мы не знали, когда точно начнется рейд, знали только, что это произойдет после задержаний, а задержания начнутся после семи, поскольку Один не станет рассиживаться в «Макдоналдсе», когда до него допрет, что старикан не приедет.

Мы потратили полчаса на то, чтобы вскрыть чертову дверь, в три раза дольше, чем собирались. Мы достали пушки, натянули на лица нейлоновые чулки и вошли. Первым был Бернтсен. Мы только успели войти внутрь, как он рухнул на колени и выставил пушку перед собой, держа ее двумя руками, как хренов спецназовец.

На стуле у западной стены сидел мужик. Один оставил Туту в качестве сторожевого пса. В руках у него был обрезанный дробовик. Но глаза у пса были закрыты, челюсть отвисла, голова прислонилась к стене. Ходили слухи, что Туту заикался, даже когда храпел, но сейчас он спал спокойно, как ребенок.

Бернтсен снова встал на ноги и осторожно прокрался к Туту, держа пистолет перед собой.

— Это все из-за первого отверстия, — прошептал Олег мне на ухо.

— Что? — спросил я.

А потом понял.

Я видел второе отверстие от дрели. И высчитал, в каком приблизительно месте должно было находиться первое.

— О черт, — прошептал я, хотя и понимал, что теперь уже нет надобности разговаривать шепотом.

Бернтсен подошел к Туту. Толкнул его. Туту боком повалился со стула на пол. Он лежал, уткнувшись лицом в бетон, и мы увидели правильной формы отверстие в его черепе.

— Да, он продрелен, — сказал Бернтсен и поковырял пальцем отверстие в стене.

— Вот черт, — прошептал я Олегу. — Какова была вероятность, что это произойдет, а?

Но он не ответил, он просто смотрел на труп с таким выражением лица, будто не знал, что ему сделать: блевануть или заплакать.

— Густо, — прошептал он. — Что мы наделали?

Не знаю, что со мной случилось, но я начал смеяться. Просто не мог сдержаться: преувеличенно крутая поза легавого, который целится, стоя на колене и отвесив челюсть, как экскаватор; отчаяние на лице Олега, сплющенном нейлоновым чулком, и открытый рот Туту, у которого, как выяснилось, все-таки были мозги. Я хохотал во весь голос. Пока не раздался хлопок и из глаз не полетели искры.

— Возьми себя в руки, если не хочешь получить еще раз, — сказал Бернтсен, растирая кисть руки.

— Спасибо, — поблагодарил я совершенно искренне. — Давайте искать наркоту.

— Сначала нам надо решить, что мы будем делать с Дрилло, — возразил Бернтсен.

— Слишком поздно, — ответил я. — Теперь они все равно поймут, что взлом был.

— Не поймут, если мы заберем Туту в машину и привинтим обратно замок, — тонким голосом на грани слез сказал Олег. — Если они поймут, что часть товара исчезла, они подумают, что это он украл его и сбежал.

Бернтсен посмотрел на Олега и кивнул.

— Быстро твой партнер соображает, Дусто. Давайте начнем.

— Сначала товар, — сказал я.

— Сначала Дрилло, — сказал Бернтсен.

— Товар, — повторил я.

— Дрилло.

— Я собирался стать миллионером сегодня вечером, пеликан хренов!

Бернтсен поднял руку:

— Дрилло.

— Заткнитесь! — вмешался Олег.

Мы уставились на него.

— Логика проста. Если Туту не окажется в нашем багажнике до приезда полиции, мы потеряем и наркоту, и свободу. Если Туту окажется в багажнике, но без наркоты, мы потеряем только деньги.

Бернтсен повернулся ко мне:

— Кажется, Борис согласен со мной, Дусто. Два против одного.

— Хорошо, — кивнул я. — Вы тащите труп, я ищу товар.

— Ответ неверный, — сказал Бернтсен. — Мы тащим труп, а ты подтираешь за нами грязь.

Он указал на раковину на стене у бара. Я наполнил ведро водой, а Олег с Бернтсеном взяли Туту за ноги и поволокли к двери, оставляя за собой тонкую полоску крови. Под ободряющим взглядом Карен Макдугал я оттер от мозгов и крови стену, а потом и пол. Только я закончил и хотел приступить к поискам товара, как услышал звук из открытой двери, выходящей на трассу Е6. Я пытался убедить себя, что этот звук движется в другом направлении. Что я просто воображаю, будто он постепенно становится громче. Полицейские сирены.

Я проверил шкафчик за баром, кабинет и сортир. Планировка дома была очень простой: ни чердака, ни подвала. Спрятать двадцать килограммов наркотиков было особо негде. И тут мой взгляд упал на ящик для инструментов. На навесной замок. Раньше этого здесь не было.

Олег что-то кричал от дверей.

— Дай мне фомку! — прокричал я в ответ.

— Нам надо уезжать! Они уже на нашей улице!

— Фомку!

— Пошли, Густо!

Я знал, что они здесь. Двадцать пять миллионов крон, прямо передо мной, внутри хренова деревянного ящика. Я начал бить по замку.

— Я стреляю, Густо!

Я повернулся к Олегу. Он целился в меня из чертовой русской пушки. Не то чтобы я думал, что он попадет с такого расстояния — нас разделяло метров десять, — но он навел на меня оружие.

— Если возьмут тебя, возьмут и нас! — прокричал он со слезами в голосе. — Пошли!

Я опять в остервенении набросился на замок. Сирены становились все громче и громче. Но с сиренами всегда так: они кажутся ближе, чем на самом деле.

Мне показалось, что у меня над головой кто-то ударил хлыстом по стене. Я снова посмотрел на дверь, и по спине у меня разлился холод. Это был Бернтсен. В руках у него был дымящийся полицейский пистолет.

— Следующий выстрел будет точно в цель, — спокойно произнес он.

301

Я ударил по ящику в последний раз. И убежал.

Мы едва успели перемахнуть через забор на улицу и снять с голов нейлоновые чулки, как в глаза нам ударил свет фар полицейских машин. Мы спокойно шли им навстречу.

Они промчались мимо нас и завернули к клубу.

Мы же продолжили путь к пригорку, где Бернтсен припарковал свою машину, сели в нее и спокойно уехали. Когда мы проезжали мимо клуба, я повернулся и посмотрел на Олега, сидевшего сзади. Синий свет скользнул по его лицу, красному от слез и от тесного чулка. Он казался совершенно опустошенным. Олег смотрел в темноту, как будто был готов к смерти.

Никто из нас не произнес ни слова, пока Бернтсен не заехал на автобусную остановку в Синсене.

— Ты обосрался, Дусто, — произнес он.

— Откуда мне было знать про замки, — сказал я.

— Это называется подготовкой, — ответил Бернтсен. — Рекогносцировка и все такое. Звучит знакомо? Мы наткнемся на открытую дверь с открученным замком.

Я понял, что под «мы» он имел в виду легавых. Странный человек.

— Я взял замок и петли, — всхлипнул Олег. — Будет похоже, что Туту сбежал, услышав сирены, и даже не успел запереть. А следы от шурупов могли ведь остаться от взлома, случившегося в течение последнего года, так ведь?

Бернтсен посмотрел на Олега в зеркало заднего вида.

— Учись у своего товарища, Дусто. Или лучше не надо. Осло не нужны умные воры.

— Ладно, — сказал я. — Но наверное, не так уж, блин, умно стоять в неположенном месте на автобусной остановке, когда у тебя в багажнике труп.

— Согласен, — ответил Бернтсен. — Вываливайтесь.

— А труп...

— О Дрилло я позабочусь.

— Куда...

— Вам какое дело? Пошли вон!

Мы вылезли из «сааба» Бернтсена, и он умчался.

— Теперь нам надо держаться подальше от этого парня, — сказал я.

— Почему?

— Он убил человека, Олег. Он должен устранить все физические доказательства. Сначала он найдет место и спрячет труп. Но после этого...

— Ему придется устранить свидетелей.

Я кивнул. Чувствовал себя хреново. Но пытался мыслить оптимистично:

— Вроде бы у него есть неплохая нычка, где он спрячет Туту, да?

— Я собирался потратить эти деньги на то, чтобы переехать в Берген вместе с Иреной, — сказал Олег.

Я посмотрел на него.

— Я поступил на юридический факультет Бергенского университета. Ирена сейчас в Тронхейме вместе со Стейном. Я хотел поехать туда и уговорить ее.

Мы сели на автобус, идущий до города. Я больше не мог выносить опустошенный взгляд Олега, его надо было чем-то наполнить.

— Пошли, — сказал я.

Готовя для него шприц в репетиционном зале, я заметил, как нетерпеливо он на меня поглядывает, будто хочет вмешаться, будто считает меня неумелым. А когда он закатал рукав, чтобы принять дозу, я понял почему. У парня вся рука была разукрашена следами от уколов.

— Только до тех пор, пока не вернется Ирена, — сказал он.

— А у тебя есть своя нычка? — спросил я.

Он покачал головой:

— Ее украли.

В тот вечер я научил его делать грамотные нычки.

Трульс Бернтсен прождал в здании паркинга больше часа, и наконец на последнее свободное место, забронированное за адвокатской конторой «Бах и Симонсен», въехал автомобиль. Трульс решил, что правильно выбрал место: за тот час, что он провел в этой части парковки, мимо него проехало всего две машины, к тому же здесь не было камер слежения. Он удостоверился, что регистрационный номер автомобиля совпадает с тем, что он нашел в компьютерной системе AUTOSYS. Ханс Кристиан Симонсен по утрам спал долго. А может, и не спал, может, был с какой-нибудь дамой. У мужчины, вышедшего из машины, была светлая мальчишеская челка, какие носили мерзавцы из западной части города в детстве Трульса.

Трульс Бернтсен надел очки, сунул руку в карман и нащупал рукоятку пистолета, австрийского полуавтоматического «штейра». Он не взял с собой обычный полицейский служебный револьвер, чтобы у адвоката не появилось никаких ненужных ниточек. Он шел быстро, стараясь успеть отрезать путь Симонсену, стоявшему между машинами. Угроза производит наибольший эффект, если появляется быстро и агрессивно. Если не дать жертве времени мобилизовать другие мысли, кроме страха за собственную жизнь, то она сразу выдаст тебе то, что ты хочешь.

Казалось, в его крови бурлит газированный напиток: в ушах, в паху и в горле шумело и стучало. Он мысленно представил все, что должно произойти. Пистолет в лицо Симонсену, так близко, что тот не запомнит ничего, кроме дула. «Где Олег Фёуке? Отвечай быстро и четко, или я тебя убью». Ответ. Потом: «Если ты кого-нибудь предупредишь или расскажешь, что у нас вообще был этот разговор, мы вернемся и убьем тебя. Понял?» Да. Или просто кивание в полном оцепенении. Может, непроизвольное мочеиспускание. При этой мысли Трульс улыбнулся. Прибавил шагу. Шум достиг живота.

— Симонсен!

Адвокат поднял на него глаза. И лицо его просветлело:

— А, привет! Бернтсен, Трульс Бернтсен, верно?

Правая рука Бернтсена застыла в кармане пальто. Должно быть, на лице у него было написано такое изумление, что Симонсен сердечно рассмеялся:

— У меня хорошая память на лица, Бернтсен. Вы с шефом, Микаэлем Бельманом, расследовали дело о растрате в музее Хейдера. А я был на стороне защиты. Боюсь, вы выиграли дело.

Симонсен снова засмеялся. Веселым, доверчивым смехом жителей западных районов. Смехом людей, которые выросли в доброжелательной атмосфере в месте, где все живут в таком достатке, что спокойно могут пожелать того же другим. Трульс ненавидел всех Симонсенов этого мира.

— Могу я вам чем-то помочь, Бернтсен?

— Я…

Трульс Бернтсен искал ответ. Но как раз это не было его сильной стороной — придумывать, что делать, столкнувшись лицом к лицу с... с чем? С людьми, которые думали быстрее, чем он? Тогда, в Алнабру, все шло нормально, с ним были только двое мальчишек, и он мог взять командование на себя. Но у Симонсена имелся костюм, образование, другая речь, превосходство, он... Черт!

— Я просто хотел поздороваться.

— Поздороваться? — сказал Симонсен, и вопрос этот отразился у него на лице.

— Поздороваться, — ответил Бернтсен, выдавив из себя улыбку. — Сожалею по поводу этого дела. Вы обойдете нас в следующий раз.

И он быстрыми шагами направился к выходу, чувствуя у себя на спине пристальный взгляд Симонсена. Убирать дерьмо, жрать говно. Да пошли они все!

«Попробуй поговорить с адвокатом, а если ничего не выйдет, то есть парень по имени Крис Редди, которого все называют Адидас».

Торговец спидом. Трульс надеялся, что у него найдется предлог для задержания.

Харри плыл к свету, к поверхности. Свет становился все ярче и ярче. И вот он вырвался наружу. Открыл глаза. И увидел небо. Он лежал на спине. Что-то еще попадало в поле его зрения. Голова лошади. И еще одна.

Он прикрыл глаза рукой. На другой лошади кто-то сидел, но этого человека нельзя было разглядеть в ярких солнечных лучах.

Откуда-то издалека донесся голос:

— Мне казалось, ты говорил, что уже ездил верхом, Харри.

Харри застонал и поднялся на ноги, пытаясь вспомнить, что произошло. Балдер пролетел над расселиной, коснулся передними ногами земли на другой ее стороне, и Харри кинуло вперед. Он ударился о шею Балдера, ноги его вылетели из стремян, и он сполз на одну сторону, не выпуская поводьев из рук. Харри смутно помнил, что тянул Балдера за собой, но в последний момент оттолкнул, чтобы конь весом в полтонны не оказался на нем.

Спина болела, но в остальном он был более или менее цел.

— Дедушкина коняга не скакала через ущелья, — сказал Харри.

— Ущелья? — засмеялась Исабелла Скёйен, протягивая ему поводья Балдера. — Это маленькая расселина шириной пять метров. Я могу прыгнуть дальше без лошади. Не знала, что ты робкого десятка, Харри. Ну что, кто первый до дома?

— Балдер, — произнес Харри и похлопал коня по морде, наблюдая за тем, как Исабелла Скёйен и Медуза удаляются от них по равнине, — тебе знаком аллюр под названием «неспешная прогулка»?

Харри остановился на бензоколонке у трассы Е6 и купил кофе. Он уселся в машину и посмотрел в зеркало заднего вида. Исабелла дала ему пластырь, чтобы заклеить царапину на лбу, пригласила пойти с ней на премьеру «Дона Жуана» в Оперу («...невозможно найти партнера, который был бы мне выше подбородка, если я надену каблуки, а это так некрасиво выглядит в газетах...») и крепко обняла на прощание. Харри достал телефон и перезвонил по номеру, высветившемуся в неотвеченных звонках.

— Где ты был? — поинтересовалась Беата.

— В деревне, — ответил Харри.

— Короче говоря, на месте преступления в Гардермуэне нашли не много. Мои люди вылизали его. Ничего. Единственное, что мы выяснили: гвозди совершенно обычные, стальные, только с увеличенными шестнадцатимиллиметровыми алюминиевыми шляпками, а кирпич наверняка взят из стены обычного дома постройки конца девятнадцатого века.

— Вот как?

— В строительном растворе мы обнаружили свиную кровь и свиную щетину. В Осло был один известный каменщик, который использовал такой состав. Многие постройки в центре возведены с помощью этого раствора. Кирпич могли взять где угодно.

— Ммм.

— В общем, это тоже не след.

— Тоже?

— Да. Насчет того визита, о котором ты упоминал. Должно быть, он ходил не в Полицейское управление, потому что там никакого Турда Шульца не зарегистрировано. На бедже написано только «Полицейский округ Осло». Такими пользуются в нескольких подразделениях.

— Хорошо, спасибо.

Харри пошарил по карманам и нашел то, что искал. Бедж Турда Шульца. И свой собственный, полученный во время визита к Хагену из убойного отдела в первый день в Осло. Он положил их рядом на торпеду. Изучил. Сделал вывод и убрал обратно в карман. Потом повернул ключ зажигания, втянул носом воздух, определил, что по-прежнему пахнет лошадью, и решил навестить старого соперника в Хёйенхалле.

Глава 24

Около пяти часов начался дождь, и когда в шесть Харри позвонил в дверь большой виллы, в Хёйенхалле было темно, как в ночь перед Рождеством. Дом, судя по всем признакам, был возведен совсем недавно: рядом с гаражом лежали остатки стройматериалов, а под лестницей виднелись ведерко с краской и изоляционный материал.

Харри увидел, как за волнистыми стеклами движется человек, и почувствовал, что волосы у него на затылке встали дыбом.

Потом дверь распахнулась, быстро, резко, — так открывает человек, которому нечего бояться. И тем не менее, увидев Харри, он остолбенел.

— Привет, Бельман, — сказал Харри.

— Харри Холе. Ну надо же.

— Что «надо же»?

Бельман хохотнул.

— Надо же, какая неожиданность — увидеть тебя у моих дверей. Откуда ты узнал, где я живу?

— Обезьянку знают все. В большинстве стран мира у дверей начальника отдела по борьбе с организованной преступностью стоит телохранитель, тебе об этом известно? Я не вовремя?

— Совсем нет, — произнес Бельман, почесывая подбородок. — Я просто раздумываю, приглашать тебя внутрь или не стоит.

— Ну, — ответил Харри, — здесь мокро. И я пришел с миром.

— Ты не знаешь, что означает это слово, — сказал Бельман, распахивая дверь. — Вытирай ноги.

Микаэль Бельман провел Харри по коридору мимо штабеля картонных коробок, мимо не обставленной еще кухни в гостиную. Харри сделал вывод, что это очень хороший дом. Не дом класса люкс, какие он видел кое-где в западных районах, а солидный дом, в котором достаточно места для семьи. С потрясающим видом на район Квернердумпа, Центральный вокзал и центр Осло. Харри высказался по этому поводу.

— Площадка стоила чуть ли не дороже дома, — ответил Бельман. — Извини за беспорядок, мы только что въехали. На следующей неделе справляем новоселье.

— И ты забыл пригласить меня? — попенял Харри, снимая мокрый пиджак.

Бельман улыбнулся:

— Приглашаю тебя на стаканчик прямо сейчас. Что...

— Я не пью, — улыбнулся Харри в ответ.

— О черт, — произнес Бельман без тени раскаяния. — Память коротка. Поищи здесь стул, а я пойду посмотрю, удастся ли отыскать кофеварку и пару чашек.

Через десять минут они сидели у окна с видом на террасу и Осло. Харри перешел прямо к делу. Микаэль Бельман слушал, не перебивая даже тогда, когда отдельные моменты рассказа вызывали у него явное недоверие. Когда Харри закончил, Бельман подвел итог:

— Ты считаешь, что этот летчик, Турд Шульц, пытался вывезти из страны «скрипку». Его взяли, но отпустили, потому что сжигатель с полицейским удостоверением заменил «скрипку» на картофельную муку. И после этого Шульца казнили в собственном доме, так как его наниматель выяснил, что Турд побывал в полиции, и испугался, что он расскажет то, что ему известно.

— Ммм.

— А вывод о том, что он побывал в полиции, ты делаешь на основании беджа с надписью «полиция»?

— Я сравнил его со своим беджем, который мне дали, когда я ходил к Хагену. На обоих нечетко пропечатана поперечная перекладина буквы П. Наверняка их распечатывали на одном и том же принтере.

— Я не стану спрашивать, как к тебе попал бедж Шульца, но почему ты не думаешь, что речь идет о простом визите в полицию? Может быть, он хотел дать разъяснения по поводу картофельной муки, попытаться убедить нас.

— Потому что его имя стерли из регистра посетителей. Этот визит хотели сохранить в тайне.

Микаэль Бельман вздохнул.

— Я всегда так считал, Харри. Нам надо было работать вместе, а не друг против друга. Тебе бы понравилось в Крипосе.

— О чем ты?

— Прежде чем объясню, я должен попросить тебя об одном одолжении: не болтать о том, что я тебе сегодня расскажу.

— Хорошо.

— Из-за этого дела я уже оказался в сложной ситуации. Это ко мне приходил Шульц. И он хотел рассказать то, что знал. Он подтвердил, например, то, о чем я давно догадывался: среди нас есть сжигатель. Я думаю, он работает в управлении и имеет доступ к делам Оргкрима. Я попросил Шульца подождать дома, пока я не переговорю с руководством. Мне нужно было действовать очень осторожно, чтобы не спугнуть сжигателя. Но осмотрительность зачастую приводит к тому, что дела движутся медленно. Я поговорил с уходящим в отставку начальником полиции, но он предоставил мне право решать, что делать.

— Почему это?

— Как я уже сказал, он уходит в отставку. Он не хотел получить дерьмовое дело о коррумпированном полицейском в качестве прощального подарка.

— И он решил попридержать это дело внизу системы до окончания своей работы?

Бельман уставился в кофейную чашку:

— Вполне вероятно, что новым начальником полиции стану я, Харри.

— Ты?

— И он, наверное, подумал, что я сразу смогу начать с дерьмового дельца. Проблема в том, что я никак не мог собраться с мыслями и нажать на спусковой крючок. Я прикидывал и так и этак. Не лучше ли заставить Шульца разоблачить сжигателя как можно скорее? Но тогда все остальные разбежались бы и попрятались по углам. И я подумал: что, если дать Шульцу скрытый микрофон, чтобы он вывел нас на тех, кого мы хотим взять в первую очередь? Кто знает, возможно, нам удалось бы заполучить большого серого кардинала Осло.

— Дубая.

Бельман кивнул:

— Проблема была в том, что я не знал, кому в управлении могу доверять, а кому нет. Я закончил собирать небольшую группу, проверил всех вдоль и поперек, и тут вдруг поступило анонимное сообщение...

— Турд Шульц был найден убитым, — закончил Харри.

Бельман бросил на него пронизывающий взгляд.

— А теперь у тебя проблема, — сказал Харри. — Если выяснится, что ты промедлил, это может помешать твоему назначению.

— Может, — ответил Бельман. — Но не это беспокоит меня больше всего. Проблема в том, что ничто из рассказанного Шульцем не годится для использования. У нас ничего нет. Этот предполагаемый полицейский, который навестил Шульца в камере и мог подменить наркотики...

— Да?

— Он представился полицейским. Инспектор полиции из аэропорта помнит, что его звали Томас-как-то-там. В управлении пять Томасов. Кстати, никто из них не работает в Оргкриме. Я послал ему фотографии наших Томасов, но он никого из них не опознал. Так что мы знаем, что этот сжигатель даже не работает в полиции.

— Ммм. А просто пользуется фальшивым полицейским удостоверением. Или, что еще более вероятно, он такой же, как я, бывший полицейский.

— Почему?

Харри пожал плечами:

— Чтобы обмануть полицейского, самому надо быть полицейским.

Входная дверь открылась.

— Любимая! — прокричал Бельман. — Мы здесь, внутри.

Дверь в гостиную открылась, и показалось милое загорелое лицо женщины лет тридцати. Ее светлые волосы были убраны в хвост на затылке, и Харри вспомнилась бывшая жена Тайгера Вудса.

— Я высадила детей у мамы. Ты идешь, сладкий мой?

Бельман кашлянул:

— У нас гости.

Она склонила голову:

— Я вижу, сладкий.

Бельман посмотрел на Харри с удрученным выражением на лице, словно говоря: «Что я могу поделать?»

— Привет, — сказала жена Бельмана и дразняще поглядела на Харри. — Мы с папой привезли новую партию груза на прицепе. Хочешь...

— У меня болит спина, и внезапно очень захотелось домой, — пробормотал Харри, опустошил чашку и поднялся.

— Еще одно, — сказал он, когда они с Бельманом стояли на продувном ветру. — Этот визит в Онкологический центр, о котором я рассказывал...

— Да?

— Там был один парень, такой кривой сдвинутый ученый. Мартин Пран. Просто интуиция, но не мог бы ты проверить его для меня?

— Для тебя?

— Прости, старая привычка. Для полиции. Для страны. Для человечества.

— Интуиция?

— В этом деле мне в основном приходится довольствоваться ею. Если бы ты намекнул мне, до чего вы докопаетесь...

— Я подумаю над этим.

— Спасибо, Микаэль.

Харри почувствовал, как странно ему называть Бельмана по имени. Попытался вспомнить, приходилось ли ему делать это раньше. Хозяин открыл двери в дождь, и на них нахлынул холодный воздух.

— Мне жаль, что так случилось с мальчиком, — сказал Бельман.

— С которым из них?

— С обоими.

— Ммм.

314

— А знаешь, я ведь однажды встречался с Густо Ханссеном. Он приходил сюда.

— Сюда?

— Да. Удивительно красивый парень. Такой... — Бельман пытался подобрать слово, но сдался. — Ты в детстве был влюблен в Элвиса? Man crush[1], как говорят в Америке.

— Вот как, — сказал Харри, доставая пачку сигарет. — Нет.

Он готов был поспорить, что белые пигментные пятна на лице Микаэля Бельмана озарились пламенем.

— У парня был такой тип лица. И харизма.

— Что ему было здесь надо?

— Поговорить с одним из полицейских. Ко мне на субботник приходили коллеги. Когда живешь на зарплату полицейского, бо́льшую часть работы приходится делать самому, знаешь ли.

— С кем он говорил?

— С кем? — Бельман посмотрел на Харри. То есть взгляд его был направлен на Харри, но вглядывался он во что-то очень далекое, как будто только что замеченное. — Я не помню. Эти наркоты постоянно что-то свистят на уши полицейским, чтобы заработать тысчонку на укол. Всего доброго, Харри.

Когда Харри шел по Квадратуре, было уже темно. Жилой автофургон остановился чуть дальше по улице рядом с чернокожими проститутками. Двери его открылись, и три парня, вряд ли намного старше двадцати, выпрыгнули наружу. Один снимал на камеру, как второй разговаривает с женщиной. Та помо-

---

[1] Поклонение (англ.).

тала головой. Наверное, не хотела участвовать в груповухе, которую потом выложат в «ЮПорн». Там, откуда она приехала, тоже есть Интернет. И семья, и родственники. Может быть, они думают, что деньги, которые она им посылает, она зарабатывает официанткой. А может, и не думают, но не задают лишних вопросов. Когда Харри подошел ближе, один из парней плюнул на асфальт прямо перед женщиной и сказал пронзительным пьяным голосом:

— Cheap nigger ass[1].

Харри поймал усталый взгляд темнокожей путаны. Они обменялись кивками, словно увидели друг в друге что-то знакомое. Два других парня заметили Харри и выпрямились. Крупные откормленные юнцы. Щечки-яблочки, бицепсы, накачанные в фитнес-клубах, возможно, год занятий кикбоксингом или карате.

— Здравствуйте, люди добрые, — улыбнулся Харри, не снижая скорости.

Он прошел мимо и услышал, как захлопнулась дверь фургона и заревел мотор.

Из дверей бара доносилась та же мелодия, что и всегда. «Заходи таким, какой ты есть». Приглашение.

Харри снизил скорость. На мгновение.

Потом снова прибавил, прошел мимо, не глядя ни направо, ни налево.

На следующее утро Харри проснулся от звонка мобильника. Он сел в кровати, сощурился от света, бьющего в окна без занавесок, протянул руку к пиджаку, висящему на стуле, порылся в карманах и нашел телефон.

---

[1] Дешевая негритянская задница (англ.).

— Говорите.

— Это Ракель. — Она задыхалась от возбуждения. — Они выпустили Олега. Он свободен, Харри!

Глава 25

Харри стоял в лучах утреннего солнца в гостиничном номере без занавесок на окне. Если не считать телефона, прикрывавшего его правое ухо, он был голым. В окне напротив через двор сидела женщина и смотрела на него сонными глазами, свесив голову набок и медленно пережевывая бутерброд.

— Ханс Кристиан узнал это четверть часа назад, когда пришел на работу, — вещала Ракель в телефоне. — Другой человек сознался в убийстве Густо. Ну разве это не замечательно, Харри?

«Да, — подумал Харри. — Это замечательно. Звучит как „в это невозможно поверить"».

— А кто сознался?

— Некий Крис Редди, он же Адидас. Из наркоманской среды. Он застрелил Густо, потому что задолжал ему денег за амфетамин.

— Где сейчас Олег?

— Мы не знаем. Мы вообще только что обо всем узнали.

— Подумай, Ракель! Где он может быть? — Голос Харри прозвучал суровее, чем ему хотелось бы.

— Что... что происходит?

— Признание, вот что происходит, Ракель.

— А что с ним не так?

— Ты что, не понимаешь? Признание сфабриковано!

317

— Нет-нет. Ханс Кристиан говорит, что оно очень детальное и достоверное. Они ведь поэтому уже выпустили Олега.

— Этот Адидас утверждает, что застрелил Густо, потому что задолжал ему. То есть он хладнокровный циничный убийца. Но затем у него начинаются угрызения совести и он просто сознается в содеянном?

— Но когда он увидел, что могут осудить невинного человека...

— Забудь! В голове у отчаявшегося наркомана только одно — наркотик. В ней нет места угрызениям совести, поверь мне. Этот Адидас — наркоман, у которого нет денег, который за приличное вознаграждение с радостью сознается в убийстве и откажется от своих показаний, как только главный подозреваемый выйдет на свободу. Ты разве не видишь, какой сценарий здесь разворачивается? Когда кошка понимает, что не может подобраться к птичке в клетке...

— Прекрати! — закричала Ракель, захлебываясь слезами.

Но Харри не прекратил:

— ...ей приходится освободить птичку из клетки.

Он слышал, как она рыдает. Знал, что произнес вслух то, о чем она отчасти сама догадывалась, но не находила в себе сил додумать до конца.

— Ты не мог бы меня успокоить, Харри?

Он не ответил.

— Я больше не буду бояться, — прошептала она.

Харри сделал вдох.

— Мы справлялись с таким раньше, справимся и сейчас, Ракель.

Он положил трубку. И вновь пришел к заключению, что стал прекрасным лжецом.

Женщина в окне на другой стороне двора лениво помахала ему тремя пальцами.

Харри провел по лицу рукой.

Теперь вопрос только в том, кто первым найдет Олега: он или они.

Думать.

Олега освободили вчера во второй половине дня где-то в Восточной Норвегии. Он наркоман, которому нужна «скрипка». Он отправится прямиком в Осло, на Плату, если только у него нет нычки. Он не может пойти на улицу Хаусманна: место преступления по-прежнему опечатано. Так где же ему переночевать, не имея ни денег, ни друзей? На улице Уртегата? Нет, Олег бы понял, что там его увидят и поползут слухи.

Олег мог быть только в одном месте.

Харри посмотрел на часы. Ему надо было попасть туда до того, как птичка улетит.

На стадионе «Валле Ховин» было так же безлюдно, как и в прошлый раз. Поворачивая за угол к раздевалкам, Харри сразу заметил, что одно из окон, выходящих на улицу, разбито. Он заглянул в него. Осколки стекла лежали внутри. Харри быстро пошел к двери и отпер ее имевшимся у него ключом. Открыл дверь раздевалки и вошел внутрь.

Ему показалось, что в него врезался товарняк.

Харри ловил ртом воздух, лежа на полу и борясь с тем, что на него навалилось. Это что-то было мокрым, вонючим и полным отчаяния. Харри крутился, пытаясь освободиться от захвата. Подавив рефлекторное желание ударить, он вместо этого схватил противника за руку, за ладонь, и заломил ее. Он встал на колени, выкручивая руку противника так, чтобы тот оказался прижат лицом к полу.

— Ой! Черт! Отпусти!

— Олег, это я, Харри!

Он отпустил руку, помог Олегу подняться и усадил его на скамейку.

Мальчик выглядел жалко. Бледный. Худой. С выпученными глазами. И пах он неопределенной смесью запахов зубного врача и экскрементов. Но он был чист.

— Я думал... — произнес Олег.

— Ты думал, что это они.

Олег уткнулся лицом в ладони.

— Пошли, — сказал Харри. — Мы уходим.

Они уселись на трибуне. Их окутывал бледный свет дня, отраженный от растрескавшейся бетонной поверхности стадиона. Харри вспоминал, сколько раз сидел здесь и смотрел, как бегает Олег, слушал звон полозьев коньков перед тем, как они врезались в лед, разглядывал отражение света прожекторов от поверхности льда, цвет которого варьировался от аквамаринового до молочно-белого.

Они сидели, прижавшись друг к другу, как будто на трибуне было тесно.

Какое-то время Харри слушал дыхание Олега, а потом начал говорить:

— Кто они, Олег? Ты должен доверять мне. Если я смог найти тебя, смогут и они.

— А как ты меня нашел?

— Это называется дедукцией.

— Я знаю, что это такое. Исключить невозможное и посмотреть, что осталось.

— Когда ты пришел сюда?

Олег пожал плечами:

— Вчера вечером, часов в девять.

— А почему ты не позвонил маме, когда тебя выпустили? Ты же знаешь, тебе смертельно опасно находиться сейчас на улице.

— Она бы просто увезла меня куда-нибудь и спрятала. Она или этот Нильс Кристиан.

— Ханс Кристиан. Они найдут тебя, ты же знаешь.

Олег посмотрел на свои руки.

— Я подумал, что ты приедешь в Осло раздобыть себе дозу, — сказал Харри, — но ты чист.

— Я уже больше недели чист.

— Почему?

Олег не ответил.

— Дело в ней? В Ирене?

Олег уставился вниз, на бетон, как будто тоже мог увидеть там себя. Услышать высокий звук толчка. Он медленно кивнул:

— Я единственный, кто пытается разыскать ее. У нее есть только я.

Харри ничего не сказал.

— Та шкатулка с драгоценностями, что я украл у мамы...

— Да?

— Я продал ее, чтобы купить наркоту. Только колечко оставил, которое ты ей купил.

— А его почему не продал?

Олег улыбнулся:

— Во-первых, оно не слишком дорогое.

— Что? — Харри изобразил ужас на лице. — Неужели меня обманули?

Олег засмеялся:

— Золотистое колечко с черной зазубринкой?

321

Это покрытая патиной медь. С добавлением свинца для большего веса.

— Почему ты тогда просто не оставил эту бижутерию дома?

— Мама больше не носила его. И я хотел подарить его Ирене.

— Медь, свинец и золотая краска.

Олег пожал плечами:

— Мне это казалось правильным. Я помню, как радовалась мама, когда ты надел кольцо ей на палец.

— Что еще ты помнишь?

— Воскресенье. Площадь Весткантторге. Солнце не в зените, и мы утопаем в сухой осенней листве. Вы с мамой улыбаетесь и над чем-то смеетесь. А мне хочется взять тебя за руку. Но я уже не маленький мальчик. Ты купил колечко в лавке, где распродавали вещи умершего человека.

— И ты все это помнишь?

— Да. И я подумал, что если Ирена обрадуется хотя бы вполовину того, как радовалась мама...

— Она обрадовалась?

Олег посмотрел на Харри. Моргнул.

— Не помню. Мы были под кайфом, когда я ей его подарил.

Харри сглотнул.

— Она у него, — сказал Олег.

— У кого?

— У Дубая. Ирена у него. Он держит ее в заложниках, чтобы я не начал говорить.

Харри посмотрел на уныло склоненную голову Олега.

— Поэтому я ничего не сказал.

— Они что, угрожали расправиться с Иреной, если ты начнешь говорить?

— Этого не требуется. Они знают, что я не дурак. К тому же им надо и ей заткнуть рот. Она у них, Харри.

Харри поерзал на каменной скамейке. Вспомнил, что именно так они обычно сидели перед важными соревнованиями. Склонив головы, в молчании, вместе концентрируясь. Олег не хотел слушать советов. А у Харри их и не было. Но Олегу нравилось, когда они просто сидели вот так.

Харри кашлянул. Этот забег не для Олега.

— Если ты хочешь, чтобы у нас появился шанс спасти Ирену, ты должен помочь мне найти Дубая.

Олег посмотрел на Харри. Засунул руки под себя и пошевелил ногами. Как обычно. Потом он кивнул.

— Начни с убийства, — сказал Харри. — Не торопись.

Олег на несколько секунд закрыл глаза. Потом открыл.

— Я был под кайфом, только что всадил себе дозу «скрипки» на берегу реки, прямо за нашим домом на улице Хаусманна. Так было безопаснее, ведь когда я кололся в квартире, случалось, другие приходили в такое отчаяние, что набрасывались на меня, чтобы отобрать дозу, понимаешь?

Харри кивнул.

— Первое, что я заметил, поднявшись по лестнице, — это взломанная дверь в офисе напротив. В очередной раз. Больше я над этим не задумывался. Я прошел в нашу гостиную, там был Густо. Перед ним стоял мужик в лыжной маске. Он целился в Густо из пистолета. И я не знаю, то ли наркотик мне сказал, то ли что-то другое во мне, но я понял, что это не ограбление и что Густо сейчас убьют. Я отреагировал инстинктивно. Бросился на руку, держащую пистолет. Но слишком поздно, он успел выстрелить. Я упал на пол, а когда снова открыл глаза, то увидел, что лежу рядом с Густо, а в лоб мне упирается ствол пистолета. Мужик не сказал ни слова, и я был уверен, что сейчас умру.

Олег замолчал и сделал глубокий вдох.

— Но он, похоже, никак не мог принять решение. Потом мужик провел рукой по горлу.

Харри кивнул. «Молчи или умрешь».

— Он повторил движение, и я кивнул, подтверждая, что понял. И мужик ушел. Густо истекал кровью, как свинья, и я понял, что ему срочно требуется медицинская помощь. Но я не мог заставить себя пойти за ней, я был уверен, что мужик с пистолетом стоит прямо за дверью, потому что я не слышал, как он спускается по лестнице. Я думал, что если он меня увидит, то может передумать и застрелить.

Ноги Олега ходили ходуном.

— Я пытался прощупать пульс Густо, пытался поговорить с ним, сказал, что пойду за помощью. Но он не отвечал. А потом я перестал чувствовать его пульс. И не смог больше там находиться. Я ушел.

Олег выпрямился, как будто у него заболела спина, сложил руки в замок и заложил их на голову. Он продолжил менее внятным голосом:

— Я был под кайфом и не мог мыслить ясно. Я спустился к реке. Хотел поплыть. Вдруг мне бы повезло и я бы утонул. Потом я услышал сирены. И вот они пришли... Единственное, о чем я мог тогда думать, — это пальцы мужика и рука, чиркающая по горлу. И о том, что мне надо молчать. Потому что я знаю этих людей, я слышал, как они это делают.

— И как же они это делают?

— Они бьют по самому уязвимому месту. Сначала я боялся за маму.

— Но взять Ирену было проще, — сказал Харри. — Никто бы не забеспокоился, если бы уличная девчонка пропала на какое-то время.

Олег посмотрел на Харри. Сглотнул.

— Так ты мне веришь?

Харри пожал плечами:

— Меня легко обмануть, когда речь идет о тебе, Олег. Так обычно бывает, если ты... когда ты... ну ты понимаешь.

Глаза Олега наполнились слезами.

— Но... но это же совершенно невероятно. Все доказательства...

— Все встает на свои места, — сказал Харри. — Следы пороха на руках у тебя оттого, что ты бросился на пистолет. Его кровь — оттого, что ты щупал его пульс. Тогда же ты оставил на нем свои следы. Никто не видел, чтобы после выстрела из квартиры выходил кто-то еще, помимо тебя, потому что убийца вошел в офис, вылез в окно и спустился по пожарной лестнице со стороны реки. Поэтому ты и не слышал его шагов на лестнице.

Взгляд Олега зацепился за что-то на груди Харри.

— Но почему Густо убили? И кто?

— Этого я не знаю. Но думаю, его убил кто-то из тех, с кем ты знаком.

— Я?

— Да. Именно поэтому он общался с тобой жестами, а не словами. Чтобы ты не узнал его голос. А лыжная маска свидетельствует о том, что он боялся, как бы его не узнал кто-нибудь из вашей среды. Вполне вероятно, это человек, которого большинство из проживающих в квартире видели раньше.

— Но почему он пощадил меня?

— Этого я тоже не знаю.

— Я не понимаю. Позже они пытались убить меня в тюрьме. Несмотря на то, что я не сказал ни слова.

— Наверное, убийце не дали подробных инструкций, что делать с возможными свидетелями. Он сомневался. С одной стороны, ты мог опознать его по фигуре, языку тела, походке, особенно если ты видел его раньше. С другой стороны, ты был под таким кайфом, что почти ничего не запомнил бы.

— Наркотики спасают жизнь? — спросил Олег, осторожно улыбаясь.

— Да. Но его шеф, видимо, не согласился с такими рассуждениями, когда слушал доклад. Однако было слишком поздно. Поэтому, чтобы быть уверенными в том, что ты не заговоришь, они похитили Ирену.

— Они знали, что, пока Ирена у них, я буду молчать, так зачем же меня убивать?

— Появился я, — сказал Харри.

— Ты?

— Да. Им было известно, что я в Осло, с того момента, как мой самолет совершил посадку. Они знали, что я тот, кто может заставить тебя говорить, что Ирены недостаточно. Поэтому Дубай отдал приказ заставить тебя замолчать в тюрьме.

Олег медленно кивал.

— Расскажи мне о Дубае, — попросил Харри.

— Я никогда с ним не встречался. Но кажется, однажды был в том месте, где он живет.

— И где это?

— Не знаю. Нас с Густо взяли его помощники и отвезли в какой-то дом, но у меня на глазах была повязка.

— Ты уверен, что это был дом Дубая?

— Я так понял со слов Густо. И там пахло жильем. По звукам казалось, что это дом с мебелью, коврами и шторами, если ты...

— Я понимаю, продолжай.

— Меня отвели в подвал и только там сняли с глаз повязку. На полу лежал мертвец. Они сказали, что так будет со всеми, кто попытается их обмануть. И чтобы мы внимательно на него посмотрели, а потом рассказали, что произошло в Алнабру. Почему, когда приехала полиция, дверь была не заперта. И почему исчез Туту.

— Алнабру?

— Я вернусь к этому.

— Этот мертвец, как его убили?

— Что ты имеешь в виду?

— У него были колотые раны на лице? Или его застрелили?

— Разве я не сказал? Я не понял, отчего он умер, пока Петр не ткнул его в живот. Тогда из уголков рта у него полилась вода.

Харри облизал губы.

— Ты знаешь, кто это был?

— Да. Агент, который болтался там, где мы тусовались. Мы называли его Кепариком из-за его головного убора.

— Ммм.

— Харри...

— Да?

Ноги Олега бешено стучали по бетону.

— Мне не многое известно о Дубае. Даже Густо не хотел о нем говорить. Но я знаю, что, если ты попытаешься его поймать, ты умрешь.

Часть III

Глава 26

Крыса нетерпеливо бегала по кухне. Человеческое сердце билось, но все слабее и слабее. Она снова остановилась у ботинка. Укусила кожу. Мягкую, но толстую и добротную кожу. Потом опять перебежала через человеческое тело. Одежда пахла сильнее, чем ботинки, — потом, едой и кровью. Человек — по запаху крыса учуяла, что это мужчина, — лежал в прежней позе, не шевелился и по-прежнему преграждал путь в нору. Она забралась на его живот. Знала, что это кратчайший путь. Слабые удары сердца. Теперь ждать ей оставалось совсем недолго.

Дело не в том, что человек должен перестать жить, папа. А в том, что для того, чтобы выбраться из дерьма, надо умереть. Нет чтобы найти способ получше, правда? Безболезненный исход в свет вместо приближающегося долбаного холодного мрака. Кто-то должен был догадаться добавить крошку опиата в пули «малакова», сделать то, что я сделал для вшивого пса Руфуса, дать мне билет в эйфорию в один конец, счастливого пути, черт возьми! Но все, что есть хорошего в этом мире, либо продается по рецептам, либо продано, либо стоит так дорого, что расплачиваться за возможность попробовать приходится своей душой.

Жизнь — это ресторан, на который у тебя нет денег. Смерть — это счет за еду, которую ты даже не успел съесть. Так что ты заказываешь самые дорогие блюда из меню, все равно же тебе придется умереть, и, может быть, ты успеешь хотя бы попробовать заказанное.

Ладно, я прекращаю ныть, папа, не уходи, ты же не дослушал рассказ. У него хороший конец. На чем мы остановились? Ах да. Прошло всего несколько дней после взлома в Алнабру, а Петр с Андреем уже приехали и забрали нас с Олегом. Они завязали Олегу глаза шарфом, отвезли нас в дом старикана и отвели в подвал. Я никогда там не бывал. Нас повели по длинному узкому коридору с таким низким потолком, что нам приходилось нагибать головы. Плечами мы задевали стены. Постепенно до меня дошло, что мы не в подвале, а в подземном тоннеле. Предназначенном, возможно, для побега. Это не помогло Кепарику. Он был похож на утонувшую крысу. Ну, он и был утонувшей крысой.

Потом они снова завязали Олегу глаза и отвели его в машину, а я был вызван к старикану. Он сидел на стуле прямо напротив меня, и никакой стол нас не разделял.

— Вы там были? — спросил он.

Я посмотрел ему прямо в глаза.

— Если вы спрашиваете, были ли мы в Алнабру, то ответ — нет.

Он молча изучал меня.

— Ты как я, — произнес он наконец. — Невозможно понять, когда ты врешь.

Не могу поклясться, но мне показалось, я увидел улыбку.

— Ну что, Густо, ты понял, что это было? Там, внизу?

— Это агент. Кепарик.

— Верно. А почему?

— Не знаю.

— Подумай.

Наверное, в прошлой жизни он был чертовым учителем. Но ничего, я ответил:

— Он что-то украл.

Старикан покачал головой:

— Он узнал, где я живу. Он знал, что у него нет оснований для получения ордера на обыск. После недавнего ареста «Лос Лобос» и конфискации товара в Алнабру он понял схему, понял, что никогда не получит ордер на обыск, каким бы крепким ни было его дело... — Старикан осклабился. — Мы предупредили его и думали, что он остановится.

— Да?

— Агенты вроде него полагаются на свою фальшивую личность. Они считают, что невозможно выяснить, кто они на самом деле и где их семьи. Но в компьютерных архивах полиции можно найти все, надо только знать правильные пароли. А они имеются у тех, кто, к примеру, занимает ответственный пост в Оргкриме. А как мы его предупредили?

Я ответил не задумываясь:

— Прикончили его детей?

Лицо старикана потемнело.

— Мы не чудовища, Густо.

— Простите.

— К тому же у него не было детей. — Лодочно-моторный смех. — Но была сестра. А может, и не родная сестра.

330

Я кивнул. Невозможно было понять, врет он или нет.

— Мы сказали, что ее сначала изнасилуют, а потом убьют. Но я неверно его оценил. Вместо того чтобы подумать о других своих родственниках, он перешел в наступление. В одиночное, но отчаянное наступление. Сегодня ночью ему удалось пробраться сюда. Мы к этому не были готовы. Наверное, он очень любил эту свою сестру. Он был вооружен. Я спустился в подвал, а он последовал за мной. А потом он умер. — Старикан склонил голову. — Отчего?

— У него изо рта текла вода. Утонул?

— Точно. Где утонул?

— Его привезли сюда из какого-нибудь озера или еще откуда.

— Нет. Он проник сюда и утонул. Итак?

— Тогда я не зна...

— Думай! — Слово прозвучало как удар хлыста. — Если хочешь выжить, ты должен уметь думать и рассуждать, исходя из того, что видишь. Это настоящая жизнь.

— Хорошо, хорошо. — Я попытался думать. — Этот подвал — не подвал, а тоннель.

Старикан сложил руки на груди:

— И?

— Он длиннее, чем ваш дом. Он, конечно, может иметь выход на поверхность.

— Но?

— Но вы говорили, что вам принадлежит и соседний дом, поэтому тоннель, скорее всего, ведет туда.

Старикан удовлетворенно улыбнулся.

— Угадай, когда прорыли этот тоннель.

— Он старый. Стены покрыты зеленым мхом.

— Водорослями. После того как движение Сопротивления четырежды безуспешно пыталось напасть на этот дом, шеф гестапо построил тоннель. Его наличие удалось сохранить в тайне. Когда Рейнхард возвращался вечером домой, он входил в парадные двери этого дома, и все это видели. Он включал свет, а потом шел по тоннелю в свое настоящее жилище в соседнем доме и посылал немецкого лейтенанта, якобы живущего там, в этот дом. И лейтенант бродил здесь, проходил мимо окон, и одет он был в такую же форму, как шеф гестапо.

— Подсадная утка.

— Точно.

— А зачем вы мне это рассказываете?

— Потому что я хочу, чтобы ты узнал настоящую жизнь, Густо. Большинство людей в этой стране ничего о ней не знают, не знают, чего стоит выживание в реальном мире. Но я рассказываю тебе все это, потому что хочу, чтобы ты помнил, что я доверял тебе.

Он посмотрел на меня так, будто сказанное имело огромное значение. Я сделал вид, что все понимаю, я хотел домой. Должно быть, он это увидел.

— Спасибо, Густо. Андрей отвезет вас.

Когда машина проезжала мимо университета, в кампусе проходило какое-то студенческое мероприятие. Мы слышали бойкие гитары группы, выступающей на уличной сцене. Навстречу нам по улице Блиндернвейен шли молодые люди. Радостные, полные ожиданий лица, как будто им что-то обещано, будущее или еще какая-нибудь хрень.

— Что это? — спросил Олег, у которого все еще были завязаны глаза.

— Это, — ответил я, — ненастоящая жизнь.

— И ты даже не догадываешься о том, как он утонул? — спросил Харри.

— Нет, — ответил Олег.

Его трясло сильнее, все его тело вибрировало.

— Хорошо, у тебя были завязаны глаза, но расскажи, что ты помнишь о поездке в это место и обратно. Все звуки. Например, когда вы вышли из машины, ты слышал поезд или трамвай?

— Нет. Но когда мы приехали, шел дождь, и я почти ничего, кроме него, не слышал.

— Сильный дождь, моросящий дождь?

— Моросящий. Я едва почувствовал его, когда мы вышли из машины, но я его услышал.

— Хорошо. Когда моросящий дождь издает много звуков, возможно, капли его падают на лиственные деревья?

— Возможно.

— А что было у тебя под ногами, когда ты шел к двери? Асфальт? Каменные плиты? Трава?

— Гравий. Кажется. Да, он скрипел. По этим звукам я узнавал, где идет Петр, он крупный, и у него под ногами скрипело сильнее.

— Хорошо. Перед дверью была лестница?

— Да.

— Сколько ступенек?

Олег застонал.

— Хорошо, — произнес Харри. — Когда ты стоял у двери, дождь еще шел?

— Да, конечно.

— Я имею в виду, он по-прежнему падал тебе на голову?

— Да.

— Значит, над крыльцом не было козырька.

— Ты что, будешь искать дома без козырька над крыльцом по всему Осло?

— Ну, разные районы Осло застраивались в разные периоды времени, а у каждого из этих периодов есть характерные черты.

— И в какой период была построена деревянная вилла с садом, гравиевой дорожкой, ступеньками перед входной дверью без козырька и без трамвайного движения поблизости?

— Ты говоришь прямо как начальник криминальной полиции.

В ответ Харри вопреки ожиданию не получил ни улыбки, ни смеха.

— Когда вы уезжали оттуда, ты обратил внимание еще на какие-нибудь звуки?

— Например?

— Например, жужжание светофора, у которого вы остановились.

— Нет, ничего такого. Но была музыка.

— В записи или живая?

— Думаю, живая. Тарелки слышались отчетливо. А звук гитар как будто уносило ветром.

— Похоже на живую. Хорошо, что запомнил.

— Я запомнил только потому, что играли одну из твоих песен.

— Моих песен?

— С одного из твоих дисков. Я запомнил, потому что Густо сказал, что это ненастоящая жизнь, а я подумал, что он сказал это бессознательно, услышав только что пропетые слова.

— Какие слова?

— Что-то про сон, не помню. Но диск с этой песней ты слушал постоянно.

— Давай, Олег, это важно.

Олег посмотрел на Харри. Ноги его перестали трястись. Он закрыл глаза и стал тихонько напевать:

— «Это просто мечта Ослимса...» — Он снова открыл глаза, лицо его раскраснелось. — Что-то в этом духе.

Харри тоже стал напевать. И покачал головой.

— Извини, — сказал Олег. — Я не уверен, да и слышал я это всего несколько секунд.

— Ничего, — сказал Харри и положил руку на плечо мальчишке. — Расскажи лучше, что произошло в Алнабру.

Нога Олега снова начала раскачиваться. Он сделал два глубоких вдоха, два вдоха животом, как его научили делать, стоя у стартовой черты, перед тем как согнуться в стартовой позе. А потом рассказал.

После этого Харри долго сидел, потирая шею.

— То есть вы насмерть засверлили человека?

— Не мы. А полицейский.

— Имени которого ты не знаешь. И не знаешь, где он работает.

— Нет, Густо и он были очень осторожны с этим. Густо сказал, будет лучше, если я ничего не узнаю.

— И вы понятия не имеете, куда делся труп?

— Нет. Ты меня сдашь?

— Нет.

Харри вынул пачку и вытряхнул из нее сигарету.

— Угостишь? — спросил Олег.

— Прости, дружок. Опасно для здоровья.

— Но...

— При одном условии. Ты позволишь Хансу Кристиану спрятать тебя и оставишь поиски Ирены мне.

Олег смотрел на многоквартирные жилые дома на возвышенности за стадионом. С балконов еще свисали ящики с цветами. Харри изучал его профиль. Адамово яблоко ходило вверх и вниз по тонкой шее.

— Договорились, — сдался Олег.

— Хорошо.

Харри протянул ему сигарету и дал прикурить им обоим.

— Теперь я понимаю, зачем тебе этот железный палец, — сказал Олег. — Для курения.

— Ага, — ответил Харри, зажав сигарету между титановым протезом и средним пальцем, набирая номер телефона Ракели.

Ему не пришлось спрашивать номер Ханса Кристиана, поскольку тот уже находился у нее дома. Адвокат пообещал приехать немедленно. Олег съежился, как будто внезапно похолодало.

— А где он спрячет меня?

— Этого я не знаю и не узнаю.

— Почему?

— У меня очень чувствительные яички. Они начинают говорить без остановки, как только рядом прозвучат слова «автомобильный аккумулятор».

Олег засмеялся. Это было недолго, но он смеялся.

— Не верю. Ты бы позволил им забрать твою жизнь, не произнеся ни слова.

Харри посмотрел на мальчика. Он готов был выдумывать полусмешные шутки весь остаток дня, только чтобы видеть проблески улыбки на его лице.

— Ты всегда слишком хорошо обо мне думал, Олег. Слишком хорошо. А мне всегда хотелось быть в твоих глазах лучше, чем я есть на самом деле.

Олег опустил глаза на свои руки.

— Разве не все мальчики считают своих отцов героями?

— Может быть. И я не хотел показаться предателем, человеком, который уходит. Но все случилось так, как случилось. Я хочу сказать, что, хотя я и не смог быть рядом с тобой, это не означает, что для меня это неважно. У нас не получается жить той жизнью, какой мы хотели бы жить. Мы пленники... вещей. Того, кто мы есть.

Олег поднял голову:

— Пленники наркоты и дерьма.

— И этого тоже.

Они одновременно затянулись. Посмотрели на дым, поднимающийся размытыми фигурами в широко распахнутое голубое небо. Харри знал, что никотин не сможет подавить наркотическое голодание мальчика, но хотя бы отвлечет на несколько минут.

— Слушай.

— Да?

— Почему ты не вернулся?

Перед тем как ответить, Харри затянулся еще раз.

— Твоя мать посчитала, что я недостаточно хорош для вас. И она была права.

Харри продолжал курить, глядя прямо перед собой. Знал, что Олег не хочет, чтобы сейчас он смотрел на него. Восемнадцатилетним мальчишкам не нравится, когда на них смотрят, если они плачут. Не стоит обнимать его за плечи и что-то говорить. Надо

337

просто быть рядом. Никуда не уходить. Просто вместе думать о предстоящем забеге.

Они услышали звук подъезжающего автомобиля, сошли с трибуны и направились на парковку. Харри увидел, как Ханс Кристиан осторожно положил ладонь на руку Ракели, когда она хотела выскочить из машины.

Олег повернулся к Харри, набрал в грудь воздуха, развел руки в стороны, зацепился большим пальцем за большой палец Харри и толкнул его правым плечом. Но Харри не позволил ему уйти так просто и прижал его к себе. Он прошептал ему на ухо:

— Победи.

Адрес Ирены Ханссен был таким же, как у ее родителей. Их жилище находилось в районе Грефсен и представляло собой половину дома на две семьи. С маленьким заросшим садом, где росли яблони без яблок, но зато были качели.

Дверь открыл молодой парень лет двадцати с небольшим. Лицо его казалось знакомым, и мозг полицейского за доли секунды провел поиск, обнаружив в своей базе данных два совпадения.

— Меня зовут Харри Холе. А ты, наверное, Стейн Ханссен?

— Да?

На лице его отражалась смесь невинности и бдительности, как это бывает у молодых мужчин, которые успели пережить и хорошие, и плохие времена и которые еще пока не могут решить, как им встречать мир — с полной открытостью или с осторожной скованностью.

— Я узнал тебя по фотографии. Я друг Олега Фёуке.

Харри следил за серыми глазами Стейна Ханссена в ожидании реакции, но ее не последовало.

— Ты, наверное, уже слышал, что его выпустили на свободу и что другой человек сознался в убийстве твоего неродного брата?

Стейн Ханссен покачал головой. Мимики почти никакой.

— Я раньше работал в полиции. Я пытаюсь найти твою сестру, Ирену.

— Зачем?

— Чтобы удостовериться, что у нее все в порядке. Я пообещал Олегу это сделать.

— Прекрасно. И он сможет продолжать пичкать ее наркотой?

Харри переступил с ноги на ногу.

— Олег сейчас чист. А это не просто, как ты, вероятно, знаешь. Но он чист, потому что собирался сам вести ее поиски. Он любит ее, Стейн. Я попытаюсь найти ее ради нас всех, не только ради него. Считается, что мне неплохо удается находить людей.

Стейн Ханссен посмотрел на Харри. Немного помедлил. А потом открыл дверь.

Харри проследовал за ним в гостиную. Она была чистой, хорошо обставленной и казалась совершенно необитаемой.

— Твои родители...

— Они сейчас здесь не живут. А я бываю здесь, когда я не в Тронхейме.

У него было отчетливое картавое «р», считавшееся в свое время признаком высокого статуса семей, у которых были средства, чтобы нанять няню из Южной Норвегии. «Картавое „р" делает твою речь запоминающейся», — подумал Харри, не осознавая, почему такая мысль пришла ему в голову.

339

На пианино, которым, казалось, никогда не пользовались, стояла фотография. Наверное, она была сделана лет шесть-семь назад. Ирена и Густо были моложе и походили на уменьшенные копии самих себя. Харри подумал, что сейчас они с ужасом смотрят на свою одежду и прически, запечатленные на этой фотографии. Стейн стоял позади всех с серьезным выражением на лице. Отец улыбался так, что это навело Харри на мысль: идея сделать это семейное фото принадлежала именно ему, во всяком случае, он был единственным, кто проявлял энтузиазм.

— Значит, это и есть семья.

— Была. Мать с отцом развелись. Отец переехал в Данию. Сбежал, правильнее сказать. Мать в больнице. Остальные... ну, про остальных вы, очевидно, знаете.

Харри кивнул. Один убит. Одна пропала. Большой отсев для одной семьи.

Он без приглашения уселся в глубокое кресло.

— Ты можешь рассказать что-нибудь способное облегчить мне поиски Ирены?

— Вот уж не знаю.

Харри улыбнулся:

— Попробуй.

— Ирена переехала ко мне в Тронхейм, после того как оказалась втянутой в какую-то историю, о которой не хотела говорить. Я уверен, что это Густо ее во что-то втянул. Она боготворила Густо, могла сделать для него что угодно, воображала, что небезразлична ему только потому, что иногда он похлопывал ее по щеке. Но через несколько месяцев раздался телефонный звонок, и она сказала, что ей надо вернуться в Осло, и отказалась объяснять зачем. Это произошло больше четырех месяцев назад, и с тех пор я ее не видел и не слышал. На протяжении двух недель я не мог до нее дозвониться и в результате пошел в полицию и заявил о ее исчезновении. Они зарегистрировали мое обращение, что-то проверили, и за этим ничего не последовало. Никому нет дела до наркоманки без адреса.

— Какие-нибудь теории насчет исчезновения? — поинтересовался Харри.

— Нет. Но она исчезла не добровольно. Она не из тех, кто просто берет и убегает, как... как некоторые другие.

Харри понял, кого он имеет в виду, и все-таки этот случайный выстрел его задел.

Стейн Ханссен почесал покрытую коркой рану на руке.

— Что вы все в ней видите? Вашу собственную дочь? Вы думаете, что можете поиметь ваших дочерей?

Харри удивленно посмотрел на него.

— «Вы»? Что ты хочешь этим сказать?

— Вы, старперы, пускающие на нее слюни. Только потому, что она похожа на четырнадцатилетнюю Лолиту.

Харри вспомнил фотографию, прикрепленную к дверце шкафчика в раздевалке. Стейн Ханссен прав. И Харри подумал, что мог ошибаться, что с Иреной могло произойти что-то не связанное с этим делом.

— Ты учишься в Тронхейме. В Техническом университете?

— Да.

— Что изучаешь?

— Компьютерную технику.

— Ммм. Олег тоже хотел учиться. Ты с ним знаком?

Стейн покачал головой.

— Никогда с ним не разговаривал?

— Мы пару раз пересекались. Можно сказать, у нас были очень короткие встречи.

Харри посмотрел на руку Стейна. Профессиональная травма. Кроме этой раны, на руке не было других следов. Конечно не было, Стейн Ханссен относился к выжившим, к тем, у кого все получится. Харри поднялся.

— Как бы то ни было, я очень сожалею о том, что случилось с твоим братом.

— С неродным братом.

— Ммм. Дашь мне свой номер телефона? На случай, если я что-нибудь узнаю.

— Например что?

Они посмотрели друг на друга. Ответ повис между ними, его необязательно было приукрашивать и невыносимо произносить вслух. Корка на ране треснула, и по руке потекла тонкая струйка крови.

— Я знаю одну вещь, которая, наверное, вам поможет, — сказал Стейн Ханссен, когда Харри вышел на лестницу. — Места, где вы собирались ее искать: Уртегата, место сбора, парки, дешевые гостиницы, кабинеты для наркоманов, улицы проституток — забудьте об этом. Я везде был.

Харри кивнул и надел свои дамские очки.

— Не отключай телефон, хорошо?

Харри поехал пообедать в «Лорри», но уже на лестнице почувствовал острое желание выпить пива, поэтому развернулся и ушел. Он направился в новое заведение напротив Дома литераторов. Быстро оглядел публику, покинул это место и в конце концов зашел в «Пла» и выбрал из меню тайский вариант тапас.

— Что будете пить? «Сингха»?

— Нет.

— «Тайгер»?

— У вас что, в меню только пиво?

Официант понял намек и вернулся с водой.

Харри съел королевские креветки и цыпленка, но отказался от колбасок в тайском стиле. Потом он позвонил Ракели домой и попросил ее порыться в дисках, перевезенных им в Хольменколлен и остававшихся там. Какие-то из них он сам хотел слушать, при помощи других хотел даровать спасение им. Элвис Костелло, Майлз Дэвис, «Led Zeppelin», Каунт Бейси, «Jayhawks», Мадди Уотерс. Это никого не спасло.

То, что она без явной иронии называла «музыкой Харри», стояло в конце полки с дисками.

— Я хочу, чтобы ты прочитала все названия песен, — попросил Харри.

— Ты шутишь?

— Я потом объясню.

— Хорошо. Первый диск — «Aztec Camera».

— Ты что...

— Да, я расставила их в алфавитном порядке.— Голос ее звучал озабоченно.

— Это же мальчишеская музыка.

— Это музыка Харри. И это твои диски. Можно уже читать?

Через двадцать минут они добрались до «Wog Wilco», а у Харри так и не возникло никаких ассоциаций. Ракель, тяжело вздыхая, продолжала читать:

— «When You Wake Up Feeling Old»[1].

— Ммм. Нет.

— «Summerteeth»[2].

— Ммм. Следующая.

— «In a Future Age»[3].

— Подожди!

Ракель остановилась.

Харри засмеялся.

— Что смешного? — спросила Ракель.

— Припев из «Summerteeth». Он звучит так... — Харри запел: — «Это просто мечта, она всегда с ним».

— Звучит не очень, Харри.

— Ну да! То есть оригинал-то звучит красиво. Так красиво, что я несколько раз ставил эту песню Олегу. Но он услышал в тексте: «Это просто мечта Ослимса...» — Харри снова рассмеялся. И начал напевать: — «Это просто мечта Осли...»

— Пожалуйста, Харри.

— Ладно. Ты можешь включить компьютер Олега и поискать для меня кое-что в Сети?

— Что именно?

— Набери в Google «Wilco» и найди их домашнюю страницу. Посмотри, были ли у них в этом году концерты в Осло. Если были, то где.

Ракель перезвонила через шесть минут:

— Только один.

Она назвала место.

— Спасибо, — сказал Харри.

---

[1] «Когда ты, проснувшись, чувствуешь себя стариком» (англ.).

[2] «Зубастое лето» (англ.).

[3] «В будущем» (англ.).

— У тебя опять тот самый голос.

— Какой голос?

— Оживленный. Мальчишеский.

Грозные серо-стальные тучи вражеской армадой налетели на Осло-фьорд в четыре часа дня. Харри свернул из Скёйена к Фрогнер-парку и поставил машину на улице Торвальда Эриксена. Он трижды звонил на мобильный телефон Бельмана, но тот ему не ответил. Тогда он позвонил в Полицейское управление, где ему сообщили, что Бельман ушел с работы пораньше, чтобы позаниматься с сыном в Теннисном клубе Осло.

Харри взглянул на тучи. Потом зашел внутрь и осмотрел помещения Теннисного клуба.

Красивое клубное здание, грунтовые корты, корты с твердым покрытием и даже центральный корт с трибунами. А заняты были только два из двенадцати грунтовых кортов. В Норвегии ведь все играют в футбол или бегают на лыжах. Если же вслух признаться в том, что ты теннисист, на тебя косо посмотрят и начнут перешептываться.

Харри нашел Бельмана на одном из грунтовых кортов. Он доставал мячи из железной корзины на ножке и аккуратно бросал мальчику, который, видимо, отрабатывал удар слева. Определить точно было сложно, потому что мячи улетали во все стороны.

Харри вышел на корт через калитку в ограде за спиной у Бельмана и встал рядом с ним.

— Кажется, он выкладывается по полной, — произнес Харри, доставая пачку сигарет.

— Харри, — сказал Бельман, не прекращая работы и не сводя взгляда с мальчика. — Он делает успехи.

— Вижу определенное сходство. Это...

— Мой сын. Филип. Десять лет.

— Как время летит. Талант?

— Еще не догнал отца, но я в него верю. Его просто надо немного подтолкнуть.

— Не думал, что это все еще законно.

— Мы оказываем своим детям медвежьи услуги, Харри. Двигай ногами, Филип!

— Ты выяснил что-нибудь о Мартине Пране?

— Пране?

— Кривой сумасшедший из Онкологического центра.

— А, интуиция. И да, и нет. То есть да, я пробил его. И нет, у нас на него ничего нет. Абсолютно ничего.

— Ммм. Я хотел попросить и о другом.

— Сгибай колени! О чем?

— О разрешении суда на эксгумацию Густо Ханссена, чтобы проверить, осталась ли у него под ногтями кровь, и на исследование образцов этой крови.

Бельман отвел взгляд от сына, чтобы посмотреть, серьезно Харри говорит или нет.

— У нас есть очень достоверное признание, Харри. Думаю, мы получим отказ.

— Под ногтями Густо была кровь. Образец ее был испорчен прежде, чем попал к экспертам.

— Такое бывает.

— Крайне редко.

— И кому, по-твоему, должна принадлежать эта кровь?

— Не знаю.

— Ты даже не знаешь?

— Нет. Но если первый образец уничтожили, значит, для кого-то он представляет опасность.

— Например, для этого торговца спидом, который сознался. Адидас, кажется?

— Полное имя Крис Редди.

— Неважно. Разве ты не закончил с этим делом, после того как выпустили Олега Фёуке?

— Неважно. А разве мальчик не должен держать ракетку двумя руками, когда бьет слева?

— Ты разбираешься в теннисе?

— Смотрел по телевизору.

— Удар слева одной рукой укрепляет характер.

— Я даже не знаю, имеет ли кровь какое-нибудь отношение к убийству. Может быть, кто-то просто боится, что его имя свяжут с именем Густо.

— Кто, например?

— Может, Дубай. Кроме того, я не думаю, что Адидас убил Густо.

— Да? Это почему?

— Опытный дилер, который ни с того ни с сего сознается в подобном?

— Понимаю, о чем ты, — сказал Бельман. — Но признание существует. Хорошее признание.

— И это всего-навсего убийство в наркоманской среде,— продолжал Харри, ловя заблудившийся мячик. — А у вас хватает других дел, в которых необходимо разобраться.

Бельман вздохнул:

— Все так, как было всегда, Харри. Наши ресурсы слишком ограниченны, и мы не можем отдавать приоритет уже расследованным делам.

— Расследованным? И что же вы выяснили?

— Работая на руководящей должности, нужно уметь выражаться обтекаемо.

— Хорошо, давай я проясню тебе два дела. В обмен па помощь с поисками одного дома.

Бельман прекратил подавать мячи.

347

— Какие два дела?

— Убийство в Алнабру. Байкера по кличке Туту. Один источник рассказал мне, что Туту просверлили голову дрелью.

— И источник хочет выступить свидетелем?

— Возможно.

— А второе?

— Полицейский агент, которого прибило к зданию Оперы. Тот же источник сообщил, что он умер в подвале Дубая.

Бельман зажмурил один глаз. Пигментные пятна полыхали пламенем, наводя Харри на мысли о тигре.

— Папа!

— Сходи в раздевалку и набери воды, Филип.

— Раздевалка закрыта, папа!

— А код от замка?

— Год рождения короля, но я не помню...

— Вспомни и сходи утоли жажду, Филип.

Мальчик вышел с корта, опустив руки.

— А чего ты, собственно, хочешь, Харри?

— Я хочу, чтобы твои люди обошли район в радиусе километра от университетской площади Фредерикке. Я хочу получить список вилл, подходящих под это описание.

Он протянул Бельману лист бумаги.

— Что произошло на площади Фредерикке?

— Всего лишь концерт.

Поняв, что большего не добьется, Бельман опустил взгляд на листок и прочитал вслух:

— «Старая деревянная вилла с длинной гравиевой дорожкой, лиственными деревьями, лестницей перед входной дверью, но без козырька». Похоже на описание половины района Блиндерн. Что ты ищешь?

348

— Как бы сказать... — Харри закурил. — Крысиную нору. Орлиное гнездо.

— А если найдешь, тогда что?

— Тебе и твоим людям нужен ордер, чтобы иметь законное право что-либо предпринять, а обычный гражданин вроде меня может ведь просто заблудиться осенним вечером и поискать прибежища на ближайшей вилле.

— Хорошо, я посмотрю, что можно сделать. Но сначала объясни, почему ты так стремишься взять этого Дубая.

Харри пожал плечами:

— Производственная травма, наверное. Сделай список и отправь его на электронную почту, указанную внизу. И посмотрим, что я для тебя добуду.

Когда Харри собрался уходить, вернулся Филип без воды, и по дороге к выходу Харри слышал звук ударов ракетки и тихое чертыхание.

Облачная армада грохотала, будто внутри ее палили из пушек, и как только Харри уселся в машину, стало по-вечернему темно. Он завел двигатель и позвонил Хансу Кристиану Симонсену:

— Это Харри. Какое наказание грозит в наше время осквернителям могил?

— Думаю, от четырех до шести лет.

— Готов рискнуть?

Наступила пауза. Потом Ханс Кристиан ответил:

— Ради чего?

— Ради того, чтобы поймать человека, убившего Густо. И того, кто, возможно, охотится за Олегом.

Еще одна долгая пауза. После нее:

— Если ты твердо уверен в том, что делаешь, я с тобой.

— А если нет?

Очень короткая пауза.

— Я с тобой.

— Хорошо, выясни, где похоронен Густо, и раздобудь лопаты, фонарик, маникюрные ножницы и две отвертки. Сделаем все завтра ночью.

Дождь начался, когда Харри проезжал по площади Сулли. Он хлестал по крышам, по улицам, хлестал по мальчику, стоявшему на Квадратуре напротив открытой двери в бар, куда все могли войти такими, какие они есть.

Молодой портье грустно посмотрел на вошедшего Харри.

— Одолжить вам зонтик?

— Только если в твоей гостинице течет крыша, — ответил Харри, проводя рукой по волосам, из которых полетели капли воды. — Сообщения для меня есть?

Портье рассмеялся, как будто Харри сострил.

Поднимаясь по лестнице на третий этаж, Харри вроде бы различил внизу лестницы какие-то звуки и остановился. Прислушался. Тихо. Может, это просто эхо его собственных шагов?

Харри медленно пошел дальше. В коридоре он увеличил скорость, вставил ключ в замочную скважину и отпер дверь. Посмотрел через свой темный номер в освещенное окно женщины напротив. Там никого не было. Никого там, никого здесь.

Он включил свет.

И при свете увидел в оконном стекле свое отражение. И что позади него стоит человек. В то же мгновение он почувствовал, как на плечо ему легла тяжелая рука.

«Только призрак может быть таким быстрым и бесшумным», — подумал Харри, выворачиваясь, хотя и знал, что уже слишком поздно.

Глава 27

— Я видел их. Один раз. Было похоже на похоронную процессию.

Большая грязная рука Като по-прежнему лежала на плече Харри.

Харри слышал собственное хриплое дыхание и чувствовал, как легкие прижимаются к ребрам.

— Кого?

— Я стоял и разговаривал с одним из тех, кто продает дьявольскую отраву. Его звали Псиной, и на нем был кожаный ошейник. Он пришел ко мне, потому что боялся. Полиция повязала его с героином, и он рассказал Кепарику, где живет Дубай. Кепарик пообещал ему защиту и амнистию, если он даст показания в суде. Но на следующий вечер Кепарик причалил к берегу у Оперы, а в полиции никто не слышал ни о какой сделке. И вот, пока я стоял с Псиной, приехали они. На черной машине, в черных костюмах и черных перчатках. Он старый. С широким лицом. Похож на белого аборигена.

— Кто?

— Он был невидим. Я видел его, но... его там не было. Как призрак. А когда Псина его заметил, то просто остался стоять на месте, даже не пытался убежать или оказать сопротивление, когда его забирали. После того как они уехали, у меня было впечатление, что все это мне приснилось.

— Почему ты не рассказал раньше?

— Потому что я трус. Сигаретки не найдется?

Харри протянул ему пачку, и Като уселся на стул.

— Ты охотишься за призраком, и я не хочу вмешиваться.

— Но сейчас?

Като пожал плечами и протянул руку. Харри дал ему зажигалку.

— Я умирающий старик. Мне нечего терять.

— Ты умираешь?

Като прикурил.

— Прямо сейчас, наверное, не умру, но мы все смертны, Харри. Я просто хочу тебе помочь.

— Чем?

— Не знаю. А какие у тебя планы?

— Ты хочешь сказать, что я могу на тебя положиться?

— Нет, полагаться на меня ты не можешь. Но я шаман. Я тоже могу сделаться невидимым. Я могу приходить и уходить так, что никто не заметит.

Харри почесал подбородок.

— Почему?

— Я уже сказал.

— Я слышал, но спрашиваю еще раз.

Като укоризненно посмотрел на Харри. Это не помогло, и тогда он тяжело вздохнул:

— Возможно, у меня самого когда-то был сын, для которого я не сделал то, что должен был. Возможно, мне представился еще один шанс. Ты не веришь в новые шансы, Харри?

Харри посмотрел на старика. Морщины на его лице в темноте казались еще глубже, они стали похожи на овраги, на ножевые шрамы. Харри протянул руку, и Като неохотно вынул из кармана пачку сигарет и отдал ее.

— Я ценю это, Като. Я скажу, если мне понадобится твоя помощь. И я собираюсь позаботиться о том, чтобы привязать Дубая к убийству Густо. А потом следы выведут нас прямо на сжигателя в полиции и на убийство агента, утонувшего дома у Дубая.

Като медленно качал головой.

— У тебя чистое и мужественное сердце, Харри. Может быть, ты окажешься на небесах.

Харри засунул в рот сигарету.

— Ну, значит, у истории все-таки будет счастливый конец.

— А это надо отметить. Могу я пригласить тебя на стаканчик, Харри Холе?

— Кто платит?

— Я, конечно. Если ты будешь участвовать. Ты поздороваешься со своим «Джимом», я — с моим «Джонни».

— Уйди от меня.

— Давай! В глубине души «Джим» очень хороший.

— Спокойной ночи, сладких снов.

— Спокойной ночи, и не спи слишком крепко, на случай...

— Спокойной ночи.

Она была с ним все это время, но Харри удавалось подавлять ее. До этого самого момента, до предложения выпить. Сил не оставалось, игнорировать жажду и дальше было невозможно. Все началось после укола «скрипки», он пробудил эту жажду, снова спустил собак с цепи. И теперь они кусались и царапались, лаяли до хрипоты и выкручивали внутренности. Харри лег на кровать с закрытыми глазами и прислушался к звукам дождя в надежде, что сон придет и заберет его с собой.

Но сон не приходил.

В телефонной записной книжке Харри был один номер, для обозначения которого он выделил целых две буквы. АА. Анонимные Алкоголики. Трюгве, член АА и куратор, с которым Харри иногда общался, когда ситуация становилась критической. Три года. Зачем снова начинать сейчас, сейчас, когда на кону стояло все и ему больше, чем когда-либо, следовало сохранять трезвость? Сумасшествие. Он услышал крик с улицы. Потом смех.

В десять минут двенадцатого он поднялся и вышел из гостиницы. Едва замечая капающий на голову дождь, Харри пересек улицу и вошел в открытые двери. На этот раз он не слышал шагов позади себя, потому что уши его наполнял голос Курта Кобейна, музыка обнимала его, он уселся на стул у барной стойки и, указывая на бутылку, прокричал бармену заказ:

— Вис — ки. «Джим — Бим».

Бармен перестал протирать стойку, положил тряпку рядом со штопором и снял бутылку с зеркальной полки. Налил. Поставил стакан на стойку. Харри положил локти по обе стороны от стакана и уставился на золотисто-коричневую жидкость. И в тот момент ничего другого для него не существовало.

Ни «Nirvana», ни Олега, ни Ракели, ни Густо, ни Дубая. Ни лица Турда Шульца. Ни типа, который на мгновение приглушил звуки улицы, заходя в двери бара. Ни того, что он продолжал двигаться за спиной у Харри. Ни звона пружины, выпускающей лезвие. Ни тяжелого дыхания Сергея Иванова, который стоял в метре от него, опустив руки.

Сергей смотрел на спину мужчины. Тот положил оба локтя на барную стойку. Лучше и быть не могло. Момент настал. Сердце стучало. Стучало быстро и бодро, как поначалу в то время, когда он забирал пакеты героина из кабины. Весь страх исчез. Потому что сейчас он чувствовал, что живет. Он живой, и он убьет мужчину, сидящего перед ним. Заберет его жизнь, сделает ее частью своей. Одна мысль об этом заставляла его расти, ему казалось, что он уже съел сердце своего врага. Сергей сделал вдох, шагнул вперед и положил левую руку на голову Харри. Как для благословления. Как будто собирался окрестить его.

Глава 28

Сергей Иванов не мог ухватиться. Он просто-напросто не мог ухватиться. Чертов дождь намочил череп и шевелюру мужчины, и короткие волосинки проскальзывали между пальцами, так что Сергею не удавалось отогнуть его голову назад. Левая рука Сергея снова метнулась вперед, обхватила мужчину за лоб и отвела голову назад, а к его горлу скользнул нож. Тело мужчины рванулось вверх. Сергей потянул нож к себе, почувствовал, как тот коснулся кожи и врезался в нее. Вот! По его большому пальцу хлынул теплый поток крови. Не такой большой, как ожидал Сергей, но еще три удара сердца — и все будет кончено. Сергей бросил взгляд в зеркало, чтобы разглядеть это. Он увидел ряд зубов, а под ним открытую рану, кровь из которой текла на рубашку.

И глаза мужчины. Его взгляд — холодный яростный взгляд хищника — навел Сергея на мысль о том, что работа еще не закончена.

Когда Харри почувствовал руку на своей голове, он инстинктивно все понял. Понял, что это не пьяный посетитель и не престарелая тетка, а один из них. Рука соскользнула, и это дало ему десятую долю секунды, чтобы взглянуть в зеркало и увидеть блеск стали. Он уже знал, куда она летит. Но вот рука врага обхватила его лоб и отклонила голову назад. Просовывать свою руку между горлом и лезвием было уже поздно, поэтому Харри уперся ногами в металлическую подставку внизу стойки и рывком поднялся, одновременно прижимая подбородок к груди. Он не почувствовал боли, когда лезвие вонзилось в кожу, и ощутил его, только когда нож дошел до подбородочной кости и прорезал чувствительную надкостницу.

И тогда Харри встретился в зеркале взглядом с тем, другим. Тот плотно прижимал голову Харри к своей так, что они стали похожи на двух друзей, позирующих для фотографии. Харри чувствовал, что лезвие ножа движется к подбородку и груди, пытаясь добраться до одной из двух сонных артерий, и знал, что через несколько секунд оно туда доберется.

Обхватив голову мужчины всей рукой, Сергей изо всех сил дернул ее. Она откинулась немного назад, и Сергей увидел в зеркале, как лезвие ножа наконец добралось до места между подбородком и грудью и вошло в него. Сталь резала горло и шла вправо, к сонной артерии. Блин! Мужчина успел поднять пра-

вую руку и просунуть палец между лезвием и арте-
рией. Но Сергей знал, что острейшее лезвие отрежет
палец. Надо только сильнее надавить. И он давил
и давил.

Харри чувствовал давление ножа, но знал, что он ничего не отрежет. Самый прочный металл в сочетании с низкой плотностью. Ничто не пройдет сквозь
титан, будь он сделан в Гонконге или где-то еще. Но
парень был силен, и было только вопросом времени,
когда он поймет, что нож не берет палец.

Харри пошарил свободной рукой по стойке, опрокинул стакан и что-то нашел.

Т-образный штопор. Самого простого типа, с несколькими витками спирали. Он схватил рукоятку
так, чтобы острие торчало между средним и указательным пальцами. Ощутил приступ паники, услышав, как лезвие ножа скользит вверх по протезу.
Опустил глаза, чтобы увидеть отражение в зеркале
и посмотреть, куда бить. Поднял руку, отведя ее чуть
в сторону, и ударил себе за голову.

Он почувствовал, как оцепенело тело соперника,
когда острие штопора проткнуло кожу сбоку у него
на шее. Но рана была поверхностной и неопасной и
не остановила его. Он начал вести нож влево. Харри
собрался. Для этого штопора была нужна твердая
тренированная рука. Но зато его можно было вогнать
глубоко в пробку всего парой движений. Харри повернул два раза. Почувствовал, как острие проходит
сквозь плоть. Вкручивается. И натыкается на сопротивление. Пищевод. И тогда Харри дернул.

Казалось, он выдернул пробку из полной до краев
бочки красного вина.

———

Сергей Иванов был в полном сознании и видел в зеркале, как первый удар сердца выбросил вправо струю крови. Мозг его зарегистрировал этот факт, проанализировал и пришел к выводу: мужчина, которому он пытался перерезать горло, попал штопором в его сонную артерию, вытащил ее из горла, и теперь из него вытекает жизнь. Перед вторым ударом сердца, после которого сознание покинуло его, он успел подумать о трех вещах.

О том, что он подвел дядю.

О том, что он больше никогда не увидит свою дорогую Сибирь.

О том, что его похоронят с лживой татуировкой.

С третьим ударом сердца он упал. И когда Курт Кобейн прокричал «мемория» и песня закончилась, Сергей Иванов был мертв.

Харри поднялся со стула. В зеркало ему был виден порез, идущий по всему подбородку. Но это было не опасно, хуже были глубокие порезы на горле, из которых сочилась кровь, окрасившая воротник рубашки в красный цвет.

Три других посетителя уже испарились из бара. Харри посмотрел на мужчину, лежащего на полу. Из раны на шее кровь все еще вытекала, но уже не била фонтаном. Это означало, что сердце перестало биться и можно не беспокоиться об оказании ему первой помощи. К тому же Харри знал, что, даже если бы этого человека оживили, он никогда ничего не сказал бы о тех, кто его послал. Потому что Харри увидел татуировку, выглядывающую из ворота рубашки. Он не знал значения всех символов, но знал, что они русские. Может быть, «Черные сеятели». Они отличались от типичных западных символических татуировок бармена, прижавшегося к зеркальной полке и смотревшего на него полными черного ужаса глазами, зрачки которых расползлись на весь белок. «Nirvana» затихла, и стало совсем тихо. Харри посмотрел на опрокинутый стакан виски.

— Прости, что напачкал, — сказал он.

Харри взял со стойки тряпку, протер поверхность там, где лежали его руки, потом под стаканом, а потом рукоятку штопора и возвратил его на место. Он проверил, не осталось ли следов его собственной крови на стойке или на полу. Потом наклонился к трупу и вытер его окровавленную руку, длинную рукоятку ножа цвета черного дерева и тонкое лезвие. Оружие — а это было оружие, такой нож невозможно использовать в других целях — было тяжелее всех ножей, какие Харри доводилось держать в руках. Лезвие было таким же острым, как лезвия японских ножей для суши. Харри помедлил, а потом убрал лезвие в рукоятку, услышал, как оно зафиксировалось с мягким щелчком, расстегнул крепление и опустил нож себе в карман.

— Доллары принимаете? — спросил Харри и с помощью тряпки достал из бумажника двадцатидолларовую купюру. — Соединенные Штаты гарантируют, как утверждается.

Бармен издавал булькающие звуки, как будто хотел что-то сказать, но забыл как.

Харри собрался уходить, но остановился. Повернулся и посмотрел на бутылку на зеркальной полке. Снова облизал губы. Постоял минуту без движения. Потом по его телу пробежала дрожь, и он ушел из бара.

———

Харри перешел улицу под моросящим дождем. Им было известно, где он живет. Конечно, они могли его выследить, но и портье мог его сдать. Или сжигатель наткнулся на его имя при рутинном просмотре списков иностранных постояльцев отелей, которые направлялись в Интерпол. Если он войдет со стороны заднего двора, то сможет подняться к себе в номер незамеченным.

Ворота, выходящие на улицу, были заперты. Харри выругался.

Когда он зашел в отель, за стойкой портье было пусто.

На лестнице и в коридоре он оставлял за собой следы, похожие на буквы азбуки Морзе, написанные красными точками на голубом линолеуме.

В своем номере Харри достал из тумбочки швейный набор и направился в ванную, разделся и склонился над раковиной, мгновенно окрасившейся в красный цвет. Он намочил полотенце и вымыл шею и подбородок, но из ран на шее тут же снова пошла кровь. При холодном белом свете ему удалось вставить нитку в иголку и проткнуть ею белые куски кожи на шее, сначала под раной, потом над ней. Харри стянул концы раны стежками, остановился, чтобы вытереть кровь, и продолжил. Когда он почти закончил, порвалась нитка. Он выругался, вынул обрывки и начал шить заново двойной. Потом он зашил рану на подбородке, это оказалось легче. Харри смыл кровь с торса и достал из чемодана свежую рубашку. Затем он сел на кровать. Его подташнивало. Но времени не было, они наверняка где-то поблизости, и ему надо действовать сейчас, пока они не узнали, что он жив. Он набрал номер Ханса Кристиана Симонсена и после четвертого звонка услышал в трубке сонный голос:

— Ханс Кристиан.

— Это Харри. Где похоронен Густо?

— На Западном кладбище.

— У тебя все готово?

— Да.

— Мы пойдем сегодня. Встречаемся на тропинке с восточной стороны через час.

— *Сейчас?*

— Да. И прихвати собой пластырь.

— Пластырь?

— Просто неудачно побрился. Через шестьдесят минут, хорошо?

Небольшая пауза. Вздох.

— Хорошо.

Харри уже собирался повесить трубку, и тут ему показалось, что он слышит сонный голос, другой голос. Но, одеваясь, он убедил себя в том, что ошибся.

Глава 29

Харри стоял под одиноким уличным фонарем. Он прождал Ханса Кристиана двадцать минут, и наконец тот, одетый в черный спортивный костюм, подошел к нему быстрым шагом.

— Я припарковался на улице Монолиттвейен, — сказал Ханс Кристиан, задыхаясь. — Льняной костюм ведь прекрасно подходит для разорения могил?

Харри поднял голову, и у Ханса Кристиана глаза полезли на лоб.

— Черт, ну и видок у тебя. Этот брадобрей...

— Никому его не порекомендую, — ответил Харри. — Пошли, надо уйти со света.

Когда они оказались в темноте, Харри остановился.

— Пластырь привез?

— Вот он.

Пока Харри аккуратно заклеивал пластырем швы на шее и подбородке, Ханс Кристиан поглядывал на окутанные мраком виллы, стоящие на холме позади них.

— Расслабься, нас никто не может видеть, — сказал Харри, взял одну из двух лопат и зашагал вперед.

Ханс Кристиан быстро нагнал его, достал фонарик и включил.

— А вот теперь нас можно увидеть, — произнес Харри.

Ханс Кристиан выключил фонарик.

Они прошли по аллее героев войны мимо могил британских военных моряков и двинулись дальше по гравиевой дорожке. Харри подумал: неправда, что смерть стирает все различия. Надгробия на Западном кладбище были больше и чище, чем на кладбищах восточных районов. Камни скрипели под ногами при каждом их шаге, они шли все быстрее и быстрее, и в конце концов звук их шагов превратился в ровный гул.

Они остановились у цыганской могилы.

— Второй поворот налево, — прошептал Ханс Кристиан и попытался свериться с распечаткой карты при слабом свете луны.

Харри уставился в темноту в той стороне, откуда они пришли.

— Что-то не так? — прошептал Ханс Кристиан.

— Показалось, что я слышал шаги. Они замерли, когда мы остановились.

Харри поднял голову, как будто принюхиваясь.

— Эхо, — произнес он. — Пошли.

Спустя две минуты они остановились у скромного черного камня. Харри поднес фонарик к самому памятнику и только после этого включил его. Надпись была вырублена на камне и покрашена золотой краской:

Густо Ханссен

14.03.1991—12.07.2011

Покойся с миром

— Есть! — сухо прошептал Харри.

— Как мы...— начал было Ханс Кристиан, но замолчал, услышав, как лопата Харри вошла в мягкий грунт. Он подхватил свое орудие и ринулся копать.

Часы показывали половину четвертого, и луна скрылась за пеленой облаков, когда лопата Харри наткнулась на что-то твердое.

Через пятнадцать минут белый гроб был расчищен.

Каждый из них взял по отвертке и принялся отвинчивать крышку, закрепленную шестью винтами.

— Мы не откроем крышку, если оба будем стоять на ней, — сказал Харри. — Один из нас должен вылезти, чтобы второй смог ее открыть. Добровольцы есть?

Ханс Кристиан был уже на полпути наверх.

Харри поставил ногу в грунт рядом с гробом, уперся второй ногой в земляную стену и просунул руку под крышку. Потом поднял ее и по старой привычке стал дышать ртом. Еще до того как посмотреть вниз, он ощутил тепло, вырвавшееся из гроба. Он знал, что при гниении вырабатывается энергия, но вот от чего волосы у него на затылке встали дыбом, так это от звука. Шуршание личинок в мясе. Он коленом прислонил крышку к земляной стене и попросил:

— Посвети сюда.

Свет отражался от белых личинок, извивавшихся во рту и носу умершего и вокруг них. Веки провалились, потому что глазные яблоки были съедены первыми. Казалось, что запах — это не газ, а нечто жидкое или твердое.

Заставив себя не слушать, как рвет Ханса Кристиана, Харри включил свой анализатор: лицо трупа было темным, поэтому у него не было уверенности в том, что перед ним действительно труп Густо Ханссена, однако цвет волос и форма лица это подтверждали.

Но еще кое-что привлекло внимание Харри и лишило его дыхания.

У Густо было кровотечение.

На белом саване разрастались красные розы, розы крови, вытекающей из тела. Прошло секунды две, прежде чем Харри понял, что это его собственная кровь. Он схватился за горло. Почувствовал, как пальцы стали липкими от нее. Нитка разошлась.

— Дай твою футболку, — велел Харри.

— Что?

— Мне нужно сделать перевязку.

Харри услышал короткую песню застежки-молнии, и через несколько секунд в луче света к нему прилетела футболка. Он поймал ее и посмотрел на логотип. Студенческий клуб юрфака. Дурачок-идеалист. Харри обвязал шею футболкой, не задумываясь о том, принесет ли это пользу, ведь в данную минуту он больше ничего сделать не мог. А потом он склонился над Густо, взялся обеими руками за саван и разорвал его. Тело было темным, слегка вздувшимся, а из пулевого отверстия в груди выползали личинки.

Харри установил, что отверстия совпадают с полицейским протоколом.

— Давай ножницы.

— Ножницы?

— Маникюрные.

— О господи, — закашлялся Ханс Кристиан. — Забыл. Может, у меня в машине что-нибудь найдется, мне пойти?..

— Не надо, — сказал Харри, вынимая из кармана нож.

Он снял его с предохранителя и нажал на кнопку. Лезвие выскочило с огромной силой, так что рукоятка задрожала. Харри почувствовал, что оружие прекрасно сбалансировано.

— Я что-то слышу, — сказал Ханс Кристиан.

— Это песня группы «Slipknot», — ответил Харри. — «Pulse of the Maggots»[1].

Он стал тихонько напевать.

— Да нет, черт! Кто-то идет!

— Поставь фонарь так, чтобы мне было светло, и иди, — сказал Харри, поднимая руки Густо и осматривая ногти на его правой руке.

— Но ты...

— Уходи, — сказал Харри. — Сейчас же.

---

[1] «Пульс личинок» *(англ.)*.

Он услышал, как Ханс Кристиан убегает. Ноготь на среднем пальце Густо был короче остальных. Харри осмотрел указательный и безымянный. Тихо произнес:

— Я из похоронного бюро, мы устраняем недоделки.

А потом повернулся к молоденькому охраннику в форме, стоявшему на краю могилы и заглядывавшему вниз.

— Семья осталась не очень довольна маникюром.

— Вылезайте! — приказал охранник с едва заметной дрожью в голосе.

— С чего бы это? — удивился Харри.

Он вынул из кармана пиджака маленький пластиковый пакет, поместил его под безымянным пальцем трупа и начал осторожно резать. Нож скользил по ногтю, как будто резал масло. Удивительный инструмент.

— К несчастью для тебя, в твоей должностной инструкции сказано, что ты не можешь принимать никаких прямых мер против нарушителей.

Харри воспользовался острием ножа, чтобы выковырять сухие остатки крови из-под коротко остриженного ногтя.

— Если же ты нарушишь инструкцию, то тебя уволят, не примут в Полицейскую академию и не разрешат носить большие пистолеты и отстреливаться в целях самообороны.

Харри продолжил работать над указательным пальцем.

— Поступай, как велит инструкция, малыш. Позвони взрослым в полицию. Если тебе повезет, они приедут через полчаса. Но если мы будем реалистами, то придется ждать до начала завтрашнего рабочего дня. Вот так!

Харри закрыл пакетики, убрал их в карман пиджака, наступил на крышку гроба и выбрался из могилы. Он стряхнул землю с костюма и наклонился, чтобы взять в руки лопату и фонарь.

А потом Харри заметил огни машины, поворачивающей к капелле.

— Вообще-то они сказали, что приедут немедленно, — ответил юный охранник и попятился на безопасное расстояние. — Я ведь рассказал им, что это могила застреленного парня. А вы кто?

Харри выключил фонарь, и наступила кромешная тьма.

— Я тот, за кого ты будешь болеть.

И Харри побежал.

Он бежал на восток, в противоположную от капеллы сторону, туда, откуда они пришли.

Он ориентировался на источник света, предположительно фонарь в Фрогнер-парке. Если ему удастся попасть в парк, то в его нынешней форме он убежит от кого угодно. Харри только надеялся, что у полицейских нет с собой собак. Он ненавидел собак. Лучше всего двигаться по гравиевым дорожкам, чтобы не напороться на могильный камень или цветочный венок, но хруст под ногами заглушал звуки возможной погони. У аллеи героев войны Харри выбежал на траву. Он не услышал позади себя никакого движения. А потом увидел. Дрожащий сноп света, освещающий кроны деревьев над его головой. Кто-то с фонариком мчался позади него.

Харри выбежал на дорожку и понесся к парку. Он постарался отключиться от болей в горле и бежать расслабленно и эффективно, сосредоточившись на технике и дыхании. Сказал сам себе, что отрывается. Он бежал к памятнику «Монолит», зная, что они увидят его под фонарями на пешеходной дорожке, идущей через возвышенность, и подумают, что он бежит к главному входу в парк на восточной стороне.

Харри скрылся из поля зрения преследователей за вершиной холма и резко повернул на юго-запад, к аллее Мадсеруда. До сих пор адреналину удавалось блокировать признаки усталости, но сейчас он почувствовал, что мышцы начинают застывать. На какую-то секунду в глазах у него почернело, и Харри подумал, что потерял сознание. Но он вернулся, у него случился внезапный приступ удушья, а за ним пришла тошнота. Он посмотрел вниз. Густая кровь текла из рукава пиджака, как свежее клубничное варенье у дедушки стекало с куска булки и лилось по пальцам. Ему не продержаться до конца дистанции.

Он повернулся. Увидел, как кто-то пробежал по вершине холма в свете фонаря. Крупный человек, но в легкой беговой одежде. В плотно облегающем черном костюме. Не в полицейской форме. Неужели группа «Дельта»? Посреди ночи и через такое короткое время? Из-за того, что кто-то рылся на кладбище?

Харри сделал шаг, чтобы удержаться на ногах. В таком состоянии у него не было шансов убежать от кого бы то ни было. Ему нужно найти место, чтобы спрятаться.

Харри направился к одному из домиков на аллее Мадсеруда. Он свернул с дорожки и бросился вниз по поросшему травой холму, передвигаясь большими шагами, чтобы не упасть, потом побежал по асфальту, перепрыгнул через забор из штакетника и, миновав яблоневый сад, завернул за угол дома. Там он повалился в мокрую траву, тяжело дыша, и почувствовал, как живот сводит спазмами и появляются позывы к рвоте. Прислушиваясь, он сосредоточился на дыхании.

Ничего.

Но они придут сюда, это только вопрос времени. А ему необходимо перебинтовать шею чем-нибудь понадежнее. Харри поднялся на ноги и направился на террасу, окружающую дом. Заглянул в стеклянные двери: гостиная, погруженная в темноту.

Он выбил стекло и просунул руку внутрь. Старая, добрая, наивная Норвегия. Ключ был в двери. Харри скользнул во мрак.

Он затаил дыхание. Спальни наверняка располагаются на втором этаже. Харри включил настольную лампу.

Обитые плюшем стулья. Ящик телевизора. Энциклопедия. Стол, уставленный семейными фотографиями. Вязанье. Значит, жильцы — люди пожилые. А старики спят крепко. Или наоборот?

Харри нашел кухню, зажег в ней свет. Пошарил по ящикам. Приборы, скатерти. Попытался вспомнить, где они хранили такое в его детстве. Открыл предпоследний ящик. И вот оно. Обычный скотч, скотч для картона, клейкая лента. Харри схватил рулон клейкой ленты и, заглянув в пару комнат, нашел ванную. Он снял пиджак и рубашку, склонился над ванной и промыл горло струей из душа, глядя как белая эмаль моментально покрывается красными пятнами. Потом он вытерся футболкой и, соединяя края раны пальцами, обмотал шею в несколько слоев клейкой лентой серебряного цвета. Попытался определить, не слишком ли плотно замотался, ведь, несмотря ни на что, ему не хотелось перекрывать доступ крови в мозг. Затем Харри надел рубашку и пиджак. Еще один приступ дурноты. Он сел на краешек ванной.

Заметил движение. Поднял голову.

Из дверного проема на него смотрело бледное лицо пожилой женщины с широко раскрытыми испуганными глазами. Поверх ночной рубашки она надела красный стеганый халат. Он удивительным образом блестел и издавал при движении электрическое потрескивание. Харри подумал, что он сшит из синтетического материала, который больше не выпускают и который был запрещен, потому что вызывал рак, содержал асбест или что-то в этом роде.

— Я полицейский, — произнес Харри. Кашлянул. — Бывший полицейский. Вот сейчас попал в переделку.

Она так и стояла в дверях, ничего не отвечая.

— Разумеется, я заплачу за разбитое стекло.

Харри поднял с пола пиджак и достал бумажник. Положил несколько купюр на край раковины.

— Гонконгские доллары. Они... лучше, чем кажутся.

Он попытался улыбнуться ей и увидел, что по ее морщинистым щекам текут слезы.

— Но, любезная, — сказал Харри, ощущая панику, скольжение, потерю контроля. — Не бойтесь. Я правда ничего вам не сделаю. И прямо сейчас уйду, хорошо?

Он просунул завязанную руку в рукав пиджака и двинулся к двери. Она попятилась маленькими шаркающими шагами, не сводя с него глаз. Харри, держа руки вверх, быстро пошел к выходу на террасу.

— Спасибо, — сказал он. — И простите.

После этого он открыл дверь и вышел на террасу. Сила удара в стену навела его на мысль об оружии большого калибра. Затем он услышал сам звук выстрела и взорвавшегося пороха, что подтвердило его догадки. Харри упал на колени, когда следующий выстрел раздробил спинку садового стула рядом с ним.

Очень большой калибр.

Харри заполз обратно в гостиную.

— Ложитесь! — прокричал он в тот момент, когда взорвалось окно гостиной.

Осколки разлетелись по паркету, телевизору и столу с семейными фотографиями.

Согнувшись в три погибели, Харри выбежал из гостиной в коридор и помчался к двери на улицу. Открыл ее. Увидел вспышку от выстрела, произведенного из открытой двери черного лимузина, припаркованного под уличным фонарем. Почувствовал жгучую боль на лице и услышал звон — высокий, режущий металлический звук. Харри автоматически повернулся и увидел, что дверной звонок разлетелся на куски. Из стены торчали большие белые щепки.

Он снова попятился в дом. Лег на пол.

Калибр больше, чем у любого полицейского оружия. Харри вспомнил о том, что видел, как большой человек бежит по холму. Это был не полицейский.

— У вас что-то со щекой...

Это была женщина, ей приходилось кричать, чтобы ее было слышно из-за визга заклинившего механизма дверного звонка. Она находилась позади него, в конце коридора. Харри ощупал лицо. Щепка. Он вытащил ее. Успел порадоваться, что она вонзилась в ту же щеку, через которую шел шрам, а иначе его рыночная стоимость стала бы значительно ниже. А потом снова рвануло. На этот раз разлетелось окно кухни. На это его гонконгских долларов уже могло и не хватить.

Сквозь визг звонка он расслышал звучащие вдалеке сирены. Харри поднял голову. Через коридор и гостиную он видел, что в соседних домах зажегся свет. Улица перед домом светилась, как новогодняя елка. Он будет бегущим в ярком свете кабаном независимо от того, в каком направлении двинется. Ему оставалось выбирать между смертью и арестом. Нет, даже не так. Они тоже услышали сирены и знали, что их время истекло. А он не отвечал на огонь, поэтому они должны были прийти к выводу, что он безоружен. Они будут его преследовать. Ему надо уходить. Харри вынул телефон. Черт, почему он не побаловал себя и не сохранил этот номер на букву Т? Ведь его записная книжка не заполнена под завязку.

— Как позвонить в телефонную справочную? — проорал он, перекрикивая звон.

— Телефонную... справочную?

— Да!

— Сейчас. — Она задумчиво засунула палец в рот, подобрала свой асбестовый халат и уселась на деревянный стул. — Восемнадцать восемьдесят. Но мне гораздо больше нравится справочная по номеру восемнадцать восемьдесят один. Они не такие быстрые, не испытывают стресса, всегда готовы побеседовать, если ты хочешь...

— Справочная восемнадцать восемьдесят, — сказал гнусавый голос Харри в ухо.

— Асбьёрн Тресков, — назвал имя Харри.

— Так, есть один Асбьёрн Бертольд Тресков в районе Уппсал в Осло и один Асбьё...

— Это он! Соедините меня с его мобильным.

Через три бесконечно долгие секунды он услышал хорошо знакомый сварливый голос:

— Мне ничего не нужно.

— Треска?

Долгое молчание. Харри представил себе жирное удивленное лицо друга детства.

— Харри? Давненько не слышались.

— Максимум шесть-семь лет. Ты на работе?

— Да-а.

В интонации, с какой он протянул это «а», сквозила подозрительность. Никто не звонил Треске просто так.

— Мне очень срочно нужна от тебя одна услуга.

— Ну да, конечно. Кстати, а как насчет сотни, что ты у меня занимал? Ты сказал...

— Мне нужно, чтобы ты отключил электричество в районе Фрогнер-парка и аллеи Мадсеруда.

— Что-что?

— Мы проводим здесь полицейскую операцию против парня, который палит во все стороны. Мы должны погрузить его в темноту. Ты ведь все еще в оперативном центре в Монтебелло?

Снова тишина.

— Да, пока здесь, а ты ведь все еще в полиции, да?

— Конечно. Слушай, это надо сделать срочно.

— Да мне насрать. У меня нет авторизации для такой операции. Ты должен поговорить с Хенму, и он...

— Он спит, а у нас нет времени! — заорал Харри.

В тот же миг прозвучал новый выстрел, разбивший шкафчик на кухне. Харри услышал, как из него посыпалась посуда и стала биться об пол.

— Что, черт возьми, это было? — спросил Треска.

— А сам-то как думаешь? Можешь выбирать между ответственностью за сорокасекундное обесточивание или за кучу человеческих жизней.

На другом конце провода на пару секунд воцарилась тишина. Потом раздалось медленное:

— Только подумай, Харри. Вот я сижу и принимаю решение. Ты себе такого и представить не мог. Или как?

Харри сделал вдох. Увидел, как по террасе скользнула тень.

— Нет, Треска, я себе такого и представить не мог. Может, ты...

— Вы с Эйстейном не думали, что из меня выйдет толк, так ведь?

— Видишь ли, мы жестоко ошибались.

— Если ты скажешь «будь так до...»

— Вырубай это хреново электричество! — рявкнул Харри.

И обнаружил, что связь прервалась. Он поднялся на ноги, взял пожилую женщину под руку и затолкал ее в ванную.

— Оставайтесь здесь! — прошептал он, прикрыл за собой дверь и побежал к открытому входу в дом.

Он бросился к свету, уклоняясь от потока пуль.

А потом стало темно.

Так темно, что когда он приземлился на каменный пол в коридоре и покатился вперед, то растерянно подумал, что умер. Но потом понял, что Асбьёрн

374

«Треска» Тресков выключил рубильник, набрал что-то на клавиатуре или как они там это делают в операционном центре. И понял, что у него есть сорок секунд.

Харри вслепую побежал в кромешной тьме. Наткнулся на забор, поднялся, почувствовал под ногами асфальт и понесся дальше. Услышал приближающиеся голоса и сирены. А еще урчание заводящегося двигателя большой машины. Харри держался правой стороны, и ему удавалось не сбиться с дороги. Он находился в южной части Фрогнер-парка, и существовала вероятность, что у него все получится. Он двигался мимо темных вилл, деревьев, леса. Окружающая местность по-прежнему тонула во мраке. Звук двигателя приближался. Харри свернул налево, на парковку перед кортами. Чуть не упал, наступив в какую-то ямку или лужу на гравиевой площадке, но продолжал продвигаться дальше. Единственное, что отражало достаточно света в темноте, была белая известковая разметка на кортах за решетчатым забором. Харри разглядел очертания Теннисного клуба Осло. Он подбежал к стене перед входом в раздевалку, спрыгнул с нее вниз и увидел, как по ней скользнул свет фар машины. Приземлившись, он покатился по бетону. Приземление было мягким, однако у него закружилась голова.

Он лежал тихо, как мышка, и ждал.

Харри ничего не слышал.

Вглядывался в темноту.

А потом без всякого предупреждения его ослепил свет.

Уличный фонарь на веранде прямо над ним. Подача электричества возобновилась.

Харри полежал еще пару минут и послушал звук сирен. Машины ездили взад и вперед мимо фасада здания клуба. Поисковые группы. Почти наверняка район уже оцеплен. Скоро они явятся с собаками.

Он не мог скрыться отсюда, поэтому ему надо было попасть в здание.

Харри поднялся, выглянул из-за стены.

Посмотрел на коробочку с красной лампочкой и кнопками у двери.

Год рождения короля. Черт его знает.

Он вспомнил фотографию из какого-то желтого журнальчика и попробовал набрать 1941. Раздалось пищание, он потянул за ручку. Заперто. Подождите, ведь король был младенцем, когда семья уехала в Лондон в 1940-м? 1939. Может, чуть постарше. Харри боялся, что на замке можно набрать только три неправильных варианта, после чего он заблокируется. 1938. Потянул за ручку. Черт. 1937? Зажглась зеленая лампочка. Дверь открылась.

Харри проскользнул внутрь и почувствовал, как дверь позади него захлопнулась.

Звуки исчезли. Он в безопасности.

Харри включил свет.

Раздевалка. Узкие деревянные скамейки. Железные шкафчики.

Только сейчас он понял, как устал. Он мог оставаться здесь до рассвета, до окончания охоты. Харри проинспектировал раздевалку. Раковина с зеркалом посередине стены. Четыре душа. Один туалет. Он открыл тяжелую деревянную дверь в конце раздевалки.

Сауна.

Он вошел внутрь, и дверь мягко захлопнулась за ним. Здесь пахло деревом. Харри улегся на широкую скамейку перед холодной печью. И закрыл глаза.

Глава 30

Их было трое. Они бежали по коридору, держась за руки, и Харри кричал, что, когда придет лавина, им надо будет держаться крепче, а не то они оторвутся друг от друга. И вот он услышал позади шум надвигающейся лавины, сначала грохот, потом рев. А затем она накрыла их белым мраком, черным хаосом. Он держал их руки изо всех сил, но все-таки почувствовал, что они выскальзывают из его ладоней.

Харри проснулся и рывком сел. Посмотрел на часы и установил, что проспал три часа. Он выдохнул, дыхание его было сиплым, как будто он долго его сдерживал. Тело казалось побитым. Шея болела. В голове стучало. И он потел. Так сильно, что пиджак покрылся черными пятнами. Ему не надо было поворачиваться, чтобы понять причину этого. Печь. Кто-то включил в сауне печь.

Харри поднялся на ноги и, пошатываясь, вышел в раздевалку. На скамейке лежала одежда, с улицы доносились звуки ударов ракетки по мячу. Он увидел, что выключатель у двери в сауну включен. Они наверняка хотели, чтобы к окончанию игры их ждала горячая сауна.

Подойдя к раковине, Харри посмотрелся в зеркало. Красные глаза, красное опухшее лицо. Смехотворная повязка на шее из клейкой ленты серебристого цвета, кончик которой врезался в мягкую кожу на горле. Он плеснул в лицо водой и вышел на улицу, где уже светило утреннее солнце.

Трое мужчин, загорелые, как пенсионеры, с тонкими, как у пенсионеров, ногами прекратили игру и уставились на него. Один из них поправил очки.

— Нам не хватает одного человека для игры парами, юноша. Не желаете…

Харри посмотрел прямо на него и постарался говорить спокойно:

— Простите, парни. «Локоть теннисиста».

Он чувствовал их взгляды на своей спине, пока шел по направлению к Скёйену. Где-нибудь поблизости должна быть автобусная остановка.

Трульс Бернтсен постучал в двери начальника отдела.

— Войдите!

Бельман стоял, прижимая к уху телефонную трубку. Он казался спокойным, но Трульс слишком хорошо знал Микаэля. Рука, постоянно поднимающаяся к уложенным волосам, слишком быстрая манера говорить, морщинка на лбу от сосредоточенности.

Бельман положил трубку.

— Трудное утро? — осведомился Трульс и протянул Бельману дымящуюся чашку кофе.

Начальник отдела удивленно посмотрел на нее, но принял.

— Начальник полиции, — сказал Бельман, кивнув на телефон. — Газеты наседают на него по поводу старушки с аллеи Мадсеруда. Дом наполовину расстрелян, и он хочет, чтобы я объяснил, что произошло.

— Что ты ответил?

— Что оперативный центр отправил туда патрульную машину, после того как охранник Западного кладбища сообщил, что в могиле Густо Ханссена кто-то копается. Что осквернители могил смогли скрыться от патрульной машины, но потом на аллее Мадсеруда началась стрельба. Кто-то стрелял в кого-то, проникшего в чужой дом. Старушка в шоке, говорит только, что вломившийся к ней был вежливым молодым человеком ростом два с половиной метра и со шрамом на лице.

— Ты считаешь, что стрельба связана с осквернением могилы?

Бельман кивнул:

— На полу в ее кухне лежали кусочки глины, которые почти наверняка занесены туда с кладбища. Ну и теперь начальник полиции интересуется, не связано ли все это с наркотиками и не начался ли новый передел сфер влияния. В общем, контролирую ли я ситуацию.

Бельман подошел к окну и потер указательным пальцем узкую переносицу.

— Ты поэтому меня позвал? — спросил Трульс, осторожно отпивая из кофейной чашки.

— Нет, — сказал Бельман, стоя к Трульсу спиной. — Меня интересует тот вечер, когда мы получили анонимное сообщение о том, что вся банда «Лос Лобос» соберется в одном из «Макдоналдсов». Ты не ездил на задержание, так ведь?

— Нет, — сказал Бернтсен, закашлявшись. — Я не мог. Я в тот вечер болел.

— Той же болезнью, что и сейчас? — спросил Бельман, не поворачиваясь.

— Что?

— Кое-кто из полицейских удивился, что, когда они прибыли на место, дверь байкерского клуба оказалась не заперта. Они задавались вопросом, как этому Туту, который, по словам Одина, должен был дежурить, удалось смыться. Ведь никто не знал, что мы туда нагрянем. Или как?

— Насколько мне известно, — ответил Трульс, — об этом знали только мы.

Бельман смотрел в окно и покачивался на каблуках, сложив за спиной руки. Покачивался. И покачивался.

Трульс вытер верхнюю губу, надеясь, что пот на ней не заметен.

— Что-то еще?

Покачивался. Верх и вниз. Как пытающийся заглянуть за стену мальчишка, которому самую малость не хватает роста.

— Это все, Трульс. И... спасибо за кофе.

Вернувшись в собственный кабинет, Трульс подошел к окну. И увидел то, что Бельман должен был видеть из своего. Красный плакат, повешенный на дерево.

В двенадцать часов дня на тротуаре перед рестораном «Шрёдер», как обычно, стояла пара страждущих душ и ждала, когда Нина откроет заведение.

— Ух ты, — сказала она, заметив Харри.

— Расслабься, я не буду пиво, только позавтракаю, — успокоил ее Харри. — И мне нужна одна услуга.

— Я про горло, — сказала Нина, придерживая для него дверь. — Оно совсем синее. И что это...

— Клейкая лента, — ответил Харри.

Нина кивнула и отправилась выполнять заказы. Политикой «Шрёдера» было то, что, помимо обычной заботы друг о друге, каждый занимался здесь своими делами.

380

Харри сел за свой обычный столик в углу у окна и позвонил Беате Лённ.

Услышал автоответчик. Дождался гудка.

— Это Харри. Я недавно встречался с одной пожилой дамой, на которую, наверное, произвел сильное впечатление, поэтому думаю, что в ближайшем будущем мне не стоит приближаться к полицейским участкам. Вместо этого я оставлю два пакетика с кровью здесь, в «Шрёдере». Зайди лично и спроси Нину. Я хочу попросить тебя еще об одной услуге. Бельман занялся сбором ряда адресов в районе Блиндерна. Я хочу, чтобы ты со всей возможной деликатностью сделала копии этих списков, составленных каждой группой, до того как их отправят в Оргкрим.

Харри повесил трубку. Потом он позвонил Ракели. Опять автоответчик.

— Привет, это Харри. Мне нужна чистая одежда подходящего размера, а у тебя в шкафу осталось кое-что с... с того раза. Я решил повысить стандарт и переезжаю в «Плазу», так что, если бы ты отправила туда одежду на такси, когда вернешься домой, было бы...

Харри заметил, что автоматически ищет слово, которое заставило бы ее улыбнуться. Например, «феерично», или «суперски», или «стрррашно хорошо». Но ничего не придумал, поэтому закончил словом «прекрасно».

Нина принесла кофе и яичницу, когда Харри набирал номер Ханса Кристиана. Она предостерегающе посмотрела на него. В «Шрёдере» были более или менее ясные правила, запрещающие использование компьютеров, настольных игр и мобильных телефонов. В этом месте можно было выпить, прежде всего

381

пива, поесть, поговорить или помолчать и почитать газету. Чтение книг находилось в серой зоне.

Харри жестом показал, что разговор продлится всего пару секунд, и Нина милостиво кивнула.

В голосе Ханса Кристиана звучали одновременно облегчение и ужас:

— Харри? Вот черт, ну надо же. Все прошло хорошо?

— По шкале от одного до десяти...

— Ну?

— Ты слышал о стрельбе на аллее Мадсеруда?

— Вот черт! Это был ты?

— У тебя есть оружие, Ханс Кристиан?

Харри казалось, он слышит, как его собеседник сглатывает слюну.

— Мне нужно оружие, Харри?

— Не тебе. Мне.

— Харри...

— Только для самообороны. На всякий случай.

Пауза.

— У меня есть старое охотничье ружье моего отца. Для охоты на лосей.

— Звучит неплохо. Можешь взять его, упаковать во что-нибудь и привезти в «Шрёдер» в течение сорока пяти минут?

— Могу постараться. Что... что ты собираешься делать?

— Я, — сказал Харри, заметив предупреждающий взгляд Нины, стоявшей за стойкой, — собираюсь позавтракать.

Когда Трульс Бернтсен приблизился к кладбищу Гамлебюена, он увидел черный лимузин, припаркованный у ворот, в которые он обычно входил. А когда он подошел ближе, пассажирская дверь открылась и из нее вышел мужчина. Он был одет в черный костюм, а рост его был не меньше двух метров. Мощная челюсть, гладкая челка и что-то неопределенно азиатское во внешности, что Трульс всегда ассоциировал с саамами, финнами и русскими. Пиджак наверняка сшит на заказ и, несмотря на это, похоже тесен в плечах.

Мужчина сделал шаг в сторону и жестом показал, что Трульсу надлежит занять его место на пассажирском сиденье.

Трульс снизил скорость. Если это люди Дубая, то происходит неожиданное нарушение правила о прямом контакте. Он огляделся. Вокруг никого не было.

Он помедлил.

Если они решили избавиться от сжигателя, то это вполне можно сделать таким способом.

Он посмотрел на здоровяка. По его лицу ничего нельзя было прочитать, и Трульс никак не мог решить, хорошо это или плохо, что мужчина не надел солнцезащитные очки.

Конечно, он мог развернуться и уйти. Но что дальше?

— «Ауди Ку-пять», — тихо пробормотал Трульс себе под нос. И сел в машину.

Дверь за ним немедленно захлопнулась. В салоне стало непривычно темно, наверное, все дело в тонированных стеклах. А климат-контроль работал на удивление эффективно, казалось, что внутри машины минусовая температура. На водительском месте сидел человек с лицом росомахи. У него тоже был черный костюм. И гладкая челка. Наверняка русский.

— Хорошо, что ты смог прийти, — произнес голос позади Трульса.

Ему не обязательно было поворачиваться. Акцент. Это был он. Дубай. Человек, которого никто не знал. Никому другому не было известно, кто он такой. Но как Трульсу поможет то, что он знает его имя и видел лицо? Кроме того, нельзя кусать руку, кормящую тебя.

— Я хочу, чтобы ты нашел для нас одного человека.

— Нашел?

— Привел. И передал его нам. Об остальном можешь не беспокоиться.

— Я говорил, что не знаю, где находится Олег Фёуке.

— Речь не об Олеге Фёуке, Бернтсен. Речь о Харри Холе.

Трульс Бернтсен не верил собственным ушам.

— О Харри Холе?

— Ты не знаешь, кто это?

— Черт, знаю, конечно. Работал в убойном отделе. Чокнутый, каких поискать. Алкаш. Раскрыл пару дел. Он что, в городе?

— Он живет в «Леоне». В триста первом номере. Возьми его там сегодня ровно в полночь.

— И как я должен его «взять»?

— Арестуй его. Или ударь. Скажи, что хочешь показать ему свою лодку. Делай, что хочешь, только доставь его в гавань для маломерных судов в Конгене. Остальное мы сделаем сами. Пятьдесят тысяч.

«Остальное». Он говорит о том, чтобы лишить Холе жизни. Он говорит об убийстве. *Полицейского*.

Трульс открыл было рот, чтобы отказаться, но голос с заднего сиденья опередил его:

— Евро.

Рот Трульса Бернтсена остался открытым, а его «нет» застряло где-то между мозгом и голосовыми связками. Вместо этого он повторил слова, которые вроде бы слышал, но не поверил своим ушам:

— Пятьдесят тысяч евро?

— Ну?

Трульс посмотрел на часы. У него в запасе было чуть больше одиннадцати часов.

Он покашлял.

— Откуда вам известно, что в районе полуночи он будет у себя в номере?

— Потому что он знает, что мы придем.

— Что? — сказал Трульс. — Вы имеете в виду, что он *не* знает, что мы придем?

Позади него раздался смех. Звук его был похож на работу лодочного мотора. Чух, чух.

Глава 31

В четыре часа Харри стоял под душем на девятнадцатом этаже отеля «Рэдиссон плаза». Он надеялся, что клейкая лента выдержит соприкосновение с теплой водой, которая на краткий миг облегчала боль. Ему дали номер 1937, и когда он брал ключ, в голове у него пронеслась одна мысль. Год рождения короля, Кестлер, синхронизация и все подобное. Харри в это не верил. А вот в способность человеческого мозга находить закономерности даже там, где никаких закономерностей нет, он верил. Поэтому в свою бытность следователем он всегда сомневался. Сомневался и искал, искал и сомневался. Видел закономерности, но сомневался в виновности. Или наоборот.

Харри услышал писк телефона. Легко различимый, но деликатный и приятный звук. Звук дорогого отеля. Он выключил душ и подошел к кровати. Снял трубку.

— Здесь стоит женщина, — сказал портье. — Ракель Фауске. Извините, она говорит, Фёуке. У нее есть кое-что для вас, и она хочет с этим подняться.

— Дайте ей ключ от лифта и отправьте наверх, — сказал Харри.

Он осмотрел висящий в шкафу костюм. Вид у него был такой, будто Харри прошел в нем две мировые войны. Он открыл дверь и обвязал вокруг пояса тяжелое банное полотенце размеров в пару квадратных метров. Сел на кровать и стал слушать. Услышал звонок лифта и ее шаги. Он по-прежнему мог узнать ее по походке. Слегка тяжеловатые, короткие шаги, очень частые, как будто она всегда ходила в узкой юбке. Он на минуту прикрыл глаза, а когда снова их открыл, она уже стояла перед ним.

— Привет, обнаженный, — улыбнулась она, бросила мешки на пол, а себя на кровать рядом с ним. — Что это? — Она провела пальцами по клейкой ленте.

— Импровизированный   пластырь, — ответил Харри. — Тебе не надо было приходить самой.

— Я поняла, — сказала она. — Но я не нашла ничего из твоей одежды. Наверное, все пропало во время переезда в Амстердам.

Выбросила, подумал Харри. Что ж, справедливо.

— А потом я поговорила с Хансом Кристианом, и оказалось, что у него есть целый шкаф одежды, которую он не носит. Не совсем твой стиль, но по размеру вы почти одинаковые.

Она открыла мешки, и он с ужасом увидел, как она достает рубашку «Лакосте», четыре пары выгла-

женных трусов, пару джинсов от Армани с отутю-
женными стрелками, джемпер, куртку «Тимбер-
ленд», две рубашки с игроками в поло и даже пару
ботинок из мягкой коричневой кожи.

Она начала развешивать одежду в платяном шкафу, но Харри встал и сделал все сам. Ракель смотрела на него со стороны и улыбалась, теребя прядь
волос за ухом.

— Ты бы не купил себе новую одежду, пока этот
костюм в буквальном смысле не развалился бы на
тебе, правда?

— Ну, — ответил Харри, передвигая вешалки.
Одежда была чужой, но издавала слабый, хорошо
знакомый запах. — Должен признаться, что я обду-
мывал покупку новой рубашки и, может быть, двух
пар трусов.

— У тебя что, нет чистых трусов?

Харри посмотрел на нее.

— Что ты вкладываешь в понятие «чистые»?

— Харри! — Она со смехом ударила его по плечу.

Он улыбнулся. Ее рука осталась у него на плече.

— Ты горячий, — заметила она. — Как будто у
тебя температура. Ты уверен, что в сокрытое под
твоим так называемым пластырем не проникла инфекция?

Харри с улыбкой покачал головой. Он знал, что
в ране началось воспаление, чувствовал это по пуль-
сирующей тупой боли. Но из своего многолетнего
опыта работы в убойном отделе он знал и кое-что
другое. Что полиция допросила бармена и посетителей того заведения и узнала, что человек, убивший
нападавшего, покинул бар с глубокими ранами на
горле и шее. Что полиция предупредила всех дежур-

ных врачей в городе и установила наблюдение за станциями «скорой помощи». А сейчас не время отправляться в тюрьму.

Ракель погладила его по плечу, по горлу и снова по плечу. По груди. И Харри подумал, что она должна слышать биение его сердца и что она похожа на тот телевизор «Пионер», который перестали производить, потому что он был слишком хорош, и это было очевидно, так как черный цвет на его картинке был очень черным.

Он немного приоткрыл окно, насколько это было возможно: в гостинице не хотели, чтобы самоубийцы прыгали из окон вниз. И даже на девятнадцатом этаже они слышали послеобеденный шум: иногда раздавался гудок автомобиля, а откуда-то из другого номера доносилась неуместно запоздалая летняя песенка.

— Ты уверена, что хочешь этого? — спросил он, не пытаясь скрыть сиплость в голосе.

Они так и стояли, ее рука лежала на его плече, а глаза следили за ним, как за сосредоточенным партнером по танго.

Ракель кивнула.

Напряженный взгляд ее космически-черных глаз затягивал его.

Он даже не заметил, как она подняла ногу и толкнула ею дверь. Услышал только, как та захлопнулась, бесконечно мягко, со звуком дорогого отеля, похожим на поцелуй.

И пока они любили друг друга, он думал только о черноте и запахе. Черноте волос, бровей и глаз. И запахе духов, названия которых он никогда у нее не спрашивал, но которыми пользовалась только она, которыми пахла ее одежда в ее шкафу, который перешел на его одежду в те дни, когда его одежда висела в шкафу рядом с ее одеждой. И который теперь присутствовал в платяном шкафу в его гостиничном номере. Потому что вещи того, другого мужчины тоже висели в ее шкафу. Именно оттуда она их и достала, а не взяла у него дома, и может быть даже, это вещи не того мужчины, а совсем другого и она просто вынула их из шкафа и привезла сюда. Но Харри ничего не сказал. Потому что знал, что она досталась ему на время. Она была у него сейчас, и он мог либо с благодарностью принять это, либо остаться ни с чем. Поэтому он помалкивал. Он любил ее так, как всегда, интенсивно и медленно. Не позволял себе поддаться ее жадности и нетерпеливости, но делал все так медленно и глубоко, что она то ругала его, то хватала ртом воздух. Не потому, что он хотел, чтобы она чувствовала себя именно так, а потому, что он сам хотел чувствовать себя именно так. Потому что она досталась ему на время. У него были только эти несколько часов.

Когда она кончила, замерла и уставилась на него с неожиданным выражением обиды на лице, все ночи, что они провели вместе, вернулись обратно, и ему больше всего на свете захотелось расплакаться.

После этого они выкурили одну сигарету на двоих.

— Почему ты не хочешь признаться мне, что вы с ним встречаетесь? — спросил Харри, затянулся и протянул сигарету ей.

— Потому что мы не встречаемся. Это просто... временная спасительная гавань. — Ракель покачала головой. — Я не знаю. Я больше ничего не знаю. Мне надо было держаться подальше от всех и вся.

— Он хороший человек.

— Вот именно. Мне нужен хороший мужчина, так почему же я не хочу хорошего мужчину? Почему мы ведем себя так чертовски иррационально, хотя знаем, как нам будет лучше?

— Человек — это извращенный и поврежденный вид, — ответил Харри. — И излечение невозможно, возможно только облегчение.

Ракель прижалась к нему.

— Вот что мне в тебе нравится, так это твой постоянный оптимизм.

— Я считаю своей миссией нести свет, дорогая.

— Харри?

— Ммм.

— А существует дорога назад? Для нас?

Харри закрыл глаза. Прислушался к биению сердца. Своего собственного и ее.

— Назад — нет. — Он повернулся к ней. — Но если ты считаешь, что в тебе осталось немного будущего...

— Ты серьезно?

— Это просто постельный треп, так ведь?

— Глупый.

Ракель поцеловала его в щеку, протянула ему сигарету и поднялась. Оделась.

— Знаешь, ты можешь жить у меня наверху, — сказала она.

Харри покачал головой.

— Сейчас лучше так, — произнес он.

— Помни, что я люблю тебя, — сказала Ракель. — Никогда не забывай этого. Что бы ни случилось. Обещаешь?

Он кивнул и закрыл глаза. Во второй раз дверь захлопнулась так же мягко. Тогда он снова открыл глаза. Посмотрел на часы.

«Сейчас лучше так».

А что еще ему было делать? Поехать с ней в Холь-менколлен, позволить Дубаю выследить его там и втянуть Ракель в эту разборку, совсем как тогда со Снеговиком? Потому что сейчас он понимал, отлично понимал, что они с первого дня следили за каждым его шагом и что вполне достаточно было послать Дубаю приглашение через его дилеров. Они найдут его до того, как он найдет их. А потом они найдут Олега.

Поэтому единственным его преимуществом была возможность выбрать место.

Место преступления. И он выбрал. Это будет не здесь, в «Плазе», — это место для небольшого тайм-аута, для пары часов сна и подготовки. Местом станет «Леон».

Харри подумывал о том, чтобы связаться с Хагеном. Или Бельманом. Объяснить им ситуацию. Но тогда у них не будет другого выхода, кроме как арестовать его. В любом случае полиция сравнит показания бармена из Квадратуры, охранника Западного кладбища и женщины с аллеи Мадсеруда, это только вопрос времени. Мужчина ростом метр девяносто три, в льняном костюме, со шрамом, пересекающим половину лица, и пластырем на горле и подбородке. Скоро они начнут искать Харри Холе. Так что времени оставалось мало.

Харри со стоном поднялся и открыл платяной шкаф.

Он надел выглаженные трусы и рубашку с игроком в поло. Задумался насчет брюк от Армани. Тихо ругаясь, покачал головой и вместо них надел льняной костюм.

А потом достал спортивную теннисную сумку, лежавшую на шляпной полке. Ханс Кристиан объяснил, что только в ней оказалось достаточно места для винтовки.

Харри забросил ее на плечо и вышел из номера. Дверь захлопнулась за ним с мягким щелчком.

Глава 32

Не знаю, можно ли объяснить, как у трона сменился хозяин. Это произошло в то время, когда «скрипка» взяла власть в свои руки и стала руководить нами больше, чем мы ею. Все полетело псу под хвост: сделка, которую я попытался заключить с Ибсеном, ограбление в Алнабру. Олег расхаживал с выражением русской тоски на лице и говорил, что жизнь без Ирены лишена смысла. Через три недели мы стали тратить на наркоту больше, чем зарабатывали, мы ходили на работу под кайфом и знали, что скоро все улетит к чертовой матери. Но в тот момент об этом мы задумывались меньше, чем о следующей дозе. Это звучит как хреново клише, это и есть клише, но так оно и было на самом деле. Так чертовски просто и так невозможно. Думаю, с уверенностью могу сказать, что я никогда не любил другого человека, я имею в виду, не любил по-настоящему. Но я был безнадежно влюблен в «скрипку». Если Олег использовал «скрипку» в качестве сердечного лекарства, чтобы заглушить боль, я использовал ее как положено — чтобы стать счастливым. И я говорю совершенно серьезно: блин, счастливым. Она была лучше еды, секса, сна, да, лучше, чем дыхание.

Поэтому я не удивился, когда в один прекрасный вечер после расчета Андрей отвел меня в сторону и сказал, что старикан обеспокоен.

— Да все нормально, — ответил я.

Он пояснил, что, если я не возьму себя в руки и с этого момента не буду появляться на работе каждый хренов день чистым, старикан обещает отправить меня на принудительное лечение.

Я рассмеялся. Сказал, что не подозревал о том, что на этой работе предоставляются дополнительные льготы, медицинское страхование и все такое прочее. Может, нам с Олегом оплатят визит к дантисту и назначат пенсию?

— Олегу нет.

В его взгляде я прочитал, что приблизительно это означает.

В мои, блин, планы пока не входило завязывать по-настоящему. Как и в планы Олега. Поэтому мы наплевали на все и на следующий вечер взлетели выше здания Почтового управления, распродали половину нычки, забрали с собой ее остатки, взяли напрокат машину и поехали в Кристиансанн. Слушали хренова Синатру на полную катушку, «Я получил много и ничего», и это было правдой, у нас даже не было водительских прав. В конце концов Олег тоже запел, но только для того, чтобы заглушить Синатру и меня, как он объяснил. Мы смеялись и пили теплое пиво, и все было как в старые времена. Мы поселились в гостинице «Эрнст», на самом деле вовсе не такой шикарной, как ее название. Но когда мы спросили у портье, где найти торговцев наркотиками, в ответ получили только глупейшую мину. Олег рассказывал мне о фестивале, который проходил в этом городе и прекратил свое существование по милости какого-то идиота, стремившегося стать гуру. Он начал приглашать крутые команды, на которые у фестиваля не было денег. Как бы то ни было, городские христиане утверждали, что половина горожан от восемнадцати до двадцати пяти стала клиентами торговцев наркотиками именно из-за этого фестиваля. Но мы, конечно, не нашли никаких клиентов дилеров, только побродили в ночной темноте по пешеходной улице, где встретили одного — одного! — пьяного и четырнадцать певцов церковного хора, которые поинтересовались, не хотим ли мы встретиться с Иисусом.

— Если он захочет «скрипки», — ответил я.

Но он определенно не хотел, поэтому мы отправились обратно в гостиницу и ширнулись на сон грядущий. Не знаю уж почему, но мы остались в этой деревне. Ничего не делали, постоянно летали и пели Синатру. Однажды ночью я проснулся оттого, что Олег стоял надо мной. В руках он держал чертову суку. Сказал, что проснулся от скрипа тормозов под нашим окном, а когда выглянул на улицу, увидел, что она лежит на проезжей части. Я взглянул на нее. Выглядела она не очень. Мы с Олегом пришли к мнению, что у нее сломана спина. Шелудивая собака со шрамами от старых ран. Беднягу часто били, одному богу известно кто — хозяин или сородичи. Но сука была красивой. Она смотрела на меня карими спокойными глазами, как будто верила, что я могу исправить что угодно. И я попытался. Я кормил ее и поил, гладил по голове и разговаривал. Олег сказал, что нам надо отнести ее к ветеринару, но я знал, что сделают с ней доктора, поэтому мы оставили собаку в своем номере, повесили на дверь табличку «Не беспокоить» и уложили суку в кровать. Мы по очереди дежурили около нее, чтобы быть уверенными в том, что она дышит. А она просто лежала, становилась все горячее и горячее, а пульс у нее был все слабее и слабее. На третий день я дал ей имя — Руфус. А почему бы, собственно, и нет? Хорошо получить имя перед тем, как тебе предстоит умереть.

— Она страдает, — сказал Олег. — Ветеринар усыпит ее одним уколом. Ей совсем не будет больно.

— Никто не станет колоть Руфусу дешевый звериный наркотик, — сказал я, заряжая шприц.

— Ты спятил? — спросил Олег. — Здесь «скрипки» на две штуки.

Может быть. Но как бы то ни было, Руфус покинул этот мир хреновым бизнес-классом.

Кажется, я помню, что по пути домой было пасмурно. Во всяком случае, не было ни Синатры, ни песен.

Когда мы вернулись в Осло, Олег стал бояться того, что будет дальше. Сам же я был на удивление спокоен. Как будто знал, что старикан не станет нас трогать. Мы ведь были двумя безобидными джанки[1], опускающимися все ниже и ниже. Нищими, безработными и постепенно лишившимися запасов «скрипки». Олег выяснил, что слову «джанки» больше ста лет. Оно появилось, когда первые героинисты украли из Филадельфийского порта

---

[1] Наркоман, потребляющий опиаты (от англ. junky).

металлолом и продали его, чтобы потратить выручку на наркотики. И мы с Олегом делали в точности то же самое.

Мы стали пробираться на строительные площадки у порта в Бьёрвике и красть все, что попадалось под руку. Медь и инструменты были бесценным уловом. Медь мы продавали торговцу ломом в Калбаккене, инструменты — паре литовских рабочих.

Но со временем, когда и другие начали заниматься тем же, заборы стали выше, сторожей больше, в картине появились легавые, а покупатели пропали. И вот мы остались ни с чем, с жаждой, хлеставшей нас, как взбесившийся погонщик рабов, сутки напролет. И я знал, что мне надо придумать по-настоящему хорошую идею, окончательное решение наших проблем. И я придумал.

Конечно, Олегу я ничего не сказал.

Я готовил свою речь целый день. А потом позвонил ей.

Ирена только что вернулась домой с тренировки. Казалось, она почти рада слышать мой голос. Я говорил без остановки в течение часа. Когда я закончил, она плакала.

На следующий вечер я пошел на Центральный вокзал Осло встречать поезд из Тронхейма.

Когда она обнимала меня, по ее щекам текли слезы.

Такая юная. Такая заботливая. Такая ценная.

Я уже говорил, что никогда никого не любил по-настоящему, я это знаю. Но я был очень близко к тому, чтобы полюбить, потому что сам чуть не расплакался.

Глава 33

Через приоткрытое окно в номере 301 Харри услышал, как где-то в сумерках церковные колокола пробили одиннадцать раз. В том, что горло и шея болели, был один положительный момент: они не давали ему заснуть. Харри встал с кровати и сел на стул, прислонившись к стене возле окна, чтобы оказаться лицом к двери с винтовкой в руках.

Он остановился у стойки портье и попросил дать ему мощную лампочку, чтобы поменять перегоревшую в комнате постояльца, который очень устал и не может спуститься, и молоток, чтобы прибить пару гвоздей, вылезших из дверной коробки. Харри сказал, что сам все починит. После этого он заменил слабую лампочку в коридоре над своей дверью и воспользовался молотком для того, чтобы оторвать дверную коробку.

С того места, где он сейчас сидел, в дверных щелях он увидит тени, когда они придут.

Харри снова закурил. Проверил винтовку. Докурил оставшиеся в пачке сигареты. Церковные колокола пробили в темноте двенадцать раз.

Раздался телефонный звонок. Это была Беата. Она сказала, что добыла копии четырех из пяти списков, составленных патрульными машинами, курсировавшими по району Блиндерна.

— Последний экипаж уже передал свой список в Оргкрим, — сказала она.

— Спасибо, — ответил Харри. — Ты забрала пакеты у Нади из «Шрёдера»?

— Да-да. Я сказала судмедэкспертам, что это срочно. Они сейчас анализируют эту кровь.

Пауза.

— И? — спросил Харри.

— Что «и»?

— Я знаю эту интонацию, Беата. Есть что-то еще.

— Анализ ДНК невозможно сделать за несколько часов, Харри, потребуются...

— ...дни, прежде чем мы получим окончательный результат, — закончил Харри.

— Да, пока он не окончательный.

— Насколько не окончательный? — Харри услышал звук шагов в коридоре.

— Как минимум пять процентов вероятности, что результат окажется неверным.

— Ты получила предварительный результат анализа на ДНК, так ведь?

— Мы используем предварительные результаты, только чтобы выяснить, кем этот человек точно не может быть.

— Ну и какие же у тебя получились совпадения?

— Я не хочу ничего говорить, пока...

— Давай.

— Нет. Но я могу сказать, что эта кровь не принадлежит Густо.

— И?

— И она не принадлежит Олегу. Доволен?

— Очень доволен, — произнес Харри и почувствовал, как дыхание его стало тише.

— Но...

Тень на полу под дверью.

— Харри?

Он положил трубку. Направил винтовку на дверь. Подождал. Три коротких удара в дверь. Он ждал. Слушал. Тень не уходила. Харри прокрался вдоль

398

стены к двери, стараясь не выходить на вероятную линию огня. Выглянул в дверной глазок.

Он увидел мужскую спину.

Прямая куртка была такой короткой, что из-под нее выглядывал пояс брюк. Из заднего кармана торчала какая-то черная тряпка, должно быть шапка. Но ремня на нем не было. Руки плотно прижаты к бокам. Если у человека было оружие, оно, вероятно, находилось в кобуре на груди или на внутренней стороне бедра. Ни то ни другое не являлось обычным способом ношения оружия.

Мужчина повернулся к двери и дважды ударил, на этот раз громче. Харри, затаив дыхание, изучал искаженное глазком лицо. И все же в этом искаженном лице было что-то знакомое. Характерно выступающая вперед нижняя челюсть. Человек почесывал свой подбородок карточкой, висевшей на шнурке у него на шее. Похожей на удостоверение личности полицейского, отправляющегося на задержание. Черт! Полиция опередила Дубая.

Харри помедлил. Если у парня имеется ордер на арест, то у него должна быть и голубая бумажка с ордером на обыск, которую он уже предъявил портье в обмен на мастер-ключ. Мозг Харри работал. Он прокрался обратно, прислонил ружье к платяному шкафу. Вернулся к двери и открыл ее. Спросил: «Что вам надо и кто вы такой?», быстро осматривая коридор в обоих направлениях.

Мужчина не отрывал от него глаз.

— Черт, ну и видок у тебя, Холе. Можно войти?

Он предъявил удостоверение полицейского. Харри прочитал его.

— Трульс Бернтсен. Ты работал на Бельмана, так ведь?

— Все еще работаю. Тебе привет от него.

Харри сделал шаг в сторону и позволил Бернтсену пройти вперед.

— Уютненько, — заметил тот, осматривая номер.

— Садись, — сказал Харри, указывая рукой на кровать.

Сам он опустился на стул у окна.

— Хочешь жвачку? — спросил Бернтсен, протягивая ему упаковку.

— Дырки в зубах будут. Что тебе надо?

— Как всегда, море дружелюбия?

Бернтсен разразился хрюкающим смехом, свернул пластик жвачки, опустил в ящик нижней челюсти и уселся.

Мозг Харри регистрировал интонации, язык тела, движения глаз, запах. Мужчина был расслаблен, но представлял собой угрозу. Открытые ладони, никаких резких движений, но глаза собирают информацию, читают ситуацию, ведут подготовку к чему-то. Харри уже пожалел, что выпустил винтовку из рук. Отсутствие разрешения на ношение оружия в данный момент было не самой большой его проблемой.

— Дело в том, что мы нашли кровь на рубашке Густо Ханссена после осквернения его могилы на Западном кладбище вчера вечером. Анализ ДНК показывает, что это твоя кровь.

Харри наблюдал, как Бернтсен аккуратно складывает серебряную бумажку из-под жвачки. Теперь он вспомнил этого полицейского. Его называли Бивис. Мальчик на побегушках у Бельмана. Глупый и умный. И опасный. Плохой вариант Форреста Гампа.

— Понятия не имею, о чем ты говоришь, — сказал Харри.

— Ладно, — со вздохом произнес Бернтсен. — Может, в регистре ошибка. Тогда бери свои обноски, и поехали в Полицейское управление, возьмем новые анализы крови.

— Я ищу одну девушку, — сказал Харри. — Ирену Ханссен.

— Она похоронена на Западном кладбище?

— Во всяком случае, ее ищут с лета. Она — неродная сестра Густо Ханссена.

— Это новость для меня. Все равно тебе придется поехать со мной в...

— Она посередине, — продолжал Харри. Он достал из кармана пиджака фотографию семьи Ханссенов и протянул ее Бернтсену. — Мне нужно немного времени. Не много. Потом вы поймете, почему я должен был поступить именно так. Я обязуюсь сдаться добровольно через сорок восемь часов.

— Сорок восемь часов, — произнес Бернтсен, изучая фотографию. — Хороший фильм. Нолти и тот негр. Макмёрфи?

— Мёрфи.

— Точно. Он стал каким-то несмешным. Странно, да? У тебя было что-то, и вдруг в один прекрасный день ты просто взял и потерял это. Как тебе кажется, что бы ты почувствовал в такой ситуации, Холе?

Харри посмотрел на Трульса Бернтсена. Теперь он не был так уверен в своем предположении насчет Форреста Гампа. Бернтсен держал фотографию на свету. Сосредоточенно щурился.

— Узнаешь ее?

— Нет, — ответил Бернтсен и протянул ему фотографию, одновременно приподнимаясь: ему явно было неудобно сидеть на тряпке, что лежала у него в заднем кармане, и он переложил ее в карман куртки. — Мы съездим в Полицейское управление и уже там поговорим о твоих сорока восьми часах.

Он говорил непринужденно. Слишком непринужденно. А Харри уже пришла в голову одна мысль. О том, что Беата проводила срочный анализ ДНК в Институте судебной медицины, но до сих пор не получила окончательного ответа. Так как же могло случиться, что Бернтсен уже проанализировал кровь с савана Густо? И еще одно. Бернтсен перекладывал свою тряпку не слишком быстро. Это была не просто шапка, а шапка-балаклава. Что-то наподобие этого использовали при казни Густо.

А по пятам за этими двумя мыслями пришла следующая. Сжигатель.

Значит, все-таки первой появилась не полиция, а прихвостень Дубая?

Харри подумал о прислоненной к шкафу винтовке. Но бежать уже слишком поздно: в коридоре раздались другие шаги. Шаги двух человек. Один из них такой большой, что под ним скрипят половицы. Шаги затихли перед его номером. Тени двух пар широко расставленных ног упали на пол под дверью. Он мог, конечно, лелеять надежду, что это коллеги Бернтсена из полиции, что здесь действительно происходит задержание. Но Харри слышал, как жалобно трещит пол. Здоровенный мужик, сопоставимый по размерам с тем, кто преследовал его в Фрогнерпарке.

— Пошли, — сказал Бернтсен, поднялся и встал перед Харри. Как будто случайно почесал грудь под лацканом пиджака. — Маленькая прогулка, только мы с тобой.

— Да нас уже стало больше, — ответил Харри. — Вижу, ты пришел с группой поддержки.

Он кивнул на тени под дверью. Между тенями от двух ног промелькнула пятая тень. Длинная прямая тень. Трульс следил за его взглядом. И Харри заметил это. Настоящее удивление на лице Трульса. Такое удивление, которое типы вроде Трульса Бернтсена не в состоянии подделать. Стоявшие за дверью не были людьми Бернтсена.

— Отойди от двери, — прошептал Харри.

Трульс прекратил пережевывать жвачку и взглянул на него сверху вниз.

Трульсу Бернтсену нравилось носить свой пистолет «штейр» в кобуре, передвинутой вперед, в результате чего оружие оказывалось плотно прижатым к груди. Так пистолет было труднее заметить, если стоишь лицом к лицу с кем-нибудь. А поскольку он знал, что Харри Холе опытный следователь, прошедший обучение в ФБР в Чикаго и все такое, то он был уверен, что Холе автоматически обнаружит выпуклости на одежде в обычных местах. Не то чтобы Трульс думал, что ему придется воспользоваться своим «штейром», но у него были свои меры предосторожности. Если бы Харри оказал сопротивление, Трульс вывел бы его отсюда, незаметно приставив «штейр» к спине и нацепив шапку-балаклаву, чтобы возможные свидетели не смогли сказать, кого они видели вместе с Холе непосредственно перед тем, как тот исчез с поверхности земли. Его «сааб» был припаркован на тихой улочке, где он даже разбил единственный фонарь, чтобы никто не разглядел номерные знаки на машине. Пятьдесят тысяч евро. Ему надо быть терпеливым, класть камень на камень. Тогда он построит дом еще выше на Хёйенхалле, с видом на них. С видом на нее.

Харри Холе оказался не таким гигантом, каким он его помнил. И более страшным. Бледный, страшный, грязный и изможденный. Покорный, несобранный. Сделать работу будет легче, чем он полагал. Поэтому когда Холе шепотом попросил его отойти от двери, первой реакцией Трульса Бернтсена было раздражение. Неужели парень начнет выделывать детские фокусы, когда все идет так хорошо? А его следующей реакцией стало осознание того, что именно с такой интонацией говорят полицейские в кризисной ситуации. Без преувеличения опасности или драматизма, нейтральным холодным тоном, четко, чтобы оставалось как можно меньше шансов их не понять. И как можно больше шансов выжить.

Поэтому Трульс Бернтсен машинально сделал шаг в сторону.

В тот же миг верхняя часть двери со свистом влетела в номер.

Пока Трульс Бернтсен разворачивался, он инстинктивно понял, что бежать не следует, потому что зона поражения дробовика, стреляющего с такого расстояния, будет большой. Рука его скользнула за пазуху. Если бы кобура находилась в обычном месте и на нем не было бы пиджака, он бы выхватил пистолет быстрее, потому что рукоятка торчала бы наружу. Но в пиджаке легче было вынимать пистолет, прижатый к телу недалеко от лацканов.

Трульс Бернтсен упал назад на кровать, высвобождая при этом пистолет, и когда остатки двери с грохотом разлетелись в стороны, оружие уже было у него в руке. Он услышал, как позади него хрустнуло стекло, после чего все остальные звуки заглушил новый выстрел.

Звук заполнил уши, их заложило, и в номер ворвалась метель.

В дверном проеме, окутанные вьюгой, виднелись силуэты двух мужчин. Более крупный поднял пистолет. Головой он почти касался верха дверного проема, в нем было больше двух метров роста. Трульс нажал на курок. И снова нажал. Ощутил превосходную отдачу и еще более превосходное осознание того, что на этот раз все всерьез и черт с тем, что будет потом. Великан попятился, тряхнув челкой, и стал отступать, пока не скрылся из виду. Трульс передвинул пистолет и прицел. Второй мужчина стоял не шевелясь. Вокруг него летали белые перья. Трульс держал его на мушке. Но не стрелял. Теперь он видел его четче. Морда как у росомахи. Такие лица у Трульса всегда ассоциировались с саамами, финнами и русскими.

Этот человек спокойно поднял пистолет, держа его перед собой. Палец на спусковом крючке.

— Easy, Berntsen[1], — сказал он.

Трульс Бернтсен протяжно завыл.

Харри падал.

Он наклонил голову, сгорбился и стал пятиться, когда первый заряд дробовика просвистел у него над головой. Он пятился туда, где находилось окно. Почувствовал, как стекло прогнулось, прежде чем вспомнило, из чего оно сделано, и подалось.

---

[1] Полегче, Бернтсен (англ.).

Теперь он находился в свободном падении.

Время резко затормозило свой бег, как будто он падал через толщу воды.

Руки медленными движениями рефлекторно пытались остановить вращение тела, которое уже начало исполнять сальто назад. Недодуманные мысли носились между синапсами мозга: он приземлится на голову и шею; ему повезло, что в номере не было штор; обнаженная женщина вверх ногами в окне напротив.

А потом он погрузился во что-то мягкое. Пустые картонные коробки, старые газеты, использованные подгузники, упаковки из-под молока и несвежий хлеб из кухни гостиницы, влажные фильтры с остатками кофе.

Он лежал на спине в мусорном баке под стеклянным дождем. Из окна над ним были видны вспышки, похожие на фотоаппаратные. Вспышки от выстрелов. Но было на удивление тихо, как будто выстрелы раздавались в телевизоре с приглушенным звуком. Харри почувствовал, что клейкая лента на горле порвалась и из раны потекла кровь. Какую-то долю секунды он раздумывал, а не остаться ли лежать здесь. Закрыть глаза, уснуть, улететь. Он словно со стороны наблюдал, как встает, перепрыгивает через край бака и несется к воротам на другой стороне двора. Открывает их, слыша протяжный яростный вой из окна, и выбегает на улицу. Поскальзывается на крышке люка, но удерживается на ногах. Видит, как работающая негритянка в узких джинсах автоматически улыбается ему и надувает губки, но, оценив ситуацию, отворачивается в другую сторону.

Харри побежал.

И решил, что на этот раз он будет просто бежать. До тех пор, пока бежать будет больше некуда.

Пока не наступит конец, пока они не схватят его. Он надеялся, что ждать этого уже недолго.

Во время ожидания он будет делать то, на что запрограммирована добыча: будет бежать, попробует ускользнуть, попытается выжить еще несколько часов, несколько минут, несколько секунд.

Сердце его возмущенно колотилось. Перебегая дорогу перед ночным автобусом, он засмеялся и помчался дальше, к Центральному вокзалу.

Глава 34

Харри был заперт. Он только что проснулся и понял это. На стене прямо над ним висел плакат, изображающий человеческое тело без кожи. Рядом — аккуратно вырезанная из дерева фигурка, представляющая распятого на кресте человека, который вот-вот истечет кровью. Дальше — медицинские шкафчики.

Харри повернулся на скамейке. Попытался продолжить с того момента, как вчера отключился. Попытался представить картинку. На ней было множество точек, но ему пока не удавалось соединить их одной линией. Да и сами точки были только предположениями.

Предположение номер один: Трульс Бернтсен — сжигатель. Он работает в Оргкриме и поэтому великолепно подходит для целей Дубая.

Предположение номер два: Беата получила совпадение с ДНК Бернтсена в регистре.

Именно поэтому она не хотела ничего говорить, не убедившись на все сто процентов: анализ крови из-под ногтей Густо указывает на одного из полицейских. И если это так, то Густо поцарапал Трульса Бернтсена в день своей смерти.

А вот дальше начиналось трудное. Если Бернтсен действительно работает на Дубая и получил задание покончить с Харри, то почему появились эти Братья Блюз и попытались снести головы им обоим? И если они люди Дубая, то как получилось, что они и сжигатель пришли следом друг за другом? Разве они не на одной стороне? Или просто операция оказалась плохо скоординированной? Или она не была скоординирована, потому что Трульс Бернтсен действовал по собственной инициативе, чтобы помешать Харри передать полиции доказательства из могилы Густо и таким образом раскрыть его?

Раздался звон ключей, и дверь открылась.

— Доброе утро, — прощебетала Мартина. — Как ты себя чувствуешь?

— Лучше, — соврал Харри, посмотрев на часы.

Шесть утра. Он сбросил шерстяное одеяло и спустил ноги на пол.

— Наш медицинский кабинет не предназначен для ночлега, — сказала Мартина. — Полежи еще, и я наложу новую повязку на твое горло.

— Спасибо, что приняла меня вчера ночью, — произнес Харри. — Но как я говорил, в настоящее время прятать меня небезопасно, поэтому, думаю, мне лучше уйти.

— Ляг немедленно!

Харри посмотрел на нее. Вздохнул и покорился. Закрыл глаза и стал слушать, как Мартина открывает и закрывает какие-то ящики, как звенят ножницы, прикасаясь к стеклу, как разговаривают первые клиенты, пришедшие позавтракать в кафе «Маяк», расположенное этажом ниже.

Пока Мартина разматывала повязку, которую наложила ему вчера, Харри свободной рукой набрал номер телефона Беаты и попал на весьма лаконичное сообщение с просьбой к звонящему быть кратким, гудок.

— Я знаю, что кровь принадлежит бывшему следователю по особо тяжким из Крипоса, — сказал Харри. — Сегодня в течение дня ты получишь подтверждение этому из Института судебной медицины, но пока никому не сообщай. Одного этого недостаточно для того, чтобы судья выдал ордер на арест, а если мы будем продолжать трясти его, то существует риск, что он сожжет все это дело и исчезнет. Поэтому мы задержим его за что-нибудь другое и таким образом выиграем время для работы. Взлом и убийство в байкерском клубе в Алнабру. Если я не слишком ошибаюсь, то это тот самый человек, с которым Олег пытался ограбить этот клуб. А Олег даст показания. Поэтому я хочу, чтобы ты послала фотографию Трульса Бернтсена, работающего сейчас следователем в Оргкриме, в адвокатскую контору Ханса Кристиана Симонсена и попросила его предъявить снимок Олегу для опознания.

Харри положил трубку, вздохнул, почувствовал, как она пришла, такая резкая и сильная, что он начал задыхаться. Он отвернулся, поняв, что содержимое желудка раздумывает над тем, не совершить ли ему путешествие наверх.

— Больно? — спросила Мартина, проводя пахнущим спиртом тампоном по его шее и горлу.

Харри помотал головой и кивнул в сторону открытой бутылки со спиртом.

— Понятно, — сказала Мартина, завинчивая пробку.

Харри глупо улыбнулся и почувствовал, как покрывается потом.

— Неужели уже никогда не будет лучше? — тихо спросила Мартина.

— Что? — сиплым голосом сказал Харри.

Она не ответила.

Взгляд Харри заметался между скамейками в поисках случайного предмета, способного отвлечь его мысли на что угодно, лишь бы отвлечь, и остановился на золотом кольце, которое Мартина сняла с пальца и положила на скамейку перед тем, как начать заниматься его раной. Они с Рикардом были женаты уже несколько лет, на кольце появились царапины и выбоины, оно не было новым и гладким, как кольцо Туркильсена из «Теленора». Харри ощутил резкий холод и зуд на коже головы. Но это, конечно, мог быть просто пот.

— Настоящее золото? — спросил он.

Мартина принялась накладывать новую повязку.

— Это обручальное кольцо, Харри.

— И что?

— Разумеется, оно из золота. Каким бы бедным или жадным ты ни был, ты не купишь обручальное кольцо, сделанное не из золота.

Харри кивнул. Голова чесалась все сильнее, он почувствовал, как волосы на затылке встают дыбом.

— Я купил, — признался он.

Мартина засмеялась.

— Значит, ты единственный такой на свете, Харри.

Харри не в силах был оторвать глаза от кольца. Она произнесла это вслух.

— Черт, ну конечно же, я единственный... — произнес он медленно.

Волосы на затылке никогда не ошибаются.

— Эй, подожди, я еще не закончила!

— Все нормально, — ответил Харри, успевший вскочить на ноги.

— Тебе как минимум надо получить здесь новую чистую одежду. От тебя воняет помоями, потом и кровью.

— Монголы перед большими сражениями обычно обмазывались экскрементами животных, — сказал Харри, застегивая рубашку. — Если ты хочешь дать мне то, в чем я действительно нуждаюсь, то чашка кофе была бы...

Мартина огорченно посмотрела на него. И, покачивая головой, направилась вниз по лестнице.

Харри торопливо достал мобильник.

— Да?

Голос Клауса Туркильсена был похож на голос зомби. Детский крик на заднем плане объяснял почему.

— Это Харри Хо. Если ты сделаешь для меня одну вещь, я больше никогда не буду тебя мучить, Туркильсен. Ты должен проверить несколько базовых станций. Мне нужно знать все места, в которых побывал мобильный телефон Трульса Бернтсена из Манглеруда вечером двенадцатого июля.

— Мы не сможем определить до квадратного метра или проследить...

— ...передвижения минута за минутой. Мне об этом известно. Просто сделай что сможешь.

Пауза.

— Это все?

— Нет, еще одно имя.

Харри закрыл глаза и напряг память. Представил себе буквы на дверной табличке в Онкологическом центре. Пробормотал их. А потом произнес имя вслух в телефонную трубку.

— Записал. А под «больше никогда» ты имеешь в виду...

— Больше никогда.

— Ну что ж, — сказал Туркильсен. — Еще одно.

— Да?

— Вчера полиция интересовалась твоим номером телефона. На тебя не зарегистрирован ни один номер.

— У меня незарегистрированный китайский номер. А что?

— Мне показалось, они хотят выследить тебя. Что вообще происходит?

— Ты уверен, что хочешь это знать, Туркильсен?

— Нет, — ответил тот после очередной паузы. — Позвоню, когда у меня будут данные.

Харри положил трубку и задумался. Его ищут. И хотя не сумеют найти зарегистрированный на него номер, зато могут сложить два и два, когда проверят звонки на телефон Ракели и обнаружат некий китайский номер. Телефон можно запеленговать, поэтому от него необходимо избавиться.

Когда Мартина вернулась с чашкой дымящегося кофе, Харри сделал два глотка и спросил без обиняков, не одолжит ли она ему на пару дней свой телефон.

Она посмотрела на него своим прямым чистым взглядом и ответила: да, если он все обдумал.

Харри кивнул, взял маленький красный аппарат, поцеловал ее в щеку и, прихватив чашку кофе, спустился в кафе. Пять столов были уже заняты, и в двери заходили новые утренние пташки. Харри уселся за свободный стол и переписал самые важные номера из своего китайского левого айфона. Послал по ним сообщение о том, что у него временно будет другой номер.

Наркоманы так же непостижимы, как и другие люди, но в одном отношении они очень предсказуемы, поэтому, когда Харри положил свой китайский телефон на один из свободных столов и отправился в туалет, он был уверен в том, что произойдет. Когда Харри вернулся, телефон уже испарился. Он отправился в путешествие, которое полиции будет позволено отследить по базовым станциям, разбросанным по городу.

Харри же вышел из кафе и направился по улице Тёйенгата к Грёнланну.

Вверх по склону навстречу ему ехала полицейская машина. Он не думая пригнул голову, достал красный телефон Мартины и сделал вид, что разговаривает, используя телефон, чтобы прикрыть рукой бо́льшую часть лица.

Машина проехала мимо. На протяжении следующих часов ему придется скрываться.

Но он кое-что знал, и это было важнее. Он знал, с чего начать.

Трульс Бернтсен лежал под двумя слоями хвои и мерз как собака.

Всю ночь он проигрывал один и тот же фильм, снова и снова. Человек с мордой росомахи осторожно отступает назад, продолжая твердить это «easy», как будто прося о перемирии, при том что они целятся друг в друга из пистолетов. Человек с мордой росомахи. Шофер лимузина перед кладбищем Гамлебюена. Приспешник Дубая. Когда он нагнулся, чтобы уволочь за собой здоровенного коллегу, которого Трульс застрелил, ему пришлось опустить пистолет, и Трульс понял, что этот человек готов рискнуть жизнью, чтобы забрать с собой друга. Должно быть, когда-то Росомаха был солдатом либо полицейским или, во всяком случае, выполнял еще какую-нибудь долбаную почетную работу. В тот же миг раздался стон здоровяка. Он оказался жив. Трульс ощутил одновременно облегчение и разочарование. Но он позволил Росомахе сделать свое дело, позволил ему поднять здоровяка на ноги и, когда они побрели по коридору к запасному выходу, услышал, как в одном ботинке здоровяка хлюпает кровь. Как только они скрылись из виду, он натянул шапку-балаклаву и сбежал вниз, пронесся через холл, запрыгнул в «сааб» и поехал прямо сюда, не решившись отправиться домой. Потому что это место было безопасным и тайным. Здесь никто его не увидит, об этом месте знает только он. Сюда он приезжал, когда хотел увидеть ее.

Место это располагалось в Манглеруде, в той его части, где люди ходили на прогулки. Но те, кто здесь ходил, держались тропинок и никогда не забирались сюда, на его скалу, окруженную к тому же густыми зарослями.

Дом Микаэля и Уллы Бельман находился на склоне холма прямо напротив скалы, Трульс прекрасно видел окошко гостиной, в которой она просидела столько вечеров. Просто сидела на диване. У нее было красивое лицо, гибкое тело, почти не изменившееся с годами, она оставалась все той же Уллой — самой красивой девочкой в Манглеруде. Иногда Микаэль тоже сидел в гостиной. Трульс видел, как они целуются и ласкают друг друга, но они всегда удалялись в спальню, чтобы совершить остальное. Он не знал, хочет ли он увидеть это остальное. Потому что больше всего ему нравилось смотреть, как она сидит в одиночестве. На диване, с книгой, поджав под себя ноги. Время от времени она бросала взгляд в окно, как будто чувствовала, что за ней наблюдают. И тогда, случалось, он чувствовал возбуждение при мысли о том, что она, возможно, знает. Знает, что он где-то там.

Но сейчас окно гостиной было темным. Они переехали. Она переехала. А безопасных обзорных площадок поблизости от их нового дома не было. Трульс проверял. И судя по тому, как обстояли дела на данный момент, он вряд ли смог бы воспользоваться таким местом. Смог бы воспользоваться вообще чемнибудь. Он был меченым.

Они хитростью заставили его пойти к Холе в «Леон» в районе полуночи, а потом напали.

Они попытались избавиться от него. Попытались сжечь сжигателя. Но почему? Потому что он слишком много знал? Но Трульс ведь был сжигателем, а сжигатели всегда знают слишком много, таково положение вещей. Он никак не мог понять. Черт! Какова бы ни была причина, ему надо просто позаботиться о том, чтобы остаться в живых.

Трульс так замерз и устал, что у него ломило кости, но он не решался поехать домой, пока не рассветет и он не сможет проверить, чист ли путь. Если только он войдет в двери собственной квартиры, его снаряжения хватит на то, чтобы выдержать осаду. Ему, конечно, следовало застрелить их обоих, когда была такая возможность, но если они снова придут, они, черт возьми, увидят, что Трульса Бернтсена не так-то легко прикончить.

Трульс поднялся. Дрожа от холода, стряхнул с одежды хвою и похлопал себя по плечам, чтобы согреться. Снова посмотрел на дом. Начинало светать. Он подумал о других Уллах. Как та, маленькая брюнетка из «Маяка». Мартина. Он вообще-то думал, что сумеет заполучить ее. Она работала среди опасных людей, а он был тем, кто способен ее защитить. Но она не обращала на него внимания, а у Трульса обычно не хватало храбрости подойти к ней и выслушать отказ. Ему больше нравилось ждать и надеяться, тянуть резину, изводить себя, замечать признаки поощрения там, где менее отчаявшиеся мужчины видели лишь обычное дружелюбие. В один прекрасный день он услышал, как Мартина с кем-то разговаривает, и понял, что она беременна. Хренова шлюха. Все они шлюхи. Как та девка, которую Густо Ханссен использовал в качестве разведчика. Шлюха, шлюха. Он ненавидел этих женщин. И мужчин, которые знали, как заставить этих женщин полюбить себя.

Он прыгал и обнимал себя руками, но знал, что ему уже никогда не согреться.

Харри поехал обратно в Квадратуру. Уселся в кафе «Посткафе». Оно открывалось раньше всех, на четыре часа раньше «Шрёдера», и ему пришлось выстоять целую очередь из жаждущих пива клиентов, прежде чем он купил себе подобие завтрака.

Первым делом он позвонил Ракели. Попросил ее проверить содержимое почтового ящика Олега.

— Да, — ответила она. — Здесь письмо тебе от Бельмана. Похоже на список адресов.

— Хорошо, — сказал Харри. — Перешли его Беате Лённ.

Он продиктовал ей электронный адрес.

Потом отправил текстовое сообщение Беате о том, что списки у нее в ящике, и доел завтрак. Он переместился в заведение «Стурторветс йестйивери» и как раз успел выпить еще одну чашку отлично приготовленного кофе, прежде чем позвонила Беата.

— Я сравнила списки, которые сама копировала у патрулей, со списком, который мне переслал ты. Что это за список?

— Это список, который Бельман получил и переслал мне. Я просто хочу знать, предоставили ли ему правильную информацию или же ее подправили.

— Вот как. Все адреса, собранные мной, есть в полученном тобой списке Бельмана.

— Ммм, — ответил Харри. — Ты ведь не получила список у одной патрульной машины?

— А о чем вообще идет речь, Харри?

— Речь идет о том, что я хочу заставить сжигателя помочь нам.

— Помочь нам в чем?

— Найти дом, в котором живет Дубай.

Пауза.

— Я подумаю, как можно добыть последний список, — сказала Беата.

— Спасибо. Созвонимся.

— Подожди.

— Да?

— А тебе не интересно узнать о результатах анализа ДНК из-под ногтя Густо?

Глава 35

Стояло лето, и я был королем Осло. Я получил пол-кило «скрипки» за Ирену и продал половину на ули-це. Это должно было стать стартовым капита-лом для большого дела, для создания нового картеля, который сметет старикана с дороги. Но начало такого дела надо было отметить. Я потратил крошечную часть вырученных денег на то, чтобы купить костюм, подходящий к ботинкам, пода-ренным мне Исабеллой Скёйен. Я выглядел на мил-лион долларов, и никто и глазом не моргнул, когда я зашел в хренов отель «Гранд» и попросил у них люкс. Там мы и зависли. Мы были людьми, у кото-рых праздник продолжается двадцать четыре ча-са в сутки. Кто были эти «мы», немного варьиро-валось, но стояло лето, Осло, девчонки, парни, все было как в старые времена, только с более тяжелы-ми наркотиками. Даже Олег расцвел и на какое-то время стал собой прежним. Оказалось, что у меня было больше друзей, чем я помнил, и наркота рас-ходилась быстрее, чем я мог себе представить. Нас выставили из «Гранда», и мы поселились в «Кри-стиании». Потом в «Рэдиссоне» на площади Холь-берга.

Конечно, это не могло длиться вечно, но что, черт возьми, может?

Раз или два при выходе из гостиницы я замечал черный лимузин на противоположной стороне ули-цы, но таких машин в городе несколько. В любом случае, она просто стояла.

А потом настал неминуемый день, когда деньги кончились, и мне пришлось продать еще немного наркотика. Я сделал нычку в чулане этажом ниже, на внутренней стороне легких потолочных плиток, позади пучка электрокабелей. Но либо я бредил под кайфом, либо кто-то видел, как я туда заходил. Потому что мой тайник обнесли. А запасного у меня не было.

К нам снова вернулась жажда. Только вот никаких «мы» больше не было. Настала пора выселяться из гостиницы. И идти на улицу добывать первую дневную дозу. Но когда я собрался расплатиться за номер, который мы занимали больше двух недель, мне, блин, не хватило пятнадцати тысяч.

И я сделал единственно разумный ход.

Убежал.

Пробежал через весь холл, выскочил на улицу, помчался через парк к морю. За мной никто не гнался.

Потом я потрусил на Квадратуру за покупкой. Ни одного игрока «Арсенала» не наблюдалось, только несколько их отчаявшихся клиентов с ввалившимися глазами бродили в округе в поисках продавца. Я поболтал с торговцем, который хотел продать мне мет. Он рассказал, что «скрипку» невозможно достать уже несколько дней, что произошло настоящее прекращение поставок. Но ходили слухи, что несколько смышленых торчков продают на Плате свои последние дозы «скрипки» по пять тысяч за штуку, а на эти деньги можно сделать недельный запас «лошади». У меня, блин, не было пяти тысяч, и я понял, что попал в беду.

Существовали три альтернативы. Продать, обмануть или украсть.

Сначала продать. Но что у меня оставалось, если я успел продать даже собственную сестру?

Я вспомнил. «Одесса». Она была спрятана в репетиционном зале, а пакисы из Квадратуры наверняка выложат пять тысяч за пушку, стреляющую хреновыми очередями. И я побежал на север, мимо здания Оперы и Центрального вокзала. Но наверное, в зал кто-то залезал, потому что на дверях висел новый навесной замок, а гитарных усилителей не было, осталась только ударная установка. Я поискал «одессу», но они, блин, и ее забрали. Воры несчастные.

Потом обмануть. Я поймал такси и отправился на запад, в район Блиндерн. Шофер начал ныть о деньгах, уже когда я садился, видимо, понял расклад. Я попросил его остановиться там, где дорога упирается в железнодорожные рельсы, выскочил из машины и помчался через пешеходный мост, оставив водилу с носом. Я пробежал через весь Фошкнингс-парк. Я бежал, хотя за мной никто не гнался. Я бежал, потому что времени оставалось мало. Только я не знал для чего.

Я открыл ворота и пробежал по гравиевой дорожке к гаражу. Заглянул в щель сбоку от железных жалюзи. Лимузин был на месте. Я постучался в двери виллы.

Открыл Андрей. Старикана нет дома, сказал он. Я указал на соседний дом за водохранилищем и сказал, что он, наверное, там, потому что лимузин-то стоит в гараже. Он повторил, что «атамана» нет дома. Я сказал, что мне нужны деньги. Андрей ответил, что ничем не может мне помочь и что мне больше никогда не следует приходить сюда. Я сказал, что мне нужна «скрипка», только сейчас, в первый и последний раз. Он ответил, что «скрипки» пока нет, что у Ибсена закончился какой-то ингредиент и мне надо подождать пару недель. Я сказал, что за это время умру, что мне необходимы деньги или «скрипка».

Андрей хотел закрыть дверь, но я успел вставить ногу в дверной проем.

Я сказал, что если не получу то, что мне надо, то расскажу, где он живет.

Андрей посмотрел на меня.

— Are you trying to get yourself killed?[1] — спросил он с комичным акцентом. — Remember Псина?[2]

Я протянул руку. Сказал, что легавые хорошо заплатят за информацию о том, где живет Дубай со своими крысами. Плюс еще немного за рассказ о том, что случилось с Псиной. Но больше всего они отстегнут, когда я поведаю им о мертвом агенте на полу в подвале.

Андрей медленно покачал головой.

Тогда я сказал казаку «пасшол вчорте», что, как мне кажется, по-русски означает «пошел к черту», и удалился.

Я ощущал его взгляд на своей спине всю дорогу к воротам.

Я понятия не имел, почему старикан позволил мне безнаказанно улизнуть с наркотой, как мы поступили с Олегом, но я знал, что за только что содеянное не останусь безнаказанным. Но мне было по фигу, я был в отчаянии, я слышал только одно — голодный крик вен.

Я пошел к тропинке за церковью Вестре-Акера. Постоял немного, посмотрел, как приходят и ухо-

---

[1] Ты что, пытаешься сам себя убить? *(англ.)*
[2] Псину не забыл? *(англ.)*

дят старушки. Вдовы, навещающие могилы своих мужей и свои собственные, с сумочками, полными бабла. Но во мне, блин, этого не было. Я, Вор, стоял совершенно спокойно и потел, как свинья, потому что боялся этих хрупких восьмидесятилетних старушенций. От этого можно расплакаться.

Была суббота, и я мысленно перебрал всех своих друзей, способных одолжить мне денег. Я проделал это быстро. Таких не было.

Потом я вспомнил об одном человеке, который как минимум обязан был одолжить мне денег. Если не хотел проблем на свою голову.

Я сел в автобус, поехал на восток, вернулся в правильную часть города и вышел в Манглеруде.

На этот раз Трульс Бернтсен оказался дома.

Он стоял в дверях своей квартиры на шестом этаже многоквартирного дома и слушал, как я выдвигаю ему почти такой же ультиматум, как на улице Блиндернвейен. Если он не даст мне пять тысяч, я расскажу, что он убил Туту и спрятал труп.

Однако Бернтсен держался совершенно хладнокровно. Пригласил меня зайти в квартиру, где мы, конечно, обо всем договоримся, сказал он.

Но в его взгляде было что-то очень неправильное.

Поэтому я не вошел, заявив, что обсуждать тут нечего: либо он раскошелится, либо я пойду и сдам его за вознаграждение. Он ответил, что полиция не платит тем, кто пытается настучать на полицейского. Но пять тысяч он наскребет, мы ведь не чужие люди, нас можно считать почти друзьями. Сказал, что столько наличных у него дома нет и нам надо доехать до банкомата, машина внизу, в гараже.

Я подумал. Колокольчик, предупреждающий об опасности, звенел вовсю, но жажда, блин, была невыносимой, она блокировала всякую разумную мысль. Поэтому я кивнул, хотя знал, что поступаю неверно.

— Значит, ты получила результаты анализа ДНК? — спросил Харри, осматривая посетителей «Посткафе».

Ни одного подозрительного человека. Или, вернее, куча подозрительных личностей, но никого из них нельзя было принять за полицейского.

— Да, — ответила Беата.

Харри взял телефон другой рукой.

— Думаю, я уже знаю, кого поцарапал Густо.

— Да? — спросила Беата с неподдельным изумлением в голосе.

— Ага. Человек, данные которого имеются в регистре ДНК, является либо подозреваемым, либо осужденным, либо полицейским, который мог оставить свои следы на месте преступления. В нашем случае речь идет о последнем. Его зовут Трульс Бернтсен, и он служит в Оргкриме.

— Откуда ты знаешь, что это он?

— Ну, суммировал все, что случилось, можно так сказать.

— Да ладно, — ответила Беата, — не сомневаюсь, что это основывается на серьезных размышлениях.

— Спасибо, — сказал Харри.

— И тем не менее это совершенно ошибочное утверждение, — произнесла Беата.

— Еще раз?

— Кровь под ногтями Густо не принадлежит Бернтсену.

Но пока я стоял перед дверью Трульса Бернтсена, который ушел за ключами от машины, я бросил взгляд вниз. На свои ботинки. Чертовски хорошие ботинки. И я вспомнил об Исабелле Скёйен.

Она не была такой опасной, как Бернтсен. И она с ума по мне сходила, — что, может, нет?

С ума сходила, и даже чуть больше.

Поэтому, не дожидаясь, когда вернется Бернтсен, я помчался вниз, перепрыгивая через семь ступенек и на каждом этаже нажимая кнопку лифта.

Я запрыгнул в метро и поехал к Центральному вокзалу. Сначала я хотел ей позвонить, но потом отбросил эту мысль. Она всегда может придумать причину для отказа по телефону, но никогда, если увидит меня живьем, очень даже живьем. К тому же по субботам у ее конюха был выходной. А это в свою очередь — поскольку жеребцы и свиньи, блин, не могут достать себе еду из холодильника — означало, что она находится дома. Поэтому на Центральном вокзале я уселся на эстфолдскую электричку, в вагон для обладателей месячных проездных, поскольку билет до Рюге стоил сто сорок четыре кроны, которых у меня по-прежнему не было. От станции до фермы я шел пешком. А идти там не близко. Особенно если начнется дождь. А дождь начался.

Когда я вошел во двор, то увидел, что ее машина здесь. Полноприводной автомобиль, который используют для форсирования улиц в центре города. Я постучал в окошко фермерского дома — она научила меня называть так дом, не предназначенный для содержания животных. Но никто не вышел. Я закричал, эхо заметалось между стенами построек, но никто ему не ответил. Наверное, она уехала на верховую прогулку. Не страшно: я знал, где она обычно хранит наличные, а здесь, в сельской местности, люди еще не научились запирать свои дома. Так что я нажал на ручку двери, и она оказалась открытой, да.

Я направился к спальне, и вдруг она оказалась прямо передо мной. Она, такая большая, стояла на верхней ступеньке лестницы, широко расставив ноги, в банном халате.

— Что ты здесь делаешь, Густо?

— Хотел увидеть тебя, — сказал я, включая улыбку.

Врубил на полную.

— Тебе надо к зубному, — холодно ответила она.

Я понял, о чем она: на моих зубах появились коричневые пятна. Зубы казались немного подгнившими, но щетка со стальными зубчиками мне уже не поможет.

— Что ты здесь делаешь? — повторила она. — Нужны деньги?

Мы с Исабеллой оба были такими, мы были похожими, нам не надо было прикидываться.

— Пять кусков? — сказал я.

— Так дело не пойдет, Густо, мы покончили с этим. Отвезти тебя обратно на станцию?

— Что? Да ладно тебе, Исабелла. Трахнемся?

— Тихо!

Через секунду я понял, в какой ситуации оказался. Глупо с моей стороны, всему виной чертова жажда. Исабелла стояла на лестнице средь бела дня в одном халате, но полностью накрашенная.

— Кого-то ждешь? — поинтересовался я.

Она не ответила.

— Новый юный трахаль?

— Так бывает, когда человек исчезает, Густо.

— Я неплохо умею возвращаться, — сказал я, метнулся вперед и ухватил ее за руку, так что она потеряла равновесие.

Я притянул ее к себе.

— Ты промок, — отметила она, сопротивляясь, но не сильнее, чем когда ей хотелось жесткого секса.

— Дождь идет, — сказал я, покусывая ее за ухо. — А ты думала от чего?

Моя рука оказалась под халатом.

— И от тебя воняет. Пусти меня!

Моя рука скользнула по свежевыбритому лобку и нашла щель. Она была влажной. Мокрой. Я мог орудовать сразу четырьмя пальцами. Слишком мокрой. Я почувствовал что-то вязкое. Вынул руку. Поднес ее к глазам. Пальцы были покрыты какой-то белой слизью. Я удивленно посмотрел на нее. Увидел победную усмешку, когда она прислонилась ко мне и прошептала:

— Как я сказала, когда человек исчезает...

Не слушая ее, я занес руку для удара, но она перехватила мою руку и остановила меня. Сильная, сука. Скёйен.

— Уходи, Густо.

Что-то произошло с моими глазами. Если бы я не знал что, то подумал бы, что это слезы.

— Пять тысяч, — прошептал я невнятно.

— Нет, — ответила она. — Тогда ты вернешься. А так быть не должно.

— Чертова шлюха! — заорал я. — Ты забываешь пару важных вещей. Раскошеливайся, а не то я пой-

ду в газету и расскажу обо всем этом раскладе. И я говорю не о нашем трахаче, а о том, что операция «Очистим Осло и так далее» — дело рук твоих и старикана. Полусоциалисты хреновы, наркоденьги и политика в одной постели. Как думаешь, сколько мне заплатит «ВГ»?

Я услышал, как открывается дверь спальни.

— Если бы я была на твоем месте, я бы сейчас убежала, — сказала Исабелла.

В темноте за ее спиной скрипнули половицы.

Я хотел убежать, действительно хотел. Но все равно остался на месте.

Шаги приближались.

Мне казалось, я вижу полосы на его выступающем из темноты лице.

Трахаль. Тигр.

Он кашлянул.

И полностью вышел на свет.

Он был убийственно красив, и, несмотря на болезненное состояние, я узнал эту красоту. Желание прикоснуться к его груди. Ощутить кончиками пальцев нагревшуюся на солнце потную кожу. Ощутить мышцы, которые автоматически напрягутся от неожиданности — какого черта я себе позволил?

— Как ты сказала? — переспросил Харри.

Беата кашлянула и повторила:

— Микаэль Бельман.

— Бельман?

— Да.

— Когда Густо умирал, у него под ногтями была кровь Микаэля Бельмана?

— Кажется, именно так.

Харри запрокинул голову. Это все меняет. Или нет? Это может не иметь никакого отношения к убийству. Но к чему-то должно иметь отношение. К чему-то, о чем Бельман не хочет говорить вслух.

— Выметайся, — сказал Бельман, не повышая голоса, потому что этого и не требовалось.

— Значит, вы вместе, — сказал я, отпуская Исабеллу. — А я-то думал, она наняла Трульса Бернтсена. Умно с твоей стороны выбрать вышестоящего начальника, Исабелла. И какая схема? Бернтсен просто твой раб, Микаэль?

Я скорее приласкал, чем произнес его имя. Ведь именно так мы представились друг другу на стройплощадке в тот день. Густо и Микаэль. Двое мальчишек, два потенциальных партнера по играм. Я увидел, как в его взгляде что-то вспыхнуло и разгорелось. Бельман был совершенно голым, может быть, поэтому я вообразил, что он не нападет. Для меня он действовал слишком быстро. Не успел я выпустить из рук Исабеллу, как он уже насел на меня, удерживая мою голову в вывернутом положении.

— Пусти!

Он втащил меня на вершину лестницы. Нос мой был зажат между мышцами его груди и подмышкой, и я ощущал его запах и ее тоже. Только одна мысль не выходила у меня из головы: если он хочет меня выгнать, зачем волочет вверх по лестнице? Мне не удавалось высвободиться, поэтому я вонзил ногти ему в грудь и дернул на себя, как когти, почувствовав, что один ноготь зацепил его сосок. Ми-

каэль выругался и ослабил захват. Я выскользнул из тисков и прыгнул, оказался на середине лестницы, но удержался на ногах. Пронесся по коридору, прихватив по дороге ключи от ее машины, и выбежал на двор. Естественно, машина ее тоже оказалась незапертой. Колеса вгрызлись в гравий, как только я нажал на газ. В зеркало я увидел, как Микаэль Бельман выбегает из дверей дома. У него в руке что-то сверкнуло. А потом колеса сцепились с грунтом, меня вдавило в спинку сиденья, и машина понеслась по двору к дороге.

— Это Бельман привел с собой Трульса Бернтсена, когда переходил в Оргкрим, — сказал Харри. — Можно ли предположить, что Бернтсен работал сжигателем по приказу Бельмана?

— Ты осознаешь, куда мы сейчас двигаемся, Харри?

— Да, — сказал Харри. — И с настоящего момента ты не будешь иметь к этому никакого отношения, Беата.

— Черта с два! — Мембрана затрещала. Харри не помнил, чтобы Беата Лённ когда-нибудь ругалась. — Это мое подразделение, Харри. Я не хочу, чтобы люди вроде Бернтсена втаптывали его в грязь.

— Хорошо, — сказал Харри. — Но давай не будем делать поспешных выводов. Единственное, что мы можем доказать, — это что Бельман встречался с Густо. А на Трульса Бернтсена у нас пока вообще нет ничего конкретного.

— И что ты будешь делать?

— Начну с другого конца. И если все обстоит так, как я надеюсь, то у нас есть домино с выстроенными в ряд костяшками. Мне всего лишь нужно продержаться на свободе достаточно долго для того, чтобы успеть привести в действие план.

— Ты хочешь сказать, что у тебя есть план?

— Конечно, у меня есть план.

— Хороший план?

— Этого я не говорил.

— Но все-таки план?

— Совершенно точно.

— Ты врешь, так ведь?

— Не совсем.

Я несся по направлению к Осло по трассе E18, когда до меня дошло, в какие неприятности я вляпался.

Бельман хотел затащить меня на лестницу. В спальню. Там находился пистолет, с которым он выбежал вслед за мной. Он хотел, блин, ликвидировать меня, чтобы заткнуть мне рот. Это могло означать только одно: он и сам по колено в дерьме. И что он теперь будет делать? Засадит меня, конечно. За угон машины, оборот наркотиков, гостиничный счет — у него было из чего выбирать. Засадить меня за решетку и избить, прежде чем я успею с кем-нибудь переговорить. А в том, что произойдет после того, как меня засадят и заткнут рот, сомневаться не приходилось: они сделают это похожим либо на самоубийство, либо на разборку с другими заключенными. Самым глупым поступком с моей стороны было разъезжать в этой машине, которую уже наверняка объявили в розыск. Поэтому я надавил на газ. Место, куда я направлялся, находилось в восточной части города, поэтому мне не пришлось ехать через центр. Я поднялся на при-

430

горок и въехал в тихий жилой квартал, припарковался и дальше пошел пешком.

Солнце снова показалось на небе, и на улице появились люди, катившие детские коляски с вложенными в сетчатые карманы одноразовыми грилями. Они улыбались солнцу, как будто в этом и заключалось счастье.

Я забросил ключи от машины в один из садиков и пошел к многоквартирному дому с террасами.

Нашел табличку с именем на двери парадной и позвонил.

— Это я, — сказал я, когда он наконец ответил.

— Я немного занят, — прозвучал голос из динамика.

— А я наркоман, — заявил я.

Это должно было прозвучать как шутка, но я ощутил силу воздействия этого слова. Олегу казалось смешным, когда я порой дурачился и спрашивал клиентов, не страдают ли они наркоманией и не желают ли получить немного «скрипки».

— Чего тебе надо? — спросил голос.

— Мне нужна «скрипка».

Реплика клиентов стала моей.

Пауза.

— У меня нет. У меня совсем ничего нет. Нет основы, чтобы приготовить еще.

— Основы?

— Леворфаноловой основы. Может, тебе еще формулу сказать?

Я знал, что это правда, но хоть что-то у него должно было остаться. Должно. Я думал. Я не мог поехать в репетиционный зал, там меня уже наверняка ждали. Олег. Старый добрый Олег приютит меня.

431

— У тебя два часа, Ибсен. Если ты не придешь на улицу Хаусманна с четырьмя дозами, я отправлюсь прямиком в полицию и все расскажу. Мне больше нечего терять. Дошло? Хаусманна, девяносто два. Входишь с улицы и поднимаешься на третий этаж.

Я попытался представить выражение его лица. Полное ужаса, покрытое потом. Несчастный извращенец.

— Хорошо, — ответил он.

Вот так. Просто надо заставить их понять, что ты говоришь серьезно.

Харри допил остатки кофе и глянул на улицу. Пора менять местоположение.

Когда он шел по площади Янгсторге к кебабным забегаловкам на улице Торггата, зазвонил телефон. Клаус Туркильсен.

— Хорошие новости, — сказал он.

— Вот как?

— В интересующее тебя время телефонный аппарат Трульса Бернтсена был зарегистрирован четырьмя базовыми станциями в центре Осло, и это дает нам возможность поместить его в район дома номер девяносто два по улице Хаусманна.

— Насколько велик этот район?

— Как сказать. Шестиугольник диаметром восемьсот метров.

— Хорошо, — проговорил Харри, переваривая информацию. — А как насчет второго парня?

— Я ничего не нашел непосредственно на его имя, но у него есть рабочий телефон, зарегистрированный на Онкологический центр.

— И?

— И у меня, как я уже сказал, хорошие новости. Этот телефон находился в том же районе в то же время.

— Ммм... — Харри вошел в дверь, миновал три занятых столика и остановился у прилавка, на котором были изображены разные неестественно яркие кебабы. — У тебя есть его адрес?

Клаус Туркильсен продиктовал адрес, и Харри записал его на салфетке.

— По этому адресу зарегистрирован какой-нибудь еще номер телефона?

— Что ты имеешь в виду?

— Я просто интересуюсь, есть ли у него жена или сожительница.

Харри услышал, как Туркильсен стучит по клавишам. После чего последовал ответ:

— Нет. Больше ни у кого из абонентов нет этого адреса.

— Спасибо.

— Значит, мы договорились? Что больше никогда не будем разговаривать?

— Да. Только напоследок одно-единственное дело. Я хочу, чтобы ты проверил Микаэля Бельмана. С кем он разговаривал в последние месяцы и где находился во время убийства.

Громкий смех.

— Начальник Оргкрима? Забудь! Я могу спрятать или объяснить поиск информации о простом полицейском, но за то, о чем ты просишь, меня вышибут в один миг.

Он снова засмеялся, как будто сама мысль казалась ему комичной.

— Я надеюсь, что ты выполнишь свою часть договора, Холе.

Связь оборвалась.

Такси подъехало к адресу с салфетки. Перед домом в ожидании стоял какой-то мужчина.

Харри вылез из машины и подошел к нему.

— Смотритель Ула Квернберг?

Мужчина кивнул.

— Инспектор полиции Холе. Это я вам звонил.

Он заметил, что смотритель искоса поглядывает на такси, которое стояло и ждало Харри.

— Мы пользуемся такси, когда в нашем распоряжении нет служебного транспорта.

Квернберг посмотрел на удостоверение, которое Харри поднес к его носу.

— Не видал я никаких следов взлома.

— Но об этом поступил сигнал, давайте проверим. У вас ведь есть универсальный ключ?

Квернберг достал связку. Он открыл дверь в подъезд, а полицейский в это время изучил домофон.

— Свидетель утверждает, что видел, как кто-то забрался по террасам и проник на третий этаж.

— Кто звонил-то? — спросил смотритель по дороге наверх.

— Я связан подпиской о неразглашении, Квернберг.

— У вас чё-то на штанах.

— Соус от кебаба. Я подумываю сдать их в чистку. Можете отпереть эту дверь?

— Фармацевта?

— Ах вот как, он фармацевт?

— Работает в Онкологическом центре. Разве нам не надо брякнуть ему на работу, перед тем как войти?

— Я хочу посмотреть, здесь ли вор и можно ли его арестовать, если вы не возражаете.

Бормоча извинения, смотритель быстро отпер дверь.

Холе вошел в квартиру. Понятно, что здесь жил холостяк. Но холостяк чистоплотный. Диски с классической музыкой на полочке для дисков выстроены в алфавитном порядке. Профессиональные журналы о химии и фармацевтике в высоких, но аккуратных стопках. На одной из книжных полок стояла фотография в рамке, на которой были изображены двое взрослых и мальчик. Харри узнал мальчика. Он стоял, немного наклонившись, с недовольным выражением на лице. Ему не могло быть больше двенадцати-тринадцати. Смотритель стоял в дверях квартиры и внимательно следил за ним, поэтому Харри для виду проверил дверь на террасу, а потом стал переходить из комнаты в комнату, открывая ящики и шкафы. Но ничего компрометирующего в квартире не было.

Подозрительно мало компрометирующего, сказали бы иные коллеги.

Но Харри видел такое и раньше: у некоторых людей нет тайн. Правда, нечасто, но такое бывает. Он услышал, как смотритель переминается с ноги на ногу в дверях спальни позади него.

— Случается, к нам поступают ложные сигналы.

— Понимаю, — сказал смотритель, запирая за ними двери. — А чё б вы сделали, если бы там внутри оказался вор? Запихали бы его в такси?

— Тогда бы мы вызвали патрульную машину, — улыбнулся Харри, остановился и посмотрел на ботинки, расставленные на полочке у двери. — Скажите-ка мне, разве эти два сапога не разных размеров?

Почесывая подбородок, Квернберг внимательно посмотрел на Харри.

— Могёт быть. У него нога кривая. Можно мне еще разок взглянуть на ваши документики?

Харри протянул ему удостоверение.

— Срок действия...

— Такси ждет, — сказал Харри, схватил удостоверение и побежал вниз по лестнице. — Спасибо за помощь, Квернберг!

Я пошел на улицу Хаусманна, и, конечно, там никто не догадался починить замки, так что я проник прямиком в квартиру. Олега не было. Никого другого тоже. Они были на улице, занимались делом. Достать, достать. Пять «джанки», живущих вместе, а квартирка выглядит вот так. Но здесь, конечно, ничего стоящего не найти, только пустые бутылки, использованные шприцы, кровавые ватки и пустые сигаретные пачки. Хренова выжженная земля. И вот, сидя на грязном матраце и ругаясь, я увидел крысу. Когда люди описывают крыс, они всегда говорят, что крыса была здоровенная. Но крысы не такие уж и большие. Они довольно маленькие. Только хвосты у них бывают довольно длинными. Ну ладно, когда они чуют угрозу и встают на задние лапы, они могут показаться больше, чем на самом деле. А во всех остальных отношениях они такие же несчастные существа с такими же проблемами, как у нас. Достать.

Я услышал бой церковных колоколов. И сказал себе, что Ибсен обязательно появится.

Должен появиться. Блин, как же я был плох. Я видел, как они стояли и ждали, когда мы выйдем на работу, они были так рады видеть нас, что это выглядело трогательно. Дрожащие, трясущие купюрами, опустившиеся до попрошаек-любителей. А теперь я сам стал таким. Я с огромным нетерпением ждал звука шагов Ибсена на лестнице, хотел увидеть его идиотскую рожу.

Я разыграл свои карты, как придурок. Я просто хотел получить дозу, а добился того, что теперь все они охотились на меня, вся шайка-лейка. Старикан со своими казаками. Трульс Бернтсен с дрелью и больными глазами. Королева Исабелла и ее начальственный трахаль.

Крыса кралась вдоль стены. В полном отчаянии я начал шарить под покрывалами и матрацами. Под одним из матрацев я обнаружил фотографию и кусок стальной проволоки, скрученной в форме буквы L с петлей на конце. Снимок оказался помятой бледной фотографией на паспорт Ирены, и я догадался, что этот матрац принадлежит Олегу. Но вот что это за проволока, я не понял. Пока до меня медленно не дошло. И я почувствовал, как вспотели ладони и сердце забилось быстрее. Ведь это я научил Олега делать нычки.

Глава 36

Ханс Кристиан Симонсен пробирался сквозь толпы туристов вверх по склону из белого итальянского мрамора, который придавал зданию Оперы сходство с айсбергом, покачивающимся на воде в глубине фьорда. Забравшись на крышу, он огляделся и увидел Харри Холе, сидящего на краю каменной стены. Харри пребывал в одиночестве, потому что большинство туристов устремились на другую сторону крыши, чтобы насладиться видом на фьорд. А Харри сидел на стороне, выходящей на старые страшные городские районы.

Ханс Кристиан присел рядом с Харри.

— Ханс Кристиан, — сказал Харри, не отрывая глаз от брошюры, которую читал. — Ты знал, что этот мрамор называется белым каррарским и что строительство Оперы стоило каждому норвежцу более двух тысяч крон?

— Да.

— Ты слышал о «Доне Жуане»?

— Моцарт. Два действия. Молодой высокомерный бабник, считающий себя божьим даром женщинам и мужчинам, предающий всех и настраивающий всех против себя. Он думает, что бессмертен, но в конце к нему приходит таинственная статуя и забирает его жизнь, и обоих их поглощает земля.

— Ммм. Премьера через пару дней. Здесь написано, что в конце оперы хор поет: «Таков конец того, кто поступает дурно, как ты живешь, так и умрешь». Как думаешь, это правда, Ханс Кристиан?

— Я *знаю*, что это неправда. Смерть, к сожалению, ничуть не справедливее жизни.

— Ммм. А ты знал, что сюда прибило мертвого полицейского?

— Да.

— Есть ли что-то, чего ты не знаешь?

— Не знаю, кто застрелил Густо Ханссена.

— А, таинственная статуя, — сказал Харри, откладывая брошюру. — Хочешь узнать кто?

438

— А разве ты не хочешь?

— Не особенно. Единственное, что важно доказать, — это кто его не убивал, то есть то, что Олег его не убивал.

— Согласен, — сказал Ханс Кристиан и изучающим взглядом посмотрел на Харри. — Но когда ты говоришь такое, это совсем не соответствует тому, что я слышал о рьяном Харри Холе.

— Может быть, люди все-таки меняются, — улыбнулся Харри. — Ты спросил у своего друга-прокурора, как продвигаются поиски?

— Они еще не сообщили прессе твое имя, но известили все аэропорты и пункты пересечения границы. Твой паспорт, так сказать, не представляет теперь большой ценности.

— Значит, отдых на Майорке придется отменить.

— Ты знаешь, что тебя разыскивают, и тем не менее решил встретиться со мной на главной туристической достопримечательности Осло?

— Хорошо проверенная логика мелкой рыбешки, Ханс Кристиан: в стае безопаснее.

— Я думал, ты считаешь одиночество более безопасным.

Харри достал пачку сигарет, тряхнул и протянул собеседнику.

— Ракель тебе рассказывала?

Ханс Кристиан кивнул и взял сигарету.

— Вы много времени проводили вместе? — спросил Харри, скривившись.

— Много. Больно?

— Горло. Наверное, попала инфекция. — Харри дал Хансу Кристиану прикурить. — Ты любишь ее, так ведь?

Адвокат затянулся, и Харри подумал, что он вряд ли курил после студенческих времен.

— Да, люблю.

Харри кивнул.

— Но ты всегда был с ней, — сказал Ханс Кристиан, посасывая сигарету. — В тени, в шкафу, под кроватью.

— Как монстр какой-то, — заметил Харри.

— Да, именно так, — подтвердил Ханс Кристиан. — Я пытался изгнать тебя, но у меня ничего не вышло.

— Тебе не обязательно докуривать сигарету до конца, Ханс Кристиан.

— Спасибо. — Адвокат бросил окурок. — Для чего я тебе потребовался на этот раз?

— Для взлома, — ответил Харри.

Они выехали сразу после наступления темноты.

Ханс Кристиан подобрал Харри в баре «Бока» в Грюнерлёкке.

— Хорошая машина, — отметил Харри, — семейная.

— У меня была лосиная лайка, — сказал Ханс Кристиан. — Охота. Дача. Ты понимаешь.

Харри кивнул:

— Хорошая жизнь.

— Лось затоптал ее насмерть. Я утешал себя мыслью о том, что это хорошая смерть для охотничьей собаки. Смерть при исполнении, так сказать.

Харри кивнул. Они доехали до Рюена и стали пробираться по извилистым дорогам, ведущим к лучшим видовым площадкам в восточной части Осло.

— Здесь направо, — сказал Харри, показывая на погруженную в темноту виллу. — Поставь машину наискосок, чтобы передние фары светили прямо в окна.

— Мне...

— Нет, — ответил Харри. — Жди здесь. Не отключай телефон и звони, если кто-нибудь придет.

Прихватив фомку, Харри направился по гравиевой дорожке к дому. Осень, холодный вечерний воздух, запах яблок. У него случилось дежавю. Они с Эйстейном лезут в сад, а Треска стоит на шухере за забором. И вдруг внезапно из темноты к ним бросается существо в индейском костюме, визжащее, как поросенок.

Он позвонил.

Подождал.

Никто не открыл.

И все же у Харри было чувство, что дома кто-то есть.

Он вставил фомку в дверную щель рядом с замком и осторожно надавил. Перед ним была старая дверь из мягкого влажного дерева со старомодным замком. Когда Харри достаточно отжал ее, он просунул другую руку внутрь и вставил свое удостоверение во французский замок. Надавил. Замок отскочил. Харри проскользнул внутрь и закрыл за собой дверь. Он постоял в темноте, переводя дыхание. Почувствовал, как его руки коснулась тончайшая нить, наверняка кусок паутины. Пахло сыростью и запустением. Но был и другой запах. Болезни, больницы. Подгузников и лекарств.

Харри включил карманный фонарик. Увидел пустую вешалку и продолжил путь вглубь дома.

Гостиная казалась присыпанной пудрой, как будто из стен и мебели высосали весь цвет. Всю комнату пронизывал столб света. Сердце Харри замерло, когда свет отразился от пары глаз. Но потом снова забилось. Чучело совы. Такое же серое, как и вся гостиная.

Харри обошел весь дом и выяснил, что здесь все было так же, как и в квартире с террасой. Ничего необычного.

То есть до того момента, пока он не зашел в кухню и не обнаружил на столе два паспорта и два авиабилета.

Фотография в паспорте была сделана лет десять назад, но Харри узнал мужчину, которого видел в Онкологическом центре. Ее же паспорт был совсем новеньким. На фотографии она была почти неузнаваемой, бледной, с клочковатыми волосами. Билеты до Бангкока, отправление через десять дней.

Харри снова спустился на первый этаж. Подошел к единственной двери, которую заметил в задней части дома. Из замка торчал ключ. Он открыл. В нос ему ударил тот же запах, что он почувствовал, стоя в коридоре. Он повернул выключатель за дверью, и голая лампочка осветила лестницу, ведущую в подвал. Ощущение, что кто-то дома. Или «ах да, интуиция», как с легкой иронией сказал Бельман в ответ на его вопрос, проверил ли он историю Мартина Прана. Чувство, которое, как сейчас понимал Харри, завело его совсем не туда.

Харри хотел спуститься вниз, но что-то его удерживало. Подвал. В доме, где он вырос, был такой же. Когда мама просила его спуститься за картошкой, хранившейся в темноте в двух больших мешках, Харри несся вниз, стараясь ни о чем не думать. Пытался убедить себя, что бежит от холода. Или потому, что надо как можно скорее закончить приготовление обеда. Или потому, что ему нравится бегать. И его бег никак не связан с желтым человеком, который караулил его где-то там, внизу: с голым улыбающимся человеком, длинный язык которого втягивался и высовывался с громким шорохом. Но сейчас его останавливало не это. Что-то другое. Сон. Лавина, несущаяся по лестнице в подвал.

Он с трудом отогнал от себя эти мысли и поставил ногу на первую ступеньку. Она заскрипела, будто предупреждая его о чем-то. Он заставил себя идти медленно, по-прежнему держа в руках фомку. Внизу он двинулся вперед между кладовками. Помещение скромно освещалось лампочкой на потолке. Она же отбрасывала новые тени. Харри обратил внимание на то, что все кладовки закрыты на висячие замки. Кто запирает двери в собственном подвале?

Харри засунул заостренный конец фомки под один из замков. Сделал вдох, взволнованно прислушался к звуку. Отвел инструмент назад — раздался короткий щелчок. Он затаил дыхание и прислушался. Ему показалось, что дом тоже затаил дыхание. Нигде ни звука.

Тогда он осторожно открыл дверь. В нос ему ударил запах. Харри нашел выключатель на стене и в следующий миг его залило светом. Люминесцентная лампа.

Кладовка была намного больше, чем казалось снаружи. Он узнал ее. Копия комнаты, которую он уже однажды видел. Лаборатория в Онкологическом центре. Скамейки со стеклянными колбами и штативы с реагентами. Харри подошел к скамейке. Поднял крышку на большой пластиковой коробке.

Белый порошок с коричневыми вкраплениями. Харри лизнул кончик указательного пальца, опустил его в порошок и втер в десну. Горько. «Скрипка».

Харри вздрогнул. Звук. Он снова затаил дыхание. Вот опять. Кто-то шмыгает носом.

Он быстро выключил свет и затаился в темноте, держа фомку наготове.

Снова шмыганье.

Харри подождал несколько секунд. Потом пошел быстрыми бесшумными шагами из кладовки налево, туда, откуда доносился звук. Между ним и стеной находилась еще одна кладовка. Он переложил фомку в правую руку. Подобрался к двери с маленьким зарешеченным окошком, совсем такой же, как у них дома.

С той лишь разницей, что эта дверь была обита железом.

Харри приготовил фонарик, встал у стены рядом с дверью, произвел обратный отсчет с цифры три, включил фонарик и направил луч света в окошко двери.

Подождал.

Прошло три секунды — никто не выстрелил и не ударил по источнику света, и Харри заглянул в окошко. Свет блуждал по каменным стенам, отражался от цепи, скользил по матрацу и наконец нашел то, что искал. Лицо.

Глаза были закрыты. Она сидела очень тихо. Как будто привыкла к этому. К тому, что ее проверяют, светя в глаза.

— Ирена? — осторожно спросил Харри.

В тот же миг у него в кармане завибрировал мобильный телефон.

Глава 37

Я посмотрел на часы. Я обыскал всю квартиру, но так и не нашел нычку Олега. Да и Ибсен должен был прийти уже двадцать минут назад. Пусть только попробует не явиться, извращенец хренов! За незаконное лишение свободы и изнасилование ему светит пожизненное. В тот день, когда Ирена приехала на Центральный вокзал Осло, я отвел ее в репетиционный зал под тем предлогом, что там ее ждет Олег. Разумеется, его там не было. Зато был Ибсен. Он держал ее, пока я делал ей укол. Я думал о Руфусе. Думал, что так будет лучше. Она совершенно успокоилась, и нам оставалось только погрузить ее в его автомобиль. Мои полкило лежали у него в багажнике. Сожалел ли я? О да, я сожалел, что не потребовал килограмм! Да нет, блин, конечно, я немножко сожалел. Я ведь не совсем бесчувственный. Но когда мне в голову пришла мысль «блин, этого мне делать не стоило», я попытался заверить самого себя, что Ибсен наверняка будет хорошо обращаться с ней. Ведь он, должно быть, любил ее, хотя и по-своему, не совсем по-нормальному. Но в любом случае было уже слишком поздно, теперь оставалось только принять лекарство и поправиться.

Для меня это было в новинку — не давать телу того, что оно должно получить. Оно всегда получало то, чего хотело, теперь я это осознал. А если так будет продолжаться и дальше, то лучше сдохнуть сразу. Умереть молодым и красивым, со своими собственными зубами во рту. Ибсен не придет. Теперь я знал это наверняка. Я стоял у окна в кухне и смотрел на улицу, но этого чертова косоногого не было видно. *Ни его, ни Олега.*

Я перепробовал всех. Оставался только один.

Я долго не трогал его, приберегал на самый крайний случай. Я боялся. Да, боялся. Но я знал, что он в городе, что он находился здесь с того самого дня, когда понял, что Ирена исчезла. Стейн. Мой неродной брат.

Я еще раз посмотрел на улицу.

Нет. Лучше сдохнуть, чем позвонить ему.

Секунды шли. Ибсен не приходил.

Черт! Лучше сдохнуть, чем так мучиться.

Я снова закрыл глаза, но из моих глазниц полезли насекомые, они забирались под веки и оттуда расползались по всему лицу.

Смерть проиграла мучениям и звонку.

Финал был близок.

Позвонить ему или продолжать мучиться?

Черт, черт!

Харри выключил фонарик, как только зазвонил телефон. На нем высветился номер Ханса Кристиана.

— Кто-то идет, — прошептал он в ухо Харри. От волнения его голос стал сиплым. — Припарковался прямо у ворот и сейчас направляется к дому.

— Хорошо, — ответил Харри. — Не нервничай. Пришли эсэмэску, если увидишь, что что-то происходит. И уезжай, если...

— Уезжать? — Ханс Кристиан не на шутку возмутился.

— Только если поймешь, что все пошло к чертовой матери, ладно?

— Но почему я...

446

Харри оборвал связь, снова включил фонарик и направил его в окошко.

— Ирена?

Девочка хлопала глазами в луче света.

— Послушай меня. Я Харри, полицейский, и я пришел сюда, чтобы забрать тебя. Но кто-то приехал, и я должен пойти проверить. Если он спустится сюда, вниз, делай вид, что все как обычно, хорошо? Я скоро вызволю тебя отсюда, Ирена. Обещаю.

— У тебя есть...— пробормотала она, но Харри не расслышал конец предложения.

— Что ты сказала?

— У тебя есть... «скрипка»?

Харри крепко сжал зубы.

— Потерпи еще немного, — прошептал он.

Харри взбежал вверх по лестнице и погасил свет. Открыл дверь нараспашку и выглянул наружу. Входная дверь была прекрасно ему видна. Он услышал шаркающие шаги на гравиевой дорожке. Одна нога волочится за другой. Хромой. Потом открылась дверь.

Зажегся свет.

А вот и он. Большой, круглый и веселый.

Стиг Нюбакк.

Заведущий отделением Онкологического центра. Тот, кто помнил Харри со школьных времен. Кто знал Треску. Кто носил обручальное кольцо с черной зазубринкой. Кто жил в холостяцкой квартире, где не нашлось ничего подозрительного. И кто унаследовал дом от родителей и не продал его.

Он повесил пальто на вешалку и пошел в направлении Харри, вытянув перед собой руку. Резко остановился. Помахал рукой перед собой. На лбу у него появилась глубокая морщина. Он стоял и прислушивался. И внезапно Харри понял почему. Нитка, прикосновение которой он ощутил, когда входил в дом, и которую принял за паутину, наверное, была чем-то другим. Чем-то невидимым, что Нюбакк натянул поперек коридора, чтобы знать, не заявились ли к нему нежданные гости.

Нюбакк на удивление быстро и ловко вернулся к шкафу, стоящему в коридоре. Что-то достал. Блеснул металл. Дробовик.

Черт, черт. Харри ненавидел дробовики.

Нюбакк извлек открытую коробку патронов. Вынул два больших красных патрона, зажал их между указательным и средним пальцами, отвел большой палец назад, чтобы втолкнуть их в ствол одним движением. Мозг Харри судорожно работал, но в голову не приходило ни одной хорошей идеи. Пришлось довольствоваться плохой. Он достал телефон и начал нажимать на кнопки.

«Г-у-д-и и ж-н-и...»

Черт! Ошибка!

Он услышал металлический щелчок — это Нюбакк переломил дробовик.

Кнопка стирания, где ты? Вот. Стереть «и» и «н», набрать «д» и «и».

Харри услышал, как Нюбакк вставляет патроны.

«...ж-д-и к-о-г-д-а о-н...»

Чертовы малюсенькие кнопочки! Давайте же!

Он услышал, как винтовка сложилась.

«...в о-к-е...»

Ошибка! Харри услышал, как Нюбакк приближается, шаркая ногами. Времени нет, вся надежда на то, что Ханс Кристиан обладает фантазией.

«...с-в-е-т-и!»

Он нажал кнопку «Отправить».

Из темноты Харри видел, как Нюбакк поднял дробовик к плечу. И до него дошло, что главный фармацевт заметил приоткрытую дверь в подвал. В тот же миг раздался гудок автомобиля. Громкий и настойчивый. Нюбакк вздрогнул. Посмотрел в сторону гостиной, окна которой выходили на улицу, где стояла машина Ханса Кристиана. Помедлил. А потом развернулся и пошел в гостиную.

Клаксон снова загудел, и на этот раз звук не оборвался.

Харри открыл подвальную дверь и последовал за Нюбакком. Ему не надо было красться, гудение заглушало звук его шагов. Стоя в дверях гостиной, он видел спину Стига Нюбакка, который раздвигал шторы. Помещение наполнилось светом ксеноновых противотуманных фар семейного автомобиля Ханса Кристиана.

Харри сделал четыре больших шага, но Стиг Нюбакк не увидел и не услышал его приближения. Одной рукой он прикрывал лицо от яркого света. Харри протянул руки над его плечами, схватил дробовик, дернул к себе и прижал ствол ружья к мясистой шее Нюбакка, одновременно потянув его назад и выведя из равновесия. Он уткнулся своими коленями в подколенные впадины противника, и оба они повалились на колени, причем Нюбакк отчаянно старался схватить ртом как можно больше воздуха.

Вероятно, Ханс Кристиан понял, что его усилия сделали свое дело, потому что гудение прекратилось. Харри продолжал давить, и наконец движения Нюбакка замедлились, утратили силу, и он обмяк.

Харри знал, что Нюбакк вот-вот потеряет сознание, еще несколько секунд без кислорода — и его мозгу будут нанесены повреждения, а через следующие несколько секунд Стиг Нюбакк, похититель людей и изобретатель продукта «скрипка», умрет.

Харри прочувствовал момент. Досчитал до трех и оторвал одну руку от дробовика. Нюбакк беззвучно соскользнул на пол.

Харри сел на стул, чтобы отдышаться. Постепенно, по мере того как количество адреналина в крови начало уменьшаться, заболели горло и шея. Ему с каждым часом становилось хуже. Он попытался не обращать внимания на боль и отправил Хансу Кристиану сообщение: «ОК».

Нюбакк тихо застонал и свернулся в позу зародыша.

Харри обыскал его. Выложил все, что нашел, на столик в гостиной. Бумажник, мобильный телефон и баночка с лекарствами, на которой было написано имя Нюбакка и врача. «Зестрил». Харри вспомнил, что его дедушка принимал это лекарство после инфаркта. Он засунул баночку к себе в карман, направил ствол дробовика на бледный лоб Нюбакка и приказал ему встать на ноги.

Нюбакк посмотрел на Харри. Хотел что-то сказать, но передумал. Тяжело поднялся и встал перед ним, покачиваясь.

— Куда мы? — спросил он, когда Харри подтолкнул его перед собой к коридору.

— В квартиру на цокольном этаже, — ответил Харри.

Стиг Нюбакк по-прежнему шел нетвердой походкой, и, пока они спускались в подвал, Харри поддерживал его одной рукой, уткнув в спину дробовик. Они остановились перед дверью, за которой Харри обнаружил Ирену.

— Как ты узнал, что это я?

— Из-за кольца, — сказал Харри. — Открывай.

Нюбакк достал из кармана ключ и открыл навесной замок.

Он повернул выключатель, и внутри загорелся свет.

Ирена поднялась. Она стояла в дальнем от них углу и дрожала, приподняв одно плечо, как будто боялась, что ее сейчас ударят. Вокруг лодыжки у нее была закреплена цепь, которая тянулась к потолку и крепилась к балке.

Харри отметил, что длина цепи позволяла Ирене передвигаться по помещению. Настолько, чтобы она могла дойти до выключателя.

Но она предпочитала оставаться в темноте.

— Освободи ее, — сказал Харри. — И надень цепь на себя.

Нюбакк закашлялся. Поднял руки вверх.

— Послушай, Харри...

Харри ударил. Потерял голову и ударил. Услышал бесстрастный звук от соприкосновения металла с плотью и увидел красную полосу, которую ствол дробовика оставил на носовой перегородке Нюбакка.

— Только произнеси еще раз мое имя, — прошептал Харри, ощущая, как тяжело ему выговаривать слова, — и я вобью твою башку в стену другой стороной дробовика.

Дрожащими руками Нюбакк открыл замок на ноге Ирены, которая без всякого выражения апатично смотрела перед собой, словно происходящее ее не касалось.

451

— Ирена, — произнес Харри. — Ирена!

Она словно проснулась и посмотрела на него.

— Иди на улицу, — сказал Харри.

Она зажмурила глаза, как будто ей было необходимо полностью сосредоточиться для того, чтобы понять издаваемые им звуки и вложить в слова смысл. И начать действовать. Ирена прошествовала мимо Харри и вышла в проход медленной деревянной походкой лунатика.

Нюбакк уселся на матрац и закатал штанину. Он попытался застегнуть узкую цепь на своей белой жирной ножище.

— Я...

— Вокруг запястья, — велел Харри.

Нюбакк послушался. Дернув за цепь, Харри убедился, что он надежно пристегнут.

— Сними кольцо и отдай мне.

— Зачем? Это дешевая бижу...

— Оно не твое.

Нюбакк стянул кольцо и протянул его Харри.

— Я ничего не знаю, — сказал он.

— О чем? — спросил Харри.

— О том, о чем ты будешь меня спрашивать. О Дубае. Я встречался с ним два раза, но оба раза у меня были завязаны глаза, и я не знаю, где это было. Два его русских приезжали сюда за товаром дважды в неделю, но я никогда не слышал никаких имен. Слушай, если тебе нужны деньги, то у меня...

— Все из-за них?

— Что «все»?

— Все. Это все из-за денег?

Нюбакк два раза моргнул. Пожал плечами. Харри ждал. А потом по лицу Нюбакка растеклась усталая улыбка.

— Сам-то как думаешь, Харри?

Он кивком указал на ногу.

Харри не ответил. Ему даже не надо было слушать. Он не знал, хочет ли выслушать Нюбакка. Он мог бы понять его. А понимать его он не желал. Два парня растут вместе в Уппсале и имеют практически равные возможности. Однако совершенно пустяковый врожденный дефект коренным образом меняет жизнь одного из них. Пара косточек в ступне расположены неправильно, нога скошена внутрь, и размер ее на пару номеров меньше, чем размер второй ноги. Pes equinovarus. Лошадиная нога. Потому что походка косолапого человека напоминает бег лошади. Дефект этот может стать небольшой помехой на старте, и человеку либо удается компенсировать его чем-то другим, либо нет. И для того, чтобы стать привлекательным, стать тем, с кем хотят дружить самые популярные мальчики в классе, крутые парни, желающие иметь крутых друзей, и девочка в окне, от улыбки которой у человека готово взорваться сердце, хотя улыбка ее предназначена совсем не ему, — для всего этого стараться человеку приходится больше. Стиг Нюбакк незаметно пробирался по жизни на своей лошадиной ноге. Так незаметно, что Харри его не помнил. И все шло совсем неплохо. Он получил образование, много работал, занял руководящую должность, начал сам становиться популярным парнем. Но главного ему не хватало. Девочки в окне. Она по-прежнему улыбалась другим.

Богатство. Он должен был разбогатеть.

Потому что деньги — они как косметика, они покрывают всего тебя, они могут добыть для тебя все, что угодно, даже то, что, согласно всеобщему убеждению, не продается: уважение, восхищение, влюбленность. Стоит только хорошенько посмотреть вокруг: красота каждый раз вступает в брак с деньгами. А теперь настал его, Стига Нюбакка, хромоножки, черед.

Он изобрел «скрипку», и мир должен был упасть к его ногам. Так почему же она не хотела его, почему отворачивалась от него с плохо скрываемым отвращением, хотя знала — знала! — что он богатый человек и с каждой неделей становится все богаче? Думала ли она о другом, о том, кто подарил ей это идиотское поддельное колечко, которое она носила на пальце? Это несправедливо, ведь он тяжело, без устали работал, чтобы по всем критериям соответствовать образу человека, которого надо любить, и она должна была его полюбить. И он забрал ее. Вырвал из окна. И приковал на цепь здесь, чтобы она никогда больше от него не убежала. А чтобы принудить ее к замужеству, он отнял у нее кольцо и нацепил на свой палец.

То дешевое колечко, которое Ирене подарил Олег, укравший его у матери, которая получила его от Харри, который купил его на блошином рынке, который… Прямо как в песенке: «Возьми колечко и пусти по кругу, пусть идет оно от друга к другу». Харри потер пальцем черную зарубку на золотистой поверхности кольца. Он имел глаза, но не видел.

Имел глаза, когда в первый раз встретился с Нюбакком и сказал ему: «Кольцо. У меня было точно такое же».

И не видел, потому что не подумал, чем же кольцо Нюбакка так похоже на его.

Зазубринкой на покрытой патиной и почерневшей меди.

И только когда Харри увидел обручальное коль-цо Мартины и услышал, как она сказала, что он — единственный человек в мире, который купил обру-чальное кольцо не из золота, он связал Олега с Ню-бакком.

Харри не сомневался в своих догадках, несмотря на то что не нашел ничего подозрительного в квар-тире Стига Нюбакка. Наоборот, она была настолько вычищена от любых компрометирующих материа-лов, что Харри автоматически подумал: нечистая совесть Нюбакка должна находиться в другом месте. В пустом родительском доме, который он не продал. В красном доме на холме над домом семьи Холе.

— Ты убил Густо? — спросил Харри.

Стиг Нюбакк покачал головой. Веки его набухли, он казался сонным.

— Алиби? — произнес Харри.

— Нет. У меня его нет.

— Рассказывай.

— Я был там.

— Где?

— На улице Хаусманна. Я должен был прийти к нему. Он угрожал раскрыть меня. Но когда я при-был на улицу Хаусманна, там уже стояли полицей-ские машины. Кто-то уже убил Густо.

— Уже? То есть ты планировал сделать то же самое?

— Не то же самое. У меня нет пистолета.

— А что есть?

Нюбакк пожал плечами.

— Химическое образование. У Густо была абсти-ненция. Он хотел, чтобы я привез ему «скрипку».

Харри посмотрел на усталую улыбку Нюбакка и кивнул.

— Какой бы белый порошок ты ни привез, ты знал, что Густо мгновенно вколет его себе.

Цепь зазвенела, когда Нюбакк поднял руку и указал на дверь.

— Ирена. Можно я скажу ей несколько слов перед тем...

Харри посмотрел на Стига Нюбакка. Увидел и узнал выражение его лица. Неполноценный мужчина, конченый человек. Восставший против карт, сданных ему судьбой. И проигравший.

— Я спрошу ее, — ответил он.

Харри вышел из помещения. Ирена исчезла.

Он нашел ее в гостиной наверху. Она сидела на стуле, поджав под него ноги. Харри принес пальто из шкафа в коридоре и набросил ей на плечи. Он говорил с ней тихо и спокойно. Ирена отвечала едва слышно, как будто боялась, что между холодными стенами гостиной будет носиться эхо.

Она рассказала, что это сделали Густо и Нюбакк, или Ибсен, как они его звали, что они вместе похитили ее. Плата за ее поимку составляла полкило «скрипки». Ее держали взаперти четыре месяца.

Харри дал ей выговориться. Ждал, пока у нее не иссякнут слова, прежде чем задать следующий вопрос.

Она ничего не знала об убийстве Густо, кроме того, что ей рассказал Ибсен. Не знала, кто такой Дубай и где он живет. Густо ничего не говорил, а она не хотела знать. Она была в курсе тех же слухов о Дубае, что и все остальные: он ходит по городу как призрак, никто не знает, где он находится и как выглядит, и он похож на ветер, потому что никто не может его поймать.

Харри кивал. В последнее время он слишком часто слышал эти истории.

— Ханс Кристиан отвезет тебя в полицию, он адвокат и поможет тебе сделать заявление. Потом он отправит тебя к маме Олега, и ты пока поживешь у нее.

Ирена покачала головой:

— Я позвоню Стейну, моему брату. Я могу пожить у него. И...

— Да?

— Мне обязательно заявлять об этом в полицию?

Харри посмотрел на нее. Она была такой молодой. Такой маленькой. Как птенчик. Нельзя было сказать, какая часть ее оказалась разрушена.

— С этим можно подождать до завтра, — сказал Харри.

Он увидел, как глаза ее наполнились слезами. И первой его мыслью при этом было: наконец-то. Он хотел обнять ее за плечи, но вовремя передумал. Рука чужого взрослого мужчины была, наверное, не тем, что ей сейчас требовалось. Но в следующий миг слезы уже исчезли.

— А есть... есть альтернатива?

— Например? — спросил Харри.

— Например, чтобы мне его больше никогда не видеть. — Ее взгляд не отпускал Харри. — Никогда, — прошептала Ирена тихо-тихо.

А потом ее ладонь легла на его руку.

— Пожалуйста.

Харри похлопал ее по ладони, высвободил свою руку и поднялся.

— Пошли, я провожу тебя на улицу.

———

Проследив, как отъехала машина, Харри вернулся в дом и спустился в подвал. Он не нашел веревки, но под лестницей обнаружил садовый шланг. Харри принес его в кладовку Нюбакка и бросил на пол перед ним. Посмотрел на балку. Высоко.

Харри достал баночку с «Зестрилом», найденную в кармане Нюбакка, и высыпал ее содержимое на ладонь. Шесть таблеток.

— У тебя сердечное заболевание? — спросил Харри.

Нюбакк кивнул.

— Сколько таблеток в день тебе надо принимать?

— Две.

Харри положил таблетки в руку Нюбакка, а пустую баночку спрятал в свой карман.

— Я вернусь через два дня. Не знаю, что для тебя значит посмертная память, но бесчестье твое было бы значительно страшнее, если бы твои родители были живы. Но ты наверняка слышал, как сокамерники обращаются с насильниками. Если тебя не будет, когда я вернусь, имя твое будет забыто и никогда больше не станет упоминаться. А если ты будешь здесь, я отведу тебя в полицию. Понял?

Харри вышел от Стига Нюбаккена, всю дорогу к входной двери сопровождаемый его криками. Криками человека, который остался наедине со своей виной, своими призраками, своим одиночеством, своими собственными решениями. Да, в этом было много знакомого. Харри с грохотом захлопнул за собой дверь.

На улице Ветландсвейен он поймал такси и попросил отвезти его на улицу Уртегата.

Горло болело и билось, как будто у него появился собственный пульс, оно стало живым существом, запертым воспаленным зверем, состоящим из бактерий, рвущихся наружу. Харри спросил у таксиста, нет ли у него в машине чего-нибудь обезболивающего, но тот только покачал головой.

Когда они повернули в сторону района Бьёрвика, Харри увидел, как в небе над Оперой взрываются фейерверки. Кто-то что-то празднует. Внезапно он подумал, что ему тоже есть что отпраздновать. Он справился. Нашел Ирену. И Олег на свободе. Он сделал то, ради чего приехал. Так почему же настроение у него не праздничное?

— Что за повод? — спросил Харри.

— О, премьера какой-то оперы, — ответил таксист. — Я сегодня отвозил туда нарядную публику.

— «Дон Жуан», — сказал Харри. — Я был приглашен.

— А почему не пошли? Постановка наверняка хорошая.

— Трагедии навевают на меня грусть.

Таксист удивленно посмотрел на Харри в зеркало заднего вида. Засмеялся. Повторил:

— Трагедии навевают на меня *грусть*?

Зазвонил телефон. Клаус Туркильсен.

— Я думал, мы договорились больше никогда не разговаривать, — сказал Харри.

— Я тоже так думал, — ответил Туркильсен. — Но я... я все-таки проверил.

— Теперь это уже не так важно, — произнес Харри. — Моя работа над этим делом завершена.

— Хорошо, но тогда для твоего сведения сообщаю, что прямо перед и после момента убийства Бельман — или, по крайней мере, его мобильный телефон — находился в Эстфолде, так что он никак не мог успеть приехать на место преступления и уехать оттуда.

— Хорошо, Клаус. Спасибо.

— Хорошо. Так значит, больше никогда?

— Больше никогда. Я скоро уезжаю.

Харри положил трубку. Откинулся на подголовник и прикрыл глаза.

Он должен радоваться.

За закрытыми веками он видел искры фейерверка.

Часть IV

Глава 38

«Я поеду с тобой».

Свершилось.

Она снова принадлежала ему.

Харри продвигался в очереди на регистрацию в огромном зале отправления аэропорта Осло. Внезапно у него возник план, — план, как прожить остаток жизни. Хотя бы план. И им овладело пьянящее чувство, которому он не мог подобрать другого определения, кроме как «счастье».

На мониторе над стойкой регистрации было написано: «Тайские авиалинии, бизнес-класс».

Все произошло так быстро.

Прямо из дома Нюбакка он поехал к Мартине в «Маяк», чтобы вернуть телефон, но она сказала, что Харри может пользоваться им, пока не добудет себе новый. Он позволил уговорить себя взять почти не ношенное пальто, так что стал выглядеть более или менее представительно. Плюс получил три таблетки парацетамола от болей, но осмотреть горло не позволил. Она бы потребовала обработать рану, а времени на это у Харри не было. Он позвонил в «Тайские авиалинии» и заказал билет.

А потом это произошло.

Он позвонил Ракели, рассказал, что с Иреной все в порядке, а Олег на свободе и на этом его миссия закончена. Что теперь ему надо уехать из страны, пока его самого не арестовали.

И вот тогда-то она это и сказала.

Харри закрыл глаза и еще раз проиграл в памяти слова Ракели:

— Я поеду с тобой, Харри.

«Я поеду с тобой. Я поеду с тобой».

И:

— Когда?

«Когда?»

Больше всего ему хотелось ответить: «Сейчас. Пакуй чемодан и приезжай прямо сейчас!»

Но ему удалось подумать рационально.

— Слушай, Ракель, меня ищут, и полиция наверняка присматривает за тобой, чтобы узнать, не можешь ли ты вывести их на меня, понимаешь? Я улечу один сегодня вечером. А ты приедешь завтра вечерним рейсом «Тайских авиалиний». Я буду ждать тебя в Бангкоке, и оттуда мы вместе отправимся в Гонконг.

— Ханс Кристиан может защитить тебя, если тебя арестуют. Наказание ведь не будет...

— Я боюсь не продолжительности тюремного срока, — сказал Харри. — Пока я в Осло, Дубай может добраться до меня. Ты уверена, что Олег находится в надежном месте?

— Да. Но я хочу, чтобы он поехал с нами, Харри. Я не могу уехать...

— Конечно он поедет с нами.

— Ты серьезно? — В ее голосе прозвучало облегчение.

— Мы будем вместе, а в Гонконге Дубай не сможет причинить нам зла. Мы подождем несколько

462

дней, а потом я отправлю пару ребят Хермана Клюйта в Осло, и они привезут Олега.

— Я предупрежу Ханса Кристиана. И закажу билет на завтрашний рейс, любимый.

— Я жду тебя в Бангкоке.

Наступила тишина.

— Но ведь тебя ищут, Харри. Как ты сядешь в самолет, если...

— Я тебя умоляю.

«Я тебя умоляю».

Харри снова открыл глаза и увидел, что дама за стойкой улыбается ему.

Он подошел и протянул ей билет и паспорт. Посмотрел, как она набирает имя из паспорта на клавиатуре.

— Не нахожу вас, господин Нюбакк...

Харри попытался улыбкой успокоить ее.

— Вообще-то я забронирован на рейс в Бангкок через десять дней, но я звонил полтора часа назад и просил перебронировать меня на сегодня.

Дама набрала на клавиатуре еще что-то. Харри считал секунды. Вдох. Выдох. Вдох.

— А, вот. Поздние заказы не всегда сразу появляются в системе. Но здесь написано, что вы летите вместе с Иреной Ханссен.

— Она полетит позже, как и собиралась.

— Хорошо. Багаж будете сдавать?

— Нет.

Снова стук по клавишам.

Внезапно она нахмурила лоб. Снова открыла паспорт. Харри напрягся. Она вложила посадочный талон в паспорт и протянула ему.

— Поторопитесь, Нюбакк, я вижу, что посадка уже началась. Счастливого пути.

— Спасибо, — ответил Харри намного более сердечно, чем собирался, и побежал к зоне досмотра.

Только пройдя через рамку и собираясь забрать ключи и мобильный телефон Мартины, Харри обнаружил, что получил эсэмэску. Он хотел сохранить ее вместе с другими текстовыми сообщениями для Мартины, но внезапно заметил, что имя отправителя очень короткое. Б.

Беата.

Он побежал к выходу на посадку 54, Бангкок, выход закрывается через несколько минут.

Прочитал.

«Получила последний список. В нем есть один адрес, которого не оказалось в списке Бельмана. Блиндернвейен, 74».

Харри засунул телефон в карман. На паспортном контроле очереди не было. Он открыл паспорт, и пограничник сверил его с посадочным талоном. Посмотрел на Харри.

— Шрам появился после того, как была сделана фотография на паспорт, — пояснил Харри.

Пограничник еще раз взглянул на него.

— Сделайте новую фотографию, Нюбакк, — сказал он, возвращая Харри документы.

Кивнул следующему в очереди, приглашая пройти на контроль.

Харри был свободен. Спасен. Перед ним лежала совершенно новая жизнь.

У стойки перед выходом на посадку еще стояло пятеро опаздывающих.

Харри посмотрел на свой посадочный. Бизнес-класс. Он никогда не летал другим классом, кроме экономического, даже когда путешествовал по поручению Хермана Клюйта. У Стига Нюбакка дела шли хорошо. У Дубая дела шли хорошо. Всегда шли хорошо. Идут хорошо. Сейчас, сегодня вечером, в этот момент, трясущаяся изможденная стая стоит и ждет, когда парень в футболке «Арсенала» скажет им «пошли».

В очереди на посадку осталось два человека.

Блиндернвейен, 74.

«Я поеду с тобой». Харри прикрыл глаза, чтобы снова услышать голос Ракели. И он зазвучал: «Ты полицейский? Кем ты стал? Роботом, рабом муравейника и мыслей, придуманных другими?»

Этим он стал?

Подошла его очередь. Дама за стойкой ободряюще посмотрела на Харри.

Нет, он не был рабом.

Он протянул ей посадочный.

Пошел. Двинулся вниз по длинному коридору ко входу в самолет. В окно увидел огни заходящего на посадку самолета, который летел со стороны дома Турда Шульца.

Блиндернвейен, 74.

Кровь Микаэля Бельмана под ногтем Густо.

Черт, черт!

Харри поднялся на борт, нашел свое место и погрузился в кожаное кресло. Господи, как мягко. Он нажал кнопку, и кресло стало откидываться назад, назад, назад, пока Харри не оказался в горизонтальном положении. Он снова закрыл глаза, хотелось спать. Спать. До тех пор, пока в один прекрасный день он не проснется другим человеком совсем в другом месте. Он искал ее голос. Но вместо этого услышал другой: «Я ношу пасторский воротничок, а ты — фальшивую звезду шерифа. Насколько непоколебимо твое евангелие?»

Кровь Бельмана. «...В Эстфолде, так что он никак не мог успеть...»

Все сходится.

Харри почувствовал, как ему на руку легла чья-то ладонь, и открыл глаза.

Стюардесса с высокими тайскими скулами кивала и улыбалась, глядя на него сверху вниз:

— I'm sorry, sir, but you must raise your seat to an upright position before take-off[1].

Вертикальное положение.

Харри вздохнул и свесил ноги с кресла. Достал мобильный телефон. Посмотрел журнал регистрации вызовов.

— Sir, you have to turn off...[2]

Харри поднял руку и нажал клавишу «Перезвонить».

— Я думал, мы договорились больше никогда не разговаривать, — произнес Клаус Туркильсен.

— Где именно в Эстфолде?

— Что-что?

— Я о Бельмане. В каком месте Эстфолда находился Бельман, когда убили Густо?

— В Рюгге, недалеко от Мосса.

Харри засунул телефон в карман и поднялся.

— Sir, the seat belt sign...[3]

— Sorry, — сказал Харри. — This is not my flight[4].

---

[1] Прошу прощения, сэр, но вы должны привести спинку кресла в вертикальное положение перед взлетом (англ.).

[2] Сэр, вам необходимо выключить... (англ.)

[3] Сэр, табличка «пристегнуть ремни»... (англ.)

[4] Простите, это не мой рейс (англ.).

— I'm sure it is, we have checked passenger numbers and...[1]

Харри помчался в хвост самолета. Он слышал, как стюардесса бежит за ним:

— Sir, we have already shut...[2]

— Then open it[3].

Подошел старший стюард:

— Sir, I'm afraid the rules don't allow us to open...[4]

— I'm out of pills[5], — сказал Харри, роясь в кармане пиджака. Отыскав пустую баночку от лекарства с наклейкой «Зестрил», он сунул ее под нос старшему стюарду. — I'm mister Nybakk, see? Do you want a heart attack on board when we are over... let's say Afghanistan?[6]

После одиннадцати часов вечера скоростной поезд, следовавший из аэропорта в Осло, был почти пуст. Харри с отсутствующим видом смотрел текстовые новости на экране, висящем под потолком в передней части вагона. У него был план, план новой жизни. А теперь за двадцать минут ему предстояло придумать новый. Идиотизм какой-то. Сейчас он мог бы сидеть в самолете, следующем в Бангкок. Но все дело было именно в том, что как раз сейчас он не *мог* сидеть в самолете, следующем в Бангкок. Просто-на-

[1] Я уверена, что ваш, мы сверили сведения о количестве пассажиров, и... *(англ.)*

[2] Сэр, мы уже закрыли... *(англ.)*

[3] Тогда открывайте *(англ.).*

[4] Сэр, боюсь, правила не разрешают открывать... *(англ.)*

[5] У меня кончилось лекарство *(англ.).*

[6] Я господин Нюбакк, видите? Хотите, чтобы у вас на борту случился инфаркт, когда мы будем пролетать где-нибудь над... скажем, Афганистаном? *(англ.)*

просто был неспособен, это был его дефект, его уродство, его хромота — он никогда не умел плюнуть, забыть, скрыться. Он мог пить, но он трезвел. Мог уехать в Гонконг, но возвращался. Он был, вне всякого сомнения, дефективным человеком. А действие таблеток начинало сходить на нет, и ему нужно было принять еще, от боли его мутило.

Взгляд Харри был прикован к заголовкам о квартальных результатах и спортивных достижениях, когда ему в голову пришла мысль: а что, если сейчас он именно это и делает? Скрывается. Уклоняется.

Нет. На этот раз все иначе. Он изменил дату вылета на завтра, чтобы попасть на тот же вечерний рейс, на котором должна была лететь Ракель. Он даже зарезервировал для нее место рядом с собой в бизнес-классе и доплатил за ее билет, чтобы повысить ей класс обслуживания. Он подумывал, не проинформировать ли ее о том, что он собирается сделать, но не знал, как она отнесется к таким новостям. К тому, что Харри не изменился. Что глупость по-прежнему является движущей силой его поступков. Что ничего не будет по-другому. Но когда они будут сидеть рядом и сила ускорения вдавит их в спинки сидений, а потом самолет взлетит и они ощутят легкость и необратимость происходящего, она наконец поймет, что все старое осталось позади, под ними, и что их путешествие только-только началось.

Харри закрыл глаза и два раза пробормотал номер рейса.

Харри вышел из поезда, перешел по пешеходному мосту к зданию Оперы и быстро зашагал по итальянскому мрамору к главному входу. Через стекло он видел празднично одетых разговаривающих людей с напитками и закусками за веревочными ограждениями в дорогостоящем фойе.

Снаружи у входа стоял мужчина в костюме, в ухе у него торчал наушник, а руками он, как стоящий в стенке футболист, прикрывал причинное место. Широкоплечий, но не бык. Натренированным взглядом он давно уже приметил Харри, а теперь осматривал местность рядом с ним в поисках того, что может иметь значение. Скорее всего, это свидетельствовало только о том, что мужчина работает в службе безопасности полиции и что мэр либо кто-то из членов правительства находится в Опере. Мужчина сделал два шага по направлению к Харри, когда тот подошел ближе.

— Прошу прощения, здесь закрытое мероприятие по случаю премьеры... — начал он, но замолчал, увидев удостоверение Харри.

— Мне не нужен твой мэр, коллега, — произнес Харри. — Мне нужно только переброситься парой слов по работе с одним человеком.

Мужчина кивнул, сказал что-то в микрофон на лацкане пиджака и пропустил Харри внутрь.

Фойе представляло собой гигантское иглу, наполненное лицами, которые Харри, несмотря на длительное отсутствие в стране, узнавал без труда: любители попозировать для печатных изданий, говорящие головы из телевизора, артисты из индустрии развлечений, спортсмены и политики плюс кардиналы разной степени серости. И Харри понял, что имела в виду Исабелла Скёйсн, когда говорила, что ей сложно подобрать себе кавалера достаточно высокого роста, когда она надевает каблуки. Ее легко было заметить, она возвышалась над окружающими.

Харри перешагнул через веревочное ограждение и стал прокладывать себе путь среди любителей белого вина, без устали повторяя «простите».

Исабелла разговаривала с мужчиной на полголовы ниже себя, но восторженно-заискивающее выражение на ее лице заставляло предполагать, что он на несколько голов выше ее по властному статусу. Харри приблизился к ним на расстояние трех метров, как вдруг перед ним вырос какой-то мужчина.

— Я полицейский, который только что разговаривал с твоим коллегой снаружи, — объяснил Харри. — Мне надо поговорить с ней.

— Пожалуйста, — сказал охранник, и Харри показалось, что он услышал определенный подтекст.

Он преодолел оставшееся расстояние.

— Привет, Исабелла, — сказал он и увидел удивление на ее лице. — Надеюсь, я не прервал... твою карьеру?

— Инспектор Харри Холе, — ответила она, звонко рассмеявшись, как будто он рассказал смешной анекдот.

Мужчина, стоявший рядом с Исабеллой, поспешно протянул ему руку и назвал свое имя, что было совершенно излишним. Долгая карьера на верхних этажах ратуши, вероятно, научила его, что близость к народу будет вознаграждена в день выборов.

— Вам понравился спектакль, инспектор?

— И да, и нет, — ответил Харри. — Я был даже рад, что он закончился, и уже направлялся к дому, как вдруг вспомнил, что осталась пара вещей, с которыми надо разобраться.

— И какие же?

— Ну... Дон Жуан — вор и ловелас, и в общем правильно, что в последнем акте его наказывают.

Я думаю, что понял, кто эта статуя, которая явилась к Дону Жуану и забрала его в преисподнюю. А вот чего я не знаю, так это кто сказал ему, где и когда он может найти Дона Жуана. Ты ответишь мне на этот вопрос... — Харри повернулся, — Исабелла?

Исабелла криво улыбнулась.

— Если у тебя есть теория заговора, то ее всегда интересно выслушать. Но лучше в другой раз, потому что сейчас я разговариваю с...

— Но мне крайне необходимо перекинуться с ней парой слов, — сказал Харри, обращаясь к собеседнику Исабеллы. — Если вы позволите, конечно.

Он заметил, что Исабелла хочет выразить протест, но собеседник опередил ее:

— Конечно.

Он улыбнулся, кивнул и повернулся к пожилой паре, стоявшей в очереди к нему в ожидании аудиенции.

Харри взял Исабеллу под руку и потащил в сторону туалетов.

— От тебя воняет, — прошипела она, когда он положил руки ей на плечи и прижал к стене у входа в мужской туалет.

— Костюмчик пару раз побывал в мусорном баке, — пояснил Харри и отметил, что парочка присутствующих посматривает на них. — Послушай, мы можем поговорить цивилизованно или жестко. В чем заключается твое сотрудничество с Микаэлем Бельманом?

— Что? Да пошел ты к черту, Холе!

Харри пинком открыл дверь туалета и затащил ее внутрь.

Одетый в смокинг мужчина, стоявший у раковины, с удивлением проследил в зеркале, как Харри прижал Исабеллу Скёйен к двери кабинки и придавил ее шею, приставив к ней предплечье.

— Бельман был у тебя в то время, когда убили Густо, — прошипел Харри. — Под ногтями у Густо была кровь Бельмана. Сжигатель Дубая — это доверенный соратник и ближайший друг детства Бельмана. Если ты сейчас же не расскажешь мне все, я позвоню своему человеку в «Афтенпостен», и завтра история будет в газетах. А к тому моменту все, что есть в моем распоряжении, будет лежать на столе у прокурора. И что из этого выйдет?

— Простите, — заговорил мужчина в смокинге. Он подошел ближе, продолжая оставаться на уважительном расстоянии. — Помощь нужна?

— Выметайся отсюда к чертовой матери!

На лице у мужчины появился ужас, возможно не из-за слов, которые он услышал, а из-за того, что слова эти произнесла Исабелла Скёйен, и он шаркающей походкой вышел из туалета.

— Мы трахались, — сказала полупридушенная Исабелла.

Харри отпустил ее и по выдоху почувствовал, что она пила шампанское.

— Вы с Бельманом трахались?

— Я знаю, что он женат, и мы трахались, вот и все, — произнесла она, потирая шею. — Внезапно появился Густо и поцарапал Бельмана, когда тот пытался выставить его вон. Если хочешь рассказать прессе о нашей связи, вперед. В таком случае я буду исходить из предположения, что ты никогда не трахал замужних женщин. И что тебе абсолютно наплевать на то, как газетные заголовки отразятся на жене и детях Бельмана.

— А как вы с Бельманом познакомились? Уж не хочешь ли ты сказать, что этот треугольник — Густо и вы — возник совершенно случайно?

— Как ты думаешь, Харри, как встречаются люди, занимающие высокие посты в органах власти? Оглянись вокруг. Посмотри, кто присутствует на этом приеме. Всем известно, что Бельман станет новым начальником полиции Осло.

— А тебе достанется кресло в городском совете?

— Мы встретились на открытии, премьере, вернисаже, уже не помню. Так случается. Можешь позвонить Микаэлю и спросить, когда это было. Только не сейчас, сегодня у него тихий вечер в кругу семьи. Просто... да просто так случается.

Просто так случается. Харри пристально смотрел на нее.

— А как насчет Трульса Бернтсена?

— Кого?

— Он ваш сжигатель, так ведь? Кто послал его в «Леон», чтобы разобраться со мной? Ты? Или Дубай?

— Господи, да о чем это ты?

Харри увидел. Она действительно не знала, кто такой Трульс Бернтсен. Исабелла Скёйен рассмеялась.

— Харри, ну же, не будь таким грустным!

Он мог бы сидеть в самолете, следовавшем в Бангкок. К другой жизни.

Он пошел к двери.

— Подожди, Харри.

Он обернулся. Она стояла, прижавшись спиной к двери туалетной кабинки, подтянув кверху платье. Так высоко, что он видел краешек ее чулок. Белая прядь упала ей на лоб.

— Раз уж мы все равно совершенно одни в туалете...

Харри посмотрел ей в глаза. На них лежала пелена. Это был не алкоголь и не похоть, а что-то другое. Слезы? Крутая, одинокая, презирающая себя Исабелла Скёйен плакала? И что? Она просто была одной из многих ожесточенных людей, которые готовы разрушить жизнь других, чтобы получить то, на что имеют право по рождению, — быть любимыми.

После того как Харри вышел из туалета, дверь продолжала ходить взад-вперед, она билась о резиновый порожек все быстрее и быстрее, как последний нарастающий шквал аплодисментов.

По пешеходному мосту Харри вернулся на Центральный вокзал и спустился на Плату. На другом конце площади находилась круглосуточная аптека, но там всегда собиралась большая очередь, а Харри знал, что обезболивающие препараты, продающиеся без рецепта, не смогут победить его боль. Он пошел дальше, вдоль Героинового парка. Начался дождь, и уличные фонари мягко отражались в мокрых трамвайных рельсах на улице Принсенс-гате. Харри размышлял на ходу. Легче всего было добраться до дробовика Нюбакка в Уппсале. Кроме того, дробовик дает больше простора для маневра. Чтобы взять винтовку, стоящую за шкафом в номере 301 в «Леоне», ему надо незамеченным войти в гостиницу, и, вполне возможно, его оружие уже обнаружили. Но винтовка стала окончательным аргументом.

Замок на воротах, ведущих в задний дворик «Леона», был сломан. Недавно взломан. Харри посчитал, что именно так двое в костюмах проникли в гостиницу в тот вечер.

Харри подошел к двери гостиницы — и точно, на ней замок тоже был выворочен.

Он поднялся по узкой лестнице, служившей черным ходом. В коридоре третьего этажа не было ни души. Харри постучал в двери номера 310, к Като, чтобы поинтересоваться, навещала ли его полиция. Или кто-нибудь еще. Что они делали. О чем спрашивали. Что он рассказал им. Но ему никто не открыл. Харри прижался ухом к двери. Тишина.

Дверь в его собственный номер даже не начали ремонтировать, так что ключ ему не понадобился. Харри просунул руку в дыру и отпер замок. Обратил внимание на кровь, застывшую на голом цементе в том месте, где раньше находилась дверная коробка.

Разбитое окно тоже не починили.

Харри вошел в комнату, не включая света, просунул руку за шкаф и выяснил, что винтовку они не нашли. Как и коробку патронов, которая все так же лежала рядом с Библией в ящичке прикроватной тумбочки. И Харри понял, что полиции здесь не было, что «Леон», его обитатели и соседи не видели никаких причин звать стражей закона из-за каких-то отчетливых выстрелов из дробовика, по крайней мере до тех пор, пока не появятся трупы. Он открыл шкаф. Даже его одежда и чемодан были на месте, как будто ничего не произошло.

Харри заметил женщину в окне напротив.

Она сидела на стуле перед зеркалом, повернувшись обнаженной спиной к окну. Казалось, она причесывается. На ней было платье, которое выглядело удивительно старомодным. Не старым, но старомодным, как только что сшитый костюм из другой эпохи. Без какой бы то ни было причины Харри крикнул в разбитое окно. Издал короткий крик. Женщина не отреагировала.

Когда Харри снова оказался на улице, он понял, что не справится. Горло полыхало огнем, и жар заставлял поры выкачивать пот. Он насквозь промок и начал ощущать первые признаки озноба.

Песня в баре поменялась. Из открытых дверей доносилась песня «And It Stoned Me»[1] Ван Моррисона.

Обезболивающее.

Харри ступил на проезжую часть, услышал оглушительный, отчаянный звонок, и в следующий миг все поле его зрения заполнила сине-белая стена. Четыре секунды он, замерев, простоял посреди улицы. А потом трамвай проехал, и перед Харри снова появилась открытая дверь бара.

Бармен оторвал взгляд от газеты, увидел Харри и вздрогнул.

— «Джим Бим», — заказал Харри.

Бармен дважды моргнул, не пошевелившись. Газета сползла на пол. Харри извлек из бумажника несколько купюр евро и положил на стойку.

— Дай мне целую бутылку.

Рот бармена открылся. В его татуировке EAT над буквой Т была жировая складка.

— Прямо сейчас, — сказал Харри. — А потом я исчезну.

Бармен бросил быстрый взгляд на купюры. Потом снова поднял глаза на Харри. Снял с полки бутылку «Джима Бима», не отводя от него взгляда.

Харри вздохнул, заметив, что в бутылке осталось меньше половины. Он опустил ее в карман

---

[1] «Это ожесточило меня» *(англ.)*.

пальто, огляделся, попытался придумать запоминающуюся прощальную фразу, но не смог, кивнул бармену и вышел.

Харри остановился на углу улиц Принсенс-гате и Дроннингенс-гате. Сначала он позвонил в телефонную справочную. Потом открыл бутылку. От запаха бурбона его желудок съежился. Но он знал, что не сможет совершить то, что должен, без анестезии. В последний раз он пил три года назад. Надо надеяться, на этот раз все пройдет лучше. Харри взял в рот горлышко бутылки. Запрокинул голову и поднял бутылку вверх. Три года без алкоголя. Яд ударил систему, как напалмовая бомба. Лучше не будет, будет хуже, чем обычно.

Харри нагнулся и уперся вытянутой рукой в стену дома, широко расставив ноги, чтобы в случае чего не запачкать брюки или ботинки.

Он услышал, как позади него по асфальту простучали высокие каблуки.

— Привет, мистер. Я карасивыя?

— Безусловно, — успел ответить Харри перед тем, как его горло наполнилось жидкостью.

Желтая струя ударила в тротуар с приличной силой на большое расстояние, и он услышал, как каблучки удалились, стуча со скоростью кастаньет. Он вытер рукой рот и попробовал еще раз. Запрокинул голову. Виски и желчь потекли вниз. И снова вырвались обратно.

Третий глоток. Нормально.

Четвертый глоток прошел на ура.

Пятый показался небесным удовольствием.

Харри поймал такси и назвал адрес.

———

Трульс Бернтсен быстро пробирался сквозь мрак. Пересек парковку перед жилым домом, из добрых безопасных окон которого лился свет. Там люди уже достали закуски, принесли кофейники, а может быть, даже пиво, включили телевизоры, поскольку новости уже закончились и начались приятные программы. Трульс позвонил в Полицейское управление и сказался больным. Его не спросили, что с ним, только поинтересовались, собирается ли он провести дома все три дня, на которые не требуется больничный. Трульс спросил, откуда, черт возьми, ему знать, сколько именно дней продлится болезнь? Чертова страна притворщиков, чертовы лицемерные политики, утверждающие, что люди на самом деле хотят работать, если у них есть малейшая возможность для этого. Норвежцы проголосовали за Рабочую партию, потому что Рабочая партия отнесла прогулы к правам человека, и кто, черт возьми, не проголосует за партию, которая предоставляет тебе шанс в течение трех дней самолично провозглашать себя больным, дает карт-бланш, чтобы ты мог сидеть дома и дрочить, или кататься на лыжах, или приходить в себя после попойки на выходных? Рабочая партия, конечно, знала, какая это конфетка, но при этом пыталась выглядеть ответственной организацией, провозглашающей «доверие к большинству населения» и выдающей право прогуливать работу за некую социальную реформу. В таком случае, черт подери, более честно действовала Партия прогресса, которая покупала голоса налоговыми льготами и особо этого не скрывала.

Он целый день сидел и размышлял на эту тему, проверял оружие, заряжал его, проверял, хорошо ли

заперта дверь, осматривал все машины, заезжаю-
щие на парковку, через прицел винтовки «мерклин»,
оружия, с помощью которого лет десять назад была совершена попытка покушения. Ответственный
за склад конфискованного оружия в отделе К-1 полицейского управления наверняка думал, что она до
сих пор находится в его владениях. Трульс знал, что
рано или поздно ему придется выйти на улицу за
едой, но он ждал, пока стемнеет и на улицах станет немноголюдно. Около одиннадцати, прямо перед закрытием магазина «Рими», он прихватил свой
«штейр», выскользнул на улицу и побежал к ближай-
шему продовольственному. Одним глазом он осматривал выставленные на полках товары, а вторым следил за редкими посетителями магазина. Купил недельный запас мясных фрикаделек «Фьюрдланд».
Небольшие прозрачные пакеты с чищеной картошкой, фрикадельками, горохом и соусом. Просто подер-
жать несколько минут в кастрюле с кипящей водой,
разрезать пакет, и на тарелку с бульканьем начнет
выливаться то, что, закрыв глаза, можно назвать настоящей едой.

Трульс Бернтсен дошел до двери своего подъезда
и вставил ключ в замок, как вдруг услышал в темноте позади себя быстрые шаги. Он в отчаянии повернулся, положив руку на рукоятку пистолета, лежащего в кармане пиджака, но увидел только испуган-
ное лицо Вигдис А.

— Я... я вас напугала? — пробормотала она.

— Нет, — коротко ответил Трульс и вошел в
подъезд, не придержав ей дверь.

Но она успела протиснуть внутрь свои телеса до
того, как та захлопнулась.

Он нажал на кнопку вызова лифта. Напугала? Конечно, черт возьми, он испугался. Его преследуют сибирские казаки, разве этого недостаточно для испуга?

Вигдис А. пыхтела позади него. Она стала такой же толстой, как и большинство из них. Не то чтобы он не мог сказать это сам, но почему никто до сих пор не развил мысль о том, что норвежские женщины безобразно растолстели, что они не просто умирают от разнообразнейших чертовых болезней, но скоро прекратят репродукцию своей расы и страна станет безлюдной? Потому что в итоге ни один мужчина не заставит себя войти в такие телеса. Собственные в расчет не принимаются, конечно.

Пришел лифт, они зашли в кабинку, и провода взвыли от натуги.

Он читал, что мужчины точно так же набрали вес, но, по его мнению, выглядели они иначе. Их задницы уменьшились, и они стали казаться больше и сильнее. Как он сам. Он выглядел, черт возьми, лучше, чем десять килограммов назад. А вот у женщин появлялся этот колышущийся жир, который всегда вызывал у него желание пнуть, чтобы просто увидеть, как нога погружается в мякоть. Всем было известно, что жир — это новый рак, однако женщины протестовали против истерии вокруг похудания и прославляли «настоящее» женское тело. Как будто то, что они не занимаются спортом и переедают, превращает их в некий лишенный жеманности идеал. Дескать, будь довольна телом, которое имеешь. Лучше сотня умерших от сердечно-сосудистых заболеваний, чем одна умершая от анорексии. А теперь даже Мартина выглядела так же. Конечно, он знал, что она беременна, но все равно не мог освободиться от мысли, что она стала одной из них.

— Похоже, вы замерзли, — произнесла Вигдис А. и улыбнулась.

Трульс понятия не имел, что означает А., но именно такая табличка находилась у ее дверного звонка: «Вигдис А.». У него появилось желание влепить ей оплеуху, правой рукой, изо всех сил, и можно не бояться, что он повредит костяшки пальцев в жире ее щек. Или оттрахать ее. Или сделать и то и другое.

Трульс знал, почему он так злится. Все дело в этом чертовом мобильном телефоне.

Когда они наконец заставили центр связи «Теленора» отследить телефон Холе, они узнали, что он находится в самом центре, а точнее, поблизости от Центрального вокзала. Ни в одном другом месте Осло нет такого большого скопления людей круглые сутки. Так что дюжина полицейских прочесывала людские массы в поисках Холе. Они работали часами. И ничего. В конце концов один сопляк выступил с банальным предложением синхронизировать часы, разойтись по району поисков и назначить одного полицейского, который будет набирать номер Холе в определенную секунду раз в пятнадцать минут. И если кто-нибудь именно в эту секунду услышит телефонный звонок или увидит, как кто-то достает свой мобильник, то ему останется только действовать, потому что этот телефон находится в заданном районе. Сказано — сделано. И они отыскали телефон. В кармане наркомана, сидевшего в полусне на ступеньках лестницы у Вокзальной площади. Он сказал, что «получил» телефон от одного мужика в «Маяке».

Лифт остановился.

— Хорошего вечера, — пробормотал Трульс и вышел.

Позади него закрылись двери, и лифт продолжил движение.

Фрикадельки и фильм на диске. Может быть, первый «Форсаж». Дерьмовое кинцо, конечно, но есть в нем несколько приличных сцен. Или «Трансформеры»: увидеть Меган Фокс и долго и обстоятельно подрочить.

Он услышал ее дыхание. Она вышла из лифта вместе с ним. Сука. У Трульса Бернтсена сегодня вечером будет секс. Он улыбнулся и повернул голову. Но на что-то наткнулся. На что-то твердое. И холодное. Трульс Бернтсен скосил глаза. Ствол оружия.

— Большое спасибо, — произнес хорошо знакомый голос. — Я с удовольствием зайду к тебе.

Трульс Бернтсен сидел в кресле, глядя в ствол собственного пистолета.

Он нашел его. И наоборот.

— Мы не можем продолжать встречаться подобным образом, — сказал Харри Холе.

Он держал сигарету в самом уголке рта, чтобы дым не летел в глаза.

Трульс не ответил.

— Знаешь, почему я предпочитаю пользоваться твоим пистолетом? — спросил Харри, похлопывая по охотничьей винтовке, лежащей у него на коленях.

Трульс продолжал помалкивать.

— Потому что я хочу, чтобы пули, которые найдут в тебе, были выпущены из *твоего* пистолета.

Трульс пожал плечами.

Харри Холе нагнулся вперед. И Трульс почувствовал запах алкоголя. Черт, да парень пьян. Он слышал рассказы о том, на что этот человек способен в трезвом виде, а сейчас он нализался.

— Ты — сжигатель, Трульс Бернтсен. А вот и доказательство. — Он показал ему удостоверение личности из бумажника, извлеченного из кармана Трульса вместе с пистолетом. — Томас Лундер? Вроде бы именно он забрал наркотики из Гардермуэна?

— Что тебе надо? — спросил Трульс, закрыв глаза и откинувшись на спинку кресла.

Фрикадельки и фильм на диске.

— Я хочу знать, что связывает тебя, Дубая, Исабеллу Скёйен и Микаэля Бельмана.

Трульс вздрогнул. Микаэля? Как, черт возьми, со всем этим связан Микаэль? И Исабелла Скёйен, разве это не дамочка-политик?

— Понятия не имею...

Он увидел, как взводится курок.

— Осторожно, Холе! Спусковой крючок короче, чем ты думаешь, он...

Курок продолжил свое движение.

— Подожди! Подожди, черт тебя подери! — Трульс Бернтсен покрутил языком во рту в поисках мокрой слюны. — Я понятия не имею о Бельмане и Скёйен, а вот Дубай...

— Поторопись.

— Я могу рассказать тебе о нем...

— Что ты можешь рассказать?

Трульс Бернтсен глубоко вдохнул и задержал дыхание. И выпустил из себя воздух со стоном:

— Все.

Глава 39

На Трульса Бернтсена смотрело три глаза. Два со светло-голубыми проспиртованными радужками. И один черный, круглый, как ствол его собственного «штейра». Мужчина, державший пистолет, скорее лежал, чем сидел в кресле, а его длинные вытянутые ноги покоились на ковре. И он произнес хриплым голосом:

— Рассказывай, Бернтсен. Расскажи мне о Дубае.

Трульс дважды кашлянул. Черт, в горле совсем пересохло.

— Однажды вечером, когда я был здесь, мне в дверь позвонили. Я снял трубку домофона, и какой-то голос сказал, что хочет поговорить со мной. Сначала я не хотел никого впускать, но потом этот человек упомянул одно имя и... да...

Трульс Бернтсен провел большим и указательным пальцами по челюсти.

Его гость молчал.

— Было там одно темное дельце, о котором, как я надеялся, никто не знает.

— И какое же?

— Один задержанный. Его надо было научить хорошим манерам. Я думал, никто не знает, что это я его... научил.

— Сильные повреждения?

— Родители хотели написать заявление, но мальчишка не смог указать на меня во время опознания. Я повредил его глазной нерв. Вот ведь удача в невезении, да? — Трульс засмеялся своим нервным хрюкающим смехом, но вскоре остановился. — А теперь этот человек стоял у моей двери, зная о случившемся.

Он сказал, что у меня талант проплывать, не попадая в поле зрения радаров, и что за такого, как я, он готов хорошо платить. Он говорил по-норвежски, но очень как-то высокопарно. И с небольшим акцентом. Я впустил его.

— Ты встречался с Дубаем?

— Только один раз. После этого я видел его всего два раза. В любом случае, он явился один. Пожилой человек в элегантном, но старомодном костюме. Жилет. Шляпа и перчатки. Он сказал, что я должен сделать для него. И что он готов за это заплатить. Он был осторожным. Сказал, что после этой встречи у нас не будет прямого контакта, никаких телефонных звонков, никаких электронных писем, ничего, что можно отследить. А меня это устраивало, скажем так.

— И как вы договаривались о сжигательных операциях?

— Мои задания были написаны на надгробном камне. Он объяснил, где расположен этот камень.

— Где?

— На кладбище Гамлебюена. Там же я забирал деньги.

— Расскажи о самом Дубае. Что он собой представляет?

Трульс Бернтсен молча уставился в пространство. Попытался представить себе, как решить эту задачу. И какие последствия будет иметь его решение.

— Чего ты ждешь, Бернтсен? Ты сказал, что можешь рассказать мне о Дубае все.

— Ты понимаешь, чем я рискую, если...

— В последний раз, когда я тебя видел, двое подручных Дубая пытались проделать в тебе дыру. Так что и без этого пистолета, наведенного на тебя, ты загнан в угол, Бернтсен. Выкладывай. Кто он?

Харри Холе смотрел прямо на него. Смотрел прямо *сквозь* него, как показалось Трульсу. И курок снова начал шевелиться, чем значительно упростил решение задачи.

— Хорошо, хорошо. — Бернтсен поднял руки вверх. — Его зовут не Дубай. Так его называют, потому что его дилеры носят футбольную форму с рекламой авиакомпании, летающей в эту страну. В Саудовскую Аравию.

— У тебя есть десять секунд, чтобы рассказать мне то, до чего я не додумался сам.

— Подожди, подожди, я рассказываю! Его зовут Рудольф Асаев. Он русский, родители его, интеллигенты и диссиденты, стали политическими беженцами, по крайней мере так он заявил на судебном процессе. Он жил во многих странах и говорит приблизительно на семи языках. Приехал в Норвегию в семидесятые годы и стал одним из пионеров в торговле хэшем, можно так сказать. Он всегда оставался в тени, но в тысяча девятьсот восьмидесятом году его сдал один из подручных. В те времена торговля и ввоз хэша карались столь же сурово, как предательство родины. Так что просидел он долго. После тюрьмы он переехал в Швецию и переключился на героин.

— Почти такое же наказание, как за хэш, но аванс лучше.

— Точно. Он создал лигу в Гётеборге, но после убийства полицейского ему пришлось уйти в подполье. Он вернулся в Осло где-то около двух лет назад.

— И все это он тебе рассказал?

— Нет-нет, это я выяснил самостоятельно.

— Вот как? И каким образом? Я думал, что этот человек — призрак, о котором никто ничего не знает.

Трульс Бернтсен посмотрел на свои руки. А потом снова поднял глаза на Харри Холе. Он просто обязан был улыбнуться. Потому что ему часто хотелось кому-нибудь рассказать, как он обманул самого Дубая. Трульс быстро облизал губы.

— Когда он сидел в кресле, где сейчас сидишь ты, он положил руки на подлокотники.

— И?

— Рукав рубашки загнулся, и между рукавом пиджака и перчаткой обнажилась полоска кожи. На ней были белые шрамы. Знаешь, такие, какие остаются после сведения татуировок. И когда я увидел татуировку на руке, я подумал...

— Тюрьма. Он сидел в перчатках, чтобы не оставлять отпечатков пальцев, которые ты потом мог сверить с базой данных.

Трульс кивнул. Холе быстро соображал, в этом ему не откажешь.

— Точно. Но после того как я согласился на его условия, он, казалось, немного расслабился. И когда я протянул ему руку, чтобы скрепить договоренность, он стянул одну перчатку. Мне удалось снять пару не очень четких отпечатков со своей руки. И компьютер нашел соответствие.

— Рудольф Асаев. Дубай. Как ему удавалось так долго скрывать свою личность?

Трульс Бернтсен пожал плечами:

— Мы в Оргкриме постоянно видим это: только одно отличает теневых руководителей, которые остаются непойманными, от тех, кого ловят. Малочисленная организация. Мало звеньев. Мало доверенных лиц. Наркокоролей, которые полагают, что безопаснее всего окружить себя армией, всегда загребают. Всегда найдется какой-то неверный слуга, или тот, кто хочет его сместить, или тот, кто готов все рассказать в обмен на уменьшение срока.

— Ты сказал, что, возможно, видел его еще один раз?

Трульс Бернтсен кивнул.

— В «Маяке». Думаю, это был он. Он заметил меня, развернулся в дверях и ушел.

— Значит, это правда, что он расхаживает по городу, как призрак?

— Кто знает.

— А ты что делал в «Маяке»?

— Я?

— Полиции запрещено работать внутри заведения.

— Я знаком с девушкой, которая там работает.

— Ммм. С Мартиной?

— Ты ее знаешь?

— Так это ты сидел там и глазел на нее?

Трульс почувствовал, как кровь прилила к лицу.

— Я...

— Расслабься, Бернтсен. Ты только что себя выдал.

— Ч-что?

— Ты тот надоеда, которого Мартина считала агентом. Ты сидел в «Маяке» в момент убийства Густо, так ведь?

— Надоеда?

— Забудь об этом и отвечай.

— Черт, ты ведь не думаешь, что я... С какой стати мне убивать Густо Ханссена?

— Ты мог получить заказ от Асаева, — сказал Холе. — Но кроме того, у тебя были и личные мотивы. Густо видел, как ты убил человека в Алнабру. Дрелью.

Трульс Бернтсен обдумал сказанное Холе. Обдумал так, как полицейский, который все время, постоянно, ежедневно сталкивается с ложью и должен стараться отличить блеф от правды.

— Совершенное тобой убийство дало тебе мотив убить и Олега Фёуке, который тоже был его свидетелем. Тот зэк, который пытался прикончить Олега...

— Это не моя работа! Поверь мне, Холе, к этому делу я не имею никакого отношения. Я просто сжигал доказательства, я никого не убивал. А случай в Алнабру — чистая случайность.

Холе склонил голову.

— И ты пришел ко мне в «Леон» совсем не для того, чтобы убрать меня?

Трульс сглотнул. Этот Холе мог убить его, черт, запросто мог убить его. Всадить пулю ему в висок, стереть свои отпечатки и вложить пистолет в его руку. Следов взлома нет, Вигдис А. сможет подтвердить, что видела, как Трульс возвращался домой в одиночестве, и что он казался продрогшим и одиноким. Он сказался больным на работе. У него была депрессия.

— А что это за парочка появилась позже? Люди Рудольфа?

Трульс кивнул:

— Они выбрались оттуда, но в одного из них я всадил пулю.

— Что произошло?

Трульс пожал плечами:

— Наверное, я слишком много знаю.

Он попытался засмеяться, но смех получился каким-то лающим.

Они сидели и молча смотрели друг на друга.

— Что ты собираешься делать? — спросил Трульс.

— Поймать его, — ответил Холе.

«Поймать». Давненько Трульс не слышал, чтобы кто-нибудь употреблял это слово.

— Значит, ты думаешь, что у него мало людей?

— Максимум трое или четверо, — сказал Трульс. — А может, только эти двое.

— Ммм. Какое еще у тебя есть железо?

— Железо?

— Кроме этого. — Холе кивнул на столик, где лежали два пистолета и пистолет-пулемет МР-5, заряженные и готовые к использованию. — Я привяжу тебя и обыщу квартиру, поэтому можешь с тем же успехом просто мне рассказать.

Трульс Бернтсен подумал. Потом кивком указал на спальню.

Холе покачал головой, когда Трульс открыл дверцу шкафа и повернул выключатель. В голубоватом свете лампы показалось его содержимое: шесть пистолетов, два больших ножа, черная резиновая дубинка, кастет, противогазная маска и так называемое полицейское ружье для подавления бунтов — короткое толстое оружие с цилиндром посередине, в которое вставляются большие патроны со слезоточивым газом. Трульс обзавелся большей частью оружия на складе полиции, где небольшие недостачи были обычным делом.

— Ты с катушек съехал, Бернтсен.

— Почему это?

Холе показал. Трульс вбил гвозди в заднюю стенку шкафа, чтобы развесить на ней оружие, и обвел его контуры. У всего было свое место.

— Пуленепробиваемый жилет на плечиках? Боишься, что он помнется?

Трульс Бернтсен не ответил.

— Хорошо, — сказал Холе, снимая жилет. — Дай мне полицейское ружье, противогазную маску и патроны к МР-пять из гостиной. И мешок.

Холе следил, как Трульс заполняет мешок. Потом они прошли обратно в гостиную, где Харри взял МР-5.

Затем они проследовали к дверям.

— Я знаю, что ты думаешь, — сказал Харри. — Но прежде чем начать звонить или пытаться остановить меня каким-нибудь другим способом, ты должен узнать, что все, что мне известно о тебе и об этом деле, хранится у адвоката. У него есть инструкции насчет того, что делать, если со мной что-нибудь случится. Понял?

«Врешь», — подумал Трульс и кивнул.

Холе рассмеялся.

— Ты думаешь, что я вру, но ты не уверен в этом на все сто процентов, да?

Трульс почувствовал ненависть к Холе. Он ненавидел его высокомерную равнодушную ухмылку.

— А что будет, если ты тоже выживешь, Холе?

— Тогда твоим проблемам наступит конец. Я исчезну, улечу на другой конец земного шара. И не вернусь. И последнее...

Холе застегнул пальто, надетое поверх пуленепробиваемого жилета.

— Это ты вычеркнул дом номер семьдесят четыре по улице Блиндернвейен из списка, который получили мы с Бельманом?

Трульс Бернтсен хотел в любом случае ответить отрицательно. Но что-то — внезапная идея, недодуманная до конца мысль — остановило его. На самом деле он так и не смог выяснить, где живет Рудольф Асаев.

— Да, — ответил Трульс Бернтсен, пока мозг его переваривал полученную информацию и старался проанализировать последствия.

«Список, который получили мы с Бельманом». Он попытался сделать вывод. Но думал он недостаточно быстро, это никогда не было его сильной стороной, ему требовалось больше времени, чем другим.

— Да, — повторил он, надеясь, что Харри не заметил удивления в его голосе. — Конечно, это я вычеркнул тот адрес.

— Я оставлю здесь эту винтовку, — сказал Харри, открывая патронник и вынимая патрон. — Если я не вернусь, ее можно направить в адвокатское бюро «Бах и Симонсен».

Холе захлопнул за собой дверь, и Трульс услышал, как он широко шагает по лестнице. Подождал, чтобы удостовериться, что Харри не вернется. А потом среагировал.

Холе не обнаружил винтовку «мерклин», прислоненную к стене за занавеской у балконной двери. Трульс схватил большое тяжелое оружие и рывком распахнул дверь на балкон. Положил ствол на перила. На улице было холодно, моросил дождь, но, что важнее, было почти безветренно.

Он видел, как Холе вышел из подъезда внизу, как развевалось его пальто, когда он бежал к ожидающему на парковке такси. Нашел его через светочувствительный прицел. Немецкая оптика и оружейное дело. Картинка была нечеткой, но Харри находился в фокусе. Трульс мог бы без проблем снять Холе отсюда, пуля пробила бы его от макушки до пятки или еще лучше — вышла бы там, где находятся его репродуктивные органы, ведь это оружие изначально предназначалось для охоты на слонов. Но если подождать, пока Холе пройдет под фонарем на парковке, можно сделать еще более точный выстрел. К тому же это будет чрезвычайно практично: в столь позднее время людей на парковке мало, и Трульсу недалеко придется волочь труп до своей машины.

У адвоката есть инструкции? Черт возьми, это вряд ли. Но конечно, надо будет подумать над тем, не устранить ли и адвоката, так, на всякий случай. Ханса Кристиана Симонсена.

Холе приближался. В шею. Или в голову. Пуленепробиваемый жилет закрывал тело до самого верха. Тяжелый до ужаса. Трульс взвел курок. Тоненький, еле слышный голос сказал ему, чтобы он этого не делал. Это убийство. Трульс Бернтсен никогда раньше никого не убивал. Не напрямую. Турда Шульца убил не он, а чертовы псы Рудольфа Асаева. А Густо? Кстати, кто, черт возьми, ухлопал Густо? Уж точно не он. Микаэль Бельман? Исабелла Скёйен?

Тихий голосок замолчал, а середина креста на прицеле пришлась прямо на затылок Холе. Огонь! Он уже представлял себе фонтан крови, продолжая

493

давить на курок. Через две секунды Холе окажется в луче света. Жаль, что нельзя снять все это на видео. Записать на диск. Это было бы круче, чем Меган Фокс, вне зависимости от наличия фрикаделек.

Глава 40

Трульс Бернтсен дышал глубоко и размеренно. Его пульс участился, но находился под контролем.

Харри Холе вышел на свет. И заполнил весь прицел.

Вот уж в самом деле жалко, что нельзя снять на ви...

Трульс Бернтсен помедлил.

Скорость мышления никогда не была его сильной стороной.

Не то чтобы он был глупым, просто порой думал медленно.

Когда они росли, именно в этом заключалась разница между ним и Микаэлем: Микаэль думал и сразу говорил. Но Трульс в конце концов тоже делал верные выводы. Как сейчас. С этим недостающим адресом в списке. Или с этим тихим голосом, который велел ему не убивать Харри Холе, по крайней мере сейчас. Микаэль сказал бы, что это простая математика. Холе были нужны Рудольф Асаев и Трульс, к счастью, именно в такой последовательности. Так что если Холе пришьет Асаева, он решит как минимум одну проблему Трульса. То же самое будет в случае, если Асаев пришьет Холе. С другой стороны...

Харри Холе все еще находился на свету.

Палец Трульса медленно двигался. Он был одним из лучших стрелков из винтовки в Крипосе и лучшим стрелком из пистолета.

Он освободил легкие. Тело его было совершенно расслаблено, оно не совершит никаких неконтролируемых движений. Он снова сделал вдох.

И опустил оружие.

Освещенная улица Блиндернвейен лежала перед Харри. Она была похожа на «американские горки», пересекающие холмистую местность, застроенную старыми виллами с большими садами и университетскими корпусами в окружении лужаек.

Он подождал, пока не скроются огоньки такси, а потом пошел.

На часах было без четырех минут час, вокруг не было видно ни одного человека. Харри велел таксисту остановиться у дома под номером 68.

Дом 74 по Блиндернвейен находился за трехметровой оградой на расстоянии метров пятидесяти от дороги. Сбоку от него виднелась кирпичная постройка цилиндрической формы, высотой и диаметром метра четыре, похожая на водонапорную башню. Харри раньше не видел таких башен в Норвегии, но обратил внимание, что такая же постройка стояла рядом с соседним домом. К лестнице внушительной деревянной виллы действительно вела гравиевая дорожка. Главный вход освещался простой лампой, повешенной над дверью из темного прочного дерева.

В двух окнах первого этажа и одном окне второго горел свет.

Харри встал в тень дуба на противоположной стороне дороги. Снял рюкзак и открыл его. Приготовил полицейское ружье и надел противогазную маску на голову так, чтобы ее можно было одним движением опустить на лицо.

Он надеялся, что дождь поможет ему подобраться настолько близко, насколько это будет необходимо. Он проверил, заряжен ли пистолет-пулемет МР-5 и снят ли с предохранителя.

Время настало.

Но действие анестезии могло вот-вот закончиться.

Харри достал бутылку «Джима Бима», открутил пробку. На самом донышке оставались почти невидимые капли. Он снова посмотрел на виллу. И на бутылку. Если все получится, то потом ему потребуется сделать глоток. Он закрутил пробку и засунул бутылку во внутренний карман вместе с запасной обоймой для МР-5. После этого он почувствовал, что дышит нормально, что в мозг и мышцы поступает кислород. Харри посмотрел на часы. Одна минута второго. Через двадцать три часа отправляется самолет. Его и Ракели.

Он глубоко вдохнул еще два раза. Разумеется, на двери дома имеется какая-нибудь сигнализация. Но Харри был слишком тяжело экипирован и не мог быстро форсировать забор. К тому же у него не было никакого желания повиснуть на нем живой мишенью, как это было на аллее Мадсеруда.

«Два с половиной, — подумал Харри. — Три».

Он подошел к воротам, нажал на ручку, покрутил ее. Взял ружье в одну руку, МР-5 — в другую и побежал. Не по гравиевой дорожке, а по траве. Он бежал к окну гостиной. Будучи полицейским, Харри участвовал во множестве блиц-захватов, поэтому знал, какие удивительные преимущества дает эффект неожиданности. Не только преимущество первого выстрела. Шоковое состояние от грохота и света может полностью парализовать противника. Поэтому он начал про себя обратный отсчет. Пятнадцать секунд. Ему казалось, что у него есть ровно это время. Если он не выбьет их за пятнадцать секунд, то они успеют собраться, перегруппироваться и нанести ответный удар. Они хорошо знали дом, а он даже не видел его плана.

Четырнадцать, тринадцать.

С того момента как Харри выстрелил двумя патронами со слезоточивым газом в окна гостиной и они взорвались и превратились в белую лавину, время как будто пошло вспять и стало похоже на фильм с рваным монтажом. Харри осознавал, что двигается, что тело делает то, что ему положено, а вот мозг регистрировал лишь какие-то отрывки событий.

Двенадцать.

Он натянул на лицо противогазную маску, засунул в гостиную дуло полицейского ружья, при помощи MP-5 выбил самые крупные осколки стекла, торчащие из рам, положил рюкзак на подоконник и поставил на него руки, задрал длинную ногу и ввалился в комнату в тот момент, когда на него накатил белый дым. Свинцовый пуленепробиваемый жилет затруднял движения, но, когда Харри оказался внутри дома, ему почудилось, что он находится внутри облака. Ограниченное маской поле зрения усиливало ощущение, что он находится в фильме. Он услышал звуки выстрелов и повалился на пол.

Восемь.

Снова выстрелы. Сухой треск ломающегося паркета. Их не парализовало. Он ждал. Потом услышал кашель. Тот, который никак нельзя сдержать, когда слезоточивый газ режет глаза, нос, слизистую оболочку, легкие.

Пять.

Харри поднял автомат и выстрелил на звук, доносящийся из серо-белого тумана. Услышал мелкие шаркающие шаги. Шаги бегущего по лестнице.

Три.

Харри поднялся на ноги и бросился следом.

Два.

Наверху, на втором этаже, дыма не было. Если беглецу удастся скрыться, то шансы Харри значительно ухудшатся.

Один, ноль.

Харри разглядел очертания лестницы, увидел перила с балясинами. Просунул МР-5 между ними, направив ствол наверх вдоль лестницы. Нажал на курок. Оружие тряхнуло его руку, но он держал крепко. Разрядил магазин. Притянул автомат к себе, вынул обойму одной рукой, запустив вторую в карман за новой. Но нащупал только пустую бутылку. Он потерял запасную обойму, пока лежал на полу в гостиной! Остальные лежали в рюкзаке на подоконнике.

Харри понял, что сейчас умрет, когда услышал шаги на лестнице. Человек спускался. Он шел медленно, как будто колебался. Потом пошел быстрее. И бросился вниз. Из пелены тумана вырвался мужчина. Спятивший призрак в белой рубашке и черном костюме. Он наткнулся на перила, согнулся пополам и безжизненно соскользнул к подножию лестницы. Харри увидел рваные края отверстий на спине костюма, куда вошли пули. Он подошел к телу, взял за челку и приподнял голову. Почувствовал приступ тошноты и подавил инстинктивное желание снять с себя маску.

Одна из пуль при выходе из тела наполовину оторвала нос. И все же Харри узнал его. Маленький человек в дверном проеме в «Леоне». Человек, который стрелял в него из машины на аллее Мадсеруда.

Харри прислушался. В доме было тихо, и лишь патроны со слезоточивым газом продолжали шипеть и дымить. Он вернулся к окну гостиной, нашел рюкзак, вставил новую обойму и засунул еще одну в карман. Только сейчас почувствовал, как под жилетом льется пот.

Где большой человек? И где Дубай? Харри снова прислушался. Услышал шипение газа. Но разве сейчас прямо над ним не раздались звуки шагов?

Сквозь газ он разглядел еще одну гостиную и открытую дверь в кухню. Только одна дверь закрыта. Он встал рядом с ней, открыл, засунул в нее дуло винтовки и выпустил два патрона. Снова закрыл дверь и подождал. Сосчитал до десяти. Открыл дверь и зашел в помещение.

Пусто. Сквозь дым он различил книжные полки, черное кожаное кресло и большой камин. Над камином висел портрет мужчины в черной гестаповской форме. Это что, старая нацистская вилла? Харри знал, что норвежский нацист и член хирда[1] Карл Мартинсен жил в конфискованной вилле на Блиндернвейен, перед тем как окончил свои дни, изре-

---

[1] Военизированная организация норвежской национал-социалистической партии «Национальное единство» Видкуна Квислинга.

шеченный пулями перед зданием естественно-научного факультета.

Харри вернулся назад, прошел через кухню в типичную для времени постройки виллы комнату служанки и нашел то, что искал, — черную лестницу.

Зачастую такие лестницы служили также средством эвакуации при пожаре, но эта не вела ни к какой двери, наоборот, она вела в подвал, а то место, где когда-то размещался запасной выход, было замуровано.

Харри убедился, что в ружье остался еще один газовый патрон, и стал подниматься по лестнице широкими беззвучными шагами. Выпустил последний патрон в коридор, сосчитал до десяти и вошел следом. Он открывал двери одну за другой, боль в шее усиливалась, но пока ему удавалось действовать сосредоточенно. Дверь в первую по коридору комнату была заперта, остальные помещения оказались пустыми. Две спальни производили впечатление жилых. На кровати в одной из них не было простыни, и Харри заметил, что матрац на ней темный, словно насквозь пропитанный кровью. На прикроватной тумбочке в другой спальне лежала большая толстая Библия. Харри взглянул на нее. Надпись кириллицей. Русская православная. Рядом с ней находился готовый «жук» — красный кирпич с шестью гвоздями. Точно такой же толщины, как и Библия.

Харри вернулся к запертой двери. От пота, попадавшего под маску, запотели ее стекла. Он уперся спиной в стену на другой стороне коридора, поднял ногу и ударил по замку. Тот разломался от четвертого удара. Харри пригнулся и выстрелил в комнату, услышал звон стекла. Подождал, пока дым из коридора заползет в помещение. Вошел и нашарил на стене выключатель.

Комната по размерам была больше других. Огромная кровать у длинной стены стояла неубранной. На тумбочке поблескивал синий камень, вставленный в перстень.

Харри сунул руку под одеяло. Там было еще тепло.

Он огляделся. Человек, который совсем недавно лежал в этой кровати, мог, конечно, выйти в дверь и запереть ее за собой. Если бы, разумеется, ключ все еще не торчал в замке с внутренней стороны двери. Харри осмотрел окно: закрыто и заперто. Он переместил взгляд на массивный платяной шкаф у короткой стены. Открыл его.

На первый взгляд это был обычный платяной шкаф. Харри толкнул заднюю стенку. Она отъехала в сторону.

Путь отступления. Немецкая основательность.

Харри раздвинул в стороны рубашки и пиджаки и высунул голову из фальшивой задней стенки шкафа. В нос ему ударил порыв холодного ветра. Шахта. Харри выставил вперед руку. В стене были металлические ступени. Казалось, что их довольно много, и, должно быть, они вели в подвал. Перед его внутренним взором возникла картинка, маленький кусочек сна. Он отбросил картинку в сторону, стянул с себя противогазную маску и протиснулся за фальшивую стенку. Нащупал ногами ступеньки и начал спускаться, а когда лицо его оказалось на уровне пола спальни, он заметил под шкафом какой-то предмет, по форме напоминающий букву U и сделанный из накрахмаленной хлопчатобумажной ткани. Харри подобрал его, положил в карман пальто и продолжил путь вниз, в темноту. Он считал ступеньки. После двадцати двух нога его коснулась твердого пола. Но когда он собирался ступить на пол второй ногой, она во что-то уперлась. Харри потерял равновесие и упал на что-то мягкое.

Подозрительно мягкое.

Харри лежал, не двигаясь, и слушал. Потом извлек из заднего кармана брюк зажигалку. Зажег ее и посветил две секунды. Выключил. Он увидел все, что ему было нужно.

Он лежал на человеке.

Необычайно большом и необычайно голом человеке. С кожей холодной, как мрамор, и с типичной синевой, присущей суточным трупам.

Харри поднялся и сделал несколько шагов по цементному полу в сторону примеченной им двери в бункер. Пошарил рукой по бетонной стене в поисках выключателя. С зажженной зажигалкой он был мишенью, а с включенным светом мишенями были все. Держа автомат наготове, он повернул выключатель левой рукой.

Появилась полоса света. Она осветила низкий узкий ход.

Харри убедился, что он один. Потом повернулся к трупу. Тот лежал на полу на коврике, в области живота его опоясывали кровавые бинты. С груди трупа на Харри смотрела наколотая Дева Мария. Насколько было известно Харри, это означало, что хозяин наколки был преступником с самого детства. Поскольку на трупе не имелось других видимых повреждений, Харри сделал вывод, что его убила рана под повязкой, нанесенная почти наверняка пулей из «штейра» Трульса Бернтсена.

Харри подергал дверь бункера. Заперта. Ход заканчивался металлической пластиной, вставленной в стену. Другими словами, у Рудольфа Асаева был только один выход. Тоннель. И Харри знал, почему сначала он пытался найти какой-нибудь другой выход. Из-за сна.

Он вгляделся в узкий коридор. Клаустрофобия — непродуктивное чувство, ложный сигнал об опасности, с которым надо бороться. Харри проверил обойму в МР-5. Пошло оно все к черту! Призраки существуют, только если ты позволяешь им существовать.

И Харри начал свой путь.

Тоннель оказался более узким, чем он думал. Ему приходилось пригибаться, но голова и плечи все равно задевали за поросшие мхом стены и потолок. Он старался занять чем-нибудь мозг, чтобы в нем не осталось места для клаустрофобии. Он думал, что этим путем немцы, скорее всего, пользовались для побега, и именно поэтому дверь запасного выхода была замурована. По старой привычке Харри старался сориентироваться, и если он не ошибался, то сейчас двигался в сторону соседнего дома с такой же водонапорной башней. Ход был сделан мастерски, в нем даже имелись сливные отверстия на случай протечек, хотя странно, что строившие автострады немцы сделали этот тоннель таким узким. При слове «узкий» его начала душить клаустрофобия. Харри сосредоточился на подсчете шагов, попытался представить свое местоположение по отношению к объектам на поверхности земли. Над поверхностью, снаружи, свобода, дыхание. Считай, считай, черт побери! Когда Харри дошел до ста десяти, он заметил под со-

503

бой белую полосу. Он увидел, что освещенная территория заканчивается, а когда повернулся и посмотрел назад, то понял, что полоса отмечает середину тоннеля. Он подсчитал, что, вынужденно передвигаясь такими мелкими шажками, прошел метров шестьдесят — семьдесят. Скоро конец. Харри попытался идти быстрее, по-стариковски переставляя ноги. Услышал щелкающий звук и посмотрел вниз. Звук доносился из одного из сливных отверстий. Острые желобки повернулись, выставив вверх широкие плотные бока, которые находили один на другой и плотно закрывали отверстия, как происходит, когда выключаешь вентиляцию в машине. И в то же самое время Харри услышал другой звук — глухое урчание позади себя. Он обернулся.

Он увидел, как свет отразился от металла, когда металлическая пластина в конце тоннеля начала двигаться. Она опускалась на землю с тем самым звуком, который слышал Харри. Он остановился и поднял оружие. Он не видел, что находилось за металлической пластиной, — было слишком темно. Но потом Харри заметил блики, какие бывают от солнца, когда оно отражается от вод Осло-фьорда в хороший осенний день. На мгновение наступила полная тишина. Мозг Харри судорожно работал. Мертвый агент лежал в середине тоннеля. Он утонул. Цилиндрические строения похожи на водонапорные башни. Слишком узкий ход. Мох на потолке, который был вовсе не мхом, а водорослями. А потом Харри увидел, как на него надвигается стена. Зеленовато-черная, с белыми каемочками. Он развернулся, чтобы убежать. И увидел, что с другой стороны на него надвигается точно такая же стена.

Глава 41

Ощущения были такими, словно он оказался между двумя летящими друг другу в лоб поездами. Первой ударила стена воды, мчавшаяся ему в лицо. Она отбросила его назад, и Харри ударился лбом о пол, его подхватило и закрутило. Он отчаянно барахтался, задевая стены пальцами и коленями, пытался ухватиться за что-нибудь, но против бушующей вокруг стихии шансов у него не было. А потом так же быстро, как все началось, оно и закончилось. Харри почувствовал встречную волну, и два каскада воды погасили друг друга. Он увидел что-то у себя за спиной. Две белые, отливающие зеленью руки обняли Харри сзади, а бледные пальцы поползли вверх, к его лицу. Харри оттолкнул их, развернулся и увидел труп с повязкой на животе, дрейфующий по темной воде подобно невесомому голому астронавту. Открытый рот, извивающиеся в воде волосы и борода.

Харри уперся ногами в пол и прижался головой к потолку. Вода заполнила весь тоннель до верха. Он нагнулся, разглядел МР-5 и белую полосу на полу под собой и поплыл. Он совершенно потерял ориентацию, но труп подсказал ему, в какую сторону двигаться, чтобы вернуться к началу пути. Харри плыл, располагаясь диагонально по отношению к стенам, чтобы у рук было как можно больше пространства для гребли, и гнал от себя другую мысль, не позволял ей овладеть его сознанием. Его не поднимало слишком высоко вверх, пуленепробиваемый жилет придавал телу тяжесть. Но другая мысль все-таки пришла ему в голову. Харри подумал, не скинуть ли с себя пальто, которое вздулось и мешало движениям. Он попробовал сосредоточиться на том, что ему предстоит сделать: доплыть до шахты, не считая секунд и не считая метров. Но он уже начинал чувствовать давление в голове, как будто ее вот-вот разорвет.

И другая мысль была тут как тут. Лето, пятидесятиметровый бассейн под открытым небом. Раннее утро, почти никого нет, солнце, Ракель в желтом бикини. Олегу и Харри предстояло выяснить, кто из них больше проплывет под водой. Олег был в хорошей форме после конькобежного сезона, а Харри превосходил его в технике плавания. Ракель подбадривала их криками и смеялась своим чудесным смехом, пока они разогревались. Они оба выделывались перед ней, ведь она была королевой фрогнерского бассейна, а Олег и Харри — ее подданными, ищущими ее расположения и взгляда. И вот они стартовали. И проплыли совершенно одинаковое расстояние. Проплыв сорок метров, оба выпрыгнули на поверхность воды, хватая ртами воздух, и каждый был уверен в своей победе. Сорок метров. Десять метров до края бассейна. Оттолкнувшись от стенки свободным стилем. Чуть больше, чем половина расстояния до шахты. У Харри не было шансов. Здесь он умрет. Умрет сейчас, очень скоро. Казалось, что глазные яблоки выдавливает из головы. Самолет в полночь. Желтое бикини. Десять метров до края. Еще один взмах руками. Он сможет сделать еще один. А потом... потом он умрет.

На часах было полчетвертого ночи. Трульс Бернтсен катался по улицам Осло под мелким дождиком, тихо стучавшим по лобовому стеклу. Он занимался этим уже два часа. Не потому, что искал что-то, а потому, что такие прогулки приносили ему покой. Покой для раздумий и покой для того, чтобы ни о чем не думать.

Кто-то вычеркнул адрес из списка, полученного Харри Холе. И это сделал не он.

Наверное, не все так просто, как ему казалось.

Он снова проиграл про себя события того вечера, когда был убит Густо.

Густо позвонил ему в дверь, дрожа от наркотической жажды, и пригрозил настучать на него, если Трульс не даст ему денег на «скрипку». По какой-то причине на протяжении последних недель «скрипку» было очень трудно достать, началась «паника в Нидл-Парке»[1], и цена за дозу подскочила минимум до трех тысяч. Трульс пообещал ему доехать до банкомата и пошел за ключами от машины. Он прихватил с собой пистолет «штейр», потому что сомнений в том, что надо делать, у него не было. Густо будет угрожать ему и дальше, наркоманы очень предсказуемы. Но когда он вернулся к входным дверям, парень уже исчез. Наверное, почувствовал запах крови. Трульс посчитал, что все разрешилось нормально: Густо не станет на него стучать, если это не принесет выгоды, да к тому же он сам принимал участие в том взломе. Дело было в субботу, и Трульс находился в так называемом служебном резерве, то есть на домашнем дежурстве, поэтому он поехал в «Маяк», почитал немного, поглазел на Мартину Эк-

[1] «Паника в Нидл-Парке» (1971) — жестокий и реалистичный американский фильм о наркоманах, получивший приз Международного кинофестиваля в Канне.

хофф, выпил кофе. Потом он услышал вой сирен, а через несколько секунд зазвонил его телефон. Звонили из оперативного центра. К ним поступило сообщение о стрельбе в доме 92 по улице Хаусманна, а в отделе особо тяжких не было свободного дежурного. Дом располагался в нескольких сотнях метров от «Маяка», и Трульс побежал туда. У него включились все полицейские инстинкты: он осматривал движущихся навстречу людей, хорошо зная, что эти наблюдения могут оказаться очень важными. Одним из тех, кто ему встретился, был молодой человек в шерстяной шапке, который стоял, прислонившись к стене дома. Взгляд юноши был направлен на полицейский автомобиль, припаркованный у входа в дом, где находилось место преступления. Трульс обратил внимание на этого молодого человека, потому что ему не понравилось, что он так глубоко засунул руки в карманы своей куртки фирмы «Норт Фейс». Куртка была слишком большой и теплой для этого времени года, а в ее карманах могло находиться все, что угодно. На лице у юноши было серьезное выражение, но он не походил на торговца наркотиками. Когда полицейские препроводили Олега Фёуке от реки в полицейскую машину, молодой человек резко развернулся и пошел в другую сторону по улице Хаусманна. Сейчас Трульс, естественно, мог бы вспомнить еще с десяток людей, которых видел в районе места преступления, и найти много подозрительного в их поведении.

Но он особенно хорошо запомнил этого парня, потому что потом видел его еще раз. На семейной фотографии, которую Харри Холе показывал ему в «Леоне».

Холе спросил, узнает ли он Ирену Ханссен. Трульс ответил «нет», и это было чистой правдой. Но он не рассказал Холе, кого *узнал* на том снимке. Другого юношу. Неродного брата. То же самое серьезное выражение на лице. И этого же парня он видел рядом с местом преступления.

Трульс остановился на улице Принсенс-гате, не доезжая до «Леона». Его приемник был настроен на полицейскую волну, и он наконец услышал то сообщение в оперативный центр, которое ждал:

— Ноль-один. Мы проверили сообщение о шуме на Блиндернвейен. Похоже, здесь был настоящий бой. Слезоточивый газ и следы стрельбы. Наверняка из автоматического оружия. Один застрелен насмерть. Мы спустились вниз, в подвал, но он заполнен водой. Думаю, чтобы проверить второй этаж, надо вызывать «Дельту».

— А вы можете хотя бы узнать, есть ли там люди?

— Приезжайте и проверяйте сами! Вы что, не слышали, что я сказал? Газ и автоматическое оружие!

— Хорошо, хорошо. Что вам нужно?

— Четыре патрульные машины, чтобы перекрыть район. «Дельта», криминалистическая группа и... наверное, водопроводчик.

Трульс Бернтсен приглушил звук. Услышал, как резко затормозил автомобиль, увидел, как длинноногий мужчина переходит дорогу прямо перед ним. Автомобиль гневно просигналил, но мужчина, не обращая на него внимания, проследовал дальше, к «Леону».

Трульс Бернтсен прищурился.

Неужели это он? Харри Холе?

Мужчина в замызганном пальто шел, втянув голову в плечи. И только когда он повернул голову и на его лицо упал свет уличного фонаря, Трульс понял, что ошибся. Мужчина был ему знаком, но это не Холе.

Трульс откинулся на спинку сиденья. Теперь он знал. Знал, кто победил. Он посмотрел на свой город. Потому что отныне этот город принадлежал ему. Дождь, стучащий по крыше автомобиля, поведал ему, что Харри Холе мертв, и заплакал в три ручья, роняя слезы на лобовое стекло.

Как правило, большинство посетителей успевали потрахаться в районе двух, после чего расходились по домам, поэтому позже в «Леоне» было довольно тихо. Юноша за стойкой портье поднял голову, когда в гостиницу вошел высокий мужчина. Дождь стекал с пальто и волос пастора. Раньше молодой человек расспрашивал Като о том, чем тот занимался, когда после нескольких дней отсутствия приходил в гостиницу посреди ночи в таком виде. Но ответы пастора были утомительно долгими, яркими и детальными, он рассказывал о людском убожестве, и юноша вскоре перестал задавать свои вопросы.

— Пришлось потрудиться сегодня ночью? — спросил он, рассчитывая получить в ответ «да» или «нет».

— Ты же понимаешь, — сказал старик, слегка улыбаясь. — Люди, люди. Меня сейчас едва не убили.

— Да? — спросил юноша и тут же пожалел об этом.

Сейчас наверняка последует длинный рассказ.

— Меня только что чуть не переехал автомобиль, — объяснил Като, направляясь к лестнице.

Юноша с облегчением вздохнул и продолжил играть в «Фантома».

Высокий пожилой мужчина вставил ключ в дверь своего номера и повернул его. Но к своему удивлению, обнаружил, что дверь уже отперта.

Он зашел внутрь. Повернул выключатель, но свет не включился. Он поднял глаза вверх. Горел светильник над кроватью. Мужчина, сидевший на кровати, был высоким и сутулым, одетым в длинное пальто, совсем как он сам. С подола пальто на пол падали капли. Эти двое не могли быть более непохожими, и все-таки старику сейчас впервые пришло в голову, что он будто глядится в зеркало.

— Что ты делаешь? — прошептал он.

— Я вломился в твой номер, — ответил гость. — Чтобы проверить, нет ли у тебя ценных вещей.

— Нашел что-нибудь?

— Ценного? Нет. Но я обнаружил вот это.

Старик поймал то, что бросил ему гость. Зажал предмет между пальцами. Медленно кивнул. Кусок накрахмаленной хлопчатобумажной ткани в форме буквы U. Не такой белый, как следовало бы.

— Ты нашел это у меня? — спросил старик.

— Да. В твоей спальне. В платяном шкафу. Надень.

— С чего бы это?

— Потому что я хочу покаяться в своих грехах. И потому что без этого ты кажешься голым!

Като посмотрел на мужчину, который сидел на кровати, нагнувшись вперед. Вода текла с его волос по шраму, по челюстной кости к подбородку. Оттуда она капала на пол. Он поставил единственный стул в центр помещения. Исповедальня. На столе лежала открытая пачка «Кэмела», рядом с ней — зажигалка и насквозь промокшая разломанная сигарета.

— Как пожелаешь, Харри.

Като сел, расстегнул пальто и заправил воротничок на место, под петлицы пасторской рубашки. Его собеседник вздрогнул, когда старик сунул руку в карман пиджака.

— Сигареты, — пояснил тот. — Для нас. Твои выглядят так, будто тонули.

Полицейский кивнул, и старик вынул руку, держа открытую пачку сигарет.

— А ты неплохо говоришь по-норвежски.

— Чуть лучше, чем по-шведски. Но поскольку ты норвежец, ты не слышишь моего акцента, когда я говорю по-шведски.

Харри достал черную сигарету. Оглядел ее.

— Ты хочешь сказать, твоего русского акцента?

— «Собрание. Черный русский», — сказал старик. — Единственные хорошие сигареты в России. Производятся сейчас, естественно, на Украине. Я краду их у Андрея. Кстати об Андрее, как он там?

— Плохо, — ответил полицейский, позволяя старику дать ему прикурить.

— Больно слышать. Кстати о плохом. Ты должен быть мертв, Харри. Я знаю, что, когда я открыл шлюзы, ты был в тоннеле.

— Был.

— Шлюзы открылись одновременно, а водонапорные башни были полны воды. Тебя должно было отбросить к середине.

— Отбросило.

— Тогда я не понимаю. Обычно у людей случается шок, и они тонут в середине тоннеля.

Полицейский выпустил дым изо рта:

— Совсем как бойцы Сопротивления, которые явились за шефом гестапо?

— Не знаю, использовалась ли когда-нибудь эта западня при реальном отступлении.

— Ты же использовал. В случае с полицейским агентом.

— Он был совсем таким же, как ты, Харри. Мужчины, работающие за идею, очень опасны. Для самих себя и для окружающих. Ты должен был утонуть, как он.

— Но как видишь, я все еще здесь.

— Я по-прежнему не понимаю, как это возможно. Ты хочешь сказать, что после того, как попал в водоворот, у тебя хватило воздуха в легких, чтобы проплыть восемьдесят метров в ледяной воде по узкому тоннелю в полном облачении?

— Нет.

— Нет? — Старик улыбнулся, как будто ему на самом деле было любопытно.

— Нет, у меня в легких было слишком мало воздуха. Но его хватило на сорок метров.

— А потом?

— А потом меня спасли.

— Спасли? Но кто?

— Тот, кто, по твоему утверждению, особенно хорош на дне. — Харри вынул пустую бутылку из-под виски. — «Джим Бим».

— Тебя спасло виски?

— Бутылка из-под виски.

— Пустая бутылка из-под виски?

— Наоборот. Полная. — Харри положил сигарету в уголок рта, отвинтил пробку, перевернул бутылку и поднял над головой. — Полная воздуха.

Старик недоверчиво посмотрел на него:

— Ты...

— Самой большой проблемой после того, как у меня в легких кончился воздух, было взять губами горлышко, перевернуть бутылку и сделать вдох. Так же бывает, когда впервые ныряешь: тело протестует. Потому что у тела весьма ограниченные представления о физике, оно думает, что глотнет воды и утонет. Ты знал, что в легкие умещается четыре литра воздуха? Ну вот, полной воздуха бутылки и капельки воли хватило как раз на то, чтобы проплыть еще сорок метров.

Полицейский отставил бутылку, вынул сигарету изо рта и скептически посмотрел на нее.

— Немцам надо было сделать тоннель немного подлиннее.

Харри посмотрел на старика. На то, как его морщинистое старое лицо покрывается трещинами. Он услышал, как тот смеется. Смех его был похож на звук лодочного мотора.

— Я знал, что ты не такой, как все, Харри. Ты рассказывал мне, что захотел вернуться в Осло, когда узнал о том, что случилось с Олегом. И я навел о тебе справки. И теперь я понимаю, что слухи ничего не преувеличивают.

— Ну что ж, — сказал Харри, не сводя глаз со сложенных рук пастора.

Сам он сидел на самом краешке кровати, спустив обе ноги на пол, как будто собирался вскочить, перенеся вес тела на большие пальцы ног. Он даже чувствовал тонкую нейлоновую веревку, лежащую между его подошвой и полом.

— А как насчет тебя, Рудольф? Слухи о тебе преувеличены?

— Какие именно?

— Ха. Например, что ты создал в Гётеборге героиновую лигу и убил там полицейского.

— Я думал, исповедоваться будешь ты, а не я.

— Просто подумал, что ты захочешь переложить бремя своих грехов на Иисуса, перед тем как умрешь.

Новый приступ лодочномоторного смеха.

— Неплохо, Харри! Неплохо! Да, нам пришлось устранить его. Он был нашим сжигателем, и у меня появилось ощущение, что ему нельзя доверять. А я не мог снова загреметь в тюрьму. Там твою душу поедает затхлость запертого помещения, совсем как плесень пожирает стены. Каждый день отнимает у тебя по кусочку, все человеческое в тебе пожирается, Харри. Такое я пожелаю только своему злейшему врагу. — Он посмотрел на Харри. — Врагу, которого ненавижу больше всего на свете.

— Ты знаешь, почему я вернулся в Осло. А какая причина была у тебя? Мне казалось, шведский рынок не хуже норвежского.

— Такая же причина, как у тебя, Харри.

— Такая же?

Прежде чем ответить, Рудольф Асаев затянулся черной сигаретой.

— Забудь об этом. После того убийства полиция села мне на хвост. А перебравшись в Норвегию, можно оказаться на удивление далеко от Швеции, несмотря на географическую близость.

— И, вернувшись, ты стал таинственным Дубаем. Человеком, которого никто не видел. Человеком, который бродит по ночам по городу. Призраком Квадратуры.

— Я должен был оставаться в тени. Не только из-за бизнеса, но и потому, что имя Рудольф Асаев могло навести полицию на неприятные воспоминания.

— Семидесятые и восьмидесятые, — произнес Харри. — Героинисты мрут, как мухи. Но ты, наверное, поминал их в своих молитвах, пастор?

Старик пожал плечами:

— Мы ведь не осуждаем производителей спортивных автомобилей, парашютов, ручного оружия и других вещей, которые люди покупают ради развлечения и которые отправляют их на тот свет. Я поставляю товар, который кто-то хочет купить, такого качества и по такой цене, которые делают его конкурентоспособным. А для чего покупатели используют товар, это уже их дело. Ты ведь знаешь, что существуют прекрасно функционирующие члены общества, зависимые от опиатов?

— Знаю. Я был одним из них. Разница между тобой и производителем спортивных автомобилей заключается в том, что твои занятия запрещены законом.

— Надо быть осторожным и не путать закон и мораль, Харри.

— Значит, ты рассчитываешь, что твой бог признает тебя невиновным?

Старик подпер голову рукой. Харри видел, что он очень устал, но понимал, что его движения могут быть ложными и хорошо контролируемыми.

— Я знал, что ты рьяный полицейский и моралист, Харри. Олег много рассказывал о тебе Густо, тебе об этом известно? Олег любил тебя той сыновьей любовью, о какой мечтает любой отец. Ревностные моралисты и страждущие любви отцы вроде нас обладают огромной энергией. Слабость наша в том, что мы предсказуемы. Твой приезд был только вопросом времени. У нас в аэропорту Осло есть свой человек, он просматривает списки пассажиров. Мы знали, что ты в пути, еще до того, как ты сел в самолет в Гонконге.

— Хм, это был сжигатель, Трульс Бернтсен?

В ответ старик лишь улыбнулся.

— А Исабелла Скёйен из городского совета, с ней ты тоже сотрудничал?

Старик тяжело вздохнул:

— Ты знаешь, что ответы на эти вопросы я унесу с собой в могилу. Я согласен умереть как собака, но как стукач — нет.

— Ну хорошо, — сказал Харри. — И что было дальше?

— Андрей вел тебя от аэропорта до «Леона». Я живу в подобных гостиницах, когда нахожусь в образе Като, а в «Леоне» останавливался довольно часто. Так что я заселился днем позже тебя.

— Зачем?

— Чтобы следить за тем, что ты делаешь. Я хотел знать, подбираешься ли ты к нам.

— Как это было с Кепариком, который тоже жил здесь?

Старик кивнул:

— Я понял, что ты можешь стать опасным для нас, Харри. Но ты мне нравился. Я несколько раз пытался по-дружески предостеречь тебя. — Он вздохнул. — Но ты меня не услышал. Естественно. Такие, как ты и я, никогда не слушают предостережений. Именно поэтому мы и побеждаем. И именно поэтому в конце концов мы правим.

— Ммм. Ты боялся, что я сделаю что-то. Что? Заставлю Олега настучать на тебя?

— Этого тоже. Олег никогда меня не видел, но я не знал, что рассказывал ему обо мне Густо, особенно после того, как сам начал употреблять «скрипку».

Во взгляде старика внезапно появилось что-то, явно вызванное не усталостью. Боль. Чистая острая боль.

— Ты понял, что Олег будет со мной говорить, и попытался его убить. А когда покушение провалилось, ты предложил мне свою помощь. Чтобы я привел тебя туда, где скрывается Олег.

Старик медленно кивнул:

— Ничего личного, Харри. Просто таковы правила игры в этой отрасли. Стукачей устраняют. Но ты ведь это знал, не так ли?

— Да, я знал. Но это не значит, что я не убью тебя за следование твоим собственным правилам.

— Ты все время это говоришь. Почему же ты уже не сделал этого? Не решаешься? Боишься, что будешь гореть в аду, Харри?

Харри потушил сигарету о столешницу.

— Сначала я хочу выяснить еще пару вещей. Зачем ты убил Густо? Ты боялся, что он тебя сдаст?

Старик отбросил белые волосы назад, за огромные уши.

— В венах Густо текла дурная кровь, совсем как у меня. По натуре своей он был предателем. Он бы

518

сдал меня и раньше, единственное, чего он ждал, — чтобы от этого ему была какая-нибудь выгода. А потом он оказался в отчаянном положении. Ему требовалась «скрипка». Это чистая химия. Плоть сильнее духа. Мы все становимся предателями, когда испытываем потребность в наркотике.

— Да, — сказал Харри, — тогда мы все становимся предателями.

— Я... — Старик закашлялся. — Я должен был отправить его в плавание.

— В плавание?

— Да. В плавание. На погружение. Дать ему исчезнуть. Я не мог позволить ему встать во главе моего дела, это я осознавал. Он был умным, весь в отца. А вот характера ему не хватало. Это у него в мать. Я пробовал возложить на него ответственность, но он не прошел испытания.

Старик продолжал зачесывать волосы назад, движения его рук становились все сильнее и сильнее, как будто он стремился очистить волосы от чего-то.

— Не прошел испытания. Дурная кровь. И я решил, что на его месте должен быть другой. Сначала я подумал об Андрее и Петре. Ты встречался с ними? Сибирские казаки из Омска. Слово «казак» означает «свободный человек», ты это знал? Андрей и Петр были моей армией, моей станицей. Они верны своему атаману до самой смерти. Но Андрей и Петр были лишены деловой хватки, понимаешь?

Харри отметил, как старик жестикулирует руками, будто погружается в раздумья.

— Я не мог оставить им дело. Тогда я решил, что моим преемником станет Сергей. Он был молод, перед ним была вся жизнь, его можно было воспитать...

— Ты говорил, что, возможно, у тебя у самого когда-то был сын.

— Да, Сергей не умел так считать, как Густо, но он был дисциплинированным. Амбициозным. Он хотел делать все, что нужно, для того чтобы стать атаманом. И я отдал ему нож. Ему оставалось пройти последнее испытание. В старые времена казаку, для того чтобы стать атаманом, надо было отправиться в тайгу в полном одиночестве и привести живого волка, связанного и с кляпом во рту. Сергей хотел стать атаманом, но я должен был убедиться в том, что он способен сделать то, что нужно.

— Что?

— Необходимое.

— Твоим сыном был Густо?

Старик оттянул волосы назад так сильно, что его глаза превратились в щелочки.

— Когда я сел в тюрьму, Густо было шесть месяцев. Мать его утешалась чем могла. Во всяком случае, какое-то короткое время. Она была не в состоянии заботиться о нем.

— Героин?

— Социальная служба забрала у нее Густо и отдала в приемную семью. Они договорились, что меня, осужденного, не существует. Она умерла от передозировки зимой девяносто первого. Ей надо было сделать это раньше.

— Ты сказал, что вернулся в Осло по той же причине, что и я. Из-за сына.

— Я услышал, что он ушел из приемной семьи, сбежал от них. Я все равно хотел уехать из Швеции, а конкуренция в Осло была не слишком жесткой. Я выяснил, где бывает Густо. Сначала изучал его на расстоянии. Он был таким красивым. Таким дьявольски красивым. Весь в мать, конечно. Я мог просто сидеть и смотреть на него. Смотреть и смотреть и думать, что он мой сын, мой родной...

Голос старика дрогнул. Харри бросил взгляд вниз, на нейлоновую веревку, которую ему выдали вместо нового карниза, и прижал ее к полу подошвой ботинка.

— Ты взял его в дело. И испытывал, чтобы понять, сумеет ли он возглавить его.

Старик кивнул:

— Но я никогда ничего ему не рассказывал. Он умер, не зная, что я — его отец.

— А откуда такая срочность?

— Срочность?

— Почему тебе так срочно понадобился преемник? Сначала Густо, потом Сергей.

Старик устало улыбнулся. Согнулся вперед, попав в свет лампы, горевшей над изголовьем кровати.

— Я болен.

— Ммм. Я так и думал. Рак?

— Врачи дали мне год. Это было шесть месяцев назад. Счастливый нож, которым пользовался Сергей, лежал под моим матрацем. Твое ножевое ранение еще болит? Тот нож передал тебе мое страдание, Харри.

Харри медленно кивнул. Все было так. И все не так.

— Но если тебе осталось жить всего полгода, почему ты боишься, что тебя кто-нибудь сдаст? Так боишься, что готов убить собственного сына? Его долгая жизнь против твоей короткой?

Старик зашелся тихим кашлем.

— Урки и казаки — это рядовые, Харри. Мы клянемся служить кодексу чести и придерживаемся его. Не слепо, но зряче. Нас учили сдерживать свои чувства. Это дает нам власть над нашими жизнями. Авраам решил пожертвовать собственным сыном, потому что...

— ...так приказал Бог. Я понятия не имею, о каком кодексе чести ты сейчас говоришь, но сказано ли в нем, что это нормально, когда восемнадцатилетний юноша вроде Олега сидит в тюрьме за твои преступления?

— Харри, Харри, ты что, не понял? Я не убивал Густо.

Харри уставился на старика.

— Разве ты только что не рассказывал про свой кодекс? Убить собственного сына, если понадобится?

— Да, но еще я сказал, что родился у дурных людей. Я люблю своего сына. Я бы никогда не отнял жизнь у Густо. Даже наоборот. Я бы проклял Авраама и его Бога.

Смех старика перешел в кашель. Он схватился руками за грудь и согнулся к коленям в приступе кашля.

Харри заморгал.

— Но кто же тогда его убил?

Старик выпрямился. В правой руке у него оказался револьвер — большая страшная пушка, похоже старше своего владельца.

— Ты должен был знать, что ко мне не стоит соваться без оружия, Харри.

Харри не ответил. MP-5 лежал на дне затопленного подвального коридора, винтовка осталась у Трульса Бернтсена.

— Кто убил Густо? — повторил Харри.

— Это мог сделать кто угодно.

Харри почудилось, что он услышал скрип, когда палец старика согнулся и дотронулся до курка.

— Потому что убить не так уж и сложно, Харри. Согласен?

— Согласен, — ответил Харри, поднимая ногу.

Из-под его подошвы раздалось шипение — это тонкая нейлоновая веревка взлетела к кронштейну карниза. Харри увидел в глазах старика вопрос, увидел, с какой скоростью его мозг обрабатывает обрывки информации. Свет не включается. Стул ровно посередине комнаты. Харри не обыскал его. Харри не сдвинулся ни на сантиметр с места, на котором сидел. И возможно, старик уже заметил нейлоновый шнур, тянущийся от подошвы Харри к кронштейну карниза и дальше, к месту прямо у него над головой, к креплению люстры. Где никакой люстры нет, а есть то единственное, что Харри прихватил с собой, когда уходил из дома на Блиндернвейен. Помимо воротничка. Единственное, о чем он помнил, мокрый и задыхающийся, лежа в великолепной постели Рудольфа Асаева, когда в глазах у него то появлялись, то исчезали черные точки и он готов был каждую секунду потерять сознание, но боролся за то, чтобы остаться по эту сторону тьмы. И потом он поднялся, вошел в спальню и взял «жука», лежавшего рядом с Библией.

Рудольф Асаев бросился влево как раз вовремя, чтобы стальные гвозди, торчащие из кирпича, вонзились ему не в голову, а в тело между ключицей и мускулами, в том месте, где они переходят в шейное и плечевое нервное сплетение. В результате, когда он спустя несколько сотых долей секунды выдернул «жука» из тела, мышцы его руки оказались парализованными и рука, державшая пистолет, опустилась на семь сантиметров. Порох загорелся и трещал всю ту тысячную долю секунды, пока пуля летела по стволу старого нагана. Три тысячных доли секунды спустя она вонзилась в край кровати между ногами Харри.

Харри встал. Снял нож с предохранителя и нажал на кнопку. Лезвие выскочило наружу, рукоятка слегка задрожала. Харри низко махнул рукой, пронеся ее над бедрами, выпрямил руку, и длинное тонкое лезвие ножа вошло в тело между лацканами пальто, в пасторскую рубашку. Он почувствовал пружинящее сопротивление материи и кожи в том месте, куда вонзилось лезвие, а потом оно без всякого усилия вошло внутрь по самую рукоятку. Харри выпустил нож, зная, что Рудольф Асаев вот-вот умрет. Стул, на котором он сидел, упал назад, и русский со стоном рухнул на пол. Ему удалось освободиться от стула, но подняться с пола он не смог, так и лежал, свернувшись, как прибитая, но все еще опасная оса. Харри встал над ним, наклонился и выдернул нож из тела старика. Увидел невероятно темного цвета кровь. Может быть, она вытекла из печени. Левая рука Асаева шарила по полу возле отнявшейся правой в поисках пистолета. И в какой-то безумный момент Харри захотелось, чтобы старик нашел этот пистолет, чтобы у него появился предлог для...

Харри отбросил пистолет ногой и услышал, как он ударился о стену.

— Железо, — прошептал старик. — Благослови меня моим железом, мальчик мой. Рана горит. Ради нас обоих положи этому конец.

Харри на мгновение закрыл глаза. Почувствовал, что потерял ее, что она ушла. Ненависть. Прекрасная белая ненависть, горючее, дававшее ему силы двигаться. Внезапно оно кончилось.

— Нет, спасибо, — отказался Харри. Переступил через старика и пошел дальше. Застегнул мокрое пальто. — Я сейчас уйду, Рудольф Асаев. Я попрошу мальчишку-портье вызвать «скорую». А потом позвоню моему бывшему начальнику и расскажу, где тебя искать.

Старик тихо засмеялся, и в уголке рта у него выступили красные пузыри.

— Нож, Харри. Это не убийство, я уже мертв. Ты не окажешься в аду, я обещаю. Я скажу тем, кто будет стоять в дверях, чтобы тебя не пускали.

— Ада я не боюсь. — Харри убрал мокрую пачку «Кэмела» в карман. — Но я полицейский. Наша работа заключается в том, чтобы приводить в суд предполагаемых преступников.

Старик закашлял, и изо рта у него снова выступили кровавые пузыри.

— Давай же, Харри. Твоя шерифская звезда сделана из пластмассы. Я болен, очередной судья может предложить мне только лечение, поцелуи, объятия и морфин. А я стольких убил. Конкурентов я вешал на мостах. Сотрудников, вроде того пилота, убивал кирпичами. Как и полицейских. Кепарика. Я послал Андрея и Петра в твой номер пристрелить тебя. Тебя и Трульса Бернтсена. А знаешь, почему? Чтобы все выглядело так, будто вы с ним постреляли друг друга. Мы оставили все оружие в качестве доказательства. Давай же, Харри.

Харри вытер лезвие ножа простыней.

— Зачем вы решили убить Бернтсена, он же на вас работал?

Асаев перевернулся на бок, и ему стало легче дышать. Он полежал несколько секунд молча, а потом ответил:

— Сумма рисков, Харри. Он ограбил склад героина в Алнабру за моей спиной. Это был не мой героин, но, когда ты понимаешь, что твой сжигатель слишком жаден и ты не можешь на него положиться, да к тому же он знает о тебе столько, что может тебя заложить, сумма рисков становится слишком большой. А в таких случаях деловые люди вроде меня избавляются от рисков, Харри. И мы увидели прекрасную возможность избавиться от двух рисков одновременно. От тебя и Бернтсена.

Он тихо засмеялся:

— Так же, как я пытался убить твоего пацана в следственном изоляторе. Ты слышал? Почувствуй же ненависть, Харри. Я почти прикончил твоего мальчишку.

У двери Харри остановился:

— Кто убил Густо?

— Люди живут согласно евангелию ненависти. Иди за ненавистью, Харри.

— С кем ты работал в полиции и городском совете?

— Если скажу, поможешь мне положить конец этому?

Харри посмотрел на него и коротко кивнул. Понадеялся, что старик не заметил обмана.

— Подойди ближе, — прошептал тот.

Харри наклонился. Внезапно рука старика твердым когтем схватила его за рукав пальто и притянула к себе. Голос, похожий на скрежет шлифовального камня, тихо сказал ему на ухо:

— Ты знаешь, что я заплатил одному человеку, чтобы он сознался в убийстве Густо, Харри. Но тебе казалось, я сделал это потому, что не в состоянии добраться до Олега, пока он отбывает наказание в секретном месте. Ошибаешься. У моего человека в полиции есть доступ к материалам программы по защите свидетелей. Я мог бы легко прирезать Олега, где бы он ни находился. Но я передумал, я не хотел позволить ему отделаться так легко…

Харри попытался вырваться, но старик держал крепко.

— Я хотел подвесить его вверх ногами и надеть ему на голову пластиковый мешок, Харри, — урчал голос. — Голова в прозрачном полиэтиленовом мешке. И лить воду на ноги. Вода течет по всему телу и стекает в мешок. Я бы снимал это на видео. Со звуком, чтобы ты мог слышать крики. А потом я послал бы это кино тебе. И если ты меня оставишь, я не откажусь от этого плана. Ты удивишься, насколько быстро меня отпустят из-за недостаточности улик, Харри. И тогда я его найду, Харри, я клянусь, так что проверяй почаще содержимое своего почтового ящика — и найдешь в нем кино.

Харри действовал инстинктивно, просто взмахнул рукой. Почувствовал, как лезвие вышло. Вошло. Он повернул его. Услышал, как старик начал задыхаться. Стал поворачивать дальше. Закрыл глаза и ощутил, как внутренние органы перекручиваются, разрываются, заворачиваются. И когда он наконец услышал крик старика, оказалось, что кричит он сам.

Глава 42

Харри проснулся оттого, что солнечный свет падал на одну половину его лица. Или его разбудил звук?

Он осторожно открыл один глаз и прищурился.

Увидел голубое небо в окне гостиной. Ни единого звука, по крайней мере сейчас.

Харри втянул в себя запах прокуренного дивана и поднял голову. И вспомнил, где находится.

Он перешел из номера старика в свой собственный, спокойно упаковал кожаный чемодан, вышел из гостиницы по черной лестнице и взял такси до места, где его никто бы не нашел, — до дома родителей Нюбакка в Уппсале. С прошлого его визита в этот дом сюда, похоже, никто не приходил, и Харри первым делом обшарил шкафы в кухне и ванной в поисках болеутоляющего. Он принял четыре таблетки, смыл с рук кровь старика и спустился в подвал проверить, принял ли Стиг Нюбакк решение.

Принял.

Харри поднялся наверх, разделся, развесил одежду в ванной сушиться, нашел шерстяное одеяло и уснул на диване прежде, чем успел подумать о чем-либо еще.

Харри встал и вышел на кухню. Вынул из коробочки две таблетки болеутоляющего и запил их стаканом воды. Открыл холодильник и заглянул внутрь. Там было множество дорогих продуктов: ясно, что хозяин дома хорошо кормил Ирену. Вчерашняя тошнота вернулась, и Харри понял, что ничего не сможет запихать в себя. Он вернулся в гостиную. Вчера он успел заметить бар. Ходил вокруг него кругами, пока не лег спать.

Харри открыл дверцу бара. Пусто. Он с облегчением вздохнул. Пощупал свой карман. Ненастоящее обручальное кольцо. И в этот момент он услышал звук. Тот же самый, от которого он, кажется, проснулся.

Он подошел к открытой двери в подвал. Прислушался. Джо Завинул?[1] Харри спустился вниз и приблизился к двери кладовки. Заглянул внутрь через сетку. Стиг Нюбакк медленно кружился, как астронавт в невесомости. Уж не вибрация ли мобильного телефона в заднем кармане брюк служила ему пропеллером? Мелодия звонка — четыре или, точнее, три ноты из песни «Palladium» группы «Weather Report» — казалась призывом с того света. И именно об этом Харри думал, доставая телефон: ему звонит Стиг Нюбакк и хочет с ним поговорить.

Харри посмотрел на высветившийся номер и нажал на клавишу ответа. Он узнал голос девушки из приемной Онкологического центра:

— Стиг! Алло! Это ты? Ты меня слышишь? Мы не можем до тебя дозвониться, Стиг, ты где? Ты должен сейчас быть на встрече, на нескольких встречах, мы волнуемся. Мартин ездил к тебе домой, но не застал тебя. Стиг?

Харри прервал связь и положил телефон в карман. Он ему пригодится: телефон Мартины был испорчен после заплыва.

Он принес из кухни стул и уселся на веранде. Полуденное солнце светило ему прямо в лицо. Он

[1] Джо Завинул (1932–2007) — известный джазовый клавишник и композитор, один из основоположников стиля джаз-фьюжн, основатель группы «Weather Report».

достал пачку, взял в рот черную манерную сигарету и прикурил.

Сойдет. Харри набрал номер, который прекрасно помнил.

— Ракель.

— Привет, это я.

— Харри? Ты звонишь с незнакомого номера.

— У меня новый телефон.

— О, я так рада слышать твой голос. Все прошло хорошо?

— Да, — ответил Харри и улыбнулся радости, прозвучавшей в ее голосе. — Все прошло хорошо.

— Там жарко?

— Очень жарко. Солнце шпарит, а я скоро пойду завтракать.

— Завтракать? А разве у вас сейчас не четыре часа?

— Смена часовых поясов, — произнес Харри. — Не мог заснуть в самолете. Я нашел для нас симпатичную гостиницу. Она находится на Сухумвите.

— Ты даже не представляешь, как я буду рада снова тебя увидеть, Харри.

— Я...

— Нет, подожди, Харри. Я серьезно. Я всю ночь лежала и думала об этом. Все совершенно правильно. То есть мы разберемся. Но это и есть правильно, то, что мы разберемся. О, только представь себе, что я бы сказала «нет», Харри.

— Ракель...

— Я люблю тебя, Харри. *Люблю тебя.* Ты слышишь? Ты слышишь, как банально, странно и прекрасно это слово? Это как ярко-красное платье, оно подает определенные сигналы, и ты должна *осознан-*

но надевать его. Люблю тебя. Я немного перевозбуждена, да?

Она рассмеялась. Харри закрыл глаза и почувствовал, как самое прекрасное в мире солнце целует его кожу, а самый прекрасный в мире смех — его висок.

— Харри? Ты здесь?

— Да, да.

— Так странно, кажется, что ты очень близко.

— Ммм. Скоро я буду совсем рядом, любимая.

— Скажи это еще раз.

— Что именно?

— Любимая.

— Любимая.

— Мммм.

Харри почувствовал, что сидит на чем-то твердом, что лежит у него в заднем кармане. Он вынул этот предмет. На солнце колечко казалось золотым.

— Слушай, — сказал он, поглаживая кончиком пальца черную царапину-зазубрину, — ты ведь никогда не была замужем?

Она не ответила.

— Алло? — произнес Харри.

— Алло.

— Как, по-твоему, это было бы?

— Харри, не валяй дурака.

— Я не валяю дурака. Я знаю, что тебе никогда и в голову не пришло бы выйти замуж за мужчину, который занимается взысканием чужих долгов в Гонконге.

— Вот как. А за кого, ты думаешь, мне пришло бы в голову выйти замуж?

531

— Не знаю. Как насчет гражданского, бывшего полицейского, который учит студентов Полицейской академии расследовать убийства?

— Что-то не припомню такого среди своих знакомых.

— Может, ты еще познакомишься с таким. С тем, кто тебя удивит. Случались и более необычные вещи.

— Не ты ли всегда говорил, что люди не меняются?

— И то, что я стал человеком, утверждающим, что люди могут меняться, доказывает, что люди могут меняться.

— Ловко.

— Давай чисто гипотетически допустим, что я прав. Что люди могут меняться. И что некоторые вещи можно оставить в прошлом.

— Смотреть в глаза призракам, до тех пор пока они не исчезнут?

— Так что скажешь?

— Насчет чего?

— Насчет моего гипотетического вопроса о замужестве.

— Это что, такое сватовство? Гипотетическое? По телефону?

— Ну, это ты сейчас хватила. Я просто сижу на солнышке и болтаю с симпатичной девчонкой.

— А я кладу трубку!

Она прервала связь, и Харри съехал по кухонному стулу с закрытыми глазами и довольной ухмылкой. Солнечное тепло и отсутствие боли. Через четырнадцать часов он ее увидит. Он уже представлял себе выражение лица Ракели, когда она подойдет к выходу на посадку в Гардермуэне и увидит, что он сидит и ждет ее. Ее взгляд, когда Осло скроется из виду внизу под ними. Ее голову, склонившуюся ему на плечо, когда она заснет.

Он сидел так до тех пор, пока резко не похолодало. Он приоткрыл один глаз. Солнце спряталось за краем тучи, но она казалась неопасной.

Он снова закрыл глаз.

«Следуй за ненавистью».

Когда старик произнес эти слова, Харри сначала подумал, что он просит Харри следовать за собственной ненавистью и убить его. Но что, если он имел в виду другое? Он сказал это сразу после того, как Харри спросил, кто лишил жизни Густо. Возможно, это был ответ? Он хотел сказать, что, если Харри проследует за ненавистью, она выведет его на убийцу? В таком случае кандидатов будет много. Но у кого были самые веские причины ненавидеть Густо? Кроме Ирены, конечно, потому что в момент убийства Густо она сидела взаперти.

Солнце снова включилось, и Харри решил, что перемудрил, что его работа закончена и ему надо расслабиться, что скоро ему понадобится принять еще одну таблетку, а потом он позвонит Хансу Кристиану и сообщит, что Олегу больше ничего не угрожает.

Тут ему пришла в голову еще одна мысль. Трульс Бернтсен, гнусный сотрудник Оргкрима, не мог иметь доступ к сведениям о программе защиты свидетелей. Это кто-то другой. Кто-то занимающий более высокую должность.

«Остановись, — подумал он. — Черт возьми, остановись. Пусть все катится к чертовой матери. Подумай о самолете. О ночном полете. О звездах над Россией».

Потом он спустился в подвал и подумал, не снять ли Нюбакка с веревки, решил не делать этого и нашел ломик, за которым пришел.

Ворота в подъезд дома 92 по улице Хаусманна были открыты, а вот дверь в квартиру снова заперта и опечатана. Возможно, из-за нового признания, подумал Харри и вставил кончик лома между дверью и косяком.

Внутри все было так же, как и прежде. Полоски солнечного света клавишами рояля лежали на полу гостиной.

Он поставил свой кожаный чемодан у стены и сел на один из матрацев. Проверил, на месте ли его билет на самолет. Посмотрел на часы. Тринадцать часов до вылета.

Огляделся. Закрыл глаза. Попытался представить картину.

Человек в шапке-балаклаве.

Который не произнес ни слова, потому что был уверен, что его голос узнают.

Человек, который бывал здесь у Густо. Которому ничего не надо было от него, кроме его жизни. Человек, который ненавидел.

Пуля девять на восемнадцать миллиметров от «малакова», значит, почти наверняка убийца стрелял из «малакова». Или из «Форта-12». В крайнем случае из «одессы», раз уж она стала обычным оружием в Осло. Он стоял там. Выстрелил. Ушел.

Харри прислушался в надежде, что комната заговорит с ним.

Секунды проходили, превращаясь в минуты.

Начали звонить церковные колокола.

Здесь больше нечего было искать.

Харри поднялся и направился к выходу.

Он уже дошел до двери, когда между ударами колоколов расслышал другой звук. Он подождал, пока прогремит следующий удар. Вот снова, осторожное царапанье. Он прокрался на несколько шагов назад и заглянул в гостиную.

Она стояла у плинтуса спиной к Харри. Крыса. Коричневая, с голым блестящим хвостом, с красными изнутри ушами и какими-то белыми пятнышками на шкурке прямо над хвостом.

Харри не понимал, почему продолжает стоять. Здесь крыса, а чего еще можно ожидать в таком месте?

Но вот эти белые пятнышки....

Как будто крыса извалялась в стиральном порошке. Или...

Харри огляделся. Большая пепельница между матрацами. Он знал, что у него будет всего один шанс, поэтому снял ботинки, со следующим ударом колоколов проскользнул в гостиную, схватил пепельницу и тихо замер на расстоянии полутора метров от крысы, которая все еще его не замечала. Рассчитал силу и время. Со следующим ударом колоколов он упал вперед, вытянув перед собой руки с пепельницей. Крыса не успела среагировать и оказалась в керамическом капкане. Харри слышал ее шебуршание, чувствовал, как она бросается на стенки ловушки. Он проволок пепельницу по полу ближе к окну, где лежала стопка журналов, и положил их на нее. А потом приступил к поискам.

После осмотра всех ящиков и шкафов в квартире он так и не нашел ни веревки, ни нитки.

Харри схватил лоскутный половик с пола гостиной и оторвал от него нитку. Ее длины должно было хватить. На конце нити он сделал затяжную петлю. Затем снял журналы с пепельницы и приподнял ее настолько, чтобы запустить внутрь руку. Приготовился к тому, что наверняка должно было произойти. Почувствовав, как крысиные зубы входят в мягкое мясо между большим и указательным пальцами, он скинул пепельницу и другой рукой схватил зверушку поперек спины. Она пищала, пока Харри снимал одну из белых крупинок, застрявших в ее шерстке. Он положил крупинку на кончик языка, чтобы почувствовать вкус. Горечь. Перезрелая папайя. «Скрипка». Чья-то нычка совсем рядом.

Харри надел петлю на хвост крысе и закрепил у самого основания хвоста. А затем поставил зверушку на пол и отпустил. Крыса рванула с места, нить заскользила по руке Харри. Домой.

Харри последовал за ней в кухню. Крыса проскользнула за грязную старую плиту. Харри поставил престарелого тяжеловеса на задние колеса и передвинул. В стене находилась дыра размером с кулак, в которую уходила нитка.

Натяжение ее ослабло.

Харри засунул уже укушенную руку в нору. Ощупал стену с внутренней стороны. Изоляционные материалы слева и справа. Добрался до верха отверстия. Ничего. Только торчащая изоляция. Харри закрепил конец нити под ножкой плиты, прошел в ванную и снял зеркало, покрытое следами слюны и какой-то слизи. Разбил его о край раковины и подобрал осколок подходящего размера. В одной из спален он снял прикрученное к стене бра и вернулся

536

в кухню. Он положил осколок зеркала на пол так, чтобы часть его попадала в нору. Воткнул вилку от бра в розетку неподалеку от плиты. Пододвинул лампу к стене под нужным углом — и увидел.

Нычка.

Матерчатый мешок висел на крючке на высоте полуметра от пола.

Отверстие было слишком узким, чтобы просунуть руку внутрь и одновременно повернуть ее вверх, к мешку. Харри задумался. Каким инструментом мог пользоваться создатель этого тайника, чтобы добраться до своей нычки? Он уже обшарил все ящики и шкафы в квартире, поэтому принялся перебирать в голове полученную информацию.

Стальная проволока.

Он вошел в гостиную. Она лежала на том же месте, где они с Беатой увидели ее, когда впервые пришли в это место. Согнутая под углом в девяносто градусов проволока торчала из-под матраца. Наверняка только ее владелец знал, для чего она предназначена. Харри принес ее в кухню, просунул в нору и воспользовался крючком на конце проволоки для того, чтобы снять мешок.

Мешок был тяжелым. Как он и надеялся. Надо было осторожно извлечь его из норы.

Мешок подвесили так высоко, чтобы до него не добрались крысы, но им все-таки удалось прогрызть в нем дыру. Харри потряс мешок, и из него выпало несколько зернышек порошка. Так объяснялись следы порошка на шкурке крысы. Затем он открыл мешок. Вынул три небольших пакета «скрипки», вероятно дозы. В мешке не было полного набора наркомана, только ложка с согнутой ручкой и использованный шприц.

Это лежало на самом дне мешка.

Харри воспользовался кухонным полотенцем, чтобы вынуть его, не оставив отпечатков пальцев.

Как уже говорилось, его невозможно было не узнать. Бесформенный, странный, почти комичный. «Foo Fighters». «Одесса». Харри обнюхал оружие. Запах пороха может сохраняться многие месяцы после выстрела, если пистолет не чистить и не смазывать. Из этого стреляли не так давно. Харри проверил магазин. Восемнадцать. Для полного комплекта не хватает двух. Все сомнения отпали.

Это было орудие убийства.

Когда Харри вошел в магазин игрушек на улице Стургата, до отлета еще оставалось двенадцать часов.

В продаже имелись два разных набора для снятия отпечатков пальцев. Харри выбрал тот, что подороже, в него входили увеличительное стекло, светодиодный фонарик, мягкая кисточка, порошок трех цветов, клейкая лента для снятия отпечатка и альбом для сбора отпечатков пальцев всех членов семьи.

— Для сынишки, — объяснил он, оплачивая покупку.

Девушка за кассой ответила ему профессиональной улыбкой.

Он вернулся обратно на улицу Хаусманна и начал работать. До смешного маленький светодиодный фонарик помог ему обнаружить отпечатки, которые он посыпал порошком из миниатюрных коробочек. Кисточка тоже была такой маленькой, что он ощущал себя Гулливером в стране лилипутов.

На рукоятке пистолета имелись отпечатки.

И один четкий отпечаток, скорее всего большого пальца, на поршне шприца, и там же находились какие-то черные частички, которые могли оказаться чем угодно, но, по мнению Харри, были следами пороха.

Сняв все отпечатки и перенеся их на пластиковую фольгу, он приступил к сравнению. Пистолет и шприц держал один и тот же человек. Харри проверил стены и пол рядом с матрацами, обнаружил ряд отпечатков, но ни один из них не совпал с отпечатками на пистолете.

Он открыл кожаный чемодан и внутренний боковой карман, достал то, что в нем лежало, и положил на кухонный стол. Включил микрофонарик.

Посмотрел на часы. Еще одиннадцать часов. Море времени.

В два часа дня Ханс Кристиан Симонсен вошел в ресторан «Шрёдер». Он выглядел там совершенно неуместно.

Харри сидел в глубине помещения у окна, за своим старым любимым столом. Ханс Кристиан подсел к нему.

— Хороший? — спросил он, кивнув на кофейник, стоявший перед Харри.

Тот покачал головой.

— Спасибо, что пришел.

— Да ладно тебе, суббота — выходной день. В выходной день делать нечего. Что происходит?

— Олег может вернуться домой.

Лицо адвоката просияло улыбкой.

— Это значит...

— Опасности, которая угрожала Олегу, больше нет.

— Нет?

— Да. Он далеко отсюда?

— В двадцати минутах езды от городской черты. В Ниттедале. Что ты имеешь в виду под «больше нет»?

Харри поднял чашку кофе.

— Уверен, что хочешь это знать, Ханс Кристиан?

Адвокат посмотрел на Харри:

— Значит, ты решил проблему?

Харри не ответил. Ханс Кристиан склонился к нему:

— Ты знаешь, кто убил Густо, так ведь?

— Ммм.

— Откуда?

— Совпали кое-какие отпечатки пальцев.

— И кто...

— Неважно. Но я скоро уезжаю, поэтому было бы хорошо сообщить Олегу новости прямо сегодня.

Ханс Кристиан улыбнулся. Измученно, но все же улыбнулся.

— Ты хочешь сказать, прежде чем вы с Ракелью уедете?

Харри покрутил в руках кофейную чашку.

— Значит, она тебе рассказала?

— Мы обедали вместе. Я согласился несколько дней присмотреть за Олегом. Я так понял, что кто-то из Гонконга приедет и заберет его, кто-то из твоих людей. Но я что-то не так понял, я думал, ты уже в Бангкоке.

— Я задержался. Хочу попросить тебя кое о чем...

— Она сказала больше. Она сказала, что ты сделал ей предложение.

— Да?

— Да. Естественно, необычным способом.

— Ну что ж...

— И она сказала, что обдумала его.

Харри поднял руку вверх, он не хотел знать больше.

— В результате размышлений вышло «нет», Харри.

Харри сделал выдох.

— Хорошо.

— И она, по ее словам, перестала об этом думать головой. И начала думать сердцем.

— Ханс Кристиан...

— Ее ответ — «да», Харри.

— Послушай, Ханс Кристиан...

— Ты что, не слышал? Она хочет выйти за тебя замуж, Харри. Счастливый мерзавец!

Лицо Ханса Кристиана сияло. Можно было подумать, что оно сияет счастьем, но Харри знал, что это отблеск отчаяния.

— Она сказала, что хочет, чтобы вы были вместе до самой смерти.

Его адамово яблоко ходило вверх-вниз, а речь менялась от фальцета до нечленораздельного бормотания.

— Она сказала, что хочет радоваться вместе с тобой и не слишком радоваться. Она хочет пережить с тобой дерьмовые и катастрофически плохие моменты.

Харри знал, что его собеседник дословно цитирует слова Ракели. Как ему это удавалось? Каждое ее слово огненной раной впечаталось ему в мозг.

— Насколько сильно ты ее любишь? — спросил Харри.

— Я...

— Ты любишь ее достаточно сильно, чтобы заботиться о ней и Олеге до конца своей жизни?

— Что...

— Отвечай.

— Да, конечно, но...

— Поклянись.

— Харри.

— Я сказал, поклянись.

— Я... я клянусь. Но это ничего не меняет.

Харри криво усмехнулся.

— Ты прав. Это ничего не меняет. Ничего нельзя изменить. Так было всегда. Река течет по тому же чертову руслу.

— Это бессмысленно. Я не понимаю.

— Ты поймешь, — сказал Харри. — И она тоже.

— Но... вы же любите друг друга. Она прямо об этом говорит. Ты — любовь всей ее жизни, Харри.

— А она — моей. Всегда ею была. И всегда будет.

Ханс Кристиан смотрел на Харри со смесью растерянности и сочувствия.

— И несмотря на это, ты ее не хочешь?

— Я ничего не хочу так сильно, как ее. Но не факт, что я долго протяну. И если со мной что-то случится, ты дал мне слово.

Ханс Кристиан фыркнул:

— Не слишком ли мелодраматично, Харри? Я даже не знаю, захочет ли она быть со мной.

— Убеди ее.

Горло сдавило так, что стало трудно дышать.

— Обещаешь?

Ханс Кристиан кивнул:

— Попытаюсь.

Харри помедлил. А потом протянул ему руку. Собеседник пожал ее.

— Ты хороший человек, Ханс Кристиан. Я записал тебя в телефон как «ХК». — Он поднял мобильный. — Хотя это буквосочетание было занято Халворсеном.

— Кем?

— Старым коллегой, с которым я надеюсь еще встретиться. Мне пора.

— Что будешь делать?

— Встречусь с убийцей Густо.

Харри встал, повернулся к стойке и отдал честь Нине, помахавшей ему в ответ.

Он вышел на улицу и стал переходить дорогу, пробираясь между машинами, когда почувствовал наступление реакции. В голове что-то взорвалось, а шею, казалось, скоро разнесет на части. На улице Доврегата настала очередь желчи. Он постоял, согнувшись, у стены здания на тихой улочке и извергнул Нинины яичницу, бекон и кофе. Затем Харри отправился на улицу Хаусманна.

Несмотря ни на что, принять это решение оказалось несложно.

Я сидел на грязном матраце и слушал, как колотится в груди мое до смерти напуганное сердце, пока я набирал номер.

Мне надо было положить трубку, когда мой неродной брат подошел к телефону и произнес безразличным четким голосом:

— *Стейн.*

Иногда я думал, насколько ему подходит это имя. Непроницаемая оболочка твердокаменного нутра[1].

---

[1] Stein — камень *(норв.)*.

Независимый, угрюмый, мрачный. Но даже у камней есть нежное место, нанеся по которому легкий удар можно расколоть весь камень. В случае со Стейном это было просто.

Я кашлянул.

— Это Густо. Я знаю, где Ирена.

Я слышал его легкое дыхание. Он всегда дышал очень легко, этот Стейн. Он мог бегать часами, ему почти не требовался кислород. Как и причина для того, чтобы бегать.

— Ну и где?

— В этом-то все дело, — сказал я. — Я знаю где, но эта информация стоит денег.

— Почему это?

— Потому что они мне нужны.

Меня словно накрыло волной жара. Нет, холода. Я чувствовал его ненависть. Слышал, как он сглатывает.

— Сколь...

— Пять тысяч.

— Хорошо.

— Я хотел сказать, десять.

— Ты сказал, пять.

Блин.

— Но они нужны срочно, — добавил я, хотя и знал, что он уже на ногах.

— Хорошо. Где ты?

— Улица Хаусманна, девяносто два. Замок на двери в парадную сломан. Третий этаж.

— Я приду. Никуда не уходи.

Уйти? Я нашел зажигалку, отыскал в пепельнице в гостиной пару хабариков и выкурил их на кухне в мертвой послеполуденной тишине. Черт, как же здесь жарко. Раздалось *шуршание*. Я стал искать глазами источник звука. Снова эта крыса крадется вдоль стены.

Она появилась из-за плиты. Неплохое у нее там убежище.

Я выкурил второй хабарик.

Потом резко встал.

Плита, гори она в аду, была очень тяжелой, но я обнаружил, что с задней стороны у нее имеются колеса.

Крысиная нора за ней была больше, чем нужно.

Олег, Олег, дорогой мой друг. Ты умный парень, но вот этому научил тебя я.

Я бросился на колени. Я начал взлет, еще когда работал стальной проволокой. Пальцы так тряслись, что мне хотелось их откусить. Я чувствовал, что ухватился, но желанный предмет снова и снова выскальзывал из моих рук. Там должна быть «скрипка». Обязана быть!

Наконец мне удалось ухватиться твердой хваткой. Я потянул его на себя. Большой тяжелый матерчатый мешок. Я открыл его. Должна быть, обязана!

Резиновый ремень, столовая ложка, шприц. И три маленьких прозрачных пакетика. Белый порошок с коричневыми вкраплениями. Сердце мое запело. Я воссоединился с единственным другом и любовником, на которого всегда мог положиться.

Я распихал два пакетика по карманам и вскрыл третий. При разумном расходе мне должно хватить на целую неделю, а сейчас надо было ширнуться и вернуться обратно до того, как придет Стейн или кто-нибудь еще. Я высыпал порошок в ложку, зажег зажигалку. Обычно я добавлял несколько капель лимонного сока, который продается в баночках. Лимон препятствовал быстрому загустению вещества, поэтому в шприц можно было втянуть все до последней капли. Но у меня не было ни лимона, ни терпения, и только одна вещь была важна — запустить это вещество в поток кровообращения.

Я обмотал резиновый ремень вокруг предплечья, взял его конец в зубы и затянул. На руке выступила толстая синяя вена. Я приставил к ней шприц под нужным углом, чтобы площадь соприкосновения была больше, а дрожи меньше. Потому что меня трясло. Черт, как же меня трясло.

Я промахнулся.

Один раз. Второй раз. Задержал дыхание. Не думать слишком много, не радоваться, не паниковать.

Кончик иглы ходил ходуном. Я пытался вонзить его в синего змея.

Снова мимо.

Я боролся с отчаянием. Подумал, что часть вещества можно выкурить, чтобы немного успокоиться. Но я хотел получить встряску, толчок от того, как вся доза попадает прямо в кровь, прямо в мозг, хотел испытать оргазм, ощутить свободное падение!

Стояла жара, в окно бил солнечный свет и резал глаза. Я вошел в гостиную и уселся в тени у стены. Черт, теперь я не видел этой долбаной вены! Спокойно. Я подождал, пока зрачки расширятся. К счастью, мои руки были белыми, как киноэкран. Вены же были похожи на реку, нанесенную на карту Гренландии. Давай.

Мимо.

У меня не было сил для этого, я чувствовал, как к горлу подступают слезы. Раздался скрип подошв.

Я так сосредоточился, что не услышал, как он вошел. А когда я посмотрел вверх, в моих глазах было столько слез, что все очертания оказались смазанными, как в хреновом детском калейдоскопе.

— Привет, Вор.

Давненько меня никто так не называл.

Я смахнул слезы. И узнал очертания. Да, я все узнал. Даже пистолет. Из репетиционного зала его похитили не случайные взломщики, как я надеялся.

Удивительным было то, что я не испугался. Наоборот. В тот же миг я совершенно успокоился.

Я снова посмотрел на свою вену.

— Не делай этого, — сказал голос.

Я посмотрел на свою руку, она была твердой, как рука карманника. Это был мой шанс.

— Я пристрелю тебя.

— Не думаю, — ответил я. — Тогда ты никогда не узнаешь, где Ирена.

— Густо!

— Я просто делаю то, что должен, — сказал я и укололся. Попал. Поднял большой палец, чтобы придавить место прокола. — А теперь ты можешь сделать то, что должен.

Снова начали бить церковные колокола.

Харри сидел в тени у стены гостиной. Свет от уличного фонаря падал на матрацы. Он посмотрел на часы. Девять. Три часа до отправления рейса на Бангкок. Боли в шее внезапно заметно усилились. Как жар от солнца перед тем, как оно скроется за тучей.

Но солнце скоро зайдёт, а он скоро освободится от боли. Харри знал, как всё должно было закончиться, это было так же неизбежно, как и его возвращение в Осло. Он знал, что человеческая тяга к порядку и установлению причинно-следственных связей заставила его напрячь собственное сознание, чтобы увидеть логику в происходящем. Потому что мысль о том, что всё происходящее является хаосом, что оно совершенно бессмысленно, вынести тяжелее, чем самую ужасную, но понятную трагедию.

Он пошарил в кармане в поисках пачки сигарет и нащупал кончиками пальцев рукоятку ножа. У него появилось такое ощущение, что ему давно стоило избавиться от этого оружия, что на нём лежит проклятие. Как и на Харри. Но какая разница, он был предан анафеме задолго до ножа. И проклятие это было хуже удара любого кинжала, оно гласило, что любовь свою он разносил вокруг как чуму. Асаев говорил, что его нож переносит страдание и болезни от хозяина к тому, в кого вонзится. Так и все люди, которые позволяли Харри себя любить, поплатились за это. Погрузились на дно, были отняты у него. Остались только призраки. Все. А теперь ещё Ракель и Олег.

Он открыл пачку сигарет и заглянул внутрь.

Как это он посмел вообразить, что ни с того ни с сего обойдёт проклятие, что сможет сбежать с ними на другой конец земного шара и жить долго и счастливо? Харри думал об этом, одновременно поглядывая на часы и прикидывая, во сколько надо выехать отсюда, чтобы всё-таки успеть на самолёт. Он слушал своё собственное жадное эгоистичное сердце.

Он достал помятую семейную фотографию и снова посмотрел на нее. На Ирену. И ее брата Стейна. На юношу с хмурым взглядом, с которым он встречался и которого вспоминал еще по двум моментам. Первое воспоминание связано с этой фотографией. Второе связано с тем вечером, когда он вернулся в Осло. Он шел по Квадратуре, и молодой человек окинул его изучающим взглядом. Из-за этого взгляда Харри поначалу принял его за полицейского, но он ошибался. Полностью ошибался.

А потом он услышал шаги на лестнице.

Начали звонить церковные колокола. Звук их был слабым и одиноким.

Трульс Бернтсен остановился на верхней ступеньке лестницы и посмотрел на дверь. Ощутил биение сердца. Они снова увидятся. Он радовался и страшился одновременно. Сделал вдох.

И позвонил.

Поправил галстук. Он не слишком хорошо чувствовал себя в костюме. Но понимал, что без него никак не обойтись, после того как Микаэль рассказал, кто придет на новоселье. Все, на чьей форме красуется блестящая латунь: от уходящего начальника полиции и начальников подразделений до их старого конкурента из убойного отдела Гуннара Хагена. Явятся политики. Хитрая дамочка из городского совета, фотографии которой он разглядывал, Исабелла Скёйен. И пара телезвезд, с которыми Микаэль познакомился неведомо как.

Дверь открылась.

Улла.

— Какой ты красивый, Трульс, — сказала она.

Хозяйская улыбочка. Блестящие глаза. Но он в ту же секунду понял, что явился слишком рано.

Трульс просто кивнул, не решился сказать в ответ то, что должен был: что она сама прекрасно выглядит.

Она приобняла его, пригласила войти и сообщила, что приветственное шампанское еще не разлили по бокалам. Она улыбалась, размахивала руками и бросала полупанические взгляды на лестницу, ведущую на второй этаж. Наверняка надеялась, что сейчас спустится Микаэль и примет на себя роль хозяина. Но Микаэль был увлечен одеванием, внимательно всматриваясь в свое отражение в зеркале и укладывая волосы как положено.

Улла слишком быстро и возбужденно болтала о людях, с которыми они вместе росли в Манглеруде, знает ли Трульс, что с ними стало?

Трульс не знал.

— Я не поддерживаю с ними связь, — ответил он.

И был совершенно уверен, что она знает: он никогда не поддерживал с ними связь. Ни с кем из них, ни с Гоггеном, ни с Джимми, ни с Андерсом, ни с Крёкке. У Трульса был только один друг — Микаэль, который постоянно заботился о том, чтобы Трульс всегда находился на расстоянии вытянутой руки, даже тогда, когда Микаэль начал удаляться от него по социальной и карьерной лестнице.

Темы для разговоров у них иссякли. А у Трульса их не было с самого начала. Тогда Улла сказала:

— А как насчет женщин, Трульс? Есть что-нибудь новенькое?

— Насчет этого ничего нового.

Он попытался произнести это весело, как она. Сейчас ему действительно хотелось держать в руках приветственный бокал шампанского.

— Неужели никто не может покорить твое сердце?

Она склонила голову набок и со смехом подмигнула ему, но он видел, что она уже жалеет об этом вопросе. То ли потому, что заметила, как он покраснел. То ли потому, что знала ответ, хотя об этом никогда не говорилось вслух. «Да, ты, ты, Улла, смогла покорить мое сердце». Когда он ходил на три шага позади суперпары Микаэля и Уллы на Манглеруде, всегда на своем месте, всегда готовый услужить, но с маской «мне скучно, но ничего повеселее придумать не могу» на лице, а в это время в сердце его горел огонь любви к ней, и он краешком глаза отмечал ее малейшее движение или изменение выражения лица. Он не мог заполучить ее, знал, что это невозможно. Но все равно мечтал о ней, как человек мечтает о возможности летать.

Наконец с лестницы спустился Микаэль, вытягивая рукава рубашки из рукавов смокинга, чтобы выставить на всеобщее обозрение запонки.

— Трульс!

Это прозвучало преувеличенно сердечно, как обычно человек приветствует малознакомых людей.

— Почему у тебя такой суровый вид, дружище? Нам надо обмыть этот дворец!

— А я думал, мы будем праздновать назначение нового начальника полиции, — сказал Трульс, оглядываясь по сторонам. — Я слышал это сегодня в новостях.

— Утечка, официальной информации пока нет. Но сегодня мы будем восхищаться твоей террасой, Трульс! Как там насчет шампанского, дорогая?

— Уже разливаю, — сказала Улла, смахнула невидимую пылинку с плеча мужа и исчезла.

— Ты знаком с Исабеллой Скёйен? — спросил Трульс.

— Да, — ответил Микаэль, по-прежнему улыбаясь. — Она придет сегодня вечером. А что?

— Ничего. — Трульс сделал вдох. Это надо сделать сейчас или никогда. — Я хотел спросить еще об одной вещи.

— Да?

— Несколько дней назад меня направили на задание, арестовать одного парня в «Леоне», в гостинице, ну, знаешь?

— Не думаю.

— Но пока я производил задержание, появились еще два незнакомых мне полицейских и попытались задержать нас обоих.

— Накладка? — Микаэль рассмеялся. — Поговори с Финном, он координирует оперативную работу.

Трульс медленно покачал головой.

— Я не думаю, что это была накладка.

— Да?

— Я думаю, кто-то намеренно отправил меня туда.

— Считаешь, кто-то хотел тебя разыграть?

— Да, разыграть меня, — сказал Трульс и поймал взгляд Микаэля, но не обнаружил ни малейших признаков понимания. Неужели он ошибся? Трульс сглотнул: — И я подумал, что ты можешь что-нибудь об этом знать, что ты участвовал во всем этом.

— Я? — Микаэль откинул голову назад и громко рассмеялся.

Трульс заглянул в его пасть и вспомнил, как Микаэль всегда возвращался от школьного зубного врача без единой пломбы. Даже у Кариуса и Бактериуса[1] не было над ним власти.

— Хотел бы я в этом поучаствовать! — хохотал Микаэль. — Слушай, а они что, уложили тебя лицом на пол и надели браслеты?

Трульс посмотрел на Микаэля. Значит, он ошибся. Поэтому он рассмеялся вместе с ним. Не столько от облегчения, сколько оттого, что представил, как на нем сидят двое полицейских, и от заразительного хохота Микаэля, который всегда приглашал его посмеяться вместе. Нет, приказывал смеяться. А еще он окружал его заботой, согревал, делал частью чего-то большего, членом дуэта, состоящего из него и Микаэля Бельмана. Друзья. Он услышал собственный хрюкающий смех, поскольку Микаэль перестал хохотать и лицо его приобрело задумчивое выражение:

— Неужели ты действительно думал, что я в этом участвовал, Трульс?

Трульс с улыбкой посмотрел на него. Подумал о том, как Дубай вышел именно на него, подумал о задержанном парнишке, которого Трульс избил до слепоты, о том, кто мог рассказать Дубаю об этом случае. Подумал о крови, которую криминалисты обнаружили под ногтем Густо на улице Хаусманна, об образце крови, который Трульс уничтожил до того, как его отправили на анализ ДНК. Однако частичку этого образца он на всякий случай сохранил. Именно такие доказательства в один дождливый день могут стать бесценными. А поскольку дождь совершенно очевидно уже начался, сегодняшним утром он съездил

---

[1] Персонажи сказки норвежского писателя Эгнера Турбьёрна.

в Институт судебной медицины и отвез образец. И получил ответ прямо перед тем, как явился сюда. Предварительные результаты указывали на то, что кровь из его образца совпадает с кровью и фрагментами ногтей, полученными несколько дней назад от Беаты Лённ, разве они об этом не говорили у себя в управлении? Трульс извинился и положил трубку. Поразмыслил над ответом, который гласил, что кровь и фрагменты ногтей, взятые у Густо Ханссена, принадлежали Микаэлю Бельману.

Микаэль и Густо.

Микаэль и Рудольф Асаев.

Пальцы Трульса скользнули к узлу галстука. Завязывать галстук, черт возьми, его учил не отец, тот и свой-то завязать не мог. Этому его научил Микаэль, когда они собирались на школьный выпускной. Он показал Трульсу простой виндзорский узел, а когда Трульс спросил, почему узел на галстуке Микаэля намного толще, он ответил, что у него завязан двойной виндзорский узел, но он не пойдет Трульсу.

Микаэль не отводил от него взгляда. Он все еще ждал ответа на свой вопрос. Почему Трульс думал, что Микаэль участвовал в розыгрыше.

Участвовал в принятии решения устранить его вместе с Харри Холе в «Леоне».

В дверь позвонили, но Микаэль не пошевелился.

Трульс сделал вид, что чешет лоб, на самом деле утирая пот.

— Действительно, почему я так решил? — сказал он и услышал собственный нервный хрюкающий смех. — Просто одна мысль. Забудь.

Лестница трещала от шагов Стейна Ханссена. Он знал каждую ступеньку и мог предсказать каждый жалобный скрип. Он остановился на лестничной площадке. Постучал в дверь.

— Войдите, — раздалось из-за нее.

Стейн Ханссен вошел.

Первое, что он увидел, был чемодан.

— Вещи собраны? — спросил он.

Его собеседница кивнула.

— Паспорт нашла?

— Да.

— Я заказал такси в аэропорт.

— Я поеду.

— Хорошо.

Стейн огляделся. Потом осмотрел другие комнаты. Попрощался. Сказал им, что больше не вернется.

И прислушался к эху своего детства. Ободряющий голос папы. Успокаивающий голос мамы. Полный энтузиазма голос Густо. Радостный голос Ирены. Единственный голос, которого он не слышал, — это его собственный. Обычно он помалкивал.

— Стейн...

Ирена держала в руке фотографию. Стейн знал, что на ней изображено, — сестра повесила ее над кроватью тем же вечером, когда ее привез адвокат Симонсен. На ней была она с Густо и Олегом.

— Да?

— Тебе когда-нибудь хотелось убить Густо?

Стейн не ответил. Вспомнил тот самый вечер.

Густо позвонил ему и сказал, что знает, где находится Ирена.

Он побежал на улицу Хаусманна. А когда прибежал, то увидел полицейские машины. Собравшиеся вокруг люди говорили, что парня из квартиры убили, застрелили. Он почувствовал возбуждение, почти радостное. А потом испытал шок. Горе. Да, он весьма своеобразно грустил о Густо. И одновременно его смерть давала надежду, что у Ирены в конце концов все наладится. Эта надежда, конечно, ушла, когда он постепенно осознал, что со смертью Густо он, напротив, утратил последнюю возможность найти ее.

Она была бледной. Абстиненция. Будет непросто. Но они справятся. Справятся вместе.

— Ну что, мы...

— Да, — ответила она и открыла ящик прикроватной тумбочки.

Посмотрела на фотографию. Быстро коснулась ее губами и убрала в ящик изображением вниз.

Харри услышал, как открывается дверь.

Он сидел в темноте и не шевелился. Слушал, как другой человек шагает по полу гостиной. Увидел движение у матрацев. Блеск стальной проволоки, попавшей в луч света уличного фонаря. Шаги исчезли в кухне, а потом зажегся свет.

Харри поднялся и прошел следом.

Встал в дверях, наблюдая, как другой человек стоит на коленях перед крысиной норой и дрожащими руками открывает мешок. Раскладывает вещи в ряд. Шприц, резиновый ремень, ложка, зажигалка, пистолет. Пакетики со «скрипкой».

Дверной косяк скрипнул, когда Харри перенес вес тела с одной ноги на другую, но второй человек не замечал его, продолжая свою судорожную деятельность.

Харри знал, что у того начинается ломка. Что мозг его сосредоточен на одном. Он кашлянул.

Другой затих. Плечи поднялись вверх, но он не оглянулся. Так и продолжал сидеть без движения, склонив голову и глядя на свою нычку. Не поворачиваясь.

— Я так и думал, — сказал Харри. — Что сначала ты придешь сюда. Ты посчитал, что теперь это безопасно.

Второй по-прежнему не шевелился.

— Ханс Кристиан рассказал тебе, что мы нашли ее для тебя, так ведь? И тем не менее сначала ты явился сюда.

Другой человек поднялся. И снова Харри поразился, каким большим он стал. Почти взрослым мужчиной.

— Что ты хочешь, Харри?

— Я здесь, чтобы задержать тебя, Олег.

Олег нахмурился.

— За хранение пары доз «скрипки»?

— Не за наркотики, Олег. За убийство Густо.

— Нет! — повторил он.

Но кончик шприца уже вошел глубоко в мою вену, трясущуюся от нетерпения.

— Я думал, пришел Стейн или Ибсен, — сказал я. — Не ты.

Я не видел приближения его чертовой ноги. Она попала по шприцу, который пролетел через всю гостиную и приземлился в глубине кухни, у переполненной раковины.

— На хрена, Олег, — сказал я и посмотрел на него.

Олег долго не отводил взгляда от Харри.

Он смотрел серьезно и спокойно. На самом деле он не был удивлен. Казалось, он исследует местность, пытаясь сориентироваться.

И когда Олег наконец заговорил, голос его был полон скорее любопытства, чем злости или смятения.

— Но ты же поверил мне, Харри. Когда я рассказал тебе, что это сделал другой человек в шерстяной шапке, ты мне поверил.

— Да, — ответил Харри. — Я поверил тебе. Потому что мне очень хотелось тебе верить.

— Но, Харри, — Олег говорил тихо, поглядывая в пакетик с порошком, который он успел открыть, — если ты не доверяешь своему лучшему другу, чему же ты можешь верить?

— Доказательствам, — произнес Харри и почувствовал, как набухло в горле.

— Каким еще доказательствам? Мы ведь нашли объяснения всем доказательствам, Харри. Ты и я, мы раскусили все эти доказательства.

— Другие. Новые.

— Какие же?

Харри указал на пол перед Олегом.

— Этот пистолет, «одесса», стреляет патронами того же калибра, какими был убит Густо, «малаков» девять на восемнадцать миллиметров. В любом случае баллистическая экспертиза наверняка докажет, что этот пистолет является орудием убийства, Олег. И на нем твои отпечатки пальцев. Только твои отпечатки. Если бы кто-то другой воспользовался им, а потом стер свои отпечатки, он бы стер и твои.

Олег коснулся пальцем пистолета, словно хотел удостовериться, что они говорят о нем.

— Потом шприц, — продолжал Харри. — На нем много отпечатков, возможно принадлежащих двум людям. Но на поршень, во всяком случае, давил ты. Как давят на поршень, когда вводят себе дозу. И на этом отпечатке большого пальца имеются следы пороха, Олег.

Олег коснулся пальцем использованного шприца.

— Почему эти новые доказательства свидетельствуют против меня?

— Потому что ты говорил, что пришел сюда уже под кайфом. Но следы пороха указывают на то, что ты укололся после того, как на твоих руках появились частички пороха. Это доказывает, что сначала ты застрелил Густо, а потом ширнулся. Ты был чист в момент совершения преступления, Олег. Это было предумышленное убийство.

Олег медленно кивал.

— И ты сверил мои отпечатки пальцев с пистолета и шприца с полицейскими файлами. И они уже знают, что я...

Харри покачал головой.

— Я не связывался с полицией. О том, что здесь произошло, знаю только я.

Олег сглотнул. Харри увидел движение в его горле.

— А откуда ты знаешь, что отпечатки принадлежат мне, если ты не сравнивал их с теми, что есть у полиции?

— У меня были отпечатки, с которыми я мог сравнить.

Харри вынул руку из кармана пальто и положил на кухонный стол белую приставку «Геймбой».

Олег уставился на приставку. Он моргал и моргал, как будто ему что-то попало в глаз.

— Почему ты начал подозревать меня? — почти шепотом спросил он.

— Ненависть, — ответил Харри. — Старик. Рудольф Асаев. Он сказал, что мне надо следовать за ненавистью.

— Кто это?

— Это тот, кого вы называли Дубаем. Прошло немало времени, прежде чем я понял, что он говорил о своей собственной ненависти. Ненависти к тебе. Он ненавидел тебя за то, что ты убил его сына.

Олег поднял голову и равнодушно посмотрел на Харри.

— Сына?

— Да. Густо был его сыном.

Голова Олега снова поникла, он сидел на корточках и смотрел в пол.

— Если… — Он покачал головой и начал снова: — Если Дубай действительно был отцом Густо и если он так сильно меня ненавидел, почему же он сразу не убил меня в тюрьме?

— Потому что хотел, чтобы ты оставался в тюрьме. Потому что для него тюрьма была хуже смерти. Тюрьма пожирает твою душу, а смерть освобождает ее. Пребывания в тюрьме Рудольф Асаев желал тому, кого ненавидел больше всего на свете. Тебе, Олег. Конечно, он полностью контролировал все, что с тобой там происходило.

— Я этого не заметил, но понял.

— Он знал, что ты знаешь: если ты на него настучишь, тебе конец. Когда ты начал разговаривать со мной, ты стал представлять для него опасность, и ему пришлось принять решение устранить тебя. Но он не смог.

Олег закрыл глаза. Он так и сидел на корточках. Как будто ему предстоял важный забег, а сейчас им надо было просто посидеть и помолчать вместе, сосредоточиться.

За окном город исполнял свою музыку: машины, удаленный гудок парома, негромкая сирена. Этот звук представлял собой квинтэссенцию человеческой деятельности, он походил на ровный вечный шорох муравейника, монотонный, навевающий сон, безопасный, как теплое одеяло.

Не сводя глаз с Харри, Олег медленно наклонился вперед.

Харри покачал головой.

Но Олег схватил пистолет. Осторожно, как будто боялся, что тот взорвется в его руках.

Глава 43

Трульс сбежал на террасу, чтобы побыть в одиночестве.

Он немного поучаствовал в двух разговорах, глотнул шампанского, поел канапе и старался выглядеть так, словно чувствовал себя в своей тарелке. Парочка этих хорошо воспитанных людей попытались включить его в компанию. Поздоровались, спросили, кто он и чем занимается. Трульс отвечал коротко, и ему даже в голову не пришло задать аналогичные вопросы. Как будто у него не было полномочий для этого. Или как будто он боялся узнать, кто они и какие чертовски важные должности они занимают.

Улла подавала еду и напитки, улыбалась и разговаривала со всеми этими людьми, как со своими старыми знакомыми, и Трульс всего пару раз встретился с ней взглядом. И она, улыбаясь, сделала ему знак, который, как он понял, означал, что она хотела бы поговорить с ним, но обязанности хозяйки не дают ей такой возможности. Оказалось, что никто из парней, принимавших участие в строительстве террасы, прийти не смог, а ни руководители отделов, ни начальник полиции Трульса не узнали. У Трульса на какой-то миг даже появилось искушение рассказать им, что он — тот самый полицейский, который избил мальчишку до потери зрения.

Но терраса получилась очень красивой. Под ногами Трульса лежал Осло и сверкал, как драгоценность.

С приходом осенних холодов повысилось и давление. Синоптики обещали понижение ночной температуры на возвышенностях до нуля. Трульс слышал раздававшиеся вдали звуки сирен. «Скорая помощь». И как минимум одна полицейская машина. Звук доносился откуда-то из центра. Больше всего Трульсу хотелось выскользнуть отсюда и настроиться на полицейскую волну. Послушать, что случилось. Почувствовать пульс своего города. Ощутить себя его частью.

Дверь на террасу открылась, и Трульс автоматически отошел на два шага назад, в тень, чтобы избежать разговора, в котором ему опять будет неуютно.

Это был Микаэль. И дама-политик. Исабелла Скёйен.

Она была заметно под градусом, во всяком случае, Микаэль ее поддерживал.

Здоровенная дамочка, и ростом выше Микаэля. Они встали у перил, повернувшись спиной к Трульсу, перед участком эркера без окон, где их не могли видеть гости, находившиеся в гостиной.

Микаэль стоял за ней, и Турльс был почти уверен, что сейчас зажжется зажигалка, но этого не произошло. А когда он услышал шелест платья и тихий протестующий смех Исабеллы Скёйен, было уже поздно выдавать свое присутствие. Он увидел белое женское бедро, перед тем как платье было решительно натянуто обратно. Зато теперь она повернулась лицом к Микаэлю, и их лица склеились в единый силуэт на фоне раскинувшегося внизу города. До Трульса доносились чмокающие звуки. Он повернулся к гостиной. Увидел, как улыбающаяся Улла носится между людьми с подносом. Трульс не мог этого понять. Черт, он не понимал этого. Не то чтобы он был шокирован, Микаэль и раньше крутил романы с другими женщинами, но Трульс не понимал, как у Микаэля хватало на это храбрости. Хватало сердца. Когда у тебя есть такая женщина, как Улла, когда тебе так несказанно повезло, когда ты выиграл большой приз, как ты можешь рисковать всем этим ради секса? Должно быть, это происходит потому, что Бог или черт его знает кто дал тебе все то, о чем мечтают женщины, — внешность, положение в обществе, хорошо подвешенный язык, — и ты чувствуешь необходимость, так сказать, использовать этот потенциал на полную катушку. Как люди ростом два метра двадцать чувствуют себя обязанными играть в баскетбол. Он не знал. Знал только, что Улла заслуживает лучшего. Того, кто будет ее любить. Любить так, как всегда любил ее он. И как всегда будет любить. История с Мартиной была всего лишь бездумным приключением, ничего серьезного, и в любом случае она не повторится. Иногда он подумывал о том, что должен дать Улле знать: если она по какой-то причине лишится Микаэля, то он, Трульс, всегда будет рад утешить ее. Но он не мог придумать, как это сделать. Трульс навострил уши.

Они разговаривали.

— Я только знаю, что его больше нет, — сказал Микаэль, и по его слегка заплетающемуся языку Трульс понял, что он тоже нетрезв. — Но они нашли двух других.

— Его казаков?

— Мне все еще кажется, то, что их называют казаками, это хвастовство. В общем, Гуннар Хаген из убойного связался со мной и попросил помощи. Там использовали слезоточивый газ и автоматическое оружие, и, по их версии, это разборка между бандами. Интересовались, не подозревает ли Оргкрим кого-нибудь. А то они бродят в полной темноте.

— А ты что ответил?

— Я ответил, и это чистая правда, что я понятия не имею, кто бы это мог сделать. Если это банда, то им удалось обойти все наши радары.

— Как думаешь, старик мог ускользнуть?

— Нет.

— Нет?

— Я думаю, что его труп лежит где-то там, внизу, и гниет.

Трульс увидел руку, указывающую на звездное небо.

— Может быть, очень скоро мы все узнаем, а может, не узнаем никогда.

— Трупы всегда всплывают, разве не так?

Нет, подумал Трульс. Он стоял, распределив вес тела между ногами, ощущая, как они давят на цементный пол террасы и как пол давит на них.

Они не всегда всплывают.

— В любом случае, — сказал Микаэль, — кто-то это сделал, и этот кто-то — новое лицо. Скоро станет понятно, кто будет новым наркокоролем Осло.

— Как думаешь, что это означает для нас?

— Ничего, дорогая.

Трульс увидел, как Микаэль Бельман кладет руку на шею Исабеллы Скёйен. По очертаниям их силуэтов казалось, что он душит ее. Нетвердый шаг.

— Мы прибыли по назначению и выходим здесь. На самом деле все закончилось как нельзя лучше. Мы больше не могли использовать старика, а если учесть, что́ он насобирал на тебя и меня за время... нашего сотрудничества, то...

— То?

— То...

— Убери руку, Микаэль.

Мягкий пьяный смех.

— Если бы этот новый король не сделал за нас работу, мне пришлось бы сделать ее самому.

— Ты хочешь сказать, пришлось бы поручить ее Бивису?

Услышав это ненавистное прозвище, Трульс вздрогнул. Микаэль впервые назвал его так, когда они учились в старших классах школы в Манглеруде. И прозвище приклеилось, люди заметили сходство в нижних челюстях и хрюкающем смехе. Однажды, когда они готовились к выпускному, Микаэль утешил его тем, что поразмышлял над «анархическим восприятием действительности» и «нонконформистской моралью» рисованного персонажа мультика MTV. И сказал это так, будто наградил Трульса почетным титулом.

— А вот и нет. Я бы никогда не позволил Трульсу узнать о моей роли.

— Мне все еще кажется странным, что ты ему не доверяешь. Разве вы не дружите с детства? Разве не он построил тебе эту террасу?

— Построил. Посреди ночи, один-одинешенек. Понимаешь? Мы говорим о человеке, которого нельзя назвать вменяемым на все сто процентов. Ему что угодно может взбрести в голову.

— И все-таки ты подсказал старику, что Бивиса можно сделать сжигателем?

— Потому что я знаю Трульса с детства и знаю, что он коррумпирован насквозь и готов продаться тому, кто предложит более высокую цену.

Исабелла Скёйен громко рассмеялась, и Микаэль шикнул на нее.

У Трульса перехватило дыхание. Грудь сжало, а в животе словно поселился зверь. Снующий внутри маленький зверек, ищущий дорогу наружу. Он щекотал Трульса и трепыхался. Пытался выбраться наверх. Давил на грудь.

— Кстати, ты никогда не рассказывала, почему решила выбрать в партнеры именно меня, — сказал Микаэль.

— Разумеется, потому, что у тебя такой великолепный член.

— Нет, я серьезно. Если бы я отверг предложение сотрудничать с тобой и стариком, мне бы пришлось арестовать тебя.

— Арестовать? — Она фыркнула. — Все, что я делала, я делала на благо города. Можно легализовать марихуану, раздавать бесплатно метадон и финансировать кабинеты для наркоманов. А можно расчистить дорогу для нового наркотика, смертность от которого значительно ниже. В чем разница? Политика в отношении наркотиков прагматична, Микаэль.

— Да расслабься, я, конечно, согласен. Мы сделали Осло лучше. Выпьем за это.

Она не обратила внимания на его поднятый бокал.

— Ты бы все равно никогда меня не арестовал. Потому что тогда я рассказала бы всем, кто хочет слушать, что я трахалась с тобой за спиной твоей маленькой сладенькой женушки. — Она захихикала. — В прямом смысле за спиной. Помнишь, как мы с тобой впервые встретились на том приеме по случаю премьеры и я сказала, что ты можешь заняться со мной сексом? Твоя жена тогда стояла прямо у тебя за спиной, если бы она находилась чуть-чуть ближе, она бы услышала, о чем мы говорим, а ты даже глазом не моргнул. Только попросил пятнадцать минут, чтобы отправить ее домой.

— Тихо, ты совсем напилась, — сказал Микаэль и положил руку ей на талию.

— Вот тогда-то я и поняла, что ты — мужчина как раз по мне. Поэтому когда старик сказал, что мне надо найти такого же амбициозного союзника, как я сама, я уже знала, к кому обратиться. Выпьем, Микаэль.

— Кстати, у нас нечего выпить. Может, вернемся обратно и…

— Вычеркни то, что я сказала насчет «мужчины по мне». Мужчин по мне не существует, только…

Раздался глубокий раскатистый смех. Ее смех.

— Давай, пошли.

— Харри Холе!

— Тихо!

— Вот мужчина по мне. Глуповат, конечно, но… но да. Как думаешь, где он сейчас?

— Мы долго искали его без всякого результата, поэтому я думаю, что он покинул страну. Он освободил Олега и больше не вернется.

Исабелла покачнулась, но Микаэль подхватил ее.

— Ты дьявол, Микаэль, а мы, дьяволы, заслуживаем друг друга.

— Возможно, но нам надо вернуться в гостиную, — сказал Микаэль, поглядев на часы.

— Не напрягайся ты так, красавчик, я умею держать себя в руках, когда напьюсь. Понимаешь?

— Понимаю, но ты иди первая, и это не будет выглядеть так...

— Так мерзко?

— Вроде того.

Трульс услышал ее грубый смех, а потом еще более грубые удары каблуков по цементу. Она ушла, Микаэль остался. Он стоял, облокотившись на перила. Трульс выждал несколько секунд. А потом вышел из тени.

— Привет, Микаэль.

Его друг детства обернулся. Взгляд Микаэля был затуманен, лицо слегка припухло. Трульс решил, что улыбка на лице друга появилась с задержкой потому, что он пьян.

— Это ты, Трульс. Не слышал, как ты вошел. Там внутри жизнь еще бурлит?

— О да.

Они посмотрели друг на друга. И Трульс задумался, где и когда именно это произошло, где и когда они разучились болтать друг с другом, беззаботно трепаться, мечтать, как в те времена, когда они могли говорить друг другу что угодно обо всем. В те времена, когда они двое были единым целым. Как в начале их карьеры, когда они надавали по шее парню, который решил приударить за Уллой. Или как тогда, с гомиком, что работал в Крипосе и заглядывался на Микаэля. Они поговорили с ним в котельной в Брюне. Паренек рыдал и уверял их, что неправильно понял Микаэля. Они не били его по лицу, чтобы не оставлять слишком очевидных следов, но это чертово нытье так разозлило Трульса, что он отделал его дубинкой сильнее, чем хотел, и Микаэль остановил его уже в самый последний момент. Такие случаи трудно назвать хорошими воспоминаниями, но подобные переживания накрепко связывают двух людей.

— Вот стою и восхищаюсь террасой, — произнес Микаэль.

— Спасибо.

— Я тут подумал об одной вещи. Той ночью, когда ты заливал фундамент...

— Да?

— Ты сказал, что беспокоишься и не можешь заснуть. Но я вспомнил, что той же ночью мы арестовали Одина и провели операцию в Алнабру. А он исчез, этот...

— Туту.

— Да, Туту. Ты должен был участвовать с нами в той операции. Но ты сказал мне, что болеешь и не можешь в ней участвовать. А на самом деле ты решил заняться строительством террасы?

Трульс улыбнулся. Посмотрел на Микаэля. Наконец-то ему удалось поймать и удержать его взгляд.

— Ладно, Микаэль. Хочешь услышать правду?

Микаэль немного помедлил, прежде чем ответить:

— Даже очень.

— Я прогулял.

На пару секунд на террасе воцарилась тишина, они слышали только далекий шум города.

— Прогулял? — Микаэль рассмеялся. Недоверчиво, но добродушно. Трульсу нравился этот смех. Он нравился всем, и мужчинам, и женщинам. Этот смех говорил: «Ты смешной и симпатичный и наверняка умный и вполне заслуживаешь добродушного смеха». — *Ты* прогулял? Ты же никогда не прогуливаешь и обожаешь участвовать в задержаниях!

— Да, — ответил Трульс. — Я просто-напросто не мог. Я был занят сексом.

Вновь воцарилась тишина.

А потом Микаэль разразился громким хохотом. Он откинул голову назад и всхлипнул. Ни одной пломбы. Потом снова наклонился вперед и похлопал Трульса по спине. Смех его был таким веселым и свободным, что через несколько секунд Трульс перестал сопротивляться. Он засмеялся вместе с Микаэлем.

— Секс и строительство, — всхлипывал Микаэль Бельман. — А ты тот еще мужик, Трульс. Тот еще!

Трульс почувствовал, как похвала заставила его раздуться до обычных размеров. И на какой-то миг все стало таким же, как в старые времена.

— Ты знаешь, — похрюкивая, сказал Трульс, — есть дела, которые надо делать в одиночестве. Только тогда их можно сделать по-настоящему хорошо.

— Это правда, — сказал Микаэль, обнял Трульса за плечи и потопал ногами по полу террасы. — Но здесь, Трульс, здесь слишком много цемента, его не мог залить один человек.

Да, подумал Трульс, ощутив, как приятно смех бьется в груди. Слишком много цемента для одного человека.

— Надо было мне забрать приставку, которую ты принес, — сказал Олег.

— Надо было, — согласился Харри, облокачиваясь на косяк кухонной двери. — Усовершенствовал бы технику игры в «Тетрис».

— А тебе надо было вынуть магазин из этого пистолета, прежде чем прятать его обратно.

— Возможно.

Харри старался не смотреть на «одессу», которая целилась то в пол, то в него. Олег слабо улыбнулся:

— Мы совершили ошибки, мы оба.

Харри кивнул.

Олег поднялся и встал рядом с плитой.

— Но я совершал не только ошибки, так ведь?

— Нет, конечно. Ты сделал много правильных поступков.

— Например?

Харри пожал плечами.

— Например, ты сказал, что бросился на пистолет этого фиктивного убийцы. Что у него была шапка с прорезями для глаз и что он не произнес ни слова, а общался жестами. Ты предоставил мне возможность сделать очевидные выводы, объяснить следы пороха на твоих руках. Ты сказал, что убийца не разговаривал, так как боялся, что ты узнаешь его голос, то есть что он как-то связан либо с наркоторговлей, либо с полицией. Я думаю, тебе пришла в голову мысль насчет шапки-балаклавы, потому что такую ты видел у полицейского, который был с вами в Алнабру. В своей истории ты поместил его в соседнее офисное помещение, потому что оно обчищено и не заперто, поэтому любой мог попасть в него и скрыться в направлении реки. Ты давал мне намеки, чтобы я мог составить свое собственное достоверное объяснение, почему ты не убивал Густо. Ты знал, что мой мозг придет к этому объяснению. Ведь наш разум всегда хочет, чтобы решение принимали чувства. Он всегда готов найти утешительные ответы, которых требует наше сердце.

Олег медленно кивал.

— Но теперь у тебя есть все другие ответы. Правдивые.

— За исключением одного, — сказал Харри. — Почему?

Олег не ответил. Харри поднял вверх правую руку и стал медленно опускать левую в задний карман брюк. Он вынул помятую пачку сигарет и зажигалку.

— Почему, Олег?

— А ты как думаешь?

— Одно время я думал, что дело в Ирене. Ревность. Или ты узнал, что он ее кому-то продал. Но если он был единственным, кто знал, где она, ты не мог убить его до того, как он назовет тебе это место. Так что дело должно было быть в чем-то другом. В чем-то настолько же сильном, как любовь к женщине. Потому что на самом деле ты никакой не убийца, так ведь?

— Сам ответь.

— Ты — человек с классическим мотивом, который заставлял хороших людей, включая меня, совершать ужасные поступки. Следствие ходит по кругу. Куда ни ступи, что вперед, что назад. Я вернулся туда, откуда мы начали. К влюбленности. К сильнейшей влюбленности.

— Что ты об этом знаешь?

— Знаю, потому что был влюблен в ту же самую женщину. Или ее сестру. Она безумно прекрасна вечером и страшна как смерть следующим утром. — Харри прикурил черную сигарету с золотым фильтром и российским двуглавым орлом. — Но когда наступает вечер, ты об этом забываешь и снова чувствуешь себя таким же влюбленным. И с этой любовью ничто не в силах конкурировать, даже Ирена. Я ошибаюсь?

Харри затянулся и посмотрел на Олега.

— Зачем я тебе? — спросил Олег. — Ты и так все знаешь.

— Я хочу услышать это от тебя.

— Зачем это?

— Чтобы ты услышал, как ты сам это произносишь. И чтобы ты услышал, насколько глупо и бессмысленно это звучит.

— Что именно? Что глупо застрелить человека из-за того, что он пытается похитить твою наркоту? Твою дозу, на которую ты с таким трудом наскреб бабок?

— Сам-то ты не слышишь, как это банально и грустно звучит?

— Кто бы говорил!

— Вот я и говорю. Я потерял лучшую женщину в моей жизни, потому что не мог сопротивляться. А ты убил своего лучшего друга, Олег. Произнеси его имя.

— Зачем?

— Произнеси его имя.

— Вообще-то пистолет у меня.

— Произнеси его имя.

Олег усмехнулся.

— Густо. И что...

— Еще раз.

Олег склонил голову набок и уставился на Харри.

— Густо.

— Еще раз! — заорал Харри.

— Густо! — прокричал Олег в ответ.

— Еще р...

— Густо!

Олег сделал вдох.

— Густо! Густо...

Голос его начал дрожать.

— Густо!

Голос срывался.

— Густо. Гус... — он всхлипнул, — ...то.

Из глаз его брызнули слезы, он крепко зажмурился и прошептал:

— Густо. Густо Ханссен...

Харри сделал шаг вперед, но Олег поднял пистолет.

— Ты молод, Олег. Ты еще можешь измениться.

— А как насчет тебя, Харри? Разве ты не можешь измениться?

— Я бы хотел, чтобы у меня была такая возможность, Олег. Я бы хотел сделать так, чтобы лучше заботиться о вас. Но уже слишком поздно. Я останусь тем, кто я есть.

— Кем? Алкашом? Предателем?

— Полицейским.

Олег засмеялся.

— И всего-то? Полицейским? Не человеком там и все такое?

— По большей части полицейским.

— По большей части полицейским, — повторил Олег, кивая. — Разве это не банально и грустно?

— Банально и грустно, — ответил Харри, взял недокуренную сигарету, недовольно посмотрел на нее, как будто она работала не так, как должна. — Потому что это означает, что у меня нет выбора, Олег.

— Выбора?

— Я должен сделать так, чтобы ты понес заслуженное наказание.

— Ты больше не работаешь в полиции, Харри. Ты стоишь передо мной без оружия. И пока еще никто не знает того, что знаешь ты, и того, что ты находишься здесь. Подумай о маме. Подумай обо мне! Хотя бы раз в жизни подумай о нас, о нас троих. — В глазах у него стояли слезы, а в голосе звучал пронзительный металл отчаяния. — Почему ты не хочешь просто уйти отсюда прямо сейчас, и мы обо всем забудем и скажем, что ничего не было?

— Я бы хотел, чтобы у меня была возможность так поступить, — ответил Харри. — Но ты поймал меня. Я знаю, что случилось, и я должен остановить тебя.

— Почему же ты позволил мне добраться до пистолета?

Харри пожал плечами.

— Я не могу арестовать тебя. Ты должен сдаться сам. Это твой путь.

— Сдаться сам? С чего бы это? Меня только что освободили!

— Если я тебя арестую, я потеряю и твою мать, и тебя. А без вас я — ничто. Я не могу жить без вас. Ты понимаешь это, Олег? Я крыса, которой перекрыли единственный вход в нору, так что она может попасть туда только одним способом. По тебе.

— Так отпусти меня! Давай забудем всю эту историю и начнем все сначала!

Харри покачал головой.

— Предумышленное убийство, Олег. Я не могу. Сейчас ключ и пистолет у тебя. Это ты должен подумать о нас троих. Если мы пойдем к Хансу Кристиану, он все устроит, ты сможешь сдаться, и в этом случае тебе значительно сократят срок.

— Но я просижу достаточно долго и потеряю Ирену. Никто не станет столько ждать.

— Может, да, а может, и нет. Может, ты ее уже потерял.

— Ты врешь, ты всегда врешь! — Из глаз Олега безостановочно лились слезы. — Что ты сделаешь, если я откажусь сдаться?

— Тогда мне придется арестовать тебя прямо сейчас.

Олег издал стонущий звук, то ли всхлип, то ли недоверчивый смех.

— Ты сошел с ума, Харри.

— Таким уж я создан, Олег. Я делаю то, что должен. Как и ты должен делать то, что должен.

— Должен? Из твоих уст это звучит как проклятие!

— Возможно.

— Дерьмо!

— Так разрушь это проклятие, Олег! На самом деле ты больше не хочешь убивать, так ведь?

— Уходи! — закричал Олег. Пистолет ходуном ходил в его руке. — Давай! Ты больше не работаешь в полиции!

— Правильно, — ответил Харри. — Но, как я уже говорил...

Он сомкнул губы вокруг черной сигареты и глубоко затянулся. Закрыл глаза и постоял так пару секунд, как будто наслаждался. А потом выпустил воздух и дым из легких.

— ...я полицейский.

Он бросил сигарету на пол. Наступил на нее, двигаясь в сторону Олега с поднятой головой. Олег был почти такого же роста, как он сам. Харри поймал взгляд юноши, державшего перед собой пистолет. Увидел, как поднимается предохранитель. Уже понял, чем закончится дело. Он был препятствием, у мальчишки тоже не имелось другого выбора, они были двумя неизвестными в нерешаемом уравнении, два небесных тела, двигающихся встречными курсами к неизбежному столкновению, партией в «Тетрис», победить в которой мог только один из них. И только один из них победит. Харри надеялся, что у Олега хватит ума избавиться потом от пистолета, что он сядет на самолет в Бангкок и никогда ничего не расскажет Ракели, что не будет просыпаться с криком посреди ночи в комнате, полной призраков, что сумеет прожить достойную жизнь. Потому что его собственная жизнь такой не была. Больше не была. Он набрался мужества и продолжил идти вперед, ощущая тяжесть своего тела и видя, как увеличивается в размерах черный глаз пистолета. Осенний день, десятилетний Олег, ветер треплет его волосы, Ракель, Харри, листва апельсинового цвета, они смотрят на фотоаппарат и ждут, когда он щелкнет. Фотодоказательство того, что они добрались до самой вершины, побывали на ней, достигли пика счастья. Указательный палец Олега, побелевшая фаланга, отводящая предохранитель назад. Пути назад, туда, где они побывали, больше нет. Времени, чтобы успеть на тот самолет, никогда бы не хватило. Да и самолета никакого не было, как не было никакого Гонконга, лишь мечта о жизни, которой никто из них не смог бы жить. Харри не чувствовал страха. Только горе. Короткая очередь была похожа на выстрел, от нее затряслись оконные стекла. Он почувствовал физическое давление от пуль, попавших ему в грудь. От отдачи дуло поднялось, и третья пуля попала ему в голову. Он упал. Под ним было темно. И в эту тьму он падал. Пока его не поглотило и не окутало прохладное ничто, избавляющее от боли. Наконец, подумал он. И это была последняя мысль Харри Холе: наконец, наконец-то он свободен.

Крыса-мама прислушалась. Крик малышей стал еще слышнее, после того как церковные колокола пробили свои десять ударов и умолкли, а полицейская сирена, одно время приближавшаяся, начала удаляться. Были слышны только слабые удары сердца. Где-то в крысиной памяти сохранилось воспоминание о запахе пороха и другом, более молодом человеческом теле, лежавшем и истекавшем кровью на том же самом полу в кухне. Но это было летом, задолго до рождения малышей. И кроме того, то тело не перекрывало вход в нору.

Она обнаружила, что перебраться через живот мужчины сложнее, чем она думала, и ей придется искать другой путь. И она вернулась туда, откуда начала.

Укусила кожаный ботинок.

Снова лизнула металл, соленый металл, торчащий между двумя пальцами правой руки.

Протрусила по пиджаку костюма, пахнущему потом, кровью и едой, таким количеством разной еды, что, должно быть, эта льняная ткань лежала в мусорном баке.

А вот и снова они, несколько молекул странного сильного запаха дыма, не до конца смытого. И даже от этих нескольких молекул защипало глаза, потекли слезы и сбилось дыхание.

Она взбежала вверх по руке и через плечо, обнаружила окровавленную повязку на шее, которая на мгновение отвлекла ее. Но потом крыса снова услышала писк малышей и побежала на грудь. От двух круглых отверстий на ней сильно пахло. Серой и порохом. Одно отверстие располагалось над тем местом, где находится сердце, во всяком случае, крыса ощущала почти незаметные вибрации, когда оно билось. Пока еще билось. Она понеслась дальше по лбу, слизнула кровь, сочившуюся одинокой тонкой струйкой откуда-то из светлых волос. Помчалась дальше по мясистым частям: губам, носу, векам. На щеке был шрам. Мозг крысы работал так, как работают крысиные мозги в экспериментах с лабиринтами, — на удивление рационально и эффективно. Щека. Рот. Шея прямо под затылком. Значит, вход в нору позади нее. Жизнь крысы тяжела и проста. Она делает то, что должна.

Часть V

Глава 44

От лунного света река Акерсельва блестела, и этот маленький грязный ручеек струился по городу золотой цепью. Не многие женщины ходили гулять по безлюдным тропинкам вдоль воды, но Мартина решила пройтись. После долгого дня в «Маяке» она чувствовала себя очень усталой. Но это была приятная усталость. Позади остался длинный хороший день. Навстречу ей из тени вышел парень, разглядел ее лицо в свете уличного фонаря, пробормотал тихое «привет» и снова скрылся.

Рикард несколько раз спрашивал, не стоит ли ей, особенно сейчас, когда она беременна, ходить домой другой дорогой, но она отвечала ему, что это самый короткий путь к району Грюнерлёкка. И что она никому не позволит отнять у нее ее город. Кроме того, она знала стольких людей, обитающих под этими мостами, что чувствовала себя здесь в большей безопасности, чем в модном баре в западном районе. Она прошла мимо станции «скорой помощи», мимо площади Шу и, подходя к клубу «Бло», услышала стук по асфальту: короткие тяжелые удары подошв. К ней бежал высокий молодой человек. Он мелькал в освещенных полосах тропинки. Мартина на миг увидела его лицо, когда он пробегал мимо, и услышала, как у нее за спиной затихают его всхлипывания.

Лицо его было ей знакомо, Мартина видела его в «Маяке». Но туда приходило много народа, и иногда ей казалось, что она встречала людей, которые, по словам коллег, были мертвы уже несколько месяцев или даже лет. Но, увидев это лицо, она по какой-то причине снова вспомнила о Харри. Мартина никогда ни с кем о нем не разговаривала, и уж точно никогда — с Рикардом, но Харри обзавелся крошечным местом в ее душе, уголком, где она время от времени могла навещать его. А может, это был Олег и она поэтому начала думать о Харри? Мартина обернулась. Увидела спину бегущего мальчишки. Как будто за ним по пятам гнались черти, как будто он хотел от чего-то сбежать. Но насколько она могла видеть, за парнем никто не гнался. Его силуэт стал уменьшаться в размерах. А потом совсем исчез в темноте.

Ирена посмотрела на часы. Пять минут двенадцатого. Она откинулась на спинку кресла и взглянула на монитор у выхода на посадку. Через несколько минут они начнут запускать людей на борт. Папа прислал эсэмэску, что встретит их в аэропорту Франкфурта. Ее бросало в пот, все тело ныло. Будет нелегко. Но все получится.

Стейн сжал ее руку:

— Как дела, малышка?

Ирена улыбнулась. Сжала в ответ его руку.

Все получится.

— А мы знаем женщину, что сидит вон там? — прошептала Ирена.

— Которую?

— Тсмненькую, вон сидит в одиночестве.

Когда они пришли, женщина уже была там, у одного из выходов на посадку, расположенного напротив. Она читала путеводитель по Таиланду. Она была красива той красотой, что неподвластна возрасту. И от нее исходило какое-то сияние, она источала тихую радость, как будто про себя посмеивалась над тем, что сидит одна.

— Я не знаю ее. Кто это?

— Понятия не имею. Но она кого-то очень напоминает.

— Кого?

— Не знаю.

Стейн засмеялся. Надежным и спокойным смехом старшего брата. Снова сжал ее руку.

Раздался звуковой сигнал, и металлический голос сообщил, что рейс на Франкфурт готов принять пассажиров. Люди поднимались и двигались к стойке. Ирена удержала Стейна, который тоже собрался встать.

— В чем дело, малышка?

— Подождем, пока пройдет очередь.

— Но ведь...

— Я не могу стоять так близко... к людям.

— Конечно. Глупо с моей стороны. Как ты?

— Все нормально.

— Хорошо.

— Она кажется такой одинокой.

— Одинокой? — сказал Стейн, поглядев на женщину. — Не согласен. Она кажется радостной.

— Да, но радостной.

— Радостной и одинокой?

Ирена засмеялась.

— Да нет, наверное, я ошибаюсь. Может быть, все дело в том, что она похожа на него.

— Ирена!

— Да?

— Ты помнишь, о чем мы договорились? Только хорошие мысли!

— Да-да. Мы-то с тобой вдвоем, мы не одиноки.

— Нет, потому что мы поддерживаем друг друга. И так будет всегда, правда?

— Всегда.

Ирена просунула свою руку под руку брата и положила голову ему на плечо. Подумала о полицейском, ее обнаружившем. Он сказал, его зовут Харри. Сначала она подумала о том Харри, о котором часто рассказывал Олег и который тоже был полицейским. Но по рассказам Олега она всегда представляла его себе выше, моложе и, может быть, симпатичнее того страшного человека, который освободил ее. Но он приходил и к Стейну, и теперь она знала, что это действительно был он. Харри Холе. И знала, что будет помнить его всю оставшуюся жизнь. Будет помнить его лицо со шрамом, рану на подбородке и перевязанную толстой повязкой шею. И голос. Олег не говорил, что у него такой приятный голос. Внезапно она поняла, что уверена, она не знала, откуда появилась эта твердая уверенность, но она была уверена: все получится.

Сейчас она улетит из Осло, и все это останется в прошлом. Она не должна притрагиваться ни к алкоголю, ни к наркотикам, это ей объяснили папа и тот врач, с которым она беседовала. «Скрипка» будет существовать всегда, но она будет держать ее на расстоянии. Так же, как и призрак Густо, который будет ее навещать. И призрак Ибсена. И призраки всех тех несчастных, которым с ее помощью продавали порошковую смерть. Пусть приходят, когда пожелают. Через несколько лет они, наверное, померкнут. Тогда она вернется в Осло. А может, не вернется.

Самое важное, что все будет хорошо. И она сможет прожить достойную жизнь.

Она посмотрела на читающую женщину. Внезапно та подняла глаза, как будто почувствовала на себе взгляд Ирены. Улыбнулась ей короткой, но ясной улыбкой, после чего снова погрузилась в путеводитель.

— Ну что ж, поехали, — произнес Стейн.

— Ну что ж, поехали, — повторила Ирена.

Трульс Бернтсен ехал по Квадратуре. По улице Толлбугата. Потом по Принсенс-гате. По Родхусгата. Он рано ушел с праздника, уселся в машину и стал кататься по округе. Воздух был холодным и ясным, и в Квадратуре бурлила жизнь. Проститутки кричали ему вслед, наверняка учуяв тестостерон. Дилеры сбивали цену друг у друга. Из припаркованного «корвета» звучали низкие басы: умпа-умпа. Парочка слилась в поцелуе на трамвайной остановке. Мужчина бежит, заливаясь радостным смехом, в расстегнутом пиджаке, за ним несется другой в точно таком же костюме. На углу улицы Дроннингенсгате стоит одинокий человек в футболке «Арсенала». Не из тех, кого Трульс видел раньше, наверное, новенький. Затрещала полицейская рация. Трульс почувствовал себя на удивление хорошо: кровь бежит у него по венам, звучат басы, он ощущает ритм происходящего, сидит в машине и видит эти маленькие зубчатые колесики, не подозревающие о существовании друг друга, но приводящие друг друга в движение. Их видит только он, только он знает о взаимосвязях. Именно так и должно быть. Потому что сейчас этот город принадлежит ему.

Священник из церкви Гамлебюена закончил чтение. Прислушался к шороху кладбищенских деревьев. Оглядел паству. Красивый вечер. Концерт удался, на него пришло много народу. Больше, чем придет завтра на раннюю утреннюю службу. В проповеди, которую он прочитает пустым скамейкам, будет говориться о прощении грехов. Священник спустился по лестнице и пошел по кладбищу. Он решил прочитать ту же проповедь, что читал на похоронах в пятницу. Покойный, по словам ближайших родственников — разведенной с ним жены, в конце жизни оказался вовлеченным в преступную деятельность да и сам вел такую греховную жизнь, что если бы его грехами заполнили помещение церкви, то места для пришедших проститься с ним уже бы не осталось. Зря беспокоились: единственными пришедшими оказались бывшая жена и дети да еще одна коллега, которая все время громко всхлипывала. Бывшая жена поведала священнику по секрету, что коллега наверняка единственная стюардесса во всей авиакомпании, с которой покойный не переспал.

Священник прошел мимо одного надгробия и заметил на нем белые следы, словно кто-то писал на нем мелом, а потом стирал. Это была могила Аскиля Като Руда, известного также как Аскиль Ушан. Существовало правило, по которому могилы уничтожали по прошествии поколения, если только за их содержание не платили — привилегия богатых. Но по неизвестным причинам могилу бедняка Аскиля Като Руда не уничтожили. А когда она стала действительно старой, ей присвоили охранный статус. Возможно, власти питали оптимистическую надежду, что эта могила станет заманчивой достопримечательностью для особо интересующихся, — могила с беднейшей восточной окраины Осло, на которой родственники несчастного смогли установить лишь скромный камень. Поскольку каменотесу надо было платить за каждую выбитую на надгробии букву, на нем были выбиты только инициалы перед фамилией и годы жизни, ни дат, ни текста. Один антиквар даже утверждал, что на самом деле фамилия парня была Рууд, что родственники сэкономили на одной букве. И потом, существовал этот миф, что Аскиль Ушан ходит по ночам. Но туристы не заинтересовались этой историей, и Аскиля Ушана забыли, и он стал в прямом смысле покоиться с миром.

Когда священник прошел через кладбище и закрыл за собой ворота, из тени у стены выскользнула фигура. Священник машинально замер.

— Будьте милосердны, — сказал хриплый голос.

Человек протянул большую открытую ладонь.

Священник вгляделся в лицо под шляпой. Старое, испещренное морщинами лицо, большой нос, громадные уши и пара на удивление чистых, невинных голубых глаз. Да, невинных. Именно это пришло в голову священнику, после того как он подал несчастному двадцать крон и продолжил путь домой. Невинные голубые глаза новорожденного, которому еще не требуется отпущение грехов. Завтра он скажет что-нибудь об этом в своей проповеди.

Я уже подошел к концу истории, папа.

Я сижу там, надо мной стоит Олег. Он обхватил обеими руками эту пушку, «одессу», словно держится за нее, как за дерево на краю обрыва. Держит ее и орет, у него совсем снесло крышу:

— Где она? Где Ирена? Говори, или... или...

— Что «или», торчок? Ты все равно не умеешь пользоваться этой пушкой. В тебе этого нет, Олег. Ты из хороших парней. Расслабься, и мы с тобой разделим эту дозу, хорошо?

— Нет, черт, нет, пока ты не скажешь, где она.

— Значит, вся доза моя?

— Половина. Это моя последняя.

— Договорились. Слушай, брось сначала пистолет.

Идиот сделал, как я велел. Как тупой послушный ученик. Его было так же легко обмануть, как в тот первый раз, по дороге с концерта «Judas». Он наклонился и положил этот странный пистолет на пол перед собой. Я заметил, что переключатель сбоку установлен на С, что означает стрельбу очередями. Легкое нажатие на курок, и...

— Так где она? — спросил Олег, разгибаясь.

Но теперь, когда на меня не смотрело дуло пистолета, я чувствовал, как мною овладевает она. Ярость. Он угрожал мне. Совсем как мой приемный отец. А если я чего-то не выношу, так это угроз в свой адрес. Поэтому вместо того, чтобы рассказать ему добрую версию о том, что она тайно лечится от наркозависимости в одной датской клинике, находится там в изоляции, что с ней не должны связываться друзья, которые могут навести ее на всякие мысли, я вонзил в него нож и повернул. Я должен был вонзить в него нож и повернуть. В моих венах течет дурная кровь, папа, поэтому заткнись. Ну, то, что осталось из крови, потому что бо́льшая ее часть вытекла на пол кухни. Но я вонзил в него нож и повернул, вот такой я идиот.

— Я продал ее, — сказал я. — За несколько граммов «скрипки».

— Что?

— Я продал ее одному немцу на Центральном вокзале. Не знаю, как его зовут и откуда он, может, из Мюнхена. Может, он прямо сейчас сидит в мюнхенской квартире вместе с корешем и у них обоих отсасывает маленький ротик Ирены, которая находится под таким кайфом, что не разбирает, где чей член, потому что она думает только о том, кого любит. А его зовут...

Олег стоял, разинув рот, и моргал. Выглядел он так же глупо, как в тот раз, когда дал мне сто крон в кебабной закусочной.

Я взмахнул руками, как хренов фокусник:

— ...«скрипка»!

Олег по-прежнему моргал, он был настолько шокирован, что не обратил внимания, как я потянулся к пистолету.

Так я думал.

Но кое о чем я забыл.

О том, что в тот раз он шел за мной от самой закусочной, потому что понял, что не получит никакого мета. О том, что голова у него соображала. О том, что он тоже разбирался в людях. Во всяком случае, хорошо знал одного вора.

Мне следовало это знать. Мне следовало вколоть себе половину дозы.

Олег успел схватить пистолет раньше меня. Может, он просто случайно задел за курок. Переключатель стоял на С. Я посмотрел на его изумленное лицо и повалился на пол. Услышал, что стало совершенно тихо. Услышал, как он склонился надо мной. Услышал тихое мерное завывание, похожее на звук двигателя, работающего вхолостую, как будто Олег хотел зареветь, но не мог. Он медленно отступил в другой конец кухни. Настоящий наркоман делает вещи в определенном порядке. Он вколол себе дозу, сидя рядом со мной. Даже спросил, не поделиться ли со мной. Это, конечно, хорошо, только вот говорить я больше не мог. Мог только слушать. И я услышал его тяжелые медленные шаги на лестнице, когда он уходил. А я остался один. Более одиноким я не был никогда.

Церковные колокола прекратили бой.

Ну вот я и успел рассказать тебе всю историю. Теперь мне уже не так больно.

Ты здесь, папа?

Ты здесь, Руфус? Ты меня ждал?

Вспомнил, кстати, слова старикана. О том, что смерть освобождает душу. Освобождает, черт возьми, душу. Вот уж, блин, не знаю. Посмотрим.

Благодарности

Автор благодарит всех, кто предоставил ему информацию, и это:

Эудун Бекстрём и Курт А. Лиер, рассказавшие о работе полиции; Тургейр Эйра из компании «ЭБ Марин» — о водолазном деле; Аре Мюклебюст и Оргкрим Осло — об обороте наркотиков; Пол Колстё, автор книги «Россия»; Уле Томас Бьеркнес и Анн Кристин Хофф Йохансен, авторы книги «О методах проведения расследований»; Николай Лилин, автор книги «Сибирское воспитание»; Берит Нёклебю, автор книги «Генерал полиции и начальник хирда»; Даг Фьельстад, рассказавший о русском языке; Эве Стенлюнд — о шведском языке; Ларс Петтер Свеен — о френском диалекте; Хелль Эрик Стрёмскауг — о фармацевтике; Тур Хоннингсвог — об авиации; Йорген Вик — о кладбищах; Мортен Госхёнли — об анатомии; Эйстейн Эйкеланд и Томас Хелле-Валле — о медицине; Биргитта Блумен — о психологии; Одд Като Кристиансен — о ночной жизни Осло; Кристин Клемет — о Городском совете и управлении; Кристин Йерде — о лошадях; Юлия Симонсен — за запись. Спасибо всем сотрудникам издательства «Аскехауг форлаг» и агентства «Саломонссон эйдженси».

Литературно-художественное издание

Ю Несбё
Призрак

Ответственный редактор Е.Гуляева
Технический редактор Л.Синицына
Корректоры Д.Гуляев, Н.Тюрина
Компьютерная верстка А.Шубик

ООО "Издательская Группа "Азбука-Аттикус" –
обладатель товарного знака "Издательство Иностранка"
115093, Москва, ул. Павловская, д. 7, эт. 2, пом. III, ком. № 1

Филиал ООО "Издательская Группа "Азбука-Аттикус"
в г. Санкт-Петербурге
191123, Санкт-Петербург, Воскресенская набережная, д. 12, лит. А

ЧП "Издательство "Махаон-Украина"
Тел./факс (044) 490-99-01
e-mail: sale@machaon.kiev.ua

Знак информационной продукции
(Федеральный закон № 436-ФЗ от 29.12.2010 г.)   (18+)

Подписано в печать 07.11.2019. Формат 75×100/32.
Бумага газетная. Гарнитура "Журнальная".
Печать офсетная. Усл. печ. л. 26,09.
Доп. тираж 7000 экз. B-NUP-22011-07-R. Заказ № 8431/19.

Отпечатано в соответствии с предоставленными материалами
в ООО "ИПК Парето-Принт". 170546, Тверская область,
Промышленная зона Боровлево-1, комплекс № 3А
www.pareto-print.ru

ПО ВОПРОСАМ РАСПРОСТРАНЕНИЯ ОБРАЩАЙТЕСЬ:

В Москве:
ООО "Издательская Группа "Азбука-Аттикус"
Тел. (495) 933-76-01, факс (495) 933-76-19
E-mail: sales@atticus-group.ru

В Санкт-Петербурге:
Филиал ООО "Издательская Группа "Азбука-Аттикус"
в г. Санкт-Петербурге
Тел. (812) 327-04-55
E-mail: trade@azbooka.spb.ru

В Киеве:
ЧП "Издательство "Махаон-Украина"
Тел./факс (044) 490-99-01
e-mail: sale@machaon.kiev.ua

www.azbooka.ru; www.atticus-group.ru